臺灣文學叢刊

臺灣日治時期翻譯文學作品集

卷二

總策畫　許俊雅
主　編

序

翻譯是不同文字、文學、文化交互融合的產物，日治時期臺灣的翻譯文學則同時在東學、西學、新學方面的選擇與接受的制約下發展。而日治的翻譯文學與臺灣新文學的發展關係密切，透過全面深入的研探可以更清楚釐清補充其間的漏洞空白，為臺灣文學史書寫提供參考的價值，同時得以認識到東亞社會的共性與區別，呈現東亞不同國度在接受西方思想時的再創造作用，以及這種再創造對於理解近現代世界發展多樣化的意義。過去臺灣文學史的書寫，鮮少將翻譯文學納入討論的框架（若有也僅僅零星點到為止），並沒有對文學翻譯的情況做出全面性的考察。但臺灣的文學翻譯與文學運動有著互為表裡、互為因果的密切關係，因此不談論文學翻譯的臺灣文學史書寫，將會使得日治時期臺灣文學運動的整體性產生極大程度的闕漏。

透過本套書可以管窺日治臺灣文壇對於世界文學的接受狀況，並理解以下若干問題。其一，臺灣青年在知識養成的過程中，從世界文學的接受上獲得怎樣的養分？其二，殖民地臺灣語言使用現象的駁雜（hybridty），在文學翻譯的過程中被如何呈現與表達？其三，在歐美具有「歷時性」的、線性發展的文學現代性、文學思潮與文學風格，在臺灣社會被如何以「共時性」的面貌呈現？其四，文學翻譯者所扮演的「中介」（intermediary）角色所發揮的「看門人」（gate-keeper）之作用，在特定作品的引介與否之間，所透露出來的權力關係等等。透過全盤整理，吾人得以發現當時「譯」軍突起—翻譯文學在臺灣的傳播與形成的圖像以及戰爭期的翻譯與時局、漢文的關聯，尤其翻譯文學對臺灣文學從古典形態走向現代形態變革的影響及當時臺灣翻譯文學的特色。

本套書為本人執行國科會（今科技部）計畫的副產品，該計畫幸獲國科會支持，在主要學術論文撰寫之前，本人及研究團隊廣泛蒐羅各雜誌期刊（書目較少）所刊之譯文，所運用之文獻史料有《臺灣日日新報》、

《漢文臺灣日日新報》、《臺南新報》、《高雄新報》、《新高新報》、《三六九小報》、《赤道報》、《洪水報》、《臺灣青年》、《臺灣》、《臺灣民報》、《臺灣文藝》（1902）、《語苑》、《臺灣警察協會雜誌》、《臺灣警察時報》、《臺灣教育會雜誌》、《臺灣愛國婦人》、《臺灣文藝叢誌》、《明日》、《曉鐘》、《人人》、《南音》、《フォルモサ》、《先發部隊》、《第一線》、《臺灣文藝》、《臺灣新文學》、《臺灣文學》、《風月報》、《臺灣大眾時報》、《新臺灣大眾時報》、《南方》、《南國文藝》、《文藝臺灣》、《臺灣文藝》（1942）、《臺法月報》、《專賣通信》、《實業之臺灣》、《熱帶詩人》、《臺灣教育》、《The Formosa》、《第一教育》、《翔風》、《臺高》、《媽祖》、《臺大文學》、《臺灣婦人界》、《ネ・ス・パ》、《南巷》、《南文學》、《臺灣》（1940）、《相思樹》、《紅塵》、《臺灣遞信協會雜誌》、《臺灣道》、《南瀛教會誌》、《愛書》、《臺灣時報》、《無軌道時代》等等報刊雜誌及數位典藏的《臺灣府城教會報》及《芥菜子》（北部臺灣基督長老教會教會公報）等。並將翻譯作品彙編，分為「白話字」、「臺語漢字」、「中文」以及「日文」四卷。《白話字卷》除了有原始的「全羅版」白話字（或稱「教會羅馬字」、「臺語羅馬字」）之外，亦有「漢羅版」的譯文以供對照參看。《日文卷》所收錄之篇章，皆敦請精通日文之專業譯者重新將文章內容再翻成中文。並對每篇譯作原作者與譯者予以簡介，凡三四百位之多。當時原文多未標出處，譯者亦有不少難以追查，本人在不計成本，努力以赴，以克服困難，解決問題之後，備加感到將資料公諸於世的迫切性及重要性。雖然蒐集、整理、翻譯作品，並進而編輯出版，凡此皆極繁瑣且所費不貲，對筆者學術成績無多大助益，這部分亦非本計畫之要求成果，唯基於學術乃天下公器，個人認為唯有不藏私，方能提升日治臺灣翻譯文學的研究深度，並引發更多研究者投入。

特別值得一提的是，本套書參與成員甚多，或蒐集複印整理資料，或分工撰寫作者、譯者簡介，或承擔日文翻譯工作，其間作者的辨識確認並非易事，此乃因當時臺灣譯者多不注明譯本之來源、譯本之原文及原作者姓名之外文，而且各人的翻譯不一，與現今譯名又多所出入，考察極其不便。如泰戈爾譯名有泰古俞、太歌爾，尼采譯名用「尼至埃」、「ニイチエ」，如果是知名度很高的外國作家作品，問題尚比較容易解決，但如是知名度不高的作家作品，則是難上加難，因此盡力追尋其身分背景，以更充分掌握相關知識氛圍，是出版這套書在作者譯者介紹上，首先要解決的問題。其後之翻譯更是重責大任，非常感謝東吳日文系賴錦雀教授（時任文學院院長）推薦系內傑出師生協助，不計甚是微薄的翻譯費，鼎力完成這批日文翻譯，耑此謹致本人最高謝意。本套書前後參與人員有：王美雅、王鈺婷、伊藤佳代（いとう かよ）、吳靜芳、李時馨、杉森藍（すぎもり あい）、阮文雅、林政燕、張桂娥、許舜傑、彭思遠、楊奕屏、趙勳達、劉靈均、潘麗玲、龜井和歌子（かめい わかこ）、謝濟全、顧敏耀、鄭清鴻等，以及王一如、林宛萱、康韶真、蔡詠淯、黃之綠、謝易安同學等人協助校對，沒有他們的幫助，這套書不可能出版。最後更要向萬卷樓梁經理、張晏瑞編輯游依玲、吳家嘉致意，願意支持可能不太有銷路的翻譯文學史料。由於能力及時間有限，本書缺點及不足在所難免，敬請廣大讀者批評指正。

此外，以上序文原寫於二〇一一年十月二十五日滬上途中，由於個人諸事紛紜，加上後續又有增加的材料，並編製卷五日文影像集，不外是希望能將此套書朝更嚴謹的學術性邁進，同時省卻研究者蒐尋原文的時間，這部分圖檔來源不一，登載報刊上的版式亦非常參差，尤其多數報刊距今時間久遠，圖影效果不彰屢見，為求盡量一致及清晰的效果，顧敏耀博士付出相當大的心力剪裁修正，這種種因素因此延宕至今，時間竟匆匆兩年半載了。在這段時間，也發現了眾多議論的譯文及中國譯作轉刊於日治臺灣報刊，但刊登時不見譯者之名，如未經追查，難以確認本為譯作，甚或有些為偽譯作，如要一一辨識，恐又耽誤出版時程，念及第三卷中文卷已收部分（嚴格說來不宜列入臺灣日治翻譯文學集，考量刊登臺灣報刊，寬鬆處理），而個人亦將於未來幾年出版另一套日治報刊轉載中國文學之校勘本，至於遊走在文學類邊緣的各譯文或者世界語的譯作等等，也都因時間因素，不再繼續增添補強，留待他日有餘力再說罷。

許俊雅

二〇一四年五月十五日

導讀

許俊雅

一　前言

關於二戰前的臺灣翻譯發展史，較諸其他國家可能更多元。臺灣因為地狹山多，在漢人移居之前，諒必在各個原住民語族之間，就有通曉兩種以上語言的原住民翻譯人員存在。荷西時期出現了學會臺灣原住民語的神職人員，還曾經出版過西拉雅語的〈馬太福音〉和〈約翰福音〉。明鄭與清領時期在各個原住民部落往往都有「通譯」以協助經商或政令推行。清領時期因為迴避制度的施行，來臺文官往往都由閩粵二省以外派來，在施政或審判之際，更是需要翻譯人員（註一）。當時具有代表性的翻譯作品則為首任巡臺御史黃叔璥《臺海使槎錄》所記載的「番歌」（註二），這是漢譯文學之始。厥後直至清領結束，雖有馬偕在一八八一年於淡水創

註一　在清末來到臺灣的馬偕博士曾如此描述衙門開庭之實況：「滿大人由他的隨從護著坐轎子來到，進入衙門大廳坐正，又邊站著通事（原註：翻譯官）。因為是滿大人，從中國來的，就理該不懂得本地話，所以旁邊必得有個通事……滿大人經由通事來審理被告」，見氏著：《福爾摩沙紀事》（臺北市：前衛出版社，二〇〇七年），頁九八。

註二　黃叔璥：《臺海使槎錄》（臺北市：大通書局，一九八七年），頁九四～一六〇。黃氏於一七二二至一七二四年在臺期間所譯之平埔族歌謠收錄於〈番俗六考〉、〈北路諸羅番一〉當中收錄的〈灣裏社誡婦歌〉云：「朱連麼吱匏裏乞（娶汝眾人皆知），加直老巴綿煙（原為傳代）；加年呀嗄加犁蠻（須要好名聲），拙年巴恩勞勞呀（切勿做出壞事），車加犁末礁嘮描（彼此便覺好看）！」（括號中皆為原註），是用漢字的官話語音來記載當時平埔族的歌謠，譯音雖不夠精確，然實為珍貴之記錄。黃叔璥：《臺海使槎錄》（臺北市：大通書局，一九八七年），頁九四～一六〇。

立「理學堂大書院」（註三）、劉銘傳在一八八七年於大稻埕開辦「臺灣西學堂」（註四），也培養出一些通曉雙語或多語的人才，例如艋舺秀才黃茂清就曾在該學堂就讀，據稱「閱時未久而於英國語言文字，大有所得」（註五），然而可能較為著重宣教或經貿過程中的翻譯事宜，未見有文學作品漢譯（註六）之紀錄。文學作品之漢譯除黃叔璥之的平埔族歌謠外，清領末葉開放傳教之後，臺灣的基督教長老教會開始運用羅馬字將不少西方文學作品、聖經故事或是神學著作翻譯成臺語（俗稱白話字），刊於《臺灣府城教會報》、《臺灣教會報》等（註七）。

進入日治時期之後，白話字依舊翻譯不少文學作品，而漢譯文學有較為不同的變貌。本文謹就日治時期文學譯作討論，由於臺灣翻譯文學必然牽涉到東學、西學與新學的譯介，因在十九、二十世紀初期，日本、中國、臺灣的知識分子莫不處於東學、西學、新學的潮流中，而透過明治日本吸收西方近代思想，正是東亞近代文明形成的重要一環，這一過程並非僅僅是由西方到明治日本再到中國或臺灣的單向運動，在此過程中，既透過明治以來日本思想界的大量成果吸收西方近代精神，並受明治以來思想界對於西方思想的選擇與接受樣式的制約，又有基於本土文化和個人學識的再選擇與再創造，由此產生的思想體系的變異。日本大量譯介西書，並成為當時中國、臺灣易於接受的「東學」，雖然東學無一不從西學來，但二者如何溝通聯繫，並做適當的取捨，成為適合自己需求的新學（李漢如和日本人曾創立新學會，會員有一千五百人，主要介紹外

註三　戴寶村：〈馬偕——上帝使徒在臺灣的宣教、教育與醫療〉，《什麼人物、為何重要——臺灣史上重要人物系列・二》（臺北市：國立歷史博物館，二〇一一年），頁十七～十八。

註四　季壓西、陳偉民：《從「同文三館」起步》（北京市：學苑出版社，二〇〇七年），頁一七七。

註五　不著撰者：〈臺秀錄　縉紳紀實（其八）〉，《臺灣日日新報》，一八九八年十月二十三日，第五版。

註六　此處「漢譯」不包括「臺譯」。一八八五年（光緒十一年）由英國長老教會巴克禮牧師（Rev. Thomas Barclay）在臺南創辦的《臺灣府城教會報》之中，便曾刊載不少臺譯文學作品。以上參顧敏耀未刊稿。

註七　目前皆已收錄於「臺灣白話字文獻館」（http://www.tcll.ntnu.edu.tw/pojbh/script/index.htm）。

國翻譯小說並出版刊物），則是研究日治臺灣翻譯之必要考量。

本文重點在於理解當時臺灣文壇對於世界文學的接受狀況，並試圖釐清臺灣青年在知識養成的過程中，從世界文學的接受上獲得怎樣的養分？殖民地臺灣語言使用現象的駁雜，在文學翻譯的過程中被如何呈現與表達？文學翻譯者所扮演的「中介」角色所發揮的「看門人」之作用，在特定作品的引介與否之間，所透露出來的權力關係。以臺灣新文學運動為例，在其推展之初，其實是有著標榜中文書寫、以小說為主、以寫實主義精神為依歸的本質。因此，臺灣新文學運動所進行的文學翻譯或轉載，也必然符合此象徵秩序。不過必須理解的是，此等象徵秩序只存在於臺灣新文學運動這個場域之內，在此之外，不同的語言、文類、主題都獲得了不同程度的取捨。例如以「白話字臺灣話文」進行文學翻譯的《臺灣府城教會報》、以「漢字臺灣話文」進行文學翻譯的小野西洲與東方孝義等《語苑》集團、以文言文進行文學翻譯的魏清德、李逸濤、謝雪漁、蔡啟華、許寶亭等傳統文人、以及以日文進行文學翻譯的村上骨仙、石濱三男、南次夫、西川滿、矢野峰人、島田謹二、中里正一、上田敏、西田正一、中尾德藏、根津令一等日人作家或曾石火、翁鬧等臺人作家，以中國白話文翻譯的李萬居、劉吶鷗、張我軍、林荊南、黃淑黛、湘蘋、楊雲萍、洪炎秋等，對於文類與主題都有不同的傾好。這當然與各立場知識分子自身的文化資本的積累以及其性情傾向有絕對的關係。這多語情形也呈現了翻譯是不同文化之間的「協商」過程，在同一個語境內進行文化協商必然是殖民地臺灣這個「多語的」社會所必然面對的現象與難題，但也是日治時期臺灣文學翻譯語言之多種的必然現象。

臺灣翻譯語言多種，當時的官方語言以及各級學校所推行使用的語言皆為日語、通曉日文的臺灣人日漸增多、許多經典性的歐美作品都已經有日譯本將，日譯本進入臺灣，還出現譯成淺近文言或是白話文之譯作，在一九三〇年代的譯文中，仍然可見使用文言文翻譯的情形，如《南音》XYZ 翻譯了英國 Goldsworthy Lowes Dickinson 的〈戰爭與避戰〉。或像吳裕溫〈阿里山遊記〉，將漢語文言文直接改譯成日文，保留許多文言文之痕跡，又如「與謝野晶子」從古代日文翻成近代日文，「新譯紫式部日記」即是。或將語體譯文直接據此增刪，或略去或增飾，不一而足。他如臺灣譯本將文言文翻譯為語體文，如簡進發所譯〈無家的孤兒〉（註八），簡譯本並非直接從愛克脫．麥羅法文原著譯出，亦非自日譯本轉譯，而是根據包天笑文言譯本《苦兒流浪記》再「轉譯」為語體文（白話文），簡譯本對於包天笑譯作的承襲，其痕跡十分明顯。當時也有極多中文譯作自中國報刊書籍轉載（或改寫）引進臺灣。也有如《語苑》將中國古典文學作品翻譯成臺語漢字者，同時有些翻譯使用了臺灣話文翻譯，翻譯情況從文言文到白話文、臺灣話文及後來將中文、臺語翻譯為日文(日譯《臺灣歌謠集》，或者將日文劇本翻譯為臺語，或將《紅樓夢》、《西遊記》、《水滸傳》、《三國志演義》翻譯為日文，這種種轉折變化，正與時局改變，翻譯的意圖目的也隨之改變有關。

為便於考察臺灣翻譯文學的發展脈絡，本文將它分為三階段分期敘述。（一）臺灣翻譯文學的萌芽期（一八九五～一九二〇）。（二）臺灣翻譯文學的發展期（一九二〇～一九三七）。（三）臺灣翻譯文學的衰微期（一九三七～一九四五）。

二　臺灣翻譯文學的萌芽期（一八九五～一九二〇）

臺灣初期之翻譯，多由日人初登舞臺（臺灣新報），以日譯稿／中國文獻、歷史小說之翻譯改寫為主。在〈本刊　譯書善鄰〉（註九）上，說明了翻譯的情況：

註八　刊《南方》一九四三年十月，包譯《苦兒流浪記》刊一九一二年七月至一九一四年的《教育雜誌》四卷四號至六卷十二號（其中五卷三、七號，六卷一、五、七號未載）。

註九　《臺灣日日新報》第一七八號，頁三，明治三十一（一八九八）年十二月六日。

我國文士。學邦文與漢文洋文者。今度將善鄰協會。議改作善鄰譯書館。其發起創立之旨趣。在導清國以開拓文明。贊清國以保全權勢。而即以維持東洋平和大局也。故凡書冊足啟發人智者。如泰西有用之書。曾經譯述供我國民讀之。茲急宜更譯漢文。輸入清國。以便清國人士閱購。又依我國三十年間。及將來有用之書。胥譯漢文。為輸入清國地步此種籌畫。經於前月廿三日。開會決議以外又有要議四條。一將譯述之書，必經從事選定。二上海地方，宜設置印刷所。三請清政府保護板權，俾免翻刻滋謬。四請我國政府，保護一切事宜也。持其議者。文學博士。則重野安繹。元良勇次郎。星野恒。井上哲次郎四氏東宮侍講。三嶋毅一代鴻儒根本通明。法律學博士則富井政章。華族女學校教諭土屋弘等諸氏也。

這則資料與探討日本的亞細亞主義有關，也與中國的翻譯史有密切關係，然而中國翻譯史論著從未提起或連結思考，日本學者狹間直樹〈日本的亞細亞主義與善鄰譯書館〉一文首先提出來，該文極具參考價值。不過，他所使用的文獻年代有些還比《臺灣日日新報》上所刊載的晚，有些推論則可以《臺灣日日新報》所刊直接證實。翻譯之被重視，以此可見端倪，此時相關之譯作，如〈喬太守〉(註十)記作者「安全」某日見到某臺灣人邊看小說邊笑，於是借來此書回家閱讀，因覺得和眼中所見的臺灣人極為相似，於是興起翻譯的念頭，希望能不失性情與風俗地翻譯此篇小說（此小說原題為「喬太守亂點鴛鴦譜」）。初時多為日人之譯作，或漢譯或和譯，二者並見。故三溪居士之〈譯述　詞苑／源氏箒木卷〉(註十一)提到紫氏部《源氏物語》其中一卷，前言云：

註十　《臺灣日日新報》第四五三號，頁十一～十二，明治三十二（一八九九）年十一月三日。

註十一　《臺灣日日新報》第八〇一號，頁十三，明治三十四（一九〇一）年一月一日。

紫氏部，本朝三才媛之一也，所著《源語》五十四帖，雖率多浮靡之詞，而寄託深遠，訓戒其存，宜千百載之後學者，推以為一大奇書也。故菊池三溪翁嘗以漢文譯之，其措詞之富麗，使人驚心動魄。茲錄箒木卷一帖，蓋篇中出色文字也。讀者嘗一臠之肉，亦足以知全鼎之味與。（標點為筆者所加）

又如赤髮天狗〈桃花扇〉即為讀者消暑，特翻譯明末英俊侯雪苑之傳奇，又如梅陰子（伊能嘉矩）的藍鹿州（即「藍鼎元」）〈臺灣中興の為政家〉（註十二），即中國文獻之翻譯改寫。小說內容總是先引用一段中文文稿，再加以闡述介紹，似引用野史文獻重寫／改寫的歷史敘事小說。也有像黑風兒所譯，介紹托爾斯泰不只是俄國奇矯的大詩人，也是世界上傑出的人物，因此特翻譯最近ロング氏寫的「評論之評論」，藉以窺看其思想及活動。尚有來城小隱《鄭成功》，是一部翻譯、引用文獻撰寫的臺灣歷史小說，並於文中寫道「引用書目如左：御批歷代通鑑揖覽　聖安皇帝本記行在陽秋　兩廣記略／賜姓始末東明聞見錄／吳耿尚孔四王全傳粵遊見聞／烈皇小識　嘉定屠城記略／海外異傳　鄭將軍成功傳碑／鄭將軍碑　鄰交徵書／元明清史略澎湖廳志／淡水廳志　臺灣外記／鄭成功　臺灣志／史料通信叢誌大清三朝事略／鄭延平事略　臺灣史料……等等。」

這時期譯作早期多為日本文人之譯介，之後本土文人譯作方登場。如李逸濤、謝雪漁、魏清德（註十三）等傳統文人的翻譯，以上現象說明了日治時期的臺灣處於一個全球化新興的文化場域，各式文本和文化移植轉

註十二　《臺灣日日新報》第五三一號，頁一，明治三十三（一九〇〇）年二月十日。

註十三　魏清德、謝雪漁等傳統文人曾習日文，較早地進行了日文中譯的文學活動。如謝雪漁在《漢文臺灣日日新報》的〈陣中奇緣〉、〈靈龜報恩〉，魏清德的日本〈赤穗義士菅谷半之丞〉，魏氏在《臺灣日日新報》及《漢文臺灣日日新報》上撰寫、譯寫了二十餘篇漢文通俗小說。

手進入臺灣文學場域，對於當時文化論述的衝擊有著深刻的影響。而傳統文人亦通過日文建構他們對於域外世界的想像，在翻譯與摹寫的過程中，可見其文化觀及知識養成背景。如從李逸濤所翻譯的《袁世凱》傳展開研究，可見李氏翻譯袁世凱逐漸成為「親日主義者」此一認同的轉變，其翻譯撰述目的乃是在強化袁世凱對日本軍事武力的高度認同，並且將袁世凱塑造為與現代脈動相聯結的改革者形象，這除了顯示出日本殖民主義和帝國主義發展過程中往往透過「再現」來加深中國之刻板印象，因而成為「落後中國」與「文明開化之日本」的對比，一方面也創造出一套日本地位優越的策略，將日本與西方文明接合，形塑出先進的日本代表西方近代文明的優越性。另外也指出日本重視東洋文明，並且處於與中國人種、文字與宗教同一性的亞洲，這種以日本為本位的東洋文明論述，隱含有大東亞共榮圈的雛形，以此鞏固日本在東亞的領導地位，這樣的翻譯實踐對中國此一異域文化的再現，同時對中國的翻譯也建構了殖民地臺灣特殊的認同形式，呈現出文化翻譯之間多元而重層的影響，及文化翻譯中與文化再生產與文化身分塑造有關的重要議題。

基本上李逸濤此篇之譯作尚忠實於原作，但此時期的譯作，實則譯述、譯意、演述、演義、衍義為多，日治初期文人對於「翻譯」一詞，也有相當清楚的體會，在一篇〈譯文不如譯意〉一文中說：

> 邦文之與漢文，第就文字上觀之，其意義有時似相去不遠。至句法之順逆，字眼之安放，虛字之轉接，其法有大相懸殊者。何則？世界之文字，莫不各因其方言，言語之不同，斯文字文法亦因之而差異。不待論矣。第以文字畧同，而運用見解亦隨而各異者，又未始非方言有以致之也。顧用邦語與漢語較，邦語所先發者，漢語後之，漢語在上句者，邦語下之，其同為是言也，同此意也，而先後上下已各相反。且俗語口頭禪。亦有此有彼無之分，此運用見解之所以不同也，乃世之譯者，就邦文所譯之漢文，篇中每有漢文所無之字眼，罕見之文法句法，牽強之轉接，紛亂剝雜乎其間，于此而欲求千

人共喻，一目了然，不亦難乎？即有一二深通漢文文法者，亦狃于時俗，習焉不察，甚至降格求合，潦草闒茸，推原其故，蓋恐意譯有違背乎邦文之義，不如直譯以求無過，且易為力耳，不知欲求無過，而過反因是而滋深。如訓令規則，關係于行政法律上諸大端，不善譯者恒囫圇呑棗，且顛倒參差，致閱者或誤會，或難解，因而逕行者悖謬，闕疑者失機，誤人一至於此，其過豈鮮淺哉？夫譯文之道，祇求意義相符，旨趣明晰耳，如必強邦文與漢文之文法，順序一致，是將戕賊杞柳而以為桮棬，其意旨因之而愈漓愈晦矣，苟能將邦文之意旨体會了當，然後認定漢文之文法以譯出之，雖文法判和漢之別，而意旨無毫釐之差，于句法字眼轉接間（原作閒），漢文所有者有之，漢文應無者無之，無庸依様，不失廬山，縱云出藍，自成粉本，下筆無挂漏杜撰之患，閱者無晦悶蒙蔽之虞，斯譯文之能事畢矣，吾因而斷之曰，直譯者不如意譯之為愈也，司是事者，苟以蒭蕘為可採，于譯文一道，未必無小補云。（註十四）（標點為筆者所加）

可知在翻譯的過程中，原意絕不可能與譯意完全相同，只能按譯者理解的方式來做翻譯。傳統文人在進行文學翻譯時，對於筆下的文字究竟是屬於譯作、擬作、或摹寫，常常沒有清晰的界定。若是譯作，往往不見「翻譯」字樣。若是擬作（imitation，或稱譯述），則類似於林譯小說（晚清林紓所譯之小說），也是廣義的譯作，但不同於林紓將其擬作作品視為「譯作」，臺灣的傳統文人則往往不加上「翻譯」字樣，例如李逸濤改寫朝鮮名著〈春香傳〉、以及魏清德譯述日本故事〈赤穗義士菅谷半之丞〉、〈塚原左門〉、〈寶藏院名鎗〉、〈塚原卜傳〉等皆是如此。若是摹寫，則與文學翻譯的定義有段差距，例如魏清德的〈齒痕〉（一九一八）與〈百

註十四　《臺灣日日新報》第二二〇五號，頁二，一九〇五年九月六日。

年夫婦〉(一九二五)。這類的摹寫作品雖非譯作,但在受西方文學影響的研究議題上,亦是不容忽視的題材。由於報刊篇幅所限,加上傳統文人多缺乏西方語言能力,需仰賴中、日文譯本,如魏清德因接受日本新式教育而熟諳日文,在和漢文的翻譯也受到尊重,但其〈南清遊覽紀錄〉(十三)中提到:「……沿途多設備種種,余管見又於英文不精,故不能識。……」其英文不精,因此無法對原作「直譯」,只能將已譯的中文或日文譯本再「意譯」,且往往是摘錄式的意譯。

其翻譯情況尚可以蔡啟華譯〈小人島誌〉(註十五)為例,此文即 Jonathan Swift 原作《格列佛遊記》(*Gulliver's Travels*, 一七二六)四個章節之一,故事中的主角 Gulliver 譯為「涯里覓」,與今日習見的「格列佛」或「格里佛」相距甚遠,其實也是日語譯音「ガリヴァー」或「ガリバー」再轉成臺語漢字(註十六)。文中還有一段描述:「嘗考小人島,名曰リヽブウト,國之縱橫,十有二里,國中最繁盛都會者,曰ミルレンド都」,這當然是未及將片假名改為漢字的更為明顯之轉譯痕跡。

至於翻譯作者之不詳亦累見,可分為三種情況:其一,全無署名。其二,以中文或以日文片假名擬音的方式署名,其原名不詳。其三,已可由中文或以日文片假名擬音追溯其原名,但也許是較不知名的作家,其人不詳。譯者的不詳,亦可分為三種情況:其一,全無署名。其二,使用筆名,原名不詳。其三,使用原名,其人不詳。作者與譯者的身分,決定了文學翻譯究竟是從何而譯、為何而譯、為誰而譯這種種的問題。不署名原作者或譯者的情況極多,這類中譯本多出自中國報刊書籍,臺灣轉錄時未做任何的交代,如刊登《臺灣日日新報》上的〈女露兵〉、〈旅順勇士〉(原題〈旅順土牢之勇士〉),出自王瀛州編《愛國英雄小史(下編)》(上海交通圖書館一九一八年版)〈女露兵〉、〈旅順土牢之勇士〉原作者分別是龍水齋貞

註十五　見《臺灣教育會雜誌》第九一~九四號,一九〇九年十月二十五日~一九一〇年一月二十五日。

註十六　「覓」字在臺語有多種讀音,其中之一為〔bā〕,與「ヴァー」相似。

一、押川春浪，皆為湯紅紱女士譯。改寫之後，將譯者姓名改署他人者，如一九〇六年六月五日在《漢文臺灣日日新報》刊載了署名「觀潮」翻譯的〈丹麥太子〉，這是莎士比亞作品在臺灣譯介史上的極為早期的紀錄（註十七）。其最源頭的文本即為英國作家莎士比亞的著名作品《哈姆雷特》（*Hamlet*，或譯《王子復仇記》），但是卻非臺人自譯，而是略加改寫了林紓與魏易同譯《吟邊燕語・鬼詔》之些微字句而已（註十八）。林譯也不是從莎翁劇本直接譯來，其來源文本則是英國作家查爾斯・蘭姆與其胞姐瑪麗・蘭姆（Charles and Mary Lamb）共同改寫的《莎士比亞戲劇故事集》（*Tales from Shakespeare*，或譯為《莎士比亞故事》、《莎氏樂府本事》）（註十九），在漢譯之前業已歷經了改寫以及「變體」（由戲劇變成小說）的過程。這種情形多發生於傳統文人的譯作上，發生於萌芽期（一八九五～一九二〇）。

由於譯家不多，多數文言譯作轉錄自中國報刊（前述），如不才意譯〈寄生樹〉、何卜臣意譯〈借馬難〉、梅郎、可可譯《大陸報》的〈滑稽之皇帝〉，曙峰譯〈滑稽審判官〉、（程）小青譯〈愛河一波〉、碧梧譯述〈騙術奇談〉、〈疆埸情史〉、井水譯〈二萬磅之世界名畫〉、囂囂生譯述瑣尾生潤辭〈排崙君子〉及中覺一意譯〈偵探小說：梅倫奎復讐案（復朗克偵探案之二）〉（易題作〈孝子復仇〉）等等。轉錄之風迄日治結束一直風行不輟，這是值得留意的特殊現象。

翻譯引進的大量外國作品中，文學名作等純文學作品的譯介尚屬少數，占主要地位的還是一般觀念上的

註十七　關於莎士比亞在臺灣，戰後不僅有梁實秋以流暢的文筆完整譯出全集，還有被改編為歌仔戲《彼岸花》（來源文本為"*Romeo and Juliet*"）以及京劇《慾望城國》（來源文本為"*Macbeth*"）等。

註十八　筆者：〈少潮、觀潮、儀、耐儂、拾遺是誰？——《臺灣日日新報》作者考證〉，《臺灣文學學報》第十九期（二〇一一年十二月），頁一～三四。

註十九　周兆祥：《《哈姆雷特》研究》（香港：中文大學出版社，一九八一年），頁六。

所謂通俗文學，其中尤以偵探小說數量最多，影響也最大（註二十）。其目的在於輸入文明借鑑其思想意義，同時有消費娛樂及市場商業利益之考量。透過翻譯的閱讀自然展現了時人對現代情境的想像和渴慕。同時此時的文學翻譯較無系統可言，甚至沒有署名原作者，使得文學翻譯行為似乎只重視文本的「審美因素」，至於作者的「心理因素」與創作背景的「文化因素」則相對受到漠視。總體而言，萌芽期（一八九五～一九二〇）的文學翻譯往往有隱身的現象，且以意譯及譯述（譯介）為主要方式，譯者主要遵從的不是逐字逐句的直譯方式，而是擷其大要，因此「譯述」還可理解為譯者就原文的內容重新復述。譯者都不是亦步亦趨、字斟句酌地緊隨原作。譯者經常鋪張敷衍，或者刪節原作的冗贅部分以使譯作的情節發展更加緊湊。

三　臺灣翻譯文學的發展期（一九二〇～一九三七）

討論此期之翻譯與臺灣新文學創作之關係，先理解中國短篇小說在經歷了古典形式的衰落之後，旋即在晚清時期又開始了新內容、新形式的努力探索。這其中的內在動因自然是晚清動盪的社會現實對作家思想情感的有力觸動以及由此引發的表達需求有關，臺灣早期的傳統通俗小說在一九二〇年代被批評，即因殖民下的各式問題已不是此前筆記、傳奇的小說格局能容納表述的，小說家必須在原來的文學傳統上有所突破和創新。而域外小說譯作的某些新形式和表現技巧，對此時短篇創作的革新有所啟發和幫助，特別是那些偵探小說設計精巧、匠心獨具的情節，思維縝密、膽識過人的偵探形象，都能彌補傳統小說的空缺和不足。因而賴和小說〈惹事〉，不免有著偵探推理的情節以推動敷衍故事。臺灣新文學（小說）的興起，正與轉介中、日小說、譯作有相當程度的關聯，尤其是中國方面的引介。第二階段的翻譯文學在臺灣民報系統（從《臺灣青

註二十　《智門》發表於一九二三年《臺南新報》，改寫底本是 Maurice Leblanc 的《Aresene Lupin Versus Herlock Sholmes》。譯寫過程尤其是在地化的改裝。

年》、《臺灣》始）[註二一]轉載了不少中國作家如魯迅、周作人、胡適、張資平等人的翻譯或是創作。力倡白話文的張我軍，在不遺餘力地介紹當時中國大陸新文學的「文學理念」之餘，也寫過《文藝上的諸主義》，向臺灣介紹歐亞兩百年來的文藝思潮。通過翻譯小說（《臺灣民報》刊過都德的《最後的一課》、莫泊桑的《二漁夫》、愛羅先珂的《狹的籠》）引介西方文學。在翻譯作品方面有王敏川翻譯多篇日本《大阪朝日新聞》、《滿州日報》的文章；王鍾麟翻譯羅素對於中國問題的看法；林資梧翻譯傑克倫敦的短篇小說；黃郭佩雲翻譯賀川豐彥的〈兩個太陽輝耀的臺灣〉等多篇關於西方與日本的文學作品。及黃朝琴翻譯英國凡爾登的〈初步經濟學〉（一卷二號起連載）；蔣渭水翻譯《大阪朝日新聞》、《大阪每日新聞》、《萬朝新聞》社說、《讀賣新聞》社說等等日本重要報紙的社論；陳逢源翻譯〈大亞細亞同盟在脅威分裂的歐洲〉（第六九號）、羅素的〈公開思想與公開宣傳〉；連溫卿翻譯〈蘇維埃與教育〉等左傾作品，並介紹世界語；張我軍將山川均一九二六年完成的『植民政策下の臺灣』論文翻譯成『弱小民族的悲哀』，刊在《臺灣民報》上[註二二]。李萬居留法，在上海展開其文藝、政治的活動，翻譯法國作家的作品及一些政論譯著等，其選材眼光獨到，所譯文學作品之藝術性皆極高，具有世界文學的視野。

此期特別需留意的是關於轉載者與譯者主體性的體現。中國在一九四五年以前所產生的漢譯文學作品不勝枚舉，臺灣日治時期報刊的編輯如何從中揀擇轉載？日譯文學作品與日本自身的文學創作更是琳瑯滿目，

註二一　《臺灣》自一九二二年四月十日發行開始，發行至一九二三年十月止。

註二二　鄧慧恩博士的碩博士論文，對於臺灣民報的翻譯及世界語的研究，值得讀者留意關注。本文參考了她的相關著作，同時感謝她惠贈大作。有關世界語的翻譯，本套書亦選取若干作品。相關研究還可以參考呂美親系列著作，如〈日本時代台灣世界語運動的展開與連溫卿〉、〈《La Verda Ombro》、《La Formoso》，及其他戰前在臺灣發行的世界語刊物〉、〈關於連溫卿的〈台灣原住民傳說〉〉。以及中研院李依陵〈從語言統一實踐普世理想——日治時期臺灣世界語運動文獻〉，網址 http://archives.ith.sinica.edu.tw/collections_list_02.php?no=26

臺灣譯家又以怎樣的動機與標準來挑選翻譯？此中因素頗多，略可區分為二：首先是內在的「文本變數」（text variable），包括譯者對於語言的掌握能力、文本本身的吸引力等，這在前文已經有相關論述。其次則是外在的「語境變數」（context variable），包括任何與翻譯活動相關的社會文化因素，如政治局勢、外交格局以及文藝動向等（註二三），透過後者的考察往往更能看出編者與譯者在翻譯過程當中所體現的主體性以及與時代背景之間的關聯性。例如《臺灣民報》之所以在一九二三年轉載胡適譯作〈最後一課〉的原因，與胡適翻譯這篇作品到中國的原因相似，都是有意藉此激發人民的民族情操——小說中描寫了法國因為在普法戰爭中敗績，阿色司省必需被割讓出去，當地的小學被迫要放棄教授法文。故事透過一名小男孩的眼光來描寫，更讓人體會到其中的悲憤與無奈。胡適本身就是庚子賠款公費留學，對此感受更深，也希望當時處於列強環伺的中國人民能夠有所覺醒（註二四）。臺灣當時的處境與小說場景更為相符：都是戰爭失敗被割讓出去的地方、學校語文教育都必需改為以新統治者語文為主要內容、民眾都感到悲憤交加而無力回天，想必當時的臺灣讀者讀後也會感到心有戚戚焉（註二五）。

同樣轉載於《臺灣民報》的胡適譯作還有刊於一九二四年的吉百齡原作〈百愁門〉以及莫泊桑原作〈二漁夫〉。前者的譯者小序云：「吾國中鴉片之毒深且久矣，今幸有斬除之際會，讀此西方文豪之煙鬼寫生，當

註二三　李晶：《當代中國翻譯考察（一九六六～一九七六）——「後現代」文化研究視域》（天津市：南開大學出版社，二〇〇八年），頁二九。

註二四　趙亞宏、于林楓：〈論胡適對新文學翻譯種子的培植——從翻譯《柏林之圍》與《最後一課》看其文學翻譯觀〉，《通化師範學院學報》第三一卷五期（二〇一〇年五月），頁四一。

註二五　〈最後一課〉在戰後臺灣的國文教科書中也被選錄為課文，同樣也是站在宣導愛國觀念的立場，然而十分反諷的是：小說中的人民被迫放棄在學校傳授自己的語文的描述，與當時臺灣的福佬、客家、原住民無法在教育場域學習自身母語的情況，其實也若合符節。

亦啞然而笑，瞿然自失乎？」」，日治時期臺灣一樣有不少鴉片吸食者，統治當局更藉由鴉片專賣以賺取龐大稅收（註二六），編輯應該也有想要藉由此篇以喚醒臺灣讀者之用意。〈二漁夫〉（今譯〈兩個朋友〉）則是描寫普法戰爭（一八七〇～一八七一）期間，巴黎被普軍包圍，兩個法國人難耐愁悶，相約前往市郊釣魚，結果被普軍抓走，因為不肯透露法軍當天哨卡的口令，慘遭槍決。這篇與〈最後一課〉相同，在中國的接受史上也被視為具有濃厚的愛國主義思想，屢次被選入中學教科書中（註二七）。至於〈二漁夫〉在日治時期臺灣的時代脈絡中獲得轉載的緣故，應該是想要提醒臺人認清一項事實：相異民族或國家之間的鬥爭是十分殘酷的，甚至連一般民眾也會遭到無情的殺戮。對照日治前期的漢人抗日活動遭到慘酷鎮壓之情形（註二八），洵然如是。

而在「多元文化主義」的催化下，《臺灣民報》轉載魯迅翻譯的俄國盲作家愛羅先珂的童話作品，〈魚的悲哀〉、〈狹的籠〉，在日治時期這樣特殊的時空，以中文呈現俄國作家的童話作品，這在臺灣兒童文學發展史上是件罕見的事，而轉載之動機目的尤耐人思索。表面上似乎透過中國作家介紹俄國作家的童話作品，實質上是透過作品傳達訊息，希望臺灣人能夠凝聚文化抗日的民族情結，灌輸臺灣人敵愾同仇的民族意識。「文化抗日」的意識型態隱藏在兒童文學作品之後，這中間夾雜著臺、日、中、俄等國家地區複雜的多元文化，在臺灣兒童文學發展史上的確是一種別開生面的特殊文化現象（註二九）。

註二六　陳小沖：《日本殖民統治臺灣五十年史》（北京市：社會科學文獻出版社，二〇〇五年），頁一四八～一四九。

註二七　劉洪濤：《二十世紀中國文學的世界視野》（臺北市：秀威資訊科技公司，二〇一〇年），頁七三。

註二八　例如最後一次漢人大規模武裝抗日活動，史稱「噍吧哖事件」或「西來庵事件」（一九一五年），軍事鎮壓期間可能有屠村行為，事後有千餘人遭逮捕，其中八百餘人獲判死刑，最後真正處死近百人，其餘改判無期徒刑。見李筱峰：《臺灣史一〇〇件大事・上》（臺北市：玉山社，一九九九年），頁一二二～一二四。

註二九　此段解讀普遍見諸目前學界研究論點，提出者有鄧慧恩、邱各容等人。事實上，翻譯外國著名童話寓言故事用以教育兒童，甚至也適合成年人閱讀的觀點，在當時極為普遍。童話、寓言所寄寓的深刻思想，在殖民統治下有其方便之處，不致動輒得咎遭食割命運。此外，漢字臺灣語譯文學《伊索寓言》的〈狐狸與烏鴉〉、〈螻蟻報恩〉、

此時的文學翻譯與文學運動的進行產生了緊密的結合，所以系統性明顯強烈許多。此時的臺灣文壇出現兩支重要的文學翻譯路線，其一是集中在中文部分的文學翻譯，主要刊載於《臺灣民報》、《人人》、《南音》、《フォルモサ》、《先發部隊》、《第一線》、《臺灣文藝》、《臺灣新文學》等刊物，其文學翻譯的目的是為了新文學運動的推動，希望透過世界文學的養分，讓方興未艾的臺灣文學創作能在「美學」與「形式」上能獲得一舉兩得的成長。世界文學之「美學」洗禮固然是文學翻譯的動機之一，然而「形式」的洗禮甚至可以說是更重要的理由。我們知道，中國五四新文學運動本質上就是一種西化運動，而模仿了五四新文學運動的臺灣新文學運動，其西化的本質自不待言。五四新文學運動不僅要創造以「為人生而文學」為美學判準的「人的文學」（周作人語），更重要的是要依種脫離貴族文學桎梏與文言八股窠臼的新文體，此即胡適、陳獨秀等人發起文學革命的初衷。就這樣，外國文學的「形式結構」成為中國文壇模仿的對象。然而，模仿中國新文學的臺灣新文學，在這個層面上考慮得更多。

臺灣新文學不僅要模仿外國文學的「形式結構」，它更要模仿中國文壇翻譯外國文學時所使用的「白話文」，因此當時臺灣文壇轉載了相當多中國文壇對於世界文學的翻譯，就是為了要在「美學」、「形式」與「白話文範本」的模仿上畢其功於一役。因此，中文部分的文學翻譯實與臺灣新文學運動的發展互為表裡。可以說翻譯文學（外國文學）的引進，對臺灣新文學的影響是無庸置疑的，我們在很多著作中可以看到痕跡。如

〈皆不著〉（父子騎驢）、〈諷語〉（旅人與熊）（凸鼠）（老鼠開會）、〈不自量龜〉（烏龜與老鷹）、〈欺人自欺〉（狐狸與鶴）、〈兔の悟〉（兔與青蛙）、〈弄巧成拙〉（下金蛋的母雞）、〈譽騙〉（狐狸與烏鴉）、〈烏鼠報恩〉（獅子與老鼠）、〈螻蟻報恩情〉、〈金卵〉、〈田舍鼠と都會鼠〉等，都可列入兒童文學，不過當時以此提供日人警察學習臺語之用。在《臺南新報》的兒童文學譯作也非常多，其中有一部份還是「世界小學讀本物語」，多由天野一郎翻譯，此部分材料提供了世界語翻譯的現象，在臺灣、日本、中國有相互流通的現象，如《臺灣民報》連溫卿之譯作。

學界多言楊華詩作受泰戈爾、日本俳句的影響，但並未展開進一步的探討（註三十）。愚意以為日治傳統文人受泰戈爾影響應是不可忽視的，楊華本身新舊文學兼具，在當時風潮下，他極有可能讀了不少泰戈爾詩作。泰戈爾《飛鳥集》第八十二首：「使生如夏花之絢爛，／死如秋葉之靜美。」楊華《晨光集》第三十首：「生——／是絢爛的夏花，／死——／是憔悴的落花。」二者意象近似。傳統文人對泰戈爾的介紹不遺餘力。如一九二四年林佛國在《臺灣詩報》創刊號提到印度泰古俞，勉勵臺灣詩人頌其詩，關心社會，改造時勢。連橫在《臺灣詩薈》也曾刊登《佛化新青年》雜誌的廣告，內有多篇與泰戈爾相關的論述，而在《臺灣文藝叢誌》、《三六九小報》上都有刊載泰戈爾的相關材料，蘇維霖在《臺灣民報》也發表了〈來華之印度詩人太戈爾〉，凡此種種，實在可據此建構泰戈爾在臺灣的發展史，理解他對臺灣文壇的影響。

此外，臺灣日治時期的知識階層當中，同情無產階級、反抗階級壓迫、宣揚社會主義的左翼思想亦曾風靡一時，尤其是在一九二〇年代最為盛行，農民運動與工人運動此起彼落，直到一九三七年日本對華戰爭爆發之後才被強力的壓制下來（註三一），這樣的時代風潮亦或隱或顯的呈現在當時許多漢譯文學作品之中。一九三四年時，郭秋生就認為臺灣新文學運動應有熱烈的生命力，並以楊浩然（註三二）翻譯的北村壽夫〈縹緻的尼姑〉這篇歌頌勞動、帶有社會主義色彩的小說作為範例。〈標緻的尼姑〉（註三三）藉由一個受雇到寺廟裡作粗工

註三十　我的學生許舜傑二〇一三年十月時於本系敘事學會議，發表了楊華詩作其中沿襲中國詩人詩作的論文，也是篇力作。

註三一　蘇世昌：《一九二〇～一九三七臺灣新知識份子思想風貌研究》（新竹市：清華大學中文研究所博士論文，二〇〇九年），頁三三五。

註三二　此外，有關劉吶鷗在上海引進的新感覺派，如就楊浩然譯作觀之，他在上海同文書院讀書，後轉到暨南大學中國文學系。在暨大就讀期間，加入「秋野社」，是日語翻譯高手，《秋野》每期必刊其譯作，橫光利一、片岡鐵兵和川端康成的一些短篇就在當時開始登陸中國，楊浩然可謂「新感覺派」在中國最早引介者之一。

註三三　刊於《臺灣民報》，第二六〇、二六一號，一九二九年五月十二、十九日。

的年輕人說出對於勞動本身的反思、讚揚與歌頌：「你們底三餐是誰供給的？誰給你們吃飯？你們終日所幹何事？你們不是無事忙，而且吃白飯嗎？不是不勞而食嗎？……我雖然窮困，但窮困不是恥辱。我天天出汗勞動，這是人類底義務。我不願依靠他人，用自己的力維持自己底生活。哈！這樣可說是不幸嗎？可以說不幸福嗎？唉！你們都是不知勞苦的天使！但是勞你想一想，把你們底生活想一想，那時候，你就要來求我救你了」，這對於受到儒教封建觀念影響而仍舊認為士人是四民之首、「勞心者治人，勞力者治於人」的傳統臺灣讀者而言，應頗具當頭棒喝之效。此外松田解子〈礦坑姑娘〉寫礦坑姑娘梅蕙在她到礦坑裡做工時，被色鬼主任強姦一事。梅蕙憤激自殺，工人們群起而自謀解放。篇末傳單上的「我們需要有團結的有組織的力！」「我們要用力來鬥爭！打倒擁護資本主義的黨！」「他們要加入我們的真摯的團體裡面來共同奮鬥！」三個口號，可以很明白看出，資本主義高漲的結果，不但資本家藉著經濟來壓榨被壓迫者，還要藉著他的地位來蹂躪女性。張資平譯的山田清三郎〈難堪的苦悶〉，寫「我」對於因「饑餓與病苦」而自殺的K君的回憶。K君是位隻身漂泊的革命青年，以發散鼓吹軍隊赤化的宣傳標語的罪名而入獄。一年後出獄了，但是「心臟和肺部發生了毛病」，他沒有托身之所，只得跑到「我」家來。「我」是這樣主張的人：「沒有參加實際運動的人，應該援助因為參加過實際運動而失敗受罪的人。」「我」收容了他。可是「我」因著「生活的壓迫」，稿件被退回，經濟也有問題，「我」很客氣的得著K的許可，把K逐出去了。但僅僅兩個月，K竟因「饑餓與病苦」自殺了，這引起「我」無限的內疚和衝突，構成了「我」的「難堪的苦悶」。「我」逐出K君，是為妻所逼，妻逼迫的起源卻是由於米店、菜店拒絕他們的賒欠，他們沒有法子得以維生。所以「我」一面內疚又一面衝突、矛盾。「我」把這一切的錯誤，歸結到「完全是制度不良的結果，組織不良的結果」。「我」一面憐憫K君的死亡，一面拼命的自責。「我」終於感到另一種悲哀，「自然而然的叫了」起來：「我要怎樣去解決自己呢？！」這一喊叫，形成全篇所留下的一個沒有解決的問題。這一種「難堪的苦悶」不是K君一人所有，這一種無法兩全的悲哀依舊的瀰漫在我們各個人的心胸。然而有什麼辦法呢？——在這樣的制度的人間。這篇譯作代表當時部分革命者的苦悶與衝突。在日本是如此，在中國、在臺灣也是如此。這幾篇譯作均是從中國轉錄刊登，可見當時臺灣知識分子關心的議題。因此簡進發於《臺灣新民報》發表中篇小說〈革兒〉（一九三三），便以知識青年「革兒」為中心，描繪臺灣社會的赤貧化、批判日本資本主義擴張及隨之而來「九一八」侵略戰爭，以及因階級門第的懸殊造成感情路上挫折等現象。面對這些問題，〈革兒〉皆以馬克思主義的觀點闡述，並透露出嚮往蘇維埃政權、以馬克思主義作為出路的個人選擇。此作批判「九一八」侵略戰爭一事，是當時臺灣左翼小說中相當罕見的主題（註三四）。

還有李萬居譯 Josef Halecki 原作〈鄉村中的鎗聲〉，描寫地主與官府對於貧農的壓迫與掠奪，甚至開槍打死了意圖反抗的農民，牧師竟然還在葬禮中說這是「上帝的意旨」云云，結果有一位鄉民高聲反駁：「鄉民們，我來跟你們講，並不是上帝在責罰你們。這三個人被害，並不是因為他們犯罪，乃是因為他們擁護自身的利益和身體。這樣，在官府的眼中看來就是罪人了。人家殺害他們，因為他們窮的緣故！」、「因為他們的壓迫，我們餓死了。他們拉去我們的母牛和僅有的馬匹。既沒有同情，又沒有人心。如果我們自衛，他們就把我們當做狂狗一樣的射擊，或把我們當作強盜監禁。為什麼他們不監禁那些偷我們東西的大地主！因為有他們保護，強盜不偷強盜的東西。」這同樣表現出對於被壓迫者的同情，甚至還揭露了宗教本身的欺騙性以及成為階級壓迫共犯的常見惡行。至於刊登於社會主義刊物《赤道》與《明日》的葉靈鳳（筆名曇華）譯〈新俄詩選〉、黃天海（筆名孤魂）譯〈是社會嗎？還是監獄嗎？〉、〈無益之花〉，其左翼色彩之濃厚自不待言。

註三四　〈革兒〉一段為趙勳達未刊稿。

此期亦見朝鮮作家之譯作，提供了跨國譯本之比較，深入掌握東亞各國流通影響之情況，以《自助論》為例。朝鮮作家朴潤元曾於《臺灣文藝叢誌》發表譯作，由於今日《臺灣文藝叢誌》仍無法蒐羅完整，因此只能看到〈堅忍論（一）（二）〉與〈史前人類論（續）〉，當時發刊時，並未載明是譯作，而作家朴潤元相關資料，我們能掌握的也相當有限，今遍查各文獻，查得朴潤元還有三篇文章，即〈臺遊雜感〉、〈在臺灣生活的韓國兄弟的狀況〉、〈臺灣蕃族與朝鮮（上，中，下）〉，有助於釐清若干問題。刊載於《臺灣文藝叢誌》的〈堅忍論（二）〉是翻譯自崔南善《時文讀本》第三卷第十課與第十一課，而其來源出處為「《自助論》弁言」。比較《時文讀本》裡的〈堅忍論（上）〉與《臺灣文藝叢誌》裡的〈堅忍論（二）〉內容，可發現兩者使用的漢字都是一致的，朴潤元在翻譯韓漢文混用的文章時，其漢字都是直接使用。

沿上所述，《臺灣文藝叢誌》除了刊載朴潤元譯作外，又刊登了為數不少的西學新知、中國歐美歷史文化介紹的譯文。如〈德國史略〉、〈亞美利加史〉、〈伍爾奇矣傳〉、〈俄國史略〉、〈支那近代文學一斑〉、〈中華之哲學〉、〈南宋文學〉、〈救貧叢談〉、〈現代經濟組織之陷落〉等，文學譯作則有〈愛國小說：不憾〉、〈神怪小說：鬼約〉等。可知當時譯介文章除從日文選取外，也直接從中國作家轉手進來。所刊著重新思潮的引介，以及社會經濟、救貧助窮、中西文明衝突、體育、美術發展等問題的譯介。

日治時期臺灣文學翻譯不只有漢文（以及臺灣話文），事實上，以當時的國語亦即日語為所進行的文學翻譯行為，更是文學翻譯界的主流，其數量遠勝於漢文文學翻譯作品。這可以西川滿為首的日文部分的文學翻譯路線說明。西川滿主張之「為藝術而藝術」的文學風格，顯然與臺灣新文學運動的主流思維大相逕庭。在《臺灣日日新報》與《媽祖》上，西川滿努力譯介法國的象徵主義詩風，影響所及，矢野峰人、島田謹二等人也在《翔風》（註三五）、《臺大文學》上承繼了此一文學翻譯路線。於是西川滿等人的文學翻譯，實與其主張的

註三五　臺北高校生的刊物《翔風》、《臺高》都有不少翻譯，此外尚未複刻的《杏》、《雲葉》，亦可見臺高學生透過翻譯文

文學路線並無二致；簡言之，日文部分的文學翻譯與西川滿等人欲構築的文學路線實乃互為因果。

此時期的討論尤其值得留意深度翻譯的現象。文學作品有三個要素：審美因素、心理因素和文化因素。而「深度翻譯」便是充分翻譯並詮釋了文學作品的意境（審美因素）、心境（心理因素）與語境（文化因素），這也就是將翻譯文本加以歷史化與語境化，「以促使被文字遮蔽的意義與翻譯者的意圖相融合」。更有甚者，「深度翻譯」還會基於「作者已死」的「讀者反應理論」（reader-responsecriticism），提供一種超越作者對自身文本詮釋的詮釋。在日治時期臺灣的文學翻譯上，一個關於「深度翻譯」的例證可由西川滿於一九二九年的譯詩〈理想〉來加以說明。

月圓天晴，
星光滿佈，大地慘白。
萬物之靈魂，現在天空上。
我只想著幸福的星星。
不被一般人所承認的那顆星，
但我知道那道光
發光到大地之盡頭，
讓後世人的靈魂，
激動澎湃。

學的接觸，提升教養之途徑，可參津田勤子的研究議題：《台日菁英與戰前教養主義——以台北高校生《杏》《雲葉》雜誌為中心》。

啊！那一天，
這遙遠美麗的星星
發出光芒時，
在我後面的人們啊，請你們告訴星星吧！
你才是他的愛人矣。

Sully Prudhomme（一八三九～一九〇七）作的詩。在先驅者的心裡所描繪的理想，在不被當時的風潮所接受之下，只好將自己所抱持的真理寄予後世的人們之手。這首詩是歌頌這樣的心情。將理想比喻為星星，是 Prudhomme 的心境，因此我想，我們也互相為了真正的教育，在很大的理想之下，進展下去。在翻譯之後，又詮釋作者的心境，以及譯者對作者的認同，實乃「深度翻譯」的最佳例證。Sully Prudhomme 是法國詩人，一九〇一年首屆諾貝爾文學獎得主，獲獎原因為「詩歌作品是高尚的理想主義、完美的藝術的代表，並且罕有地結合了心靈與智慧」。這首〈理想〉便完全體現了 Prudhomme 的理想主義，這是作者心境的表達。不過真正的重點不只在此，重要的是譯者西川滿藉由〈理想〉又想傳達何種心境呢？翻譯這首詩的一九二九年，西川滿正返日就讀於早稻田大學文學部，專攻法國文學，師承於吉江喬松、西條八十、山內義雄，因而養成浪漫且藝術至上的文藝美學。不過這樣的美學並非當時日本文壇的主流。當時最如日中天的文藝思潮，是普羅文學（無產階級文學）。日本自大正末期到昭和初期間（一九二一～一九三四），遭逢關東大地震（一九二三），以及全球性經濟大恐慌（一九二九）等不安因素，因而帶動普羅文學進入全盛期。當普羅文學日正當中時，當然也產生了若干追求「純粹的文學性」為主的文藝路線。其中又以「新感覺派」最為知名。最具代表的作家包括橫光利一和川端康成。《文藝時代》創刊號中，橫光利一著作的〈頭與腹〉的開頭寫道：「日正當中。特快車滿載著乘客，全速飛奔而去。沿途的小車站就像頑石般，完全被漠視了。」在談論新感覺派時，這段文字經常被引用，不過在當時文壇這卻是眾矢之的。

由此我們可以想見，同樣追求「為藝術而藝術」的西川滿面對社會上普遍質疑的聲浪，便以〈理想〉一詩明志，全然以不為時人所認可的美學「先鋒派」（avant-garde）自居，它的價值在越是遠離「大眾」（mass）的地方越是彰顯，追求文學自律（literary autonomy）的作家總是將迎合「大眾」品味的文化商品視為屈尊降貴。這是西川滿之文藝美學與文學路線的選擇，這樣的選擇也預告了西川滿日後的文學走向。一九三三年自早大畢業，恩師吉江喬松勸他回臺灣「為地方主義文學奉獻一生吧！」於是西川滿帶著「先鋒派」的實驗精神回到了臺灣。一方面，西川滿努力以地方主義文學／外地文學的文風作為進入日本文學場域的策略（strategy），企圖在日本中央文壇中獲得特殊性與能見度；另一方面，西川滿則是努力以「為藝術而藝術」作為標志自身的表徵，以便在重視寫實主義文風的臺灣文壇另闢蹊徑。至此，我們可以清楚看出作為「先鋒派」的西川滿的心境，尤其是「在先驅者的心裡所描繪的理想，在不被當時的風潮所接受之下，只好將自己所抱持的真理寄予後世的人們之手。這首詩是歌頌這樣的心情。」這段話，真是說得太貼切了。

如上所述，一篇好的「深度翻譯」可以帶領我們理解作者甚或譯者所強調的意境，以及他們立身處世的心境與語境，成為我們進行研究時不可或缺的材料（註三六）。一九二〇年代臺灣新文學運動發展之初，以轉載中國的文學翻譯作為文化啟蒙的手段，等到一九三〇年代西川滿所帶領的象徵詩風興起，又帶給臺灣文壇不同的翻譯目的與翻譯主題之選擇。總之，臺灣文學翻譯或肇因於文學運動的文化自覺，或肇因於譯者個人的美學選擇與心境，都是一種意識的文化傳遞行為。因此，正如安德烈．勒弗菲爾（Andre Lefevere）所言，翻譯

註三六　西川滿部分的論述由趙勳達撰文。

是創造文本的一種形式，譯者通過翻譯，使文學以一定的方式在特定的社會中產生作用；因而實際上，翻譯不僅僅是語言的轉變、文字的轉換，而且是不同文化、不同意識形態的對抗和妥協，翻譯就是一種文化改寫，一種文化操縱。這種多元文化系統之間的文化改寫與文化操縱，正是本文關注之重點所在。

四　臺灣翻譯文學的衰微期（一九三七～一九四五）

這種對文學翻譯的積極態度，到了中日戰爭爆發以後開始產生轉變，亦即進入文學翻譯的衰微期（一九三七～一九四五）。戰爭期的翻譯，則因禁漢文的關係，將中國傳統小說翻譯為日文，或諸如日譯《臺灣歌謠集》，或者將日文劇本翻譯為臺語，同時因敵國的關係，減少對英美的翻譯。臺大所藏《臺大文學》的翻譯偏重文學，其中多篇論文的內文都是和文與邦文交雜，是「比較文學」氣味濃厚的刊物。主要翻翻譯者有：島田謹二、矢野峰人、西田正一、稻田尹、椎名力之助、從宜等等。雜誌屬性比較偏重純文學的部分，其中比較文學的論文尤其出色，帶有學術研究氣質的文學刊物。根據目次知道《臺大文學》內設有「翻譯」專欄，「翻譯」在學術界得到另一種層次的晉升。主要翻譯者有島田謹二、矢野峰人等，其他還有看到日本文學翻譯等。《臺大文學》在一九三六年由臺北帝國大學內的師生一起出版，雖是傾向於純文學創作趣味的小眾刊物，但有不少翻譯文章，甚至有大學生將老師的論文（疑為英文寫作）再譯為日文文章（文末註明「×××譯」），或者是日本文學翻譯等等。臺北帝大學界人士與臺灣文化界在戰時下具有多面的合作關係來看，翻譯的研究將使戰爭期的臺灣文化狀況更為清晰。《臺大文學》以梁啟超為主的翻譯事業，所佔篇幅幾乎是每期的二分之一以上，這些訊息都提供了相當有趣的研究課題。值得留意的是這個時期的國家文藝政策主張為學必須「協力國策」，必須謳歌聖戰，成為「大東亞共榮圈」的政治宣傳品。因此不但「為藝術而藝術」的文學受到壓抑，就連「為藝術而藝術」的文學翻譯也不免有所節制。一向自詡「為人生而藝術」的臺灣本島作家在此氣氛下也顯得無用武之地，所以中文部分的文學翻譯隨之式微，僅存的少數文學翻譯刊載於《風月》、《南方》、《南國文藝》等刊物，卻可以看出刻意減少歐美文學的翻譯，取而代之的是對日本文學的譯介。日文部分的文學翻譯方面，雖然翻譯工作也受到影響，不過由於日文的國語地位在戰爭期的國策權威下獲得強化與鞏固，致使日文的文學翻譯比起中文的文學翻譯還是活躍許多，而且此時諸如矢野峰人等人，已經開始著力於探討文學翻譯的美學標準，亦即怎麼樣的翻譯才能兼具達意（文化性）與美感（詩學），這也就是文化詩學（cultural poetics）的層次了，這個當時臺灣本島作家鮮少正視的問題，如今我們不得不注目了。

《風月》在此時刊登之中文譯作，轉載者不少，如〈心碎〉（註三七）。原作署名「浮海」。實則此篇為譯作。譯者於題目下交代「美國華盛頓歐文原著」，文末有譯者識語曰：「按愛爾蘭與英吉利。民族不同。釁端時啟。愛人日思脫離政府之羈絆。其少年男兒，尤以運動獨立為天職。此篇所謂少年某乙。即埃美脫氏。Emmett 為愛爾蘭總督署醫官之子。遊學大陸。往謁法拿破崙。求助愛爾蘭獨立。一八〇三年歸國。謀攻督署。佔據愛爾蘭。謀洩被拘，旋處死刑。女郎則演說家 Curran 之女也。」他如介紹西方科學知識之作，亦皆出自《西風》，洪鵠〈深海奇觀〉（註三八），描述海洋與人類的密切關係，及深海中的生物奇觀。羅一山〈時裝潛勢力〉（註三九），描述女性時裝的興起對世界經濟與各國產業的影響力。默然〈海外趣聞：謊言檢察器〉（註四十），

註三七　《風月》第五、六號昭和十（一九三五）五．二六、二九《小說月報》第六卷第五號，頁一～六。

註三八　刊《風月報》第五〇期第十月號（下卷），昭和十二年（一九三七年）十月十六日，頁五～六。刊出時未署名，亦未交代出處。實出自《西風》一九三七年第五～六期。原節譯自洛杉磯《泰晤士雜誌》。

註三九　《風月報》第五〇期第十月號（下卷），昭和十二年（一九三七年）十月十六日，頁七～八。刊出時未署名，亦未交代出處。出自《西風》一九三七年第五～六期，頁七五四～七五八。

註四十　《風月報》第七六期第十二月號，昭和十三年（一九三八年）十二月一日，頁二五～二七。出自《西風》一九三七年第五～六期，頁七八六～七九〇。節譯自一九三六年九月號美國《McCall's》月刊與《刑法和犯罪學雜誌》。

描述人在恐懼或緊張等情緒下，身體會自然地發生變化。於是芝加哥西北大學的基勒教授發明一種「謊言檢察器」，能透過受測者的呼吸、脈搏和血壓的變化紀錄，判斷其是否說謊。「謊言檢察器」的試驗雖未獲得法律上的承認，然其確實已幫助美國警局和私家偵探破獲不少案件。何渾介〈談考古學〉、王貽謀〈盜屍〉描述十八世紀末葉和十九世紀初葉時，因外科醫校需要死屍作為解剖研究之用，盜屍之風油然而生。直至一八三二年，法律將為研究而收購屍體合法化後，並明定公開買屍的辦法，非法的盜屍行為才徹底消失。文中即茲舉數則世界著名的盜屍案件。胡悲〈趕快結婚吧〉描述美國某保險公司作了一份統計報告，顯示出已婚者比未婚者長壽，且罹患肺炎、傷寒等疾病的機率較低。作者據此分析已婚者較長壽之原因，並奉勸上年紀之未婚者，趕緊結婚吧！凌霜〈天才的怪癖〉描述詩人席勒、歌德，音樂家貝多芬、蕭邦等天才及普魯士王的怪癖。史丁〈賢父教子記〉描述壁西不慎打破母親房中的大鏡子，母親覺得自己無力管束，因而叫父親鞭打他以作懲罰。然壁西的父親，未真正鞭打他，反而透過挑選鞭子的過程教育他，甚至引起他日後研究工程學的興趣。轉錄譯作之頻繁，遠超出吾人之想像，也引發吾人好奇，何以在禁止漢文之際，《風月》此時刊載《西風》如此多的譯作？此後《風月報》、《南方》時期的翻譯文獻，則較多以文學翻譯為主，如〈血戰孫圩城〉、〈青年的畫師〉、〈林太太〉、〈海洋悲愁曲〉、〈復歸〉、〈秋山圖〉、〈女僕的遭遇〉、〈安南的傳說〉，不乏知名、藝術性高的作品，此時甚至還出現劉捷、水蔭萍的日文作品被翻譯成中文的現象。到了《南方》，翻譯文獻多以政令宣傳或精神講話作為翻譯對象，具有十足的協力國策之意味，此時純粹的文學翻譯，比例較低。

臺灣不僅在地緣政治上成為東亞各方勢力交錯競逐的關鍵地帶，通曉雙語的臺灣人更儼然成為日本與中國這兩個東亞大國之間的重要中介(註四一)，利用漢文以及大東亞共榮圈的宣傳，在日華戰爭爆發之後，日方廣

註四一　位於關鍵地理位置的國家或地區往往成為傳播與轉譯異文化的重要媒介，譬如在佛典漢譯史上，初期許多佛典都

泛宣傳著「東亞新秩序的建設」以及「日華文化的提攜」，事實上漢文並未銷聲匿跡，《風月報》的主編吳漫沙在當時就曾發表此番論述：「日華文化提攜的先決問題，是要兩民族間切實認識，誠心互相愛護和同情與寬容。在兩民族間的傳統習俗，更要互相尊重理解……可是要完成這個使命，非先明瞭兩國的社會生活不可。要明瞭理解兩國的社會生活，又必須從文化和語言方面著手，才能生出信賴和尊崇的觀念。那末，興亞的大業，就可計日而完成了……我們知道，日華兩國的朝野，都關心著兩國文化的提攜了，我們又知道，要研究介紹兩國的藝術歷史與習俗語言，**本島人最為適任**，這是誰也不會否認的。那末，本島文藝家的任務是很重大了」（註四二）。由此可見，當時的臺灣並不是如一般人刻板印象所想的那樣完全籠罩在日本政府強力的同化政策之下而讓漢文傳播受到壓抑，相反的，國際情勢與政治氛圍也推進了臺灣的漢譯。

該刊謝雪漁翻譯的〈武勇傳〉亦值得關注，原作者 Sir Walter Scott（一七七一～一八三二）是英國鼎鼎大名的詩人與小說家，著作甚多，尤其《艾凡赫》（*Ivanhoe*, 一八一九）更是其代表作，影響了英國的狄更斯、法國的巴爾札克、大仲馬、雨果、俄國的普希金等歐美作家（註四三），中國在一九〇五年就出現了林紓與魏易合譯的版本，題為《撒克遜劫後英雄略》，林紓於序文中更是對此部著作讚不絕口，認為足以與司馬遷《史記》

是透過「西域」（包括焉耆、龜茲、月支等國，即今中國新疆，又稱東突厥斯坦）的吐火羅人（Tochari）先譯成當地語言，再輾轉傳入中國。參考季羨林：〈浮屠與佛〉、〈再談浮屠與佛〉，收錄於氏著：《佛教十五題》（北京市：中華書局，二〇〇七年）。

註四二　吳漫沙〈卷頭語：復刊三週年紀念談到日華文化提攜〉，《風月報》第一一三期（一九四〇年七月），扉頁。

註四三　孫建忠〈《艾凡赫》在中國的接受與影響（一九〇五～一九三七）〉，《閩江學院學報》第二八卷一期（二〇〇七年一月），頁八二。

與班固《漢書》媲美[註四四]，日本也從明治時期就陸續出現許多譯本，包括大町桂月譯本[註四五]、日高只一譯本[註四六]等，但謝雪漁在一九三九年選擇〈武勇傳〉譯成漢文而不選《艾凡赫》或其他？

《艾凡赫》描述了英國十二世紀「獅心王」理查聯合了綠林英雄以及底層民眾，一起將篡奪王位的約翰親王趕下臺的曲折過程；至於其他同樣具有高知名度的作品，如《威弗利》（*Waverley*, 一八一四）以及《羅伯・羅依》（*Rob Roy*, 一八一七）則是描寫十八世紀蘇格蘭山地人民起義反抗英國政權的故事。反觀〈武勇傳〉則是描述蘇格蘭的某座湖中原本有個割據一方的反抗勢力，人才濟濟，文武兼備，原本可能與女王發生戰爭，但是後來由首領出面安撫部將，接受招安，獻出土地，「女王十分優遇，賞賜許多瓊寶，永垂子孫」。相較之下便可看出〈武勇傳〉描述的故事內容其實與譯者素來的政治傾向與意識型態較為接近，遑論其中的山水美景描寫以及大團圓喜劇結局亦與刊登此篇譯作的《風月報》之調性頗為符合，選擇翻譯這篇作品倒是順理成章而毫無窒礙，從中可理解殖民下選擇譯作的諸種因素考量[註四七]。

此時不乏臺灣日文作家將中文譯為日文之現象，徐坤泉的通俗言情小說《可愛的仇人》曾於一九三八年由張文環譯為日文並由臺灣大成映畫公司出。賴和遺稿、散文〈高木友枝先生〉、〈我的祖父〉由張冬芳譯成日文，一九四三年四月刊載於《臺灣文學》三卷二號「賴和先生悼念特輯」。吳守禮於一九三九年開始進行中

註四四　林紓、魏易譯：《撒克遜劫後英雄略》（上海市：商務印書館，一九一四年），頁一～三。林紓在一九〇七年繼續譯出 Sir Walter Scott 的作品《十字軍英雄記》（Talisman）以及《劍底鴛鴦》（The Betrothed），見高華麗：《中外翻譯簡史》（杭州市：浙江大學出版社，二〇〇九年），頁七八。

註四五　較早的版本是《世界名著選・第二篇・アイヴァンホー》（東京：植竹書院，一九一五年），爾後還有再版為《アイヴァンホー》（東京：三星社，一九二一年）。

註四六　《世界文學全集・第七卷・アイヴァンホー》（東京：新潮社，一九二九年）。

註四七　〈武勇傳〉之分析，為顧敏耀所撰。

文日譯的活動，一九四〇年將閩粵民間故事「董仙賣雷」（林蘭原著）譯為日文，一九四二年將《相思樹》（林蘭原著）譯為日文。根據蔡文斌的研究，一九四〇年代臺灣大量出現以日文譯寫漢文古典小說（註四八），如吉川英治《三國志》（《臺灣日日新報》一九三九年八月二十六～一九四三年十一月六日）、黃得時《水滸傳》（《臺灣新民報》、《興南新聞》，一九三九年十二月五～一九四三年十二月二十六日）；雜誌連載：劉頑椿《岳飛》、江肖梅《包公案》及《諸葛孔明》（一九四二～一九四三）；單行本發行：黃宗葵《木蘭從軍》（一九四三），劉頑椿《水滸傳》（一九四三）、楊逵《三國志物語》（一九四三～一九四四）、西川滿《西遊記》（一九四二年二月～一九四三年十一月）、瀧澤千惠子《封神傳》（一九四三年九月）。呂赫若也在日記中表示欲日譯《紅樓夢》，而上述連載於報章雜誌的作品幾乎都集結為單行本發行。《諸葛孔明》原以單篇形式於《臺灣藝術》連載（四卷十一至十二期）。江肖梅的《諸葛孔明》僅連載兩回，即遭檢閱官植田富士男下令中止連載，改以其譯作《北條時宗》連載（五卷一至八期）。蔡氏引李文卿之文，認為當時臺灣作家的思考是：譯介中國古典文學既可配合國策，又可避免創作過於表態的皇民文學（註四九）。楊逵《三國志物語》序文云：

> 目前正處在大東亞解放戰爭的血戰之中。
> 活在東亞共榮圈裡的每個人喲，讓我們也效法三傑的精神，同舟共濟吧！
> 我要把這部大東亞的大古典贈送給諸君，作為互相安慰、規勸、鼓勵的心靈食糧，以衝破這條苦難之路。（註五十）

註四八　劉寧顏：《臺灣省通志稿》。
註四九　李文卿：《共榮的想像：帝國日本與大東亞文學圈》（一九四五年十一月二十日），頁八六～八七。
註五十　彭小妍編：《楊逵全集（第六卷）》（臺南市：國立文化資產保存研究中心籌備處，一九九九年六月），頁一五六～一五七。

從以上引文，不難發現「同甘共苦」、「為了聖戰」是當時譯作之際的共同話語（註五一）。此外柳書琴對新發現的《南國文藝》雜誌的研究，其中特別提出林荊南的翻譯和創作路線在《風月報》和《南國文藝》有明顯的不同。在《南國文藝》林氏翻譯了〈愛蟲公主〉，在《風月報》中，翻譯火野葦平戰爭小說〈血戰孫圩城〉（《麥與兵隊》的部分譯作）；《南國文藝》還重視對外國文學與中國文學的介紹，以及對臺灣文獻的整理。在文學介紹方面，刊出了淵清翻譯、俄國作家托爾斯泰以基督救贖精神為主題的短篇小說〈愛與神〉及上述林荊南翻譯、日本平安時代短篇小說集《堤中納言物語》中的〈愛蟲公主〉。她進而提及林荊南進而翻譯劉捷〈遺產〉一文，作為民間文學整理的方法論。在譯文之前，她特別以「保存先代的意志，感情思想」及「整理文化財」的概念，陳述其對民間文學工作的意義及重要性之看法《風月報》「民俗學欄」中原稿，皆為「臺灣民俗研究會」所編輯，且研究會正把該欄刊載的作品譯成日文，將漸次在內地的雜誌上發表（註五二）。

五　有關白話字及臺語翻譯的作品

《府城教會報》是一份基督教的報紙，使用白話字傳教，除了傳教以外還有新聞、歷史、宗教、勸世、小說、散文等等（註五三）。其翻譯文學自一八八六年所翻譯刊載《天路歷程》（Pilgrim's Progress 一六七八）的

註五一　以上「日文譯寫漢文古典小說」段落，參考蔡文斌：〈漢文古典小說日文譯寫研究：以江肖梅《諸葛孔明》為例〉一文，中譯文為蔡氏所譯，蔡氏另有〈戰爭期漢文古典小說日文譯寫之研究：以黃得時、吉川英治、楊逵、江肖梅為例〉碩士論文專門處理，值得重視。

註五二　見柳書琴：〈遺產與知知識鬥爭——戰爭期漢文現代文學雜誌《南國文藝》的創刊〉，《臺灣文學研究學報》第五期（二〇〇七年十月），頁二一七～二五八。

註五三　請參本套書第一冊共同主編李勤岸教授之著作，如〈清忠與北部臺灣基督長老教會公報《芥菜子》初探〉《臺灣kap亞洲漢字文化圈的比較》（臺南市：開朗雜誌事業公司，二〇〇八年）及〈白話字文學：臺灣文學的早春〉，網址：http://museum02.digitalarchives.tw/ndap/2007/POJ/www.tcll.ntnu.edu.tw/pojbh/script/about-12.htm

宗教文學，另外〈貪字貧字殼〉、〈大石亦著石仔拱〉、〈知防甜言蜜語〉、〈貧憚 e 草蜢〉〈貪心的狗〉、〈狐狸與烏鴉〉、〈獅與鼠〉、〈塗炭仔〉等《伊索寓言》故事。〈塗炭仔〉是〈灰姑娘〉故事所翻譯改編。〈水雞變皇帝〉是翻譯自《格林童話》故事。所翻譯之作幾乎都經過改編，人名、地名及敘述口吻合乎在地習慣，以白話字翻譯世界各國文學，教會報刊扮演了很早就引進世界文學的角色，不能不說是臺灣非常特殊的現象。

日治時期，當局為了讓在臺官吏充分瞭解臺灣本地語言，發行了《語苑》雜誌，卻也因此讓臺灣首次出現了多篇以臺語（少數以客語）翻譯的中國文學作品，在文學翻譯與傳播史上具有重要的意義。

《語苑》由設在臺灣高等法院的「臺灣語通信研究會」創刊於一九〇八年（明治四十一年，確切月份待考），在一九四一年（昭和十六年）十月因為戰爭局勢日趨白熱化，改為著重實與簡易的《警察語學講習資料》刊行，《語苑》也從此正式停刊。該刊固定在每月十五日發行，總共發行了三十四卷十期，作品篇數共有七千餘篇。主要提供給當時臺灣日籍警察作為學習臺灣語言的教材，內容以臺語（今或稱福佬話）為主，兼及客語，少數篇章述及「高砂語」（今稱原住民語）以及「官話」（或稱「北京話」），內容採用漢字記錄臺語，並且在每個漢字右側用片假名與音調符號來標示讀音。

《語苑》作為臺語書寫發展史上足以與基督教會羅馬字系統分庭抗禮的漢字表達系統之代表刊物，其中總共刊載了共五十六篇中國文學作品，全部皆為小說（含笑話作品，以下同）與散文，其中又以小說作品佔多數，小說作品則特別選譯了《包公案》與《藍公案》，這些公案小說對於以警察為主要職業的閱讀對象而言，對於了解漢文化的辦案傳統亦頗有助益。至於其他小說或笑話則有提升閱讀興趣之效。其次，這些譯文在用字遣詞方面大致都能將原文轉化為流暢且精確之臺語，只是在選擇對應之漢字時，偶有未臻完善之處。這些現象的影響層面包括譯者與讀者皆為日籍人士、載體本身的宗旨是為了作為學習臺語的輔助、日治前期掀起一股瞭解臺灣舊慣習俗的時代風潮等。透過《語苑》上所刊載的中國文學作品之翻譯成臺語白話文，大致上頗忠於原文，如《語苑》中的第一篇包公案〈佛祖講和〉（註五四），其中故事地點（德安府孝感縣）、人物姓名（許獻忠、蕭淑玉、蕭輔漢、蕭美、吳範等）與情節發展（男女戀愛、和尚殺女、男方遭誣等），幾乎都保持原貌，其譯作的主要改動之處為口語化、簡易化以及在地化的轉化需求。

口語化現象如原文是書面閱讀之用的半文言小說作品，雖然臺語也可以用文讀音從頭到尾一字不改的念出來，不過如此一來則與《語苑》想要藉此教導日籍讀者學習臺語日常語言之宗旨相違背。因此，譯作便宛如說書人之口述一般，將原文翻譯成白話的臺語，諸如「屠戶」改成「刣豬的人」、「甚有姿色」改成「生做真美」、「簪」改為「簪仔頭插」、「戒指」改為「手指」、「為官極清」改為「做官無食人的錢」（臺語稱「貪官」為「食錢官」），儼然為「我手寫我口」之實踐。簡易化現象如原文有些詞句較為繁複雕琢，運用典故還使用對偶修辭，「心邪狐媚，行醜鶉奔」，譯文則將此二句簡易譯為：「心肝無天良，品行真歹」，能與上下文連貫而不悖於原意。在地化現象，例如原文出現的駢體文句：「托跡黌門，桃李陡變而為荊榛；駕稱泮水，龍蛇忽轉而為鯨鱷」，在譯文則變作「此個許獻忠身軀是秀才，親像龍變做海翁魚要食人」，原本是兩個譬喻，譯文不僅略其前者而僅擇取後者（此屬「簡易化」的手法），且因為臺灣並不出產鱷魚，故僅取原文之「鯨」（臺人十分熟悉）而捨其「鱷」，並且把鯨魚正確的翻譯成臺語慣用詞「海翁」（註五五）。

《語苑》刊載的《藍公案》作品共九則（集中於該書上半部的〈偶記．上〉）譯者主要有上瀧諸羅生及三

註五四　原文內容採用「明清善本小說叢刊初編．第三輯．公案小說」之《新鐫繡像善本龍圖公案》（臺北市：天一出版社，一九八五年）。

註五五　「鯨魚：一名海鰍，俗呼為海翁。身長數十百丈，虎口蝦尾；皮生沙石，刀箭不能入。大者數萬斤，小者數千斤」，見胡建偉：《澎湖紀略》（臺北市：大通書局，一九八七年），頁一八二。

宅生（註五六）。以《藍公案》的〈死丐得妻子〉，比較二人之翻譯，可看出上瀧諸羅生之譯文，對於原文頗予簡化，省略段落，有時有誤譯與改譯之處，如原文「因蕭邦武匿契抗稅，恨夫較論」，上瀧則譯為「講鄭侯秩因為藏蕭邦武的契，想要漏稅，叫伊賠償致恨」，頗有不知所云之感。可能就在上瀧的譯文刊出之後，讀者曾有所反應，故隔年又刊出三宅生的譯文，相較之下則顯得較為穩當合適，例如前引誤譯之段落，三宅生改譯為：「因為要叫蕭邦武稅契，蕭邦武抗拒，不肯獻出契卷來稅，阮夫參伊較鬧，伊不止怨恨」，便十分文從字順，亦與原意相符。

藍鼎元與包拯之審案，其實有類似的問題，往往不是透過科學性的證據蒐集來讓嫌犯啞口無言，而是透過行政、檢察與審判等權力的總綰一身，以傳統儒教「家父長制」的父母官身份來處理刑案與糾紛。最明顯的在〈兄弟訟田〉之中，藍鼎元對於該份田產到底要如何分配給哥哥或弟弟，並沒有鑑定其遺囑及相關文獻之真偽，竟將兄弟二人用鐵鍊鎖在一起，並且作勢要將二人子嗣交付乞丐首領收養，「彼丐家無田可爭，他日得免於禍患」，最後當然是兄弟二人痛哭撤告，「兄弟、妯娌相親相愛，百倍曩時，民間遂有言禮讓者矣」，字裡行間可以看出作者得意自詡之情。

臺灣在日治時期的司法制度業已隨著現代化統治者的來臨而歷經了一番重大的司法改革——從一八九六年開始，專職行使國家司法裁判權的西方式法院機構正式在臺灣成立：刑事案件由檢察官偵察起訴後，由判

註五六　上瀧諸羅生亦署名「上瀧生」、「上瀧南門生」，「上瀧」（うえ たき）。在臺日人，初居嘉義，後遷至臺南南門附近。曾於一九一六年至一九二七年間在《語苑》發表作品十二篇，包括〈雜話〉、〈面白い對照〉、〈料理小話〉、〈鹿洲裁判：死丐得妻子〉、〈糞埽堆〉三宅生，偶亦署名「三宅」（みやけ），在臺日人，寓居臺南，曾在一九二〇年至一九二八年間在《語苑》發表臺日對照作品共七十八篇，包括〈論勤儉〉、〈論節儉〉、〈韓文公廟的故事〉、〈三體文語〉（皆取材自《鹿洲公案》，共三十一篇？）、〈酒精〉（與冬峰生合譯）、〈舊慣用語〉（共十六篇）、〈臺灣的の神佛〉（共十五篇）、〈廟祝問答〉（共八篇）、〈訴冤〉（共四篇）等。

官（即今「法官」）審判，再由檢察官指揮裁判之執行；民事案件則由人民起訴，判官審判，總督及其他行政官員在制度規範上對於司法機關已無指揮之權。

說穿了這帶有落後、封建、保守的十分「前近代」（Pre-Modern）色彩，只是呈現了漢人在貪污腐化的封建社會當中，對於公平正義的期盼與需求，「也凸顯華人社會所受儒家倫理薰陶的影響及對司法審判所需程序正義觀念的缺乏認知」（註五七），然而，無論是《包公案》或《藍公案》，在《語苑》翻譯刊登時，翻譯者對於作品本身並沒有批判、質疑或抨擊，而是維持著一定的距離，採取一種單純提供語言教材或者作為讀者（大部分是警察與司法人員）認識瞭解漢人傳統司法風俗的態度而予以翻譯與傳播。

《語苑》也刊載不少中國古代的經典散文作品，其中包括寓言（出自《孟子》、《韓非子》、《莊子》、《淮南子》等）、歷史故事（出自《二十四孝》、《史記》、《舊唐書》、《新唐書》等）以及其他已經成為膾炙人口的經典古文作品（如韓愈〈祭十二郎文〉、蘇軾〈前赤壁賦〉、李白〈春夜宴桃李園序〉等），年代最早的是春秋戰國諸子之作，最晚是清末曾國藩（一八一一～一八七二）所作的〈討粵匪檄〉，其中少數是篇幅較長的作品，如〈祭十二郎文〉連載數次才刊完，大部分屬於短篇之作。在這二十八篇作品當中，共有六位譯者，其中翻譯最多作品的是小野真盛（おの まさもり，一八八四～？），號西洲，日本大分縣人，通曉漢詩文（註五八），來臺之後，師事臺南宿儒趙雲石，嫻熟臺語。其他譯者還有：坂也嘉八（さかなり かはち，？～？），寓居羅東之日人。東方孝義（とうほう たかよし，？～？），日本石川縣人，主持《臺灣員警協會雜誌》之「語學」專欄，著有《臺日新辭書》（一九三一）與《臺灣習俗》（一九四二）。小野真盛譯李白〈春夜宴桃李園

註五七　林孟皇：《羈押魚肉》（臺北市：博雅書屋，二〇一〇年），頁四〇。

註五八　小野真盛曾於報刊發表數篇漢詩文，如於一九一一年四月十八日在《漢文臺灣日日新報》第一版發表古文作品〈艋津江畔觀櫻花記〉，在《臺灣時報》第一〇一期（一九一八年二月十五日）發表四言組詩〈周子〉、〈程伯子〉、〈韓子〉、〈邵康節〉、〈董仲舒〉（頁十二）等。

序〉，譯文十分流暢，保留了原作之逸興遄飛與瀟灑豪氣，對於古典漢語中的詞彙也都能找到合適的臺語詞與其對應，例如「逆旅」之於「客店」，「過客」之於「人客」，「游」之於「迌」等。東方孝義翻譯四篇中國先秦時期的寓言，其中的〈苗ヲ助ケテ枯ニ至ラシム〉之譯文，對照原文的「今日病矣，予助苗長矣」，一般按字面則譯成：「今仔日足忝（tiam）矣，我幫助彼的蘡（iN）大欉啊」，但譯者的改寫「共人講：『今仔日我看見田裡的稻仔攏不大，不止煩惱，我卻有想著一個法度，可幫助伊大欉。』」，頗有自得而故做神秘之態，顯得更為生動而可笑。

在短篇小說及極短篇體裁的笑話，年代最早的是南朝吳均的《續齊諧記》，繼而有唐人沈既濟的〈枕中記〉、宋人小說〈梅妃傳〉、明人浮白齋主人的《雅謔》，其餘八篇皆為清人作品，包括清初蒲松齡的《聊齋誌異》三篇與褚人獲的《隋唐演義》一篇，清中葉的沈起鳳《諧鐸》一篇，清末的俞樾《一笑》三篇，可見當時譯者在取材時對於清代作品頗多著意。笑話在《語苑》之中亦屢見不鮮，具有增加趣味性的功用，可以吸引讀者閱讀。惟於當時對於臺語漢字的選定頗受日文的影響——日文之漢字讀法有「音讀」（おんとく）與「訓讀」（くんとく）之別，音讀是日語所吸收之漢語讀音，訓讀則是將日語原本之語詞讀音搭配一個表示相同或相似意義的漢語字詞，例如「どこ」對應於「何処」之類。日治時期在《語苑》中的臺語漢字選定則有類似「訓讀」之處理手法，傾向於注重漢字之書面表達而較為疏忽語音與漢字之間的密合程度。戰後則頗有更動，如前引譯文中出現的「事情」現今已改為「代誌」，「返來」改為「轉來」、「尚未」改為「猶未」、「何處」改為「叨位」、「何貨」改為「啥貨」等[註五九]，選定之漢字與語音本身較為貼近。

《語苑》在臺語漢字書寫發展史、臺灣漢學傳播與研究發展史、臺灣翻譯發展史等各個層面所具重要意義有數項：第一是關於譯者與讀者。《語苑》的譯者與讀者都以日籍人士佔大多數，在翻譯、閱讀與學習臺語

註五九　運用「臺語／華文線頂辭典」（http://210.240.194.97/iug/Ungian/soannteng/chil/Taihoa.asp）之查詢結果。

之際，同屬東亞漢字文化圈的背景便成為可資利用的基礎／先備知識，採用漢字並且借用日本的訓讀經驗以翻譯或記載臺語譯作便為順理成章之事。此外，因為譯者與讀者都是任職於警察局或司法機構之中，自然而然的特別留意於廣泛流傳於漢人社會中的公案小說，對於日人耳熟能詳的楊貴妃故事亦予以收錄。第二是關於載體本身。《語苑》創刊的宗旨主要是讓當時的在臺日籍基層官吏（主要是警官）能夠熟悉臺灣在地之語言，以便於施政、溝通與聯繫，若選錄文學作品則是借重其故事性與趣味性，俾能能提升讀者在學習語言時的興趣，故文體之選擇自然以小說最受青睞。第三是關於時代背景。日本統治臺灣之初，頗費心於舊慣習俗之整理與調查，一九〇一年（明治三十四年）由臺灣總督府成立「臨時臺灣舊慣調查會」，邀請岡松參太郎、愛久澤直哉、織田萬等學者專家，就各專業領域進行調查與編纂工作，並且將調查結果出版成書，包括《臺灣私法》、《清國行政法》、《調查經濟資料報告》及《番族慣習調查報告書》等（註六十）。在《語苑》當中刊登這些中國古典文學作品，亦能使其主要的讀者群體（日籍人士）藉此認識臺灣在地文化當中的傳統漢文化部分。第四是關於臺語漢字書寫發展史。臺語因為本身就含有不少非漢語的成分，並且在發展過程當中更進一步吸收了其他語言進來，因此要完全用漢字記載時便容易有窒礙難通、方枘圓鑿之情形，從清領時期在各地方志書當中開始陸續用漢字記載臺灣此地之特殊語詞（如地名、物產、風俗等），到了日治時期則由在本國已經受過基礎漢文教育的日籍文士進一步研究審定，當時臺籍文士亦有少數進行此項研究者（如連橫撰寫《雅言》（註六一）），將臺語漢字書寫表現系統更往前推進一步。第五是關於臺灣漢學傳播與研究發展史。臺灣原為南

註六十　鄭政誠：《臺灣大調查：臨時臺灣舊慣調查會之研究》（臺北市：博揚文化事業公司，二〇〇五年）。

註六一　連橫於其《雅言》（臺北市：大通書局，一九八七年）即云：「臺灣文學傳自中國，而語言則多沿漳、泉。顧其中既多古義，又有古音、有正音、有變音、有轉音。昧者不察，以為臺灣語有音無字，此則淺薄之見。夫所謂有音無字者，或為轉接語、或為外來語，不過百分之一、二耳。以百分之一、二而謂臺灣語有音無字，何其傎耶！」（頁二）。

島語族（Austronesian 或 Malaypolynesian）的生活領域，漢學（Sinology）的傳播與研究要從明鄭時期開始萌芽，當時不只有「海東文獻初祖」沈光文的來臺，亦有「全臺首學」臺南孔廟的設立，到了清領時期更是透過科舉考試與學校教育等方式，產生了更多研讀漢學卓然有成之士人（最具代表性的是清領末期的吳子光），亦有不少鼎鼎大名的漢學研究者來臺仕宦（如「詩經三大家」之一的胡承珙便於一八二一年任臺灣兵備道）（註六二），此時期是臺灣漢學傳播與研究發展史上的重要階段。到了日治時期，一般刻板印象可能認為當時臺灣的漢學已經進入蟄伏期，的確，日治時期的臺灣隨著新式教育與現代性觀念的引入而以西學居於標竿與核心之地位，然而藉助著現代化的傳播與印刷媒體，漢學在臺灣的傳播與發展毋寧獲得不少正面而積極的動力，這在以日籍人士為主要讀者群體的雜誌《語苑》都有不少中國古典文學作品刊載亦可略窺一二。

總而言之，透過《語苑》上所刊載的中國文學作品，可看出這些作品飄洋渡海來到日治時期的臺灣並且翻譯成臺語白話文之際，所經歷的口語化、簡易化以及在地化的轉化過程，並且在臺語書寫史、臺灣漢學發展史以及臺灣翻譯史等各個層面都有重要的意義（註六三）。

六　結語

日治時期臺灣的翻譯語言極其複雜多元，以上所述之外，尚有中國作家以日文譯臺人作品為中文的，最早的單行本小說，應該是胡風從日本《文學評論》上將楊逵的〈送報夫〉與呂赫若的〈牛車〉翻譯成中文，分別刊登在一九三五年五月的《世界知識》和八月與《譯文》，並結集出版的《山靈——朝鮮臺灣短篇集》，一九三六年四月由巴金創辦的上海文化生活出版社出版發行。另外，同樣將日文譯成中文的在中國的臺灣人士有

註六二　顧敏耀：〈臺灣清領時期經學發展考察〉，《興大中文學報》第二十九期（二〇一一年六月），頁一九三～二一二。
註六三　《語苑》部分由顧敏耀先生所撰。

張我軍、李萬居、洪炎秋、劉吶鷗諸人，他們所選擇的日文之作或法文之作，皆有極高的藝術水平，足見其鑑識眼光。此外，《臺灣府城教會報》以「白話字臺灣話文」翻譯的文學作品，《語苑》以「漢字臺灣話文」翻譯的文學作品多達六七十篇，其中有兩篇甚至是以「客語」譯成，分別是五指山生譯〈邯鄲一夢〉（一九二二年十月十五日）與羅溫生譯〈因小失大〉（一九二五年一月十五日），以及北部教會報《芥菜子》多篇翻譯文學等，皆可謂臺灣文學翻譯史上的瑰寶。

日治翻譯文學，也由日本人譯家承擔了大宗任務，所譯之作亦極精彩，如果統計翻譯原作家、國別，可見法國文學、俄國文學、日本文學英國文學之影響不小，雖然影響大小不能僅僅取決於譯作數量的多寡，但是文學接受譯作數量的多寡，可以明顯地反映一個民族對外來文學態度的冷熱。此外，促銷煙品的廣告小說亦譯為日文，極力宣傳，鼓動讀者消費慾望，此一情形竟與中國英美香菸月刊所載小說之作法雷同，亦是可以留意之現象。

臺灣的文學翻譯與文學運動的進行有著不可分割的緊密關係。作為殖民地的臺灣社會，其文化語境比起日本與中國而言顯得複雜許多，因此在臺灣，歐美文學（以及歐美文化）與日本性、中國性以及臺灣本土性的交會，造就了不同的文化風貌。文學翻譯理論的權威學者佐哈爾（Even-Zohar）曾經以「多元系統理論」（Polysystem Theory）指出，文學翻譯是文學發展的重要塑造力量，這股力量的能量取決於文學翻譯在文學創作中的相對地位，為此，佐哈爾提出了「強勢地位」（primary position）與「弱勢地位」（secondary position）的概念，剖析翻譯文學與本國文學之間的權力關係（power relationship）。佐哈爾認為翻譯文學在大多數的正常情況都是處於「弱勢地位」，它只能作為本國文學的附庸或補充，不過當一個多元系統尚未形成或處於幼嫩時期；文學處於多元系統的弱勢或邊緣狀態；多文學多元系統處於轉折、危機或真空時期，翻譯文學即會佔據主流和強勢的地位。對日治時期的臺灣文壇而言，上述前兩項的情況可謂兼而有之，也因此翻譯文學也就在臺灣文壇佔據了明顯的「強勢地位」。佐哈爾認為「幼嫩的文學要把新發現的（或更新了的）語言盡量應用於多元文學類型，使之成為可供使用的文學語言，滿足新湧現的讀者群，而翻譯文學的作用純粹是配合這個需要。幼嫩的文學的生產者因為不能立即創造出每一種他們認識的類型的文本，所以必須汲取其他文學的經驗；翻譯文學於是就成為這個文學中最重要的系統。」（註六四）關於這種情況，我們馬上可以聯想到的是一九二〇年代萌芽的臺灣新文學運動。當時為了新文學的啟蒙以及推翻文言文的書寫霸權，白話文運動需要創造自己的形式與語言，因此往往乞靈於外國文學的翻譯，甚至是轉載中國文壇對於外國文學的翻譯。於是，翻譯文學在此時期不但不是附庸，而是處於強勢地位。至於佐哈爾所說的第二種情況，是與第一種大致相仿，不過主要是出現在相對弱小的文學（或小國文學）上：「一些歷史較悠久的文學由於缺乏資源，又再一個文學大體系中處於邊緣的位置，往往不會如鄰近的強勢文學般發展出各式各樣的（組織成多種不同系統的）文學活動。面對鄰近的文學，這些弱小文學看見一些文學形式上人有我無，於是就可能感到自己迫切需要這些文學形式。翻譯文學正好填補這個缺陷的全部或部分空間。（中略）有些文學處於邊緣的位置，即是說，它們在很大的程度上是以外國的文學為楷模的。對這些文學來說，翻譯文學不僅是把流行的文學形式引進本國的主要途徑，而且也是帶來改革和提供另類選擇的源頭。」（註六五）對日治時期的文學翻譯狀況來說，這種現象恰恰存在於三種不同立場的翻譯者身上：其一是臺灣傳統文人，其二是臺灣新知識分子（尤其是新文學啟蒙期過後、一九三〇年代的新知識分子），其三是在臺日人知識分子。這三類知識分子都不約而同地將西方文學視為

註六四　佐哈爾：〈翻譯文學在文學多元系統中的位置〉，收入陳德鴻、張南峰編：《西方翻譯理論精選》（香港：香港城市大學出版社，二〇〇六年），頁一一八。進來中國學者亦借用「多元系統理論」來討論中國五四時期的翻譯狀況，請參見任淑坤：《五四時期外國文學翻譯研究》（北京市：人民出版社，二〇〇九年），頁七三。

註六五　同上註，頁一一九。

現代性（modernity）的化身，他們不僅學習西方文學的形式，更學習西方文學的詩學（poetics），亟欲從西方文學身上獲取革故鼎新的養分。因此，翻譯文學也在臺灣文壇佔有強勢地位（註六六）。

綜上所述，不同時代、不同語境決定了「翻譯文學」不同的豐富內涵。本套書涵括內容極為多元，譯者、譯作多采多姿，藝術性極高者觸目可見，本文無法一一介紹，個人相信讀者只要讀過這一批「翻譯文學」，我們將更為科學地透視二十世紀以來臺灣文學的曲折變遷與意義生成，並在具體的歷史情境與文化情境中構築起更為完整的二十世紀臺灣文學地圖。

註六六　從「臺灣的文學翻譯與文學運動」至此為趙勳達所撰。

凡例

一　本套叢書是日治時期臺灣報刊上的翻譯作品彙編，分為「白話字」、「臺語漢字」、「中文」以及「日文」四卷，及第五卷日文影像集。

二　每冊所收錄篇章皆按照發表之先後順序排列，篇章出處以臺灣報刊為主，中文譯作方面則兼及刊登臺人譯作之中國報刊。

三　每篇譯作首標篇名，右下方則標示作者與譯者，日文卷則加註中譯者。繼而有作者與譯者之簡介，如果有重複出現的作者或譯者，僅於首次出現時予以簡介，排列在後者僅標示「見某某」，以供查考。篇末則以不同字體標示確切出處與日期。

四　原文模糊難辨之字，以□標示。錯字以【】更正，漏字則以〔〕補之。至於時代性習慣用法或日文漢字，以（）標示，如里、裡，彎、灣，到、倒，很、狠，少、小等。

五　《白話字卷》除了有原始的「全羅版」白話字（或稱「教會羅馬字」、「臺語羅馬字」）之外，亦有「漢羅版」的譯文以供對照參看。

六　《臺語漢字卷》因為原始文件在漢字右側使用日文假名以及音調符號作為標音，若重新打字不僅十分困難，亦有容易失真的問題，因此以原始圖檔方式呈現其原貌。

七　《日文卷》所收錄之篇章，皆敦請精通日文之專業譯者重新將文章內容再翻成中文，以便利用。凡是原文難以辨認之處則標示並加註說明。

八　本叢書除了《臺語漢字卷》及日文影像集採用原貌之直行排列之外，其餘皆採用現代學界通用之橫式編排，俾於安插英文與阿拉伯數字，及節省版面。

九　各冊若有文字校對、內容說明或是必須附上日文原文以供參照等需求，皆統一以隨頁註的方式說明。

十　本叢書所收錄篇章之來源十分多元，字體與標點符號之使用也頗為紛雜歧異，現皆一律採用教育部公布之標準字體與新式標點符號，原文若有錯字也逐一校對改正，俾今人閱讀與研究。

十一　本編凡遇長篇文字，俱為重新分析段落，以清眉目，而無繁冗之苦。

十二　各篇之作者與譯者簡介皆於文末標示撰寫者姓名。各冊書末則附有本叢書之主編、中譯者以及所有參與編撰者之簡介。

第一卷

目次

狐狸與烏鴉

作者　伊索
譯者　諸井勝治

【作者】

伊索（Aesop，生於西元前六二〇年，卒於西元前五六〇年），希臘寓言作家。其著作《伊索寓言》（Aesop's Fables）可謂當今兒童文學的典範。有關伊索的生平，人們所知有限。相傳伊索是奴隸出身，但是由於聰明機智，而獲得主人賞識，擔任律師或辨事員之類的工作，並得以恢復自由。他擅於以動物為主角來寫寓言，諷刺人的聰明及愚蠢，這些簡短、精彩又寓意無窮的故事很受當時人們的激賞。時至今日，「伊索」幾乎已成了「寓言」的代名詞。其中如〈龜兔賽跑〉、〈狼來了〉、〈吃不到的葡萄是酸的〉等，都是最為耳熟能詳的故事。（趙勳達撰）

伊索像

【譯者】

諸井勝治（もろい かつはる），生卒年待考，臺灣語通信研究會會員，曾於《語苑》發表多篇臺日語對照的作品，包括一九一〇年二月與七月於「短篇寄書欄」專欄所發表的兩篇創作（皆未命題），在一九一一年一月則於「讀者之領分」專欄發表〈翁仔姐宛家（夫婦喧嘩）〉，一九一二年十月則發表翻譯自伊索寓言的〈狐狸與烏鴉〉。（顧敏耀撰）

諸井勝治

○狐狸與烏鴉

一隻烏鴉。咬一塊肉來在樹頂裡、適想要食的時。狐狸就對樹脚開聲講。汝不時都好聲音在唱歌。今仔日亦着唱一條來給我聽啊。烏鴉被伊讚。歡喜到要死頷管伸長大聲鴉々哮一下、就在銜彼塊肉。磅一下々落々來下脚。狐狸就隨時咬彼塊肉。走對樹林內去。

一匹ノ烏ガ、一片ノ肉ヲ銜ヘテ木ノ上デ、今ニモ食ベ様トシテ居ルト、狐ガ下カラ聲ヲ掛ケ、貴方ハ何時モ好イ御聲デ歌ッテ御座ルガ、今日モ一ッ聞カセテ下サイト、言ヒマスト、烏ハ誉メラレタ嬉シサニ、頸ヲ伸シテ一聲高クカラ〳〵ト啼クト、銜ヘテ居ッタ肉ガ、バタリト下ニ落チマシタ、狐ハ透サズ其肉ヲ銜ヘテ森ノ中ニ隠レテ仕舞ヒマシタ。

載於《語苑》一九一二年十月十五日

螻蟻報恩

作者　伊索
譯者　陳晴川

【作者】

伊索（Aesop），見〈狐狸與烏鴉〉。

【譯者】

陳晴川，生年待考，卒於一九三二年。在一九一〇年前後曾任大稻埕區書記，亦於《語苑》發表多篇作品，包括刊登於一九一〇年六月至翌年六月的〈區長役場用語〉共十一篇、一九一四年十月的〈螻蟻報恩〉以及十二月的〈海外奇俗〉，在一九一六年九月則於《臺灣教育會雜誌》發表漢詩〈慶饗老典〉。臺北漢詩人杜仰山於一九三二年八月曾於《詩報》發表〈輓陳晴川先生〉：「老成名早重榆枌。十日奚堪兩耗聞。古道照人原靄靄。橫流慨世自紛紛。生駒跨竈公何憾。舐犢關懷我尚醺。不盡鄰家吹笛感。夕陽搔首淡江濆」，表達對好友的無限緬懷與哀思。（顧敏耀撰）

○螻蟻報恩

陳晴川

有一陣的螻蟻、在海邊在佪迌的時、看見海裡浮一尾死魚、大家想要去咬來食、不拘流沒得倚來、食沒着、大家住在海墘裡、目睭顧看在魚裡、忽然間起一候大風來、無張持續

或一群ノ蟻ガ、海邊デ遊ンデ居ル時ニ、海ニ一尾ノ死ンダ魚ガ浮ンデ居ルノヲ見テ、互ニ其ヲ取ッテ食ヒタイト思ッタケレドモ、ナカナカ側マデ流レテ來ナイノデ、食フコトガ出來マセンデシタ。一同ガ海邊デ目ヲ見張ッテ其魚ヲ見テ居リマシタ

被風吹落去水裡。大家在彼海裡。沈下浮下。扒沒得起來。彼時適一隻烏仔。飛對得過。看見彼群螻蟻。在浸水。浸到要死。不止可憐伊。隨時飛去山頂。咬一枝樹枝來。放落去水裡。彼群螻蟻即擒對彼枝樹枝扒起來。彼群螻蟻眞歡喜。對彼隻烏仔行禮。說多謝在講。阮大家跌落水。幸哉。好得汝救。無。阮險攏無性命。此號恩情。久々都不敢沒記咧。烏仔講。阮是愛做好事

スルト忽然一ツノ大風ガ起ツタ爲メニ不意ニ水中ニ吹キ落サレテ仕舞。一同ハ海中ニ於テ沈ンダリ浮カンダリシテ居ツテ上ルコトガ出來マセンデシタ。其時丁度一羽ノ烏ガ飛ンデ來テ其處ヲ通過シ彼ノ蟻達ガ水ニ浸サレテ。死ニ瀕シテ居ルノヲ見テ誠ニ可愛相ダト思フテ。直チニ山ノ方カラ一本ノ木ノ枝ヲ銜ヘテ來テ。水ノ中ヘ投ゲ落シマシタスルト彼ノ蟻達ハ其枝ニ取リ縋ツテ上リマシタ。蟻達ハ非常ニ喜ンデ。彼ノ烏ニ向ツテ禮ヲシ謝禮ヲ述ベテ云フノニ我々ガ水ニ落チ込ンダ處ヲ、幸ニ、貴方カラ救ツテ戴キマシタサモナケレバ、我々ノ命ガ皆無クナル處デシタ。此御恩ハ何時マデモ忘レマセント申シマスト、烏ガ云フニハ、我々ハ善事ヲシタイノデ、政府デモ我々ヲ保護シテ下サルノデ。貴方々ヲ救ケテ上ゲルノハ當然ノコト

的、政府亦有保護阮。阮救恁是應該然、總是以後恁若是要討食、就着較斟酌咧、傷險的所在、不可去。
烏仔與螻蟻相辭、做伊飛去。
有一日、彼隻烏仔更飛來彼所在的樹頂在宿睏。適々一個打獵的來。看見彼隻烏仔。就夯銃要打伊。彼群螻蟻亦適々在樹脚在秋凊。看下見、大家啊。較緊咧々々々。恩人在要被人打喇。打獵的、適々在要開去。後群螻蟻、緊々對打獵的脚

デス。併シ此カラ貴方々ガ餌ヲ求メル時ニハ能ク注意シテ餘リ危イ處ヘイツテハイケマセンゾト、烏ハ蟻ト別レテ飛ンデ行ツテ仕舞ヒマシタ。
或日、彼ノ烏ハ再ビ彼處ノ樹ノ上ヘ飛ンデ來テ休憩シテ居ルト、丁度一人ノ獵師ガ來テ、彼ノ烏ヲ見付ケテ、直チニ銃ヲ持ツテ打タントスル際、彼ノ蟻達モ丁度木ノ下デ納涼デ居リマシタ、此有様ヲ見テ、皆速々〳〵、恩人ガ人カラ打タレルト申シマシタ、獵師ガ將サニ鐵砲ヲ打フトスル時、彼ノ蟻達ハ急イデ獵師ノ足ニシツカリ噛ミ付キマシタ。獵師ハ噛マレテ痛クテ堪リマセンノデ、一寸

出力與伊咬落。打獵的被伊咬下。痛了擋沒住。脚骨戰下。銃比了走爭去、續打無着。做伊飛去。

足ヲ震ハセタノデ、狙ガ外レテ、遂々當ラナカッタノデ。飛ンデ行ッテ仕舞ヒマシタ。

載於《語苑》一九一四年十月十五日

皆不著*

作者 伊索
譯者 木易生

【作者】

伊索（Aesop），見〈狐狸與烏鴉〉。

【譯者】

木易生，生平待考，或許是某楊姓文人所用的筆名，曾於《語苑》總共發表十八篇作品，包括一九一一年六月的〈自灰亮對答〉、八月的〈說著〉、九月的〈說著〉（其二）、一九一四年十一月的〈憨僕〉、一九一四年十二月的〈自侮〉、一九一五年一月的〈巧騙〉、三月的〈坐荾椅〉、五月的〈看合意汝〉、六月的〈皆不著〉、七月的〈諷語〉、八月的〈凸鼠〉與〈山頂猴〉、十月的〈不自量龜〉、十二月的〈欺人自欺〉、一九一六年一月的〈有錢就留〉、三月的〈弄巧成拙〉、四月的〈譽騙〉、七月的〈公道良心〉。（顧敏耀撰）

* 按：即伊索寓言「父子騎驢」。

多方面

○皆不著

木易生

有一個田庄人、父仔子兩個、對別位返來、在路裡、要倩驢仔來騎、總是孤々剩一隻可倩而已、想老父、想着伊的子、較細僕、驚伊脚骨酸沒行、就叫怹子騎咧、自己對在脚尻後行、々到一位鬧熱的所在、聽見人講、這個子眞不孝、伊自己騎

或ル田舍者ノ親子二人ガ他所ヨリ歸ル時、驢馬ヲ倩ツテ騎ラウトシタガ、シカシ只一疋ダケシカ倩エナカツタ、ソコデ父親ハ悴ハ小供ノ事ダカラ倦レテ歩ケナイダラウト思ツテ子供ヲ騎セテ、自分ハ後カラ歩行イテ去ツタ、處カ或ル賑ヤカナ處ニ來懸ルト、人ノ話ニ彼ノ子ハ眞ニ不孝モノダ、自分一人騎ツテ、親ヲ歩行シテ居ルト云ツテ居ルノ

驢、叫𪜶老父隨在行。𪜶老父聽見人如此講、就叫𪜶子落來、伊自己騎得行。到一所在、又更聽見人講。這個老歲仔、眞硬心。伊自己騎驢、給𪜶子徒行。眞沒惜𪜶子。𪜶老父又聽見如此講、就叫𪜶子扒起來。公家騎一隻驢。行無若遠、又聽見人講、𪜶父仔子兩個。公家騎一隻驢、敢是忖辨要與彼隻驢與伊壓死、𪜶老父更聽見如此講。心肝底不止着急、就參𪜶子。作一個落來。對

ヲ聽キ。父親ハ子供ヲ落シテ自分デ乘ッテ行ッタ處デ或ル處マデ來テミレバ。又人ガ此ノ親爺ハ眞ニ無情ナ奴ダ、自分バカリ乘ッテ子供ハ歩行カセテ、可愛サウトモ思ワヌノカ。ト噂サシテ居ルノヲ聽イタ。ソコデ父親ハ子供ヲ乘セ父子一疋ノ驢馬ニ騎リ行ク内ニ、程ナク又人ガ噂サヲシテ居ル彼ノ親子ハ二人デ一疋ノ驢馬ニ乘ッテ居ルガ、乘リ殺ス積リカ知ラン、父親ハ之ヲ聽イテ心モ心ナラズ、子供ト一緒ニ落リテ驢馬ノ後ヨリ歩行イテ去ッタ、少シ去ッタ處ガ又人ガ笑ッテ話シテ居ル

多方面

在驢仔的腳尻後行。行到較去。又聽見人各個在笑。講這兩個父仔子。眞正戇。有便々的驢不騎。對在如此行。可見世間的人。是攏愛議論人的。沒使得聽人講東講西。總要自己作事情。有情理就是。

ノヲ聽ケバ、彼ノ親子ハ眞ニ馬鹿ダ、恰度驢馬ガアルノニ騎リモセズニ徒歩テ居ルト云ツテ居タ、ダカラ、世間ノ人ハ何トカ如トカ言ヒタガルモノユエ、人ガ彼レ此レ言ツテモ耳ヲ傾ケズニ自分テ如此ダト思ツタラ其通イニスルガヨイ。

載於《語苑》一九一五年六月十五日

諷語*

【作者】

伊索（Aesop），見〈狐狸與烏鴉〉。

【譯者】

木易生，詳見前篇〈皆不著〉。

作者　伊索
譯者　木易生

* 按：即伊索寓言「旅人與熊」。

多方面

○諷語

木易生

有兩個極相好的朋友、作夥出外、去到半路裡、遇着一個人熊、對面

二人ノ極ク仲ノ好イ友達ガ、一緒ニ外出シテ、或ル處マテ來懸ルト一疋ノ熊ニ出逢ツタ、向フカラ

諷語

頭前搭來。一個脚手較緊的。彪一下。就扒起去樹頂匿咧。尙剩一個走無路。心肝底不止倉皇。忽然問。想着一個計。因爲伊會聽見人講。人熊吃人。是要吃活的。不愛吃死的。伊就將身軀。放給伊倒落去。假作死人的欵。人熊倚來。在伊的脚腿身軀一直鼻。落尾手。更在伊的面裡。與耳空邊。鼻々咧卽去。彼個住在樹尾頂的人。看見人熊去了。卽落來。笑々問彼個人講。頭

ヤツテ來タノデ、一人ノ機敏ナノハ、飛ンテ樹ニ昇ツテ匿レタガ、モ一人ハ逃ゲ場ヲ失ヒ大變ニ周章テ居タガ、突然一計ヲ案ジタ、夫レハ曾テ人ニ熊ガ人ヲ喰フニハ、活キタ人ワ喰フガ死ンダ人ハ喰ワヌト聽イテ居タ、ソコデワザト自分ニ倒レテ死ンダ眞似ヲシタ、熊ハ近寄ツテ來テ、彼レノ足五体ヲ熱心ニ嗅イデ居タガ、後ニソ顔ヤ耳ノ邊ヲ嗅イデ去ツテ仕舞ツタ樹ノ上ニ居タ人ハ熊ガ去ツタノヲ見テ落リ來リ、笑ツテ詩ネルニソ、サツキ、熊ガオ前サンノ耳ノ邊ニ覆サツテ何ヲ言ツテ居タカ、彼ノ人ハ答エテ云フニソ、熊ノ話シタ事ソ澤

頂仔、人熊覆在你的耳空邊。是講甚麼貨。彼個人講。人熊與我講的話眞多。其中上要緊的兩句話。就是講。叫我以後交陪朋友。就要斟酌、若要是遇着危險的時候。有相照顧的、即是好朋友。

山ニアルガ、其中一番必要ナ話ソ、オ前サンソ向後友達ト交際スルニソ能ク注意セネバナラス、若シ危險ニ出逢ツタトキハ互ニ援ケ合フノガ好イ友達ダト云ツタ。

載於《語苑》一九一五年七月十五日

凸鼠*

作者　伊索
譯者　木易生

【作者】伊索（Aesop），見〈狐狸與烏鴉〉。

【譯者】木易生，詳見〈皆不著〉。

* 按：即伊索寓言「老鼠開會」。

多方面

○凸鼠

鳥鼠被猫。致治到眞忝。彼是沒講得的久了、有一日、一大陣的鳥鼠。作夥在參商講。咱各個。日時匿咧、夜昏出來討食。也就算是不止乖巧的了。總是尙未免得猫的害。的確着想一個好法度。即能保得永遠不受猫的害。即有可放心。安穩度日。

木易生

鼠ガ猫ニ虐メラレテ「チユウ」ノ音モ出ナイ苦シミハ。ソレハ〳〵マウ久シイ前カラノコトデアル、或日大群ノ鼠カ集リテ會議ヲスル御互共ハ晝ハ隱レ忍ビシテ夜ダケ出デ食物ヲ求ルノデマア〳〵此上モナイ長者風者デアル。サリナガラ猫ノ害ハ逃レラレナイ是非トモ何トカ良イ方法ヲ考ヘ出シ永刧未來猫ノ災難ヲ受ケヌ樣ニシナクテハ安心シテヤス〳〵世渡リハ出來ナイト云ヒマスト、ソレカ

凸鼠

自如此、彼一陣鳥鼠、各個都想要獻一個計、有個講着如此、有個講着如彼、不拘攏有淡薄干碍的所在、做沒得到、其中有一隻講、我想着一個好法度咯、不過在猫的頷管、掛一個鈴仔、猫若一下震動、阮聽見聲、就可好閃、這個計、您看若許好呢、彼個鳥鼠、各個聽見、攏搭手、喝講好、眞好計、眞好計、無比這個再較好的了、各個歡喜到沒顧得、攏講是今有好計智咯、免

ラ彼ノ大勢ノ鼠ハ思ヒ〳〵ニ智慧ヲ絞リテ或者ハカウダト云ヒ或者ハア、ダト云ヒマスケド何レモ幾分ノ故障ノ點ガアリ甘ク行カナイ、其中ニ一疋ノ鼠ガ云フニハ私ハ甘イ方法ヲ思付キマシタ、ソレハ猫ノ頸ニ一ツ鈴ヲ掛ケルノデス猫ガ一寸動ケハ我々ハ響ヲ聽付ケテ避難スレハヨイノデス、コノ計ハ皆サン何ント甘イデハアリマンカ、彼ノ鼠等ハ聞クナリ「ヨイ思付〳〵」之ニ勝ル方法ハアルマイト拍子喝采シ皆々大喜ヒニ悅マシテ、サア甘イ智計ガ出タ、マウ猫ハ恐ル、ニ足ラヌト云ヒマシタ、ガ併シ彼ノ群ノ鼠ノ中ニ一疋ノ年老

再驚貓了、不拘彼陣鳥鼠仔內、有
一隻老鳥鼠、激恬々、攏不作聲、
亦不講好、亦不講不好、各個問伊
講、你不作聲、敢不是尙嫌這個法
度不好是否、彼隻老鳥鼠講、法度好
却是好、總是那一個肯去將彼個鈴
仔、掛在猫的頷管呢、您各個之中、
若有一個敢去、就這條計即能用得、
彼一陣鳥鼠、聽見這個話、干乾你
看我、々看汝、連一句話、都講沒
得出來、啊、像這欵講空話的鳥鼠、

ヲ鼠カ居テ默リ切テチユウトモ云ハナイ亦良イト
モ惡イトモ云ハヌカラ、皆ノ者ガ問フニハ汝默テ
居マスガ、コレデモマタアノ手段ガ惡クテ氣ニ召
サヌノデスカト云フト、年老タ鼠ハ方法トシテハ
宜シイガ一體誰ガ踏込ンデ行テ彼ノ鈴ヲ猫ノ頸ニ
掛ケテ來マスカネ、御前等ノ中デ誰カ行キ得ルナ
ラ此ノ計ヲ行ツテ來ルガヨイト云フト、彼一勢
ノ鼠ハコノ話ヲ聞イテ只々顏ト顏トヲ見合セテグ、
ウノ音モ云ナカツタ、コンナ駄法螺ヲ云フ樣ナ鼠
ガ世間ニ頗ル多イロ先ハ中々甘イガ併シ云フベク

弄巧成拙

是世間不止多。講是賢講。總是講能得到。作沒得到。就是叫彼隻献計的鳥鼠。自己去做。伊亦的確要想法度逃走。像這號講空話的鳥鼠。實在眞好笑。亦是眞可惡。

三四

シテ行ヘナイノデアル。彼ノ献策ノ鼠自身ガ仕事ニ行ッテモ屹度逃ゲルニ定ッテ居ルノデ、コンナ法螺吹ノ鼠輩ハ實ニ笑フベク又惡ムベシデアル。

載於《語苑》一九一五年八月十五日

不自量龜*

作者　伊索
譯者　木易生

【作者】伊索（Aesop），見〈狐狸與烏鴉〉。

【譯者】木易生，詳見〈皆不著〉。

* 按：即伊索寓言「烏龜與老鷹」故事。

得飛到半天頂。去迢迌々咧。不眞心色到。總是我無彼等本領。的確求彼隻老鷹教我。卽能用得。就與老鷹講。鷹兄。汝算是眞賢的了。双旁翼能起風。脚底能生雲。不論天涯地角。據在汝迢迌。恰若神仙一樣。可憐我的身軀。不過一寸高。一年到暗。住在地脚扒。我與汝比起來。眞正是一個天堂。一個地獄了。汝若將彼等飛的本領教我。我若學了能曉飛。汝的人情。我的確

イカラ是非〳〵アノ鷹ニ賴ンデ敎ヘテ貰ハネバナラント鷹ニ向ツテ申シマスニハモシ〳〵鷹サン貴方ハ誠ニオ偉イネー兩方ノ翼デハ風ヲ起シ脚デハ雲ヲ作ツテ天涯地角デモ貴方ノ思フマヽニ遊バルル丁度神樣モ同樣デアリマスガ憐レナコトニハ私ハ體ノ丈ケガ一寸モナイ一年中暮ル日モ〳〵地ベタニ扒ツテ居リマス私ト貴方ト比ブレバ誠ニ高天ガ原ト地獄トノ差ガアリマス貴方モシアノ飛バル、術ヲ私ニ敎ヘテ下サイマセンカ私ガ敎ハツテ飛ビキル樣ニナレバ貴方ノ御恩ハ屹度〳〵御酬ヒ

能報答汝就是、老鷹講。各人有各人的本領。沒使得勉强。汝若一定想要飛、不是干乾學沒得能。更驚能害着汝的身軀喃。彼隻龜不肯聽。再三再四、求彼隻老鷹。的確就教伊。老鷹姑不終允伊。就將自己的脚爪。對龜的尾挾咧。飛到半天高起去。龜看見這個欵。不止歡喜、就與老鷹講。汝常々與我的尾挾住飛、要高要低。我不止不自由。汝何不放手。給我自己飛看覔咧。老

致シマスト云フト鷹ガ云フニハ皆夫々ノ本領ガアルモノデ强テ出來ルモノデハアリマセン貴方ガ如何程飛ボウト思ッテモ只習ッテ飛バレルモノデハアリマセン却テ貴方ノ身ヲ害シマスト云フテモカノ龜ハナカ〳〵聞キ入レマセン何遍モ〳〵鷹ニ是非敎ヘテクレト願マスカラ鷹モ仕方ナシニ承知シ自分ノ足爪デ龜ノ尻尾ヲ攫ンデ中空高ク飛ビ上リマシタ龜ハコノ狀ヲ見テ非常ニ喜ビ鷹ニ申マスニハ貴方ガ初中私ノ尻尾ヲ攫ンデ飛ビ高クナリ低クナリスルト私ハ誠ニ勝手ガ惡イ何故手ヲ放シ私ヒトリニ飛バセテ見マセンカネト云フト鷹ハ貴方トテモ飛ベマセン私ガ一寸手ヲ放スト貴

不自量　編

鷹講、汝敢沒曉得。我若一個放手、汝隨時。就能跌落去。龜不信伊的話、講汝放給我自己試飛看覓咧。鷹就將爪、放給伊伸去。彼隻龜、對半天頂。拍一個。跌落土腳來。身軀損到碎糊々。吟。這隻龜、若是安分守己、住在土腳罔扒、不想對高的所在去飛、那能將自己的身軀、跌到碎碎。這就是俗語所講的飛若不高。跌亦沒忝。

方ハ直グニ墜チテ行キマスト云ヘド龜ハ鷹ノ云フ言ヲ信ニシマセンデ貴方私ヲ放シテ私自分ニ飛バセテ見テ下サイ飛ベルカドウカト云ヒマスカラ鷹ハ足爪ヲ伸ベテ放シマスト龜ハ中天カラ一トタマリモナク地ニ墜チテ身體ハ微塵ニ碎ケテ仕舞マシタ此龜ガ自分ノ分限ヲ守ツテ地デボツ／＼ト這ウテ居テ高イ所ヘ行テ飛ブコトヲ考ヘサヘセネバド、ウシテ自分ノ體ガ墜チテ碎ケテ仕舞ヒマセウカ之レガ諺ニ云ソ所ノ『飛ンデモ高クナケレバ落チテモ酷クナイ』デ柄ニナイ事ヲスルモノデハアリマセントサ。

載於《語苑》一九一五年十月十五日

海幸と山幸

作者　不詳
譯者　卓周紐

【作者】

本文為日本家喻戶曉的神話故事，出自日本最早的歷史書籍《古事記》。《古事記》的成書，相傳是西元七一二年，日本元明天皇命太安萬侶編撰而成，內含「本辭」（日本古代神話傳說）與「帝紀」（歷代天皇事蹟）兩部分，〈海幸と山幸〉即出自「本辭」。（趙勳達撰）

【譯者】

卓周紐，（一八九二～一九七三），號夢庵，臺北新店人。一九一〇年畢業於廈門思明中學，返臺後於一九一二年任職於臺灣覆審法院登記所遞信部，嗣後通過臺灣總督府通訊手考試（一九一八）及普通文官考試（一九二一），乃轉至郵運界達五十年。好吟詠、工詩文，曾加入瀛社、天籟吟社、鷺州吟社等詩社。一九三五年《風月》雜誌發行，為創始成員之一。詩作多見於《詩報》、《風月報》、《南方》、《南瀛佛教》，亦曾收錄於《瀛洲詩集》（一九三三）、《東寧擊缽吟前集》（一九三四）、《瀛海詩集》（一九四〇）以及《臺灣詩海》（一九五四）等詩集。（趙勳達撰）

卓周鈕像

○山幸ト海幸（其一）

韋周鉦

古昔在日本國、有二個兄弟仔神明。大兄賢釣魚、人叫伊做海幸彥、小弟慣串打獵、人叫伊做山幸彥。

怹二個人真久分開在山裡與海裡、認眞做頭路、一日都無懶惰、在骨力、所以不止快活過日。

有一日兄弟仔做堆、怹小弟對怹大兄講『不時創親像的頭路能厭起來、干乾一日就好。你在山裡打獵、我

昔日ノ本ノ國ニ、或二人ノ兄弟ノ神ガアリマシタ。兄ハ釣ガ上手ナノデ人ガ海幸ノ彥ト呼ビ、弟ハ狩ガ得意ナノデ、山幸ノ彥ト呼ビマシタ。

ソーシテ二人ハ長イ間山ト海トヘ別レテ、セッセット業ヲ勵ミ、一日モ怠ルコトナク、働イテ居リマシタカラ。有福ニ暮シテ居リマシタ。

或日兄弟ハ一緒ニナッテ、弟ハ兄ニ向ヒテ『何時モ同ジ事バカリ遣テ居テハ、厭キガ來ルカラ、一日丈。貴方ハ山デ獸ヲ取リ、私ハ海ヘ行ッテ魚ヲ

來去海裡拿魚。不不止有心適。恁大兄講彼不止有趣味了。如此講好。

二個就在彼。大家換家司。恁大兄提弓箭。小弟提釣竿、各人對山裡海裡就去。

不拘都是無慣勢的事情。是無彩工。夯弓箭無人贏伊的山幸彥。釣歸日連一尾細尾魚都釣無。

不但如此。與恁大兄借來彼號要緊的釣仔、不知何時仔打無去何位。這々痛咯々々。如此在着急的時。

取ツタラ、面白イデアロウト申シマシタラ兄ハソレハ定メシ興味ガアルコトデショート云ツテ賛成シマシタ。

二人ハ其場デ、オ互ニ道具ヲ交換シテ、兄ハ弓矢ヲ、弟ハ釣竿ヲ携ヘテ、銘々山ト海トヘ別レテ出掛ケマシタ。

シカシ何方モ慣レナイ事ハ、是非ガナイモノデ、弓矢ヲ取ツテ及ブモノナキ山幸ノ彥ハ、一日カヽツテ小サイ魚一疋ダニ釣レマセンデシタ。

ノミナラス、兄ノ彥カラ借リテ來タ大切ナ釣針ヲイツノ間ニカ何處ヘカ無クシテ仕舞ヒマシタ。

コレハ大變〳〵ト、狼狽ヘテ居ルトコロヘ、海幸

海幸彥由山裡返來。這亦是不慣勢的頭路、都無拿到半隻、朽頭朽面的款、對恁小弟『你在創甚貨』出聲與叱去。恁小弟姑不終、將彼號情形講起、與伊會不着、總是恁大兄聽見彼號事情、面就臭起來講『彼號釣仔若無還我的時、我此號弓箭不還你々知無』恁小弟再更與伊扭在會、亦是不聽、將手袂拂開做伊返去。

(完來)

ノ彥ハ山カラ歸ツテ來マシタ。コレモ慣レヌ仕事ニ、一ツノ獲物モナクテ大不機嫌ノ樣子デ、弟ニ『オ前ハ何ヲシテ居ルカ』ト聲ヲカケマスト、弟ノ彥ハ是非ナクアリシ次第ヲ申シテ、詫ヲシマシタ、ケレドモ兄ノ彥ハ其言葉ヲ聞イテ、苦イ顏ヲシテ『アノ釣針ヲ返サナイ內ハ此ノ弓矢ヲ返サンゾ』ト申シテ弟ガ猶モ詫テ止ムルモ聽カズ、袂ヲ振リ拂テ歸ツテ仕舞ヒマシタ。

○山幸ト海幸（其二）

卓周鈕

大兄不肯應承。是無法度。山幸彥將自己珍重的劍推碎做幾那百門的釣仔。提去偲大兄彼。此請汝諒情我。不拘執癖的海幸彥講。若無照原的釣仔無愛了。不肯允伊。

如此山幸彥姑不終各日去海墘。想講怎樣仔即尋能得着。彼號去打無

兄ガ承知シテ吳レナイノデ、仕方ナク、山幸ノ彥ハ自分ノ秘藏ノ劍ヲ碎キ數百個ノ釣針ヲ拵ヘテ兄ノ彥ノ處ニ持參シテ、是デ勘辨シテ下サイト申シマシタガ、片意地ナ海幸ノ彥ハモトノ針デナクテハ嫌ダト云フテ承知シマセンデシタ。

夫レデ山幸ノ彥ハ仕方ナク〳〵毎日〳〵海邊ヘ出テ、ドウシタラ其無クシタ釣針ヲ自分ノ手ニ入レ

山幸彥ト海幸

去的釣仔呢。在得燥心扒腹。
有一日忽然有一個老歲仔出來講。我是此處仔的人。名叫鹽土翁。汝打加落的釣仔尋此。尋到怎樣亦是無較大面。不如去龍宮。與彼處的主人參商看覓較好。看汝怎樣。如此勸伊。
山幸彥即講。着怎樣即能得去龍宮如此問伊。老歲仔就講。我知影了。將存辦來的密籠。用竹篾編的。恰若細隻船的欵。提出來講。請汝坐

三二

ラレルダロウカト途方ニ暮レテ居リマシタ。
或日ノコト突然一人ノ老人ガ現ハレテ私ハ此邊ノ者デ、鹽土翁ト云フ者デアルガ、無ナシタ釣針ハ此邊ヲイクラ探シテモ無イ筈デアルカラ、一層ノコト龍宮ヘ行ツテ其處ノ主人ニ相談シテ見テハドウカト勸メマシタ。
山幸ノ彥ハドウシタラ龍宮ヘ行カレマスカト尋ネマスト、翁ハ私ハ心得テ居リマスト豫テ用意シテ來タ目無籠ト云フ、竹デ編ンダ小舟ノ樣ナモノヲ持出シテサアコレニオ乘リナサイト云ヒマシタ。

這。山幸彥、聽老歲仔的嘴、就坐落去、眞奇啊、彼個籠、若射箭的款、對波面走去、何時仔來到一位、若龍宮的所在。

（未完）

山幸ノ彥ハ、翁ノ言フニマカセテ、ソレニ乘ルト不思議ニモ、籠ハ波ノ上ヲ矢ノ樣ニ走ッテ何時ノ間ニカ、龍宮ラシイ處ニ着キマシタ。

載於《語苑》一九一五年十、十二月十五日

欺人自欺*

作者　伊索
譯者　木易生

【作者】

伊索（Aesop），見〈狐狸與烏鴉〉。

【譯者】

木易生，詳見〈皆不著〉。

* 按：即伊索寓言「狐狸與鶴」

多方面

木易生

〇欺人自欺

有一隻狐狸、與一隻鶴眞相好。不時來々往々。眞正親熱。有一日。狐狸辦一塊棹要請鶴。彼隻鶴。歡歡喜喜。就來飲酒。無一霎仔久。排出酒宴來。攏是用淺々的細仔的盤仔、盛些零々星々的碎肉。與稀々的湯水。彼隻鶴。是生成一枝尖

大サウ仲ノヨイ一疋ノ狐ト、一羽ノ鶴トガ居マシテ、初中往キ來モシ、昵懇ニ交際テヰマシタ、或日、狐ガ一卓ノ御馳走ヲ拵ヘテ鶴ヲオ招キシマスト、鶴ハ大變喜ビテヨバレニ來マシタ、間モナク酒肴モ出テ列ベ立テラレマシタガ、皆極淺イ小サイ皿ニ、少シヅヽ切端ノ碎ケ肉ヤ、淡イソツプガ盛テアリマス、アノ鶴ハ生レ付キノ尖ガツタ長イ

々長々的嘴、吃這欵的菜。看何有法咧、狐狸吃物。是孤舐的。一目睨仔久、就將彼盤仔底的菜。吃到了々、舐一盤更一盤。對彼棹頂排的物。舐到七歪八斜。吃到眞爽快。彼隻鶴。吃亦無半屑。干乾住在看伊吃。等候吃了。姑不終忍飢。與狐狸相辭回來彼隻鶴心肝底。愈想愈不甘愿。過幾日彼隻鶴。亦辦棹要請狐狸。將彼等魚肉酒菜菓子東西、攏用玻璃矸盛住。彼隻鶴。本

一本口デアリマスカラ、コンナ器ノ肴ヲ食ベルコトハドウシテモ出來マセン、狐ノ物ヲ食ベルノハ舐ルノデスカラ、瞬ク間ニ、アノ皿ノ内ノ肴ヲバ食ベテ仕舞イマス、一皿舐メズツテハ又一皿、其卓ノ上ニ列ヘテアツタ物モ、舐ズツテ列ンダ皿モ歪マシテ亂雜ニ食ベデ愉快ガツテルガ、ソチノハ鶴ハ半切レモ食ハズ、只狐ノ食ベルノヲ見テ居ルバカリデアル、食事ガスンデカラ、已ムナク飢イ腹ヲ抱ヘテ、狐ニ御暇乞シテ歸テ來マシタガ、鶴ハ内心考ユレバ考ユルホト無念デ堪リマセン、幾日カ經ツテ、鶴モマタ御馳走ヲ用意シテ狐ヲ請待シマシタ、ソシテ魚、肉、酒、肴、菓子、何歟ト、皆

欺人自欺

是尖更長的嘴。揷對研仔底落去。挾起來吃。却不止利便。不拘眞刻虧彼隻狐狸。看有吃無。對彼個研抱住。拚性命來舐。舐一哺仔久。舐亦沒得着。干乾。看能着美色。鼻能着香味。併一點仔都吃沒得到嘴。亦舐好忍飢。與鶴相辭返去害。這就是人所講的。只顧自己。不顧別人。那能知欺負別人。就是欺負自己。您大家想看覓咧。彼隻狐狸。要吃無可吃。是狐狸自己做能得來的不是。

硝子ノ瓶ニ盛リマシタ、鶴ハ、持前ノ尖ッタ長イ口ヲバ、瓶ノ中ニ突キ込ンデ、狹ミ出シテ食ベルニ、中々調法デス、併シ誠ニ困ッタノハ狐デ、ドウシタラ食ハレルカト、ソノ瓶ヲ抱ヘテ一生懸命ニ舐メズリ、シバラクノ間舐メズリ廻タガ、中々食ベラレマセン、只々美シイ色ヲ見、香バシイニホヒヲ嗅グバカリデ、一滴モ口ニハ這入リマセンデシタガ、食事モスンダノデ狐ハ飢サヲ忍ヘテ、鶴ニ暇ヲ云フテ歸ッテ行キマシタ、コレト云フノモ即チ人ガ云フテ居ル通リ、只自分サヘヨケレバ、他ノ人ハドウデモヨイト、他人ヲ苛メ侮レバ、自分ニ其報ガ來ルモノデアル、貴方皆サンモ考ヘテ御覽、アノ狐ガ、御馳走ヲ食ベタクモ食ベラレナカッタノハ、狐ガ自分ニ其因ヲ作リ出シタカラデセフサウデハアリマセンカ。

載於《語苑》一九一五年十二月十五日

兎の悟*

作者　伊索
譯者　田口孤舟

【作者】
伊索（Aesop），見〈狐狸與烏鴉〉。

【譯者】
田口孤舟（たぐち こふね），寓臺日人，曾於《語苑》發表十五篇作品：包括一九一五年七月的〈禽獸狗有眼無珠〉、八月的〈在等我是不〉、九月的〈要生敢有各樣〉、十二月的〈兎の悟〉、〈講去傷慢〉、一九一六年一月的〈留守です〉、三月的〈本當に仙人になった〉、〈時計が待てる〉、六月的〈二隻蛙〉、七月的〈沒曉漢文〉、八月的〈讀書的狗〉、十二月的〈突骨縫與突血母〉、一九一七年五月的〈狗仔子白的及烏的〉、九月的〈醫生的計智〉、十二月的〈戒自暴自棄〉。（顧敏耀撰）

＊按：即伊索寓言「兎與青蛙」。

〇兎の悟

田口孤舟

有一日做風颱、樹仔草仔東倒西歪、做去不止大、彼時住在公園内的一隻兎仔、驚到不着激居沒住、準狂

或日暴風雨デ、木モ草モ吹キ倒シ、大變ナ暴シデシタ、其時公園ニ棲ンデ居タ一疋ノ兎ハ、吃驚仰天靜ニシテ居ラレズ、氣狂見タ様ニ周章狼狽逃グ

兎の悟

一樣生狂走出去。是因爲要尋遮身較穩當的所在。跳乎踊乎踊到無若遠、就遇看一條溪塞在路頭沒得可好過。所以即兎仔大々失志。噯喲我何此歹運。受此呢艱苦與伊此危險強度過一生要創甚。做是倒頭跳落去溪底死較贏麼。想要定的時站在溪岸墘的水蛙。是看伊兎仔走到來即生驚。惶々跳落去溪裡續覓在水底去。彼當候生做較巧神的兎仔。看彼水蛙着想倒返來不可不可跳水

出シマシタ、ソレト云フノモ身ヲ避クル安穩ノ場所ヲ捜ス爲メデ、ピヨン〱ト飛ビ如何程モ行カヌニ一筋ノ川ガアリ、路筋ガ塞ツテ渡ルコトガ出來マセン、ソレデ兎ハ大層力ヲ落シテ、アヽ自分ハドオシテ斯樣運ガ惡イノダロウ、此樣ニ苦シミ且ツコオ危イ思ヒシテ無理ニ一生送テモ何ニナロウ、寧ソ眞逆樣ニ川底ニ飛ビ込ンデ死ヌルガ勝シダト、思ヒ定メル時、川土堤ノ端ニ居タ蛙ハ、彼ノ兎ガ走ツテ來タカラ驚ケテ、ザンブト川ノ中ニ飛入リ水底ニ潜リ込ミマシタ、其時生レツキ發明

死、要看起來此世界不但阮自己不造化而已。別人亦有親像阮的欵的亦尚有、啊我一時想錯去嘮。講死此字不可自問自答、對行原路踊返去舊巢去。

ナ兎ハ、其蛙ヲ見テ思直シ身投ゲナンゾハスマイ。世間ヲ見渡セバ自分バカリガ不仕合デモナイ様ダ、別人モ亦自分ノ様ナ狀ノモノモ居ル、アアア自分ノ量見ガ間違テキタ、死ヌルト云フコトハ不可ナイト自問自答デ、原來タ路ヲ跳ンデ古巢ニ歸リマシタ。

載於《語苑》一九一五年十二月十五日

弄巧成拙*

【作者】伊索（Aesop），見〈狐狸與烏鴉〉。

【譯者】木易生，詳見〈皆不著〉。

*按：伊索寓言「下金蛋的母雞」。

作者　伊索

譯者　木易生

木易生

○弄巧成拙（甘く遣らうとして却て失策）

有一個田庄人、飼一隻鷄母、見日

或一人ノ田舎人ガ、一羽ノ牝鷄ヲ飼テ居リマシタ

生一粒金鷄卵。此個人歡喜到在要
痴去。有一日忽然起貪心。在想講。
此隻鷄母。各日都能生一粒金鷄卵。
的確一腹肚。攏是金子。就將刀。
對彼隻鷄母的腹肚。破開來看。却
是空空。干乾有腹內。幷無一点仔
金。白々刣了一隻寶貝鷄。就此以
後。一粒金卵。也沒得着。此個人
想了眞反悔。激心到要死。
這就是孔子公所說的。富貴在天。
沒使得强求。若是想要緊々發財。

毎日一顆ノ金ノ卵ヲ産ミマスカラ、此人ハ喜フモ
喜バンカ大變ナ喜ビ様デアリマシタカ、或日不意
ニ貪慾ガ起リマシテ、云フコトニハ、此ノ牝鷄ハ
毎日一ツヅツ金ノ卵ヲ産ムノダカラ、此度腹一杯、
ミンナ黄金ノ子ニ違ヒナイト、庖刀デ以テ、其牝
鷄ノ腹ヲ、裁チ割ツテ見マシタガ、扨テカラ、ツポ、
ウデ何ニモナイ、只臓腑ガアル丈デ、外ニハ少シ
バカリノ金ダツテアリハシナイ、無殘〳〵一羽ノ
寶鷄ヲ殺シテ仕舞マシタ、コレカラ後ハ、一粒ノ
金卵モ、取レナカツダデスカラ、此人モ實ニ後悔
シ、眞カラ口惜シク思ヒマシタト。
コレガ即チ子孔様ノ仰セラレタ、富貴ハ天ニ在リ
强テ願ラモ得ラルヽモノデナイ、若シ一足飛ヒニ

常常弄巧反拙。就連本錢都續變無去。與此個刣寶貝鷄的人共樣。總是像此辨的人。世間却不止多噃。

金儲ケシヨウト思フト。屢々遣リ損ネルノミカ。本金マデモ棒ニ振ツテ仕舞マス、丁度コノ寶ノ鷄ヲ殺シタ人ト同シデス、併シコノ様ナ人ガ、世間ニハ隨分多クアリマス。

載於《語苑》一九一六年三月十五日

譽騙*

【作者】
伊索（Aesop），見〈狐狸與烏鴉〉。

【譯者】
木易生，詳見〈皆不著〉。

作者　伊索
譯者　木易生

* 按：即伊索寓言「狐狸與烏鴉」。

多方面

木易生

○謽騙

有一日、一隻烏鴉、嘴裡含些吃食物、竪站在樹尾頂、被一隻飢狐狸看見、想要搶伊嘴裡的物、不拘未得着、心肝底想一個法度、就與烏鴉講、烏先生、我曾聽人講、汝眞賢唱曲、唱了不止好聽、我要求汝唱一條給我聽看覔、不知汝肯否。

或日ノコト、一羽ノ鴉ガ、口ニ食ベ物ヲ啣ヘテ、木ノ梢ニ留マッタノヲ、一疋ノ饑ヘ狐ニ見付ケラレマシタ、狐ハ鴉ノ口ノ物ヲ奪ハント思ツタガ、取ラレマセンカラ、胸ニ一ト計畫ヲ思ヒ浮ベ、鴉ニ對ッテ言フニハ、先生、私ガ噂ニ聞キマスト、貴方ハ唱歌ガ中々御上手デ、頗ル面白イサウデス何卒一曲歌ツテ私ニ聞カセテ下サル譯ニハ參リマスマイカト云ヒマシタ。

彼隻烏鴉、聽見褒譽伊、暢到沒顧得、隨時開嘴就唱、抑能知、嘴一下開、彼嘴裡含的物、連鞭跌落々來、狐狸拾着就吃、聽候吃了、即擧頭起來與烏鴉講、別日仔、若有人央汝唱曲的、汝的確不可信伊的嘴、這就是俗語所講的、人若與咱講好話、一定是有一個緣故、總着張致人騙咱的了、唅、此烏鴉、若是不信狐狸的角仔嘴、彼吃的物、何能到狐狸的嘴、所以人生在世、總着要細膩即好。

鴉ハ、褒メラレタノヲ聽イテ嬉シテ〳〵テ堪リマセンカラ、直グ歌ヒ出シマシタガ、何デヨカラウ口ヲ開ケルト、口ニ啣ヘテ居タ物ガ、矢庭ニオ、ツコチタ、狐ハ其ヲ拾ツテ食ベ、食ベテ了ツテカラ頭ヲ上ゲテ鴉ニ云フニハ、他日、若シ人ガ貴方ニ唱歌ヲ所望シテモ、決シテ其人ノ口ニ乘ツテハイケマセンヨト、之レガ即チ諺ニ云フ、人ガ自分ニ甘イ言ヲ云ヘバ、屹度何カ理ガアル、ソレデ人ニ騙サレヌ用心セネバナラヌト、コノ鴉モ、若シ狐ノ口車ニ乘ラナカツタラ、アノ食ベ物ヲ何ンデ狐ノ口ニ這入リマセウ、ソレダカラ世間ノ人ハ、必ズ注意ヲセネバナリマセン。

載於《語苑》一九一六年四月十五日

作者　伊索
譯者　中稻天來

鳥鼠報恩*

【作者】

伊索（Aesop），見〈狐狸與烏鴉〉。

【譯者】

中稻天來（なかいね てんらい），寓臺日人，在一九一六年間居住在沙轆（今臺中縣沙鹿鎮），目前所見的發表作品僅有一九一六年十月刊登於《語苑》的〈鳥鼠報恩〉。在《語苑》之中，還有其他姓「中稻」之作者所發表的臺日對照作品，包括一九一九年八月有一位同樣註明是住在「沙轆」的「中稻忠次」發表了一篇〈這惡形的腥臊不敢食〉，中稻忠次還有在一九二三年七月與十月（居住地點改為「臺中」）分兩期連載了〈撿子婿〉，同年十二月則有同樣標註「臺中」的「中稻美洲」發表〈愈驚愈暢樂我不敢〉。因為「中稻」並非日人常見之姓氏，且沙轆在一九二〇年（大正九年）地方制度改正之後，正好就隸屬臺中州，作者可能因此便將所在地由沙轆改為臺中，所以，這三個同姓不同名的作者，頗有可能是同一個人的不同筆名。（顧敏耀撰）

* 按：即伊索寓言「獅子與老鼠」。

多方面

沙鯱　中稻天來

○鳥鼠報恩

有一個時、有一隻鳥鼠、在桔梗花脚胭午、適適仔、從彼經過的一隻獅、與伊踏着、彼隻鳥鼠、續出可憐的聲講、望汝勿害我的性命、大王閣下、後日仔得確要報恩了、彼

アル時一疋ノ鼠ガ桔梗ノ花ノ下デ晝寢ヲシテ居ルト丁度其處ヲ通リカヽツタ獅子ニ踏ミ付ケラレマシタ其鼠ハ憐レツポイ聲ヲ出シテ云フニハ、ドウゾ私ノ生命ダケバ助ケテ下サイマセ獅子王樣何時カ屹度御恩報ジハ致シマスト云フト彼ノ獅子ハ其話

隻獅聽見彼句話、心肝內想講、眞好笑、像此號鳥鼠、何能得報恩、不拘强被伊求且放俾去、又更再無若久、彼隻獅在行郊野裡的時、經着羅網走沒得過手、羅網愈滾輪、鏉愈交纏身軀、到路尾無法可逃走、即彼隻獅着看破、餒志的目睭放矚去、彼候巧怪羅網忽々斷去、這不是自己斷去的、都是彼日仔的、彼隻鳥鼠來與伊咬開、着救伊獅報恩的了。

ヲ聽イテ腹ノ中デ可笑シイ奴ジヤ此樣ナ鼠ガドウシテ報恩ナンカ出來ルモノカ併シ乞ハレルマヽニ放シテ遣リマシタガソレカラ幾日モ經ヲヌ内彼ノ獅子ガ野中ヲ歩イテ居ル時ニ网ニ引掛ツテ逃ゲ遂セナカツタガ网ハ踠ケバ踠ク程體ニ絡ミ付キトウヽヽ逃ルヽ方法ガナイカラ彼ノ獅子モ捨身トナリ落膽ノ眼ヲ塞リマシタ其時不思議ヤ网綱ガブヽツヽツヽヽ斷レマシタ是ハ自分ニ斷レタノデハナク曩日ヤノ彼ノ鼠ガ來テ網ヲ咬ミ切ツテ彼ノ獅子ヲ救ヒ報恩ヲシタノデアリマシタ。

載於《語苑》一九一六年十月十五日

賽翁的馬*

作者　不詳
譯者　坂也嘉八

【作者】

不詳。典出《淮南子・人間訓》。該書又名《淮南鴻烈》、《劉安子》，由西漢淮南王劉安及其門客李尚、蘇飛、伍被、左吳、田由等人共同編撰。（顧敏耀撰）

【譯者】

坂也嘉八（さかなり かはち），寓臺日人，寓居於羅東，曾於《語苑》發表五篇作品：包括一九一六年九月的〈假鬼假怪〉、一九一七年五月的〈彼算不著〉、八月的〈閑話〉、十二月的〈祕法傳授二條〉以及一九一八年一月的〈賽翁的馬〉。（顧敏耀撰）

* 即成語「塞翁失馬，焉知非福」之典故，《淮南子・人間訓》之原文如下：近塞上之人，有善術者，馬無故亡而入胡，人皆弔之。其父曰：「此何遽不為福乎！」居數月，其馬將胡駿馬而歸，人皆賀之。其父曰：「此何遽不能為禍乎！」家富良馬，其子好騎，墮而折其髀，人皆弔之。其父曰：「此何遽不為福乎！」居一年，胡人大入塞，丁壯者引弦而戰，近塞之人，死者十九，此獨以跛之故，父子相保。故福之為禍，禍之為福，化不可極，深不可測也。

多方面

○賽翁的馬

有一個未卜先知的人。名叫賽翁。彼個人有飼一隻馬。有一日不知怎樣仔彼隻馬走出去。厝邊頭尾的人直々趁去。彼隻馬跳過溪河山坑。出去到曠野要跑的時。恰若射箭一欵。一時仔間遂無看見馬的影。所以追趕的大家。姑不終返來與賽翁講。無

在羅東　坂也嘉八

先見ノ明アル、賽翁ト云フ人ガアリマシテ、一頭ノ馬ヲ飼ツテ居マシタ、或日ノコト如何シタコトカ其馬ガ逃ゲ出シマシタ、近所近邊ノ人ハ直グニ追ヒカケマシタガ、其馬ハ所カマハズ飛ビ過エテ平野ニ出テカラ駈ケル時ハ、恰モ弦ヲ放ツタ矢ノ如ク、寸時ノ間ニ遂ニ其姿モ見エナクナリマシタ、ソレデ馬追ヒノ者共ハ、已ムナク歸ツテ來テ賽翁ニ語ルヤウ、惜シイコトデシタ私共ハ勢一杯

賽翁的馬

彩咱趁到要死。亦無可拏空手返來。想着眞万勢。賽翁隨時就應伊講。駟馬難追。總是有時星光有時月光。却福氣是無甚定着。過差不多一年久。果然彼隻返來。比本成也更較大。一日能跑千里路。　大家就講。　噯恭喜恭喜噃。這是土地公敢賞賜汝咧。伊就應伊講。　人的氣運沒靠得這是災難亦敢。　過有一月日的有一日伊後生騎彼隻馬旅行。　行到半路跌落馬有着傷腿頭了。　大家就講眞正哮痛

追ヒカケマシタガ、捕ヘラレズ手ヲ空フシテ歸ツテ來マシタ、思ヘバ御氣ノ毒ナコトニナリマシタト云フト、賽翁ハ卽座ニ答フルニ、一度野ニ放シタ馬ハ捕ヘルコトハ容易デナイ、然シ運ハ廻リ持チ、又タ良イ時モアロウ、却ツテ福ニナルカモ知レヌト云ヒマシタ、所ガ一年振リニ果シテ逃ゲタ馬ガ歸ツテ來マシタガ、以前ヨリハ餘程大キクナリ、一日ニ千里ヲ走リマスノデ、皆ガ誠ニ御目出度コトデ御座イマス、屹度神樣ノ御授ケニナツタノデセウト祝ヒマスト、賽翁ハ人ノ運不運ハ當テニハナラヌ、此レガ災難ニナルカモ知レント云ヒマシタガ、一ト月モ過ギタ或日ニ賽翁ノ長男ガ其

無捨施。伊就應偲講。無要緊時到花就能開攏蓋仔笑亦無的確。以後在國裡擾亂大相刣。彼時庄中的少年攏總被召做勇。去戰地被刣死了了。不拘賽翁的後生。因爲腿頭的傷召無名。伊自己拾着一條命。

譬論人的氣運。亦親像賽翁的馬同欵。我講了能過頭。亦是本島人其中。善譴損的人是多。雖無空的事情。亦不止掛意。請童乩念咒鬼的追煞。尚是双脚跪在案前。將神筶

馬ニ騎ツテ旅行シ、其途中落馬シテ足ヲ傷メマシタ、皆ノ衆ハドウモ飛ンダコトデ御可愛相ダト挨拶シマスト、賽翁ハ其ニ答ヘテ運ハ廻リモノダカラ善イ事ガアルカモ知レント云ハレマシタ、其後國中ノ反亂デ大戰爭トナツタ時ニ、村中ノ若者ハ總テ徵サレテ兵トナリ、戰地ニ行キ戰死シテ了ヒマシタ、併シ賽翁ノ長男ハ、腿ヲ傷メタ爲メニ召集ヲ免レテ、一命ヲ助カリマシタ。

譬ヘニモ人間萬事賽翁ガ馬ト申シマス、失禮ナガラ本島ノ人ノ其ノ内ニハ、御幣擔ギノ方ガ多クテ、詰ラナイ事デモ、非常ニ氣ヲ揉ミ、童乩ヲ招イテ鬼驅除ノ咒ヲシタリ、神前ニ額付イテハ、神筶ヲ地ニ投ゲ付ケテ、訴訟事ノ勝敗ヲ、神樣ニ問ヒ、又

賽翁的馬

搬筶就問。計較的事贏抑輸。尚更請地理師道士祈禱符咒。看命擇枝看字扶鑾。此等人念東念西。或是求神明就講。

甲　保庇阮的店能興旺。

乙　庇蔭阮夫的病快好。

丙　庇佑我賭博勿輸人乍。

丁　求要嫁富額的人。

戊　我要與彼個人做夫妻、向望神明庇蔭。

己　神明有靈有聖、保庇我着頭彩。

タ地理師道士祈禱師其他種々ノ人物ヲ招ンデ種々ノ咒ヲシタリ、何カシテ神様へ御願シテ云フコトニハ

私ノ店ノ繁昌致シマス様ニ。

私ノ夫ノ病氣ノ速ク癒リマス様ニ。

私ガ賭博デ人ニ負ケマセス様ニ。

金滿家ノ人ニ御嫁ニ行カレマス様ニ。

私ハ彼人ト夫婦ニナレマス様ニ、御加護ヲ願ヒマストカ。

御神様ノ御靈驗ヲ以テ、私ニ一等ニ當籤サセテ下サイマセトカ。

各人各樣求神祈佛算沒可了。總是神明是公道豈可應彼號串錢孔的事。不如人老實抑是要較骨力都是。聖人有講水清魚現。又俗語話土地公無畫號虎不敢咬。人若較能骨力、一勸天下無難事。的確好運要來喇。今年適着戊午年。我所講馬的話如此而已。到尾祈編緝員與會員的萬福。

一人々々ニ種々樣々ト神ニ願ヒ佛ニ祈リナド算ヘ了レマセン、然シ御神樣ハ公平デアリマシテ、斯ノ如キ得手勝手ナ願ハ御聽許ケニナリマセン、夫ヨリモ人ハ正直ニシテ働クニ過シタコトハアリマセン、訓メニモ正直ハ人ガ知ルトアリマス、祈ラズトモ神ハ守ツテ下サル、又タ一心ニ働ケバ、何事デモ意ノ如クナラヌコトハナイ、何日カ善イ運ガ向ヒテ參リマス。

今年ハ戊午ノ年ニ當リマス、私ガ馬ノ話ハコレダケデス、終リニ編輯員及會員ノ萬福ヲ祈リマス。

載於《語苑》一九一八年一月十五日

螻蟻報恩情

作者　伊索
譯者　方出

【作者】

伊索（Aesop），見〈狐狸與烏鴉〉。

【譯者】

方出，生卒年待考，應為本島人，從一九一四年就開始擔任巡查（當時官階較高的「警部」多由日人擔任，而基層的「巡查」才有較多臺人），在一九二四年的時候任職於新竹新豐，一九三九年調任臺南州，並以廿五年以上的全勤紀錄而獲得表彰。他曾在《語苑》發表四篇臺日對照的作品：一九一六年十月的〈日本的恩情〉、一九一七年二月的〈阿房及十三里の出所〉、一九一七年七月的〈二支戇水蛙〉及本篇。亦曾於《臺灣警察協會雜誌》發表兩首漢詩，分別是一九二四年一月的〈白燕〉與一九二五年一月的〈輕便車〉。（顧敏耀撰）

○螻蟻報恩情

關帝廟支廳　方　出

我此滿在此講一句、螻蟻報恩情的話、卻是不知古早有影此號事情抑無、不過知、望恁大家饒我就好。

古早有一所在、有一個眞大的水池在得、有一日有一隻螻蟻、佇水池邊在廻迌的時、遇着一陣的大風、將彼隻螻蟻吹落去池中央、在得瀑々泅的時、遇着有一隻斑甲、飛對池邊經過、彼隻斑甲看見彼隻螻蟻在

私ハ今此處デ蟻ガ恩義ニ報ヒタト云フ一ツノ御話ヲ致シマス、併シナガラ昔實際ニコウ云フ事ガアツタカドウカソレハ能ク分リマセンカラ先ツ諸君ノ御恕シヲ願フテ置キマス。

昔或所ニ、一ツノ大キナ池ガアリマシタ、或日一疋ノ蟻ガ池ノ端デ遊ンデ居リマシタ處ガ、丁度大風ガ吹テ來テ彼ノ蟻ハ池ノ中ニ吹キ飛バサレテガブ〳〵ト泳イデ居リマシタ時、丁度一羽ノ鳩ガ池ノ端ノ方ヘ飛ンデ來テ、蟻ガ苦シンデ居ルノヲ見、助ケテヤロウト思フテロニ一枚ノ木葉ヲ啣ヘ

得艱苦心肝想要救伊、即嘴咬一葉樹葉來、放落去池中央、彼隻螻蟻看見彼葉樹葉、將如此泅起去彼葉樹葉頂、心肝即想講這不知何人要救我呢、即攑頭看上頂面、就有看見一隻斑甲、在池頂面在飛、即想講、是彼隻斑甲救我的、將如此安心坐在樹葉頂、被風吹去池邊、即趖起去拾着一條性命。

後來適好有一日遇着一個打鳥的、出去在打鳥、遇着前日救螻蟻彼隻

テ來テ池ノ眞中ニ落シテヤリマシタ、彼ノ蟻ハ其木葉ヲ見テ、直グニ木葉ノ上ニ泳ギ上リマシテ思フ樣、誰ガ自分ヲ救フテ呉レタノダロウカト、頭ヲ上ゲテ見ルト、一羽ノ鳩ガ池ノ上ノ方ニ飛ンデ居リマシタノデ、アー彼ノ鳩ガ救フテ呉レタノダナト思ヒマシテ、安心シテ木葉ノ上ニ坐ッテ居リマスト、風ニ吹カレテ池ノ端ニ行キマシタ、ソコデ這上ッテ一命ヲ助カリマシタ。

其後丁度或日ノコト、一人ノ獵人ガ狩獵ニ出テ行クノニ出會致シマシタ處ガ、丁度前日彼ノ蟻ヲ救

螻蟻報恩情

斑甲宿在樹頂、彼個打鳥的在照在要與伊打的時、適好彼隻螻蟻、對彼個打鳥的腳、食力與伊螫落去、將如此打對邊仔去、續救彼隻斑甲、如此號做螻蟻報恩情的因巾了。將如此與伊看起來、連螻蟻都能曉可報恩情、總無人來比蟲的類較無情義的人較多、是有在得講、橋末過拐就放擲棄晗、所以咱做人得確着較注心即能使得。

四八

フテ呉レタ鳩ガ木ノ上ニ止ッテ居ルノヲ、彼ノ獵人ガ狙ッテ將ニ打ウトシタ時ニ、折好ク彼ノ蟻ガ、獵人ノ足ヲ甚ク刺シマシタモノデスカラ、横ノ方ヲ打ッテ仕舞ヒマシタノデ、彼ノ鳩ハ助リマシタ、コレガ蟻ガ恩義ニ報ヒタト云フ譯デアリマス。斯ノ如ク、蟻デサヘモ恩義ニ報ヒルコトヲ知ッテ居ルノニ拘ラズ、吾々人間ハ蟲類ニ比シテ恩義ヲ知ラナイ人ガ多イノデアリマス、諺ニ、喉元過グレバ熱サヲ忘ルルト云フ事ガアリマスガ、御互人タルモノハ大ニ心掛ケテ居ラネバナラヌ事デアリマス。

載於《語苑》一九一八年七月十五日

支那裁判包公案：龍堀

作者 （明）無名氏
譯者 井原學童

【作者】

本文出自明代無名氏所著《包公案》第七卷中的〈龍窟〉。該書又名《龍圖公案》，全名為《京本通俗演義包龍圖百家公案全傳》，又稱《龍圖神斷公案》，屬公案小說，與《施公案》、《鹿洲公案》並稱為「三公奇案」，全書十卷，舊署安遙時編，其人生平事迹不詳，實則該書應於輾轉流傳之際，成於眾人之手，約成書於明代，對後世的小說創作（如《三俠五義》）、傳統戲曲（如許多劇種都有的《鍘美案》）以及民間信仰（臺灣亦有「包公廟」）等各層面都產生深遠影響。（顧敏耀撰）

【譯者】

井原學童（いはら　まなぶわらべ），可能為筆名，來臺日人，寓居臺中。曾於《語苑》先後發表卌四篇臺日對照作品，包括：一九一二年九月的〈城市與草地〉、十一月與十二月的〈賴山陽〉；一九一五年三月的〈憶ヲ主幹ノ許ニ馳ス〉；一九一四年五月的〈文官普通試驗ニ就テ〉；一九一九年二月、三月、九月、十月、十一月以及一九二〇年三月的〈支那裁判包公案：龍堀〉（其一至其六）；一九二〇年六月、七月、十一月、一九二一年三月的〈支那裁判包公案：一幅相〉（其一、二、四、五，缺其三）；一九二一年八月的〈支那裁判包公案：張字〉（僅有其一，後文未刊）；一九二二年一月、二月、四月的〈義犬的題目〉（三篇各有小題：頭序、義犬報恩、犬魂報仇）；一九二二年二月、七月、一九二二年二月、三月、七月、八月、十月、十一月、十二月、一九二三年三月、十二月、一九二四年七月、九月、十月十一月的〈日臺尺牘研究錄〉。（顧敏耀撰）

多方面

支那裁判包公案

(一) ——龍 堀——

(其一) 井原學童

◎湘潭縣的所在有一個人、姓邱名號做惇、家內好額性情老實。

◎娶一個妻、是姓陳的査某子、名號

▲支那ノ湘潭縣ト言フ處ニ姓ヲ邱名ヲ惇ト呼ブ貧産家デ性質ノ至極醇樸ナ者ガ居リマシタ。

▲陳家ノ愛孃デ名ヲ美ト申ス明眸皓齒生レ附キ艶

做美、生成不止妍、目睭眞正活動、不拘不是正氣的人、看見怹夫老實攏不歡喜。

◎彼一時有一個人姓汪名號做琦、與邱惇相識二個交陪不止相好。

◎此個汪琦是風流子弟、整頓面貌穿時式的衫褲、嘴舌賢講話、常々來邱惇的厝、大家有眞熱、出々入々、親像共一家人。

◎有一日邱惇無在得、適好汪琦來、陳氏美十分歡喜請伊入去房間內坐、

麗ナ佳人ヲ妻ニ迎ヘマシタ、然シ此ノ婦人ワ稟性ノ純潔デナイ者デ夫ノ醇樸ナ性格ヲ甚ダ怡ビマセンデシタ。

△當時邱惇ノ知人ニ汪琦ト呼ブ者ガ居リマシテ互ニ親シイ交際ヲ致シテ居リマシタ。

△此ノ汪琦ワ風流ナ少年デ風彩ヲ飾リ流行ノ衣服ヲ纒テ辯舌ノ爽カナ者デ時々邱氏ノ屋敷ニ遊ニ來テハ家內ノ者ト極ク親密ニ致シテ居リマシタ、從テ同家ニ出這入スル有樣ハ恰デ家族ノ一人ノ樣デアリマシタ。

△或日ノ事丁度邱惇不在ノ際ニ汪琦ガ訪問シマスルト陳氏美ハ夫レヲ非常ニ歡喜マシテ、渠ヲ寢室

做美、生成不止妍、目睭眞正活動、不拘不是正氣的人、看見恁夫老實攏不歡喜。

◎彼一時有一個人姓汪名號做琦、與邱惇相識二個交陪不止相好。

◎此個汪琦是風流子弟、整頓面貌穿時式的衫褲、嘴舌賢講話、常々來邱惇的厝、大家有眞熟、出々入々、親像共一家人。

◎有一日邱惇無在得、適好汪琦來、陳氏美十分歡喜請伊入去房間內坐、

麗ナ佳人ヲ妻ニ迎ヘマシタ、然シ此ノ婦人ワ稟性ノ純潔デナイ者デ夫ノ醇樸ナ性格ヲ甚ダ怡ビマセンデシタ。

△當時邱惇ノ知人ニ汪琦ト呼ブ者ガ居リマシテ互ニ親シイ交際ヲ致シテ居リマシタ。

△此ノ汪琦ワ風流ナ少年デ風彩ヲ飾リ流行ノ衣服ヲ纏テ辯舌ノ爽カナ者デ時々邱氏ノ屋敷ニ遊ニ來テハ家內ノ者ト極ク親密ニ致シテ居リマシタ、從テ同家ニ出這入スル有様ハ恰デ家族ノ一人ノ様デアリマシタ。

△或日ノ事丁度邱惇不在ノ際ニ汪琦ガ訪問シマスルト陳氏美ハ夫レヲ非常ニ歡喜マシテ、渠ヲ寢室

伊食。陳氏美屢々與伊斟酒。

◎汪琦食到要醉。陳氏美對汪琦卽講。聽見汝尙未娶妻暝昏時一個得睏。不眞正寒沒。

◎汪琦講我的命無可好。姻緣有較慢。做親成攏沒好勢。一領被自己睏雖是較寒亦無話可講。心肝內亦是甘願。

◎陳氏美笑々卽講。汝免騙我。查哺人尙未有妻。一暝昏親像一年。汝講甘愿正是無奈得何。不是實在甘

饗應ヲ受ケマシタ。

△汪琦ノ酩酊ノ様子ヲ見テ陳氏美ハ汪琦ニ向イテ、聞ケバ貴下ハマダ奥様ヲ迎ヘラレズ獨身トノ事、毎晩御一人デ御臥床ニナルノハ、嘸御辛イ事、妾シ御察シシマスト申シマスト。

△汪琦ハ、私ハ女ニ縁ノ遠イ、生レ合セノ悪イ男デ婚姻ノ事ハ何日モ〳〵整ヒマセン、貴女ノ御察ノ通リデ一枚ノ布団ニ毎晩獨リ臥床マスト熟々閨房ノ淋シサヲ感ジマスケレド之モ天命ト諦メテ私ワ心ニ満足シテ居リマスヨ。

△陳氏美ハ唇邊ニ微笑ヲ堪ヘテ御騙シナサイマスナ殿方ガ獨リデ御臥床ニナルノワ一夜ガ千秋ノ思ガスルト妾ハ思ヒマスハ、貴下ガ満足シテ居ルト仰シヤルハ實ワ詮方ナシデアツテ、心ノ底カラ

願。

◎汪琦起頭的心肝因為朋友情義、尙不敢講閑話、後來看見陳氏美、講出戲弄的話、知略有意思、卽得講、阿嫂知影我自己一個就是有念着我。

◎陳氏美講我有可憐汝、恐了汝無念着我。

◎二個戲謔眞久順續去私通、正是膽大包天、二個相好、意思親密、若遇着邱惇無在得、汪琦就來站陳氏美房間內、邱惇全然不知影。

滿足シテ居ラル、トハ思ヒマセンワ。

△汪琦ハ始メハ親友ノ情誼ヲ重ンジテ徒語モ申シマセンデシタガ、女ノ飽迄戲談ヲ言ヒマスノト、心底ニ意味ノアル事ヲ察シマシテ、阿嫂ヲ私ガ獨身デ淋シイ思ヲシテ居ルノニ同情シテ吳レマスカト申シマスト。

△陳氏美ガ妾シハ貴下ノ淋シイ心持ヲ不憫ニ思ヒマスケレド、貴下ガ妾シヲ想テ下サルカト夫レガ心配デスワト。

△戲談ニ花ガ咲キ實ガ結ツテ二人ハ遂ニ人目ヲ忍ブ、仲トナリマシタ、實ニ大膽不敵ナ奴等デアリマス、雙方ノ仲ガ濃厚ニナルニ從ツテ邱惇ノ不在ヲ見テハ女ノ寢室デ不義ノ快樂ニ耽ツテ居リマスガ邱惇ハ露程モ夫レヲ知リマセンデシタ。

支那裁判包公案

◎只有邱惇倩一個長工知影此條事情。愛要通知邱惇。不拘驚了邱惇受氣。若不與伊通知。心肝內眞不平。

◎適好有一日邱惇叫此個長工與伊去庄裡尋田佃算賬。算到日頭暗。沒得返來。站彼被田佃請。續站彼睏。半暝的時候。邱惇與此個長工講。九月的天氣一領被薄々蓋攏沒燒。強々寒起來。我無在彼厝。不知我厝內亦是如此抑不是。

(未完)

△只一人同家ノ年季奉公人ガ此ノ秘密ノ鍵ヲ握ッテ居リマシタ。御主人ニ此ノ一件ヲ物語リ度イト、思テ居タガ萬一御氣ニ觸レテハ大變ト燃ル胸ヲ押ヘテ居リマスモ不滿ノ思ニ堪マセンデシタ。

△天ノ與ヘカ或日ノ事邱惇ハ此ノ傭人ヲ連レテ田舍ノ小作人ノ處ニ取引ノ事デ參リマシタ、計算ニ手間ヲ取リマシテ日ガ暮レテ歸レマセンノデ佃人ニ饗應レ其晩其處ニ一泊シマシタ、夜更ニナリマスト寒サヲ感ジマスノデ邱惇ガ傭人ニ申シマスニ九月ニナルト、一枚ノ布團デハ仲々寒イ溫マラナイヤ。己ノ家モ矢張リ此ンナニ寒カ知ランテ。

多方面

◎支那裁判包公案

（一）

龍　堀（前號之續）

井原學童

◎長工講、克虧頭家呷、站此外位在得受寒、厝內各下皆自然燒滾々。

◎邱惇聽了奇怪、心肝內帶疑、便問、汝按怎樣講出此款的講。

◎長工起頭不肯講、看見邱惇問在趕

△スルト傭人ガ檀那樣御氣ノ毒ナ譯デスヨ檀那ガ外ニ出テ寒イ思ヲシテ居ラル、ノニ御屋敷ハ夫レト反對ニ每晚〳〵溫〳〵シテ居リマスヨト申シマシタ。

△邱惇ハ此ノ言葉ヲ聞キマスト不思議ニ思ヒ、疑念ヲ懷イテオ前ハ如何シテ其ノ樣ナ事ヲ言フノカト尋ネマシタ。

△傭人ハ始メハ緘默テ居テ申シ上ゲマセンデシタ

緊、彼候仔即講、陳氏美與汪琦私通、往來利便、汝若出外、汪琦就到伊房間、陳氏美叫我搭酒、買魚買肉來請伊、飲到醉食到飽々。

ガ御主人ノ御尋ネガ急迫ナノデ、實ワ奥樣ト汪琦トガ貴下ノ目褄ヲ盜ンデハ、不義ノ快樂ニ耽ッテ居リマス、貴下ガ外出サレマスト姦夫ノ汪琦ガ奥樣ノ閨房ニ忍ンデ來マスヨ、奥樣ハ大變夫レヲ喜ンデ、私ニ酒ヤ魚ヤ肉類ヲ買ヒニ遣ッテ、汪琦ニ馳走サレ美酒佳肴ニ飽イテ居リマスト姦夫姦婦ノ秘密ノ經緯ヲ殘ラズ物語リマシタ。（未完）

◎學友故金田君を偲ぶ。君は東北の產で磊落な性格の裡に至誠の陰れて居た眞摯な土語研究家であつた。君が全島幾百千警察官の儁英中から選拔されて法院通譯の候補者となつて、滿任の挨拶に來たのは、慥か花咲き蝶舞ふ三月の始めと記憶する。僕が大正參年の夏に通譯室から庶務執達民事刑事と轉々して再び通譯室に歸つたのは、炎暑燃ゆるが如き六月下澣であつた。僕は通譯室に於ける君が熱烈な語學の研鑽振りを見て殆々敬服した、二人は間もなく無言裡に堅い〳〵握手をして御互の將來の發展を誓ふた、爾來僕と君とは夙夜誘導扶掖して土語の研究に努力した。或晩僕が讀書に倦で蒸燭の下で蹲念として居ると、君が突然遣て來て平常には戯談も言はぬに珍らしや臺北の魔窟を一度探險して見度いから案内せよとの事である、然からばと同伴して本島人の魔窟を探險して夜更けてから歸て來た事もあつた。其から四五日經て例の如く應接室で研究して居ると、又來て昨晩も鼠の奴が騒ぐので捕獲して遣うと思て臺所に降りたら如何した機みか肋骨の邊が痛み出して、其から未だ痛が止まぬ。殊に今日は熱も少し出て頭痛がするから御先きに失敬するよと言ふ、其れぢやあ早速病院にでも行つて見て貰い給へと注意して分れたのが八月十四日であつた。後から考へると此の日が君が浮世に活動した最後の日であつた。其から三四日自宅で靜養したが熱が退かぬので醫者の勸めに從ひ臺北醫院に入院した。入院三旬を經四旬を過ぎたが、熱は依然として退かぬ、病勢は日々に募る許りであつた。友の懇篤な博士の投藥も令閨の熱心な看護も更に其甲斐なく、九月二十六日の夜半から病態急變し、吐血し、苦悶し始めた、嗎啡の注射も拾數回されたが、苦悶は一向に止まぬのであつた。主任醫師から、手術すると言はれたから立會て下さいと、令閨からの急報に、僕が朝餐を急いで病室に馳け付けた時は、君は氣息奄々として見逃る樣に衰弱して居た。僕は病室で君を一見した刹那、之は到底助からぬと直感した。肺から湧出る痰は惡臭紛々として近寄れぬ樣であつた。君も自己の運命の早や到來して居る事を自覺したと見え、人生を悲觀して苦悶する一面、早く手術して貰い度いと叫ぶ。外科の先生に尋ねて見たら、此儘で置けば長からぬ生命である、手術したら萬一助かるかも知れぬと思ふ。兎に角親戚や知人に危篤の旨を知せたが好い、と申された。噫君の生命は實に風前の燈火である。苦痛は刻一刻と劇烈になつた、主治醫は斷乎として君を手術室に運んだ。妻君は泣き崩れた。僕わ最後の握手をした。川合先生や今田さんや葫芦墩の高橋君が急いで來られる、五分前に手術室は密閉された。賴み難きを賴み、幸あれかしと祈る甲斐もなく、手術中途にして醫師は遂に望みがないと宣言した、令閨は慟哭された、居並ぶ面々は無限の哀感に打れて天を仰いて大息した。君は任官された。=葬儀は濟んだ=令閨は白骨を懷いて愁然として鄉里へ歸られた=取殘された僕は實際に失望落膽した。君逝て旬日を出ざるに故山の義弟が死ぬ、十一月十九日には長兄が、二十九日には次弟が流行性感冒で之も鄉里で長逝した。嗚呼生者必滅會者定離とは申せ僕は餘りに人生の賴み難きを嘆ぜざるを得ない、噫脆哉人の命。

◎本誌第十一卷第七號から研究生として連載して來た佛祖講和は、支那裁判物語りの壹節であつて、實に君が最後の研究錄であつた。今や余は故人の遺志を繼いて其第貳節以下を譯して之を完結したいと思ふ、然し淺學短才な僕の譯語では杜撰の譏を免れぬから本島語界の大家水谷寥山先生の助力を得て茲に公表する事とする、偶々此の筆を執るに當り故人追懷の念禁ずる能はざるものがあるので此の一言を附記する次第である。大正七年歲晚逝し君を偲びつゝ於古亭街草舍學童生識す。

◎支那裁判包公案

(三) 龍堀

(其三) 於臺北 井原學童

邱惇聽見長工此個話、恨沒得較緊天光走返去伊厝。隔明仔早與長工返來。看見陳氏美面色親像桃仔花。

邱惇ハ傭人カラ此ノ談ヲ聞キマスト、直ニ家ヘ歸ツテ見度イノデアルガ、早ク夜ガ明ケヌノデ夫レヲ遺憾ニ思ヒツヽ、翌朝早ク傭人ヲ連レテ歸宅

心肝越愈僥疑。問汪琦有來抑無。
陳氏美講。無。
彼一瞑昏邱惇又更問汪琦往來的因端。
陳氏美想要用話騙伊。汝無在得的時候。內外門戶定々關得。那有查哺人。能得入來到厝內。汝那有此的話。可來誣賴我。的確是有人講歹話害咱夫某不好。
邱惇講。不免性急。有影無影後日仔。自然能知。

シテ妻ノ樣子ヲ見ルト。顏形ヲ綺麗ニシテ居リマスノデ愈々心ニ疑念ヲ起シテ汪琦ガ遊ニ來タノカト尋ネマシタ。
陳氏美ハ否ヘト答ヘマシタ。
其晩ノ事邱惇ガ。汪琦ト關係シタ原因ヲ尋ネマスト。
陳氏美ハ言葉巧ニ。貴郎ガ御留居ノ時ハ。家ノ門戶ハ何時モ閉メテ居リマスノヨ。如何シテ男ノ方ガ來ラレマショウ。貴郎ハ如何シテ其樣ナ事ヲ仰シャッテ私ニ言掛ヲ爲サルノデスカ。屹度誰人カガ私共夫婦ノ仲ヲ割カウト思ッテ惡口ヲシテ居ルノデショウ。
急ク事ハナイヨ。眞實カ嘘カハ後日ニナレバ自然ト判ルノダト。邱惇ガ言ヒマスト。

陳氏美、亦驚亦煩惱、默々擺無話。
第二日透早、有人與邱惇糶粟。邱惇與伊去庄裡。
汪琦知影邱惇出去、隨時走來。看見陳氏美鬱卒不暢樂。就問伊的因端。
陳氏美實在講。阮夫知影此條事情。今要怎樣即好。
汪琦講、既是如此、不免煩惱。自此滿以後我不來您厝着無事情。
陳氏美講、我看汝是有才情的人。所

陳氏美ハ且ツハ驚キ、且ツハ心配シテ、遂ニ其儘緘默シテ終イマシタ。
翌日ノ朝早ク或人ガ邱惇ノ處ニ籾買ニ來タノデ同道シテ田舍ノ方ヘ行キマシタ。
汪琦ハ邱惇ノ外出ヲ知リマスト急イデ來テ、陳氏美ガ怏々トシテ鬱イデ居ルノヲ見テ、其ノ譯ヲ問イマシタ。
陳氏美ハ事情ヲ打開ケマシタ、宅ハ此事ヲ知ッテ居ルノデスガ、如何シタラ宜敷デショウト相談シマシタ。
果シテ其樣ナラ別ニ心配セズトモ、今後オ前ノ處ヘ私ガ來ナケレバ、其レデ濟ムデハナイカト汪琦ガ申シマスト。
妾ハ貴郎ノ才幹ヲ見込デ、心カラ貴方ノ儘ニナツ

以有心要隨汝、元來是無路用的人、我與汝此好、若永遠的計智、按怎樣講離開的話、汝彼小膽、無影我欲待汝的心肝。

汪琦講、亦不要怎樣即好。

陳氏美講、的確着害死邱惇、即有久長汝想看覔得、有甚麼好機會抑無。

汪琦想到眞久、攏無計智、忽然想出一項事情、眞正好勢、緊々對陳氏美講、眞適好有一個機會、若能

テ居ルノデス、元來不ッ束者ダケレド、貴方ニ可愛ガッテ貰ッテ居ルノハ後々ノ事ヲ思ヘバコソデハ有リマセンカ、夫レニ貴方ハ今更離訣レルナンテ妾ノ心ハ少シモ酌ンデ呉レナイデ、眞實ニ貴方ハ臆病ナ方ネト美ガ言ヒマスト。

左樣ナラ如何スレバ好イノダイ。

陳氏美ガ言ヒマスノニ邱惇ヲ殺シテ終イマス、ソ、ヽオスレバ永ク安心デスガ、貴方何カ好イ機會ハナイカ考テ見テ下サイナ。

暫時汪琦ハ熟考シテ居リマシタガ、好イ智惠モ出ナイ、處ガ突然好イ事ヲ思出タノデ好イ機會ガアルト美ニ申シマシタ、好イ機會デハアルカネ成効

得成功、着不免煩惱。
陳氏美講、有甚麼好機會。
汪琦即講、咱此所在、有一個極高的山、山尾紲有一層崎、崎頂有一個堀、名號做龍堀、曾有人看見龍的形狀、露現出來、若有人看見龍的時候、的確能落雨、此滿亢旱眞久、大家愛要落雨、前日仔咱此同庄的人、有講要相招去龍堀乞雨、邱惇有田園的干係、亦的確能去、等候伊去、自然有機會。

スレバ心配スル事ハ無イガネート言ヒマシタ。
如何ナ機會デスカト美ガ問ネマスト。
汪琦ガ言ヒマスニ此ノ土地ニ非常ニ高イ山ガアッテ、其ノ裾ノ方ノ坂ヲ登ッテ行クト其處ニ一ツノ堀ガアリマス、龍堀ト言ッテ居ルノダヨ曾ッテハ龍ノ姿ヲ見タ人モアルノダ、デ若シ人ガ龍ノ姿ヲ見タナラバ必ズ雨ガ降ルノダヨ、近頃ハ旱魃續キデ皆ノ者ガ雨ノ降ルノヲ望ンデ居ル、此ノ間村ノ者ガ龍堀ニ誘ヒ合ワセテ雨乞ニ行カウト言ッテ居ッタ、邱惇モ土地ノ干係上行カネバナラン、渠ガ行ケバ機會ハ自然ニ湧イテ來ルノデアルト物語リマシタ。

陳氏美歡喜即講。事情清楚以後。我就能曉發落。

汪琦話講了。站彼食站彼睏。過了二日果然同庄的人。打鑼打鼓。要去龍堀乞雨。邱惇亦與衆人相悉去。扒上崎頂。汪琦隨到龍堀邊。衆人燒金放炮。向堀中拜求。無若久日頭落山。衆人返去。

邱惇四界看光景。緩々仔行。汪琦隨伊脚脊後。行到龍堀。汪琦大聲喝。面前有龍飛出來。龍爪看現々。

陳氏美ハ非常ニ嬉ンデ事件ガウマク行ケバ、後ハ妾ノ思フ儘ニ出來マスノヨト言ヒマシタ。

汪琦ハ此ノ話ノ後其處デ食事ヲ濟シ、其晩其處ニ宿リマシタ、二日過ギマスト果シテ村ノ者ガ、銅鑼ヤ太鼓ヲ敲イテ龍堀ニ雨乞ニ行キマシタ、邱惇モ誘ハレテ行キマス阪ヲ登リマスト汪琦モ堀ノ傍迄跟テ行キマシタ、大勢ノ者ハ線香ヲ焚イタリ爆竹ヲ鳴シタリシテ三拜九拜シテ居ル内ニ日ハ早ヤ暮レ掛リマシタノデ大勢ノ者ハ歸ツテ終マシタ。

邱惇ハ遠近ノ景色ドモ眺メテ緩クリカマエテ居リマスト、汪琦ハ渠ノ脊後ニ跟イテ龍堀ノ傍迄行クト大聲デ、面前ニ龍ガ飛出シタ爪ガ見ヘル爪ガト

邱惇愛看、走去龍堀墘探頭、汪琦站在後面、用手一下推、邱惇脚豎没住、跋落龍堀、汪琦緊走返來講給陳氏美知影。

陳氏美歡喜講、我與汝永遠相好、今不免煩惱、自此滿起汪琦大膽出入、往來不驚人知、厝邊隔壁的人、問陳氏美、邱惇攏無看見、此久去何位。

陳氏美喃騙衆人講是出外去、尚未返來大概是去真遠幾十舖路、敢是與人合股做生理、即有此久。

叫ビマスト、邱惇モ龍ヲ見度イモノト堀ノ岸ニ來テ俯キマスト、汪琦ガ脊後ニ居テ手デ突キマシタノデ、邱惇ハ立ツテ居レズ堀ノ中ニ落込ンデ終ヒマシタ、汪琦ハ之ヲ見テ急イデ歸ツテ來テ此ノ顛末ヲ陳氏美ニ話シテ聞セマスト。

陳氏美ハ歡喜マシテ言フノニ、貴方ト今後ハ永遠ニ仲睦ク心配ナク暮サレマスヨ、ト其カラハ汪琦ハ大膽ニ同家ニ出入リシテ何人ニモ憚カル事モアリマセン、隣リ近所ノ人ガ美ニ邱惇ハ近頃薩張リ姿ヲ見セヌガ何處ニ行レマシタト問ネマスト。

陳氏美ハ宅ハ今旅行中デ未ダ歸リマセン、遠イ遠イ幾十里モ離レテ居ル處デアリマシテ、多分人ト共同營業ヲシテ居ルノデ此ノ樣ニ永イノデ有リマスト騙シテ居リマシタ。

多方面

◎支那裁判包公案

（四）——龍 堀

此條事情無人知影、但有此個長工知影頭家無下落、眞正僥疑不止煩勞、看見陳氏美與汪琦結成夫某、越愈受氣更較怨恨想要官衙去告、請官來辨、長工有對別人講、陳氏美聽見、要打此個長工、將長工趕出去不給伊來、長工走出去。

（其四）　於臺北　井原學童

此ノ事ハ誰人モ知ラナカツタ、唯此ノ傭人ハ主人ノ無頓着ハ知ツテ居ルケレ共且ツハ疑ヒ且ツハ心配シテ居ツタ、夫レニ陳氏美ガ汪琦ト夫婦ノ樣ニシテ居ルノヲ見テハ愈々怨憤ノ思ヒニ堪ヘナイ、此ノ事ヲ官ニ告ゲテ役人ニ處分シテ貰イ度イモノダト傭人ノ洩シタ言葉ヲ陳氏美ガ聽キ傭人ヲ懲シタ上放逐シタノデ傭人ハ同家ヲ逃ゲ出シタ。

無若久忽然有一日、邱惇返來、入
去厝內適着陳氏美與汪琦在飮酒、
看見邱惇對外口入來、汪琦大驚徙
疑做是鬼、緊々走入去房間內、夯
出一枝刀大聲喝嚇、將伊趕出、
邱惇走來亦肝內悲傷、行無所在可
去四界亂慘行、行到城內十字街頭、
適着此個長工、問伊去何位、邱惇
就將頂日仔、被汪琦推落龍堀、詳
細講了一遍。
長工目屎流即講、自頭家無返來我

程ナク或日突然邱惇ガ歸宅シテ屋內ニ這入テ見ルト陳氏美ハ汪琦ト酒宴ヲ遣テ居ル最中デアツタ、邱惇ガ外カラ這入テ來タノヲ見タ汪琦ハ太ク驚キ化物デハナイカト疑ガツテ、急イデ室內ニ飛込ンデ、一刀ヲ携ゲテ來テ大聲デ怒鳴テ邱惇ヲ追ヒ出シタ。邱惇ハ逃ゲ出シテ來テ大ニ悲觀シタ、何所モナク足ニ任セテ方々ヲ歩キ廻ツテ城內ノ十字路ノ處ニ差懸ルト傭人ニ出會フタ、傭人ガ貴下何處ニ行カレマスカト問フタノデ、邱惇ハ先達テ龍堀デ汪琦ニ龍堀ニ突落サレタ事ヲ詳細ニ物語ツテ聞カセマシタ。

傭人ハ目ニ淚ヲ浮カベテ、貴方ガオ歸リガ無イノ

都僥疑、看見頭家娘、顯然與汪琦做尪仔某、想了無路、愛要對官告訴、請伊來查頭家的下落。陳氏美知影將我趕出來、幸哉尚有福氣、好心的人天公有保庇、今仔日卽能得相見、在我打算應該將此款的因端對開封府衙門去告、卽能得可報讐解開心肝頭的怨恨、邱惇聽見長工此個話去行、倩人寫告狀提入去開封府衙門內、包大人看了告狀吊邱惇來問、汝旣經被汪琦推落龍堀、按

デ私ハ貴方ノ行衞ニ就テ疑ツテ居リマシタ、奥樣ヲ見ルト丸デ汪琦ト夫婦ノ樣ニシテ居ラレル、種々ト考ヘテ見タガ仕方ガナイノデ役所ニ訴ヘテ御役人ニ貴方ノ事ヲ調ベテ貰フト思フテ居ルノヲ陳氏美ガ悟ツテ私ヲ放逐シマシタ、然シ天道常ニ善人ニ與スト申ス通リデ幸ヒ今日再ビ面會スル事ヲ得タノハ誠ニ幸福デアリマス、我ノ考ヘデハ此度ノ事情ヲ開封府ノ役所ニ訴出タナラバ心頭ニ燃ユル怨ノ腹讐ガ遂グラルル事ト思ヒマス、邱惇ハ傭人ノ說ニ同意シテ人ニ訴狀ヲ賴ミ、開封府ノ役所ニ差出シマシタ、包大人ガ之ヲ御覽ニナルト邱惇ヲ呼出ニナリ、汝ハ汪琦ニ龍堀ニ突落サレナガラ

怎樣那沒死。更再能得返來是甚麼情形。講給我聽。

邱惇哭一聲即講。不知是甚麼因端適即給伊推落去的時候。跋落龍堀內。彼個下底草仔茂々身軀跋落站在彼草仔縫。草仔軟々即無着傷。四界看暗模々。要行々無路。坐彼草仔項。大聲喊救人亦無人來救。心肝內煩勞大聲都哭。哭眞久亦無人知影。脚手酸軟。倒站彼草仔睏。睏精神看見略々仔光々。

（未完）

如何シテ助カッタ。助カッテ歸ッテ來ラレタ其譯ヲ私ニ聞カセテ呉レト言ハレタ。

泣イテ邱惇ガ言フノニ如何シタ譯カ私ハ知リマセンガ。私ハ突キ落サレテ龍堀ニ落込ミマシタガ、極ク軟カイ草ノ茂ツテ居ル中ニ落込ミマシタノデ怪我モアリマセンデシタ、草ノ中ハ眞暗デ道モアリマセン。草ノ上デ大聲デ救ヲ求メマシタガ、何人モ來テ呉レマセン、悲シク成ツテ泣出シマシタ、久シク泣イテ居マシタガ人ニハ判リマセン。疲勞ヲ覺ヘマシテ其處ニ眠ツテ終ヒマシタ、目ガ醒メテ四邊ヲ見ルト少シハ明ルク成ツテ居リマシタ。

多方面

◎支那裁判包公案

(五)＝龍堀＝

腹肚飢眞艱苦、四界尋、扭着草仔子有此大粒、折一粒食了好食、直々折直々食、食到飽々嘴乾要飲水、

(其五)　於臺北　井原學童

飢テ苦シイノデ、方々ヲ搜シタラ此ノ樣ナ大ナ草ノ實ガアツタ、食フテ見ルト美味イ、矢鱈ニ喰ツテ御腹ガ一杯ニナルト水ガ欲シク成ツタ、其所ニ

看見四界乾々。行較去有一條滯仔水、滬起來飲、此時候即沒嘴乾亦沒飢。親像如此有六七日突無看見一尾大蛇、緩々仔趉過去。心肝內着驚緊々匿彼草仔縫內。暗々偸看蛇頭眞大。蛇皮有鱗。蛇身差不多有丈外長。趉上草仔頂纏彼樹枝、纏來纏去飛出龍堀。不知對何位去。我驚蛇更再趉來。緊々扭草仔扭樹枝。亂扒亂控。强々要走上龍堀頂。跋落去二次。又更扒起來。扒堀頂頭。

ハ水ハナイ。少シ行クト其所ニ滯ノ水ガアッタ、夫ヲ掬テ飲ンダノデ始メテ腹ガ出來マシタ。此樣ナ事ヲ六七日モ繼ケテ居ルト突然一尾ノ大蛇ガ現ハレテ、動イテ居ルノデ、私ハ喫驚シテ急イデ草ノ中ニ匿レ、暗イ處カラ覷テ見ルト大ナ頭デ鱗ガアッテ、長サハ一丈餘リモアル、草ノ上ニ現レ樹ニ卷キ付イテ龍堀ヲ飛出シテ何處ニ行ッタカ行衞ハ判リマセン。私ハ大蛇ヲ見テ驚イテ其所ヲ這ヒ出シテ草ヤ木ニシガミ附イテ龍堀カラ逃レ樣トシテ二度落込ミマシタガ最後ニ漸ク龍堀ノ外ニ逃レ出マシタ、外ハ一面茅デ茅藪ヲ潜リ拔ケルト小道

支那裁判包公案

攏總是茅草。穿出茅草外。即有看見一條小路。對小路即尋着大路。一身軀糊到攏是土。眞正穢汚。行到阮厝入去內面。看見陳氏美與汪琦在飲酒。汪琦看我返來。走入去房間內夯一枝刀大聲嚷喊。將我趕出去。我無奈何即走來。求大人與我辦。

ニ出マシタ。小道ヲ辿テ行クト始メテ大道ニ出マシタ。其時全身ヲ見ルト泥塗ニナッテ、甚ク汚レテ居マシタ。私ガ漸ク私ノ家ニ辿リ着イテ内ニ這入ッテ見ルト陳氏美ト汪琦トガ酒宴ヲ遣テ居ル最中デ私ガ歸ッテ來タノヲ見ルト寢室ニ馳込デ一刀ヲ携ゲテ來テ私ヲ追出シマシタ。止ムヲ得ヌノデ私ハ家ヲ逃グ出シマシタ。包大人何卒御捌キ下サイ御願申シマス。

多方面

◎支那裁判包公案

(六)—龍堀—

(其六)　於臺北　井原學童

包大人聽見此號話、心肝內明白、隨時吩咐差役去拿汪琦與陳氏美、此時候汪琦十分僥疑、想着邱惇既經跋落龍堀、按怎樣能更再返來、不知是無死抑不是、亦是死了不甘愿變做鬼仔要來交纏、若是無死着更

包大人ハ此ノ談ヲ御聞ニナルト、心ニ明瞭ニナツタノデ、早速部下ノ者ニ命ジテ琦ト美トヲ逮捕サセマシタ、汪琦ハ此時非常ニ疑惑ノ念ニ驅ラレテ居ツタ、既ニ龍堀ニ落チ込ンダ惇ガ堂シテ再ビ歸ツテ來タ、死ナズニ居タノカ知ラン、ソレトモ悲慘ナ死ヲ恨ンデ化ケテ來タノデハアルマイカ、若シ死ンデ居ナケレバ又計劃ヲセネバナラン、若シ

再想計智。若是心魂不甘愿。着請和尚念經與伊做公德。就將此個意思對陳氏美商議。攏不知邱惇已經告准。開封府差役入去內面將二個做一下拿。拿去到衙門內。包大人問汪琦即講。汝好大膽。私通邱惇的妻。更再要害死邱惇。汝着實在講。汪琦講。頂日仔大家去乞雨。日頭要落山各人返去。邱惇四界看光景。廹廹到暗々。脚行不好勢。錯誤跋落龍堀。是伊自己跋落去。不

魂魄ガ迷ツテ居ルノデアルナラ和尚ニ頼ンデ御經ヲ上ゲテ法事ヲシテ貰ハフト美ニ相談シタノデアル。此二人ハ其時迄ハ惇ガ告訴シタ事ハ露程モ知ラナカツタノデアル。‖開封府ノ役人ハ二人ノ者ヲ捕縛シテ役所ニ押送シテ來タ。‖包大人ハ琦ニ對シ貴様ハ惇ノ妻ト姦通シタ上殺害迄セントスルナンテ實ニ大膽不敵ノ奴デアルゾ尋常ニ白狀シテ終ヘ。‖實ハ先日大勢ノ者ガ雨乞ニ行キマシタ、日暮ニナルト皆ノ者ハ歸ツタノニ惇ハ其邊ノ景色ヲ眺メテ日沒迄遊ンデ居リマシタガ脚ヲ踏ミ外シテ誤ツテ龍堀ニ落込ミマシタ。獨リデ落チタノデ私ガ突キ落シタノデハアリマセン。又同家ハ十分

是我害伊。您厝内十分謹愼我亦無麼々去。那有通姦的事情。包大人受氣講。汝眞濫糝講。有影的事情全然講無。敢是無憑證汝不愿認罪。少停取憑證來汝都知影。包大人問陳氏美講。汝何時與汪琦通姦。按怎樣叫汪琦害死您夫。陳氏美講我無與汪琦私通。倘無叫伊害死邱惇。包大人去叫差役去陳氏美的房間内將眠床的物件做一下搬來。差役提來了。包大人手指彼領蓆即講。此

注意シテ居リマスカラ私ハ度々ハ參ラレマセン、決シテ姦通ハ致シマセン」包大人ハ激昂サレテ、事實デアルノニ全然干係ガナイトハ貴樣モ隨分強情ナ奴ヂヤ證據ガナイノデ白狀セヌノデアロウ、今ニ證據ヲ見セテ遣ル控ヘテ居レ」包大人ハ美ニ對シ其方何時カラ琦ト干係ヲシタ、堂シテ琦ニ夫ヲ殺害サセタノヂヤ」妾ハ琦トハ干係ハシマセン、又殺シテ呉レトモ頼ミマセン」包大人ハ部下ノ者ニ美ノ寢室ニ行ツテ寢臺ニアル物件全部ヲ持參スル樣命シマシタ、部下ノ持ツテ來タ蓙ヲ取ツテ申サル、ニ此レハ新シク買入レタ蓙デ二人デ臥ンダ痕跡ガ殘ツテ居ル、又此ノ衣類ハ琦ノ着物ト

領帶新買的、有二個人新睏的帶痕、此領衫無較長無較短。與汪琦穿的共一樣。明々通姦是真。要害死邱惇亦有影。二人看見帶與衫無話可講甘愿認罪。包大人判斷二個流徒。邱惇返去管業。邱惇歡喜拜謝即去。

同様ニ長サモ少シモ違ツテ居ナイ。其方共ガ姦通シタ事ハ依之モ明白デ。邱惇ヲ殺害セント企タノモ事實デアル＝兩人ハ蓙ト衣類ヲ目ノ前ニ突キ付ケラレテ、返詞モ出來ズ甘ジテ罪ヲ認メマシタ＝包大人ハ二人ノ者ニ流刑ヲ命ジ。惇ニハ歸ツテ業地ヲ管掌スル様命ジマシタノデ御禮ヲ述べテ喜ンデ歸ツテ行キマシタ。

載於《語苑》一九一九年二月、三月、九月、十月、十一月十五日以及一九二〇年三月十五日

無題錄*

作者　莊周
譯者　東方孝義

莊周像

【作者】

本文出自《莊子・山木》，作者莊周（約西元前三六九年～西元前二九五年），戰國時宋國蒙人，曾為蒙漆園吏，所以也被稱為「蒙吏」、「蒙莊」、「蒙叟」，曾隱居南華山，故唐玄宗天寶初年曾追號為「南華真人」，稱《莊子》為《南華經》。其思想主旨在於崇尚自然無為的生活態度以及追求超然物外的精神層次，與老子並稱「老莊」，是道家思想的代表人物。其文章之主要特色則表現在瑰詭的想像與豐富的寓言，影響後世十分深遠。（顧敏耀撰）

【譯者】

東方孝義（とうほう　たかよし），日本石川縣人。一九一三年來臺，原任員警，一九二三年，轉任臺灣總督府員警官及司獄官練習所之「臺灣語」與「臺灣事情」教官，後歷任臺中地方法院檢察局、臺北地方法院檢察局與高等法院檢察局通譯官，亦曾主持《臺灣員警協會雜誌》之「語學」專欄。本文作者誤植為「東方教義」。其代表著作為《臺日新辭書》（一九三一）與《臺灣習俗》（一九四二）。《臺日新辭書》是一本以廈門音為主體所編撰的臺語辭典，

---

* 其原文如下：莊周遊於雕陵之樊，覩一異鵲自南方來者，翼廣七尺，目大運寸，感周之顙，而集於栗林。莊周曰：「此何鳥哉？翼殷不逝，目大不覩」，蹇裳躩步，執彈而留之。覩一蟬方得美蔭而忘其身；螳螂執翳而搏之，見得而忘其形；異鵲從而利之，見利而忘其真。莊周怵然曰：「噫！物固相累，二類相召也」，捐彈而反走，虞人逐而誶之。

由臺灣員警協會發行，至今仍為臺灣語學研究的重要工具書。《臺灣習俗》則是廣泛討論臺灣文化風俗的著作，目的在瞭解臺灣風俗變遷的軌跡，以資移風易俗，內容包括服裝、食物、住居、社交、文學、演劇、音樂、運動、趣味等類別，體例近似伊能嘉矩《臺灣風俗志》（一九二〇）。就學術價值而言，《臺灣習俗》也許比不上《臺灣風俗志》，不過成書於日治末期的《臺灣習俗》，更具體呈現了臺灣新舊文化的變遷。（趙勳達撰）

多方面

東方敎義

△無題錄

古早某所在有一個打獵的人、出去打獵、看見一隻大隻鳥、飛來宿在伊的面前的樹枝裡。彼隻鳥、翼長有六七尺、目睭的大到有一寸。

昔或ル所ニ一人ノ獵夫ガ居テ狩リニ出デ、大キナ鳥ガ飛ンデ來テ彼人ノ前ノ樹ニ留マツタノヲ見マシタ。其ノ鳥ノ翼ハ六七尺ノ長サデ、眼ハ一寸位ノ大キサデシタ。

多方面

彼個打獵的想講、這是甚麼鳥、翼雖然是長、豈沒連捷、目賙彼大、却無明朗。

就徵倚去、想要攑銃來打、忽然看見一隻蝒蛄蠐、宿在樹頂蔭影的所在、大細聲在啼、不止好聽、親像眞得訣的款式、却不知後面彼隻草猿要來拿伊。

彼隻草猿顧蝒蛄蠐、趖倚去要拿伊、却不知後面彼隻大隻鳥、在要跳倚去琢伊。

彼ノ獵夫ハ思フ樣何ト言フ鳥カ知ラン、翼ハ長イトハ言フモノノ、飛ブニ何故捷クナイノカ、眼ハ彼ノ樣ニ大キイガ明朗デナイ。

デ、少シ近ヅキ銃ヲ取ツテ打タウトシマスト、ヒヨツト樹上ノ日陰ニ一匹ノ油蟬ガ留マツテ、高イ低イ聲デ啼イテ居ルノヲ見マシタ、ソレガ誠ニ好イ音デサモ樂シサウデスガ、後方ニ蟷螂ガ居テ彼ヲ捕ヘ樣トシテ居ルノヲ知ラ無イノデアリマス。

彼ノ蟷螂ハ油蟬ニ氣ヲ付ケテ匍ヒ倚リ、彼ヲ捕ヘ樣トシテ居リマスガ、背後ニ彼ノ大鳥ガ今ニモ飛ビ付イテ琢カントスルノヲ知ラズニ居マス。

彼隻鳥顧要琢草猿的時。亦不知後面有打獵的人。要共伊打。
打獵的看見彼號款式。就食一驚。即吐氣講。世間攏是如此。顧在目前的利益。無顧後面的陷害。我若干乾顧要打彼隻鳥。不知後面有虎。抑是獅。要來咬我抑無。
就將彼枝銃收起來。赶緊返去厝。
現時此欵的事情眞多。強猛的人欺負軟弱。序大欺負序細。好額欺負庚窮。尊貴凌辱下賤。是只有目睭

彼ノ鳥ハ蟷螂ヲ取ルノニ氣ヲ取ラレ、後ロニ獵夫ガ居テ彼レヲ打タントシテ居ルノモ知ラズニ居マス。
獵夫ハ其ノ有樣ヲ見テ恐ロシクナリ、吐息ヲツイテ曰ク、世間ハ皆斯フデアル、目前ノ利ニ氣ヲ取ラレ、身後ノ陷害ニ氣ヲ付ケナイノデアル、自分ハ彼ノ鳥ヲ打ツ事ノミニ氣ヲ配ツテ居タナラバ、後方カラ虎ヤ獅ニ咬マレルノモ知ラズニ居タノデハナカラウカ。
ソコデ、彼ハ鐵砲ヲ藏ヒサツサト家ニ歸リマシタ。
此頃此ノ樣ナ事ハ澤山アリマス、強イ人ガ弱イ人ヲ苛メ、目上ガ目下ヲイヂメ、金持ハ貧乏人ヲ苛メ、尊貴ナ人ハ下賤ナ人ヲ凌辱スルノモ、タツタ目ノ前ノ樂ミ丈ケデ少シモ背後ノ禍ヒヲ顧慮セヌ

多方面

前的快活、攏無顧後來的禍患。
俗語講、人要害人天不肯天要害人在目前。
咱更較有勢力、按怎樣的富貴、亦尚有一個更較大氣力的竪在咱的後面、連鞭要責罰彼等。

六四

ノデアリマス。
俗語ニ人ガ人ヲ害フタナラバ天ハ承知シナイ、天ハ人ヲ罰スルノハ目ノ前ノ仕事デアル。
我々ハ如何ニ勢力アリ、如何ニ富貴デモ、尚ホヨク以上ノ大ナル力ハ背後ニ在リテ、直グ彼等ヲ罰セラレルノデアリマス。

載於《語苑》一九一九年五月十五日

無題錄*

作者　浮白齋主人
譯者　東方孝義

【作者】
本文出自晚明成書之浮白齋主人《雅謔》，該作者之真名則有以下數種說法：馮夢龍、許自昌、卞文瑜、李漁，至今學界仍有爭論。

【譯者】
東方孝義，見前篇〈無題錄〉（螳螂捕蟬，黃雀在後）。

* 其原文如下：漢武帝對群臣云：「《相書》云：鼻下人中長一寸，年百歲」，東方朔忽大笑，有司奏不敬。朔免冠云：「不敢笑陛下，實笑彭祖面長」，帝問之，朔曰：「彭祖年八百，果如陛下言，則彭祖人中長八寸，面長一丈餘矣」，帝亦大笑。

多方面

○無題錄

漢武帝有一日、與彼等人臣、在論起相書的事情講、人鼻下人中、若長有一寸、就有一百年的歲壽、彼時東方朔、在邊仔聽了哈哈哮在大笑。

跟隨皇帝的、出奏講、東方朔在笑到如此、是無盡人臣的禮數。

東方孝義

漢ノ武帝或ル日臣下ト相書ノ事ヲ話サレテ居ラレ人ハ鼻ノ下ガ一寸アレバ百年ノ壽命ガアルト言ワレルト、其時東方朔ガ傍デ聞イテ居テ大キナ聲デカラ〱ト笑イマシタ。

皇帝ノ近侍ノ人ガ奏スラク、東方朔ハアノ樣ニ笑フトハ、人臣ノ禮ヲ缺イテ居リマス。

東方朔聽了就共會不着講、臣不敢笑陛下、是在笑彭祖的面眞長。

武帝就問伊講、你那能知彭祖的面長呢。

東方朔應講、彭祖食八百歲喇、照陛下講如此、伊的人中有八寸長、更參嘴、下斗、額、鼻做一下算、敢不是丈外長。

武帝聽了亦續大笑。

東方朔ガソレヲ聞クヤ、御詫ヒヲナシ、言フ樣、臣ハ敢テ陛下ヲ笑ヒマセヌ、彭祖ノ顏ガ非常ニ長イノデ笑ツタノデス。

武帝ガ汝ハ何ウシテ彭祖ノ顏ノ長イ事ヲ知ツテ居ルカト問ハレマシタ。

東方朔ノ答フル樣、彭祖ハ八百歲ヲ取リマシタ、陛下ノ御言葉ノ如キトスレバ彼ノ鼻ノ下ガ八寸ノ長サデアリ、ソレニ口、顎、鼻ヲ一處ニ計ウタナラバ、丈餘ニハナリマセスカ。

武帝モ聞カレテ遂イ大笑トサレマシタ。

載於《語苑》一九一九年八月十五日

漁夫ノ利*

作者　不詳
譯者　東方孝義

【作者】

本文出自《戰國策・燕策二》，作者不詳，可能非一人一時之作。《戰國策》內容包括了策士的著述以及史臣的記載，約於秦朝建立之後編輯成書，原書名不詳，後由西漢劉向（約西元前七十七年～西元前七年）考訂整理，乃定為今名。（顧敏耀撰）

【譯者】

東方孝義，見前篇〈無題錄〉（螳螂捕蟬，黃雀在後）。

---

* 其原文如下：趙且伐燕，蘇代為燕謂惠王曰：「今者臣來，過易水，蚌方出曝，而鷸啄其肉，蚌合而拑其喙。鷸曰：『今日不雨，明日不雨，即有死蚌』，蚌亦謂鷸曰：『今日不出，明日不出，即有死鷸』，兩者不肯相舍。漁父得而並擒之。今趙且伐燕，趙燕久相支，以敝大眾，臣恐強秦之為漁父也。故願王之熟計之也」，惠王曰：「善」，乃止。

◎無題錄

東方孝義

△漁夫ノ利

有一日對河裡一粒蚌出來在岸頂、將殼展開仕被曝日、忽然有一隻鷸看見、就對彼個蚌的肉共伊啄得、彼粒蚌亦將殼合倚、來對鷸的共伊夾得。

鷸就講、今仔日無落雨、明仔再更無落雨、就有蚌肉可食。

蚌亦講、今仔日無出日、明仔再更

或ル日一粒ノ蛤ガ河カラ岸ニ出テ、貝ヲ開イテ日ナタボッコヲシテ居マスト、突然一羽ノ鷸ガ見付ケテ、其處ニ居ル蛤ノ肉ヲ啄キマシタ、彼ノ蛤ハ貝ヲ締メ合ハシテ、鷸ヲ夾ンデ仕舞ヒマシタ。

鷸ノ言フニハ、今日ハ雨ガ降ラナイ、明日モ又雨ガ降ラナカツタナラバ、蛤ノ肉ヲ食ベル事ガ出來ルト。

蛤モ亦言フ樣、今日モ日出デズ、明日モ日ガ出

無出日、的確有死鷸。如此兩邊扭在不放、眞適好、有一個討魚的人對彼過、看見一隻鷸、與一粒蚌、纏々攪々、做一堆、不肯相讓。

伊就做一下與伊拿去、俗語在講、鷸蚌相持漁人得利、就是此等事情。本島人眞欲訴訟、有時少々許々的事、亦弄到相告幾仔年久、請辯護士咯、開所費咯、亦有拜托人事情、有錢給伊、咯尾伊的家伙續無了了、親像此號項面故事相同。

ナケレバ、必ズヤ鷸ガ死ンデ仕舞フノデアル。此ノ如クシテ双方引キ合ツテ放サナイデ居ルト、恰モ一人ノ漁師ガ通リ掛ツテ、鷸ト蛤ト爭ヒ合ツテ咬ミ合ヒ、互ニ譲リ合ハナイノヲ見マシタ。漁師ハ双方共ニ捕ヘテ仕舞ヒマシタ、俗ニ鷸蚌ノ爭ハ漁夫ノ利ナリトハ、即チ此ノ事デアリマス。本島人ハ非常ニ訴訟ヲ好ミマス、時ニハ僅カ許リノ事ヲ、數年モ爭ヒ合ヒ、辯護士ヲ頼ムヤラ、費用ヲ使フヤラ、人ニ頼ンデ、金ヲ出スヤラ、遂ニハ財産モ無クシテ仕舞ヒマス、恰モ前ニ有ル古事ト同ジデアリマス。

載於《語苑》一九一九年十二月十五日

作者　莊周
譯者　東方孝義

轍鮒ノ急*

【作者】
莊周，見〈無題錄〉（螳螂捕蟬，黃雀在後）。本文出自《莊子・外物》。

【譯者】
東方孝義，見〈無題錄〉（螳螂捕蟬，黃雀在後）。

* 其原文如下：莊周家貧，故往貸粟於監河侯。監河侯曰：「諾。我將得邑金，將貸子三百金，可乎？」，莊周忿然作色曰：「周昨來，有中道而呼者。周顧視，車轍中有鮒魚焉。周問之曰：『鮒魚，來！子何為者邪？』對曰：『我，東海之波臣也。君豈有斗升之水而活我哉？』周曰：『諾。我且南遊吳越之王，激西江之水而迎子，可乎？』鮒魚忿然作色曰：『吾失我常與，我无所處。吾得斗升之水然活耳。君乃言此，曾不如早索我於枯魚之肆！』」

△轍鮒ノ急

莊周極瘦窮的時候、去見監河侯、求要與伊借淡薄米糧。

監河侯講、且等候、更隔無幾日、我兜有一個較好的客要來、我即三百銀借你、如此好否。

莊周聽了不歡喜、就設一個比諭講、我昨日來的時、在路裡有聽見在喉叫的聲、我就四界看都無人。元來是車路溝裡、有一尾鯽仔魚、在喉叫。

我就問伊、你怎樣豈來住此、亦叫我要甚麼事、伊講我是東海的波臣、

莊周ガ至ッテ貧困ノ時代ニ、監河侯ニ見エテ、糧食ヲ少シ借テ呉レト頼ミマシタ。

監河侯ハ言ハルル様、暫ク御待チ下サイ、モウ數日ノ中ニ、私ノ處ヘ好イ所ノ客ガ來ルコトニナッテ居マス、スレバ三百銀ヲ你ニ貸シテ上ゲマス、ソレデ如何デスカ。

莊周ハ聽キ了ッテ嬉シクナク、一ツノ譬ヘヲ造ラヘテ言ハルヽニハ、昨日私ノ來ル道デ呼ビ聲ガスルノデ、方々ヲ視タガ、サッパリ人ハ見エナイ。處ガ轍ノ跡ノ處ニ、一尾ノ鮒ガ居テ呼ンデ居ルノデシタ。

私ハ汝ハ何故此處ヘ來タノカ、又何シニ私ヲ呼ブノカト尋ネマスト、彼ハ私ハ東海ノ波臣デアルガ、

汝肯用一舛水、亦是一斗水、來救我活命無。

我就共伊講、且等候、我要落南去行遊、即勸吳越二國的王、將世間的水、閘俾透來可迎接汝返去海裡、如此好否、彼尾魚怒氣講、我不過一時、適着此號的艱難、只有要求一舛亦是一斗的水、一條命就能活。

若照汝講、不如去街市裡魚哺店看我就好。

汝ハ一舛乃至一斗ノ水ヲ持ツテ來テ、私ノ命ヲ救フテ呉レマセヌカ。

私ハ彼ニモウ暫ク待チナサイ、私ガ南方ニ遊歴ニ行キマシタナラバ、吳越ノ二國王ニ勸メテ、世界中ノ水ヲ引キ來ツテ、汝ヲ迎エテ海ヘ返サシメマスト、ソレデ宜シイデショウト言ヒマスト、彼ノ鮒ハ怒ツテ言フニハ、私ハ一ト時ヲ越ス為メニ、斯ク難儀ヲシテ居マス、只一舛乃至一斗ノ水ヲ願ッテ、命ヲ繋ギタイノデアリマス。

汝ノ様ナ事ヲ言ハレル位ナラ、寧ロ街ノ干物屋ノ肆ニ私ヲ索メラレタラバヨロシイ。

載於《語苑》一九一九年十二月十五日

苗ヲ助ケテ枯ニ至ラシム*

作者　孟軻
譯者　東方孝義

【作者】

孟軻（西元前三七二年～西元前二八九年），又被稱為「孟子」，字子輿，戰國時鄒人，受學於子思弟子，提倡王道、重仁義、輕功利、創人性本善之說，後世儒者尊其為「亞聖」，著有《孟子》七篇。其辯論擅長譬喻與反詰，雖然容有不符嚴謹的邏輯推論原則，及立論偏頗之處，但充分表現出明顯的個人情感以及強大的感染力，其文學藝術上的價值仍值得肯定。（顧敏耀撰）

【譯者】

東方孝義，見前。

* 其原文如下：宋人有閔其苗之不長而揠之者，芒芒然歸。謂其人曰：「今日病矣，予助苗長矣」，其子趨而往視之，苗則槁矣。

△苗ヲ助ケテ枯ニ至ラシム

孟子有講、宋國有一個人、煩惱伊田裡的稻仔、攏無甚麼大。伊就一欉一欉、用手與伊拔被伊浮較高起來、直々走回來怹厝、共人講、今仔日我看見田裡的稻仔攏不大、不止煩惱、我却有想着一個法度、可帮助伊大欉。怹後生聽見如此、就赶緊走去看。阿啊、彼個被伊拔的稻仔、都攏乾々去了。

孟子ノ言葉ニ、宋國ノ一人ガ、田ノ稻苗ノサッパリ伸ビナイノヲ氣ニ爲テ居リマシタ。彼ハ處デ一株一株、手デ拔キ浮キ上ゲ高クシテ、サッサト家ニ歸リ、内ノ者ニ對シ、私ハ今日ハ内ノ田ノ苗ガチットモ大キクナラナイノデ、大層氣ニ掛ッタガ、一ツ考ヘ出シタ方法デ、大キクナル樣ニ手傳ッテ來タゾヨ。彼ノ息子ハソレヲ聽イテ、急イデ田ニ行ッテ見マスト。ヲヲ……、彼ノ拔カレタ稻苗ハ、皆ンナカラ／＼ニ干カラビテ居マシタ。

載於《語苑》一九一九年十二月十五日

韓文公廟的故事*

作者　不著撰者
譯者　三宅生

【作者】

不著撰者。惟文中記載韓愈因諫迎佛骨而遭貶潮州，繼而在當地驅逐鱷魚，為民除害的整個經過，其內容與劉昫等《舊唐書》、歐陽脩等《新唐書》中的〈韓愈傳〉相關內容大致符合。如「憲宗遣使者往鳳翔迎佛骨入禁中，三日，乃送佛祠。王公士庶奔走膜唄，至為夷法灼體膚，委珍貝，騰沓係路。愈聞，惡之，乃上表極諫。帝大怒，持示宰相，將抵以死」、「初，愈至潮，問民疾苦，皆曰：『惡溪有鱷魚，食民畜產且盡，民以是窮』，數日，愈自往視，令其屬秦濟以一羊一豕投溪水而祝之。是夕，暴風震電起溪中，數日，水盡涸，西徙六十里，自是潮無鱷魚患」（《新唐書・韓愈傳》）。（顧敏耀撰）

【譯者】

三宅（みやけ），偶亦署名「三宅生」，在臺日人，寓居臺南，於《語苑》發表之臺日對照作品共有七十八篇，包括：一九二〇年一月的〈論勤倹〉、二月的〈論節倹〉、三月的〈韓文公廟的故事〉、一九二一年二月至一九二四年十月的〈三體文語〉共三十一篇（皆取材自《鹿洲公案》）、一九二一年九月的〈酒精〉（與冬峰生合譯）、一九二二年九月至一九二三年十二月的〈舊慣用語〉共十六篇、一九二三年一月至一九二四年三月的〈臺灣的の神佛〉共十五篇、一九二八年六月至一九二九年三月的〈廟祝問答〉共八篇、一九二七年十月至一九二八年四月的〈訴冤〉共四篇。（顧敏耀撰）

＊屏東內埔有全國唯一的韓愈廟─昌黎祠，是由潮州人帶進來的原鄉信仰。本篇題目中的「韓文公廟」或即指此一廟宇。

韓文公廟的故事

中國唐朝的時，有一個叫做韓愈，在做侍郎，伊是好學問盡忠節的人。

元和十四年憲宗皇帝迎佛骨到無要緊國政，百姓亦被伊迷惑講，若拜此佛骨五穀豐盛，人可得着平安更

臺北　三宅

支那唐朝ノ時代ニ省ノ次官ヲ勤メテ居ル韓愈ト云フ人ガアリマシテ、學識博ク、忠節ヲ尙ブ人デアリマシタ。

元和十四年憲宗皇帝ガ佛ヲ信仰シテ政事ヲ顧ミズ、人民モ佛ヲ信仰スレバ五穀豐饒デ生活安樂且ツ長壽ヲ保ツコトガ出來ルトノ迷信ヨリ先ヲ爭フ

長歲壽。如此大家相爭去拜。
韓愈有看見此號事情、拿直諫止皇上講、咱中國原本都無佛敎、總是黃帝坐位一百年久、年一百十歲、帝堯坐位九十八年間、壽一百十八歲、帝舜及禹攏是一百外歲、彼時天腳下泰平百姓亦快活長歲壽、這不是服事佛祖即得着的。
到漢朝明帝的時、即迎佛祖、反轉明帝坐位僅々十八年久而已、尚以後常々有惹起擾亂。

テ參詣シテ居タ。
韓愈ハ之ヲ見テ直言皇帝ヲ諫メテ曰ク「我ガ支那ニハ元來佛敎ナカリシガ、然モ黃帝ハ位ニ在ルコト百年、壽百十歲、帝堯ハ在位九十八年ニシテ壽百十歲、帝舜及禹ハ何レモ百餘歲ノ壽ヲ保テリ。其時天下ハ泰平人民皆安樂壽考ナリシガ之レ皆佛ニ事フルニ因リテ然ルコトヲ得タルニハアラザルナリ。
漢ノ明帝ノ時ニ至リテ始メテ佛ヲ迎ヘシガ却ツテ明帝ハ在位僅カニ十八年其後擾亂屢々起レリ。

韓文公廟的故事

梁武帝坐位四十八年的中間、有三次捨身出家、祭事不要殺牲、一日食一餐草菜、宗廟用麵做牲禮、總是江南大擾亂、伊餓死在臺城、國就滅亡、這敢是服事佛祖來求福氣、顛倒過着災禍麼、若想起此款的事情、應該着警戒迎佛骨。

總是可惜、皇帝不聽、韓愈惻着皇上的怒氣、被伊貶去在廣東省潮洲府做刺史官。

適彼時、彼個所在、有鱷魚眞多在

梁ノ武帝ハ位ニ在ルコト四十八年ニシテ三度身ヲ捨テ佛ニ歸依シ祭事ニ牲牢ヲ用ヰズ、一日一回ノ菜食ニ止メ、宗廟ノ祭ニ麵ヲ以テ牲禮ニ代ヘ居タリシガ、然モ江南大イニ亂レ、皇帝ハ臺城ニ餓死シ、國モ亦尋デ亡ビタリ、之レ卽チ佛ニ事ヘテ幸福ヲ求メムトシテ却テ禍ヲ得タルモノニアラズヤ、此レヲ思ヘバ必ズ佛骨ヲ信仰スルコトハ戒メザル可カラズ」ト。

然ルニ遺憾ナガラ皇帝之ヲ聞キ入レラレズ、韓愈ハ皇帝ノ怒リニ觸レ廣東省潮洲府ノ洲長ニ貶セラレマシタ。

恰モ其時、潮洲地方ニハ多クノ鱷河中ニ棲息シ家

河裡、人所飼的畜生常々被伊奪去、尚有時人亦被伊食去。韓愈有看見此號事情。憶着百姓要除去此號災禍。就做祭文、一隻羊及一隻豬、藥落溪中、給鱷魚即對伊講『眞可惡鱷魚。汝在此若楚百姓眞久、此處就是皇帝的所管轄。所以此次叫我來治理。汝應該着緊走去別位。若無。我用更較利害的機器。設甚麼法度。亦是得確征伐汝。』

噯喲。眞奇怪。伊的心志感通天抑不

畜ヲ奪ハレ、稀ニハ人モ害セラル、コトガアリマシタノデ、韓愈ハ之ヲ見テ人民ノ爲メニ此ノ災害ヲ除カント思ヒ、鰐魚ノ文ヲ造リ、羊一頭豚一頭ヲ河中ニ投ジ彼レニ與ヘ告ゲテ曰ク「惡ムベキ鰐、汝此處ニアリテ人民ヲ苦シムルコト久シ、此處ハ皇土ニシテ我ニ命ジテ來リ治メシム、故ニ汝ハ速カニ立去ルベシ、汝若シ去ラザレバ、如何ナル利器ヲ用ヒ如何ナル方法ヲ講ジテモ必ズ汝ヲ討伐スベシ」ト。

誠ニ不思議ニモ愈ノ志ニハ天モ感ジタモノカ、

是、如此祭獻了後、彼個鱷魚攏走去暹羅國、無到半隻在得。彼個百姓、受伊的致蔭、所有的憂苦攏無去、大家眞歡喜、不卽伊過往了後、起一間廟服事伊、後來的皇帝、褒奬伊的功勞、就賜施文公的稱號、伊的榮光、可流傳到今千外年久、得着衆人的尊敬、彼就是雖然有頂面的所行、總是伊做人、有一個忠君愛國的心志、做官盡忠、痛惜百姓、行國政不止有合理、不卽能如此的。

其後鱷ハ全部暹羅國ニ逃レテ一匹モ居ナクナリマシタ。人民ハ韓愈ノ恩惠デ是迄ノ憂苦モ無クナツタノデ皆大イニ喜ビ、彼ノ死亡後、廟ヲ起テ、彼レヲ祀リ、後ノ皇帝ハ彼ノ功ヲ頌シテ文公ノ稱號ヲ賜ヒ愈ノ榮譽ハ一千餘年後ノ今日迄モ傳ハリ、衆人ノ尊敬ヲ受ケツヽアルノデアリマス、之レ即チ前記ノ如キ行ガ有ツタカラデモアリマスガ、彼ノ人トナリ、忠君愛國ノ志アリ、官ニ在リテハ忠義ヲ盡シ民ヲ勞ハリ、合理的ノ政事ヲ行ツタカラデアリマス。

載於《語苑》一九二〇年三月十五日

金卵*

作者　伊索
譯者　張永祥

【作者】

伊索（Aesop），見〈狐狸與烏鴉〉。

【譯者】

張永祥，生卒年待考，苗栗廳（大致為今苗栗縣境）人，一九〇七年由第四回農業講習會畢業，翌年又畢業於獸醫科第二回講席會，隨即前往日本大阪農學校獸醫科深造。曾於一九〇八年一月的《臺灣農友會會報》發表〈臺中廳農事調查〉、三月於該刊接續發表〈臺中の農事一般〉、一九一二年三月於《臺灣農事報》發表〈大阪附近の養鷲法〉、一九一七年六月於該刊發表〈大正五年臺中廳東勢角支廳下の畜牛去勢概況〉，爾後皆於《語苑》刊載作品，共九篇，包括一九一九年一月的〈勸人飼羊〉、二月至六月的〈獸醫用語〉（其一至其五）、一九二〇年二月的〈猴仔子能行孝〉、三月的〈勸人勿相告〉、四月的〈金卵〉。

* 按：即伊索寓言「下金蛋的母雞」。

◎話の種

△金卵

有一間厝、飼一隻鷄母、每日都生一粒金卵、沒比得平常的卵、所以一粒不但値三個銀、抑是五個銀、彼厝內的主人、在咧講、每日若生得十粒來、如此唔不變眞好額、做一是將彼隻鷄母、與伊刣死、對腹肚內的卵、做一次與伊提出來、敢不是眞好呢、在咧起戇想、有一日對彼隻鷄母刣死、想要提腹肚內的卵、不拘腹肚內、無半粒在咧。

張永祥

或家デ、飼ツテ居ツタ牝鷄ハ、毎日金ノ卵ヲ一個宛産ンデ居リマシタ、普通ノ卵ト違フテ金ノ卵デスカラ、一個三圓ヤ五圓デハアリマセヌ、若シ毎日十個宛モ産ムトスレバ、自分ハ大シタ財産家ニナレルト心付タ主人ハ、イツソ殺シテ仕舞ツテ、腹ノ中ノ卵ヲ、一度ニ取ツタラドウカ知ラント馬鹿ナ考ヲ起シテ、或日ノコト件ノ牝鷄ヲ殺シテ、腹ノ中ノ卵ヲ取ラウトシマシタガ、鷄ノ胎内ニハ一ツモ卵ハアリマセンデシタ。

載於《語苑》一九二〇年四月十五日

鹿洲裁判：死丐得妻子*

作者　藍鼎元
譯者　上瀧諸羅生

藍鼎元像

【作者】

藍鼎元（一六八〇～一七三三），字玉霖，別字任庵，號鹿洲，福建漳浦人，畬族。一七〇三年拔童子試第一，後屢試鄉試不第。一七二一年（康熙六十年）隨族兄南澳鎮總兵藍廷珍渡臺鎮壓朱一貴起義，擔任幕友。期間屢次上書言事，包括：南北路文武駐紮要害、官兵營汛添設更置、臺鎮不可移澎湖、哨船之舵繚門椗各兵必不可換，羅漢門及阿猴林等地不可棄等，閩浙總督覺羅滿保均予以採納。一七二三年被舉為優貢生，翌年北遊太學，隔年校書內廷，分修《大清一統志》。一七二八年（雍正六年）受大學士朱軾之推薦，特授廣東普寧知縣，再兼署潮陽知縣，後因故遭革職，一七三〇年協助編纂潮州府志，翌年入兩廣總督鄂彌達幕，不久便特授廣州府知府，到任不久病卒。著有《東征集》、《平臺紀略》、《鹿洲初集》、《女學》、《棉陽學準》、《鹿洲公案》等，《清史稿》將其列於〈循吏列傳〉。（顧敏耀撰）

【譯者】

上瀧諸羅生，亦署名「上瀧生」、「上瀧南門生」、「上瀧」（うえたき）是其姓氏，而名字待考。在臺日人，故事初居嘉義，後遷至臺南南門附近。曾於《語苑》發表作品十二篇，包括一九一六年五月的〈雜話〉、一九一九年二月

*出自《鹿洲公案》第八則。該書又名《藍公案》、《藍公奇案》、《公案偶記》，記載了藍鼎元在署理潮州知縣期間（共一年餘）所經手處理的案件。其情節十分曲折離奇，不遜於其他公案小說（如《包公案》），但又事事屬實，兼具文學與歷史的雙重價值。

的〈面白い對照〉、三月的〈料理小話〉、四月的〈鹿洲裁判：死丐得妻子〉，以及一九二〇年四月、六月、七月、九月、十月連載的〈糞埽堆〉（其一至其五）、一九二〇年五月的〈本年施行普通文官試驗土語筆記問題を見て〉、一九二七年二月與四月連載的〈論人愛〉。（顧敏耀撰）

多方面

◎鹿洲裁判

△死丐得妻子

普寧縣城南薰坊的保正、鄭侯秩的

上瀧諸羅生

普寧縣城南薫坊ノ保正、鄭侯秩ト云フ者ノ妻陳氏、

妻陳氏、來告講怨夫去被人強迫死
的告狀。
給伊收起來問伊的因由、講鄭侯秩
因爲藏蕭邦武的契、想要漏稅叫伊
賠償致恨。
有一暝、邦武悉歹子李獻章、蕭阿
興、蔡士顯、莊開明等來圍厝被伊
遇着、打到要死、走出去投水死、講
是現時身屍置在峽山郡大坛溝邊。
鹿洲即隨時叫人去驗屍、看見彼個
指甲塞到全土、實在是投水死的、不

其ノ夫ノ他ニ強迫セラレテ非命ノ死ヲ致セリトノ
狀ヲ以テ告訴シ來ルアリ。
受ケテ其ノ事由ヲ尋ネシニ、鄭侯秩ハ蕭邦武ト云
フ者ノ契ヲ匿シテ、稅ヲ脫レント企テシヲ辨責セ
シメ恨ミヲ受ケ。
一夜、邦武ガ兇徒李獻章蕭阿興蔡士顯莊開明等ヲ
率ヰ來リ家ヲ圍ムニ遇ヒ、亂打セラレ死ニ垂ント
シ、逃レ出デテ竟ニ河ニ投ジテ死セリ、現ニ死屍
ハ峽山郡大坛溝ノ邊ニ在リト云フ。
鹿洲ハ依リテ直ニ命ジテ死ノ驗證ヲ行ハシメシ
ニ、指甲ニ泥沙ヲ塡充シアリシハ、正シク投水致

拘攏無看見被人打的傷痕、而且自投水死的日算起、尙未過十日、身屍爛了々、沒認得面貌。

打算上少亦經過有半月日以上的身屍、尙即問伊、據恁妻陳氏及恁子阿伯辯白講、身屍浸水久阿、所以較快爛、尙恁妻哭夫恁子哭父一時眞悽慘、給看的人都流目滓、被告邦武恁彼個人、參此個對反干乾戇々沒曉講其、所以然親像有影的欸。所以人攏總講是邦武恁彼五個人害

死ノ確徵ヲ具シタリシモ亂打ヲ受ケシト認ムベキ傷痕ヲ一モ見ルナク、且ツ溺死ノ日ヨリ、未ダ一旬日ヲ出デザルニ、死體全ク腐爛シテ、面貌ヲ辨ゼズ。

少ナクモ半月以上ヲ經過セル死屍ノ如クニ推測セラレシヨリ、之ヲ詰問シタリシニ、妻陳氏ハ其ノ子阿伯ト共ニ辯ジテ曰ク、久シク水中ニ浸リシガ故ニ、腐爛ノ速カナリシト、而シテ妻ハ其ノ夫ノ爲メニ哭シ子ハ其ノ父ノ爲メニ哭シ、一時哀痛慘苦ノ情、幾ンド觀ル者ヲシテ同情ノ淚ニ咽ブヲ禁ズル能ハザラシメタリ、之ニ反シテ被告邦武等ハ、只ダ呆然自失自ラ辯疏ヲ爲スノ途ヲ失フ者ノ如クナリシヨリ、人皆邦武等五人ノ果シテ加害者ナル

死不免僥疑。
鹿洲認眞看邦武恁五個人眞條直、更想曆是做生理人、恐驚甚有誣告寃枉的事情、恬々記在心肝、在先吩陳氏母仔子去收殮身屍、續教伊着帶孝送伊出山。
後來對五個被告緩々仔講、我看侯秩敢不是眞死去、伊的身軀敢去匿在某所某在、此滿用犯假做、恁此等倘恁自己去彼個所在、掠侯秩來、五個人感恩流目滓叩謝、大家分路

ベキヲ疑ハザリキ。
鹿洲ハツラ〳〵邦武等五人ノ資質撲直ナルヲ見、又其ノ家ハ久シク貿易ヲ業トスルノ狀ヲ得、恐ラク誣告ノ寃ニアラザルナキヤヲ疑ヒ、獨リ之ヲ心ニ默記シ、先ヅ陳氏母子ヲシテ厚ク死屍ヲ收殮シ、葬ヲ行ヒ喪ニ服セシメ。
後徐ロニ五人ノ被告ニ對シ懇ロニ諭シテ曰ク、吾レ察スルニ侯秩ハ未ダ眞ニ死セズ、身ヲ隱シテ某々ノ地ニ在ルナラン、今重囚死ニ當ルノ汝等ニ假スニ數日ヲ以テス、須ラク自ラ其ノ地ニ赴キテ、侯秩ヲ弋獲シ來ルベシト、五人涕泣恩ヲ謝シテ去リ、途ヲ分チテ蹤緝ニ力メ、終ニ越テ三日、果シ

盡力去尋、無過三日、到惠來地方掠着解來公廷。

鹿洲即叫陳氏母仔子來及侯秩相見、問到伊的根底、陳氏母仔子眞羞恥、伏在土腳叩謝請死公廷四邊圍在看的幾仔千人、攏拍手大笑。

原來此侯秩平時飼放賊仔害人的歹子、邦武懲五個人定々驚畏被伊連累着、聽見鹿洲到任極其執法着驚即走、而且要掩伊舊時的非爲、即誣告此五個人徹底攏知了了、倘即

テ惠來地方ニ於テ之ヲ捉ヘテ庭ニ致セリ。

鹿洲ハ乃チ陳氏母子ヲ召喚シ目ノアタリ侯秩ヲ見セシメテ窮詰セシニ含羞、地ニ伏シ叩頭死ヲ請ヒ、庭ヲ環リテ聚リ觀ル者數千人、皆手ヲ打チテ大ニ笑ヘリ。

而シテ是レ原ト侯秩ハ盜ヲ縱マヽニシ民ヲ殃スルノ悍徒、殊ニ邦武等五人ハ連リニ累ヲ被リシガ故ニ、鹿洲ノ任ニ莅ミテヨリ法ヲ執ルコト正シキヲ畏レテ逃遁シ、且ツ其ノ舊惡ヲ晦サントシテ、五人ヲ誣告セシモノナルコトヲ知リヌ、是ニ於テ侯

照法律辦侫秩的罪。潮洲人聽見攏總眞爽快。

尚即問伊在先講是侫秩的身屍對何位來的、即知是無戶籍的乞食餓了去投水死的。鹿洲即講一個無後嗣的乞食能得着陳氏及阿伯的假妻假子與收埋出山、諒想在陰間敢在歡喜。尚伊在先教陳氏母仔子先埋身屍出山帶孝、人攏總拜服伊眞賢想。

秩等盡ク律ニ照サレ刑ニ處セラル。潮人之レヲ聞キテ悉ク快トシタリ。

斯クテ先ニ侫秩ナリト僞リシ死體ノ由來ヲ尋ネシニ、ハ、カツテ無籍ノ乞食餓テ溺死セシ者アリシヲ僞稱セシヲ知リ。鹿洲ハ後ナキ餓乞倖ヒニ陳氏及ビ阿伯ノ僞妻僞子ノ爲メニ收斂セラレ以テ禮ヲ成サル、ヲ得テ、亦笑ヲ九原ニ含ミシナラント言ヘリ。是ニ於テ彼レガ先ヅ陳氏母子ヲシテ死屍ノ葬ヲ行ヒ喪ニ服セシメシ用意ノ深カリシニ、人皆服セシトゾ。

載於《語苑》一九二〇年四月十五日

支那裁判包公案：一幅相

作者 （明）無名氏
譯者 井原學童

【作者】
明代無名氏。出自《包公案》第八卷中的〈扯畫軸〉。

【譯者】
井原學童，見前篇〈支那裁判包公案：龍堀〉。

多方面

◎支那裁判＝包公案＝

（三）

蠶中學童

一幅相　＝其一＝

講古早的時候、順天府香河縣的所在、有一個紳士、往次仔曾做知府的官、姓倪名叫守謙、家內眞好額、有幾十萬的家伙、倪守謙有一個大

却說昔、支那ハ順天府ノ香河縣ニ倪守謙ト言フ、嘗テハ知府ノ職ヲ務メタ事ノアル一人ノ紳士ガ居ッタ＝巨萬ノ富ヲ有スル素的ナ富豪デ、此ノ富豪夫婦ノ間ニ生レタ嫡子ハ、其名ヲ善繼ト命名サレ

某、有生一個大後生、名號做善繼、又更娶一個細姨、姓梅、名號做先春、生一個後生、名號做善述、此個善繼、做人極伍傑、眞欲錢財、貪心不足、不歡喜伊老父生一個細漢的小弟、後日仔能與伊分家伙、常々有意思、愛要害伊小弟、倪守謙亦知閣伊大後生的意思、到彼候仔破病的時候、就叫伊大後生善繼去吩咐即與伊講、我此滿能死、汝是大某的子、又更較大漢、能曉發落家

テアツタ、又此ノ富豪ハ先春ト云フ妙齡ノ婦人ヲ妾ニ迎ヘ、出來タ男ノ兒ノ名ハ、善述ト云フ名デアツタ＝嫡子ノ善繼ハ、是又世ニ稀ニ見ル吝嗇漢デ、貪婪飽ナキ男デ、父ト父ノ妾ノ間ニ出來タ弟ニ、後日財產ノ分配ヲセネバ成ラヌカト思フト、胸中不濟デ、始終弟ヲ無キモノニセント思フテ居ツタ、父ノ倪守謙ハ、夙ニ嫡子ノ胸中ヲ看破シテ居ツタノデ、病氣ニ罹ルト、一日嫡子ノ善繼ヲ枕許ニ呼ビ寄セテ言フニハ、私ノ生命モ永クハナイノデアル、オ前ハ本妻ノ子デ、歲モ相當ニ取ツテ

內的事情。此滿田契。厝契。參彼個被別人借去的錢。又參彼個家內的器具。我已經將圖書。寫好定着。做一下攏總給汝去掌管。此個契券參賬簿圖書置在此。汝收去藏置好。先春有生一個善述。不知後日仔能成人沒。若是伊大漢的時候。汝着與伊娶妻。另外即分一個所在的厝。幾坵仔田給伊。但有勿應伊飢寒都好。先春若是欲要去嫁。亦據在伊的意思。汝着照規矩欸待伊即好。

居テ家事萬端モ心得テ居ルカラ。家ノ田畑ヤ。宅地ヤ。債權ヤ。其ノ外家具一切ヲ圖書ニ認メテ、全部オ前ニ讓ツテ遣ル。其ノ書類ヤ、帳簿ヤ圖書ハ皆ンナ此處ニアルカラ。ヨク收藏テ置キナサイヨ。其レカラ先春ノ子ノ善述デアルガ。渠レハ將來一人前ノ人間ニナレルカ疑問デハアルガ、成長シタ曉ハ。オ前ガアレニ嫁ノ世話ヲシテ、家ト多少ノ土地ヲ與ツテ、暮シニ困ラヌ樣ニシテ吳レヨ、又、先春ガ再婚ヲ希望スルナラバ。アレノ希望通リニサセテ。オ前ハ唯子トシテノ道ヲ盡シテ。決シテ邪見デアツテハナランヨト。諄々ト說イテ聞カセマシタ。強欲ナ善繼ハ、父ガ圖書ニ。明瞭詳

支那裁判包公案

不可太看伊無現、善繼看見您老父。將錢銀家伙、做一下盡給伊掌管。圖書寫了有明白、不免給您小弟與伊分。心肝内十分歡喜。即無要害您小弟的意思。先春聽見此個事情。手抱此個子、向倪守謙在哭即講、老圓外年有八十歲。我即有二十二歲。此個善述年滿一歲、此滿圓外。將家伙、田園厝宅、做一下攏總交代大少爺、我子若是大漢、無半個資本、那能得親像人。倪守鎌即講。我

細ニ記載シテ全財産ヲ譲ツテ呉レタノデ、早ヤ弟ニ財産ヲ分配スル必要ガナイト思ヒ、心中非常ニ喜ンデ、弟ヲ無キモノニ仕様トノ邪念ハ忽チニ消ヘ失セテ仕舞ツタ＝妾ノ先春ハ此ノ事ヲ聞イテ、小供ヲ抱キナガラ泣イテ主人ニ訴ヘルノニ、檀那様ハ八十ノ御老齢、妾ハ今年二十二歳、坊ヤハ一歳デ御座イマスヨ、其レニ今若檀那様ニダケ、財産ヲ御譲リニナツタト聞キマシタガ、此ノ坊ヤハ如何サレルノデスカ、此ノ坊ヤニモ少シハ財産ヲ譲ツテ下サラナイト、將來成長シテモ人並ノ暮シハ出來ンデハアリマセンカ＝俺ハオ前ガ浦若イ

正是爲着汝少年。不知肯守寡抑不。所以無吩咐汝的話。我驚了汝去嫁。能誤着我子的事情。先春即講。若無守寡顧此節義甘愿咒誓。身軀骨頭變做灰粉。我沒得好死。倪守謙即講。若是如此。我已經發落備辨在此。我有此幅相交代給汝。汝着收去藏。後日仔我大子善繼。若是不肯將家伙分給善述。汝等候有較賢的官府。就將此幅相。去對官告訴。不免寫告狀。自然能給恁子變.

身デハ、トテモ後家ハ通サレマイト思ツテ居ル、オ前ガ再縁シテ、俺ノ子供ノ不爲ニ成ランカト氣遣ツタノデ、其レデオ前ノ事ハ申置キヲシナカツタ譯ダヨト言ヒマスト＝妾ハ如何樣ナ事ガアツテモ、檀那樣ノ爲メニ固ク誓ツテ操ヲ守リマスト言ヒマスト＝眞實ニ左樣デアツタノカ、實ハオ前ニ遣ル物ノ準備ハ疾クニ出來テ居ル、此ノ掛物ダ、此ノ掛物ヲ遣ルカラ、ヨク收藏テ置キナサイ、後日若シ善繼ガ財產ヲ、善述ニ分配シテ與ヘヌ時ハ、立派ナ役人ノオ出ニナルノヲ待ツテ、告訴狀ハイラナイカラ、此ノ掛物ヲ持ツテ行ツテ告訴ヲナサイ、左樣スレバ、必ズオ前ノ小供ヲ財產家ニシテ

日々小話

成一個大好額人。

下サルヨ。ト言ヒマシタ。

多方面

◎支那裁判＝包公案＝（四）

臺中　井原學童

一幅相　＝其二＝

先春聽見此個話、將此幅相收去藏。——嫂妻ノ先春ハ右ノ話ヲ聽キ貰ツタ掛物ヲ大切ニ收

支那裁判包公案

過了十外日、倪守謙就死去、善繼家伙在伊手中、不驚恁小弟來分、安心與恁老父發落風水、薄々款待先春母子、先春亦忍耐過日、等候子大漢、有賢的官府、即要提去此幅相去告、一月過一月、一年又一年、此個善述已經十八歲嘮、對恁阿兄討要分家伙、善繼覇占此個家伙、全然不肯分伊、大聲罵恁小弟講、阮老父八十外歲、豈能生子、汝不是阮老父親生的子、所以圖書內

藏テ置イタ、其カラ十數日經過ト倪守謙ハ遂ニ幽界ノ人ト成ツタ＝善繼ハ財產ガ自分ノ掌中ニ在ルノデ弟カラ財產ノ分配ヲ要求サルヽ氣遣ガナイノデ安心シテ亡父ノ墓ヲ造ツテ、先春親子ニハ心許リノ扶養ヲシテ居ツタガ、先春ハ其レニ我慢シテ月日ヲ暮シ、小供ガ成長シテ、賢明ナ御役人ガ御出張ニ成ツタラ、渡サレタ掛物ヲ持參シテ事情ヲ訴ヘ樣ト心待シテ居ツタ、一月又一月、一年又一年歲月ニ關守リ無ク瞬間ニ善述ハ早ヤ十八歲ニ成リマシタ、阿兄ニ財產ヲ分配シテ吳レト願ツタガ、兄ハ財產ヲ獨占シテ分配シテ吳レナイ許リカ、大ナ聲デ私ノ父ハ八十歲ノ老體デアツタ、如何シ

指載明白、不分家伙給汝、汝此滿那能得更再與我計較、先春聽見此個話、不止受氣、心肝內不甘愿、想着倪夫、倪守謙沒死的時候、與伊講彼號話、有聽見人講、包大人眞正賢、做官不止明白、就將倪夫交代伊此幅相提出來、走去衙門告、對包大人講、我姓梅、名號做先春、少年的時候嫁倪守謙做細姨、生一個後生、名號做善述、年滿一歲倪守謙就死去、尚未死的時候、有交代

テ小供ナドガ出來ルモノカ、オ前ハ私ノ父ノ實子デハナイ、其ノ證據ニハ圖書ノ內ニ明瞭ニ記載サレテアル、オ前ニハ財產ヲ分ケテ遣ル事ハ出來ナイ、實子デナイオ前ガ如何シテ今更私ニ財產ノ掛合ガ出來ルモノカト呶鳴付ケマシタ＝此ノ談話ヲ聽イタ先春ハ非常ニ立腹シ、殘念ニ思ヒマシタ、夫ノ倪守謙ガ生存中ニ自分ニ話シタ事ヲ思ヒ出シ且ツ包大人ハ聰明ナ御方デアル上ニ、非常ニ淸廉ナ御方デアルト聞知マシタノデ、早速夫カラ托サレタ掛物ヲ取出シテ急イデ役所ニ行ツテ、包大人ニ申上ゲルニハ、妾ハ梅先春ト言ヒマシテ、若イ時ニ倪守謙ニ迎ラレテ同人ノ嬖妾ニ成ツテ居リマ

支那裁判包公案

我的話、講大某的子菩繼、家伙若是不肯分俴子、就將此幅相提去向明官彼告、自然能給俴子大好額、此滿聽見大人眞正賢辨事情、所以緊來此告。求大人與我判斷。包大人聽見先春此的話、就將此幅畫的相、展開來看、看見中央只有畫一個人、嘴鬚白々、穿靴戴帽、是倪守謙、正々坐在彼椅仔頂、伸出一枝正手、用一枝指頭仔、指彼間厝的土脚、包大人看此幅相、全然不知中央的因

ス内、男ノ兒ヲ一人擧ケマシタノデ善述ト命名マシタ、滿一歲ニ成リマスト夫ハ死亡致シマシタ、生存中ニ妾ニ委囑シマシタノニハ、本妻ノ子ガ若シ財產ヲオ前ノ子ニ分配シテ遺ラス時ハ、オ前ガ此ノ掛物ヲ御役人樣ノ處ニ持ツテ行ツテ、事情ヲ訴ヘレバ、オ前ノ小供ヲ必ズ財產家ニシテ下サルノダト申シマシタ、唯今當官樣ハ誠ニ賢明ナ御方デアルト聞キマシタノデ訴狀ヲ差出シタ次第デアリマス、何卒御判決ヲ願マス＝包大人ハ此ノ事ノ經緯ヲ御聽キニナリ、掛物ヲ受取ツテ展ゲテ御覽ニ成リマスト、中央ニ一人ノ人物ガ畫イテアリマス、眞白イ口鬚ヲ生シ、靴ヲ穿キ帽子ヲ戴ツテ居ルノハ倪守謙デ、整然ト椅子ニ腰ヲ掛ケ右手ヲ伸シテ

端、心肝內想沒曉得、隨時叫先春且返去、等候明仔早即更來、我即與汝辨、包大人宿嗰退入后面宿舍、將此幅相展開、吊在彼壁頂、心肝內在得想講、若是手指天、是叫我看天理、若是手指心肝、是叫我心肝照紀綱斟酌、此滿手指土脚、此間厝的確是有因端、若是不知中央的因端、要按怎樣與伊分家伙、俾此個善述能好額、將此幅相看了一遍二遍、看見手指此間厝畫的紙邊、

一本ノ指デ同家ノ地面ヲ指シテ居ル＝包大人ハ此ノ掛物ヲ御覽ニ成ツタガ、更ニ其原因ガ判ラナイ、種々御考ニ成ツタガ良イ智慧モ出ナイノデ、先春ニ今日ハ歸ツテ、明日又來イ捌イテ遣ルカラト申サレマシタ、包大人ハ役所ヲ退キ裏ノ宿舍ニ御歸リニ成ツテ、此ノ掛物ヲ展開テ壁ニ掛ケテ熟考サレタ、手ヲ天ニ上ゲテ居ルノハ私ニ天理ニ依テ觀察セヨ、又胸ニ手ヲ差シテ居ルノハ、私ニ眞心ヲ罩メテ綿密ニ思慮セヨト云フ事ニ相違ナイ、今手デ地面ニ指シテ居ルノヲ見ルト此ノ厝ニ何カ理由ガ伏在シテ居ルノデアラウ、若シ其ノ理由ガ判斷ガ付カネバ、如何シテ善述ニ財產ヲ分ケテ財產家ニ仕テ遣レルモノカト考ヘ、繰リ返シ繰リ返シシテ此ノ畫ヲ見テ居ラレルト、此ノ家ノ畫イテ有ル脇ノ方ヲ指シテ居ル所ヲ御覽ニナルト表裝ノ跡ニ

知恩近話

五二

有楮紙的痕跡異樣。就知此幅相的紙內。有另外一張字紙。

違ツテ居ル點ニ氣付キ。此ノ掛物ノ表装中ニ別ニ一枚ノ證書ノアル事ヲ悟ラレタ。

一幅相 ＝其四＝

彼個字在得講、大某的子善繼要錢無良心、細姨的子善述即有一歲、驚了善繼家伙不分伊、有要害小弟的心肝、所以將圖書寫了有分明、將家伙參新厝二位的所在、做一下攏總給善繼、存右傍舊厝一間給善

其ノ文面ニ語ツテアルノニハ、本妻ノ子善繼ハ欲張リデ良心ノ無イ子デアリ＝妾ノ子ノ善述ハ漸ク一歲デアルカラ、善繼ガ弟ニ財産ノ分配ヲセヌ上ニ弟ヲ亡キモノニスル事ノ氣遣ハル、ノデ、圖書中ニハ明瞭ニ書ツテアリマス＝田畑モ新宅二箇所モ全部善繼ニ與ヘ殘ツタ、右側ノ古家一棟ハ

述母子在住、此間厝內右邊壁腳、埋銀五千兩、分做五甕、左邊壁腳埋銀五千兩、分做兀甕、另外金一千兩做一甕、此左邊合共錢銀六甕、此等銀攏總給善述、給伊去買田園、有賢的好官看能曉得此幅相、將此張字的話去辨、叫善述將金一千兩、準做謝禮給此個好官、包大人看了此號事情、隔一夜昏天光的時候、食早起飽、差人去叫梅先春來講、汝告分家伙、着去恁厝勘驗、包大

善述親子ノ住居トシテ與ヘル、此ノ家ノ右側ノ壁ノ根ニ銀五千兩ヲ五甕ニシテ埋メ、又左側ノ壁ノ根ニモ銀五千兩ヲ五甕ニシ、其外ニ黃金一千兩ヲ一甕ニ入レテ埋メテアルガ、此ノ左側ノ六甕ノ金銀ハ悉ク善述ニ田園買得ノ資トシテ與ヘル＝賢明ナ御役人樣ガ居ラレテ、此ノ肖像ノ眞相ヲ觀察シ得ラルレバ、此ノ文面ノ通リニ捌イテ下サルカラ、善述ハ黃金一千兩ヲ謝禮トシテ、此ノ御役人樣ヘ進呈セヨトアリマシタ＝

包大人ハ此ノ事情ヲ御悟リニナリ、一夜ヲ明カシ早朝、朝餐ヲ濟シ、使者ヲ立テ、梅先春ヲ呼ビ寄セ申サル、ニハ、其方ノ財產分配訴訟ニ就テ其方ノ家ヘ臨檢スルトテ、直樣轎ニ打乘リ善繼ノ玄關

人隨時坐轎來到善繼門口落轎、假做看見鬼、參倪守謙在行禮、相讓行即入去廳堂、入去到大廳內、包大人更再行禮、相讓椅仔即坐呢、親像與人講話的欵、此滿小婦人來告分家伙、此號事情要按怎樣辨、又更自己講、元來大少爺貪錢、行伊有害小弟的心肝、所以家伙做一下給伊、此個二少爺要甚麼貨給伊、又更講、右邊一間舊厝給二少爺、又自己講、此個銀亦要給二少爺、

口ニ到タト轎ヲ降リラレタガ＝幽靈ヲ見タ樣ナ風ヲシテ、倪守謙ニ禮ヲナシ、道ヲ讓リ合ハシテ室內ニ向ハレ、御座敷ニ這入ラレルト又禮ヲシテ席ヲ讓合ツテ初メテ座ニ着カレマシタ＝恰モ人ト談話ヲスル樣ナ舉動デ、此囘御婦人ガ財產分配ニ就テ訴訟ヲ起サレテ居マスガ、此レハ如何樣ナ裁斷シタモノデセウ＝

元來上ノ御子サンハ欲張リデ彼ノ弟ヲ亡キ者ニセントシテ居ラルヽカラ其デ財產全部ヲ兄サンニ御與ヘデスカ、次ノ御子サンニハ何ヲ御與ヘニ成リマス＝

ハア右側ノ古家ヲ次ノ御子サンニ御與ヘデスカ、

ハイ〳〵此等ノ錢モ二少爺ニ御與ヘデスカト、自

又自己講、不可不可我自然有法度飛起來竪得、講要去看右邊彼間舊厝、假做着驚奇怪的欵、即講、明明現現倪先生對我講話、按怎樣連鞭無看見、敢是鬼來與我在講、善繼善迯參厝邊隔壁走來看的人、各個都驚着攏總講、包大人正實有看見倪守謙。

答シテ夫レハ不可デセウ、私ニハチヤアント方法ガアリマストテ立チ上リテ、右側ノ古屋ヲ見ニ行クト申サレタガ、如何ニモ不思議サウナ振ヲシテ言ハレルノニ、正シク明々ト倪先生ガ私ニ話ヲサレタノニ、如何シテ直グ御見ヘニナラナイダロウ、今ノハ多分幽靈ニ成ツテ私ニ話ヲサレタニ相違ナカロウト申サレマシタ。善繼初メ善迯ヤ隣リ近所カラ見物ニ來タ人達ハ皆ナ喫驚リシテ、包大人ハ眞實ニ倪先生ヲ御覽ニ成ツタニ違ヒナイト噂シマシタ。

多 方 面

◎支那裁判‖包公案（三）

臺中にて 學 童

一幅相 ‖其五‖

此時候做一下參包大人相同行去右邊。看彼間舊厝、包大人坐在彼庭中央椅仔頂。叫善繼來講。恁老父果然有靈聖。適仔即顯然將恁家內的事情。攏總講俾我知了、拜托我將此間舊厝分給恁小弟。汝心肝內的意思按怎樣。善繼即講。求大人

此ノ時一同ノ者ハ包公ト同道シテ右側ノ古屋ノ見物ニ行ツタ‖包公ハ庭ノ眞中ノ椅子ニ腰ヲ降ロシテ、善繼ヲ呼ンデ申サル、ニハ‖先キ程御方ノ御父サンノ御靈ノ御告ゲガアツテ、私ニ御方ノ家事ノ狀態ヲ明ラ樣ニ總テ御知セ下サツタ‖其ノ際此ノ古屋ヲ弟ノ方ニ分配シテ吳レト依賴サレタガ、御方如何思フネ‖檀那樣ノ公平ナ御裁判ニ一任シ

公平判斷、包大人即講、此間厝內面所有的物件、攏總給您小弟、以外田園厝宅、照元舊做一下給汝去掌管、善繼即講、此間厝內面所有的錢銀、與少許的物件、甘愿攏總給小弟、包大人即講、適即倪先生對我講過、此間厝內右邊、埋銀五千兩做五甕、堀起來給善述、善繼不信、心肝內在想、的確是無影、善繼即講、此間厝內若有一萬兩銀、亦是阮老父給小弟的額、我的確不

マスト答ヘマシタ＝包公ハ然ラバ此ノ古イ家ノ裡ニ有ル總テノ物件ハ御方ノ弟ノ所有ニスル、其ノ餘ノ田園宅地ハ從來ノ通リニ總テ御方ニ管理ヲ命ズル＝善繼ノ答ルノニ此ノ家ノ內ニ有ル金錢ヤ僅カ許リノ物品ハ私ハ喜ンデ弟ニ分與シマス＝包公ノ仰セニハ、先キ程倪先生ガ私ニ此ノ家ノ右側ニ銀五千兩ガ五甕ニシテ埋メテアルカラ堀起シテ善述ニ渡シテ吳レト申サレタ＝而シ善繼ハ其レヲ信ジ無カツタ、乾度虛言ニ違ヒナイト思ツテ、返事ヲスルノニ、此ノ家ノ內ニ譬ヒ一萬兩アツタトシテモ、其レハ私ノ父ガ弟ニ下サル分デアルカラ、其レヲ私ハ分配セヨトハ申シマセン＝包公ハ、

與伊分、包大人即講、亦不容允汝
與伊分、叫三個差役與善繼、善述
先春、去左邊的壁脚、夯鍬頭將土
脚堀開、果然得着銀五甕、開一甕
提起來稱、適好足々一千兩、善繼
此時心肝即信、是恁老父神魂來講
的、不敢加講話、包大人又更講、
右邊亦有埋銀五千兩、要給善述、
又另外黃金一千兩、三個差役更再
向右邊壁脚的土堀開、果然六甕、
銀五千兩、金一千兩、實在有影、

譬ヒ御方ガ分配シテ呉レト言フテモ、其レハ許サ
レナイト申サレ、三人ノ役人ト、善繼、善述、先
春ト同道シテ左側ノ壁ノ根ヲ鍬デ堀ラセラル、ト
果シテ銀入リノ瓦甕ヲ發見シタ、蓋ヲ開ケテ、中
ノ銀ヲ量ツテ見ルト、丁度一千兩アツタ＝善繼ハ
其時始メテ夫レト知ツタガ、父上ノ神靈ノ御告ゲ
ニ依ルノデ堂トモスル事ハ出來マセン＝包公ハ又
仰セラル、ニ右側ニモ五千兩埋メテアル、此レモ
善述ニ與ヘル、其ノ外ニ黃金一千兩モ埋メテアル、
三人ノ役人ハ右側ノ壁ノ根ヲ堀ツテ見タ、果シテ
六個ノ甕ヲ堀リ出シタ、銀五千兩ニ金一千兩トガ
間違ヒナク入レテアツタ＝近所カラ集マツテ見物

此時走來看的人、攏總都著驚奇異、包大人即講、適仔倪先生有與我講、此一千兩的黃金、是要做謝禮給我、拜謝我判斷分明的意思、總是我的確不收、此個金留在給先春去用、若是後日仔老嘐、可給伊做所費、善春母子二人聽見此號話不止歡喜、向包大人面前拜謝、包大人即講、不免拜謝我、我那能知此中央的事情、攏是恁老父的神魂、來與我講、拜托我即有如此辨、隨時叫差役提

シテ居タ人達ハ、皆ンナ此ノ不思議ナ現象ニ喫驚シタ＝包公ノ仰セニ先キ程倪先生ガ私ニ此ノ一千兩ハ私ガ明瞭ニ裁判シテ遣ツタ御禮ニ贈ルト申サレタガ、私ハ斷然其レハ御受ケハ致シマセン、此ノ錢ノ先春ニ使用セル爲メ殘シテ置ク、後日先春ガ老人ニ成ツタ時ニ費用ナサイ＝善春親子ハ此ノ談シヲ聞テ非常ニ喜ビ、包大人ニ向ツテ厚ク御禮ヲ申シマシタ＝包公ノ申サル、ニ私ニ御禮ヲ言フニハ及バナイヨ、私ハ其内容ハ知ランノデアル、、、、ツマリ貴方ノ御父サンノ神靈ノ御告ゲニ依ツテ私ハ其ノ仰セノ通リ扱カツタノデアルト言ハレ、直グ樣部下ニ言付ケ印刷用紙ヲ取リ寄セ、文字ヲ認

支那裁判包公案

一張印字的紙、包大人寫好壓印仔、提給先述母子收去做憑準、掌管此個錢銀、包大人辨了、隨時出門做伊去、人々讃美此個官眞正賢辦事情、一千金無欲値、是先春福氣、後來善繼家伙發達、將此一千金留得做賑濟的基本金、報答包大人的恩德。

五六

メ、判ヲ押シテ善繼親子ニ此ノ金錢管理ノ證據ニ渡サレタ、夫レガ濟ムト、包公ハ直樣同家ヲ辭シテ御歸リニナツタ＝此ノ包公ノ賢明ナ裁判振リニハ居並ブ面々眞ニ敬服シテ讃美ヘマシタ、一千兩ヲ御受ケニナラナイノハ是レ先春ノ幸福デアル＝其後善述ハ家運隆盛ニナリ財産モ殖ヘタノデ此ノ一千圓デ以ツテ施賑ノ資ニ充テ、包大人ノ御恩德ニ酬ヒマシタ。

載於《語苑》一九二〇年六月、七月、十一月十五日、一九二一年三月十五日，僅刊出其一、其二、其四、其五，漏刊其三。

藍公案：兄弟訟田*

作者　藍鼎元
譯者　三宅生

【作者】

藍鼎元，見前篇〈鹿洲裁判：死丐得妻子〉。

【譯者】

三宅生，見〈韓文公廟的故事〉。

* 在第一輯之前，有水穀蓼山所撰的小序，說明「三體文語」單元創立的動機，以及這篇作品的「本島語」部分是由趙雲石從文言翻譯而來，「內地語」方面則由三宅生負責翻譯。

三體文語

水谷寥山

昨年中題ハ「土語研究ニ就テ」ト云フノデ本島語ノ發音ノミヲ記シテ漢字ヲ抜キ、片假名ノミニ八聲ノ符合ヲ付シ夫レニ漢字ヲ記入シテ譯ヲ付ケラレバ本島語學研究上會員諸君ニ稗益スル所尠カラザル事ト思ヒ毎月本誌ノ割愛ヲ受ケ掲載シテ來マシタガ、最初ハ隨分答案ヲ投書セラレタレトモ月ヲ重ヌルニ隨ヒ漸次其數ヲ減ジテ來マシタノハ甚ダ遺憾ニ思ヒマシタ、ガ然シ飜テ考ヘテ見ルト夫レモ無理ノ無イ事ト思ヒマシタ、ナゼナラバ會員諸君ハ何レモ相當ノ職業ニ從事セラレ多忙ノ側ラ本島語ヲ研究セラル、事故土語專門家ノ夫レトハ違ヒ遂必要トハ思ヒナガラ怠リ勝ニナリタル結果ダロウト思ヒマス。

ソコデ本號カラハ品ヲ替ヘテ「三體文語」ナル名目ヲ付シテ

第一、漢字ノ字音ト符合ヲ漢文ニ付ケテ本島人間ノ讀書法[illegible]シ

第二、其ノ漢文ヲ土語ニ譯シテ言葉ノ言ヒ廻ハシヲ會得シ

第三、其ノ譯語ニ和譯ヲ付シテ本島人ガ內地語ヲ會得スルニ便ニシ

以テ會員諸君ガ熱心ニ內地語並ニ本島語ヲ研究セラル、幾分ナリトモ裨益シタイト思フテ當臺南法院ニ於テ研究シツ、アル儘ヲ左ニ掲載スル事ニシマシタ。

本島語ニ譯シタノハ秀才趙鐘麒氏ニ依テ譯セラレタル筆記錄ヲ三宅君ガ內地語ニ譯シテ投稿セラレタノデアリマス。

願クハ會員諸君ガ此三體文語ヲ先生若クハ本島人ニ就テ充分其ノ發音ヲ會得セラレンコトヲ祈リマス。

左ニ載スル漢文ハ支那福建省漳州府ノ人ニテ康熙年末縣知事トナリ臺灣ニモ兄ヲ助ケテ官職ヲ務メタ人デアリマスガ又支那ノ名裁判官トシテ聞エラレタル人デ今ニ藍公案トテ世ニ喧傳セラレテ居ルノデアリマス。

◎藍公案

△兄弟訟田

故民陳智有二子、長阿明、次阿定少同學壯同耕、兩人相友愛也、娶後分產異居、父剩有餘田七畝、兄弟互爭、親族[illegible]、至相構訟、阿明曰父與我也、呈遺書閲之、內有老人百年後此田付與長孫之語、阿定亦曰父與我也、有臨終批囑爲憑、余曰皆是也、曲在汝父、當取其棺斲之、阿明阿定皆無言、余曰田土細故也、弟兄爭訟大惡也、我不能斷、汝兩人各伸一足合而夾之、能忍耐不言痛者、則田歸之矣、但不知汝等左足痛乎、右足痛乎、左右惟汝自擇、我不相強、汝兩人各伸一不痛之足來、阿明阿定答曰、皆痛也、余曰噫、奇哉、汝兩足無一不痛乎、汝之身猶汝父也、汝身之視左足、猶汝父之視明也、汝身之視右足、猶汝父之視定也、汝兩足尚不忍舍其一、汝父兩子肯舍其一乎、此事須俟日再審。

△兄弟告田

兄弟爲田在相告、藍鹿洲公在講、伊舊時在做縣官、有一個百姓人、姓陳名智、生有二個子、大的子名叫阿明、細的子名做阿定、細僕同學讀册、大僕同田作穡、二人不止相親愛、娶妻了後、兄弟仔沒做夥得、

田ヲ訟フ）

兄弟田ノ事デ訟フテ居リマシタ、藍鹿洲公曰ク、自分ガ舊時縣官タリシ時一人ノ陳智ト云フ人民アリ、二人ノ子供ヲ持チマシテ、兄ヲ阿明ト呼ビ、弟ヲ阿定ト名做マシタ、細僕時ハ同學讀册シ大僕ナツテハ共ニ農業ヲナシ、二人ハ誠ニ相親シミ合ツテ居リマシタガ、妻ヲ娶ツテ後ハ兄弟共一緒ニ

遂分家伙、一人居一位、尙有愆父剩的一坵田、差不多有七分的甲數、兄弟仔相爭、親族的人、勸伊沒煞、寃家到打官司來相告、阿明講、老父俾我的、提出一張遺書來做證、與看彼張字、內中有寫、老人百年後此坵田要俾長孫的字句、阿定亦講、老父俾我的、伊亦有臨終囑咐批字一張爲憑。

我講、恁二人攏着、是恁老父的不着、合式着取伊的棺柴來審斷、即

ニ居ルコトガ出來ズ遂ニ財産分ケヲシテ各人別々ニ住ムコトヽナリ、ソシテ彼等ノ父ノ遺業タル一箇所ノ田約七分歩アリシヲ兄弟相爭セ、親族ノモノガ忠告シテモ收マリガ付カズ、喧嘩ノ末遂ニ裁判沙汰ニシ互ニ爭フコトニナリマシタ、阿明ノ申立テハ父ガ與レタノデアルトテ一枚ノ遺言書ヲ提出シテ證明シタ、見ルト其書物ノ中ニ父ガ死ンダラ此長孫ニ遺ルトノ文句ガ書イテアル、阿定モ亦父ハ私ニ與レタノデアルト申立テ臨終ノ際ニ囑咐ノ批字一枚ヲ以テ證據トシタ。

ソコテ自分（藍鼎洲）ハ汝等兩人ノ申立ハ共ニ道理デアル、恁老父ガ間違デアルカラ須ラク父ノ棺ヲ堀

能使得、阿明阿定攏無話可講、我即更講、田土算是少許事、兄弟爭端相告、這眞是大々的惡事、我不能與恁判斷、今恁二人各伸出一支脚、來合做夥夾咧、若擋能住、無講痛者、就將此坵田歸伊、但不知恁是左脚沒痛乎、抑是正脚沒痛乎、何一脚據恁自己揀、我無相强、恁二人各伸一支沒痛的脚來、阿明阿定平々應講、攏總能痛咧、我講、噫、這就奇怪喇、恁二脚攏無彼號沒痛

テ來テ審問セナクテハナラン」ト言ツタ處ガ兩人ハサツパリ何ノ申立テモ出來ナイ、自分ハソコデ又「田地ハツマリ大シタモノデハナイガ、兄弟相爭ヒ訴訟スルト云フコトハ眞ニ大ナル惡事デアル自分ハ判決ヲ與ヘルコトハ出來ナイ、ソレデ汝等兩人ハ片方ノ足ヲ出シ一ツニ合シテ夾ミ（挾ミ即器ヲ以テ夾壓スルコト）ソシテ之レニ堪ヘ得ラレ痛イトモ言ハヌ者ハ此ノ田ヲ與ヘル、然シ汝等ノ左脚ガ痛クナイカ又ハ右脚ガ痛クナイカシランガ何レノ足デモ汝等ノ勝手ニ任シ自分ハ强ヒテ何方トモ言ハナイカラ汝等ハ互ニ痛クナイ方ノ足一支出セト言ツタ處ガ兩人ハ同樣ニ應ヘテ兩方共ニ皆痛クアリマス

的是否、若既是如此恁且想看覓咧、恁的身軀、那親像恁老父呢、自恁的身軀看着恁的左脚、那親像恁老父、看着長子阿明咧、恁的身軀看着恁的右脚、那親像恁老父、看着細子阿定咧、恁二脚尙沒忍得捨一枝、看恁老父二個子、敢能肯捨棄一個抑沒、此號事情、今着別日即更訊問。

（未完）

ト謂ッタ、自分ハナーンダ、此レハ奇怪、汝等ハ兩脚共皆ナ痛イノカ、ソレデハ汝等ハ暫ク考ヘテ見ヨ、汝等ノ身體ハ恰モ汝等ガ父ノ様ナモノデアル、汝等ノ身體カラ汝等ノ左脚ヲ看ルハ親像モ父ガ長子阿明ヲ見ル様ナモノデ汝等ノ身體ノ汝等ノ右脚ニ於ケルハ汝等ノ父ガ細子阿定ニ於ケル關係ト同様デアル、汝等ニシテ兩脚ガ尙ホ一脚ヲモ捨ツル出來ナケレバ、恁老父ハ二人ノ子供ニ對シテハ如何デアロウ、一人デモ捨テキルデアロウカ、本件ハマア後日又訊問スル」ト言ッタ。

三體文話

◎藍公案

△兄弟訟田（其二）（原文字音）

譯　三宅生

命隸役以鐵索一條兩執之、封其鎖口。不許私開。使阿明、阿定同席而坐、聯袂而食、並頭而臥。行則同起、居則同止。便溺糞穢同蹲同立。頃刻不能相離。更使人偵其舉動詞色、日來報。初悻々不相話言。背面側坐。至一二日、則漸々相向。又三四日則相對太息。俄而相與言矣。未幾又相與共飯而食矣。

余知其有悔心也、問二人有子否、則阿明、阿定皆有二子、或十七八、年齒亦不相上下、命拘其四子偕來、呼阿明阿定謂之曰、汝父不合生汝兄弟二人、以致今日至此、尙使汝止子然一身、田宅皆爲己有、何等快樂、今汝等又不幸、皆有二子、他日相爭相奪、欲割欲殺、無了已時、深爲汝等憂之、今代汝思患預防、汝兩人各々留一子足矣、明居長、留長去幼者可也、定居次、留次子去長者可也、命差役將阿明少子、阿定長子、押交養濟院、賞與丐首爲寄男、取具收管、存案、彼丐家無田可爭、他日得免於禍患。

兄弟告田（臺語譯）

使衙役用一條鐵鏈、將恁二個做夥鏈得、用封條對鎖口封得、不准私下去開、阿明、阿定、自如此同一

兄弟田ヲ諍フ（國語譯）

衙役ヲシテ一本ノ鏈デ彼等兩人ヲ一ツニ鏈ギ、封籤デ鎖口ヲ封ゼシメ、自由勝手ニ解カセナイ樣ニシタモノダカラ、阿明、阿定ハ其儘同一椅子ニ坐

三體文語

塊椅在坐、做夥一位在食、同一張眠床、同頭在咽、行、著做夥起來行、停、著做夥停、就是要放屎放尿、亦著做夥踁、做夥蹲、即能用得、一時仔都沒離開得、即使人暗靜看伊的舉動情行、言語欵式、各日來稟報、起初二個、氣勃勃、無相與講話、面越過一旁、斜身在坐、到一二日、就漸々相向、又更三四日、就相對面、在吐氣、較停咧、忽然間、二人相與在講話了、沒若久、又相

四六

シ、同ジ所デ共ニ食ベ、同一寢臺ニ枕ヲ同ジクシテ寢テ居リ、步ムニモ二人共ニ起タネバナラズ、停マルニモ共ニ停マラネバナラズ、ツマリ大小便ヲスルニモ共ニ立チ、共ニ屈マネバナラズ、一寸ノ間トテ離レルコトハ出來ナカツタ、ソシテ人ヲシテ彼ノ擧動ノ狀況、言語ノ有樣ヲ窺イ、每日報告セシムルコトヽシタ、最初二人ハ非常ニ怒ツテ話シモ爲サズ、顏ヲ一方ニ向ケ、體ヲ斜メニ坐シテ居タガ一二日スルト漸々向キ相ヒ、又三四日スルト、二人對面シテ溜息ヲ吐キ、暫クスルト何時ノ間ニカ二人ハ共ニ話相ツテ居タガ、間モナク又二人共ニ食事シテ居タ、自分ハ彼等兩人ノ後悔ノ

與做夥在食飯喇、我知恁二人、有反悔的意思、即更叫恁來問、恁二人有子、抑無、二人講、平々有二個子、有個十四五歲、有個十七八歲、年紀攏不輸上下、隨時使人拘恁四個子、做一齊來、即叫阿明、阿定來與講、講恁老父不幸生恁兄弟仔二人、以致今仔日能到如此、設使向來恁是孤單一身、所有田宅、攏是汝自己一人歸所得去、何等的爽快、偏々是生了二個兄弟、今汝

思ヒアルヲ知リ、又彼等ヲ呼ビ「汝等兩人ハ子供ガ有ルカドウカ」ト聞イタ、兩人ハ「同ジク二人ノ子供ガアリマシテ、十四五才ノト十七八才ノデ年ハ殆ド同ジ位デアリマス」ト言ツタカラ、直チニ人ヲシテ彼等四名ノ子供全部ヲ拘引セシメ、阿明、阿定ヲ呼ビ申シ聞ケテ曰ク「汝等ノ父ハ不幸ニシテ汝等兄弟兩名ヲ持ツタモノダカラ、遂ニ今日此樣コトニナツタノデアル、設使今迄汝等只ダ一人デアツタナラバ、所有田屋敷ハ皆汝自分一人ノ所得トナリ如何ニ爽快ナコトデアロウ、然ルニ生憎二人ノ兄弟ヲ持ツタモノダ、ソシテ又汝等モ

又不幸、又更再生二個子、別日猶
原是相爭相奪、要剮要剖、終無了
時、如此我不止替恁煩惱、今替恁
打算、在先相共提防、此一款的禍
患、恁二人各々留一個子就到額嘞、
阿明序大、若留大的子、除去細的
子、即能用得、阿定居細、若留細
的子、除去大的子即能用得、講了
使差役將阿明的細子與阿定的大子
押去交乞食寮、當俾乞食頭做養子、
共取一張收管的字來存案、因為伊

不幸ニシテ又再二人ノ子供ヲ持ツタカラ、後日矢
張リ相爭ヒ奪ヒ殺シタリ創ツケタリシテ果シガナ
イコトニナルダロウ、ソレデ自分ハ汝等ノ為メニ
大ソウ心配シテ居ル、今汝等ノ為メヲ思ヒ、先ヅ
此様ナ禍ヲ豫防シヨウト思フ、汝等兩人ハ各〻
子供一人ヅヽ殘シテ置ケハ充分ダ、阿明ハ年長者ダ
カラ大キイ子ヲ殘シテ細サキ子ヲ除カネバナラ
ン、阿定ハ年少者ダカラ細子ヲ殘シテ長子ヲ除カ
ネバナランレト言フヤ、差役ヲシテ阿明ノ細子及
ビ阿定ノ大子ヲ押送シテ乞食小屋ニ引渡シ、乞食
頭ニ賞與トシテ與ヘ養子ニセシメ、彼カラ受取證
一枚ヲ取リテ有シテ置イタ、彼等乞食ハ爭フ可キ

彼號乞食人、無田可相爭、別日免得俾別人生出禍患。（未完）

田ナキ故後日人ヲシテ禍ヲ生ゼシムル虞レガ無イカラデアル。

三體文語

◎藍公案

臺南 三宅生

△兄弟訟田 (其三) (原文字音)

阿明阿定皆叩頭號哭曰、今不敢矣、余曰不敢何也、阿明曰、我知罪矣、願讓田與弟、至死不復爭、阿定曰我不受也、願讓田與兄、終身無怨悔、余曰汝二人皆非實心、我不敢信、二人叩首曰實矣、如有悔心、神明殛之、余曰汝二人即有此心、二人之妻亦未必肯也、且歸與婦計之、三日再來、定議、翼日阿明妻郭氏、阿定妻林氏、邀其族長陳德俊、陳朝義、當堂求息、娣姒相扶攜、伏地涕泣、請自今以後、永相和好、皆不愛田、阿明、阿定皆泣曰、我兄弟蠢愚不知義理、致費仁心、今如夢初醒、慚愧欲絕、悔之晚矣、我兄弟皆不願得此田、請捨入佛寺、齋僧可乎、余曰、噫、此不孝之甚者也、言及捨寺齋僧、便當大板撲死矣、汝父汗血辛勤、創茲產業、汝兄弟雀峙相持、使禿子收漁人之利、汝父九泉之下、能瞑目乎、爲兄則讓弟、爲弟則讓兄、交讓不得、則還汝父、今以此田、爲汝父祭產、汝兄弟輪年收租備祭、子孫世々永無爭端、此一舉而數善備者也、於是族長、陳德俊、陳朝義、皆叩首稱善教、阿明、阿定、郭氏、林氏、悉歡欣喜、當堂七八拜致謝而去、兄弟妯娌相親相愛、百倍曩時、民間遂有禮讓矣。

兄弟告田（臺語譯）

阿明、阿定聽了、攏在磕頭哀求放聲大哭、講阮今不敢了、我講不敢是按怎、阿明講、我知罪了、我願讓田與阮小弟、到死我不更參伊相爭了、阿定講、我不收了、我願讓田與阮兄哥我終身無怨恨無反悔呢、我講恁二人攏不是實心、我不敢信、二人更再磕頭講、實在有影了、若有反悔的心肝、神明重重責罰了、我即講、恁二人、就設使是有此號心

兄弟田ヲ訟フ（國語譯）

阿明阿定ハ之ヲ聽キ、共ニ叩頭哀願シ號哭シテ曰ク「吾等ハモウ致シマセン」ト自分ガ「致シマセントハ何故カ」ト聞クト、阿明ハ私ノ罪デアリマシタ、願クバ田ヲ讓リテ弟ニ與ヘ一生決シテ再ビ彼ト爭ヒマセント云ヒ、又阿定ハ曰ク私ハ受ケマセン、願クハ田ヲ讓リテ兄ニ與ヘ終身之ヲ怨ミ又ハ變心スル如キコトヲ致シマセン」ト、ソコデ自分ハ「汝等兩人ノ言ハ全ク不信實デアル余ハ信ジ得ズ」ト言ツタ處ガ兩人ハ再ビ叩頭シテ曰ク「實在其ノ通リデアリマス、若シ之ニ反スル心ヲ持テ居タナラバ神明ノ重罰ヲ受ケマス」ト、自分ハ「汝等

肝、恁二人的妻、亦未必就肯答應、恁且返去、參恁的妻、打算看覔咧、限恁三日即更來、議俾定規、隔日阿明、與阿明的妻郭氏、阿定、與阿定的妻林氏、招恁的族長陳德俊、陳朝義、做一齊來、當堂求要和息、兄嫂小嬸二個相牽、跪覆彼土脚、目屎連淚啼、請要從今以後永遠相和好、攏不敢要値此坵田、阿明、阿定、亦攏總啼哭在講、講阮兄弟愚蠢、不識道理致使費了大人的慈心。

兩人ガ設使此ノ心アルトモ汝等ノ妻ハ或ハ之ニ肯諾セザルヤモ知レザレハ、汝等ハ一應歸リテ妻ト相談ノ上三日以内ニ再ビ來リテ何レニカ定メヨ」ト言ツテ還シタ、翌日阿明ト其ノ妻郭氏、阿定ト其ノ妻林氏等ハ彼等ノ族長タル陳德俊、陳朝義ヲ伴ヒ、相揃フテ來リ堂ニ於テ和解ヲ願ヒ、兄嫂、小嬸兩人提携シテ土間ニ伏シ泣ヲポロ〳〵流シテ今後永遠相好シ決シテ此ノ田ヲ得ント欲シマセントト言ヒ、阿明、阿定ハ共ニ啼哭シテ曰ク「吾等兄弟蠢愚ニシテ道理ヲ識ラス、遂ニ大人ノ仁心ヲ煩ハシマシタ、今ヤ恰モ夢ヨリ醒メタル如ク慙愧ノ

三體文語

今親像夢見攏醒神了、眞是見羞到要死、反悔較遲了、阮兄弟仔、攏不愛得此坵田、情願施捨入寺廟、俾和尚去做齊粮、能使得沒。

我講、噫、這眞是大々的不孝、若講要施捨入寺廟、俾和尚做齊粮、着用大板打死、恁無想恁老父流若多汗、勤々苦々即創置到此個業產、恁兄弟那親像鷸蚌相爭、倘來給彼號禿頭做討魚人來得利、恁老父在九泉地下、能瞌目沒、今恁二人、做

至リテ悔ユルトモ詮ナキコトデアリマス、吾々兄弟ハ共ニ此ノ田ヲ欲シマセン、願クバ寺廟ニ喜捨シテ和尚ノ齋米ニシタイト思イマスガ如何デ御座イマスカ」ト。

自分ハ「ナンダ、ソレハ實ニ不孝ノ甚ダシキモノナリ、若シ寺廟ニ喜捨シテ和尚ノ食米ニスル等ト言バ大竹板（笞刑ニ用フル利具竹篦ニテ造リ長サ五尺五寸巾二寸）ヲ以ラ打ツゾ、汝等ハ父ガ如何程ノ艱苦勤勞ニ頼リテ創セシ此産業ナルカヲ思ハズ、汝等兄弟ハ恰モ鷸蚌ノ爭ヒノ如ク、ソシテ彼ノ禿頭（和尚）ヲシテ漁夫ノ利ヲ得セシメバ、汝等ノ父ハ九泉ノ下ニ在リテ能ク瞑目

兄的要讓小弟、做小弟的要讓大兄、讓來讓去無人可值。總是猶原還恁老父、今將此坵田做老父的祭祀業、恁兄弟二人、輪年收租辦祭、代々子孫永遠沒使爭端。如此做一層有幾若層的好處、講到如此、彼刻恁的族長陳德俊、陳朝義、攏叩頭、講如此眞好法度、眞妥當、阿明、阿定、郭氏、林氏、大家攏總歡喜、當堂拜七八拜說謝、做一陣返去、兄弟妯娌、相親相愛、加向時有幾百

スルデアローカ、今汝等兩人ハ兄ハ弟ニ讓リ、弟ハ兄ニ讓リ互ニ讓リ相ヒ、得ントスル者ナケレバ結局矢張リ汝等ノ父ニ還スベシ、故ニ此田ヲ以テ亡父ノ祭祀ノ業トシ、汝等兄弟二人デ輪年ニ收租シテ祭資ニ供スルコト、シ、代々子孫ハ永遠ニ爭端スベカラズ、斯クスレバ卽チ一事デ色々ノ好結果ヲ得ルコト、ナルダロウ」ト斯ク言ツタ處其ノ時族長陳德俊、陳朝義ハ共ニ叩頭シテ、ソレハ眞ニ好キ法度デ至極適當デスト云ヒ、阿明、阿定、郭氏、林氏等皆共ニ歡喜シテ其場デ七拜八拜シテ之ヲ謝シ、共ニ連レ立ツテ歸レリ、是ヨリ兄弟妯娌(妯ハ兄ノ妻娌ハ弟ノ妻)相親ミ、相愛スルコト舊時ニ百倍シ、

倍、因爲如此、民間風俗、變好、遂有禮讓。不會有冤家相告的事情。

是ガ爲メニ民間ノ風俗モ改善セラレ禮讓ヲ尚ビ、曾テ喧嘩訟事等ナキニ至レリ。（完）

載於《語苑》一九二一年二月、三月、四月十五日

藍公案：死乞得妻子*

作者　藍鼎元
譯者　三宅生

【作者】
藍鼎元，見〈鹿洲裁判：死丐得妻子〉。

【譯者】
三宅生，見〈韓文公廟的故事〉。

* 本篇內容與《語苑》一九二〇年四月十五日刊登的〈鹿洲裁判：死丐得妻子〉同樣都取材自《鹿洲公案》中的同一篇作品，因譯者不同，譯文之剪裁與用語等方面也略有差異。

三體文語

◎藍公案

蕭三宅生

死乞得妻子（原文字音）

有鄭侯秩之妻、陳氏、以迫死夫命告、云、其夫充南薰坊保正、因蕭邦武匿契抗稅、恨夫較論、于十一月十三日、統兇徒蕭阿興、李獻章、蔡士顯、莊開明、等、擁家、搶殺、將夫叢毆垂斃、無地逃生、投河而死、現今屍在峽山都大辰溝邊、余心疑之、然不得不爲驗訊也、其子鄭阿伯、果駕船載屍以來、立往相驗、雖遍體並無他傷、而指甲泥沙、實爲投河確據、然竊疑、蕭邦武等五家皆貿易樸民、而無故叢毆一人、且侯秩身充保正、而邦武等五家、連々被竊、在前令魏君任內各控、就保究盜則有之。

死乞食得著妻子。（臺語譯）

有一個鄭侯秩的妻、陳氏、來告人命、講是恁夫被人迫死。恁夫是南薰坊的保正、因爲要叫蕭邦武稅契、蕭邦武抗拒、不肯獻出契券來稅、阮夫參伊較鬧、伊不止怨恨、在十一月十三日帶若多兇惡的人、蕭阿興、李獻章、莊開明、彼幾個、挨入阮厝、要搶物刣人、將阮夫園得打、打到要死要死、阮夫要走避伊、

死セル乞食妻子ヲ得。（國語譯）

或ル一人ノ鄭候秩ノ妻陳氏ト云フモノアリ、殺人犯ノ訴ヘヲナシテ曰ク、彼ノ夫、人ニ迫害セラレタリ、夫ハ南薰坊ノ保正ニシテ蕭邦武ヲシテ契尾ヲ（土地買賣ノ際ハ買主ヨリ契券ヲ衙門ニ提出シ其末尾ニ官印ヲ受ケ別ニ司單（登記濟證ノ如キモノ）ヲモ受ケ其手數料トシテ賣買價格ノ百分ノ六中ヲ納メザル可カラズ人民之ヲ忌ルヲ以テ保正之ヲ督促シ居タリ司單ハ領據後ハ契尾ト呼ブ）受ケシメントシタルニ邦武之ヲ拒ミ契券ヲ提出シテ契尾ヲ受ケザルニ因リ夫ハ彼ト言合ツタ處彼ハ非常ニ之ヲ怨ミ十一月十三日數多ノ兇漢蕭阿興、李獻章莊開明等數名ヲ連レ來リ阮厝ニ押シ入リ物ヲ

無路可逃生、遂跌落溪內、被水淹死、現時身屍、在峽山都大辰溝邊、我聽見此號話、心內眞訝疑、不拘伊既然來告人命案、不得不着去驗屍查問、我即准伊告、講要爲伊相驗、陳氏的子、鄭阿伯、果然、駛一隻船去載死屍、來要請驗、我隨時去爲相驗、徧身軀、雖然是無甚麼傷痕、指甲却有入土砂、實在是投水淹死、得確的證據、不拘心內暗靜在疑、蕭邦武您此五人、攏在

奪イ人ヲ創ツケントシ、夫ヲ包圍シテ烈シク毆打シタルヲ以テ夫ハ之ヲ避ケントシタルモ活路無ク遂ニ溪ニ落チ溺死セリ、現ニ屍體ハ峽山都大辰溝ノ邊ニ在リト」。自分（藍鹿州公以下同シ）ハ此ノ言ヲ聞キ眞ニ之ヲ疑イシガ、既ニ殺人ヲ訴ヘ出デタルコトナレバ、是非共檢屍調査セザル可カラザルヲ以テ告訴ヲ准シ、檢屍スルト言ツタ、陳氏ノ子鄭阿伯ハ果シテ一隻ノ船ニテ屍體ヲ運ビ來リ檢屍ヲ願イ出デタ。自分ハ直チニ之ヲ檢視スルニ全身別ニ傷痕ナク、爪ノ間ニ土砂ガ入ツテハ居ルシ事實水ニ投ジテ溺死セシ確タル證據ハアルモ、然シ心中窃カニ疑ガイ居タリ、蕭邦武等五人ハ何レモ商業ヲ營ミ居リ

做生理、攏是扑實的百姓、無因無端、党人若多的來打一個人、打到俾伊走落水去死、敢無此號情理、而且鄭侯秩、身充保正、倘蕭邦武怨五個人、連々着賊偸、在前的縣官、姓魏的任內、攏有告在案、在要就保正、跟究窃盜的人、却是有此號事情。

皆扑直ナル民デ故ナク党類數多來テ一人ヲ毆打シ、逃レテ水ニ落チ死ニ至ラシムルガ如キ情理無カラン、殊ニ鄭侯秩ハ保正ノ職ニアルモノナリ、倘ホ蕭邦武等五名ハ引續キ盜難ニ罹リ前任ノ魏知縣ノ在任中何レモ告訴シテ事件ニナッテ居ル、鄭侯秩ガ保正トナルヤ窃盜犯人逮捕ヲ保正ニ追究セシコト等ノコトモ固ヨリ之レ有リシナリ。

死乞得妻子（其二）（原文字音）

余下車即爲比緝、刻日追贓、亦無、至今、始共毆追下水之理、兼殘屍、口頰無存、無從辨別眞僞、而自十三日被毆下水、何無一人知覺、至今始來控告、即使十三日溺死、距今廿一日相驗未滿旬日、何以屍首腐爛、竟似半月有餘、亦不應若是之速。窮詰其僞、阿伯不服、稱屍在水浸速朽爲宜、再問邦武等五人、皆不能自爲置辯、而陳氏、阿伯、利口喋々、披麻執杖、子哭其父、妻哭其夫、一時哀痛慘苦之情形。幾令鐵石人觀、亦爲墮淚。然余心終不以爲然也。勒令阿伯母子、自行備棺收殮、衆皆駭愕。余呼邦武等五人謂之曰、侯秩未死、汝等不能弋獲乎。皆曰不知也、余曰、汝同鄉共井、何事不可訪知。

死乞食得着妻子。（臺語譯）

我到任了後、就比差要拿賊、限日追賍、賊亦拿未有、賍亦追未來、此滿即合做夥來打伊、追到俾伊落

死セル乞食妻子ヲ得。（國語譯）

自分ガ着任以後、犯人逮捕ヲ督責シ、日限ヲ附シテ贓物檢擧ニ努メシメタルモ賊モ未ダ捕ニ就カズ贓物モ擧ガラザルニ、今共謀シテ彼ヲ毆打シ追迫

水去死、那有此號事情咧、況兼此個身屍、無何原全、嘴、及嘴頰攏爛無去、無處去辨是眞的抑是假的、自十三日被打走落水、全無一人知影、到今仔日即來告、設使十三日落水淹死、此滿是二十一來在相驗、算起來未滿十日離無若久、照紀綱不應該此趕緊就爛、按怎死人的頭殼、能腐爛到如此、恰親像是死有半月外喇咧、即叫阿伯來問、直透辯駁伊的白賊、阿伯不認服、講身

シテ水ニ落シ死ニ至ラシムルガ如キ、那ゾ此ンナ道理アラン、況シテ其上此ノ屍體ハ殆ド原形ヲ存セズ、口ヤ頰ハ皆腐敗シ、眞假ヲ辨ジ能ハス、十三日打タレテ水ニ落チテヨリ全ク一人ノ知ル人モナク、今日ニ至リ市メテ訴ヘ出デタルナルガ、設使十三日溺死シタルモノトスルモ今二十一日檢視シテ居ル故、考ヘ見ルト未ダ十日ニ滿タス、幾日ノモ經過シ居ラザル故普通ハ斯クモ速カニ靡爛スル理ナシ、何故ニ死人ノ頭部ハ如此恰カモ死後半月以上モ經過セシモノヽ如クナリシニヤ。ソコデ阿伯ヲ呼ビ訊問シ、嚴シク彼ノ虛言ヲ駁シタルモ、

三體文語

屍浸在水裡的確能快爛，如此即着壓。更問蕭邦武愆五人、遂攏沒曉得可分訴。陳氏、與阿伯二人、一人一嘴、講到一片的情理、穿麻衫夯孝杖、子而哭怨父、妻而哭怨夫、一時哀怨悽慘的情景、能到俾彼號鐵石做的人亦流出目屎來的欵、不拘我的心內在想、到底不敢信講有此號事情、强使阿伯愆母子、自己備辦棺柴對收殮、衆人看着如此、各個驚惶疑訝、我即叫蕭邦武、愆

阿伯ハ之ニ服セス、曰ク「屍體水ニ在ルトキハ必ズ速ヤカニ腐爛スルハ當然デアリマス」ト云ヒ、更ニ蕭邦武等五人ヲ訊問スルニ皆ナ辯開ヲナシ得ス、陳氏及阿伯二人ハ各口々ニ一通リノ情理ヲ述べ、麻ノ喪服ヲ着孝杖（父母ノ死ニ對シ古禮トシテ其男子ノ持ツモノニテ父ナルトキハ剌桐ノ木ニテ造リ母ナルトキハ竹ヲ以テ造リ、紙テ卷キタルモノ）ヲ持チ、子ハ父ノ死ヲ嘆キ、妻ハ夫ノ死ヲ痛ミ、一時哀怨悽慘ノ情如何ニ鐵石（無情ノ意）ノ人モ爲メニ泣カシムルガ如キ有樣ナリシガ、然シ余ハ心中想ヘラク到底如此事情アリト云フヲ信ジ得スト思ヒ居タリ。强イテ阿伯等母子ヲシテ棺ヲ準備シテ屍體ヲ棺ニ收メシメタルニ衆人ハ之ヲ見テ皆驚キ疑イ居タリ、自分ハ

五人來對講、講候秩是未死、恁五人豈拿伊沒得着、五人攏應講阮攏不知咧、我講恁同鄉里在住、無論甚麼事情、豈探聽能不知。

邦武等五人ヲ呼出シ「候秩ハ未ダ死セズ、汝等ハ捕ヘ得ルナラン」ト言イシ處五人ハ皆ナ、吾々ハ全ク知ラズト」答ヘタリ、自分ハ、汝等ハ同鄉里ニ住イ居ルコトナレバ何事ニ拘ハラズ、探査スレバ知リ得ザルコトナカラン。

死乞食得着妻子。（臺語譯）

恁如此毀煩若親像局外的人無干係咧、眞奇怪噃、別人的事情能使得推諉講我不知、今、恁本身算是兇犯、禍已經及身喇、論此起案應該

死セル乞食妻女ヲ得。（國語譯）

汝等ハ如此面倒視シ恰カモ局外者デ何等關係無キモノヽ如キハ甚ダ奇怪ナリ、若シ他人ノ事件ナレバ自分ハ知ラン等トノ言草モ構エラレ樣ガ、既ニ汝等自身ハツマリ兇犯人トシテ禍ハ身ニ及ンデ

着詳稟上司聽候回文、來辨償命、恁五人攏甘願要償命、是否。五人聽見此號話、即攏啼哮哀求解救。我講如此干乾啼哮哀求、無路用喇、恁想覔咧、侯秩平時縱容盜賊來害百姓、有勾結匪類的罪、今、看見我來、自己知罪、驚畏國法、趕緊閃避逃走過縣、料恁潮州人逃閃的所在、不離是惡來、海豐、與甲子所、東海、碣石、此幾位而已、恁五人分路探聽去拿、斷無、拿沒着

居リ本件ハ當然上司ニ詳報シ指令ヲ俟テ死刑ニ處スベキモノデアルガ、汝等五人ハ皆甘ジテ死刑ニ服スルヤ」ト言イシニ。五人ハ之ヲ聞キ皆泣イテ釋放セラレンコトヲ哀願シタ。自分ハ「如此干乾泣イテ哀願スルノミデハ駄目ダ、汝等モ考ヘテ見ヨ、侯秩ハ平素盜賊ヲ縱容シ人民ヲ害シ惡人ト結託セル罪ナリ、今ヤ余ノ來任セルヲ見テ自ラ罪ヲ覺リ、國法ヲ畏レ急ニ他縣ニ逃ゲ竄レタルナリ、想フニ汝等潮州人ガ逃ゲ潜ム處ハ惡來、海豐、甲子所及ビ東海、碣石、等數ケ所ニ過ギズ汝等五人ガ手ヲ分ケテ探査逮捕セントスレバ、決シテ捕

的、講了將五人放返去、隔三日、
蕭邦武果然在惠來縣的管內、活拿
鄭侯秩來到案、百姓聽見、圍在公堂
下來在看的、有幾千人、各個打手大
笑、陳氏及阿伯見羞到覆彼土腳裡、
直々磕頭哀求講該死該死、求大人
恩典、因爲如此續跟究出爲伊用謀
造計唆使伊出告的訟棍、名陳阿辰、
續捉來辦罪、潮州人看着、不止心
適、講如此眞暢快、到底伊此個身
屍、對何位而來唎、就是有一個乞

〜得ザルコトナシ」ト言ヒ、五人ヲ放遂シタ三日
ヲ經テ蕭邦武果シテ惠來縣管內デ鄭侯秩ヲ活拿テ
出廷シタリ、人民之ヲ聞キ、公判廷ヲ取圍キテ見
テ居ル者數千人、皆手ヲ打チテ大笑シ、陳氏及阿
伯ハ面目無ク土間ニ打チ伏シ一途ニ頭ヲ下ゲテ、
誠ニ申譯アリマセン、大人御赦シヲ願イマス」
哀願セリ。因爲如此追究シテ彼等ノ爲メニ謀計ヲ
爲シ彼ヲ唆カシテ告訴セシメタル訟棍ノ陳阿辰ナ
ルモノヲモ引致シテ處罪シタルニ潮州人ハ之ヲ見
テ面白ガリ、ソレハ眞ニ痛快ナリト云ヘリ、全體
此ノ屍體ハ何處ヨリ持チ來リシカト云フニ即チ一

三體文語

食餓了踏沒住、跳落水去死、尋無屍親、可來認屍。已經過幾若日嘮、鄭侯秩逃走去了後、伊的妻子、不甘願、蕭邦武此的人去官人彼告賊案、害怨夫着走出外位、用此個計智要報寃讐、適好有一個死乞食、卽冐認做鄭侯秩的身屍、不拘便宜着此個乞食、有此號假影妻、假影子、爲伊穿麻彩夯孝杖照紀綱爲伊收斂、送葬、此個乞食死了在陰間、的確歡喜到沒講得。

人ノ乞食餓ヘニ堪ヘ兼ネテ水ニ跳込ミ死シタルモノニテ其屍體ヲ引取ル可キ親族モ無ク既ニ數日ヲ經過シタルモノニシテ、鄭侯秩ノ逃走スルヤ彼ノ妻子ハ蕭邦武等ガ官ニ對シ盜難屆出ヲ爲シ夫ヲシテ他ニ逃ゲザル可カラザルニ至ラシメタルヲ快シトセズ此ナ計略デ仇ヲ報イント思イ居タル折柄恰度好ク一ツノ乞食ノ屍體アリシ故、鄭侯秩ノ屍體ナリト僞稱シタルモノナルガ、然シ却テ此ノ乞食ノ便宜トナリ此ナ假ノ妻子ガ出來テ喪服ヲ着シ孝杖ヲ携ヘ式ニ因テ納棺モシ葬儀モ濟マシテ遣ツタノデ、此ノ乞食ハ草葉ノ陰カラ嘸カシ歡喜ニ堪ヘナイデアロウ。

（終リ）

死乞得妻子 （原文字音）

乃如此憚煩、置身局外、殊可怪也、他人事可諉、爲不知、今、身爲兇犯、禍及切膚、應具獄詳候、抵償、汝五人皆自愿償命乎、五人胥涕泣求救、餘曰、無益也、俟秋平昔縱盜殃民、今、見我來、畏法逃遁耳、度汝等潮民逋逃之藪不外惠來、海豐、甲子所、東海、碣石而已、汝五人分途去緝、無不獲者、越三日、蕭邦武果在惠來縣地方、活捉鄭俟秋以來、百姓環庭聚觀者、數千人、皆拊掌大笑、陳氏、阿伯、含羞伏地、叩頭請死、因究出造謀指使之訟師、陳阿辰、並拘坐罪、潮人快之、至其屍所由來、則係久溺餓莩、招尋無主、然既有僞子假妻、爲之披痲執杖、殯殮、成禮、則此莩亦可含笑九原云。

載於《語苑》一九二一年五月、六月、七月十五日

支那裁判包公案：一張字*

作者　（明）無名氏
譯者　井原學童

【作者】
明代無名氏。出自《包公案》第八卷中的〈審遺囑〉。

【譯者】
井原學童，見〈支那裁判包公案：龍堀〉。

* 此段原文如下：話說京中有一長者，姓翁名健，家資甚富，輕財好施，鄰里宗族，加恩撫恤，出見鬥毆，輒為勸諭。或遇爭訟，牽為和息。人皆愛慕之。年七十八，未有男兒，只有一女，名瑞娘，嫁夫楊慶。慶為人多智，性甚貪財，見岳丈無子，心利其資，每酒席中對人道：「從來有男歸男，無男歸女，我岳父老矣，定是無子，何不把那家私付我掌管？」本篇刊出時，僅刊其一，後文未刊。

多方面。

十八歲嘮、伊的身軀邊、尚未有後生、心肝內眞煩勞、只有一個親生的查某子、名號做瑞良、此時已經大漢嘮、就叫媒人來、吩咐做一個親成、此個媒人無若久都來講、講一個少年人、姓楊名號做慶、此個人不止好、王建探聽四界的人、都亦講眞好、王建就允伊結親、將查某子瑞良、嫁此個楊慶做某、此個楊慶做人極有才情、智識不止好心肝眞欲錢銀、看見人的家伙、不

敬意ヲ拂ツテ、敬服シテ居ツタノデアリマスガ‖此ノ王建サンモ烏兎匆々トシテ早ヤ七十八ノ坂ヲ越シタノデアリマスガ、惜イ事ニ、ハマダ男ノ兒ガ一人モ出來マセンノデ、心ニ其事ノミ煩悶シテ居ツタ、‖實子デアル唯一人ノ娘瑞良ヲ見ルニ、早ヤ嫁入リ盛ノ年輩ニナツテ居ル、媒人ノ某サンニ賴ンデ良緣ヲ求メ度イガト申込ンダ媒人ノ周旋デ楊慶ト言フ立派ナ一人ノ青年ガ居リマスガ、如何デ御座イマスト言ヒマスノデ、‖此ノ王建サン、方々ニ探リヲ入レテ聞キ合セテ見ルト、皆ナ立派ナ男ダト言フノデ、王建サン此ノ婚緣ニ承諾ヲ與ヘ、娘ノ瑞良ヲ楊慶ノ妻ニ遣ツタノデアリマス‖處ガ此ノ楊慶ハ元來非常ナ才物デ頭腦ノ明晰ナ男デアツタガ、然シ又一面非常ニ欲張ナ男デアツタ、他人ガ財産ヲ持ツテ居ルノヲ見ルト、其ノ財産迄

五四

惠、若是親堂叔孫、與內外的叔孫、有適着要緊的事情、無錢銀可用、王建就叫伊提去用、有時出去過路看見人在相打、緊々勸人不可相打、用好話與伊講、若是因爲欠錢的事情、王建就替人還、有時遇着人要相告、緊々講情理給人聽、勸人着和去、不可結怨讐、認眞做頭路較要緊、王建做人有此款、所以衆人不止聽伊講、亦眞正敬重伊、心肝內又更降服伊、王建到此時已經七

リ近所ノ人達ハ、此ノ人ノ恩惠ヲ蒙ラヌ者ハ一人モ無カツタ＝若シ親戚緣者ノ者ヤ、又ハ同姓ノ者ノ內デ、何ニカ急用デモ出來テ、錢ニ困ル際ナドハ、早速金ノ融通ヲシテ居ツタ、＝又時ニ外出先キナドデ、人ガ喧嘩デモスルノヲ見ルト、直グ近寄ツテ、喧嘩ナドセヌ樣ニ勸メテ好ク言ヒ聞カセテ居ツタ、若シ其レガ金錢上ノ事デアレバ、借主ニ代ツテ返濟シテ居ツタ＝又人ガ訴訟デモセントスルノヲ見テハ、早速其ノ利害得失ヲ說イテ聞カセ、御互ニ融和シテ、決シテ仇ヲ作ラヌ樣ニシテ眞面目ニ仕事ニ精ヲ出ス樣ニト勸告シテ居リマシタ、＝王建ノ人ト成リハ右申ス樣ナ風ナノデ、同人ノ忠告ニハ衆人モ異議ヲ言フ者ハナク、非常ニ

多方面

支那裁判＝包公案＝（四）

一張字　＝其一＝

臺中　井原學童

古早的時候、河南開封府的所在、有一個眞好心的人、姓王名號做建、家内眞好額田園不止多、此個王建、全無貪心、度量極大、開用錢銀亦沒鄙吝、若是有物愛給人食、厝邊隔壁的人、各個攏總有受着伊的恩

昔シ河南ノ開封府ニ性質ノ至ツテ善良ナ御方ガ居ラレタ＝王建ト謂ウ名前デ、澤山ナ田圃宅地ヲ持ツテ居ラル、富豪家デアツタ、此ノ王サンハ全ク欲ノナイ人デ、又度量ノ極メテ大イ人デアラタ、＝金錢ノ使途ニハ些モ吝嗇ナ點ハナイ、殊ニ何ニカ物デモアレバ、直グニ人ニ與ルト云フ風デ、隣

止有貪心的意思，知叫恁丈人王建，無後生，家伙又此大，心肝內十分歡喜，此個楊慶常々被人請去食酒，站在彼酒筵的中間，亦曾與人講，從古早到此滿，人々飼子孫，若是有後生，家伙着給後生掌管，若是無後生，家伙着給查某子掌管。

欲シクナル性分デアッタ＝舅ノ王建サンニハ後繼ノ小供ハナイガ、財産ヲ澤山持ツテ居ルノデ胸中ニ或ル歡ビヲ持ツテ居ツタ、＝此ノ男、友人ニ招待サレテ、行ツテ居ル宴會ノ席ナドデ語ルノニ、昔カラ人ガ兒供ヲ養フノヲ見ルニ、男ノ兒ガ居レバ其ノ兒ニ財産ヲ讓ルガ、男ノ兒ガ無クテ娘ノ兒ガ有ル場合ハ、其ノ娘ニ財産ヲ讓ルノカ例デアルト言ツテ居リマシタ。

載於《語苑》一九二一年八月十五日

藍公案：陰魂對質*

作者　藍鼎元
譯者　三宅生

【作者】
藍鼎元，見〈鹿洲裁判：死丐得妻子〉。

【譯者】
三宅生，見〈韓文公廟的故事〉。

* 譯自《鹿洲公案》第四則〈幽魂對質〉。

算是輪着姓楊的食水的日、伊强去
踏水車、全下蹦佔咧、𪜶姓楊的、
有一個楊仙友看見、不服、夯刀出
去阻擋、𪜶的兄弟楊文煥、楊世香、
亦做夥隨伊去、姓羅的、彼旁的人、
羅明珠、趕緊走返去報、對𪜶的老
大江立清講、卽時傳集庄衆、江子
千、江宗桂、羅達士、羅俊之、江
阿明江阿尾、江獻瑞等四五十人、
夯槌夯棒圍出來打、楊仙友的子、
楊學文、看見𪜶父𪜶叔、被人圍得

ガ灌漑スベキ輪番ノ日ナルニ彼ハ強イテ水車ヲ用
ヒ全部ノ水ヲ横取シタノデ彼ノ楊姓ノ方ノ楊仙友
ト云フモノ、之ヲ見テ承知セズ、刀ヲ持チテ行キ
之ヲ阻擋シ其兄弟ノ楊文煥、楊世香モ亦共ニ之
ニ從ヒタリ、羅姓ノ方ノ羅明珠ハ急ギ知ラセニ歸
リテ彼等ノ年頭ノ役タル江立清ニ話シ卽時ニ村ノ
衆江子千江宗桂羅達士、羅俊之、江阿明、江阿尾、
江獻瑞等四五十人ヲ呼ビ集メ、長イ棒ヤ短イ棒ヲ
持チテ八方ヨリ寄セ來リテ打チ掛ツタ、楊仙友ノ
子ノ學文ハ其父ヤ叔父ガ袋敲ニセラレテ居ルヲ
見テ亦三十餘人ヲ呼ビ來リテ彼ト戰鬪タ楊仙友ハ

打、亦去叫三十外人、來與伊械鬭、楊仙友、寡、不敵衆、遂被伊打=死、楊文煥、怹幾個人四散逃走、楊世香、着重傷、走沒得離、被怹拏入去庄內、展怹伊威風、實在怹是看見打死一個=喇、此個又着重傷驚了再死、拏去在爲伊用藥醫治。

寡ハ衆ニ敵セズ遂ニ打殺サレ、楊文煥等數名ハ四散逃走シタルモ楊世香ハ重傷ヲ負ヒ逃グルコト能ハズ、捕ヘラレテ彼等ノ庄內ニ連レ行カレ威張リ嚇カサレタルモ其實彼等ハ仙友一人ヲ殺シタルニ又此者モ重傷ヲ負ヒ居ルノデ、亦タ死ンデハト心配シテ連レ行キ施藥治療シ遣リ居タルナリ。

（未完）

幽魂對質　（原文字音）

延長埔上塘子等鄉、共築陂障水、輪流以灌漑其田、八九月=之間旱、江羅兩家、恃强衆、紊規約不顧、朔日爲楊家水期、恣意桔槹、奄所有而居=之、楊仙友不服、操刀向阻、弟兄楊文煥、楊世香隨=之、羅明珠奔回、告其鄉老江立清、號召鄉衆、江子千、江宗桂羅達士、羅俊之、江阿明、江阿尾、江献瑞等、四五十人、荷戈制挺、環而攻之、楊學文見父叔在圍困之中、亦招呼三十餘人、與之格鬪、衆寡、不敵、仙友殲焉、文煥等、紛紛逃竄、世香受重傷、不能自脫、被擒入寨内、誇示豪雄、實以醫藥調劑、恐其死也。

陰魂對質（臺語譯）

彼一時署理潮陽縣的官、是大埔縣、白大老、驗傷了後、詳文通報、尙未審問、白大老就死去。

到十月十八日、我代理潮陽縣上任辦事、召此起案的犯人、坐堂開審、訊來訊去、無一個人、肯認是兇身、

幽靈ト對決（國語譯）

其當時潮陽縣ヲ署理セシ官ハ大埔縣ノ白大老デアツテ、檢傷ノ結果詳報シ、未ダ審問セザル內白大老ハ死亡シタ。

十月十八日ニ至リテ自分ガ潮陽縣官代理トシテ就任シ事ヲ辦クコトヽナリ、本件ノ犯人ヲ召喚シテ公廷ニ於テ審問ヲ始メ、色々彼是ト訊問シタル

到尾問證人、江拱山、謝文卿、攏講械鬪的人眞多、刀鎗棍棒濫做一堆得打、實在不知是甚麼人打死的。楊世香尚未死、問伊楊世香、伊亦干乾知打着自己着傷的、是羅俊之、江阿尾、江献瑞、而打死楊仙友的正兇、亦不知的確是甚麼人、無奈何、將江羅二姓的人犯、隔開做二位、仔細緩々仔問、用好話來安慰伊、用情理的話來說伊、用威刑來哄伊、用恩惠來做給伊、費盡心機、

モ一人トシテ兇犯人タルコトヲ自白スル者無ク最後ニ證人ノ江拱山、謝文卿ヲ訊問シタルモ皆ナ械鬪シタ者ハ多數ニテ刀ヤ鎗、棍棒等一所ニ入リ亂レテ打チ居タル故實際何人ガ打チ殺シタルヤ知ラズ」ト申立テ、楊世香未ダ死セザルヲ以テ彼ニ聞クモ彼モ亦自分ヲ毆打負傷セシメタルハ羅俊之江阿尾江献瑞等デアルコトヲ知ツテ居ルノミデ、楊仙友ヲ打殺シタ眞ノ犯人ハ誰カ的確ト知ラズソコデ止ムヲ得ズ江、羅、兩姓ノ犯人ヲ二箇所ニ分離シ仔細、緩々仔訊問シ、或ハ親切ノ言ヲ以テ慰メ或ハ道理ヲ說キテ之ヲ諭シ或ハ威權ヲ見セテ嚇シ

用甚刑具、一概、攏是不知、二字來抵塞、無一個人一句話、略々得有空縫可究勘、我到如此、亦攏無法度了、停幾仔日、有一暝昏、適好烏陰失暗、風眞凄濟、安更了後、四界恬靜、攏無人聲、我點灯坐在公堂頂、想一個法度、時原被二旁的人、齊集來要審問。（未完）

或ハ恩惡ノ言葉ヲ掛ケテ遣ル等所有心機ヲ盡シ刑具（拷問ニ用フルモノ）ノ盡クヲ用ヰ取調ベタルモ、皆全々不知（シラヌ）ノ一點張デ一人トシテ一句語モ究問スベキ少シノ隙手掛ノアル者無ク自分モ斯クナツテハ如何トモ方法ガナカツタ、數日ヲ經テ或夜空曇リテ眞暗夜、風ハ凄ク安更（夜七時頃）以後ハ何處モ恬靜トシテ人聲一ツモ無カツタ、自分ハ點灯テ公廷ニ坐シ一ツノ方法ヲ想イ付キ、原被告双方ヲ全部呼ビ集メ審問ヲ始メタ。

幽魂對質（原文字音）

是時署潮令者、爲大埔尹白公、驗傷通報、未訊而歿、冬十月十有八日、余攝篆視事、庭鞠再三、莫肯居兇手者、嗣證江拱山、謝文卿、以格鬬人釜、刃挺交下、實不知爲誰、詢之未死之楊世香、亦僅知傷己者、爲羅俊之、江阿尾、江献瑞、而致斃楊仙友之元兇、亦不能知其爲誰也、將江羅兩姓人犯、隔別細詢、撫之以寬、餂之以情、示之以威、加之以恩、至鉤距畢施、刑法用盡、一以不知二字抵塘、無一人一言之稍有罅漏者、余於是亦無可如何也、居數日、陰晦、凄風慘淡、漏下人寂、余張燈坐琴堂、呼兩造齊集、謂之曰○

陰魂對質。（臺語譯）

我即對恁講。自古以來刣人償命。這是一定沒移易的情理。恁下昏時靜々自己去想。設使恁被人刣〃死。倘彼個人不償恁的命。恁做冤魂。敢能甘願乎。恁所以不肯招認的意思。在恁想是無人可對質可指證。

幽靈ト對決。（國語譯）

自分ハ彼等ニ向ヒ、古ヨリ以來人ヲ殺セバ死刑ニ處セラレルコトハ一定動カス可ラザル道理デアル。汝等ハ今夜靜カニ熟ク想ミヨ。設使汝等ガ人ニ殺サレテ、ソシテ其ノ人ガ死刑ニ處セラレナカツタラ、汝等ハ怨靈トナリ、其儘デ承知ハ出來ナイダロウ。故ニ汝等ガ自白セナイ意思ハ汝等デハ

向望看能得可僥倖無罪、沒、總是本縣、已經燒牒文與城隍爺了、城隍爺約講今暝二更的時刻、要召出楊仙友的陰魂。來與恁對質、恁今都是有一百個嘴、亦難得可掩飾、嘮講了使幾個差役、做夥押衆人、即時去到城隍廟內、敲鐘擂鼓拈香、拜了二拜、起去坐在公案座、在先點名叫楊仙友的名、上堂聽審、假意擧頭、略仔問幾句話、尚即對跪在土腳彼的人講、楊仙友在此、要

對決シタリ、證據トナルベキ人ガ無イカラ僥倖ニモ無罪タランコトヲ考ヘテ居ルナラン、然シ本官ハ已經ニ通牒文ヲ城隍爺ニ送ツタ、城隍爺デハ今夜二更ノ頃ニ楊仙友ノ幽靈ヲ召シ出シテ汝等ト對決セシムルト約セラレタ、故ニ最早汝等ガ如何ニ辯舌ヲ弄スルモ掩飾ハ出來ナイ」ト言フヤ數名ノ差役ヲシテ共ニ多クノ犯人ヲ押送セシメ、即時ニ城隍廟内ニ至リ鐘ヲ敲キ鼓ヲ鳴ラシ香ヲ焚キ、一二拜シテ公案座ニ上リ、先點呼シテ楊仙友ノ名ヲ叫ビ、其場ニ出シテ審問シ、頭ヲ擧ゲテ僅カニ數句訊問ノ眞似ヲ爲シ、ソシテ土間ニ跪イ

參恁對質、恁舉頭看覓咧、彼個用手壓得彼心肝頭、血染到一領衫紅々的、就是楊仙友、恁有看見無、衆人聽了有個頭殼舉高々在看、有個用目尾在偸瞭、干乾羅明珠、江子千、江立淸三人、頭殼低々、無要看、若親像無聽見的欵式。（未完）

テ居ル犯人等ニ向ヒ、楊仙友ハ此處ニ在リ、汝等ト對決サスル、汝等ハ頭ヲ擧ゲテ見ヨ、彼ノ手デ胸ヲ壓エ着物ハ丸デ血ニ染マリ紅ニナツテ居ルノガ即チ楊仙友デアル、恁ハ見ヘルカレト言ツタ處皆ノ者ハ之ヲ聞キ或者ハ頭ヲ高ク擧ゲテ見、或者ハ横目デ偸瞭モノモアル、只ダ羅明珠、江子千、江立淸三人ハ頭ヲ低ク下ゲデ、見ヨウトモセズ、恰カモ話ガ聞ヘナイカノ如キ樣子デアツタ。

幽魂對質（原文字音）

殺人償命、古今不易、汝等淸夜自思、設汝被彼人殺死、而人不償汝命、汝爲寃魂能安心乎、汝等所希冀徼幸不肯招承者、以無人指質耳、我已牒城隍尊神、約於今夜二更、提出楊仙友鬼魂、與汝質對、汝等雖有百喙、亦難以掩飾矣、命隸役分攝諸人、隨詣城隍廟、鳴皷鐘、焚香、再拜、起坐堂上、先呼楊仙友鬼魄上堂聽審、憑空略問數語、謂階下諸人曰、楊仙友在此、欲與汝等對質、汝等舉頭觀之、此以手捧心、血染紅衣者、是已、衆人或昂首而觀、或以目竊睨、惟羅明珠、江子千、江立清三人、低頭不視、若爲弗聞也者。

△陰魂對質（臺灣語）

我即吽羅明珠近前來、正經對伊講、楊仙友在此、講要吽汝還伊一條性命、汝敢倘有甚麼話可推諉嗬、明珠驚到若久無話可應出來、我講汝平日一支嘴眞利、眞賢爭、更眞狡猾、此滿楊仙友陰魂在此、汝就不

幽靈ト對決（國語譯）

自分ハ羅明珠ヲ吽寄セ眞面目ニ彼ニ向ヒ「楊仙友ハ此處ニ在リ汝ノ命ヲ貰ウト言ツテ居ルガ汝ハ最早何トモ逃レ言葉ハ無イダロウ」ト言ツタ處明珠ハ驚キテ久シク何ノ答ヘモ出ナカツタ「自分ハ「汝ハ平素看ニ口賢シク能ク言譯シ眞ニ横着ナ奴ダニ今楊仙友ノ幽靈此ニ在レバ汝ハ敢テ一言ノ答ヘ

監公案

敢應半句話、照如此看起來、是汝刣死、無疑喇。汝若不照實講、着用刑具來訊問。即能使得。明珠不敢爭、一下就認、講我槌仔打着伊的頭殼、傷在左旁邊、仙友的死。是利器傷着的、彼是江子千、與我無干、即更叫江子千來問、子千不肯認、我講楊仙友在彼、有、無、汝參伊辯、子千詳細看、々了無話講、我講汝無看見寃魂在彼、是否、寃魂在講、羅明珠夯柴槌損着傷伊

シナイ、ソシテ見ルト汝ガ殺シタニ相違ナイ、汝若シ正直ニ答ヘナケレバ刑具ヲ用ヒテ拷問シナクテハナラン」ト言ヒシニ、明珠ハ强辯シキラズ直チニ自白シ、自分ハ棒ヲ以テ彼ノ頭部ヲ打チタルニテ傷ハ左頭部ニ在リ、仙友ノ死因ハ兇器デ傷ツケタ爲メデ、其レハ江子千デ、私トハ干係ナキコトデアリマスト、申立テタ、ソコデ更ニ江子千ヲ呼出シ、訊問シタルニ、自白セザル故ニ、「楊仙友ガ彼處ニ居ルカラ殺シタカ殺サナイカハ汝、仙友ト辯論セヨ」、ト言ツタ處、子千ハ熟々見テ何ノ答ヘモシナイ、自分ハ「汝ハ幽靈ガ彼處ニ居ルノガ

的額角左旁、汝夯長刀突伊的胸坎、
伊跌落土腳、汝拔刀起來、血、隨
流出來。當日情形是如此汝尙能爭
得麼、子千即講、是唎、我講楊仙
友的死、是由恁二人、寃魂如此講、
無錯嘛、子千講無錯、是嘮、我講
當日叫若多人、喝打喝刣的是誰人、
子千講、是江立淸唎、問了使差役、
將子千、明珠帶入去廟內、烏暗的
所在。

（未完）

見ヘザルカ、怨靈ハ羅明珠ガ棒デ左頭部ヲ打チ傷
ツケ、汝ガ長刀ヲ以テ、胸部ヲ突キ、仙友ガ地ニ
倒レタノデ、汝ガ刀ヲ拔キ取ルヤ、血ハ忽チ流レ
出タ、當日ノ情形ハ其ノ通リダト、言ツテ居ル
ガ、汝ハ尙ホモ强情張ルノカト、言ツタ處、子千
ハ左樣デシタト答ヘタ、自分ハ「仙友ノ死因ハ汝
等兩人ニ害セラレタ爲メデアルト、怨靈ガ言ツテ
居ルガ其通リ相違アルマイ」ト言ヒシニ、子千ハ
左樣相違アリマセント答ヘタ、當日衆ヲ呼ビ集メ
打テトカ劊レトカ指揮シタルハ誰カト問ヒシニ、
子千ハ江立淸デ御座リマスト答ヘタ、其訊問ヲ終
リテ差役ヲシテ子千、明珠兩名ヲ連レ行キ廟ノ暗
室ニ入レシメタ。

陰魂對質（臺語譯）

即呌江拱山來對講，楊仙友得怪誚。

～～～～～～

幽靈ト對決（國語譯）

ソシテ江拱山ヲ呌ビ來リ「楊仙友ハ汝ヲワルク思

汝、講汝明知剖伊的兇身是誰人、汝不肯照實講、要與伊寃讐無報、此滿愛參汝作弄一下、汝受人的賄、食若多錢、就着用汝來償伊的命、江拱山連々礚頭講、剖人的兇身是江子千、羅明珠、主使的人、是江立清、我是無相干的人、按怎樣叫我償伊的命咧、更再叫江宗桂、羅達士、江阿明、江阿阻、江阿滿、詳細緩仔審問、攏與江拱山偲幾人所講相同、干乾汝立淸一個人、靠

ッテ居ル、汝ハ楊仙友ヲ殺シタ下手人ハ誰ナルカ熟ク知リナガラ、眞實ノ申立ヲセズ、仙友ヲシテ讐ヲ報ユルコト能ハザラシム、故ニ今汝ニ祟リヲ爲スト言ッテ居ル、汝ハ多クノ賄賂ヲ取ッテ居ル故、死刑ニ處スト言ヒシニ、江拱山ハ續ケ樣ニ頭ヲ下ゲテ「人殺ノ下手人ハ江子千、羅明珠デ、主謀者ハ江立清デアッテ、私ハ何等關係無キモノナルニ、何故ニ死刑ニ處セラレルノデアリマスカト」言ッタ。更再江宗桂、羅達士、江阿明、江阿阻、江阿滿等ヲ呼ビ出シ、緩々ト詳細審問シタルニ、何レモ江拱山等數名ノ申立ト同一デ、只ダ江立清一人

伊老嘮、刑具沒使用得、鬼神嚇伊、伊不驚、硬々推諉不知、訊問若久、總是不認、我看伊病不止傷重的欵式、打算是無若久的人嘮、即對伊講、若多的證據即明現、即確實、就准做成案嘮、楊仙友在講、禍是由江立清做出來的、終歸不肯俾伊逃活性命、的確要對伊討命、活々共拿去、此的話講了、即將江立清偲幾個人、按照法律、擬定罪名、解去上司、適好三日、江立清就死、

ハ老人デアツテ拷問セラレナイノヲ恃ミ、鬼神ノ嚇シモ恐レズ、强情ニ知ラン〱ト言ヒ張リ、久シク訊問セシモ遂ニ自白セナンダ、自分ノ見ル處デハ江立清ハ病氣ガ隨分重イ樣デ先キ永クナイ者ト思ハレル、ソレデ「澤山ノ證據デ明確デアル故有罪ト認メテ起訴スル、楊仙友モ、禍ハ江立淸ヨリ生ジタノデアルカラ、結局生カシテハ置カン、命ヲ貰フカラ、生捕ツテ行クト、言ツテ居ルト」言ヒ終ルヤ、江立淸等數人ヲ法律ニ照シ、罪名ヲ擬定シテ上司ニ抑送シタ、恰度都合ヨク三日目ニ江立淸ハ死亡シタノデ、潮州ノ人ハ皆、本件ハ

潮州的人、都拿做此起案、眞正有鬼神咧。

眞ニ幽靈ノ居ツタモノト思ツタ。

（終リ）

幽魂對質（原文字音）

呼江拱山、謂之曰、楊仙友怪汝、汝明知殺彼之仇、不實告也、欲沈其寃、今、與汝爲難、汝受賄幾何、即以汝償其命矣、拱山叩頭曰、殺人者江子千、羅明珠、主命者、江立清、奈何以無干之人、償其命乎、繼、呼江宗桂、羅達士、江阿明、江阿阻、江阿滿、細加詢問、皆如拱山等所言、江立清恃其老也刑法不能加、鬼神不能嚇、堅諉不知、詰問良久、終不承認、余見其病甚、度不久奄人世、乃謂曰衆證、明確、即同獄成、仙友言禍由立清、終不肯便活、將奪其魄于道、即將江立清諸人、按律、定擬、解赴大吏、甫三日、而立清卒、潮洲人、遂以爲眞有鬼神也。

（終）

載於《語苑》一九二一年八月、九月、十月、十一月十五日（頁五十一後缺頁）、十二月十五日

故事二十四孝（一） 有孝感動天*

作者 （元）郭居敬
譯者 渡邊剛

【作者】

元代郭居敬（生卒年待考），福建龍溪人，侍奉父母極為孝順，並將古往今來著名的二十四位孝子事蹟紀錄成書，並且都搭配簡短的詩作，題為《二十四孝詩》，當作兒童的啟蒙教材，風行一時，另編有《百香詩》，其餘事蹟待考（顧敏耀撰）。

【譯者】

渡邊剛（一九九八～？，わたなべ つよし），宮城縣名取郡人，一九一〇年（明治四十三年）由臺灣總督府巡察練習生被派任為臺中廳巡察，一九二〇年任總督府法院通譯，兼臺中地方法院通譯。一九二八年轉調臺南地方法院嘉義支部。一九三〇年退職後，從事代書。一九三二年被後歷任嘉義市宮前町會長、嘉義市會議員、白河食鹽元賣捌人（即批發商）、嘉義市出征軍人家族後援會理事、嘉義商工會議所議員、嘉義市宮前區長等職。在《語苑》發表的作品篇數多達六十餘篇，包括實用性的〈國勢調查用語〉、〈戶口調查用語〉、〈度量衡檢查用語〉、〈警衛用語〉、〈簡易警察用語〉等，以及較具文學性的〈故事二十四孝〉等（顧敏耀撰）。

---

* 關於「二十四孝」最早起源於晚唐五代，在敦煌文書當中已有〈故圓鑒大師二十四孝押座文〉，後由郭居敬剪裁編輯成《二十四孝詩》，流傳漸廣之後，又有人為該書搭配插圖，改書名為《二十四孝圖》，並且在傳抄之際也對文字進行修改潤飾，使其文學價值有所提升，數百年來在民間以及文人階層之中皆頗為膾炙人口。其內容包括了：孝感動天、戲彩娛親、鹿乳奉親、百里負米、齧指痛心、蘆衣順母、親嘗湯藥、拾葚異器、埋兒奉母、賣身葬父、刻木事親、湧泉躍鯉、懷橘遺親、扇枕溫衾、行傭供母、聞雷泣墓、哭竹生筍、臥冰求鯉、扼虎救父、恣蚊飽血、嘗糞憂心、乳姑不怠、滌親溺器、棄官尋母。

多方面

○故事二十四孝（其一）

渡邊剛

△有孝感動天（孝心天ク感動セシム）

虞國的舜帝、是姓姚名號做重華、

○虞ノ國ノ舜帝ハ姓ヲ姚ト名ヲ重華ト稱シ、瞽瞍

青暝瞽瞍的子、性情極有孝、老父
不知德義、老母早死、偲老父更娶
一個後母、歹心肝賢講歹話、有一
個小弟號做象、性質極驕傲、舜帝
沒出身的時候、作田在歷山的所在
眞認眞對父母不止有孝、天神感動
伊有孝的心肝、降一隻大象來用鼻
管替伊犂田、又更差眞多的鳥仔來
替伊啄草、尚曾燒磁在彼河濱、器
具不兗破裂、尚曾拏魚在雷澤的所
在、透大風雷雨攏無要緊、雖然盡

ト云フ盲目ノ人ノ子デ性質極メテ孝心ノ深イ方デ
アリマシタガオ父サンハ德義心ニ缺タ人デアリマ
シタ、生母ハ早ク沒ナラレタノデオ父サンハ更ニ
一人ノ繼母ヲ娶リマシタガ繼母ハ心ノ惡イ口賢ナ
イ人デ御座イマシタ、繼母ノ生ミマシタ象ト申シ
マス一人ノ弟ガアリマシタガ性來極ク傲慢デア
リマシタ、舜帝ガ未ダ世ニ出テナイ以前ハ歷山ト
云フ處デ農耕ノ業ニ從事シテ居リマシテ、一生懸
命ニ仕事ニ精ヲ出シ父母ニ對シテハ宜ク孝行ヲ盡
シマシタ、天ノ神樣ハ其孝心ニ感動サレマシテ天
ヨリ大キナ象ヲ降シテ彼レニ替ツテ田ヲ耕ヤサシ
メ又澤山ナ鳥ヲ遣シマシテ除草ヲシテオヤリニナ
リマシタ、又曾テ河濱ト云フ處デ陶器ノ製造ヲ致
シマシタガ製作物ガ破レル樣ナ處ハ少シモ御座イ
マセンデシタ、又雷澤ト云フ處デ漁業ニ從事シマ

多方面

力的艱苦攏無怨恨的心肝、唐國的堯帝聽見伊有孝、請伊去朝廷做總理俾管百官又叫九個子去與伊學習、續自己的查某子俾嫁伊、做堯帝的首相大約有二十八年的中間、能曉用賢人、棄揀歹人天下太平治、堯帝隨時將天位讓給伊、有孝的感動親像能如此。

シタコトモアリマスガ大風ヤ雷雨ニ遭遇シマシテモ危險ヲ感ズル樣ナコトモ更ニナカッタソウデ御座イマス、斯樣ニ難儀ヲ致シマシテモ自分ノ不幸ヲ恨ム樣ナ心ヲ少シモ起サナカッタノデ御座イマス、唐朝ノ堯帝ハ彼レノ孝心ノ深キヲ聽召サレ彼レヲ請ジテ總理大臣ノ職ニ任ジ百官ヲ統御セシメ、更ニ九人ノ皇子ヲシテ彼レニ師事セシメ遂ニ皇女ヲ彼レニ嫁セシメマシタ、彼レガ堯帝ノ首相タルコト凡ソ二十八年間賢人ヲ登用シ奸臣ヲ退ケテ善政ヲ施シマシタ爲メニ堯ノ天下ハ天平ニ治マリマシタ、故ニ堯帝ハ即時天子ノ位ヲ彼レニ御讓リニナリマシタソウデス、孝心ノ感動ハ天人共ニ如此デ御座リマス。

載於《語苑》一九二一年十二月

犬の話*

作者　不詳
譯者　園原生

【作者】

不詳。內容即流傳於民間的故事〈鹿角還狗哥〉。（顧敏耀撰）

【譯者】

園原生，在臺日人，「園原」（そのはら）應即其姓氏。曾於《語苑》先後發表：一九一九年一月的〈緬羊〉、十二月的〈貧の夫婦喧嘩〉、一九二〇年二月的〈嫉妬の夫婦喧嘩〉以及一九二二年一月的〈犬の話〉共四篇（顧敏耀撰）。

* 即「鹿角還狗哥」的故事。

犬の話

園原生

今年算來是壬戌、正是狗的年、所以我來講此狗的事情。

在唐山在講狗本成是眞乖、又更有二枝眞美的角。

上古昔深山林內、有一間作田人的厝、是茅草起的、有一日、日鳥影的時候、彼個作田人在晒作穡彼、返倒路程看着一隻虎着驚走倒、大聲講、虎來咯、思老

本年ハ壬戌、即チ犬ノ年デアリマスカラ、犬ニ付テ聊カ御話ヲ致シマセウ。

支那ノ話ニヨルト、犬ハ元非常ニオトナシク、且ツ綺麗ナ二本ノ角ガアツタト云フコトデアリマス。

大昔シ深山ニ、或ル一軒ノ茅造リノ百姓屋ガアリマシタ、其百姓ガ或ル日ノ暮方ニ、仕事先カラ歸ル途中、一匹ノ虎ニ出途ヒ、大ニ驚イデ、家ニ歸リ、大聲デ、虎ガ來タト叫ビマシタラ、其老妻ガ、其ヲ聞イテ（虎ヲ雨ト聞違イ）雨ノ降ルノハ

牽手、聽見講雨(虎聽不着、聽做雨)來我不驚我驚漏而已、彼候、適々虎來到壁外宿、聽見厝內偲二人、講此款話着驚講百獸中是我第一惡怎樣有此號漏比我較猛、在想了不止奇怪、適々厝內壁邊、有一領棕簑、棕簑毛走對壁空出、插着虎尾、虎一下痛去、拿叫是漏在彼內、隨時着驚就走、走到里外路、適々一隻狗看着虎走來拿叫要咬伊、着一驚、伊亦走、走到大樹欉腳、去遇着一隻鹿、鹿問伊、何彼倉惶走、狗即講起給虎趣的話給伊聽、鹿即想一計、騙伊講、虎

驚クコトハナイガ、只心配ナノハ雨漏バカリデスヨト云ヒマシタ、其時丁度虎ハ壁ノ外側ニ來テ休ンテ居ツタ、其家ノ中デ二人ガ斯樣ニ話シテ居ルコトヲ聞イテ、大ニ驚キ、虎ハ自分ハ百獸中ノ猛ナルモノデアルノニ、何シテ自分ヨリ強イ漏ト云フモノガアルカト、不思議ニ思ツテ居リマシタ、(虎ハ雨漏ト云フ漏ノ語ヲ猛獸ノ名前ト聞キ違へ)丁度其家ノ中ノ壁際ニ、一枚ノ簑ガ置イテアリマシタ、其ノ簑ガ壁ノ空カラ突キ出テ、虎ノ尾へ刺シ込ミマシタ、虎ハ痛サノ餘リ、此家ノ中ニハ漏ナル猛獸ガ居ルト早合點シ、驚イテ直樣逃ゲ出シ、約一里餘リ、來タ所デ、丁度一匹ノ犬ガ、其虎ノ驅ケ出シテ來ルノヲ見テ、犬ハ自分ヲ喰ヒ殺シニ來タノダト思ヒ、犬モ又逃ゲ出シ、大木ノ下ニ來テ、一匹ノ鹿ニ出逢ヒマシタ、鹿ハ犬ノ慌

趂汝、全是愛汝彼二枝美角、汝緊々將彼二枝角、提起來寄我藏、若如此汝的災難、卽能脫得。狗信伊的講、趕緊將自己彼二枝角、寄給鹿藏、鹿提來、緊々走對崁脚落去匿、彼當時適々雞看見此欵的光景、虎趂來、顧走、攏無害伊、以後狗要討彼二枝角、鹿講含糊話、不還伊、狗卽直々吼、所以到今仔日、狗無角、又無乖傘賢吼、因爲彼當時雞看見、到今仔日、亦在啼ロ、ケ、コ、ト、ト（卽是啼講鹿角還狗哥）。

テ逃ゲル理由ヲ聞キマシタ、犬ハ虎ニ追ハレテ來ダコトヲ話シテ聞カセマシタラ、鹿ハ一計ヲ案ジ、犬ニ對シ騙シテ云フニハ、虎ノ汝ヲ追ヒカケテ來ルノハ、全ク汝ノ美麗ナル角ヲ欲イカラデアル、早速其ノ二本ノ角ヲ私ニ預ケナサイ、私ガ匿シテ上ゲマス、ソヲスレバ災難ガ逃レマス、犬ハ鹿ノ言葉ヲ信ジ、早速自己ノ二本ノ角ヲ鹿ニ預ケマシタ、鹿ハ之ヲ預カルト、直様逃ゲ出シテ崖ノ下ニ匿レマシタ、其時丁度鷄ガコノ有樣ヲ見テ居リマシタ、虎ハ驅ケ付ケテ來マシタガ、何ノ害モ加ヘズ、自分ガ一心ニ逃ゲテ行キマシタ、其後ニナツテ犬ハ鹿ニ預ケタ二本ノ角ヲ催促シタラ、鹿ハ曖昧ナコトヲ云ツテ、返サナイノデ、犬ハ頻リニ吼エ出シタノデアリマス、ソレ以來今日ニ至ルモ、犬ハ角ナク、能ク吼エルノデアリマス、其當時鷄ガ見テ居ツタノデアリマスカラ、今日迄モ鷄ハ「コケコー」ト卽チ「鹿角返狗哥」ト啼クノデアリマス。

載於《語苑》一九二二年一月十五日

藍公案：邪教迷人*

作者　藍鼎元
譯者　三宅生

【作者】藍鼎元，見〈鹿洲裁判：死丐得妻子〉。

【譯者】三宅生，見〈韓文公廟的故事〉。

* 譯自《鹿洲公案》第三則〈邪教惑民〉。

三體文語

◎藍公案（其八）

臺南　三宅生

△邪教迷人（臺語譯）

潮州的風俗重鬼神、永愛講神佛與鬼怪的事情、潮州的人不論做官人

邪教人ヲ惑ハス。（國語譯）

潮州ノ風俗ハ鬼神ヲ重ンジ兎角神佛ヤ鬼怪ノ事ヲ言ヒタガリ、其處ノ人ハ官吏タルト紳士タルヲ

與紳士攏服事大顛和尚做祖師在拜、就是大家人的婦女結爲群入去寺廟燒香拜佛、沿路來往、絡繹不絕、因爲如此遂生出若多妖邪怪孽、有痕無影的語、彼當時有一欵號做後天教的邪教出來在騙人、後天教此欵教、不知對何位來的、起頭詹與參、周阿五、自己講伊得着白髮仙公的傳授、四界去揚、招人入伊的教、前任王知縣已經暗訪要拿、即帶家後逃走去匿得、後來又更囘返

問ハズ皆大顛和尚ヲ服事テ祖師トシテ拜ミ、ソシテ大家ノ婦女群ヲ爲シテ寺廟ニ詣リ香ヲ燒キ佛ヲ拜ミ、沿路往來スルモノ絡繹トシテ不絕、其ンナ處カラ遂ニハ妖邪怪孽等種々事實無根ノ風説ヲ生ジタ。

其當時後天教ト號ブ一ツノ邪教ガ有ツテ人ヲ惑ハシテ居タ、此ノ後天教ト云フモノハ何處カラ來タモノカ知ランガ、最初詹與參ト周阿五トガ白髮仙公ノ傳授ヲ受タタト自稱シ八方ニ言ヒ觸ラシ其ノ教ニ入ル樣ニ人ヲ勸誘シテ居タ處、前任ノ王知縣ガ已ニ內偵シテ逮捕セントセラレタノデ、彼等家

來舊底的鄉里。更再傳彼號教。亦名做白蓮教。亦號做白楊教的主人。實在就是白蓮教。有時變換此號名。有時變換做別號名。用此步在迷惑人而已。

內中有一個叫做妙貴仙姑。就是詹與參的妻林氏。謊詞講伊能曉得呼風喚雨。役鬼驅神。稱做後天教主。伊有一個姦夫胡一秋。在做幫手。自己自稱筆峯仙公。參林氏在畫符。念咒。畫符水。替人治病。求子嗣。

族ヲ引連レ逃走シ影ヲ匿シタガ。其後再ビ元ノ鄉里ニ歸リ又々其ノ敎ヲ傳ヘ或ハ白蓮敎ト名做、或ハ白揚敎ノ主人ト號ビテ居タ、實在ハ卽チ白蓮敎デ時々彼此ト名ヲ變換シ。此ンナ方法デ人ヲ惑ハシ居タノシデアル。

其中一人ノ妙貴仙姑ト呼ブ卽チ詹與參ノ妻林氏ナルモノアリ。虛言ヲ弄シテ。彼ハ能ク風ヲ起シ雨ヲ降シ。鬼神ヲ驅役スルコトガ出來ルト言ヒ後天敎主ト稱シテ居タ。彼ニハ一人ノ姦夫胡一秋ト云フモノアリ彼ヲ幫助シテ筆峯仙公ト自稱シ。林氏ト共ニ符ヲ畫キ呪文ヲ唱ヘ符ヲ水ニ畫キ。人ノ病ヲ治シ嗣子ヲ授ケルト言ツテ居タ。(未完)

邪教惑民（原文字音）

潮俗尚鬼好言佛言神、士大夫以大顚爲祖師、而世家閨閣、結群入廟、燒香拜佛、不絶於途、於是邪誕妖妄之說競起、而所謂後天教者行焉、後天一教不知其所自來、始於詹與參、周阿五、自言得白髮仙公之傳、經前任王令、訪拿、挈家逃匿、後復還故土、亦稱白蓮、亦稱白揚教主人、抵係白蓮教、是實而變幻其名爾、妙貫仙姑、即詹與參妻林氏也、詭言能呼風喚雨、役鬼驅神、爲後天教主、其姦夫胡一秋輔之、自號筆峰仙公、相與書符咒水、爲人治病求嗣。

三體文語

◎藍公案（其九）

臺南 三宅生

△邪教迷人（臺語譯）

又講有一款法度、能俾寡婦、下昏時參怨夫相會、潮州人不知是邪術了、各人眞信、全縣恰若狂的啊、查哺、查某、幾若百人、攏看伊做

邪教人ヲ惑ハス（國語譯）

又能ク寡婦ヲシテ夜間其亡夫ト會セハシメル方法ガアルト云ヒ、潮州人ハ其ノ邪術タルヲ知ラズ各人深ク信ジ全縣ノ人恰モ狂ノ如ク數百人ノ男女ガ皆彼ヲ活神様トシテ拜ミ、甚シキニ至ツテ

活神仙在拜、甚至澄海、揭陽、海陽、惠來、海豊、此五縣的人、較遠路、亦過水、送銀、送米粟、以及牲醴、酒席、香花、茶菓、來到伊的所在來獻、跪拜、稱弟子、恰親像在上市彼鬧熱咧、丁未年八月、我自潮州府城返來棉陽縣衙門、即知此號事情、此時伊已經起大厝、在縣城北門、聚會數百人、請酒、做戲、在祝賀、大鬧一場有二日了、我趕緊派人要去拿伊、各個差役、

ハ澄海、掲陽、海陽、惠來、海豊ノ五縣ノ人ハ遙々山ヲ越エ河ヲ渉リ錢銀ヤ米粟ヤ、牲醴、酒、香花、茶菓ニ至ル迄デ持チ來リ獻ゲテ拜ミ信徒ト稱シ、其ノ賑フ樣ハ恰モ市ノ賑フ時ノ如キ有樣デアツタ、丁未ノ年ノ八月、自分ハ潮州府城ヨリ棉陽縣衙門ニ歸リテ始メテ此ノ事ヲ知レリ、此ノ時ハ已經ニ彼ハ大厝ヲ縣城ノ北門ニ建テ數百人集マリテ祝賀ノ祝宴ヲ開キ、芝居ヲ爲シテ大賑イスルコト二日間ニ渉ツテ居タ、自分ハ急ギ人ヲ派シ逮捕セントセシモ、各差役共皆神仙ノ怒リニ觸レ陰兵ヲ召シ來リテ身魂ヲ攝ハレンコトヲ畏レ、ソシ

攏驚畏得罪者神仙、能召陰兵來攝
伊的身魂、而此的有勢力的紳士、
業戶、與下司官、又相與袒護伊、
致使走漏風聲、俾彼幾個人、乘勢
逃脫、竟然無可拿一個人、我即本
身、親到伊住的所在隧門入去、拿
着妙貴仙姑、跟究伊的黨類、一下
看覓咧、伊的房間內面一重一重相
隔斷、細條的巷路、暗間的密房、
屈々曲々、彎來乞去、就是清天
白日、夯打馬火把入去、人對面相

テ此ノ勢力アル紳士、富豪家及下級ノ官吏ハ又彼
ニ左袒シ、風評ヲ立テ、機ヲ漏ラシ彼等ヲシテ機
ヲ見テ逃走セシメタノデ遂ニ一人モ捕ヘルコトガ
出來ナカツタ、ソコデ自分ハ親ラ彼ノ住所ニ到
リ門ヲ蹴開ケテ中ニ入リ妙貴仙姑ヲ捕ヘテ彼ノ黨
類ヲ追究取調べ、一寸見ルト彼ノ房間ノ內ハ一重
一重ニ仕切ヲ爲シ、狹キ廊下ヤ暗キ密室等ガ、彼
方此方ト折レ、曲リ〳〵テ居リ、晝ノ日中ニモ打
馬火ヲ指ツテ入ラネバナラン、人ガ正面カラ打チ
當ツテモ一寸避ケ他ニ曲レバ、何處ニ行キシカ判

撞、相閃身一下空咧、不知對何位去了。

カラナクナル樣デアル。

（未完）

邪教惑民 （原文字音）

又能使寡婦、夜會其夫、潮人篤信其術、舉國若狂、男女數百輩、皆拜以爲師、澄海、揭陽、海陽、惠來、海豐之人、無不自遠跋涉、舉贄奉粟、牲酒、香花、登門稱弟子者如市、丁未仲秋十月、餘自郡旋署、始知之、則已建廣廈於邑之北關、大開教堂、會聚數百人、召梨園子弟、鼓歌宴慶兩日矣、急遣吏捕之、則隷役皆畏得罪神仙、恐陰兵攝己、而勢豪宦屬、又從而左袒護、乘風兎脫、竟不能勾獲一人、余乃親造其居、排其闥、擒妙貴仙姑、追究黨羽、則臥房之中、重々閒隔、小巷密室、屈曲玲瓏、自晝持火炬以入、人對面相撞、遇側身一轉、則不知其所之。

（未完）

三體文語

◎藍公案（其廿）

臺南　三宅生

邪教迷人（臺語譯）

邪教人ヲ惑ハス。（國語譯）

這是明々一個私藏做惡的巢穴、我

是疑モナキ一ツノ秘密ニ惡事ヲ爲ス巣窟デアル。

不敢嫌艱苦、直透傾勦、到底在仙姑的眠床頂、暗樓深密的所在、拿着姚阿三、楊克勤、彭士章、恁十數人、又更再在仙公在住″的樓房″裡、搜出娥女娘々的柴印、與邪經″了、悶香″了、頭髻、衣裳、粧□″的物″了、抑不知此幾項物、是在做甚麼路用″的、我看到如此、愈要緊要拿仙公、彼的有勢力的紳士、業戶、知講事到此沒煞″得、即送出胡阿秋來到案、在公堂審問的時候、聽見

自分ハ艱苦ヲ厭ハズ、直グニ隈ナク搜查シタ處遂ニ仙姑ノ寢臺上ニアル暗樓ノ深密トシタ處ニテ姚阿三楊克勤彭士章等十數人ヲ捕ヘ、又亦仙公ノ居室ナル二階ノ間デ娥女娘々ノ木製印及ビ邪經ダノ痲醉香ダノ、頭髻、衣裳、化粧品等ヲ發見シタ、抑此等ノ品ハ何ニ使用シテ居ルノデアロウ、自分ハ如此モノヲ見テカラ一層仙公ノ逮捕ニ努メタ、其處ノ勢力アル紳士豪家等モ事玆ニ至ッテハトテモ此儘デハ、濟マント思ッタノデ、胡阿秋ヲ連レ出頭シタ、公堂ニ於テ審問スル時ニ彼ノ申立ツル處ヲ聞クニ眞ニ樣々奇怪ナ法術ヲ述ベ、恰カ

伊所講的口供、有眞多欵的法術、奇々怪々、恰若眞正神仙一般呢、不知影的人、較加都被伊騙去、其實無甚伎倆、不過靠些闘香、與衣裳、粧□迷人的耳目而已、這是甚麼道理呢、都是因爲此的愚民、愚女聽着此個神仙的名、豫先驚服伊、又更看見妙貴仙、姑算是查某人、無甚驚惡、無去張持伊、而胡阿秋、戴頭鬃髻、抹燕脂、搽水粉、衣裳穿到粋々標 別標 別、而且跟隨在仙

モ眞ノ神仙カト思ハレル樣デ、道理ヲ知ランモノハ彼ニ騙サレル筈デアル、其實何等伎能モ無ク只ダ些カノ闘香ヤ衣裳化粧等ニ據ッテ人ノ耳目ヲ迷ハズノミデアル、是ハ如何ナル道理カト言フニ、都是地方ノ愚男愚女等ガ此ノ神仙ノ名ヲ聽キ最初驚服シテ居タガ、又妙貴仙姑ヲ見テ女ダト思ヒ、アマリ驚忌セズ、深ク注意セナカッタ爲デアル、ソシテ胡阿秋ハ頭髻ヲ冠リ燕脂ヲ付ケ水粉ヲ抹リ衣裳ヲ立派ニ着テ婉美ナ風シテシカモ、仙姑ノ身邊ニ跟隨ヒ、共ニ狐狸妖怪ノ如クナマメカシキ風シテ人ヲ拐騙、娥女娘々ト稱シ居タノデ、人ハ遂

姑身邊、鬪做夥做出狐狸妖精的款式、花々葉々在拐騙人、講伊是娥女娘々、人遂拿做是眞正咧、攏無僥疑伊是査晡人了。

人若入去伊在睏的房間、及暗樓的所在、名講是、拜彌勒佛、誦寶花經咒、伊即將悶香點起來、在坐彼的人、一時攏全下昏迷、睏倒落去、據在伊變弄、伊彼號悶香、亦名做迷魂香、人若嗅着、就能烏暗眩、坐沒住、倒得就睏到不知人事、伊

ニ眞正ノモノト思ヒ寸毫モ彼ガ男デアル等ト疑ハナカツタノデアル。

人ガ彼ノ寢室ヤ暗樓ニ入ルヤ彌勒佛ヲ拜ムト稱シ寶花經ノ呪ヲ誦ゲ、彼ハ卽チ悶香ヲ點ケル、スルト、其ノ坐ニ在ルモノハ皆ハ一時ニ昏迷シテ打臥シ彼ニ勝手ニ變弄レルノデアル、其ノ悶香ハ或ハ迷魂香トモ名做人ガ嗅クト、烏暗眩シテ坐シ居ルコト能ハズ、倒レテ眠リ人事不省ニナル、ソコデ彼ハ思ヒ切ツテ亂行ヲナシ人ノ名譽ヤ貞節ヲ破ル等

就放擒、亂做破人的名節、無所不至、較停呢即畫符彼水裡俾食、人即精神醒來、所在講求嗣見夫、攏是恍々惚々、親像做眠夢一樣、照您此款姦淫罪惡、雖是刣頭掛任街路示衆、不拘地方亦被伊汚穢着、亦洗沒得清氣、但是此一二年、惡年冬了後、鄉村的百姓、已經眞艱苦沒堪得、又更受此起案的連累、地方那能得平安呢、而且此起案的餘黨、此多害人不少、的確能到牽

如何ナル惡イコトデモスル、暫クシテ水ニ符ヲ畫イタモノヲ呑マシメルト、人ハ目ヲ醒マスノデアル、所謂嗣ヲ求メ、夫ニ見エシムルトハ全ク恍惚トシテ夢ヲ見タ樣ナモノデアル、彼等ノ此ノ姦淫ノ罪惡ハ首ヲ刎ネテ街路ニ露シ、公衆ニ示スト雖モ地方ノ彼ニ穢サレタ處ノ汚點ハ拭イ去ルコトハ出來ナイノデアル、然シ此ノ一二年凶作ノ後デ鄉村ノ人民ハ既ニ艱苦ニ堪エナイノデアルニ、又更ニ本件ノ連累ニナツテハ地方ハ到底安全ヲ期スルコトハ出來ナイ、ノミナラズ本件ノ餘黨ハ此クモ多ク、人ヲ害シタコト尠ナカラズ、必ズ此ノ世家

連着此的世家大族、深閨婦女、亦着來到公堂、出頭露面、參然做夥訊問、設使做到如此、亦是辨林妙貴、胡阿秋、到死罪而已、我想了體恤着人民的情形、打算愛要就如此結案煞事、俾人民平安、凡有所供着良家婦女人的姓名、將彼的口供、一概燒燬俾滅去、免更跟究召問、即將林妙貴、胡阿秋、照法律辦滿杖夯重枷、押出去仕大門外示衆、聽萬民報寃讐、各人來看、都

大族ニ迄牽連スルコトデ、深閨ノ婦女モ公堂ニ出頭シ人ノ前デ彼等ト共ニ訊問ヲ受ケネバナラン、設使其レ迄ニシタ處デ林妙貴胡阿秋ハ只ダ死刑ニ處スル迄デアル、自分ハ人民ヲ體恤テヤラネバナラヌ事情ヲ考ヘ、此ノ儘デ結審シ事ヲ終リ、人民ヲシテ安堵サセント思ヒ、凡テ良家ノ婦女ノ氏名ヲ申立タ處ノ記錄ハ全部燒滅シ再ビ追究シテ召喚訊問セナイコト、シ、ソシテ林妙貴胡阿秋ヲ法律ニ照シ笞ノ最モ重キ處ヲ科シ、重枷ヲ嵌メテ大門ノ外ニ押送シテ衆ニ示シ、萬民ヲシテ寃讐ヲ報ユルコトヲ聽シタ、互ニ來リ見ルモノ、皆切齒扼腕

咬牙切齒、詈罵動手、打到肉裂頭碎、二人性命、攏正實歸仙去即煞。

之ヲ詈リ打チ〳〵テ肉ハ裂ケ骨ハ碎ケ、二人ノ性命ハ全ク眞ニ仙ニ歸シテシマツタ。（未完）

邪教惑民　（原文字音）

蓋藏奸之藪也、余不敢憚煩、直窮底裏於仙姑臥榻之上、暗闇幽密之中、擒獲姚阿三、楊克勤、彭士章等、十餘人、復於仙公臥樓房中、搜出娥女娘々、木印、妖經、鬪香、髮髻、衣飾等物、尚不知其何爲者、余追捕仙公益力、勢豪知不可解、因出胡阿秋、赴訊、庭鞫之下、神奇百出、其實無他伎能、惟恃鬪香衣飾、迷人耳目而已、蓋愚夫愚婦、聞神仙之名、先已惶悚懾服、又見妙貴、女流無所顧畏、而阿秋、髮髻、脂粉、衣裙翩々、亦且左右仙姑、共作妖狐娬媚、遂以爲眞娥女娘々、不復疑其爲男子也、其入臥房登遼閣、拜彌勒佛、誦寶花經咒、燃起悶香、則在座者、皆昏迷睡倒、恣所欲爲、其悶香亦名迷魂香、聞之則困倦欲臥、有頃書符飲以冷水、則迷者復醒、所謂求嗣見夫、皆得之夢魂恍惚之際、按其淫惡之罪、雖係首藁街、猶不足以洗山川之恨、因念歲歉之後、鄉民以解累爲要、且黨羽多人、必至世家大族、牽連無已、余體恤民情、爲息事寧人之計、凡所供板中講姓名、一概燒滅免究、將林妙貴、胡阿秋、滿杖大枷、出之大門之外、聽萬民嚼齒唾罵、裂膚碎首、並歸仙籍。

前號正誤

餘白郡ハ余白郡。密室ハ密室。火炬ハ火炬ニ訂正ス。

三體文語

◎藍公案（其十一）

臺南 三宅生

△邪教迷人（臺語譯）

彼個放縱怨妻、做淫婦的詹與參、及此的參伊鬪黨、做夥做出罪惡的姚阿三、此等人共十數個、攏夯重

邪教人ヲ惑ハス（國語譯）

彼ノ自分ノ妻ヲ縱容シテ、淫婦タラシメタ詹與參及ビ彼等ニ組シ共ニ罪惡ヲ爲シタ姚阿三等十餘人ハ皆重枷ヲ掛ケ大板デ笞ツ處ノ重キ刑ニ所シ彼ノ罪

枷、打大板共伊重辨、彼的較輕的
餘黨、一概無問、俾伊自己警戒、
反悔改過、做好人就是了、彼間厝
充公、入官、內面暗間、攏總折毀
重新改換門面、建做棉陽書院、服
事濂、洛、關、閩、五位理學先賢、
每月初一十五、此二日、公事若有
閑、我亦去彼、與闔縣的士子、講
經史、做文會、設立文會的章程、
創置租谷百外石、做春秋二祭、及
先生束修、學生賞品的所費、正經

狀輕キ餘黨ハ一切罪ヲ問ハズ彼ヲシテ自ラ戒メ罪
ヲ悔ヒ改心シテ善人トナラシムルコトヽシ、其ノ
家ハ沒收シテ官ノモノトシ內部ノ暗室ハ全部打毀
チテ改造シ門面ヲ改メテ棉陽書院ト爲シ濂（周敦
頤）洛（程顥、程頤）關（張載）閩（朱熹）ノ五
位ノ理學先賢ヲ祭リ、每月朔日十五日ノ二日ハ公
務ノ閑ニハ自分モ其處ニ行キ全縣ノ士子ト共ニ經
史ヲ講究シ文會ヲ組織シテ文會ノ章程ヲ設ケ租谷
百餘石ヲ創設シテ春秋二回ノ祭典費及先生ノ月
謝、學生ノ賞品等ノ費用ニ充ツルコトヽシタリ、
ソレヨリ正シキ學業ハ既ニ盛ンニ興リ各種ノ邪教

的學業。既經興盛。各項異端。就
自然能無去。人心風俗直々變好。
起來。鎭臺倘大人。撫臺楊大人。
聽見此號事情。不止讃美。又更在
講此的邪教若無除。害着地方人民。
不是少許。若先通詳上司。了後即
來正法。得着功勞是眞大。此滿替
百姓。除害。更不忍做自己一人的
名聲免得連累到隔壁縣四界的人。
拿去關監受苦。倘此的被伊迷騙去
的人。免得揚被人知。又免得上公

ハ自然ニ無クナリ人心風俗ハ着々改善セラレタ鎭
臺ノ倘大人、撫臺ノ楊大人ガ此ノ事ヲ聞カレテ非
常ニ讃美ラレ、又「此ノ邪教ガ除カレ無カツタナ
ラバ地方ノ人民ヲ害スルコト尠ナカラズ、若シ最
初上司ニ報告シテ然ル後チ法ニ照シテ處分シタナ
ラバ大ナル功勞ヲ得ラレダノデアルガ、今人民ノ
爲メニ害ヲ除キソシテ自己一人ノ名譽トスルニ忍
ビズ隣縣諸方ノ人ニ迄累ヲ及ボシ監獄ニ入レテ苦
シメル如キコトナカラシメ、倘ホ彼ニ騙サレタ人
モ噂ガ立チ人ニ知ラレ又ハ公堂ニ出テ衆人ニ見ラ
レ傍邊カラ兎ヤ角ノ批評セラレテ遂ニハ恥カシサ

堂、被衆人看了傍邊議論、致使到見羞自盡、如此保全人的身家、及人的名節眞多了、如此辨眞好。

ノ餘リ自殺スルニ至ル如キコトナカラシメタ、ソレデ人ノ身ヤ家ヤ又人ノ名節ヲ保全シタコト多大ナモノデアル如此ク辨イタノハ眞ニ好イト」言ツレタ。

（終）

邪敎惑民

（原文字音）

其縱妻淫孽之詹與參、及同惡姚阿三等十餘徒、分別枷杖創懲、餘黨一槪不問、使皆革面爲人焉足矣、藉其屋於官、毀密室、更門牆爲棉陽書院、崇祀濂洛關閩五先生、洗穢濁而清明、余亦於朔望暇日、與闔邑人士講學會文其間、立文會章程、租穀百餘石、爲春秋丁祭、師生膏火之資、正學盛、異端息、人心風俗、蒸然一變、鎭帥尙公、大中丞楊公、聞之再三嘉嘆、且曰此敎不除、害不在小、通詳正法、厥功爲大、今除民之害、不忍沽一己之名、使纍絏遍及於隣封、深夜中羞、自經講讀、則保全人名節多矣、善夫。

（終）

前號正誤

纂語中、十數人ハ十數人。事到此ハ事到此。到案ハ到案。妙貴仙、姑ハ妙貴仙姑、査哺人ハ査哺人
迷魂香ハ迷魂香。就能ハ就能。
字音中、臥榻ハ臥榻。髮髻ハ髮髻。衣飾ハ衣飾。慴服ハ慴服。睡倒ハ睡倒。飲ハ飲。供板ハ供
扳ニ訂正ス。

載於《語苑》一九二二年一月、二月、三月、四月十五日

藍公案：葫蘆地賊案*

作者　藍鼎元
譯者　三宅生

【作者】藍鼎元，見〈鹿洲裁判：死丐得妻子〉。

【譯者】三宅生，見〈韓文公廟的故事〉。

* 譯自《鹿洲公案》第四則〈葫盧地〉。

三體文語

臺南　三宅生

△葫蘆地賊案（臺語譯）（其一）

潮州風俗、無賴漢不止多、常々做出搶刼偸提的事情、抑若閑々住在厝內、無出來做惡事、就沒得可過日。我適卽來普寧縣上任、查檢案劵、百姓被賊搶奪偸物的有百外人。我一起一起、照案拿賊、重者辦罪儆戒、輕者勸伊改悔、過月外日地

葫蘆地ノ賊事件（國語譯）

潮州ニハ無賴漢ガ非常ニ多ク、常々刼奪ヤ竊盜等ヲ爲シ、若シ閑々ト家ニノミ居テ、出テ惡事ヲ爲サヾレバ日ヲ過サレン樣ナ風アリ。自分ガ恰度普寧縣ニ來任シテ、事件ノ記錄ヲ調ベタルニ、賊ニ掠奪又ハ竊取サレタルモノ百餘人アツタ。自分ハ一々事案ニ依ツテ賊ヲ捕ヘ、罪狀重キ者ノ處罰シテ懲ラシメ、輕キ者ハ勸メテ悔ヒ改メシメタル

方安靜攏無賊案，到冬天十月，換去代理棉陽縣，接任了後，查看棉陽縣的賊案，在路上搶人的有成百起，入厝內偷物的有成千起，亦走大路的人，若對中罩，夯家需做陣趕緊行，即無要緊，日未晡，路裡就無人敢行。我想着，眞棘心煩惱，即將彼號慣做强盜，犯幾若重案的辨死罪，尙彼號眞兇惡的，犯罪較重的，照刑罰辨，只於案情雖然是重，而彼的人能使得感化的，辨罪

ニ、一月餘リニシテ地方ハ安靜ニ歸シ、盜難事件ハ一寸モ無クナツタ。冬十月ニナツテ、棉陽縣ノ代理トシテ赴任後棉陽縣ノ盜賊事件ヲ調ベ見タルニ、路上デ刧奪シタモノガ百件バカリ、屋內ニ入リ窃盜シタモノ千件バカリアリ、又走大路スル人モ眞晝中ニ、護身ノ道具ヲ携ヘ、連合ツテ速カニ通行セネバ、危險デアルノデ、午過ギ（晡ハ午後ニテ頂晡ハ午後一時過ヨリ三時頃迄、下晡ハ午後三時頃ヨリ午後五六時頃迄ヲ云フ故ニ未晡ハ頂晡以前ナリ）ニナレバ路ヲ行ク人ハ無イ有樣デアツタ、余ハ之ヲ想ヒ見テ眞ニ憂ヒ心ヲ煩ハシ、ソコデ强盜ヲ常習トシ、數件ヲ犯シタル者ハ、死刑ニ處シ、又兇惡デ犯情重キ者ハ、刑罰ニ處シ、只罪情ハ重キモ、其ノ人ガ感化シ得ルモノデレバ、譴責シテ放還シ、彼ヲシ

儆戒伊、即放伊出去、叫伊鬪拿賊來獻、將功補罪、其餘偸拿鷄、偸菜蔬果子、以及零星物件的、雖是少許、亦著打脚尻、若是彼號拒捕、逃閃走去匿的、拿無着、不肯放煞。此的賊、知講我在參伊爲難、在做對頭、即有月外日、各個歛跡、地方安靜、路裡眞好行、百姓大家歡喜無賊、攏來在恭喜。我講咳、倘未呢、咱此無賊倘咱隔壁縣、惠來海豐、這攏是賊的去路、賊敢沒徙

テ賊ノ逮捕ヲ助ケシメ、其功ヲ以テ罪ヲ補ハシムルコト、シ、其他ノ鷄ヲ盜ンダリ、野菜ヤ果物及ビ細カナモノヲ盜ンダモノハ、少許ナリト雖モ、矢張リ笞刑ニ處シ、若シ逮捕ヲ拒ミ逃ゲ匿レタル者ハ、逮捕セズニハ濟マサンコト、シタ。此等ノ賊ハ、余ガ彼ヲ困シメ、敵視シテ居ルコトヲ知リ、月餘ニシテ何レモ跡ヲ絶チ、地方ハ安靜トナリ、道モ安心シテ行ケル樣ニナリ、人民ハ皆賊ガ居ナクナッタトテ喜ビ祝ッタ。自分ハ「アー、マダ／＼、此處ニハ賊ガ無クナッテモ、隣縣ノ惠來ヤ海豐ハ皆賊ノ逃ゲ道ナル故、賊ハ彼地ニ逃ゲ

去彼做巢麼。更十日、惠來縣及海豐縣的人、攏在怪誚我、講我趕賊、入去怹的境內。尙棉陽縣的文武官同僚、亦在恭喜講咱此今攏無賊了。我講如此尙沒使得安心呢、惠來海豐在咱隔壁縣、伊亦是有地方百姓、那能使得容允惡人。我驚了此的賊、無路可走的、尙眞多呢、伊一時閃避走去別位的。是因爲驚死、彼號暗靜匿得的、伊的心內亦是未安穩、打算敢能無彼號走入海洋、去做海

集マルナラン」ト言ツタ。更ニ十日バカリシテ惠來及海豐縣ノ人ハ、余ガ賊ヲ彼ノ地方ニ追ヒ遣ツタト言ツテ惡ク思ヒ、ソシテ棉陽縣ノ文武官タル同僚ノモノハ、吾々ノ地方ニモ一賊ガ無クナッタ。トテ、恭喜シタノデ、自分ハ「ソレデモ未ダ安心ハナラン、惠來海豐ハ我ガ隣縣デアッテ、其處ニモ地方ノ人民ガ有ル。那惡人ノ入ルヲ容サレヨウ、自分ハ此等ノ賊デ逃ゲ場ヲ失ツタ者ガ澤山アル。心配シテ居ル、彼ノ一時他所ニ逃ゲタモノハ死ヲ恐レ、コツソリ匿レタ者ハ心ガ安ラカデ無イ故ニ、多分海洋ニ逃ゲテ、海賊ヲ爲スナラン」ト

三體文語

賊乎、有人就應講汝是知影海洋的事情、若是二三月的彼時、帶兵出海去巡視、八九月即領兵返來、賊就有住海裡豈敢出來搶人、倘此滿是冬天時、亦不是海賊、能使出海的時麼。

（未完）

三二

言ツタ處、或人ハ之ニ答ヘテ「大人ハ海上ノコトヲ御存ジナランガ、若シ二三月頃ニナレバ兵ヲ率ヒテ海上ヲ巡視シ、八九月頃ニナレバ、兵ヲ引揚ゲテ歸ルノデアリマス、故ニ賊ハトテモ海ニ出テ人ヲ劫カス樣ナコトハ爲シ得ナイ、ソシテ目下冬デアツテ、海賊ノ出レル時デハ無イト」言ツタ。

葫蘆地　（原文字音）

潮俗多無賴、以擄奪穿偷、爲常經、使之閒居寂處、則不能以終日。余初蒞普民之擄奪者百有餘人、緝治懲勸、逾月肅清。冬十月攝篆棉陽、棉之擄奪者於途以百計、穿偷者以千計、行人當中午、持挺結群而趨、日未晡、則路絕人行。余叔焉憂之擒其積、惡貫盈者斃之、窮兇極狠者刑之、雖甚劇、而可化者懲而繹之。使立功自贖。竊果蔬小菜。雖微必杖、或抗走逃藏、不獲不已。賊知余之爲彼難也。甫及月餘。亦群然歛跡。道路肅清。民以無賊爲賀。余曰噫未也。惠豊耳。又旬日而惠來。海豊之人。皆怪余驅賊入其疆。稀之文武寅僚。亦以爲賀。余曰噫未也。惠豊自有土著。安能納盡垢汚。恐其無所之者。尙衆也。其潛蹤也。爲畏死。其寂處也不能安。將無有入海之意乎。或曰子知海務者。二三月出巡。八九月旋師。今豈盜賊。下海時哉。

◎前號ノ正誤

三三頁上段一行目ノ「大板」ハ「大板」ノ誤。同三行目ノ「好人」ハ「好人」ノ誤。同八行目ノ「講」ハ「講」ノ誤。三四頁上段二行目ノ「風俗」ハ「風俗」ノ誤。三五頁字音中二行目ノ「崇祀」ハ「崇祀」ノ誤同三行目ノ「朔望」ハ「朔望」ノ誤同末行ノ「講讀」ハ「溝瀆」ノ誤ニ付訂正ス。

△葫蘆地賊（臺語譯）

我講不是如此。廣東的氣候是無一

葫蘆地ノ賊事件（國語譯）

自分ハ「ソーデハ無イ、廣東ノ氣候ハ一定シナイ、

定、此滿雖然是冬天時、日此燒熱、風此恬靜、那可放無要緊無去張持、伊、我卽暗靜約了海門、達濠、及潮州的三營的武官、同一時分路去暗訪拿賊。更七八日、果然細作有來在報、講此的匪類在暗謀招集一黨、豫備家器在要出海去搶刼、現時攏屯積在離此十二三舖路、二縣交界彼鐵山脚、土名號做葫蘆地、有礮火、刀銃、大項的家器、埋在方老七園內裡、尙長鎗、大刀、籐

目下冬デアルニ此ンナニ暖ナ天氣デ風モ靜カデアル故那シテ等閑ニ附シテ其ノ警戒ヲ怠ルコトガ出來ヨーカ」ト言ヒ、密カニ海門、達濠及ビ潮州ノ三營ノ武官ト約シ、同時ニ手ヲ分チテ、賊ヲ逮捕スベク內偵シタ。七八日ヲ經テ果シテ間諜ガ報告ニ來タリ、「此等ノ惡者共ガ陰ニ黨ヲ集メ道具ヲ準備シテ海ニ出テ掠奪ヲ爲サント計畫中デアツテ、現在皆此ヨリ百二三十里ヲ隔テタ兩縣ノ界彼ノ鐵山ノ麓土名葫蘆地ト號ブ處ニ屯聚シ大砲ヤ火藥、刀、銃等大形ノモノハ方老七ノ園內ニ埋藏シ尙ホ長鎗、大刀、籐牌等ハ皆寮仔ノ後ノ草ノ中ニ

牌、攏藏在簝仔後的草仔內、約定十二月十二暝二更的時候、齊集起行、直透趕到海墘、奪船出海、來報的時、已經是十一暝二更後嘞、海門營、使千總陳耀廷、來參我暗靜商量、要用兵船載兵、透暝駛到石港、上岸埋伏佇石埠潭的出口、等待惦來、出其不意、直打直拿商量了、又僥疑驚如此未妥當、我講有影都着、行兵百里、沒無人知、檢採風聲略仔透漏、將歸是空々勞

藏シ十二月十二日ノ夜二更ノ頃ヲ期シ全部集ッテ出發シ直チニ海岸ニ至リ船ヲ奪ッテ海ニ出ル手筈シテ居ルト報告シタ。報告ニ來タ時ハ既ニ十一日ノ夜二更過デアッタ、海門營千總（兵千人ノ長）ノ陳耀廷ヲ使ハシ余ト密カニ兵船デ兵ヲ夜透シ石港ニ送リ上陸シテ石埠潭ノ出口ニ潛伏シテ賊ノ來ルヲ待チ、其不意ニ乘ジテ直チニ打捕セントト相談セシメタ、相談シタモノ、陳耀廷モ矢張ソレデモ未ダ安全デ無イカモ知レント疑ガッテ居タ、自分ハ成程ソーダ、兵ヲ行ルコト百里ナレバ必ズ人ニ知レル、若シ風評ガ少シデモ漏レタナラバ、全ク徒勞

動。無甚麼利益。就設使能得相遇着。伊若不參官兵相刣抵敵。亦的確棄揀家需逃走。暗夜的中間。難追難拿。不如趁伊尚未發作。豫先入虎穴。用官差拿犯人。若縛鷄及猪呢。只用二三人的氣力。就到額喇。陳千總講賊路已經有此多。豈是二三人的氣力。所辨能得到乎。我講咱此三人就足喇。若到彼。咱的人衆自多。陳千總明白這意思。講如此好。講了相辭去。留百總翁

ニ歸シ何ノ役ニモ立タン。設使彼ト相遇スルコトガ出來タトシテモ。彼ガ若シ官兵ト抗戰セザルトキハ。必ズ武器ヲ捨テ、逃走スルナランガ。暗夜ノコト故。追捕スルコト甚ダ難ク。寧ロ彼ノ未ダ事ヲ起サヾル間ニ。先キニ虎穴ニ入ルニ不如。官ノ差役ヲ以テ犯人ヲ逮捕スルハ。鷄ヤ豚ヲ捕ヘルガ如ク。二三人ノ力デ十分デアルト言ツタ」處。陳千總ハ。賊路ハ此クモ澤山アルニ。ドーシテ二三人デ十分爲シ得ルデショーカト言ツタ。自分ハ。此處ヨリハ三人デヨロシイ。彼處ニ到レバ。我等ノ味方スル人ハ澤山アルト言ツタ處。陳千總ハ此

喬、聽我調度。我隨時點灯草檄文、使普寧縣的差役陳拱、潮州縣的差役林標、參百總翁喬、透暝趕到普寧縣、命令署理典史張天佑、統帶壯丁五十名、馬快皂役共五十名、定於安更、直透到葫蘆地、包圍搜、拿、果然在老七草寮內、拿著謝阿皆、黃阿五、高阿萬、沈阿石、方阿球等五人、尙在寮內、搜出銅叉、刀棍、鈎、鐮鎗、竹篙鎗、二十八枝、及籐牌二十八面、又在園

ノ意味ヲ了解シ、ソレデハ好イデショー、ト言ツテ辭シ歸リ百總(百人ノ長)ノ翁喬ヲ殘シテ、自分ノ指揮命令ニ從ハシムルコト、シタ。自分ハ直チニ灯ヲ點ケ、急報ヲ認メテ普寧縣ノ差役陳拱潮州縣ノ差役林標ヲシテ、百總翁喬ト共ニ、夜透シ普寧縣ニ急行シ署理典史ノ張天祐ニ命令シ、壯丁五十名、及馬快ト皂役五十名ヲ率ヒテ、安更(夜ノ六七時頃)ヲ期シテ、直チニ葫蘆地ニ至リ、包圍シテ搜査逮捕セシメタ。果然老七ノ草寮內ニテ、謝阿皆、黃阿五、高阿萬、沈阿石、方阿球等五人ヲ捕ヘ、尙ホ寮內ニ於テ、銅叉(銅製ニテ木ノ柄ニ附シタル叉)刀、棍棒鈎鐮鎗(鐵製ニテ鎌ノ如キ鎗)竹篙鎗(竹鎗或ハ竹ノ先キニ鐵製ノ尖リタルモノヲ附ス)ヲ二十八枝、及籐牌(籐製ノ圓キ盾)二十八面ヲ發見シ、又園內ニテ大礮(大砲)四門、神威礮(大礮ナルモ大礮ヨリモ太ク多ク舟ニ

內、堀着大礮四門、神威礮一門。

備ヘ付ケ敵船ノ擊沈ニ用フ）一門ヲ堀リ出シタ。

葫蘆地（原文字音）

余曰、嶺南氣候不定、今雖冬而日暖風和、何可忽也。因密約海門、達濠、及潮陽三營將弁、並行訪緝。越八日、果有偵者來報、云匪類潛謀糾黨集械、將出海、其窩頓在百二十里之外、兩邑交界鐵山之麓、土名葫蘆地。有炮火、巨械埋在方老七園中、長鎗大刀籐牌、俱藏寮間茸草深處。約以臘月十二夜二鼓、會集起行、直趨海岸、奪舟而出。時十一夜二鼓矣。海門營遣千總陳耀廷、與余密商議、以舟師夜抵石港、登岸埋伏石埠潭山間、待其來掩擊之。而疑其未善、余曰、噫然哉。師行百里、不無人知、風聲偶漏、將屬徒勞。卽使幸爾相遇不與官兵敵殺、則必棄械而奔、暮夜之間、難爲追緝、不若乘其未發、先入虎穴、以官拘犯、如縛鷄豚、止用兩三人力耳、陳曰、賊途已多、豈二三人所能辨。余曰、此間三人足矣、至彼則我衆自多、陳君、會意曰、善、遂辭而去、留百總翁喬、聽余調遣、余張燈草檄、使普役陳拱、潮役林標、偕百總翁喬、乘夜馳赴普邑、檄署典史張天佑、統率壯丁五十名、馬快皂役五十名、以初更直抵葫蘆地、園搜捕擒、果在老七茅寮中、擒獲謝阿皆、黃阿五、高阿萬、沈阿石、方阿球等五人、即於寮間、搜出銅叉、棍刀、鈎鐮鎗、竹篙槍、籐牌二十八面桿。又於園中、起出大砲四位、神威砲一位。

前號ノ正誤

三二頁字音中一行目及三行目ノ「穿偷」ハ「穿窬」ノ誤、同三行目ノ「耒晡」ハ「未晡」ノ誤ニ付訂正ス

三體文語

警部　三宅生

◎藍公案（其三）

葫蘆地賊案（臺語譯）

又在老七厝內、搜出子母砲、及鐵鎗牌刀斬馬刀鈎鐮刀鐵鈎、共五十六枝、火藥二桶、鉛子一筐仔、火索火絨紅布雜物、不計其數、更再拿着林阿元、及號做老七的、實在是方阿條、此的人平素目無王法、

葫蘆地ノ賊事件（國語譯）

又老七ノ屋內デ、子母砲（一種ノ大砲ニテ榴霰彈ヲ放ツモノ）鐵鎗、牌刀（牌ヲ持ツ者ノ携ヘル刀）斬馬刀（馬ノ脚ヲ斬ル刀ニテ長サ三四尺、巾約四寸位）鈎鐮刀（鎌ノ形ノ刀）鐵鈎等計五十六本、火藥二桶、鉛丸一笊、火縷、火絨（點火ノ用ニスルモノニテ綿又ハ草ノ穗等ニテ造ル）、紅布、其他雜物ヲ數ヘキレザル程發見シ、更ニ又林阿元、及老七コト本名方阿條ヲ捕ヘタ。此等ノ者ハ、平素

好交結匪類、世代居在普寧縣的葫蘆地鄉、與揭陽縣的人民黃阿振、潮州縣的人民楊阿邦、陳阿祿、攏是賊黨相好、往來機密、因爲我辦賊眞嚴、無所在可俾伊展脚手、沒得稱心意、十月初一日、在棉湖寨砂壩內、湊巧因爲米貴無可食、阿條遂想起惡意、同謀要落海、搶刧商船、自己戀想、講伊的厝住在山內偏僻的田寮、能使得俾衆人、來往宿住齊集聚會、即買辦軍裝家需、

眼中王法ナク、好ンデ匪類ニ交結シ、代々普寧縣葫蘆地郷ニ居住シ、揭陽縣ノ人民黃阿振、潮州縣民ノ陳阿祿等ト共ニ、皆賊黨ト相好シ、往來ヲ機密ニシ居タガ、余ノ賊ニ對スル處置ガ、甚ダ嚴重ナルタメ、彼等ハ十分惡事ヲ働ク所無ク、思フ樣ニ無カツタノデ、十月一日棉湖寨ノ砂壩ノ內ニ於テ、恰カモ米ガ高クテ食フコトガ出來ナイノデ、阿條ガ遂ニ、共謀シテ海ニ出デ、商船ヲ刧サントノ惡心ヲ起シ、自分デ愚カニモ、彼ノ家ハ山中僻陬ノ小屋ナルヲ以テ、衆人ノ來往、宿泊、集會ニ、適セリトテ、武裝道具ヤ、糧食等ヲ買集メ、

米糧、預備出水、黃阿振楊阿邦陳阿祿、各展各人的本事、分路去招黨、打算此夜約在大壩墟會齊、由錢灣奪船出海、在伊自己想、眞正神不知、鬼不覺、穩當順風掛帆橫行島嶼、刼商船刣商客、銀錢貨物搶得堆積若山咧、成家致富、就在此時、那知天道不容伊、有彼號人乘伊未發作、先張一領大網、做一夥圍得對拿々來。據怹所認的口供、黨若多人咧、就此幾個確實有證據、

事ヲ起ス準備ヲ爲シ、黃阿振、楊阿邦、陳阿祿等モ、各々自己ノ伎倆ヲ發揮シテ、手ヲ分ケテ徒黨ヲ誘ヒ集メ、今夜大壩墟ニ集リ、錢灣ヨリ船ヲ奪ツテ海ニ出ル計畫デアツタ。

彼等ニ於テハ、眞ニ神モ不知、鬼モ覺ラズ、屹度順風ニ帆掛ケテ、島嶼ヲ横行シ、商船ヲ刼シ、賈客ヲ殺シ、金錢貨物ヲ奪ヒ、積ンデ山ノ如ク、家ヲ成シ、富ヲ致サント、考ヘテ居タノデ、此ノ時ニ於テ、天道之ヲ容サズ、斯カル人アリテ、彼ノ未ダ發動セザルニ乘シ、先ニ捕手ノ網ヲ張リ、全部包圍シテ捕ヘル等トハ、知ル筈モ無カツタノ

的、更拿着王建千、歐阿梨、梁阿義、及替伊製造礮火、家需的、打鐵司阜劉阿捷等、連續又拿着邢阿鳳、朱阿永、鄭阿禽、林阿齊、梁阿牛、及參方阿條、做頭目的、黃阿振楊阿邦、總共十八人、按照法律辨罪、內中干乾陳阿祿、自己出首投案、從寬對辦、其餘案情罪跡較輕的、一概赦免省得連累、准伊改過做好、從前事情無更跟究。自如此以後、所有山內斗底、及沿海

デアル、彼等ノ自白ニヨレバ、黨ハ多勢デアッテ、就チ此等ノ者ハ確實ナル證據ガアルノデ、又王建千、歐阿犁、梁阿義、及ビ彼等ニ砲ヤ火藥道具等ヲ製造シテ遣ッタ、鍛冶ノ劉阿捷等ヲ捕ヘ、引續イテ又邢阿鳳、朱阿永、鄭阿禽、林阿齊、梁阿牛、及方阿條ト共ニ頭目タリシ、黃阿振、楊阿邦等、總テ十八人ヲ捕ヘ、法律ニ照シテ罪ニ處シタ、其中獨リ陳阿祿ハ、自首シ出テタノデ寬大ノ處分ヲ爲シ、其餘ノ情狀罪跡共輕キモノハ一切赦免シ、連累ヲ免レシメ、彼等ヲシテ過ヲ改メ善人タラシメ、從前ノ事ハ更ニ追究センコトヽシタ。ソレヨリ以後、所有山ノ奥底ヨリ、沿海一帶ノ惡

一帶的惡人、各個聞風破膽、走到眞遠去匿=得、不敢更想要做賊、搶刼人的物、偸摑猪偸拿鷄、亦不敢更參人生事做惡、潮陽普寧兩縣的地方、到此攏眞平靜=咧。

人共皆此ノ噂ヲ聞キ、肝ヲ潰シ
ゲ匿レ、再ビ賊ヲ働キ、人ヲ刼シタリ、豚ヤ鷄等ヲ盜ム等ノ考ヘモ起サズ、亦敢テ人ト事端ヲ生ジ、惡事ヲ爲ス等ノコトモセズ、潮陽普寧兩縣ノ地方ハ、ソコデ甫メテ眞ニ平靜ニ歸シタ。

（終リ）

葫蘆地（原文字音）

又於老七宅內、搜出子母砲、鐵鎗牌刀斬馬刀鐮刀鐵鈎五十六把握、火藥二桶、鉛子一筐、火繩火絨紅布雜物、不計其數、復擒獲林阿元、及老七=者方阿條=也、素、不軌、好結納匪類、世居普邑葫蘆地鄉、與揭陽民黃阿振、潮陽民楊阿邦、陳阿祿、皆聯徒相善、往來密洽、以余治盜嚴肅、無逞志=之區、乃於十月朔日、在棉湖寨沙壩中、偶米貴乏食、阿條遂起了意、尚謀下海刧掠商船、自以家居山僻、園寮茅舍、可以往來駐足、總滙購置軍械、米糧爲行資。阿振阿邦阿祿、各逞己能、分途招夥、擬以是夜在大壩墟會齊、由錢灣奪舟出海。自謂神出鬼沒、無人覺知、可以乘風揚帆横行島嶼、刧商船屠賈客、銀錢貨物、堆積如山、致富成家、在此一舉、而豈知天道不容、有乘其未發、而張網羅以掩捕之者也、據供黨羽多人、就其確然有據者、復擒獲王建千、歐阿梨、梁阿義、及代製砲械之鐵匠、劉阿捷等、續獲邢阿鳳、朱阿永、鄭阿禽、林阿齊、梁阿牛、及與阿條、爲首之黃阿振、楊阿邦、共十八人、按律懲治、惟阿祿以自首、從寛、其餘情罪未著者、槩免株連、許以改過自新、不追既往。自是山諏僻土海、澨遊魂無、不聞風喪膽潛、踪遠遁莫、敢有復萌、攘竊多事之想者、潮普兩邑肅然矣。

前號ノ正誤

二八頁上段三行目「暗靜」ハ「暗靜」ノ誤、同十一行目「大刀」ハ「大刀」ノ誤、三一頁上段十行目ノ「鈎、鐮鎗」ハ「鈎鐮鎗」ノ誤、字音中三二頁十行目及三三頁四行目ノ乘ハ乘ノ誤ニ付訂正ス。

載於《語苑》一九二二年五月、六月、七月十五日

藍公案：更嫁的人賊亦看輕伊*

作者　藍鼎元
譯者　三宅生

【作者】藍鼎元，見〈鹿洲裁判：死丐得妻子〉。

【譯者】三宅生，見〈韓文公廟的故事〉。

* 譯自《鹿洲公案》第九則〈賊輕再醮人〉。

三體文語

臺南　三宅生

◎藍公案　（其一）

更嫁的人賊亦看輕伊（臺語譯）
我既然兼任潮州縣、不時坐轎來々往々在此二縣、有一日對鄞門的所在經過、看見一簇的飼牛囝仔、在溪邊做夥在會、我聽見怹在講的話、不止奇怪、從中有一個囝仔、在講此的賊橫逆到如此、拿婦人人剝到

再縁ノ女ハ賊モ之ヲ輕ンスル（國語譯）
自分ガ既ニ潮州縣官ヲ兼任シテヨリハ、常ニ轎デ此兩縣（掲陽ト潮州）ヲ往來シテ居タガ、或日鄞門ト言フ處ヲ通リテ、一簇ノ牛飼子供ガ、溪邊デ共ニ話シ合ツテ居ルヲ見タ。其ノ話ヲ聞クニ甚ダ奇怪デ、其中一人ノ子供曰ク「斯ノ賊ハ如此モ横着ナ、婦人ヲ捕ヘテ真裸體ニ剝グナンテ、真ニ惡キ奴ダ、

赤身露體、眞該死。啊、這着對刣死即好。又一個囝仔講娶新娘、遇着如此眞是慘事。用轎夫的破袴。做新娘的打扮。彼當時落轎出來不知按怎樣。進房入去不知甚麼款、恐驚彼夜要成親。𪜶夫豈能無疑心麼。又一個囝仔在講。疑心亦是無法伊奈何。𪜶夫是查哺人都驚不敢出來告。尚新娘是查某人。較加麼驚到軟荒荒。沒怪得伊據在伊。不敢按怎樣。我聽見此號話。心內大驚惶。

殺シテシマワネバ不可」ト、又一人ノ子供ハ「嫁取リニ如此目ニ遭ツタハ眞ニ慘事ダ、轎夫ノ破レ袴ヲ用テ花嫁ノ打扮シテ、其轎カラ降リタ時ハドーデ有ツタロー、又房ニ入ツテ(合巹ノ式ヲ爲ス時室ニ入ルコト)ハドンナ樣デ有ツタロー、恐ラク當夜夫婦同衾ノ場合ニナツテ、彼ノ夫ハ疑ハザルヲ得ナカツタロー」ト云ヒ、又一人ハ、疑ガツタ處デ如何トモ致シ方ガ無イ、夫ハ男ナレドモ驚レテ訴ヘ出デキラズ、花嫁ハ女ダカラ勿論恐レテ腰ヲ脱カシ何トモ爲シ得ズ、嫁ガ賊ノ爲スニ任セテ、何トモ爲シ得ザリシヲ惡シクモ言ヒエナイ」ト言ツテ居タ。自分ハ此

三、臺文語

我就停轎歇睏、出來問𪜶、彼的囝仔、各個在笑、四散走開去、我使人去牽着一個跛脚的囝仔來、即講是棉陽縣黃壠、與惠來縣交界的地方、有十幾個惡賊、橫行無忌、此月二十日有一個出嫁過別位的人、被此的賊、截住半路、對轎內拖新娘出來、自頭至脚全身軀、摸着了了、更剝到光溜溜、求伊留一領衫、俾可遮身、伊也不肯、尚更全陣圍咧、認眞看彼個不好講的所在、賊

ノ話ヲ聞キ大イニ驚キテ、轎ヲ止メ出デ、其レヲ彼等ニ聞イタ、彼ノ子供等ハ互ニ笑ツテ四方ニ逃ゲ走ツタノデ、自分ハ人ヲシテ一人ノ跛脚ノ子供ヲ連レ來ラシメタ處、子供ハ「棉陽縣黃壠ト、惠來縣ノ境界地方ニハ、十數名ノ惡賊アリテ如何ナ惡イ事デモシマス、本月二十日一人ノ嫁入リシテ他所ニ行ク處ノ人ガ、此ノ賊ノ爲メ途中ニ擁サレテ、轎ヨリ花嫁ヲ引キ出シ頭ヨリ脚先迄全身ヲ索リツシテ、眞裸體ニ剝ギ取ラレタ、五體蔽シニ一枚ヲ殘ス樣ニ願ツタルモ之モ聞カズ、其上全部ノ者ガ倚リ圍ンデ、ヨク〳〵モ例ノ言フニ言ヘナイ處迄

去了後、轎司夫可憐伊、即脫一領破褌、給伊罔將就穿嘞。我講咦、有影如此、汝講了較過頭啦、若到是出嫁、過去別位、嫁娶的人、的確沒少、那有做閑人、住傍邊在看的道理、抑人旣多亦是有衣裳、可給穿、何致用轎下的破褌、來給伊穿、而且做伊的夫的人、又肯恬々不出來告官、這攏是無此號情理。彼的囝仔、講貧窮人無若多人去在親迎、尙告官沒辨伊致到死罪、不

モ見マシタ、賊ガ逃ゲテ後轎舁ハ之ヲ憐ミテ、破袴一枚ヲ脫イデ間ニ合セニ着セマシタ」ト語ツタ。自分ハ「ナーニ、實際如此、汝ハ誇大ニ話スノダロ」、嫁入リシテ他所へ行クカラニハ、送リ迎ヘノ人モ必ズ澤山居ルカラ、只袖手傍觀シテ居ル道理無ク、又人ガ澤山居レバ嫁ニ、着セル着物モ有ルニ、何ンデ轎舁ノ破レ袴ヲ着セル樣ナコトヲ爲ヨーカ、而モ其ノ夫タル者モ默ツテ訴ヘモセザル故、全ク此ナ事ハ有ル筈ガ無イ」ト言ヒシニ、彼ノ子供ハ、貧乏人デ何レバカリノ迎ヘ人モ無カツタシ、又官ニ訴ヘテモ彼ヲ死刑ニ處セラレナイト何

三字體文部　二八

但無利益、而且反轉有災禍。使彼號眞兇惡的强賊、又無一定的所在。刣人放火。乜事都敢做。惡到若虎呢。甚麼人要將身軀去試虎嘴。啊。問娶妻的人。甚麼姓名。講伊不知。問此的賊甚麼名姓。講亦是不知。我心內記得返來衙門。敎人暗靜去探聽。探聽攏沒出。不知詳細是按怎樣。起初是十八日。我適到潮州署理的時。十九日天適光。就人來告。靑天白日。被賊搶掠。來告的

ノ利益モ無イノミナラズ、却テ其上災禍ヲ招ク虞レガアリマス、彼等ノ如キ實ニ兇惡ナ强盜ハ、又一定ノ住所トテ無ク、殺人、放火、何事デモ爲シ、惡キコト虎ノ如シデスカラ、誰モ身ヲ以テ虎口ヲ試ミル如キコトハ致シマセン」ト言ツタ。嫁取リシタ人ノ姓名ハ如何ト聞クモ、知ラズト、答ヘ、賊ノ名ヲ聞クモ知ラズト言ツタ自分ハ之ヲ心ニ留メテ役所ニ歸リ、人ヲシテ密カニ探偵セシメシモ全ク其事實ヲ發見シ得ズ。詳細ハ少シモ判カラナンダ、最初本月十八日、自分ガ恰度潮州ニ到リ署理シ居タ時、十九日ノ夜明方ニ人アリテ、白晝

人、是陳日耀、陳日光、林嘉昇、講伊在此月十五日、在雙山遇着十幾個賊、攑刀、攑槌、亂刣、亂打、三人攏被擅到倒落土地、皮膚、破裂、腳骨刣着傷、銅錢、衣裳、搶刧了了、內中有熟悉的三個賊、是鄭阿載、鄭阿惜、劉阿訟、攏是罪惡滔天、無人不知、無人敢告伊、無人拿伊、彼一欵的賊。

賊ニ刧奪サレマシタト訴ヘ出タ。訴ヘタ人ハ、陳日耀、陳日光、林嘉昇デ、彼等ハ本月十五日雙山デ十數人ノ賊ニ遇ヒ刀ヤ棒ニテ無茶苦茶ニ打ツタリ創ツタリセラレ、三人ハ土地ニ打チ倒サレ、皮膚ハ破レ裂ケ脚ニ傷付ケラレ、銅錢衣類全部掠奪セラレマシタ、其内見識リノ賊デ鄭阿載、鄭阿惜、劉阿訟ノ三人アリ、何レモ天ニハビコル程ノ罪惡ヲ爲シ、知ラザル人無キモ、訴ヘ出得ル人無ク、之ヲ捕ヘ得ル人モ無キ様ナ惡賊デアリマス。

○ 賊輕再醮人

（原文字音）

余既秉潮篆、車塵僕僕兩邑間、一日過鄞門、見數牧童在河畔偶語、中一童曰、橫逆哉、剝婦人至赤身。可殺也。又一童曰、新婚遇此慘甚矣。以與夫敝袴、爲新婦嬌裝。當日如何下車。如何入室。恐是夜合巹。乃夫不能無疑也。又一童曰、疑亦將如之何。乃夫尙畏懼。不敢控告。奚怪彼孀々者哉。余聞大駭。停車詢之。諸童皆笑而走。命牽一蹩童以來。乃言楠陽黃墘。與嘉邑交界之區。惡賊十數輩橫行無憚。此月二十日。要行嫁者于途。拉新人出自輿中。摩頂放踵。皆剝奪以去。乞留下一衣蔽體。亦不從。且環而睇審其不可名言之處。及賊去、與夫憐之。解敝袴與之蔽身。余曰噫。而言過矣。行嫁則迎親多人。豈能袖手旁觀。多人則衣衫可讓。何至用與夫敝袴。且爲之夫者。又肯默不告官。無是理也。牧童曰、貧家無多人親迎。告官不能致之死。非徒無益。且反禍焉。彼窮兇極惡之流賊。殺人放火。靡不敢爲。誰復以身試虎口耶。問娶妻者姓名。曰不知。問諸賊各何姓名。曰又不知也。余心識之歸。而遣人密訪。未能得其詳。先是十八日、余方抵潮署事。十九日黎明、有以白晝搶劫來告者。陳日耀、陳日光、林嘉昇、云于是月望日、在鱷甫遇賊十餘人、挺刃交下、三人皆仆地、裂膚劃足、銅錢衣服、搜奪一空。熟識二賊、鄭阿載、鄭阿惜、劉阿訟、皆滔天極惡、無人不知、無人敢告、無人能捕之賊也。

前號正誤

二八頁上段九行目「一概」ハ「一概」ノ誤、字音中三〇頁一行目「尚謀」ハ「商謀」ノ誤、同十行目「滋遊魂無、不聞風喪膽潛、蹤遠遁莫、敢有復萌」ハ「滋遊魂、無不聞風喪膽、潛蹤遠遁、莫敢有復萌」ノ誤ニ付訂正ス。

◎藍公案

○更嫁的人賊亦看輕伊（臺語譯）（其二）

再緣ノ女ハ賊モ之ヲ輕ンズル（國語譯）

當時因爲汝老爺未來到任。在先真明縣尉太爺驗傷。此滿傷尚未好呢。我笑々在講旣無人能拿伊。何必來告。有甚麼路用裡。陳日耀三人遂哮。講阮是講伊平日的做惡是如此。此滿幸哉老爺汝來此上任。總無猶原放據在伊。路裡尚有賊。做生理人沒得安穩做生理。的確是無如此喇。我隨時趕緊派差役連暝夜趕去拿賊。二十二日連鞭拿着劉阿訟來。召陳日耀伊三人入來參伊對質。阿

當時出官ガ、未ダ御著任デナカッタ故。先ヅ縣尉太爺ニ屆ケ檢傷ヲ乞ヒマシタ。「今尚ホ傷ハ癒ヘマセン」ト云ッタ、自分ガ笑ヒツヽ「捕ヘ得ル人ガ無イノニ、何故訴ヘ出ルノダ何ノ役ニモ立タンデハナイカト」云フト。陳日耀等三人ハ遂ニ泣キ出シ「我々ハ彼等賊ノ平素惡事ヲ爲スコト如此ダト申上タノデス。今幸ニ老爺ガ御赴任ニナリマシタカラ。矢張之ヲ放任シテ彼等ノ爲スニ任セラル、條ナク。路ニ賊アリテ、商人ガ安全ニ商賣ノ出來ナイ樣ナコトハ、必ズアリマセヌ」ト言ッタ。自分ハ直チニ差役ヲ急派シ、夜透シデ賊ノ逮捕ニ向

訟慨然應講是喇、有搶伊錢六千文、與衣裳褒被幾項物。大約有七件。尙存在蔡阿繼厝內、物未分散。問同黨幾人。應講鄭阿惜。鄭阿載。蔡阿繼。張阿祿。莊阿汛。廖開揚。馬克己。及我共八人而已。問您此幾人。聚集在甚麼所在。講阮此的人。攏不敢返去厝裡。往山中閃來閃去、有時匿在草內。有時宿在山洞。干乾蔡阿繼廖開揚二人。住在您厝內。在接納物件做窩家。問您

ハシメタ。二十二日直チニ劉阿訟ヲ捕ヘ來リ、陳日耀等三人ヲ召喚シテ彼ト對質セシメタ。阿訟ハ慨然トシテ「ソーデス。錢ヲ六千文ト、衣類給布團等、約七件ヲ奪ヒマシタ。ソシテ品物ハ尙ホ蔡阿繼方ニ在リ、未ダ分配シテ居リマセント」答ヘタ。同黨ハ何人カト問ヘバ。鄭阿惜、鄭阿載、蔡阿繼、張阿祿、莊阿汛、廖開揚、馬克己、及私ト總テデ八人丈ケデアリマスト答ヘ。汝等此數人ハ、何處ニ聚集テ居ルカト問ヘバ。我々ハ皆家ニ歸ラズ、山中ヲ彼地此地ト潛ミ行キ、或ル時ハ草ノ中ニ匿レ、或ル時ハ山洞ニ宿リテ居リマス。獨リ蔡阿繼、廖開揚ノ二人ハ、彼ノ家ニ住ミ、贓品ヲ收

平日、搶刼有幾所在、講眞多沒記得了、問恁有出海刼船無、講這却干是無、因爲如此我即買人做線綫、更去拿彼幾個賊、二十六日、又更拿着鄭阿載、鄭阿惜、張阿祿、莊阿汛、蔡阿繼、廖開揚、做一齊來、擺兇用刑具訊問、自己認供、參劉阿訟、所講的相同一樣、我看見鄭阿載、鄭阿惜、人欵另外眞兇惡、看着十分可惡。

我問伊平素、搶刼幾次、伊亦講久

受シテ賣買（高家ハ贓品ノ故買ヤ牙保ヲ爲スヲ云フ）ヲ爲シテ居マスト答ヘ。汝等ハ平素、何箇所デ刼奪ヲ爲シタカト問ヘバ。非常ニ澤山デ記憶シテ居リマセント云ヒ。汝等ハ海ニ出テ海賊ヲ働イタ事ハ無イカト問ヘバ。其ンナ事ハ至ク御座イマセント言ツタ、ソレデ自分ハ人ヲシテ捜索手引セシメ、更ニ彼ノ數名ノ賊ヲ逮捕ニ至リ。二十六日、又更鄭阿載、鄭阿惜、張阿祿、莊阿汛、蔡阿繼、廖開陽ヲ一緒ニ捕ヘ來ツタ。皆刑具デ栲問スル迄モナク、自白シテ申立ツル處、劉阿訟ノ言フ事ト同樣デ有ツタ。自分ガ見ルト鄭阿載、鄭阿惜ハ、人相ガ特ニ兇惡デ、惡ラシキ奴デ有ツタ。

汝ハ平素幾回掠奪シタカト問ヘバ。彼モ亦永イコ

三體文語

了沒記得了。只有此幾日內。所做的事情。一層一層從頭至尾。直講出來。就是雙山搶一個出嫁。過別位的查某人。此層亦在內。

問所搶刼此個婦人人。是甚麼賍物

阿載講貧赤人無甚麼好物。只有銀簪仔。耳鈎。手指。衫仔裙。少々幾項而已。問做夥去搶刼人數幾個。倘是甚麼人動手。

講猶原是此八人。做夥去搶。做夥動手。

三〇

トデ忘レマシタトテ。只此數日中ニ、働イタ事ノミ、一層一層從頭至尾ズツト申立テタ。就チ雙山デ一人ノ嫁入シテ、他所ニ行ク女ヲ剝イダ事件モ、其一ツデ有ツタ。

此婦人カラ奪ツタハ如何ナル物カヲ尋ヌレバ。阿載ハ、「貧乏人デ何モ氣ノ利イタ物ハ無ク、只銀簪仔、耳鈎、手指、衫仔、裙等僅カ數點ニ過ギズ」ト答ヘ。一緒ニ行キ刼奪シタ人數ハ幾人デ、何人ガ手ヲ下シタカト問ヘバ。

矢張此八人デ、一緒ニ刼奪ニ行キ、俱ニ手ヲ下シマシタ。

尚出力是我、及阿惜、阿訟、馬克己、四人較出力。

悶遠路嫁娶、去娶的人、合式眞多人、恁敢出來住路裡、截得搶刧、打算無成百人沒使得。

恁講八人四人、這是白賊應、使人用夾棍、對夾起來刑、就大聲喝叫、講伊是嫁了、更再嫁的查某、那有照紀綱、用若多人去娶伊呢。阮實在只有八人。

今仔日各項事情、都攏照認出來、

ハシテ働イタコトハ私ト、阿惜、阿訟、馬克己、ノ四人ガ能ク働キマシタト答ヘ。

遠方カラノ嫁娶ニハ、迎ヘノ人モ、當然澤山アル、汝等ガ之ヲ途中ニ擁シテ刧奪スルニハ、百人計モ居ナクテハ不可ナイダロー。

汝等ガ八人トカ四人トカ言フハ、虛言ダロートテ、人ヲシテ夾棍デ、夾ミ拷問シ、大聲ニテ喝叱タ處。彼(女)ハ再嫁スル女ダカラ、當前ノ樣ニ、澤山ノ人ガ迎ヘニ行キハシマセン。我々ハ實際八人丈ケデアリマス。

今日ハ何事モ、總テ皆白狀シ、一寸モ瞞騙ハシマ

無瞞騙半句、獨々此層、那敢講白
賊、來相瞞騙。
此滿就是一百人、一千人、亦不過
是一死而已。
豈能使得死了、另外更加阮的罪乎。
我拍棹罵伊、講恁不做善良百姓、
干乾想做賊、昇平世界日々去搶刧、
搶財傷人、這就是該死的罪一層喇。
男女授受不親、按怎樣此橫逆、共
剝衣裳、更暴辱伊、亦無管人是新
婚喜事、俾人夫妻、一生怨恨沒得

センノニ。獨々此點丈ケドシテ虛言ヲ申シ瞞騙ヲ
致シマショーカ。
今ハツマリ百人ト言ツテモ、千人ト言ツテモ、只
一死ニ過ギス。
死シテ、其上更ニ我々ノ罪ヲ加ヘ得ラレマスマイ
ト言ツタ。
自分ハ棹ヲ敲キテ叱リ、汝等ハ善良ノ人民タラズ
シテ只賊ヲ爲サンコトノミ考ヘ。昇平ノ世ニ强盜
ヲ働キ、財ヲ奪イ人ヲ傷ツケ、是就チ死ニ該ルベ
キ罪ノ一ツデアル。
男女ハ物ノ授受モ直接ニセズト云フニ、何ゾ此ク
モ橫着ニ、衣裳ヲ剝ギ、且暴辱ヲ爲ス。亦人ノ新婚
慶事ヲモカマリズ、夫婦ヲシテ、一生相怨ミ和睦シ

得ザラシメタ。是該ニ死スベキ罪ノ一二デアル。

和好、這是該死的罪二層喇。

○賊輕再醮人（原文字音）

時以公未蒞任、稟明縣尉驗傷、今未平復、余笑曰、既無人能捕何告爲、曰耀等泣曰、某言其平日耳、幸公蒞止、可仍聽道路荆棘、貿易不得安生乎、余飛差星夜往緝、遂于二十二日、弋獲劉阿訟以來、召日耀等入、與之對質、阿訟昂然曰是也、奪其錢六千、衣衫褻袴之類、凡有七、尚存蔡阿繼家中、未分散、問同黨幾人、曰鄭阿惜、鄭阿載、蔡阿繼、張阿祿、莊阿汛、廖開揚、馬克己、與我共八人耳、問汝等諸人、聚居何所、曰我輩皆不敢同家、在山中、閃鑠往來、草樓巖宿、惟蔡阿繼、廖開揚二人、在家窩接物件、問平日行刼幾處、曰多矣難記憶也、問下海刼船與否、曰此則無之、因設法購緝、復于二十六日、擒獲鄭阿載、鄭阿惜、張阿祿、莊阿汛、蔡阿繼、廖開揚以來、皆不待刑訊、

三體文譯

與劉阿訟所言。若合符節。余見鄭阿載。阿惜。尤奇兇心惡之。問平素刼奪幾何。亦云久而忘記。止近此數日內。言之歷々。則雙山行嫁一婦人預焉。問所刼婦人何贓。阿載言貧人無他長物。止銀簪。耳環。戒指。衣裙。寥々數件而已。問同刼幾人。是誰下手。曰同刼仍此八人下手耳。加功則我與阿惜。阿訟。馬克己四人。問行嫁則迎親多人。汝等敢突出橫刼。非百十人不可言八人四人者妄也。命夾之則大呼。曰再醮之婦耳。焉有許多人迎之。我等實止八人。今日諸事皆直言不偉。獨何爲以此相欺。今即言百人千人。亦不過一死而已。寗能于死之外。別加我罪乎。余拍案數之。曰汝等不爲善良。一心作賊。昇平世界日日行刼。得財傷人。罪當死之一也。男女授受不親。奈何橫加剝辱。且不顧新婚。使人夫婦。一生抱痛。罪當死二也。

前號正誤

二七頁末行「致到(チイカウ)」ハ「致到(テイカウ)」ノ誤、字音中三〇頁六行目ノ「剝奪(リクトアツ)」ハ「剝奪(パクトアツ)」ノ誤ニ付訂正ス。

三體文語

〇藍公案（其三）

臺南　三宅生

更嫁的人賊亦看輕伊。（臺語譯）

〇恁剝新娘的衣裳、俾伊身軀無留一絲、而且有個拿脚、有個拿手、做夥圍得看伊的下身。

〇如斯的蹧蹋侮辱、這是天地神明、所最痛恨的事情、論罪更較該死、這是三層嘮。

再緣ノ女ハ賊モ之ヲ輕スル。（國語譯）

汝等ハ花嫁ノ衣類ヲ一枚モ殘サズ剝ギ、而カモ或者ハ脚ヲ取リ、或者ハ手ヲ取リ、倚リ圍ツテ彼ノ下身ノ方ヲ見タ。

如斯暴行侮辱ハ、天地ノ神ノ最モ痛恨トセラル、處デ、罪ハ一層惡ムベシ、是其第三デアル。

○阿載阿惜攏講、阮在做賊是因爲貧赤所迫。既然搶刼害着若多人。死亦是無怨恨。

○至於講阮剝人的衣裳、更暴辱人、彼算是嫁了更嫁的查某。那能使得講是新娘。

○伊自己都無守節無羞恥、既是如此、伊的身軀稱採人可看。

○有穿衫褲、無穿衫褲、亦是無關係、所以阮即敢如此做。

○伊尪夫亦是不敢出來告、如此此層

阿載阿惜共ニ曰ク、「私等ノ賊ヲ爲シタルハ赤貧ニ困ツタ爲メデ、既ニ强奪ヲ爲シ數多ノ人ヲ害イシ事ナレバ、死スルモ怨ミトシマセヌ。

吾々ガ人ノ衣裳ヲ剝ギ、且ツ暴辱ヲ加ヘタト云フコトニ就テハ、其レハツマリ再緣ノ女デアツテ、花嫁ト言ヘル者デハ有リマセヌ。

彼自身ガ貞節ヲ守ラズ、恥トモセザルカラニハ、彼ノ身體ハ誰デモ見テ可イ。

着物ヲ着テ居ローガ、居ルマイガ、カマワナイ、ソレデ吾々ハ如此ナシタノデアリマス。

ソシテ彼ノ夫モ訴ヘ出ナイノデアリマスカラ、本

事情。可以免究勘了。

○我聽着伊此的話、我即得笑講。吩婦人人眞正不可失節更嫁、恁看如此生、雖是做賊人亦看輕伊。

○而況讀書明白道理、常講節義的人、名節二字更較要緊。

○此層旦免講起、但是賊此兇惡、四界搶刼已經眞多、照法律是沒使得留命與活。是着辦死罪。

○僅獨就搶陳日耀伊此起案來辦伊、已經着死罪了。

件ハ別ニ究勘ベキモノデモ有リマスマイ」。

自分ハ彼等ノ此話ヲ聞キ笑ツテ曰ク、「婦人ハ眞正節ヲ破リ再嫁ス可ラズ、汝等モ如此看レバ、賊ト雖モ彼ヲ輕蔑スル。

況ンヤ學問シ道理ヲ究メ、常ニ節義ヲ口ニシテ居ル人ハ、名節ト云フコトハ殊ニ大切ナコトデアル。

本件ハ暫ク問ハズ但是賊ハ此ク兇惡デ、至ル處デ搶刼シ爲セシコト眞ニ多ク規則ニ依レバ生カシテ置ケナイ、死刑ニ處スベキモノデアル。

只ダ陳日耀等ノモノヲ刼奪シタ事件ノミニテモ、經ニ死刑ニ處スベキモノデアル」。

○不拘若要通詳上司、着連案及人解去上司、彼辦、此的拿未着的賊、遂被伊僥倖走漏去。

○倫採亂供亂誣、牽連着無辜的人、解來解去、致使餓死半路、是不止可憐、總是在此辦到結案較好。

然シ上司ニ詳報スルトスレバ、關係ノ事件ヤ人迄モ皆上司ニ送リ、彼方デ辨クコト、ナリ、未ダ逮捕ノ出來ナイ賊ニハ、ヒヨツトスルト逃ゲラレル。

若シ亂リニ申立テ誣告ヲ爲シ、無辜ニ累ニ及ボシ、押送シテ行ツタリ來タリシテ、遂ニ中途ニ餓死セシムルガ如キコトアリテハ、眞ニ可愛想デアルカラ、總是此處デ辨キ結末ヲツケルガヨイ。

原文字音

汝剝奪新婦、一絲不留、且分持其體、而聚觀如此辱人、乃天地神明、所共痛憤之事、罪不容、以不死三也、阿載阿惜皆曰、我等作賊爲貧所驅、刼害多人、死亦無怨、至於剝辱、乃再醮之婦、何新婚之足云、彼自家不存羞恥、則其體亦盡人可觀、未必衣服去留之、遂爲關係也、彼其丈夫、尙不敢出來控告、則

三體文語

臺南　三宅生

○藍公案（其四）

更嫁的人賊亦看輕伊（臺語譯）
○我想如此、將此的賊、先夯枷示衆
聽候枷號日滿、再更打算就是喇、
○即對廖開楊、追出銅錢、衣裳、裘、
被、各項物、交付陳日耀、陳日光、
林嘉昇、當堂領回。
○馬克己、聽候拿着的時、即照法律

再緣ノ女ハ賊モ之ヲ輕ズル。（國語譯）
自分ハ如此想ツタノデ、此等ノ賊ニ先ヅ枷ヲ掛ケテ衆ニ示シ、其期ノ滿ツヲ俟テ更ニ計畫ショウト思ヒ。
廖開楊ヨリ、銅錢、衣裳裘布圍等ヲ押收シテ、陳日耀、陳日光、林嘉昇ニ交付シ、堂ニ於テ受領セシメ。
馬克己ハ逮捕ノ日ヲ俟テ、法律ニ照シ處罰スルコ

辨罪。

○其餘俱此的、攏用大板結實打、即夯重枷、發去四城門示衆。

○內中鄭阿訟、鄭阿載、鄭阿惜、此三個通縣的人、攏眞痛恨伊。

○來圍得看的人、成千成百、各個咬牙切齒、指突詈罵。

○有個用土角對擲、有個用草點火對燒。

○彼個新娘的丈夫、亦對人縫、暗靜用錐仔、對鑿脚腿、尙更燒艾火對

トトシ。

其他ノ者ハ皆大板デ烈シク打チテ、重枷ヲ掛ケ、四城門ニ押送シテ衆ニ示シタ。

其中鄭阿訟、鄭阿載、鄭阿惜ノ三名ハ、全縣人皆非常ニ之ヲ恨ミ。

來リテ圍ミ見テ居ルモノ、百モ千モアリ、各個咬牙切齒シテ、指突詈リ。

或者ハ土塊ヲ投グ付ケ、或者ハ草デ火ヲ點ケテ彼ヲ燒イタ。

彼ノ花嫁ノ夫モ、人ノ隙間ヨリ暗靜ニ錐ヲ以テ、彼ノ股ヲ鑿キ、尙又艾ヲ以テ灸ヲ据エタ。

灸。

○阿惜艱苦擋沒住、自己咬舌死、阿載、阿訟、停無幾日、擺前後日死去。

○潮州人、逐個拍腿、講如斯眞暢快。

○阿祿、阿繼、後來亦擺在監病死。

○獨々莊阿汎一個、頭殼佔彼吟墘裡觸、自己講伊能反悔改過。

○從輕打幾下腳尻、對儆戒、與夯小枷而已。

○阿汎、竟然帶枷逃走、未到四月日、

阿惜ハ苦シサニ堪ヘズ、自ラ舌ヲ咬ミ切リテ死シ、阿載、阿訟モ、其後數日ナラズシテ、共ニ前後シテ死シタ。

潮州人ハ皆股ヲ打チテ、眞ニ痛快ガツタ。

阿祿、阿繼ハ、其後皆獄中ニテ病死シテ。

獨リ阿汎ノミハ、頭ヲ軒下緣石ニ打チ付ケテ、悔悟シテ改心スルト言ツタノデ。

輕キニ從ツテ數回ノ笞ニ處シテ、之ヲ儆戒。小枷ヲ掛ケタノミデアツタ。

阿汎ハ遂ニ枷ヲ掛ケタ儘逃走シ、未ダ四箇月ナラ

三體文譯

又更再犯着謀財害命、剖死郭君芳的命案。拿來衙門、到尾問了、按照法律重辦。

ズシテ、又々人ヲ殺シテ財ヲ奪フノ罪ヲ犯シ、郭君芳ヲ殺シタ殺人事件デ、衙門ニ捕ヘ來リ、結局訊問ノ上、法律ニ依ツテ重罪ニ處シタ。（終リ）

原文字音

候枷號滿日、再議可也、即令廖開榻、起出銅錢、衣衫、裘、被等物、付陳日耀、陳日光、林嘉昇、當堂領回、馬克己、候獲日、按法懲治、餘皆痛杖大枷、發四城門示衆、阿訟、阿戴、阿惜、爲邑人痛恨尤深、環觀者千百、皆嚼齒指罵、或擲以沙泥、爇以草火、而彼婦丈夫、亦從人群中、潛錐其股、灼互交炙之、阿惜咬舌而死、阿戴等、不數日皆後先畢命、潮人相舉手加額稱大快、阿綠、阿纖、其後亦皆病斃、惟莊阿汛、以頭觸庭階、自稱能改過、從寬杖責與之小枷、阿汛、竟帶枷逃脫、未及兩月、又以謀財、刼殺郭君芳、命案獲到、按問如律。

前號正誤

臺語中、三四頁四行「閣得看伊」ハ「閣得看伊」ノ誤。

字音中、三八頁二行「姑置」ハ「姑置」ノ誤ニ付訂正ス。

載於《語苑》一九二二年八月、九月、十月、十一月十五日

藍公案：龍湫埔的奇貨允趁大錢*

作者　藍鼎元
譯者　三宅生

【作者】藍鼎元，見〈鹿洲裁判：死丐得妻子〉。

【譯者】三宅生，見〈韓文公廟的故事〉。

* 譯自《鹿洲公案》第七則〈龍湫埔奇貨〉。

三體文語

臺南　三宅生

◎藍公案

△龍湫埔的奇貨允趁大錢

◎龍湫埔的溪邊、有一個土堀、彼內

龍湫埔ノ溪邊ニ一ツノ土堀ガ有リマシテ、其中

◎中有一個死屍。不知是何位來的。
◎適好有一個好事的人。探聽彼庄裡的人。講是手賊仔。王元吉的身屍。
◎心內眞歡喜有此號無本錢的生理。此號貨色更允趁大錢。
◎即去謀出彼個賊的小弟王煌立。將此個身屍做題目。去哄白墓洋姓楊的。
◎講是被您打死要詐您的錢。詐沒過手。
◎停幾若日。無可得着半文。即來衙

ニ何位カラ來タカ不知一ツノ死屍ガ有リマシタ。
適好一人ノ好事ノ人ガアリマシテ、彼庄ノ人ニ就キ探聽シタ處、手賊仔ノ王元吉ノ身屍デアリマシタ。
心內ニ此號無本錢生理ガアリ、此號貨色ナラ允大錢ガ趁カルト大イニ歡喜マシタ。
ソコデ其賊ノ小弟王煌立ヲ誘ヒ出シテ、此身屍ヲ題目トシテ、白墓洋ノ姓楊ト云フモノヲ哄サント共謀シ。
楊ニ打死サレタト云ヒ、彼ノ金ヲ詐取セントシ遂ゲズ。
數日ヲ經テ一文モ取リ得ズ、ソコデ衙門ニ來リ、

門出告、講是人被活刣死、騙要處和、遂無影和。

◎我收伊的稟呈來看、看了眞多可疑的所在。

◎問王煌立、聽伊所講的話、講到不止實在、不止有影的欵、當堂出結、要請驗屍。

◎彼一時是十一月十二日二更喇、我公堂的事情辦凊楚、叫王煌立來後堂、更詳細問。

◎斟酌看伊的講話面貌、若親像是扑

其レハ切殺サレタノデ、處和スルト騙シ和解シナイト訴ヘ出デマシタ。

自分（公爺）ハ彼ノ稟呈ヲ受ケテ見ルト、眞ニ疑ハシキ點ガ多々アリマス。

王煌立ニ尋ヌルニ、彼ノ申立ノ言ハ不止事實デ有影ラシク、堂ニ於テ出結ヲ（申立テガ嘘デアツタラ甘ンジ罪ヲ受ケルト云フ書付即チ甘結狀ヲ出スコト）ヲ爲シ、驗屍ヲ申請シマシタ。

彼時ハ十一月十二日二更デアリマシタ、自分ハ公堂ノ事務ヲ辦キ終リテ、王煌立ヲ後堂ニ呼ヒ出シ、更ニ詳細ニ訊問シ。

伊ノ言語面貌ニ注意シテ見ルニ、扑實正直ナ者デ、

三體文語

貨、古意的人、戇々被人所騙的、

◎問伊是甚麼人主使的、不肯實在講。

◎我料想庄裡人、爲人命案件、入來縣城、的確有地保鄉約、在伊身邊在爲伊鬪做事情。

◎即將煌立留住別間房內、暗靜差人帶火鎗、藏彼手袂內裡、去到伊在住的所在、即提出火鎗、召參王煌立做夥來的貴山都的人。

◎果然有一個保正、許元貴在彼。

◎龍湫埔奇貨

ボンヤリ人ニ騙サレタモノゝ樣デアリマス。

誰ガ主トシテ唆カシタノカト聞クモ實際ヲ語リマセン。

自分ハ彼等庄裡人ガ、人命案件デ縣城ニ出テ來ルニハ、的確地保ヤ、鄉約ガ、其身邊ニ在リテ事ヲ手傳シテ居ルト思ヒマシタ。

ソレデ煌立ヲ別ノ室ニ留メ置キ、暗靜ニ人ヲ派シ火鎗ヲ手袂內ニ藏シ持チ、伊ノ居ル處ニ行キ逮捕狀ヲ出シテ、王煌立ト共ニ來タ貴山都ノ者ヲ引致セシメタ。

果シテ一人ノ保正許元貴ガ彼ニ居リマシタ。

龍湫埔溪畔、泥窟之中、有死屍焉、莫知其所自來、適有好事者、道其鄉偵、爲竊賊王元吉、因謀賊弟王煌立、以爲奇貨可居、藉嚇白墓洋楊姓、久之無所獲、以酒殺賺和來告、授閣之下、覺多可疑、煌立情詞激切、當堂具結詰驗、時十一月十二日、漏下二鼓也、余堂事畢、呼煌立至內署、察其言貌、似樸拙爲他所愚、問誰主使、不以實告、度鄉民爲命案入邑、必有保約左右其間、因留煌立他室、密遣人至其寓處、出補中獲籤、立喚同來之、貫由鄉約保、果有保正、許元貴在焉。

三體文語

臺南　三宅生

◎藍公案

△龍湫埔的奇貨允趁大錢

元貴召來到衙門。心內大驚、拿做事情已經敗露喇。一概推諉不知、

（其ノ二）

元貴ハ衙門ニ召來リシニ。心中大イニ驚レ、事情ガ已經ニ失敗シ露現シタモノト思ヒ、一概知ラン

卸給訟棍李阿柳、講伊阿柳卽能知。
卽更出火籤。去拘李阿柳。

◎據差役鄭留陳拱、稟講李阿柳、係是普寧縣革名的工房書辦。着明仔日天光早、去對普寧縣提來訊問。卽能使得。

◎我講不是如此、猶原是在王煌立宿住的所在、趕緊暗靜去拿就着。

◎較停而已、阿柳拿來喇、自己講到此知死喇、求免用刑具問、要照實講。

ト推諉、訟棍(訴訟ニカヽツテ金ヲ取ルモノ)ノ李阿柳ニ卸ツケ、阿柳ガ知ツテ居マスト言ツタノデ、又逮捕狀ヲ出シ、李阿柳ヲ拘引セシメマシタ。

差役ノ鄭留、陳拱ノ報告ニ據ルニ、李阿柳ハ普寧縣ノ工房(土木ノコトヲ掌ル課)ノ書辦デ革名セラレタ者デアルカラ、明日早朝普寧縣ニ至リ、提來リ訊問セネバナリマセント言ヒマシタ。

自分ハ如此デナイ、猶原王煌立ノ宿住所ニ居ルカラ、趕緊暗靜ニ去ツテ拿ヘヨト言ヒマシタ。

暫クスルト阿柳ハ逮捕シテ來マシタ、阿柳ハ自ラ大罪ヲ犯シタト申立テ、刑具ヲ用ヰズ御訊問ヲ願ヒマス正直ニ申立テマスカラト言ヒマシタ。

◎我講如此好。阿柳要講又不講。若親像有看見甚麼人。驚不敢講的欵式。

◎我恐驚此的書辦差役的中間。有參伊同謀的人。所以不敢講出來。

◎卽叫人提紙筆與伊。教伊寫口供。

◎阿柳知講沒使瞞騙得。卽照實在的情形。直透寫出來。

◎按怎參商。按怎去哄嚇。一層一層攏講到明々白々。

◎尙有一個訟棍。蕭邦棉張阿束。及

自分ハソレナラ宜シイト言ッタ阿柳ハ申立テルト言ヒナガラ申立テズ、親像何人カヲ見テ、心配シテ申立キラナイ樣デアリマス。

自分ハ此等書記差役ノ中間ニ、彼ト共謀ノ者アル故ニ、申立テキランノカモ知ント思ヒマシタ。

ソレデ紙ヤ筆ヲ與ヘシメ、口供ヲ書カシメマシタ。

阿柳ハ瞞騙コトハ出來ント知リ、實際ノ情形ヲ直透書キマシタ。

按怎シテ參商シ、按怎ニシテ哄嚇タ等、一々殘ラズ明白ニ申立テマシタ。

尙ホ訟棍ノ蕭邦棉、張阿束、及ビ公案卓（訴ヲ辨ク時訊問官ノ前

公案前經承書辦鄭阿二，攏相與在內。

◎即叫鄭阿二跪落去，參伊對質。

◎出火籤更去拿蕭邦棉、張阿束，攏一陡久就拿來。

◎問伊此起案的情形因由，伊即講出李阿柳，在普寧縣鬧事，逃避來潮州，參蕭邦棉交陪相好，蕭邦棉因爲去龍湫埔收租，招李阿柳做夥去。

机ノ前ニ居ル、本件ノ係リ書記ノ鄭阿二モ、皆其ノ共謀ノ仲間デアリマシタ。

ソシテ鄭阿二ヲ叫ビ下シテ跪落カシメ、伊ト對質セシメマシタ。

又逮捕狀ヲ出シテ蕭邦棉、張阿束ヲ逮捕ニ行カシメタルニ、皆一陡久ニ拿ヘ來マシタ。

本件ノ事情原因ヲ尋ヌルニ、曰ク、李阿柳ガ、普寧縣ニ於テ、鬧事ヲ起シテ、逃レテ潮州縣ニ來リ、蕭邦棉ト親密ニ交陪シテ居タ處、蕭邦棉ガ龍湫埔ニ租谷ノ取立ニ行クノデ李阿柳ヲ誘ヒ做夥ニ行キマシタ。

原文字音

元貴大驚、以爲事已敗露、誘卸訟師李阿柳、即簽拘李阿柳、據差役鄭留、陳拱稟稱、李阿柳係普邑、革退工房書吏、須黎明往普提訊、余曰不然、仍在王煌立嵩中、急捕掩之、有頃阿柳至、自稱今日死矣、乞免刑、當吐實、余曰善、阿柳欲言不言、似有瞻顧狀、余恐書役中、有同與謀者、授楮筆使書之、阿柳知不可欺、即據實直書、商謀嚇詐情事、而訟師蕭邦棉、普棍張阿東、及案前經承刑書鄭阿二、跪下對質、飛籤拘出蕭邦棉張阿東、皆頃刻而至、鞫訊情由、將李阿柳、在普多事、避罪入潮、與蕭邦棉投契、邦棉往龍湫鄉收租。

（未完）

前號正誤

前號中第二十八頁三行目「手賊仔」ハ「手賊仔」ノ誤リ。

三體文語

臺南　三宅生

◎藍公案

△龍湫埔的奇貨允趁大錢（其三）

◎有一個曾犯案的手賊曹阿左、來伲二人宿住的所在、講起土窟仔內、有一個死屍、名叫王元吉、幾日前曾與楊如傑口角。

◎楊如傑是白墓洋的人、白墓洋姓楊"

一人ノ前科アル手賊ノ曹阿左ナルモノアリ、彼等二人ノ宿住セル所在ニ來リ、窟仔内ニ一個ノ屍體アリ、王元吉ト云フモノニテ、數日前ニ楊如傑ト口論シタコトガアリマス。

楊如傑ハ白墓洋ノ人デ、白墓洋ノ姓楊ト云フ者ハ、

的不止富裕、藉此層去哄迫、來詐伊的錢銀、攏兇費一點仔力。

◎蕭邦棉即教阿左、去招王元吉的小弟王煌立、出來做屍親。

◎王煌立想了費氣、應講厝內貧赤、無錢可開所費。

◎蕭邦棉提二百錢給伊、阿柳替伊寫告狀、將楊鳴高、楊如傑等十數人、攏牽連在內。

◎曹阿左去招許元貴、提告狀特工去白墓洋、講王煌立要去縣衙控告。

非常ニ富裕デアルカラ、此層ニカコツケテ哄迫シテ伊ノ錢銀ヲ詐取スレバ、何ノ雜作モ無ク出來ルト申シマシタ。

蕭邦棉ハ阿左ヲシテ、王元吉ノ弟王煌立ヲ誘ヒ出シ其死人ノ親族タラシメマシタ。

王煌立ハ事面倒ダト想ヒ、家ガ貧シクテ費用ノ錢ガ無イト答ヘマシタ。

蕭邦棉ハ二百文ヲ與ヘ、阿柳ハ告訴狀ヲ認メテヤリ、楊鳴高、楊如傑等十人許リヲ、皆其係連者トシマシタ。

曹阿左ハ許元貴ヲ誘ヒ、告訴狀ヲ持チ特工白墓洋ニ行キ、王煌立ガ縣衙ニ訴ヘ出デントシテ居マス。

◎現時被李阿柳欄咧、事情能使得和息、總着八十兩銀了即能和。

◎彼是時刑房書辦鄭阿二、亦因爲收租來到白墓洋、即與伊鬪參詳價數、按八十兩銀。

◎更再去哄嚇姓楊的、不拘姓楊的不肯。

◎煌立即假意、參元貴要入縣城去告、邦棉阿柳假意、去路裡追到返來。

◎隔二日知我適同來普寧、伲又假意來普寧縣城內、宿住李惠山的厝、

現時李阿柳ニ欄メラレテ居テ、和解ノ出來ル事情ダケレトモ、八十兩ヲ出サントイケマセント申シマシタ。

彼是時刑事係ノ書記鄭阿二モ、亦小作料取立テノ爲メ白墓洋ニ來リ、彼等ト價數ノ相談ヲナシテ、銀八十兩ト見積マシタ。

更再楊姓ノ者ヲ哄嚇マシタ、然シ楊姓ノ者ハ肯マセンデシタ。

煌立ハ元貴ト共ニ縣城ニ告訴ニ行ク假意シ、邦棉阿柳ハ假意行キテ之ヲ途中ヨリ追ヒ戻リマシタ。

二日程經テ、自分ガ恰度普寧縣ニ歸リシヲ知リ、彼等ハ又假意テ普寧縣城內ニ來リ、李惠山ノ厝ニ

張阿東又出來要與伊講和、參鄭阿二李阿柳二人、更去極力哄嚇伊、自八十兩、降落到四十兩、二十兩、煞尾落到十兩銀。

宿住、張阿東モ又出デ來リテ彼等ト和解セントシ、鄭阿二李阿柳二人ト共ニ極力恐喝シテ、八十兩ヨリ降落四十兩、二十兩トシ、煞尾ニハ十兩ニ下グマシタ。

原文字音

攜與俱有案賊曹阿左、至寓齊言窟中屍、乃王元吉、數日前曾與楊如傑角口、白墓洋楊姓頗富饒、藉此詐財、甚不費力、邦棉遂使阿左、招來屍弟王煌立、煌立難之以家貧乏費爲詞、邦棉即給煌立錢二百、阿柳代書投詞、將楊鳴高、楊如傑等十多人、羅織詞內、又曹阿左、往邀許元貴、賫詞至白墓洋、稱煌立欲赴縣控告、目今爲李阿柳所留事、可和息須費銀八十兩、而是時刑書鄭阿二、亦以收租至白墓洋、從中議價、又向楊家嚇索、詎楊不依、煌立元貴、因僞爲入邑、元貴與邦棉、阿柳、又僞爲留囘、越兩日、會余旋普、因又僞赴普邑、宿李惠山、張阿東又爲講和、與鄭阿二李阿柳等、極力嚇索、自八十兩、降而四十二十、以及十兩。

（未完）

△前號正誤

前號第二三頁二行目「急埔」ハ「急捕」ノ誤リ。

三體文語

臺南　三宅生

◎藍公案

△龍湫埔的奇貨允趁大錢（其四）

◎楊如傑的老母吳氏講、恁並無毆打王元吉的事情、總不肯講錢給伊。

楊如傑ノ母ノ吳氏ハ、恁ハ決シテ王元吉ヲ毆打シタル事情無シト言ヒ、全ク示談金ヲ與ヘルコトヲ肯カズ。

◎而且厝內艱苦、亦無處提錢、所以的確不肯答應、續出來告偲此幾個人藉屍勒索。

◎王煌立亦出來告活剖騙和。

◎可見此起案的起因、都是這班訟棍土棍、歹保正歹書辦、捕風捉影、藉端生事做出來的。

◎此起案此多人此奇怪、竟然一問就破案。

◎自二更到三更後、所有關係的人攏總拿着、眞正是古語所講、天網恢

而且家ガ困難デ金ヲ出スコトガ出來ンカラ、的確應諾出來ナイト言ヒ、遂ニ此等數人ガ屍體ニ藉リテ勒索ト訴エ出デ。

王煌立モ亦剖殺シテ和解スルト騙シタトテ訴エ出デタノデ。

果シテ本件ノ原因ハ、都是此等ノ訟棍ヤ土棍（他人ノ爭事ニ關係シ訴訟ヲ唆カシ金ヲ取ル者ナルモ字ヲ辨エザルモノ、字ヲ辨ヘル者ヲ光棍ト云フ）ヤ、惡イ保正書辦共ガ、捕風捉影、些細ノ事ニコトヨセテ事ヲ起シタモノデアリマシタ。

斯クモ多人數デ奇妙ナ本件モ、竟然一タビ問ベルト發覺シ。

二更ヨリ三更過ギ（夜ノ十二時過ギ）迄ニ、所有關係者ハ悉ク逮捕セラレ、眞正古語ニ所謂、天網恢々粗ニ

々、果然無錯。

◎但王元吉、到底是因爲按怎樣死的。

尚未明白。

◎隔日去勘驗、遍身軀有重傷、尻腰有二條筴箍的確是別位移來的。

◎當場在彼訊問、攏無人知、心內訝疑伊此鼠賊仔的人、按怎偸人的物。按怎被人殺死。

◎曹阿左是慣練做賊、有犯案底的人、的確能知詳細。

◎阿左旣無到案、事情愈可疑。

シテ漏サズト、果然其通リデアリマシタ。

但シ王元吉ハ、到底如何ニシテ死ンダノカ、尙未判明シマセンデシタ。

隔日檢屍スルト、遍身軀重傷ガ有リ、腰ニ二條ノ筴箍ガ有リ、的確別位ヨリ持チ來タモノデアル。

其場ニ於テ訊問シタルモ知ツタモノナク、心中此ノ鼠賊仔ガ、如何ニシテ人ノ物ヲ盜ミ、如何ニシテ殺サレタカヲ疑ガツテ居マシタ。

曹阿左ハ竊盜ノ常習者デ、前科者デアルカラ、必ズ詳細知ツテ居ル筈ダガ。

阿左ガ出頭セナイカラニハ、此レハ愈々疑ガワシイ。

◎即叫許元貴來講、人命是極重的事情、此滿身屍在此曠野裡、尚不知兇身是甚麼人。

◎但是此起案、案内有名的人、召問的時無來到案、此的人就是兇身。

◎汝想曹阿左不到、的確是眞正兇身了。

◎汝透暝去拘曹阿左出來赴訊、若是受賄無人可出來、就將汝替伊抵罪償命。

ソコデ許元貴ヲ呼ヒ出シ、人命ハ極メテ大切ナモノデアルガ、此滿屍體ハ此ノ曠野ニ在リ、尚下手人ハ何人カ知レナイノデアル。

但是本件ニ名ノ乘ツテ居ル者デ、召喚シタ時出頭セナイ者ハ、此者コソ下手人デアル。

汝想見ヲ阿左ガ出頭セナイ、必ズ眞ノ犯人デアル。

汝ハ透暝去ツテ曹阿左ヲ捕ヘテ訊問ヲ受ケニ來シ、若受賄シテ連レ出シ得ナカツタラバ、汝ヲ彼ノ替リニ罪ニ抵テ死刑ニ處スト申付マシタ。

○原文字音

楊如傑之母吳氏、終以並無毆打王元吉事情、且係貧寡、無可指應、遂出而以藉屍勒詐具控、而王煌立、亦有活殺賺和之呈、則此案之興、實由此一班、訟師究棍、奸保蠹書、捕風生事所爲、乃漏下尚未四鼓、而網羅盡皆弋獲、所謂恢々不漏者乎、但王元吉、作阿身死之後、尚未明晰、次日、詣驗、重傷徧體、且腰間竹篾二條、確係他處移來者、當場訊問皆莫能知、心疑此僉兒被殺行徑、曹阿左案賊心知之、而阿左不到、因呼許元貴詰曰、人命至重、今屍在曠野、未知兇手爲誰、但案內有名臨審不到者、即是矣、曹阿左不到必係眞兇、汝星夜拘出赴訊、如賄不出、則汝代其抵償。

前號正誤

前號第二十八頁十行目「八十兩」ハ「八十兩」ノ誤リ。
同第二十九頁二行目「宿李惠山」ハ「宿李惠山」ノ誤リ。

三體文語

（承前）

臺南　三宅生

◎藍公案

◎吩咐許元貴了後、日頭要暗、坐轎要返來。

◎經過石埠潭鄉、庄內老幼數十人、

許元貴ニ吩咐テ後、日暮ニ轎ニ乗リ歸ラントシ、

石埠潭ノ村ヲ通ルト、庄内老幼數十人ガ、路傍

來在路邊在跪拜。

◎問伊是甚麼事情、攏應講阮攏是忠厚老實、安份耕農的百姓。

◎不是別麼事情、因爲居住鄉村、不止軟弱、十數年受賊的苦。

◎幸哉、遇着你大老爺來上任、即能得安穩做頭路。

◎此滿田裡五穀在收成、園裡菜蔬亦攏好。

◎所以大家歡喜、來要迎接老爺、愛要見老爺一面而已。

ニ來テ跪ンデ拜ンデ居マシタ。

甚麼事情カト問ヘバ、皆應ヘテ曰ク私等ハ皆温厚正直デ分ニ安ンジ、農業シテ居ル人民デアリマス。

別ノ事情デハアリマセン、郷村ニ居住、實ニ軟弱デ、十年バカリモ賊ニ苦シメラレマシタガ。

幸イニ大老爺ガ御着任ニナリマシテ、安穩ニ頭路ヲ爲シ得ルコトニナリ。

今ハ田ニハ五穀ヲ收穫シ、園ニハ蔬菜モ皆好ク出來テ居マス。

ソレデ大家歡喜ンデ老爺ヲ迎ヘ、一目會ヒタイト思ヒ來タノミデアリマスレト言ヒ。

◎又縛柴草做火把、沿路隨在相送。

◎我一個一個、對安慰說謝。

◎更對恁講恁大家、攏安々穩々快活過日、守己安份盡忠盡孝。如此我着庇蔭真多喇。

◎天頂有月此光、嘴鬚頭毛各枝都照着。

◎這火把免用、免勞動大家。

◎我如此講、彼的耆老與少年子弟、猶原是全陣、隨双旁路裡在相送、辭、辭不肯去。

又柴ヤ草ヲ束ネテ火把トシ、道々隨イテ送ッテ居マシタ。

自分ハ一々慰メ御禮ヲ言ヒ。

又彼等ニ對ヒ、恁大家ハ皆安穩氣樂ニ日ヲ送リ、己レヲ守リ分ニ安ンジ忠孝ヲ盡サルレバ、ソレデ自分ハ非常ニ御陰ヲ蒙ムッテ居マス。

天ニハ月アリテ此ンナニ明ルク、隅々迄モ照シテ居リマス。

此ンナ火把ハ免用、大家ニ御苦勞掛ケンデヨロシイ。

自分ガソー言フモ其等耆老ヤ、若イ子弟ハ、矢張隊ヲナシテ路ノ兩傍ニ隨イテ送ッテ居リ、辭退シテモ肯キマセン。

◎內中有一個老人。行到要跌倒。我使人爲扶掖咧。請伊返去。

◎老人頭殼擧高々。講我今年六十九歲喇。未曾見着此號官。今暝雖是跌死亦快活啊。

◎我即使轎夫慢々仔行。我好禮好禮緩仔對問。

◎問您有甚麼不好。及艱苦的事情無。

◎老人搖頭講今無喇。

中ニ一人ノ老人デ倒レソーニシテ歩ミ居ルモノガ有リマシタ。自分ハ人ヲシテ扶ケシメテ、彼ニドーゾ歸ル樣ニ言イマシタ。

老人ハ頭ヲ高ク擧ゲテ。私ハ本年六十九歲ニナリマスガ、未ダ曾テ此ンナ好イ役人ニ會ツタコトガナイ、今夜倒レテ死ンデモ苦シクナイト言ヒマシタ。

ソレデ自分ハ轎夫ニ慢々ト歩マシメテ、叮嚀ニ緩クリト彼ニ尋ネマシタ。

彼ニ何カ惡イコトヤ、艱苦コトハ無イカト問ヒマシタ。

老人ハ搖頭シテ、モーアリマセント言ヒマシタ。

（未完）

原文字音

薄暮旋輿、過石埤潭鄉、鄉老幼數十人、拜于道、問何爲者、皆曰我等篤實農民、非有他事、因鄉居孱弱、十數年爲賊所苦、幸遇公涖止、始安生業、今田稻得收、園蔬無恙、故喜而來迎公、欲見公一面耳、束薪爲炬以送行、余一一慰勞之、且、曰汝等、皆安居樂業守法、奉公尊君親上、則我受賜多矣、明月在天、鬚髮畢照、此炬可以不勞、耆老子弟、皆夾道而送、辭之不去、中有一老者、將傾跌、余遣人扶掖、請回、老者昂首、言曰吾年六十九、未嘗見此好官、今宵雖跌死、亦快活也、余因令輿徐行、從容問所疾苦、則搖首、曰今無矣。

前號正誤

前號二十四頁終リヨリ二行目「毆打」ハ「毆打」ノ誤リ。

同二十八頁初行「楊如傑」ハ「楊如傑」ノ誤リ。

三體文語（承前）

臺南 三宅生

◎藍公案（其六）

△龍湫埔的奇貨允趁大錢

◎問庄內尙有賊、無、就應講阮庄裡無賊。

◎此就近十數庄、亦無賊、僅乾龍湫埔、尙有淡薄、我不敢講。

◎我講做汝講、無要緊、汝免驚。

庄內ニ尙賊ガ居ルカト問ウト、應ヘテ曰ク私等ノ村ニハ居リマセン。

此附近十箇村バカリニモ、賊ハ居リマセン、僅乾龍湫埔ニ、尙ホ淡薄居リマスガ、私ハ言ヒキリマセン。

自分ハ汝ノ勝手ニ言ッテ構ハン、心配ハイラント言ヒマシタ。

◎老人即倚來耳空邊、講彼有五個惡賊、偸搶全無禁忌。

◎此滿已經死一個嘮、此個就是去相驗彼個身屍。

◎其餘四人、就是曹阿左、鐘阿表、羅阿錢、黄阿瑞、攏能飛簷走壁、天項都起去、眞是難拿的賊啊。

◎我聽了記在心內裡、隔二日許元貴、果然拿着曹阿左來。

◎我即時坐公堂開問、要將夾棍對夾起來問。

老人ハ耳ノ側ニ寄ツテ、彼處ニハ五人ノ惡イ賊ガ居マシテ、盗棒強奪何ンデモヤリマス。

今ハ已經ニ一個死ニマシタ、此個ガ就是檢屍ニ行カレタ其ノ屍體デアリマス。

其餘ノ四人ハ、就チ曹阿左、鐘阿表、羅阿錢、黄阿瑞デ、何レモ巧妙ニ何處デモ駈廻リ（簷ヲ飛ビ、壁ヲ走リ天ニモ昇ル如キ）實ニ捕ヘ難キ賊デアリマスト言ヒマシタ。

自分ハ聽キテ心内ニ記エテ居リマシタ、二日ヲ經テ許元貴ガ果シテ曹阿左ヲ逮捕シ來リマシタ。

自分ハ即時公堂ニ於テ訊問ヲ始メ、夾棍（拷問ノ時足ヲ挾ムニ用フル具）ヲ挾ミ訊問セントシマシタ。

◎曹阿左一下就認、講到一淸二楚。

◎據伊的口供所講、伊參王元吉、鐘阿表、羅阿錢、黃阿瑞、攏平々無頭路可聽食。

◎即做夥偸提人的物、十月廿二暝、想要去做賊因爲無物可偸提。

◎適好遇着楊如傑小弟。

◎楊阿印、自己一人宿住園裡在顧蕃薯。

◎王元吉暗靜入去園內、要偸提伊在蓋、彼領綿績被、遂打醒阿印。

曹阿左ハ直チニ白狀シテ、スッカリ申シ立テマシタ。

伊ノ供述スル處ニ據レバ、伊ハ王元吉、鐘阿表、羅阿錢、黃阿瑞ト、共ニ何レモ同ジク儲ケル可キ職業ナク。

ソレデ共ニ盜棒ヲ爲シ、十月廿二日ノ晩盜棒セントシテ、何モ盜ムベキ物ガ無ク。

適好楊如傑ノ小弟楊阿印ガ。

自分一人デ園裡宿住テ、蕃薯ノ顧ヲシ居タルニ遇ッタノデ。

王元吉ハ暗靜ニ畑ニ入リ、伊ノ蓋ツテ居タ綿績被ヲ盜マントシテ、遂ニ阿印ノ目ヲ醒サシマシタ。

◎阿印知影是王元吉、就叫名開嘴對罵。

◎元吉欺負阿印是囝仔、強々將綿績被搶去、賣給黃奕隆、提伊八百錢。

◎阿印返去、對𪜶兄楊如傑講。

◎楊如傑破病適即好、身命尚未勇健、亦無法伊奈何。

◎二十四暝、元吉更參阮四個人、做夥去鄭厝寮、要做賊。

◎又更再被事主知影、大聲喝喊。

◎庄裡的人、齊出來拿賊、夯槌夯棒、

阿印ハ王元吉デアルコトヲ知リ、名ヲ呼ビ聲ヲ上ゲテ罵シリマシタ。

元吉ハ阿印ガ囝仔デアルノデ馬鹿ニシ、強々蒲團ヲ搶ツテ行キ、黃奕隆ニ八百錢ニ賣リマシタ。

阿印ハ歸リテ、𪜶兄楊如傑ニ講シマシタ。

楊如傑ハ破病ガ適即好クナツタバカリデ、身命ガ尚未勇健デナイノデ、伊ヲ奈何トモスルコトガ出來マセンデシタ。

二十四日ノ夜、元吉ハ更阮四人ト共ニ、鄭厝寮ニ行キ盜棒セントシ。

又更再持主ニ覺ラレ、大聲ニ喝喊レマシタ。

庄ノ人皆出デ來リ賊ヲ拿ヘント、長イ棒ヤ短イ棒ヲ持チテドン〳〵ト追ヒ打チカヽツテ來マシタ。

直追直打。

（未完）

原文字音

問鄉間、尙有穿窬否、則曰、吾鄉無有、前途十數鄉亦無有、惟龍湫埔、未能盡絕、我不敢言、余曰、吁無害、老人乃附耳言、彼處惡賊五人、竊刦無忌、今已死其一、即所驗之屍是已、餘四人、曹阿左、鐘阿表、羅阿錢、黃阿瑞、皆飛天手段、難捕之賊也、余心識之、越兩日許元貴、果獲曹阿左以來、將夾訊、阿左奮然吐實、侃々而談、供稱與王元吉、鐘阿表、黃阿瑞、羅阿錢、共以竊奪爲生、十月廿二夜、欲作穿窬、因無所獲、適楊如傑之弟楊阿印、獨宿園中、看守地瓜、元吉潛入地中、偸所蓋綿被、爲阿印所覺、呼其名罵之、元吉欺阿印年幼、搶奪而去、售與黃奕隆、得錢八百錢、阿印歸訴其兄、適如傑、病起尫羸、亦未如之何也、元吉又於二十四夜、偕阿左等四人、同至鄭厝寮、行竊、復爲事主覺喊。鄉人齊出捉賊。棒棍交加。

前號正誤

前號第二五頁第二行「我」ハ「我」ノ誤リ。同第二七頁第三行目「送行」ハ「送行」ノ誤リ。

三體文語（承前）

臺南　三宅生

◎藍公案

△龍湫埔的奇貨允趁大錢（其七）

○五個人沿路走、沿路參伊抗拒想要逃脫。

○阿表偲四人、少年勇壯做前先走去。

○獨々元吉一人、若餓死鬼一般、走了較緩。

五人ハ沿路逃ゲツヽ伊ニ抵抗シ逃脫ヨウトシマシタ。

阿表等四人ハ、少年勇壯デアルカラ先キニナツテ逃ゲマシタ。

獨々元吉一人ハ、餓鬼ノ樣ニ瘦セ衰ロヘテ居リ逃ゲ方ガ緩ク。

○受傷比別人較重、自己用痲布褲、脫起來包頭壳、血流血滴傾命逃去。

○二十五日、在白墓洋路裡、遇着阿印楊如傑。

○阿印靠有偲兄同行、對元吉共討綿續被。

○彼時大家有口角、庄衆出來共偲勸息、路裡若多人都攏知。

○彼一暝昏、王元吉宿住在黃奕隆瓦窰內、過幾日即死去。

○黃奕隆、驚畏有干係能連累着。

負傷ガ別人ヨリ重ク、自分デ麻布ノ褲ヲ脫ギ其レデ頭壳ヲ包ミ、血ノ流レ滴ルニ一生懸命デ逃レマシタ。

二十五日白墓洋ノ路デ、阿印如傑等ニ遇ヒマシタ。

阿印ハ兄ト同行シ居ルヲ恃ミ、元吉ニ對シ綿績被ヲ返セト言ヒマシタ。

其時互ニ口論シ、庄衆ガ出テ諫メ息メタノデ、路ニハ數多ノ人アリテ都テ知ツテ居マス。

其夜王元吉ハ黃奕隆ノ瓦燒場內ニ宿住、數日ヲ經テ死マシタ。

黃奕隆ハ干係アリテ連累ニナルヲ畏レマシタ。

○參伊的小弟、黃奕茂、及一個黃阿瑞、將死屍移去曠野彼土窟內。

○王元吉伊叔、亦知是如此無要管伊。

○又因爲王元吉的人、算是匪類。死亦是免可憐。

○設使出來告官、若問出眞情、顚倒是家門的暴辱、所以無屍親要出來認。

○我問到如此、即使人去拿鍾阿表、羅阿錢、黃阿瑞來問。

○攏供講王元吉、做夥做賊、及鄭厝

伊ノ弟黃奕茂及今一人ノ黃阿瑞ト共ニ、死屍ヲ曠野ノ彼ノ土窟内ニ移シマシタ。

王元吉ノ叔モソンナコトヲ知ツテ居テ構イマセン。

又元吉ト云フモノハ、算是匪類デ死ンデモ憐ムベキ者デナク。

設使官ニ訴エ出テモ、若眞情ヲ査ベ出サレルト、顚倒家門ノ暴辱ニナル、所以屍體ヲ引受ニ出ル屍親(死人ノ親族)モナイノデアリマス。

自分ハソレマデ訊問シテカラ、人ヲシテ鍾阿表、羅阿錢、黃阿瑞ヲ捕ヘ來ラシメテ訊問シマシタ。

攏王元吉ト共ニ賊ヲナシタルコト、及鄭厝寮デ捕ヘラレルニ抵抗シ負傷シタルコトハ、事實デアルト、

寮拒捕受傷、是實在的事情。黃奕隆所買賊贓、此領綿績被、亦與黃阿左、鍾阿表、偲的口供所講相同。

○而黃阿瑞、就是黃近啓。

○如此石埠潭鄉、老人所指出來的賊、攏總拿着。無一個走漏去。

○此起案就如此都結局喇。（終）

申立テマシタ。

黃奕隆カ買ッタ贓品タル、此領綿績被モ亦黃阿左鍾阿表等ノ口供ト同ジク。

而シテ黃阿瑞トハ就チ黃近啓デアリマシタ。

ソレデ石埠潭鄉ノ老人ガ指摘シタトコロノ賊ハ、攏總捕ヘラレ一人モ逃ゲタモノハアリマセン。

本件ハソレデスッカリ結局マシタ。

原文字音

拒捕逃脫、阿左阿表等四人、皆壯盛先奔、獨元吉餓悴、行遲受傷特重、以麻黃布褲纏裹頭顱、鮮血迸透、二十五日、遇阿印如傑、于白墓洋途中、阿印恃有兄同行、向元吉索被、互相爭角、爲鄉衆勸息、途之人所共知也、乃元吉、夜循于黃奕隆瓦窰內、數日殞身、奕隆有千連、借其弟奕茂、及黃阿瑞等、將屍移置曠野、泥窟中、而元吉叔父、亦知而不問、蓋以其身爲匪類、不足惜憐、恐控出眞情、反爲門戶之辱也、因拘到鍾阿表、羅阿錢、黃阿瑞、俱供元吉夥盜、及鄭厝寮、拒捕受傷是實、黃奕隆繳出所買贓被、亦與阿左阿表等、供招相符、而黃阿瑞、即係黃近啓、蓋石埠潭老人、所窟指而數群盜、盡入網羅、亦無一疏漏、云。

前號正誤

前號第二十一頁第四行目「搶去」ハ「搶去」ノ誤リ。第二十二頁末行「元吉」ハ「元吉」ノ誤リ。

載於《語苑》一九二四年一月、二月、三月、四月、五月、六月、七月十五日

作者　郭居敬
譯者　渡邊剛

故事二十四孝（二）　本身飲藥湯*

【作者】郭居敬，見〈故事二十四孝（一）有孝感動天〉。

【譯者】渡邊剛，見〈故事二十四孝（一）有孝感動天〉。

* 原文題作「親嚐湯藥」。

○故事二十四孝（其二及ビ三）

▲本身飲藥湯……藥湯ヲ親ラ試ム

渡邊剛

前漢的時候、有一個文帝、名號做恒、是高祖劉邦的第三後生、尚未做皇帝的時候、起初封伊號做代王、親生的老母、號做薄太后、文帝奉養攏無怠惰、破病有三年、文帝心肝眞煩惱、下晝時目瞷瞷沒交睫、穿衫沒記得解腰帶、藥湯無親嘴飲過、不敢捧去俾恁老母食、仁德有孝、天腳下的人攏知影、百姓看伊的行為做模範。

○前漢ノ時ニ文帝ト申シマス皇帝ガ御座イマス、名ヲ恒ト稱シ、高祖劉邦ノ第三子デ、未ダ皇位ニ上ラナイ以前ハ、代王ト申シマシテ、生母ヲ薄太后ト申シマシタ、文帝ハ孝養ヲ少シモ怠ラナカッタノデ御座イマス、生母ガ病氣ニ罹リ病床ニ就カル、コト前後三年ノ久シキニ渉リマシタノデ、文帝ハ非常ニ御心配ナサレ、夜ノ目モ寢ズ帶ヲ解クコトスラモ忘レテ看護ニ從事シ、藥湯ハ先ヅ親ラ飲ンデ見ナケレバ、差上ゲナカッタノデアリマス、夫レガ為メ文帝ノ仁德ニシテ孝心ノ深カッタコトハ、天下ニ偏ク、民ハ何レモ文帝ノ行ヲ模範ニシタソウデ御座イマス。

載於《語苑》一九二二年二月

故事二十四孝（三） 咬指頭仔心肝痛*

作者 郭居敬
譯者 渡邊剛

【作者】郭居敬，見〈故事二十四孝（一）有孝感動天〉。

【譯者】渡邊剛，見〈故事二十四孝（一）有孝感動天〉。

* 原文題作「嚙指痛心」。

◎咬指頭仔心肝痛

周國的時候有一個人。姓曾。名參。字名號做子與。服事老母眞有孝。曾參有一日。曾去剉柴在山中央。恁厝有人客。到恁老母沒得去買菜來欵待伊。瞭望伊曾參尚未返來。即咬自己的指頭仔。曾參在山裡。無張持心肝痛。擔柴緊走返來。跪恁老母問伊的緣故。恁老母即講。有趕緊的人客到。我無甚麼物可欵

……指ヲ嚙ンデ心痛ヲ感ズ

○周國ニ姓ヲ曾。名ヲ參。號ヲ子與ト云フ一人ノ人ガアリマシタ。母ニ仕エルコトガ誠ニ孝行デ御座イマシタ。曾參ガ或ル日。柴刈リニ山ニ行ツテ居リマスト。家ニ來客ガアリマシタ彼レノ母ハ親ラ野菜ヲ買フテ來マシテ欵待ヲスルコトガ出來ナイノデ。曾參ノ歸ルノヲ待チ兼ネテ。自分ノ指ヲ嚙ミマシタ。處ガ曾參ガ山ニ居ツテ突然心痛ヲ訴ヘマシタカラ。柴ヲ擔ギ急イデ家ニ歸ツテ來マシタ上母ノ前ニ。跪イテ其ノ譯ヲ問ヒマシタ。彼レノ母ハ急ナ客ガ來マシタノニ何モ欵待ヲスル物ガ

待伊、即咬我的指頭仔、要俾汝知影汝即能趕緊返來、這是戀老母的意思、有感應伊的心肝、如此打算有孝所致的。

ナイノデ、自分ノ指ヲ噛シデ早ク歸ッテ貰フ樣ニ報セタモノデスト申シマシタ、是レ母ノ精神ガ彼レノ心ニ感應シタモノデアリマシテ、孝行ノ然ラシムルモノデアリマシヨウ。

載於《語苑》一九二二年二月

故事二十四孝（四）穿單領衫順老母*

作者　郭居敬
譯者　渡邊剛

【作者】
郭居敬，見〈故事二十四孝（一）有孝感動天〉。

【譯者】
渡邊剛，見〈故事二十四孝（一）有孝感動天〉。

* 原文題作「單衣順母」。

多方面

○故事二十四孝（其ノ四）

渡邊剛

△穿單領衫順老母

單衣ニ甘ジテ母ニ盡ス。

周國的時候、有一個人、姓閔、名

周國ノ時分ニ姓ヲ閔、名ヲ損、號ヲ子騫ト云フ人

損。字名號做子騫。早々都死老母。您老父更娶一個後母。生有二個子。到您後母。干乾愛伊自己生的子。怨妬寒天時。攏總做綿裘被伊穿。閔損。將蘆竹仔花。準做綿。做裘被伊穿。過着有一日。您老父叫閔損。拖車出門。閔損寒到縮々戰。失錯車索仔續加落。您老父緊扒起來。詳細與伊看覓咧。即知影蘆竹仔花走出來。心肝內不止受氣。要將您後母趕出去。閔損流目屎與

ガ御座イマシタ。オ母サンハ早ク沒ナラレマシタ爲メ。オ父サンガ更ニ一人ノ後妻ヲ迎ヘラレマシテ二人ノ子ヲ設ケマシタ。繼母ハ自分ノ生ミシ子ノミ可愛ガラレ。冬ガキマシタ際ニ彼等ニハ何レモ綿ヲ入レタ着物ヲ縫ツテ着セマシタガ。閔損ヲバ非常ニ憎シンデ。綿ノ代リニ蘆竹ノ花ヲ入レテ拵ヘマシタ着物ヲ着セマシタ。（蘆竹ノ花トハ蘆竹ト云フ竹ノ穗花デ綿ニ似テ居リマスガ更ニ暖クナイモノデ御座イマス）或ル日オ父サンガ閔損ニ車ヲ挽セテ外出致シマシタガ。閔損ハ寒ノ爲メニブル〳〵震ヒ誤ツテ手ニ持ツタ車ノ挽索ヲ落シマシタ。彼レノオ父サンハ直グ立上ツテ宜ク見マスト。蘆竹ノ花ガ食出テ居リマスノデ。其譯ヲ悟ラレテ心中大變ニ立腹ナサレ繼母ヲバ離緣サレ樣ト致シマシタ。閔損ハ淚ト共ニオ父サンニ對シテ。オ母サンガ居ツテ下サレバ只ダ私一人ガ寒イ思ヒヲス

多方面

恁老父講不可、老母在得、止有我
一個寒而已、老母一下去、三個子
計々寒、恁老母聽見、反悔從前伊
不着、就彼滿以後、愛閔損親像伊
自己生的子。

ルダケデ御座イマスガ、オ母サンガ居ラナイ樣ニ
ナリマスト三人ノ者ガ何レモ寒イ思ヒヲシナケレ
バナリマセンカラ、何ウゾオ許シ下サイト申上ゲ
マシタ、繼母ハ之ヲ聞カレマシテ今迄自分ノ誤
テ居ラレタコトヲ悟リ、夫レカラ後ハ閔損ヲ自分
ノ生ミノ子ノ樣ニ慈ミマシタソウデ御座イマス。

載於《語苑》一九二二年四月

故事二十四孝（五）為著父母去負米*

作者　郭居敬
譯者　渡邊剛

【作者】郭居敬，見〈故事二十四孝（一）有孝感動天〉。

【譯者】渡邊剛，見〈故事二十四孝（一）有孝感動天〉。

* 原文題作「負米養親」。

多方面

○故事二十四孝

（其五）

渡邊剛

△爲着父母去負米……父母ノ爲メニ自ラ米ヲ負フ。

周國姓仲、名由的人、字名號做子路，家內貧赤、會挽苦菜來食、爲着父母去負米、行到一百里以外、仲由攏無嫌遠盡心奉養父母到彼候仔恁序大人過身了後、即出身去做官、領命令對南邊去

周國ニ姓ヲ仲、名ヲ由、號ヲ子路ト申シマス方ガ御座イマシタ、家ガ貧困デアリマシタ爲メ曾テ非常ナ粗食（野菜食）ヲシテ居リマシタガ、父母ノ爲メニハ百里ノ路ヲモ遠シトセズ自ラ米ノ運搬ニ從事シ眞心ヲコメテ父母ニ孝養ヲ盡シマシタ、父母ノ沒ナラシマシテカラ立身セラレ仕官ヲ致シマシ

楚國、跟隨的車仔、有一百張、領俸祿的粟有萬鍾、要坐敷幾仔領的褥仔即有坐、要食、排幾仔的鼎即有食、仲由即吐大氣、在講、我雖是愛要食苦菜的物、爲着父母去負米、沒可得着了、可惜父母早死、無可到此滿等享富貴。

テ命ヲ受ケ南方ノ楚ト云フ國ニ行キマシタ、其際ニ附隨フ處ノ車ハ百乘ニ及ビ、受クル處ノ俸祿ハ萬石ノ多キニ達シ、坐スルニハ數枚ノ褥ヲ重ネテ坐シ、食スルニハ山海ノ珍味ヲ以テスル樣ニナリマシタガ、仲由ハ以前ノコトヲ考ヘ、自分ハ粗食ヲナシ父母ノ爲メニ米ヲ負フテモ孝行ヲシタイケレドモ殘念ナコトニハ夫レモ出來ナイ、何シテ父母ハ自分ノ出成ヲ待ツテ居ツテ今日ノ富貴ヲ自分ト共ニシテ下ダサラナイノダロウト嘆カレタソウデ御座イマス。

載於《語苑》一九二二年五月十五日

羽衣*

作者　蒲松齡
譯者　鷺城生

蒲松齡像

【作者】

蒲松齡（一六四〇～一七一五），字留仙，又字劍臣，別號柳泉居士，世稱聊齋先生。山東淄川（今淄博市淄川區）人，一六五八年（順治十五年）應童子試，以縣、府、道第一補博士第子員，然爾後屢試不第，一七一〇年以年逾古稀，援例為歲貢生。著有《聊齋誌異》（短篇文言小說集）、《醒世姻緣傳》（長篇白話小說）以及《聊齋文集》、《聊齋詩集》、《聊齋俚曲》、《柳泉詞稿》、《農桑經》等。其中最膾炙人口的作品自非《聊齋誌異》莫屬，該書共有四百九十餘篇，主要描寫鬼神妖精之事，藉由委婉曲折的方式以針砭現實社會，被譽為「寫人寫鬼，高人一等；刺貪刺虐，入骨三分」（郭沫若語），廣被改編為戲曲、電影與電視劇等。（顧敏耀撰）

【譯者】

鷺城生，偶僅署名「鷺城」（さぎしろ），應即其姓氏。在臺日人，寓居臺北，通曉福佬話與客家話，曾在《語苑》發表數篇作品，包括一九二二年四月至翌年九月的〈實用客人口語法〉共十四篇、一九二二年五月、七月、八月、十一月的〈羽衣〉、一九二二年六月、七月、九月的〈烈士吳鳳〉、一九二二年十二月翌年三月的〈奇妙八犬傳〉（落伍生在一九二二年四月、七月、十一月寫前三集，鷺城生續寫其四與其五）。（顧敏耀撰）

* 原文題作〈竹青〉。

○羽衣（支那）

○羽衣

臺北 鷺城生

○姓魚名容、此個人是湖南人、不知伊住在何一郡何一邑、家內不止赤。

湖南ノ或ル處ニ住居スル、魚容ト呼ブ人、家ハ極ク赤貧デアル。

○有一日去上京考致不第返來續無路費想要沿路求乞不拘斯文人想了眞見肖餓到要死去。

○路過吳王廟暫且走入廟內宿睏。

○將自己的心中所有的滿腹怨氣盡行訴被神明聽。

○彼暗續住在神卓脚隔暝。

○忽然一個人來悉去見吳王跪咧即說講羽衣隊倘有欠一個人被伊補彼缺好否。

○吳王講好即撳一領烏的衫給伊。

○覺得異香撲鼻。

或ル日北京ニ、試驗ヲ受ケニ往キ、落第シテ歸路ニ就キシモ旅費ナク、沿道人ノ情ヲ乞ハント思ヒシガ、而シ能ク考ヘテ見ルト、學者トシテ甚ダ恥シクモアリ、空服デ堪マラナカツタ。

吳王廟ノ處ヲ通リ掛カリ、暫ク廟內ニ入ツテ休憩セリ。

自分ノ心中ニ堪ヘ兼ネタル、殘念サヲ神ニ對シ盡ク拜申シ。

其ノ夜ハ遂ニ神卓ノ許デ、客愁ノ夢ヲ結ブニ至ツタ。

忽チ一人ノ者來リ、吳王ノ許ニ連レ行キ、跪ヅイテ曰ク、羽衣隊ニ尙ホ一人ノ缺員アリ、彼ヲシテ、補缺シテハ如何ト、奏問シケレバ。

吳王ハ諾シト宣給ヒ、一枚ノ黑衣ヲ彼ニ與ヘ給フ。

靈香ノ薰ズルヲ覺ユ。

多方面

○容將此領穿咧、身軀忽然眞輕、一斗仔久續能飛。

○尙就飛出去、看見一陣與伊相欵的人招伊去。

○去到一個港的所在、各個攏宿在船桅彼。

○船內的人。看見緊々相爭獻魚獻肉棄對空中起去。

○衆人在空中就與伊接來食。

○此個容看見如此、亦學伊各個接來食。

○食食到一肚飽々々即飛去宿在樹尾裡、心肝不止歡喜。

容ハ此衣ヲ纏フト忽チ身體輕キヲ覺ヘ、暫ラクスルト、飛翔スルコトガ出來ル樣ニナッタ。

尙ホ外ヘ翔リ出デ、見ルト、彼ト同種類ノ隊伍ヲナセル人々ニ誘ハレテ行ッタ。

或ル港灣ニ到著スルト、一隊ノ者ハ船ノ帆柱ノ尖キニ止マッテ居ルト。

船中ノ人々ハ之レヲ見ルト、爭フテ魚ヤ、肉ヲ獻スル爲メ、空中ヘ向ケ高クホリ、揚ゲタ。

一隊ノ者ハ、空中デ之ヲ受ケ止メ、食ベテ居ル。

此ノ有樣ヲ見テ容モ亦皆ノスル通リニ之ヲ受ケ止メ食ベタガ、滿服シタカラ、飛ンデ樹木ノ上ニ止マリ、心中大キニ喜ンデ居ル。

多方面

○隔二三日。吳王可憐容無對頭的。即將羽衣隊內一個叫做竹青女。匹配伊做妻。

○二人不止相好。見出門攏二個相悉。不拘容總是人地生疎見行攏是險路。

○竹青女每々諫正伊。容攏不聽伊。

○有一日容宿在樹尾。被一個兵士看見。被伊用銃打一下。着得胸坎的。幸哉竹青女緊々與伊抱走。無都險々被兵士拿去。

○噯啊。衆羽衣隊看一見。眞受氣。隨時

二三日經フルト、吳王ハ容ガ獨身ナルヲ憐ミ、羽衣隊中ノ竹青女ヲ、容ニメアワセ給フ。

兩人ノ間ハ頗ル和合シ、外ヘ出ル每ニ夫婦離レズ飛翔シテ居ルガ、而シ容ハ土地不慣ノコトヽテ飛翔スル每ニ危險ノ天路ヲ通行ス。

竹青女ハ度々其レヲ諫ムレドモ、容ハ一切聽入レナイ。

或日容ハ、樹木ノ上ニ止マツテ居ル處ヲ、或ル兵士ニ見付ラレ、鐵砲デ打タレ、胸ニ負傷シタガ、幸ニ竹青女ガ擁護シテ連レ去ツタ、サモナクレバ、スンデノコト、兵士ニ拿ハレル所デアツタ。

サア、羽衣隊ノ連中ガ之ヲ一見スルヤ、大キニ憤

壓倚去、將翅打海水。

○一時海湧連天、所有的船隻攏總反輪轉。

○却說、竹青女抱容返去、緊々被伊靜養、每日看顧不止周至、不拘容的傷、眞沈重、無幾日續死去。

○容着驚搭嚇一下續精神、一下看咧、自己都是在彼神卓脚在睏。（未完）

慨シ直チニ集合シテ翼デ海水ヲ煽リ立テタ。

遂ニ白浪滔天シ、諸船盡ク轉覆シテシマツタ。

サテ、竹青女ハ容ヲ擁護シ歸リスグ彼ヲ靜養サセ、每日周到ナル看護ヲ盡セシモ、容ハ重傷ナリシ爲メ、遂ニ白玉樓中ノ人トナレリ。

容ハ驚レオドロキノ刹那夢サムレバ、自分ハ依然其ノ神卓ノ許ニ就眠シ居リタリ。

多方面

○羽衣（支那）（續）

○羽衣

臺北　鷲城生

○起頭彼庄社的人、看見容已經死去咯、不拘不知是何位仔的人、與伊模覓咧。

○身軀更倘未冷所以不時叫人來到看、到伊醒的時候問伊即知叫是伊是湖南的人。

○各個即拾錢送伊返去。

最初ソコノ村民ガ、容ヲ見タトキハ、何處ノ者カ判明シナイガ、身體ヲ檢シテ見ルト已ニ死ンデ居ル。

而シ、マダ身體ニハ、體溫ガアルカラ、タヘズ人ヲ見ニヨコシテ居タガ、遂ニ彼ハ蘇生シタ。ソレデ聽イテ始メテ湖南ノ人デアルコトガ判明シタ。

ソコデ各自ハ、金ヲ醵出シテ、彼ニ與ヘテ歸郷セシメタ。

○經過三年後、此個容因爲有事情對
彼庄過、順續去廟裡燒金買寡牲禮
去祭、伊即當神投下。
○講竹青女若尙有在得、汝着應該來
受我的食。
○隔轉日更再刣豚倒羊去祭吳王、尙
更設寡筵食去祭羽衣隊。
○猶原更投下、講竹青女若尙有在得、
汝應該着來受我的食。
○尙彼暗船宿在湖村的所在。
旅次蕭條適是凉秋的時候、月色玲
瓏遙望遠的山若親像烟岸裡的樹

容ハ其レヨリ三年目ニ、所用アッテ其ノ村落ヲ通過ノ際、序手ニ廟ニ參詣シ、些少ノ供物ヲモ購求シテ、彼女ヲ祭リ、尙ホ神ニ祈願セリ。
竹青女ヨ、モシ此世ニ在サバ、當然我ガ供物ヲ、受納セラレヨト、告ゲ。
翌日更ニ羊豚ヲ屠リ、吳王ノ祭典ヲ擧ゲ、尙ホ些少ノ饗應設備ヲナシ、羽衣隊ニ供養ノ祭事ヲ營ミタリ。
更ニ竹青女ヨ、モシ在世スルナラバ、當然我ガ供養ヲ、受ケラレンコトヲ又祈願シタリ。
尙ホ其夜ハ、湖村ニ繫留セル、船中ニ宿泊ス。
旅路ハ蕭條タルモノデアル時恰モ秋月ハ清ク眺ムレバ遠山ハ烟ノ如ク、岸上ノ樹木ハ雲ノ如ク水天

多方面

若親像雲秋水同天一色幾欲化羽登仙也。更深的時四圍寂寥容獨對孤燈靜坐。忽然桌仔前儼然若一隻鳥飛落來的款一下與伊看咧都是二十歲兒的美查某。彼個人即講離別了後敢不止康健嘜。容着驚問伊。伊即講汝不識彼個竹青女是否。嘴胸容聽見不止歡喜即問伊講汝

一色ノ如クニ見ヘ羽化登天ノ感ガシタ。

夜ハ更ヲ重ヌルニ從ヒ滿攪寂寞デアル。容ハ孤燈ニ對シ獨坐セリ。

サナガラ鳥ノ飛ビ來リクル如キ有様ヲ。一見スレバ、コレハナン、花モ恥ヂロウ二十歲計リノ美婦人ナリキ。

尚ホ彼女ハ、オ別レ申シテヨリ以後ハ、汝ハ多分御壯健ニオワセシナラント、言ヒケレバ。

容ハ驚キ且ツ尋ヌレバ。

彼女ハ、貴方ハ竹青女ヲ御存ジナキヤト答ヘタリ。

容ハ之ヲ聽キ非常ニ喜ビ、尚ホ何ノ爲メニ來リシ

因為怎樣仔來。

竹青女即講、我本是漢江的神女、返去故鄉尚未有若久、不拘帶念着汝、相請二回的情、所以我即來與汝一回相會。

容聽見不止歡喜、儼然若親像夫妻離開真久、更再相會一樣不勝的戀愛。

○容一一愛伊與伊返去湖南、尚竹青女一一愛與伊去漢江、如此續兩意不決。

○彼暗適々醒的時候、彼個竹青女已經起來咯。

ヤト問フ。

竹青女ハ妾ハ元來漢江ノ女神ナリ、依テ故郷ニ歸リマシタ、マダ久シクナリマセンガ。而シ再三ハ、アナタ樣ノ御厚情ナル招待ヲ受ケタル故、一度御面會致シタキ爲メ來レル旨ヲ語リタリ。

容ハ之ヲ聽イテ、事ノ外ノ喜悅。丁度夫妻ガ遠ク離隔シ居テ、久方振リデ相逢フタルト一般、戀愛ノ情名狀スヘカラズデアル。

容ハ、彼女ト共ニ湖南ニ歸ランコトヲ希望シ、又竹青女ハ容ヲ伴ヒ漢江ニ行カンコトヲ欲シ、遂ニ相方ノ意見ガ決シナカツタ。

其夜モ已ニ目覺ノ頃竹青女ハ最早ヤ起床シ居タリ。

多方面

○目關一下扒金看見廳裡。
○嘀嘀大燭點到光影々覺然不親像船內的款着驚即起來問講這是甚麼所在。
○竹青女即笑說這都是漢江嗎我的厝着是君汝的厝何必着去湖南。
○天漸々光起來的時候看見老婆査某嫺到挨々陣々在辦彼酒菜就曉廣床頂置一塊低的卓仔將酒菜排置卓頂夫妻二人對頭飲。
○容即問講我彼個跟隨的人何去。
○竹青女即講在船裡欄。

瞼タヲ放ツテ、ヒヨイト正廳ヲ眺ムレバ。大蠟燭ニ。火ヲ點ジ。アタリ、マバユキ程ニ輝ヤケリ、船中ノ模樣ニ非ラザルヲ以テ驚キ起ツテ、ココハ何處ナリヤト問ヒタルニ。
竹青女ハ、笑ヲ湛ヘココハ漢江ニシテ、妾ガ家ナリ、取リモ直サズ我ガ良人則チ汝ノ家デアリマス、是非湖南ニ往カナネバナランコトモ、ナイデハアリマセヌ乎。
東天漸ク曉ヲ報ジ來リタル頃ヒ、見レバ多數老幼ノ下女等ガ押合ヒ壓合ヒデ酒肴ノ準備ヲナシ、廣座敷ノ低キ食卓上ニ、酒肴ヲ排列スル、ヤガテ竹青ハ容ト差シ向ヒデ、酒盛リヲ始メタ。
容ハ、時ニ自分ノ從僕等ハ何レニアリヤト尋ネタレバ。
竹青女ハソレハ船中ニ居マスヨト言ヘリ而シテ容ハ、

○尚不拘容不止煩惱講船內的人、汝
得可彼久等候我。
○竹青女應伊講、這無妨的事。
我已經替汝去與伊講咯。
將此起每日閑談、飲酒續樂、而忘歸。

尚ホ心配ニ堪ヘ兼ネ、船ニ居ル者等モ餘リ長ク我ヲ待ツテ居テ貰ハレマイト言ヒケレバ。
竹青女ハ、其ノ點ニ付テハ、御心配入リマセンヨ。ソレハ已ニ、汝ノ替リニ、往ツテ、彼等ニヨク話シテ置キマシタヨト答ヘタリ。
容ハコレヨリ毎日雜談飲酒等快樂シク日ヲ送リ、遂ニ故鄉ニ歸ルコトヲ忘却シテイタ。（未完）

○羽衣（支那）（續）　○羽衣

臺北　鷲城生

却說船內的人精神起來、適是風波〜〜

サテ船內ノ者等ハ目ヲ覺セバ、波モ音ナキ朝ナギ

靜之朝、忽然看見船宿在漢江的所在、眞驚四界尋揾主人就無踪跡、想了無法度。
船要駛對別位去、不拘彼個錠任扭々沒起來、姑不終即住彼守彼隻船差不多有二月外日久。
更再講起此個魚容、有一日看見庭裡的梧桐落葉、雁陣排空、忽然數念鄉里想愛返去、與竹青女講、我住此攏無親無戚、所有的親戚斷絕嘞而且與我名雖然是尫妻不拘無住同一所在要按怎樣仔。

ニ、見レバコレナン、漢江ニ碇泊シ居タリ、一同ハ大ニ驚キ主人ノ所在ヲ、彼方此方ト、捜ガセドモ、踪跡ガ分ラズ、又考ヘテ見タガ何ントモ方法ガナカツタ。
船ヲ他ニ移サントセシモ併シドウシテモ拔錨スルコト能ハザルヲ以テ、不得已其場ニ停マリ日ヲ送ルコト二箇月餘リデアツタ。
話ハ變ツテ魚容ハ、或ル日梧桐ハ落葉シ雁金ノ歸リ行ク、天路ヲ見レバナツカシク、忽チ歸鄉ノ念ヲ生ジ、竹青女ニ對シ自分ハ此處ニ住メバ親戚等ナク、又現ニアル親戚間トハ絶緣ノ狀トナル、併シ相互夫婦デアリナガラ同一箇所ニ居住セザルモ甚ダ困ル次第、如何ニスレバ宜シカラント言ヒシニ。

竹青女即講不殼講我麼是沒得可去、設使能得可去君家自有婦、啊汝要將我藏在何位、不如將我藏姑此做君汝的別院、豈不是較好。

魚容聽伊如此講想了都亦有道理、不拘嫌路遠沒得可時々來往。

啊竹青女即撇一領烏衫給伊、講此領是君汝所穿過的舊衫、汝若是有想着我的時將此領衫穿咧就能可到。

啊話講了嗬啊大開筵席與容餞行。

啊容食到醉就如此續睏去、到醒的

竹青女ハ答ヘテ、言フマデモナク妾ハ同行スルコト不能、ヨシ又行クコト出來トシテモ、良人ニハ素ヨリ妻女アル身ナレバ妾ヲ何處ニ蔵シ置ル、ヤ、ソレヨリハ寧ロ妾ハ此處ニ居住シ、ココハ良人ノ別莊トナサルカ宜シカラズヤト言ヒケレバ。

魚容ハ此ノ詞ヲ聞キソレモ一應道理ナリトハ思ヒシカドモ、遠路ナル爲メ常ニ往復スルコト能ハザルヲ嫌ヒタリ。

竹青女ハソコデ一枚ノ黑衣ヲ取リ出シ、彼ニ與ヘ之レハ曾テ良人ガ著用セラレタル羽衣ニシテ、モシ妾ノコトヲ思ヒ出サレシトキハ、之レヲ著用遊バセバ直チニ此處ニ到著スルコトヲ得ベシト言ヒ

其ノ詞ガ終ルヤ、魚容ノ送別宴ノ仕組獻立ガ辨ジラレテアル。

容ハ其ノ儘醉伏シタリ、目醒ムレバ、身ハ已ニ船

時候身軀已經在彼船內、一下與伊扒起來看咧、都是洞庭前日所識倚港的所在。

船內的人攏總倚有在得各個相見攏大驚起來即問容彼久去何位仔。

魚容自己倚眞驚緊々去枕頭邊與伊揺覓咧、果然有一個包袱在得一下與伊解開起來看都是竹靑女所給伊的物倚及彼個烏的衫喇、倚摺好々藏在彼內面。

又更有綉肚絡在腰裡一下與探覓咧、攏是金銀七寶了了。

中ニ在ルヲ以テ立チ上リ見レバ、是則チ洞庭ニシテ前日寄港セシ港デアッタ。

船内ノ者ハ皆依然トシテ居合セ一同ハ顔見合セ大ニ驚キ、容ニ對シ何レニ行キ居リシヤト問ヒタリ。

容自身モ大ニ驚キ、枕頭ノ邊リヲ探リ見レバ一個ノ風呂敷包アリ、開イテ見レバ則チ竹靑女ヨリ與ヘラレタル品物黑衣等ガ正シク折テ入レテアル。

又刺繍ノシテアル腹掛ケヲシテ居ルカラ、其ノ嚢ヲ探テ見レバ七寶充滿セリ。

方面

多方面

○羽衣（支那）（續）

臺北　鷲城生

從此起一直落南返到自己的本處。――之レヨリ鄉里ニ向ケ出發シ歸鄉シタリ。

多方面

返到厝隔幾仔月日啲啊着想起漢江的所在眞愛去所以即暗々靜々提彼領黑衣來穿、穿落去、在腋下孔生翼緞飛對天頂起去。

差不多經過二點鐘久着到漢江的所在。

漢江的春景海面的波紋倒照早起時的紅霞。

一下與伊看落去看見一個小浮嶼、中央有樓仔四圍攏有厝、即飛墜落來、有一個查某嫺已經看着容、即喊講官人來咯。

自宅ニ歸リ數箇月ヲ經テ漢江ノ事ヲ思ヒ出シ、密カニ黑衣ヲ取リ出シ着用スルト、兩脇下ヨリ翼ヲ生ジテ、空中ニ向ヒ翺翔スルコトガ出來タ。

凡ソ二時間餘リヲ經過スルト、漢江ニ到着シタ。

春ノ景色漢江ノ波立續ク朝霞。

眺ムレバ浮島ガ雲カト疑ワレル、中央ニ一樓アリ四圍ニ家屋ヲ圍繞セリ、其處デ地上ニ降ケレバ、一人ノ下女ハ已ニ容ヲ見御主人ガ御出ニナリマシタト告ゲタリ。

無若久竹青女出來接伊即叫女婢將彼領衫脫起來。
竹青女牽容的手講汝此回來眞適好我此近日間能分娩。
魚容笑々仔問伊講是胎生抑是卵生。
竹青女應伊講我今是神咯所以皮骨已經換了了咯與本成無同。
隔幾仔日果然臨產、囝仔衣眞厚一粒那親像大粒卵的欵與伊剖開更是男兒的。
魚容不止歡喜名卽與伊號做漢產。

暫クスルト、竹青女ハ出デ來リ、下女ニ命ジテ容ノ黑衣ヲ脫ガシメタ。
竹青女ハ容ノ手ヲ取リ、今回來ラレシハ丁度好都合ナリ、妾ハ近日中ニ分娩ス。
容ハ笑ヲ含ミ竹青女ニ對シ、胎生ナリヤ將タ卵生ナリヤト問ヒシニ。
竹青女ハ應ヘテ、妾ハ今ハ神ノ身ナリ、故ニ骨肉等ハ已ニ變化從前ト同一ノモノニアラズ。
數日ヲ經テ、果タシテ臨產シ胞衣ノ厚キ丁度一粒ノ卵ノ如キ物ヲ產ミ是レヲ切リ開キ見レバ男兒デアツタ。
容ハ大ニ欣ビ名ヲ漢產ト命名セリ。

多方面

生了三日後自半空中飛寡花落來、有一下仔聽見奏音樂的聲異香滿庭都是諸神女來。提寡釣宝玉的衣裳來恭賀。竹青女緊々命廚房置酒筵請人客、筵到半站穿白衫烏衫的神女各離席舞踏同唱霓裳羽衣的曲袖裙隨風飄々有的用笙笛琴空候和伊的曲聲音如欣如慕徹雲衢極其盛會下界所未曾有的舞曲。舞踏煞的時候衆神女各就位擧杯爲容夫妻祝賀。

出産後三日目ニ虚空ニ花降リ音樂聞エ靈香四方ニ薰ンズ之レ唯事ト思ワヌ折カラ諸々ノ天女來集シ。寶玉ノ飾付アル衣類等ヲ持チ來リ祝意ヲ表セリ。竹青女ハ直グ料理番ニ命ジ置酒シテ客ヲ招待セリ筵半バニシテ白衣黒衣ノ天人ハ席ヲ離レ霓裳羽衣ノ曲ヲナシ天女ノ羽衣風ニ和シ役ヲ割チ聲ヲ添ヘテ數々ノ笙笛琴、空候ノ其ノ音天地ニ徹シ聞クモ妙ヘナル下界ニ類ナキ舞曲ナリ。舞踏ガ終ルヤ諸天女ハ元ノ席ニ着シ擧杯シテ容夫婦ヲ祝賀セリ。

五三

容夫妻慇懃送客出門有一日容講
起要𤆬竹青女返去湖南。
竹青女講未生產以前本在要與汝
離別是因爲有身孕所以即沒得決、
今日離別的時已經到咯。
容聽一見講汝是與我講笑是否。
竹青女講緣份是前世註定的得確
沒苟簡豈有與汝講笑的道理。
總是我一句話要吩咐汝此個子生
成是大貴氣相着小心牽成伊即好。
講了看見竹青女飛對天頂起去竹
青女所穿的羽衣隨風翩々漸々入

容夫婦ハ慇懃ニ客ヲ門外ニ送レリ或日容ハ、竹青女ニ湖南ニ同道シテ行カンコトヲ話シタ。
竹青女ハ出產前ニ素ヨリ離別スルノデアルガ併シ妊娠シテ居ッタカラソレ、デ決シナカッタノデアル、今ハ離別ノ時節已ニ到來セリト言ヘリ。
容ハ之ヲ聽キ戲談ヲ言フニハアラズヤ。
竹青女ハ緣ハ前世ヨリ定マリタルモノニシテ、カリソメニモ、簡單ノモノニ非ラズ決シテ戲談ヲ申ス筈ナシ。
併シ私ハ一言言ヒ遺スコトアリ此ノ子供ハ生レ付キ賤シカラズ氣ヲ付ケテ養育セラレンコトヲト。
言ヒ終ルヤ竹青女ハ天路ニ翔ケリ彼ノ着用セル羽衣ハ風ニタナビキ天津ミソラノ霞ニマギレテ失セ

多方面

多方面

去雲霞內續無看見伊的影。（終リ）

ニケリ。

七月號中ノ正誤

羽衣ノ分　四四頁三行ノ羽衣ハ羽衣ノ誤リ。

載於《語苑》一九二二年五月、七月、八月、十一月十五日

邯鄲一夢（海陸音）*

作者　沈既濟
譯者　五指山生

【作者】

沈既濟（約七五〇～八〇〇），字不詳，蘇州吳（今蘇州）人，博覽群書，擅長撰寫史傳文字。西元七七九年（唐代宗大曆十四年）任太常寺協律郎。西元七八〇年（德宗建中元年），由宰相楊炎推薦，任左拾遺、史官修撰。翌年楊炎得罪賜死之後，受到牽連，貶為處州（今浙江麗水）司戶參軍。後又入朝任職，累官禮部員外郎。新舊《唐書》皆有傳。著有《建中實錄》與《選舉志》，均已失傳。《全唐文》收其〈論增待制官疏〉、〈上選舉議〉、〈選舉雜議〉、〈選舉論〉等六篇。其小說作品則有〈枕中記〉（即「邯鄲一夢」、「黃粱一夢」之典故）與〈任氏傳〉，皆為唐傳奇中具有代表性的名篇。（顧敏耀撰）

【譯者】

五指山生，可能為客籍文人，居於新竹北埔，通曉日語、客家話與福佬話。五指山海拔一〇七七公尺，橫跨竹東、北埔、五峰三鄉鎮，山形有如五指，屬雪山山脈支稜，為北台著名山岳，作者因為寓居該山附近，乃以其為筆名。他在一九二二年十月的《語苑》曾發表二篇文章：〈文ノ成份ニ就テ〉與〈邯鄲一夢〉。（顧敏耀撰）

* 原文題作〈枕中記〉，首段為：「開元七年，道士有呂翁者，得神仙術，行邯鄲道中，息邸舍，攝帽弛帶，隱囊而坐，俄見旅中少年，乃盧生也。衣短褐，乘青駒，將適於田，亦止於邸中，與翁共席而坐，言笑殊暢」，可見原本的時代設定在唐代開元年間，此處將其改換為漢朝，且為客語與日語對照。

○邯鄲一夢（海陸音）

（邯鄲ノ夢）

北埔　五指山生

上早在漢朝有介想發財做官介人。
聽到楚國王招賢納士就貪伊介俸祿
起身去楚國。

昔、漢朝ニ、富貴ヲ希望スル男ガアリマシタ。
楚ノ國王、賢才ノ臣ヲ求メ給フ由ヲ聞キ、恩爵ヲ
貪ラントテ、楚ノ國ヘ往ツタ。

邯鄲一夢

在路途行到人睏馬歇就在邯鄲介涼亭歇。凜介時有一介仙人呂洞賓來借一介枕頭奔伊使伊一夢富貴會悟自己介心事。

此儕就枕睡去做夢楚國王使人來召其介禮物眞多。

此儕眞歡喜去到楚國國王召入見面問文武介道理。

此儕對答如流文武百官低頭下拜楚王重用就封做出將入相介大官。經過三十年以後楚王歸天第一介公主

路デ歩キ瘦レテ邯鄲ノ旅亭ニ暫ク休憩シテ居ルト、呂洞賓ト云フ仙術ノ人、此男ノ心ニ願フ事ヲサトツテ、富貴ノ夢ヲ見セル、一ツノ枕ヲ貸シ與ヘタ。

男此ノ枕ニテ一睡シタルニ、夢ニ楚國ノ王ヨリ勅使來ツテ男ヲ召サルルニ、其禮其贈物、甚ダ厚遇ヲ受ケタ。

男喜ンデ楚國ノ王門ニ到ル、楚王席ヲ近ヅケテ道ヲ詢カリ武ヲ問ヒ給フ。

男ノ答ヘル度毎ニ諸卿、皆頭ヲタレテ其旨ヲ承ハリケレバ、楚王斜ナラズ、之ヲ貴ビ寵シテ將相ノ位ニノボラシメ給ヒヌ。斯クテ三十年ヲ經テ後、楚王殂シ給ヒシ時第一ノ姫宮ヲ男ニメアハセ、

招伊做駙馬爺。
使用介人一呼百應食不盡着不盡介
富貴萬事如意。
座上賓客滿樽中酒不空。
歡喜有餘不知不覺光陰經過五十年。
夫人生一個太子。
楚王無子可接位得一皇孫所以公卿
大臣相議奉爲楚王。
蕃邦進貢諸候來朝天下太平不貧秦
始王漢文惠王個太平。
王世子三歲個時。在洞庭湖遊玩三

ヒケレバ。
從官使令、好衣、珍膳心ニ叶ハヌト云フコトナク、
眼ヲ悦バシメヌト云フコトナシ。
座上ニ客常ニ滿チ樽中ニハ酒ノ絕ヘタルコトナシ。
樂ミ身ニアマリ遊ビ日ヲ盡シテ五十年。
夫人一人ノ太子ヲ生ミ給フ。
楚王ノ位ヲツグベキ御子ナクシテコノ御孫出來タレバ公卿、大臣皆相謀リテ、楚國ノ王ニナシ奉リヌ。
蕃衣悅服シ、諸侯ノ來朝スルコト唯秦ノ始皇、漢ノ文惠ノ、威ヲ振ヒシニ異ナラズ。
王子三歲ニナリ給ヒケル時、洞庭ノ波上ニ三千餘

邯鄲一夢

年三個月講幾下百萬個人客、遊玩個船三千零隻、文武百官齊到君臣同樂美女常娥同聲齊唱儼然身到仙境無料到興盡悲來。

夫人抱太子倚在船傍、一失脚連太子沈落海底、聽到文武百官慌々忙々齊聲吽救介聲忽然一夢驚醒、回想夢中個事登五十年個龍位歡樂無窮都係南柯一夢。

儕此就悟到人間百年與枕頭上一夢無異樣就按樣不去楚國看破紅塵爭名奪利個事了然一身悟道。

ノ船ヲ浮ベ數百萬人ノ好客ヲ集メ三年三月ノ遊ビヲシ給ヒシ、柴髯ノ老將ハ錦纜ヲ解キ青娥ノ女房ハ棹ノ歌ヲウタヒテ遊ビ戯レ、舞奏シテ其歡娛既ニ終ラントス。

夫人彼ノ太子ヲ抱キテ船バタニ立チ給ヒタルガ、足踏ミハズシテ、太子、夫人諸共ニ、海底深ク落チ沈ミ給フ、數萬ノ侍臣アワテ一同ニアレヽ、アレヽト云フ聲ニ、夢忽チニ覺メタリ、ツラヽ夢中ノ樂ミヲ數フレバ、遂ニ天位ニ五十年ヲ經タリト雖ドモ、覺メテ思ヘバ僅ニ南柯ノ一夢ニ過ギズ。

男ココニ人間百年ノ樂ミモ、皆枕頭片時ノ夢ナルコトヲ悟リ得テ、是ヨリ楚國ヘハ赴カズ忽チ身ヲ捨テ終ニ名利ニツナガル心、失セタリトゾ。

載於《語苑》一九二二年十月十五日

故事二十四孝（六）取鹿乳奉養父母*

作者　郭居敬
譯者　渡邊剛

【作者】郭居敬，見〈故事二十四孝（一）有孝感動天〉。

【譯者】渡邊剛，見〈故事二十四孝（一）有孝感動天〉。

* 原文題作「鹿乳奉親」。

多方面

故事二十四孝（其六）

渡邊剛

△取鹿乳奉養父母

周國郯子的人、性情極有孝、父母年老、目睛痛双邊攏總花々、眞正煩惱、聽人講食鹿乳就能好、想父母亦想欲要食、不拘幾得可着、郯子想要順

鹿乳ヲ取ッテ父母ニ孝養ヲ盡ス。

周ノ國ノ郯子ト云フ人ハ、性質極メテ孝行ノ人デアリマス、オ父サントオ母サンガ老年ニナッテ、眼病ヲ患ヒ、双方ノ目ガ見ヘナクナリマシタノデ、大變心配サレマシタ、人カラ鹿ノ乳ヲ飲ムト好クナルト云フコトヲ聞キマシタノデ、オ父サントオ

序大人的意思、即想出一個法度、去尋一領鹿皮、提來做衫穿、假做鹿仔、走入去深山的中央、參入去全陣鹿仔的中間。鹿仔看見伊親像自己攏無僥疑、郯子對鹿母吸出鹿乳、用一個矸仔盛、攜返來俾父母食、有一日、打獵的人、看見伊親像鹿仔、開弓發箭要對伊射去。郯子趕緊扒起來、照實在對伊講、打獵的人知影、即無對伊射死親像如此無顧自己的危險、各日攜返來俾序大人食、即無若久攏好去、這亦是有孝所致的。

母サンモ飲ンデ見タイト望マレマシタガ、手ニ入レル事ガ以來マセンデシタ炎子ハ兩親ノ望ミヲ滿足サセテ上ゲタイト思ヒマシテ考ヘタ末、一ツノ方法ヲ思付キマシテ、一枚ノ鹿ノ皮ヲ求メテ來マシタ上、之ヲ着テ鹿ノ樣ニ裝ヒ、深山ニ這入リ、鹿ノ群ニ混込ミマシタ。鹿ハ自分ノ中間ノモノト思ヒ、少シモ怪シタ思ヒマセンデシタ、炎子ハ雌鹿カラ乳ヲ搾取ツテ、之ヲ罐ニ入レテ持チ歸リ、オ父サントオ母サンニ飲セテ上ゲマシタ。或日狩人ガ、彼ヲ見テ鹿ト思ヒ、弓ニ矢ヲ番イテ彼ヲ射樣ト致シマシタカラ、炎子ハ大急ギテ起上リ、其ノ實情ヲ告ゲ狩人カラ射殺サルヽ事ヲ免カレタソウデ御座イマス、此樣ニ自分ノ危險ナ事ヲモ顧ミズ、毎日乳ヲ持チ歸ツテ兩親ニ差上ゲマシタノデ、間モナク全快スルニ致ツタソウデ御座イマスガ、是レミナ孝行ノ然ラシムル所デ御座イマス。

載於《語苑》一九二三年七月十五日

撿子婿*

作者　不詳
譯者　中稻忠次

【作者】不詳，是流傳於臺灣的民間故事。（顧敏耀撰）

【譯者】中稻忠次，可能與「中稻天來」、「中稻美洲」為同一人，見〈鳥鼠報恩〉。

* 一般題作「老鼠選女婿」。

各方面

○揀子婿

臺中　中稲忠次

在早有一隻猫鼠、彼隻猫鼠一個查
某子眞美、到大漢的時刻、要嫁夫恩
老父想我的查某子眞正美、若儘採
嫁眞打損、所以媒人若去與伊講親
成的事情、皆沒成、因爲要揀較賢

昔一匹ノ鼠ガ居リマシタ、其鼠ニハ一人ノ奇麗ナ
娘ガアリマシタガ年頃ニナツテ其父親ガ思フニ、
僕ノ娘ハ奇麗ダカラ、無暗ニ、御嫁ニヤルコトハ
誠ニ惜シイ、ソレデ仲媒ガ行ツテ縁談ヲスルト何
時デモモノニナリマセンデシタ、ト云フノモ至タ

多方面

的人、所以如此攏沒好勢、在尾憖老父續當人問看「天脚下何人較賢、我的查某子要嫁人」有一個人應伊講若要講世間較賢的人打算是日頭公最賢」彼隻猫鼠眞正歡喜、自己尋日頭公講「我有一個查某子要嫁汝」日頭公聽見如此想着眞好笑、即問猫鼠講「按怎樣汝的查某子要嫁我」猫鼠就講「因爲汝較賢、用得一宵仔的氣力、天脚下人、彼汝照顧眞多、所以我即阮查某子要嫁汝」日頭公講

賢イ方ヲ揀ビタイノデ皆具合ヨク行カナイノデス後ニハトウ〱人ニ聞キマシタ「僕ノ娘ヲ御嫁ニヤルノダガ誰レガ賢イダロウ」一人ガ答ヘテ申シマスニハ、世間デ賢イ人ト云フナラ先ヅ御陽樣デセウネ、」彼ノ鼠ハ非常ニ歡ンデ、スグ自分デ御陽樣ヲ訪ヒ申シマスニハ僕ニハ「一人ノ娘ガアリマスガ貴方ニ嫁ゲマセウ、」御陽樣ハ怎麼ナ話ヲ聞イテ、可笑シク思ヒ、鼠ニ問フテ云フニハ「何ウシテ貴方ノ娘ヲ僕ニ嫁ルノデス、」ソコデ鼠ハ「貴方ハ御賢イ、少シ力ヲ御出シナルト天下ノ人ハ貴方ノ御功德ヲ蒙ルコト多大デス、ソレデ僕ノ娘ヲ嫁

「若是如此我實在無賢、亦着雲較賢、因爲我若一宵仔被雲塞得、就攏暗了了」彼隻猫鼠聽見如此講、想着眞有影、隨時就去雲裡的所在、與雲講、「我的查某子愛要嫁汝、好否」雲想着、眞氣、講按怎樣汝的查某子要嫁我」猫鼠就講「日頭有得講、你是有氣力、的人、若一宵仔出力對日頭面前過、天地就暗了了、所以阮查某子要嫁汝」雲聽見如此講、即笑笑應伊講「若

ゲルノデス、」ト言イマスト、御陽樣ハ「ソレジャ僕ハ賢クナイ、雲ハモット賢イデス、」ト云フノハ僕ガ少シデモ雲ニ閉ザサレタラ眞闇トナッテ仕舞イマス」ト言イマシタ鼠ハ之ヲ聞キ成程其通ダト思ヒ、スグニ雲ノ所ニ行ッテ云フニハ「僕ノ娘ヲ貴方ニ嫁ゲタイデスガ、何ウデスカ、」雲ハ大變怒コッテ云フニハ「何ゼ貴方ノ娘ヲ僕ニ嫁ルノデスカ、」ソコデ鼠ハ「御陽樣ノ云フニハ貴方ハ勢力家デ若シ少シデモ勢出シテ御陽樣ノ前ヲ御通リナサレタラ、天地暗黑ニナリマス、ソレデ僕ノ娘ヲ貴

多方面

是如此我亦是含漫的人，若被風一宵仔出力就被伊一個弄弄走，如此算是風較賢「貓鼠聽見如此講，就去尋風講「我的查某子要嫁汝」風想着，眞奇怪「按怎樣汝的查某子要嫁我」貓鼠講「雲有得講「汝若一宵仔出氣力，伊就被汝進得弄弄走。

方ニ嫁ルノデス、」ト云フト、雲ハ之レヲ聞キ笑ツテ云フニハ「モシソウダツタラ僕モ無器用者ダ風ガ少デモ勢出セバスグニ吹キマクラレテ仕舞イマス、シテ見レバ風ガモツト賢イデス、」鼠ハ之ヲ聞キ其足デ風ヲ訪フテ云フニハ「僕ノ娘ヲ貴方ニ嫁ゲマス、」風ハ不思議ニ思イ、何ウシテ貴方ノ娘ヲ僕ニ嫁ルノデス」ト云フト、雲ノ云フニハ貴方ガ少シデモ勢出セバ雲ハ途切ラレタ上ニ吹キマクラレマス。

（以下次號）

載於《語苑》一九二三年七月

田舍鼠と都會鼠*

作者　伊索
譯者　張國清

【作者】

伊索（Aesop），見〈狐狸與烏鴉〉。

【譯者】

張國清（生卒年待考），臺北人，任臺灣總督府警察官，一九一九年起又兼任臺灣總督府警察官及司獄官練習所教官，專職教導臺語，溫厚謙讓，認真教學，深受學生愛戴。一九二六年辭職，入大永興業會議。其發表之作品目前僅見《語苑》一九二四年二月的〈田舍鼠と都會鼠〉。（顧敏耀撰）

* 伊索寓言「鄉下老鼠與都市老鼠」。

田舍鼠と都會鼠

臺北 張國淸

住在街裡一隻老鼠去尋山頂老鼠、山頂老鼠看着伊來用十分的好意、備辦眞多的草心咯、豆仔咯、鹽肉咯、排到全棹頂請伊、到食飽即提一塊牛乳餅出來請偲、倘人客在食的時驚了給人食無到見誚、而自己一絲仔子都不敢食、連味素好歹都不知、僅獨嘴裡咬一枝草仔件人在

都會ニ住ンデ居タ一匹ノ鼠ガ田舍ノ鼠ヲ尋ネテ行クト、田舍鼠ハ、アル丈ノ物ヲ出シテ歡待シ、澤山ノ草芽ヤ豆ヤ鹽豚等ヲ並ベ、食後ニ一片ノ乾酪サヘ出シタノデアル又オ客ガ食ベテ居ル間ハ若シ不足ヲ出ジテハナラヌト遠慮シテ、田舍鼠ハ自分デ少シモ美味ヲ食ベズニ只ダ御接伴ニ一片ノ藁ヲ嚙ンデ居ツタノデアル、食事ガ濟ムト都會鼠ハ「有リ難ウドウモ御馳走ニナリマシタガ、腹藏ナク御

食而已、食到飽街裡老鼠即對伊說講、創到即盛饌請阮眞多謝、我講一句較土呢、汝怎樣要住到此不成所在在生活呢、我看都沒曉得、住街裡的所在有可食彼號山珍海味、又再眞心適與我做陣來去何歟、住到此號山間的所在大無路用做陣來去嘮、街裡的彼號暢樂給汝看覓呢、因爲受着伊的苦勸到尾此隻山頂老鼠答應要去街裡、到半夜後即到街裡老鼠的大間厝、有看見眞多的盛

話ヲスレバドウシテ君ハコンナ小ボケナ穴ニ憫レナ生活ヲシテ居ルノガ僕ニハ解ラナイ、都會ニハ種々ノ善イ食べ物ガアッテ面白イカラ僕ト一緒ニ來ナイカコンナ寂シイ處ニ居ルノハ實ニ無駄ダ、一緒ニ來給へ都會ノ奇麗ナ樣子ヲ御目ニ掛ケヤウ、トイッタノデアッタ、暫ラクノ間勸メラレタノデ終ニ田舍鼠モ當夜都會へ行クコトヲ承諾シ、共々出立シテ夜半頃ニ都會鼠ノ住ンデ居ル大キナ家ニ來テ見ルト、食堂ニハ立派ナ御馳走ガ並ベテアッタノデアル、而シテ都會鼠ハ種々ノ容態ヲシテ食臺ノ上ヲ馳ケ廻リ一番善イ屑片ヲ咬ヘテ來テ田舍

饌排在食堂、彼刻街裡老鼠用種々體態住棹邊跳来跳去、撰彼號上好的肉片即咬来給山頂老鼠食、倘此山頂老鼠看着彼好的物驚一下、亦眞歡喜食到腹肚滿々、彼時忽然聽見人在推食堂的門、亦聽見眞多人在笑、亦在講話、倘對彼後面有一隻大隻的狗、大聲一直吠雄々走入來、住在彼彼二隻老鼠着驚緊走出來、彼中間山頂老鼠驚一下險絕氣去、停一糸仔久即開嘴在講、啊嘀

鼠ニ振舞フト、田舎鼠ハ餘リノ立派サニ喫驚シテ且ツ悦ンデ腹一杯ニナル迄食ベタノデアル、其時忽チ食堂ノ戸ヲ推シ開ケテ大勢ノ人ガ笑ッタリ話シタリ入リ來リ其後カラ一匹ノ大キナ犬モ追イテ來テ大聲ニ吠ヘナガラ室中ヲ驅ケ廻ッタノデ、二匹ノ鼠ハ急イデ逃ゲ込ミ、殊ニ田舎鼠ハ餘リノ恐シサニ一時殆ンド氣絶シタガ、ヤウヤク口ガキケルヤウニナルト「サテ〳〵此ノ都會ノ生活ナラ僕ハモウ此レデ充分ダ、君ハ御好キナラ此ノ結構ナ處ニ滯在イラッシャイ、僕ハ靜カナ[illegible]ヘ歸ッテツマラン草芽ヤ豆ヲ食ベテ居ル方ガ餘程イヽノダ」

々々。街裡的生活我今識了。汝若愛且汝住此好的所在。我要更返來靜々的舊孔內。來食草心亦豆仔有較妥當。

如此生對伊看起來。住在街裡的老鼠雖是有好物可食。不拘不時眞煩腦。不如着親像山頂老鼠食歹物。來過日有較爽快嘮。

トイッタノデアル。

此ノ都會ノ鼠ノ樣ニ旨イ物ヲ食ベテモ始終心配ヲシテ居ルナラバ、田舍鼠ノヤウニ粗末ナ物ヲ食ヘテモ氣樂ニ暮ス方ガ遙ニ優デ有リマス。

載於《語苑》一九二四年二月十五日

穿長靴的貓

作者　不詳
譯者　立石生

【作者】

不詳。本文或譯為〈穿長筒靴的貓〉、〈穿靴子的貓〉，原為一則歐洲童話，較早期而通行的版本是由法國作家夏爾・佩羅（Charles Perraul，一六二八～一七〇三）在一六九七年以《精明的貓》（*Le Maître chat*）的標題收錄到他編著的《鵝媽媽的童謠》（*Contes de ma mère l'Oye*）。其他版本有較早期的一六三四年由由義大利作家吉姆巴地斯達・巴西耳（Giambattista Basile）收錄為 *Gagliuso*，又譯作 *Pippo*。而稍晚的版本有 Joseph Jacobs（一八五四～一九一六）收錄在《歐洲民間傳說和童話故事》中的〈凱特巴拉伯爵〉，內容略有變化。本文所根據之確切版本不詳。（顧敏耀撰）

【譯者】

立石生，在臺日人，僅知姓「立石」（たていし），名字待考。一九二四年為警察官與司獄官練習所特科生，曾於一九二四年三月與五月之《語苑》發表〈穿長靴的貓〉（僅刊出二集，未刊畢）。

多方面

○穿長靴的猫

(一)

古早有一所在開□□車的此個人不止貪赤。死的時、所剩的家伙、但有一個□□車、一隻驢馬、及一隻猫而已。恁有三個子、大僕的分着彼個□□車、第二的分着彼隻驢馬、第三的即分着彼隻猫。

有一日彼第三個自己想講、我孤々分彼細隻的猫、以後要怎樣仔過日、賣彼隻猫皮了尚無何貨看要按怎

練習所特科生　立石生

昔或ル處ニ水車屋ガアリマシタ、此ノ人ハ非常ニ貪棒デ、死ンダ時、殘リノ財產トシテアルモノハ、一ツノ水車ト、一匹ノ驢馬ト、一匹ノ猫丈デ、此ノ人ノ三人ノ小供ノ中、第一番ノ子ハ其ノ水車ヲ、第二番目ハ其ノ驢馬ヲ、第三番目ハ猫ヲ其々分テ取リマシタ。

或ル日其ノ第三番目ハ自分デ考ヘルノニ、自分ハ唯彼ノ小サイ猫丈デ、將來如何シテ喰フテ行ウカ、彼ノ猫ノ皮ヲ賣ツテシマヘバ、モウ何モナイ。

樣都好、自己想到沒曉咧、憂愁到在悽慘彼刻在邊仔的彼隻猫、聽見頭家吐大氣、即講頭家啊汝的確免煩惱、汝與我買一個皮包及一双人穿的長靴、如此我都有法度、可給汝能出身、彼個第三的知影彼隻猫眞怜悧、總是不敢信伊、伊能鬥贊出身的事情、不拘困爲當在困難想無法度的時照猫所講彼二項的物買給彼隻猫、彼隻猫就穿彼双長靴、尙皮包未掛咧肩頭就如此岡出去行。

直々行、行到一個曠野、眞多的兎仔

如何スレバヨイデアロウカト思案ガ付カズ、嘆息シテ居リマシタ、其ノ時傍ニ居ヅタ彼ノ猫ハ、主人ノ嘆息ノ聲ヲ聞イテ、云フニハ御主人貴方ハ決シテ心配ハイリマセン、私ニ一ツ鞄ト人ノ穿ク長靴ヲ買テ下サイソヲスレバ私ニ一ツノ方法ガアリマス、必ズ貴方ニ出世ヲサシテ上マスト申シマシタ、此レヲ聞イタ彼ノ三番目ハ猫ノ利巧デアル事ハ知テ居ルガ、彼ノ猫ガ自分ヲ出世サシテ呉レルト云フ事ハ信ジナカツタガ、サテ差當リ困ツテ居ル處デスカラ、彼ノ云フ通リノ二ツノ物ヲ買ツテヤリマシタ、彼ノ猫ハ其ノ長靴ヲ穿キ鞄ハ肩ニ掛ケタ儘ブラブラト何處トモナク外ニ出掛テ行キマシタ。

行キ行キ一ツノ野原ノ兎ノ澤山居ル處ニ行キ、ソコ

在廼廼的所在、亦尙兎仔所愛的眞好食的物、買來貯彼皮包裡、包嘴開撳々藥置彼、自己亦倒得假做死去的欵、彼刻在彼的兎仔看見包仔內好食的物、歡々喜々一直倚、入去包仔內食彼個好物。

彼隻猫彼刻忽然扒起來、緊合包仔嘴、將彼個皮包挾咧就起行、行對國王在住的宮城彼去、見國王即講、這是加肉喇候爵要貢獻國王的兎仔、望國王陛下請收咧、國王雖然見彼個猫、不拘不會聽見加肉喇候爵的

デ彼ハ兎ノ好キソウナ味イ物ヲ買イ其レヲ鞄ノ中ニ入レ、鞄ノ口ハ開ケタ儘其處ニ置キ、自分モ其處ニ倒レ死ンダ風ヲシテ居リマスト、彼ノ兎共ハ其ノ鞄ノ中ノ味シイ物ヲ見テ、非常ニ歡ビ倚リ集マリ、鞄ノ中ニ入イリ其ノ味シイ物ヲ食ベマシダ。

彼ノ猫ハ突然飛ビ起キイキナリ其ノ鞄ノ口ヲ縮メテ、之ヲ脇ニ挾ミ其處ノ國王ノ住ンデ居ル宮城ニ行キ、國王ニ謁見シテ申シマスニハ、此ノ兎ハ「カパラ、候爵カラ國王ニ献ジマスル兎デアリマス、ドオカ國王陛下ノ御納メヲ願イマスト申シマ・シタ、國王ハ猫ニ御目ニカカラレマシタガ「カバラ」候爵ノ名前ハ未ダ御承知ニナリマセン、(實在此ノ

名(有影眞々無彼個人名、此個是彼隻猫對自己的頭家假號的名了)國王看見送來彼多的物、眞歡喜交代猫對恁主人說謝的話給伊返去。

更二三日彼隻猫拿眞美的鳥貢獻國王以後二三月日的中間、有時鳥仔路、佮有時眞奇巧的獸類路種々的物貢獻國王、攏總都是講恁頭家送的國王亦必肝內不止歡喜。(未完)

樣ナ名前ハナイノデ此ハ猫ガ主人ノ名ヲ假リニ付ケテ斯オ云フタノデアリマス、國王ハ其ノ澤山ナ送リ物ヲ見テ、非常ニ歡バレマシテ猫ニドオカオ前ノ主人ニ宜ロシク傳ヘテ呉レト云フテ猫ヲ返ヘサレマシタ。

其ノ後二三日シテ彼ノ猫ハ非常ニ美シイ鳥ヲ國王ニ献ジ、其レカラ二三個月ノ間、或ル時ハ鳥、又或ル時ハ非常ニメヅラシイ獸モノ類ヲ献上シ、其ノ外種々ノモノヲ献上シマシタガ、之レハ皆己レノ主人ノ献上モノト申シマシタ、國王モ又此等ノ物ヲ見テ甚ダ御ヨロコビニナリマシタ。

△前號正誤

前號中二六頁三行目「匿在」ヲ「匿在」ニ。二七頁五行目「一隻」ヲ「一隻」ニ訂正ス

多方面

○穿長靴的貓（二）

練習所 特科生　立石生

有一日彼隻貓不知在何位聽着、彼個國王悉一個囝仔愛要來港墘廻廻、彼隻貓聽見此號話、趕緊報頭家倘伊自己心肝內眞歡喜更講、頭家啊我此滿教汝一下法度、汝各項着照我講來行、汝得確能處發展、汝旦去港裡泅水以後的事情我就能發落。彼第三的照貓敎、隨時身軀脫裼々

或ル日彼ノ猫ハ何處デ聞イタカ、彼ノ國王ガ令嬢ヲ伴イ河岸ニ御遊ニ御出ニナルトノ事デシタ、此レヲ聞イタ猫ハ急ギ此事ヲ主人ニ告ゲ彼自身モ心中非常ニ欣ビ、尙語ヲ續ケテ云フニハ御主人私ハ今貴方ニ一ツ、方法ヲ敎ヘマショウ、貴方ガ私ノ云フ通リ行ナヘバ貴方ハ必ズ出世ガ出來マス、先ヅ貴方ハ河ニ行ッテ泅イデ居リナサイ、其ノ後ノ事ハ萬事私ガ取リ計ライマショウト云イマシタ。

彼ノ第三番目ハ猫ノ敎ユルマヽマヽニ早速眞裸體トナ

走去港裡泅水、彼刻國王與𪜶令愛二個做陣在坐莊嚴的車、再帶眞多的跟隨來到港墘、彼隻猫看見國王來就喝眞大聲救人咯救人咯。加肉刺侯爵在要被水溺死咯緊救伊咧喃。國王聽見喝咻、在車內看對窓仔門外、都是彼囘來拜謁的彼隻猫、國王聽猫的聲就隨時呌跟隨着緊去救侯爵。

彼中間彼隻猫倚去國王的車眞敬意頓頭講、我要來投國王陛下、阮頭

リ、河ニ飛ビ込ニ泅ギ居ル時丁度國王ハ令嬢ト二人デ立派ナ御車ニ御召ニナリ、多數ノ從者ヲ連レ河岸ニ御出ニナリマシタ、此レヲ見タ彼ノ猫ハ急ギ大キナ聲ヲ張リ上ゲ、救テ呉レ救テ呉レ加肉刺侯爵ガ水ニ溺レテ死ニカケテ居ル、早ク早クト呌ビマシタ、國王ハ悲鳴ヲ聞キテ窓カラ外ヲ覘カレルト、曾テ拜謁ヲ願フタ彼ノ猫デアリマシタ、國王ハ猫ノ聲ヲ聞キ直チニ從者ニ命ジ早速ニ侯爵ヲ救フ事ヲ命ゼラレマシタ。

此ノ間ニ猫ハ國王ノ御車ノ傍ニ倚リ行キ、謹愼一禮ノ上國王陛下ニ御願ガアリマス、私ノ主人ガ水

家險々被水溺死我在顧救頭家、不知誰人偸候爵的衫褲擮走去、知此講去眞有影的欵式、實在彼衫褲是彼隻猫暗靜提去藏石頭脚裡、國王聽此號話更吩咐跟隨、能合伊眞妍的一付衫提出來借給偲主人穿、彼個第三的穿彼付衫褲穿了宛然眞尊貴的公子、攏無差伊就如此見國王跪落國王的面前、表明尊敬的體態國王一下看見候爵、伊就兇講遂含偲令愛亦不止有意愛伊候爵

ニ危ク溺レントシ私ハ主人ヲ救フ事ニ一生懸命ニナツテ居ル間ニ、何人カ知ラヌガ主人ノ衣類ヲ偸ミ持チ逃ゲタ者ガアリマスト、眞實シヤカニ述べマシタ、其ノ實衣物ハ彼ノ猫ガコツソリト石ノ間ニ隱シ置イタノデス此レヲ聞イタ國王ハ又從者ニ命ジ候爵ニ似合フタ立派ナ衣物一揃ヲ出シテ貸シ與ヘラレマシタ、彼ノ第三番目ハ其ノ衣物ヲ着テ見タ處ガ何カノ貴族ノ子息ト見違ウ程デ、彼レハ其ノ姿ノママデ國王ノ前ニ出テ國王ノ前ニ跪キ、一揖シテ尊敬ノ意ヲ表シマシタ、國王ハ彼ノ候爵ヲ見ラレテ國王ハ勿論令孃マデ非常ニ候爵ガ御好キニナリマシタ。

載於《語苑》一九二四年三月、五月十五日（後文未刊）

唐朝楊貴妃傳*

作者　趙雲石
譯者　野元喜之次

【作者】

趙雲石（一八六三～一九三六），官章鐘麒，字麟士，號雲石，晚號老雲、老云，臺南府清水寺街（今臺南市開山路三巷）人，一八七八年（光緒四年）為臺灣縣學生，後入崇文書院、蓮壺書院就讀，一八八七年補廩。改隸後曾任臺南地方法院通譯，一八九九年參加兒玉源太郎舉辦的「饗老典」，一九〇六年與前清舉人蔡國琳等創組南社，擔任副社長，一九〇九年蔡國琳病逝，繼任社長，迄於一九三六年。在他領導社務的時期，南社的活動力最強，人才濟濟，與臺北瀛社、臺中櫟社並稱為臺灣三大詩社。其詩作散見於《詩報》、《臺南新報》、《臺灣時報》等。（顧敏耀撰）

【譯者】

野元喜之次（のもと きのじ），或署野元、野元生，來臺日人，初任臺灣總督府法院通譯，一九一八年改調臺南地方法院任職，一九三〇年敘勳八等授瑞寶章，一九三二年擔任臺南州警察官乙種臺灣語試驗委員，同年敘正八位，同年又敘勳七等授瑞寶章，一九三七年敘正七位。對臺語研究頗具熱忱，曾於《語苑》發表百餘篇作品，連載方面有一九一九年十一月至翌年八月的〈雜語集〉、一九二一年五月至翌年四月的〈仿民事訴訟〉、一九二二年五月至翌年九月的〈隨句話〉、一九二四年三月至一九二六年三月的〈唐朝楊貴妃傳〉、一九三二年八月至一九三五年十一月的〈臺南州警察官乙種臺灣語試驗問題〉、一九三五年十二月至一九三七年七月的〈警察官福建語講習資料〉，另外單篇作品亦有甚多。（顧敏耀撰）

* 本篇由趙雲石以臺語口述（主要根據宋人小說〈梅妃傳〉等鋪陳敷衍），野元喜之次紀錄，並譯為日文。

◎唐朝楊貴妃傳

臺南　野元生

本稿ハ臺南地方法院通譯室ニ於テ通譯諸氏ガ臺灣語研究會ヲ設ケ秀才趙鍾麒氏ノ講演ヲ筆記シタルモノニテ彼ノ支那歷史上有名ナル楊貴妃ガ一世中玄宗皇帝及ビ安祿山ノ間ニ在リテ柳態花顏其ノ隱微ノ妖言媚行ニ至ル迄紆餘曲折洩ラサズ譯シタルモノニテ臺灣語研究者諸君ノ參考ニモナラバヤト存ジ本誌一部ノ割愛ヲ得茲ニ每號揭載スルコト、セリ。

但シ和譯ニ至ツテハ往々意譯ヲ以テセルアリ是レ初學者ガ難解ノ個所ナレドモ再三玩味シ尙ホ不解ノ時ニ於テハ識者ニ質サバ其ノ得ル所亦尠少ナラザランヿ諒セラレヨ。

人生住此世間裡、對世上在做人、惟有人情與天理而已、忠臣孝子彼輩的人、遇事攏照天理在做、更順

人生ノ世ニ處スル唯ダ情ト理トアルノミ、忠臣孝子ノ輩、理ニ循ヒテ事ヲ爲シ、遊手好閒ノ徒、理

多方面

人情、惟遊手好閑、彼一流的、人攏任私情、反背天理亂做亂行、一傍是照天理、一傍是反背天理、皆由各人本性的善惡、所以能爭差各樣、無同路在行、雖然是如此着了、至於一片鍾情、任是好人、與奸惡的人、總是一般、更無一個人絕無情愛的、不過用情用了、有合理無合理就是了、試就蘇子卿、蘇武來看、伊做漢朝的欽差出使去匈奴、被匈奴兜留得、伊住海上艱々苦々、

ニ背ヒテ事ヲ行フ、理ノ循背ハ、蓋シ性ノ善惡ニ由テ岐ル、所ナリト雖モ、而カモ一片ノ鍾情ニ至リテハ、仁人ト奸人ト總ベテ一般ニ屬ス豈又タ一人ノ情ヲ絕ツモノ有アランヤ、試ニ蘇武子卿ヲ看ヨ、海山ニ竊居スルコト十有九年、雪ヲ齒ミ氈ヲ呑ミ身ヲ生死ノ境ニ委ネテ、猶ホ且ツ胡婦ヲ娶リ、子ヲ挙グ、宋ノ胡澹庵、海外ニ貶セラレ、

住有十九年、堅心不肯投降匈奴、尅苦哺彼號冷凍的雪、吞彼號臭羶的物、伊的身軀當彼號境遇、尙且炁胡蕃的婦女、與伊生子、又宋朝的胡澹庵、亦是一位道學先生、伊被貶去在海外、若囚人一般、冷々靜々住彼十年、到赦、倒"來的日、在湘潭偲胡家的花園飲酒作樂、歡喜歌妓的美貌好情、就做詩贈"伊、可見世間上有此的花々葉々、不論紅"的、綠的"看着"有情"有意、都攏能

幽居十年、其ノ歸ルノ日酒ヲ湘潭胡氏ノ園ニ飲ミ、侍姬ノ美情ヲ喜ビ詩ヲ作リテ以テ之レニ贈ル、此レ紅情綠意ノ人ヲ移ス賢人君子モ亦免レザルヲ知ルベシ、一介白面ノ書生ノミ、淒涼タル羅袂金釵ヲ品評シテ佳人ノ嬌嗔ヲ買フ、況ンヤ生レテ盛世ニ居リ、富貴天子トナル、蘭帳花燭ノ思ヒ如何ゾ

多方面

動人的心肝。移易人的性情。雖是賢人君主我知講亦是未免得。干乾一個白面書生而已。亦來品評彼號失寵愛。穿綢簪金的美女。要買佳人妖嬌的目睭可瞭一下。而況更出世當太平盛世的時代。富貴極頭做到天子。想着彼號香若蘭花的羅張。洞房花燭的光景。想了何能堪得咧。

堪エベケンヤ。

（以下次號）

多方面

◎唐朝楊貴妃傳　(二)

臺南　野元生

最可憐都是翡翠的樓臺、來貯彼號妖嬌的婦人、鴛鴦的亭榭、來收藏彼號好技骨、好體態的女子、歡喜暢樂、暝準做日、暗樂到光、不時在絃管、歌舞、鬧動的中間、連漁陽戰鼓的聲、安祿山造反的消息、攏無聽見、攏不知影、致到亡身誤國、

獨リ憐ム翡翠ノ樓臺妖嬈ノ婦ヲ蓄ヘ、鴛鴦ノ亭榭、輕盈ノ女ヲ藏シ酣歡曉ヲトシテ歌舞ノ聲中、漁陽ノ鼙鼓ヲ知ラズ、以テ身ヲ亡ボシ國ヲ誤リ宗廟ヲ傾クルニ至ル、此レ浩嘆ニ堪ヘズト爲スノミ。

江山險倒壞去、講起來眞是令人不堪吐一下氣而已、這就是有情無理的結果了。

講起到此個玄宗皇帝。人稱伊唐明皇。算是唐朝的明君。伊自平定韋皇后的反亂了後。就登極做皇帝。一味崇重節儉、一切明珠寶玉、吳地出名的綵繡。蜀地出名的錦綢、攏總搬出來。提去未央殿前。化火燒々去。又更再開放成千個宮女。給伊出宮去配人、伊的行政的好成

多方面

夫レ玄帝皇帝ハ唐代ノ明君ナリ。韋后ノ亂ヲ平ゲテ、九五ノ高キニ登ルヤ、務メテ節儉ヲ崇ビ明珠寶玉、呉繡蜀錦ミナ之レヲ未央ノ殿前ニ焚キ、マタ宮女千人ヲ放ツ、其ノ政績ノ美ナル殆ンド貞觀ノ治ニ比肩セントス、如何ンゾヤ姚宋前後ニ沒シ朝

多方面

續、差不多與太宗皇帝、貞觀時的
政治能比並得。按怎樣自姚崇宋璟、
此二個好宰相、前後相接死〃去、
朝內續無明臣。玄宗皇帝亦坐眞久
了、地方又安靜、續怠慢政事、續
無謹愼、慚々學習奢華、更好色慾、
寵愛婦女、一日〃一日加多。預先有
一個武惠妃、面貌粹到若花咧、身
腰賴〃到若抑咧、一下看見親像古詩
所講、通陽城的人都被伊迷去、更
看一下、通下蔡的人都攏欣羡〃伊、

ニ名臣無ク、玄宗モ亦在位ノ久シキニ倦ミ漸ヤク
華奢ニ習ヒ、女寵日ニ多キヲ加フ。武惠妃ト云フ
モノハ有リ。嬌面花ノ如ク、輕腰柳ノ如ク、一顧陽
城ヲ惑ハシ、再顧下蔡ヲ傾ク。玄宗深ク之ヲ愛シ
遂ヒニ其讒ヲ信ジテ皇后王氏ヲ廢シ、太子瑛及ビ
鄂王光王ヲ殺スニ至ル、天下驚嘆セザルハナシ、
想ハザリキ惠妃モ產後ニ暴崩シ、鏡中ノ彩鸞、飛

玄宗皇帝自然眞愛伊、眞得寵伊、遂信伊的讒言、廢皇后王氏、甚至剮太子瑛、及到鄂王光王、通天界下、無一個無驚駭吐氣、無想講惠妃亦因爲生產後、忽然急症死去、眞々親像鏡內的彩鸞、竟然飛對茫々渺々的中間去了、到這三十六宮無更有一個美色、所有惠妃舊時在粧的粧飾物、舊時在照菱花鏡、干乾惹起玄宗的悲愁哀傷而已、奸臣高力士算是太監頭、不時跟在玄宗

ンデ蒼茫ノ中ニ向ントハ、此ニ到リテ三十六宮復タ一人ノ粉黛ナク遺鈿故鏡、徒ラニ玄宗ノ悲悼ヲ促スノミ、佞臣高力士上奏シ、廣ク美人ヲ選ミ以テ侍御ニ備ヘンコトヲ勸ム、因テ玄宗佳麗ヲ民間ニ探ルノ旨ヲ降セリ、漁陽ノ金皷蜀道ノ蒙塵既ニ此ノ時ニ萠ス、何ゾ必ズシモ開元天寶ノ後ヲ侍ツ

多方面

的身邊、就上奏勸玄宗講、天下多美人四界選倖多々、來豫備皇上身邊可用、較粹亦是有、因爲如此、玄宗皇帝心肝一動、就降聖旨、使人採取民間的美女、將來引出安祿山竪旗謀反、闖出漁陽的戰皷、致到落難着走西蜀、已經在此時迸芽了、何必着等待到開元天寶以後、即知影有禍事耶。

テ始メテ之ヲ知ラン耶。

多方面　　五八

◎唐朝楊貴妃傳（承前）

臺南　野元生

△梅花一枝

當玄宗皇帝、在選女色的時、此時八閩中、福建省興化府興化縣、有一個秀士、姓江名仲遜、字名抑之、家富萬貫、錢銀用沒了、米粟食沒盡、收到錢串朽去、米粟爛去、做人眞爽快、年過三旬尚無男兒、想夫人廖氏眞煩惱、去江南的水祠廟、許願祈禱、果然生出一個查某子、

玄宗皇帝女色ヲ選ブ、此ノ時閩中ノ興化縣ニ一個ノ秀才アリ、姓ハ江、名ハ仲遜、字ハ抑之、家ニ貫朽粟陳ノ富厚ヲ積ミ、意氣軒昂、年三旬ヲ過ギテ猶ホ兒ナク、夫人廖氏之ヲ憂ヒ、江南ノ水祠ニ

小名叫做阿珍、取義眞珍重的意思
九歲的時、能誦周南召南的詩、伊
讀過二南的詩、能明白詩中的意思、
不止感心着、周文王的賢后女德眞
好、宮內的人攏做詩褒美伊。心內
不時在思想、對伊老父講、我雖然
是一個女子、向望若能親像詩經、
周南召南所吟的詩如此、就差不多。
或者無錯、成一個婦人了、仲遜聽
着伊的話、志氣眞大、聽了眞奇異、
遂爲伊換名做采蘋、采蘋生在眞美、

祈リテ一女ヲ生ム、小名ヲ阿珍、九歲ニシテ能ク
二南ノ詩ヲ誦シ、深ク周家ノ賢后ヲ追想シ、父ニ
語リテ曰ク、吾レ女子ト雖モ期スルニ此ヲ以テセ
バ、或ハ誤マル所ナキニ庶幾カラント。仲遜其語
ヲ奇トシ、遂ヒニ名ケテ采蘋ト云フ、生レテ妍麗
ノ粹ヲ一身ニ萃メ、芙蓉ノ面、柳絲ノ鬢飛燕ヲ掌

多方面

所有婦人第一美的美、各項都齊全、攏給伊的身軀佔着、面貌白更美到若蓮花咧、頭毛柔軟到若柳絲咧、身軀輕到親像漢朝的趙飛燕、能使用手掌托咧、脚又眞細、穿細双的弓鞋、行踏過去、親像古早潘妃步々有金蓮花的印痕、雖是月殿的嫦娥、顏色亦着讓伊幾分、兼之文才的博、與學問的精通、以至琴、棋、書、畫的末藝、無所不見長。

上ニ招キ金蓮ヲ歩中ニ踏ム、カノ月殿ノ嫦娥モ亦當ニ幾分ノ顏色ヲ讓ルナルベシ、兼ヌルニ文才ノ掩博ト學問ノ精通ヲ以テシ、琴、棋、書、畫ノ末藝ニ到リテ、ミナ貫串セザル處ナシ。

多方面

◎唐朝楊貴妃傳

△梅花一枝

伊的本性、最歡喜梅花、愛到若性命咧、仲遜真疼痛伊、就差人去江南淅江的山中、徧々去覔、覔出幾種的古梅、取來栽佳彼庭裡、更起一間亭仔在彼梅花樹內裡、就名彼個亭、號做梅亭、采蘋毎日住彼梅亭裡、起來亦在彼、睏亦在彼、早

臺南　野元生

而シテ性最モ梅花ヲ喜ブガ故ニ仲遜人ヲ江淅ノ山中ニ遣リ、遍ク幾種ノ古梅ヲ覔メテ之ヲ中庭ニ植ヘ、其居ニ額シテ梅亭ト云フ、采蘋其中ニ起臥シ、朝夕観玩、遂ヒニ自ラ梅芳ト號シ、詩賦文章ヲ作

多方面晚游玩在賞梅花。自己別號做梅芳。不時吟詩作賦做文章。自己娛樂。伊所做八個題目的賦。蕙蘭。梨園。梅亭。叢桂。鳳留。玻盃。剪月。綺窓。此八篇。在當時著名推尊。爲彼時的人所流傳在讚的。名聲一日〃一日大。近至遠都驚動着。做詩的人稱呼褒美伊。講彼號梅花。有暗靜的香。疎々的影。伊若端正坐住彼中間裡。更有彼號淡々的雲。微々的月。在伊的身邊左右。在靚

リテ以テ自ラ娛ム、其ノ作ル所ノ蕙蘭、梨園、梅亭、叢桂、鳳留、玻盃、剪月、綺窓ノ八賦ノ如キハ一時ノ傑作、世人ノ傳唱スル所ニシテ名聲日ニ遠近ニ震フ、詩人稱シテ言ヘルアリ、曰ク其暗香疎影ノ中ニ端坐シ、淡雲微月ヲ左右ニシ一幅ノ鵝

景緻、伊展一幅的鵝箋、擧一支紅管的筆在寫字、當此個時看看、雖是漢朝出名好才情的班姬、臨邛縣出名美貌的卓文君、亦是着退避伊去彼壁角裡、不敢喘氣的歟、何況別人那有人敢參伊比並咧。

彼時高力士正好奉玄宗皇帝的聖旨、對湖南湖北到廣東廣西、盡力在採選美人、所到的所在、雖然不是無多少的美貌佳人、不拘比較、着惠妃的美貌、常々攏是不及伊、並且

箋ヲ展ベ一枚ノ彫管ヲ揮フニ當リテハ漢家ノ班姬臨邛ノ卓文君モ亦タ一隅ニ屏息スルノ概アリ。

時キ高力士既ニ玄宗ノ聖旨ヲ奉ジ、湖ヨリ廣ヲ過ギ兩奥ノ間ニ到リ、以テ美人ノ採選ニ力ム、到ル處多少ノ妍麗ナキニ非ラズト雖モ常ニ惠妃ノ美貌

多方面

自己看了亦不稱意、所以選無一人可去同覆聖旨。及至過福建來到興化、聽着江采蘋的豔名、就用禮去聘伊、送入宮內進給皇帝。江仲遜參采蘋做夥入朝去。采蘋年適是二八青春、花容月貌、眞正是能堪得講是脂粉中的無價寶。玄宗皇帝一看見、龍顏大歡喜、即時賞賜黃金千兩、綵緞百疋、命伊歸家養老。

ニ比較シ、並ニ意ニ當ルモノ無シ、興化ニ到ルニ及ンデ、采蘋ガ艶名ヲ聞キ、聘シテ以テ宮中ニ進ム、采蘋年方ニ二八、花貌月姿眞ニ粉脂無雙ノ價ヲ擅ニスルニ堪ヘタリ、玄宗一見、天顏ヲ喜動シ江仲遜ニ黃金千兩、綵緞百端ヲ賜ヒ、家ニ歸ッテ老ヲ養ハシメラル。

唐朝楊貴妃傳（續）

臺南　野元生

連鞭開酒席排佳南殿、參采蘋做夥飲酒、采蘋生長在深閨裡、每日裁

一方直チニ紅筵ヲ南殿ニ張リ、采蘋ト共ニ飲ム、

其餘鴛鴦的錦綢、繡蝴蝶的花樣、天生就是讀書做詩文、雖然有彼號天生成的聰明巧思、年紀尚少、尚未知影這春情歡愛的事情、一時滿面含一點、妖嬌羞澁的媚態、照着彼號春燈、看着令人神魂都要飛去、玄宗皇帝此時興致正濃淫興大發、使出彼號風流的手段、來挑開伊此點花心、總是酒席中既然交杯過、算已經有同盟了、自然生出男女的情愛、閨房內那能無同衾共枕、成其

采蘋生レテ深閨ノ中ニ長ジ裁鴛繡蝶ノ慧性アリト雖モ、齡ヒ猶ホ少ニシテ未ダ春ノ憐ムベキヲ知ラズ、滿面ノ嬌羞脈脈トシテ春燈ニ注グヲ見ル、玄宗興致正ニ濃ニ遍ニ紅風綠雨ヲ施シ、以テ此ノ一點ノ花心ヲ挑開ス、杯中既ニ同心ノ盟アリ閨裡

好事的歡樂啊當彼時更漏點滴的中間、一更催過一更。有無限留戀親密的情景、花燭當光。照遍牙床內的錦被玉枕、羅帳的中間安々穩々。好夢正長、親像比翼鳥。双々宿住沈香柴的樑頂。交頷在睏。又親像巫山的雲雨、神女楚襄王相會的情景、儼然來在此牙床裡甜甜密密二人的情。僅獨可惜好春景的暝較短、恨怨玻璃窓的日影、較早就照着了。

如何ゾ、定情ノ歡無ルベケレヤ、寶漏依々トシテ花燭衾枕ヲ護リ、輕帳夢穩カニ沈香ノ比翼ヲ頭梁ニ留メ巫峽ノ雲雨ヲ床上ニ招キ、芊綿タル雨情徒ラニ春夜ノ短カキヲ惜ミ錦窓ノ曦影ヲ怨ムルノミ。

隔日玄宗皇帝、照常出來前殿、登殿見朝聽各大臣來奏事、忙了一日入宮去、去到采蘋住的別院、聽見采蘋在讀伊舊時所做的梅亭賦、知講伊的文情與詩才、眞豐富眞美艷、玄宗聽丁續能驚、想講一個少々年々的女子、才情學問能好到如此、又知講伊眞愛梅花、見着梅花不止寶惜、續命令天下進貢江南頂好種的梅花栽彼宮內俾伊早暗可遊玩賞花。

翌日玄宗前殿ニ御シ朝政ヲ聽クコト一日、歸リテ采蘋ガ別院ニ到リ、嘗テ作ル所ノ梅亭ノ賦ヲ讀ミ、文情詩才ノ豐艷ナルニ驚キマタ、其ノ深ク梅花ヲ愛スルヲ憐レミ遂ヒニ天下ニ命ジテ江南ノ妙種ヲ進獻セシメ、朝夕遊玩セシム。

多方面

唐朝楊貴妃傳

臺南　野元生

就賜采蘋號名做梅妃、即對梅妃講、
朕此幾日給朝政所勞着、頭風在痛、

采蘋ニ名ヲ梅妃ト賜フ因テ梅妃ニ告ゲテ曰ク、朕

不時搯々彈。此滿看見梅花在大開。彼點淸香的氣拂對面裡。天都淸涼起來。忽然悶心胸的鬱悶攏開去。心肝頭加眞爽快。汝又另外眞美。汝的顏容姿色勝人十倍。偏々俾人看着不甘放。任是瑤臺的仙妃。羣玉山頭的佳人。汝若打扮起來。伊按怎能勝爾咧。梅妃講。靑春無幾時。一去要更來是萬難了。風雨在妨害。好花要謝是眞容易。若遇着如此。恐驚月墜。梅落的期日快到

幾日カ朝政ノ困ムル所ト爲リ。頭風岑岑トシテ絕ヘズ。今梅花ノ亂レ開クヲ見ルニ淸芳面ヲ拂ヒ。玉宇涼ヲ生ジ。俄カニ襟期ノ開爽ヲ覺ユ。特ニ汝ガ芳容艷姿ノ優ナル。遍ニ人ヲシテ戀願セシム。瑤臺ノ仙妃。群玉山ノ佳人モ。亦焉ンゾ汝ガ新粧ニ倚ルニ勝ランヤ。梅妃ガ曰ク靑春駐メ難ク風雨妨ケ易ク以テ殘月落梅ノ期ニ及バンコトヲ恐ル。ノ

了、所煩惱者、就是如此而已、玄宗皇帝笑々講、朕有此點心愛着爾、的確無變換心腸、花神在此、亦應該能看着、能知影了、話講未息太監來報、奏講嶺南的刺史韋應物、蘇州的刺史劉禹錫、各々選五種奇種的梅花、連星夜趕送來了、玄宗皇帝不止歡喜、吩咐高力士將此的梅花、去栽種梅妃的別院內面、給伊可食酒賞花、當此個時宮內東西的兩傍、殿外南北的曠地、不論是

ミト玄宗笑ッテ曰ク、朕此ノ心アリ、花神モ亦當ニ之レヲ鑑ルベシト、言未ダ畢ラザルニ、內侍報道ス嶺南ノ刺史韋應物、蘇州ノ刺史劉禹錫、各々奇梅五種ヲ選ンデ星夜ニ馳セ到ルト、玄宗喜ブ甚シ、高力士ニ吩咐シ、之レヲ梅妃ノ別院ニ植ヘ、以テ宴賞ス、此時ニ當リ宮ノ東西、殿ノ南北假山泉水ノ間處トシテ樹ナラザルナク、樹ノ梅ナ

石山下、水泉邊的所在、無一位無栽樹、無一叢樹不是梅花、無一叢梅花不是奇怪古氣的、有的倚在石邊、有的近在紗窓前、墻壁角、砌堦下白濛々同一色花的光采直連上天頂半空中去、此個所在號做水晶宮、抑是號做銀世界都攏合式麼。

ラザル無ク、梅ノ奇古ナラザル無ク、石ニ倚リ窓ニ倚リ、墻階ニ倚リ糢糊一色、花光天ニ連ル、之レヲ水晶宮ト謂ハンカ將亦タ之レヲ銀世界ト謂ハンカ。

唐朝楊貴妃傳

臺南　野　元　生

△楊花飛入宮牆來

梅妃在住的所在、宮殿照着梅花、若白玉一般、殿外天氣眞清、半空

瑤臺ノ外長煙一空微月春渓ヲ籠メ、流水暗香

中全無煙霧、月色眞光、罩在、彼
春溪裡、溪水在流、浮出梅花的香
味、一陣一陣對鼻空口來、土砂粉
一點仔都無輾動、花瓣隨風在飛、
無聲無息飛落土脚、粘在彼靑苔內
面、續伊靑苔掩埋咧、人踏過去、
全無聲音、恍惚若仙境咧、不是人
間紅塵的欵了、玄宗皇帝與梅妃二
人、住梅花的中間、行徙來行徙去、
一步一步游玩迢迢、雖然無親像宋
朝、林逋先生、在西湖孤山、梅花

多方面

ヲ浮ベ寸塵躍ラズ、飛花自ラ下リ、深カク靑苔ヲ
埋メ、之レヲ踏レデ聲ナク、恍然トシテ復タ人境
ニ非ラザルヲ覺フ、玄宗梅妃ト花間ニ徘徊シ一步
一話、孤山放鶴ノ適ナシト雖モ、而カモ月下聯袂
ノ歡アリ、情興固ヨリ少ナキニ非ラズ、梅妃手ニ

多方面

樹外、放白鶴飛上天去、人問來了後、白鶴猶原、飛同來在梅花邊、彼欵的心適、不拘參美人手牽手、佳月下賞梅花、此欵的歡喜心適、此欵的情景、興致自然是沒少、梅妃此時、手弄一技玉的品仔倚在風頭在噴、巧妙的聲音、一字一字對品仔空宣出來、工尺的譜清更亮、音韻眞好聽、就是匿在山洞內的蛟龍、亦能出來舞、坐在彼孤隻船的、孤身寡婦、聽着亦能流目屎、任是

一技ノ玉笛ヲ弄シ風ニ臨ンデ而シテ吹ク、妙音穴孔ヲ離レ、淸節宮商ニ合シ、餘韻悠揚激スル所ハ幽壑ノ潛蛟ヲ舞ハシメ、散スル所ハ孤舟ノ嫠婦ヲ泣カシム、簫臺ノ仙史モ緱山ノ公子モ又タ何ンゾ比スルニ足ラン耶、玄宗天顏ヲ傾動シ乃メニ十二

鳳凰臺上、簫史的簫、猴山頂頭王
喬的笙、有彼號神仙的音韻、亦是
沒參梅妃的品仔比得麼、玄宗皇帝
心肝被梅妃感動了、專心寵愛伊、
天顏不止有得意的氣色、就命人去
請十二個親王、來要飲酒、衆親王
攏出奏講、臣前曾隔着梅花、聽見
噴品仔的聲音、眞清眞好、眞正親
像天頂的仙樂、玄宗應講、這就是
朕的梅妃在噴的、梅妃就是花神了、
伊的歌舞、伊的音樂、二項攏到極
多方面

ノ諸王ヲ招飲ス、諸王皆ナ奏シテ曰ク臣前キニ花
ヲ隔テ、横笛ヲ聞ク六音ノ淸妙ナル眞ニ天上ノ仙
樂ニ似タリト、玄宗ノ曰ク此レ朕ガ梅妃ノ吹ク所、
妃子ハ花神ナリ歌舞音律兩ラ妙境ニ入ル、請フ
今諸兄弟ノ爲メニ之レガ舞ヲ徵セシト、因テ梅妃

多方面

好的所在。此滿請伊衆兄弟來。順
此個機會。我叫伊舞給恁看覓咧。
即知影好抑無。即命梅妃起來舞。
梅妃領旨起來得舞。一支大紅的舞
扇。親像在雲內在旋轉咧。一領朱
紅的舞衣。親像紅霞罩在彼身軀裡。

ニ命ズ。梅妃旨ヲ領シテ而シテ起ツ。紅扇雲ヲ拂
ヒ緋裾霞ヲ籠メ。

史談

◎唐朝楊貴妃傳

嶺南 野 元 生

原文

楊花飛ンデ宮牆ニ入ル（二）

委態横生檀板トトモニ下ス、憐ムベシ愛スベシ、江燕依依トシテ柳絮ニ戯レ、蛺蝶翩々トシテ花叢ニ迷フ、玄宗笑ツテ曰ク座上コノ妙舞アリ、快飲セザルヲ得ズ、今嘉州ノ美酒ヲ進献スルモノアリ、風味津々最モ喉口ニ適ス、マサニ倶ニ之ヲ嘗ムベシト、內待ニ命ジテ酒ヲ取リ、以テ金杯ニ斟ミ、梅妃ヲシテ酌ヲ執ラシム、時ニ寧王スデニ醉ヒ、梅妃ガ酒ヲ送ルヲ見、將ニ起テ之ニ接セント欲ス何ゾ圖ラン醉脚ノ蹣跚タル誤ツテ梅妃ガ文履ヲ履ンドハ、梅妃大ニ嬌嗔ヲ發シ、猛然院中ニ歸リ、人ヲ遣リ奏シテ曰ク臣妾胸腹ノ疾アリ、身ヲ起ス能ハズト、玄宗怏々トシテ樂マズ、遂ヒニ宴ヲ徹シテ而シテ別ル、此夕寧王宮ニ歸リ其ノ罪ヲ得ンコトヲ怖レ、左思右思、魂、體ニ附ズ枕上耿々トシテ以テ曉ニ到ル。

史談 一

史談　二

◎臺譯

楊花飛入宮牆來

伊的姿色、伊的體態、愈看愈美、隨彼個拍的音韻、忽高忽低、看着眞得人痛、分明是水燕、留戀柳樹得戲柳絮、飛來又飛去、蛺蝶飛入花叢得鞠、鞠到續迷去一欵、玄宗歡喜得笑、講在座中有此號美人的賢舞、沒使無飲俾痛快、此滿嘉州有献美酒來進貢、氣味眞純飲了不止合嘴、更沒激喉、大家尚未曾做

和譯大意

伊レノ姿色伊レノ體態ハ愈見テ愈美シク、彼個ニ隨拍シノ音韻ハ忽チ高ク忽低ク看着人ヲシテ痛サレ、明ラカニ水燕ガ柳樹ニ戀ヒ慕ヒ柳絮ニ戲レテ飛ビ來テハ又タ飛ビ去リ、胡蝶ガ花叢ニ飛入テ翺ヒ、翺フテ遂ヒニ迷フノト同ク玄宗皇帝ハ喜ビ笑ナガラ云フニ座中此ノ賢ク舞フ美人アリ痛快ニ飲ザルベカラズト、此滿嘉州ヨリ美酒ヲ献ジ來ルアリ氣味純ニシテ喉ヲ痛メズ口ニ好ク合ヘリ、尚未諸氏ト會飲セシコトナシ一下試ミント、

（以下次號）

夥飲過。試一下覔咧。此滿正好來飲一下醉々。就教內宮的太監。去取酒來。用金杯來斟。又叫梅妃夯瓶斟酒。大飲一場。彼時寧王已經醉了。看見梅妃捧酒杯。要送酒來寧王扒起來要倚去接。不料酒太醉了。行路踏踢。脚蹓脚。誤踏着梅妃的繡鞋。梅妃眞怒氣。一時大發作。悻々走囘去別院。差一個人來奏皇帝。講臣妾有心腹的病。身軀艱苦。扒没起來。所以没得更出來。

此滿正ニ大ニ飲ベシト、就チ內宮ノ太監ヲシテ酒ヲ取リ來ラシメ、金杯ヲ用ヒ梅妃ヲシテ斟酒ヲセシメ大ニ飲メリ、此ノ時寧王ハ已經ニ醉ヒ居レリ梅妃ノ酒杯ヲ捧ゲ酒ヲ送ルヲ見テ寧王起來テ之ヲ受ントセラル、料ズモ大醉シ居リ足ドリミダレテ遂ヒニ誤ツテ梅妃ノ繡鞋ヲ踏メリ梅妃一時非常ニ怒リ、悻ツテ別院ニ走囘リ、一人ノ者ヲ差ワシ皇帝ニ奏シテ曰ク臣妾ハ心腹ノ病アリ身軀若シクシテ起チ難ク故ニ更ニ出デ難シト講リ、玄宗皇帝一時悶々トシテ樂マズ、遂ヒニ其儘酒席ヲ撤ス、諸親王モ亦タ相辭シテ宮ヲ去ル此嗔寧王モ伊レノ王

史談

四

玄宗皇帝一時悶悶不樂、續自如此撤酒席、衆親王亦相辭出宮去、此暝寧王囘去伊的王府裡、掛心此屑踏鞋失禮的事情、恐驚能得罪、想來想去、想一下東想一下西、魂攏不附體、無精無采、梯彼眠床裡、住枕頭頂翻來翻去、目瞯這大蓋、金々沒睏得、透暝無一點眠到天光早。

原文

府ニ返レドモ此屑鞋ヲ踏ミ失禮セシ事、心ニ掛リ罪ヲ得ンコトヲ恐驚想ヒ想フテ彼レヲ想ヒ此レヲ想ヘ魂體ニ附カズシテ無精采、眠床ニ寄リ枕頭上ニテ翻來翻去シ眼孔益サヘ眠ニ沒ズ、透暝一睡ヲ得ズ天明ニ到ル。

馬揚廻ト云フ者有リ、智足リ、謀多ク、深ク玄宗ノ信寵ヲ荷フ、寧王ニ告ゲテ曰ク臣必ズ君ヲシテ不慮ノ罪過ヲ逃レシメント、因テ密カニ之レガ計ヲ授ク、次日寧王入朝シ、肉袒シテ萬死ヲ請フ、玄宗笑ツテ曰ク、朕焉ンゾ傾國ヲ重ンジ天倫ノ誼ヲ輕ンズルモノナランヤ、事既ニ無心ニ出ヅ朕モ亦タ之ヲ雲煙過眼ニ付センノミト、揚廻傍ニ在リ、因テ密カニ奏シテ曰ク、諸宮ノ嬪御、大約三萬餘人、何ヲ苦シンデ佳麗ヲ民間ニ採ルヤ、玄宗ノ曰ク、嬪御固ヨリ多シト雖、而モ天下ノ絕色ニ到リテハ則チ未ダ目覩セザル所、願クバ玉池仙人ノ媒ニ依リ傾國ノ色ヲ得テ以テ一生ノ歡樂ヲ極メント欲スルノミ、揚廻ガ曰ク、藍橋遠キニ非ズ、巫山近キニ在リ、陛下未ダ壽王ノ妃子楊玉環ヲ知ラザルカ、壽王ノ贊詞ニ云フ三寸橫波廻綠水、一雙纖手語香弦ト。

臺譯　　　　和譯大意

楊花飛入宮牆來

○伊的府內、有一個馬揚廻。此個人

府內ニ馬揚廻ト云フ者ガ有リマシテ、此ノ人ハ智

史談　六

足智多謀、深受玄宗皇帝的信任寵幸。

○伊知寧王得煩惱掛慮、就對寧王講、小臣的確有好法度、俾汝王爺對皇上、能逃得此號不測的罪過、請王爺免掛意、即暗靜敎伊的計策。

○隔第二日寧王就入去朝見、衫脫一傍一半袒肉體、跪住皇帝面前、講臣該死犯着萬死的罪、此滿來跪得請罪。

○玄宗皇帝笑々講、何必如此咧、朕

謀多ク深ク玄宗皇帝ノ信任ト寵幸ヲ受ケテ居マシタ。

伊レハ寧王ガ煩惱シテ居ラレル事ヲ知リ、就チ寧王ニ小臣ガ的確汝タガ皇上ニ對シ此號不測ノ罪過ヲ逃レ得ラレル好法度ガ有リマスカラ請ゾ王爺御心配ナサルナト云ヒマシテ暗靜ニ計策ヲ敎ヘマシタ。

隔日寧王ハ朝見ニ去キ一傍ノ衫ヲ脫デ一半脫肉體シテ皇帝ノ面前ニ跪ツキ臣ハ死刑ノ罪ニ該ル罪ヲ犯シマシタカラ此滿罪ヲ請ハン爲メニ來リマシタト云ヒマシタ。

玄宗皇帝ハ笑ッテ何ンデ如此ニ及ボウカト云ハレ

較按怎那肯來重傾國的女色、續將天倫的情誼放輕去、的確無此號事情了。

○事既然是出於無心、朕亦是一時豪興、準做雲煙過眼、過了就滅無了、汝即管放心就是。

○揚廻跟隨在身邊、就倚近前暗靜奏講、陛下用人去得選女色、咱這個各宮的宮妃宮女、合算起來、大概有三萬外人、乜也美亦有、何必苦々着去民間採選佳人、不眞費事啊。

マシタ、朕ハ按怎テ傾國ノ女色ヲ重ンジ天倫ノ情誼ヲ輕ンズル樣ナコトガ有フ的確テ此號ナ事ハ無イ。

事是レ無心ニ出タルコトデアリ、朕モ亦タ一時ノ豪興デ深ク意ニ留メナイカラ、汝モ心配シナイガ好イト云ハレマシタ。

揚廻ハゴ身邊ニ跟隨シ、近前ニ倚リ暗靜ニ奏シテ云フニ、陛下ハ人ヲシテ女色ヲオ選ニナツテキマスガ、這個各宮ノ宮妃宮女ヲ合算スルト大概三萬人外人モ有リマシテ、ドンナ美人デモ居リマス、何ヲオ苦シミニナツテ民間カラ佳人ヲオ選ビニナルノデスカ、眞ニ費事デハアリマセンカト申シマシタ。

○玄宗皇帝講、宮妃宮女雖然固是眞多、至於能使推尊、是天下的絕色、不拘目睭都不曾看見、我總願求玉池的仙人、托伊做媒來得一個蓋倒全國的絕色、可享樂一世人、俾到彼個極頭、即足我的心愿。

○揚廻即講、有出仙女的藍橋、離這無若遠、楚襄王參神女相會的巫山、就在此近近裡。

○陛下尚久不知是否、壽王有一個宮妃、叫做楊玉環、壽王做讚文得稱

玄宗皇帝曰ク宮妃宮女ハ固ヨリ多イトハ云フモ、ハ推尊スベキ天下ノ絕色ニ至ツテハ卽チ未ダ見タコトガナイノデアル、我ノ願求トコロハ玉池仙人ノ媒介ニ依テ絕世ノ美人ヲ得テ一生ノ歡樂ヲ極メタナラバ我レノ心愿ガ足ルト申サレマシタ。

揚廻ガ卽チ申スニ仙女ノ出シ藍橋モ這カラ若遠クハナク、楚ノ襄王ガ神女ト相會シタル巫山モ此ノ近所ニ在リマス。

壽王ニ一個ノ宮妃ガ有リマシテ楊玉環ト叫ビマスガ陛下ハ尙ダゴ存ジナイノデスカ、壽王ハ讚文

ヲ倣ッテ伊ヲ稱讃シマシタ、讃文ニハ三寸ノ横波緑水ヲ廻リ一双ノ纖手香絃ヲ語ルト云フテイマス

讃伊、讃文是如此講、三寸横波廻緑水、一双纖手語香絃。

原　文

楊花飛テ宮牆ニ入ル

眞ニコレ溫柔夙ニ玳瑁ノ筵ニ陪シ、宛轉、纔カニ芙蓉ノ帳ニ入ルモノ、鉛華日ニ豐カニ丰韻月ニ多ク、鶯花ノ妙部ハ妬意ヲ送リ、風月ノ名班モ、亦長ヘニ顏色ヲ失フ、陛下宜シク一見スベシト、玄宗之レヲ聞テ喜ブ太甚シ、卽チ高力士ヲ遣リ壽王ノ宮中ニ就キ、以テ楊妃ヲ召サシム、楊妃慘然トシテ來リ壽王ニ見ヘテ曰ク、妾殿下ニ事ヘ、共ニ白頭ヲ訂シ、石橋雨ニ朽チ、羝羊風ニ孕ムモ亦其渝ル無カランコトヲ誓フ、何ゾ思ハン聖上ノ召迎ニ會ハントハ、妾之ヲ料ルニ、今日此ヲ去ラバ必ラズ殿下ト永訣スルニ到ラント、壽王情ニ堪ヘズ楊妃ノ纖手ヲ握リ聲ヲ呑ンデ曰ク、花正ニ發キテ慘風多ク、月圓カナラント欲シテ浮雲來ル人生ノ多恨、古今同然、勢ヒ茲ニ斯ノ如シ、事違フベカラズ、幸ニ上意ニ當ラズン

バ、必ラズ舊歡ヲ叙スルノ期アラント、楊妃涙ヲ流シテ宮ヲ出ヅ、憐ムベシ、啼痕頬ニ横ハリ、一雨ノ海棠、花ニ力無ク纔カニ昏中ニ蓮歩ヲ移スノミ、華嚴色天ノ雲煙、何ガ故ニ斯クノ如ク激變スル耶。

臺譯

楊花飛入宮牆來

就是稱讚伊目睭的美、眼神的活動、與伊的手指尖々得彈的時、有一陣一陣的香味、眞正有此款體態、温柔十分的妖嬌、常々陪伴在高貴的筵席、若無伊、就食沒落去。

性情又活潑、壽王眞愛伊、到今也纔相牽手、入去芙蓉的帳內、姿色

和譯大意

是レ就チ伊ノ目ガ美イニシテ活動シテルコト、伊ガ指尖ニテ彈クトキ一陣〱タル香味ノ有ル事ヲ稱讚シタノデス眞正ニ此款體態デ十分温順ナル妖嬌ヲ以テ常ニ高貴ノ筵席ニ陪伴ツテ居マシタノデ、伊ガ居ラネバ酒モ喉ヲ沒落去ナイト云有樣デアッタノデス。

性情ハ又タ活潑デアッタノデ壽王ハ非常ニ伊ヲ愛シテ居ラレマシタ、今世手ヲ牽ヒテ芙蓉ノ帳ノ内

一日一日美、愈粧愈美愈時式、丰神一月一月好看、愈久愈有。
歌舞隊中的人、都怨妬講較輸伊、風月場中出名的脚色、亦永遠失色陛下着一次看覓唎即知、玄宗聽了眞大歡喜、隨時敎高力士、去壽王的宮內召楊妃。
楊妃面帶憂容、來見壽王講、妾服事殿下二人相約、要做夥到頭毛白白、呪詛講、雖是石橋的石、被雨沃了朽爛去、抑是羊公能生羊子、

ニ入レバ、姿色ハ日一日ト美シク、愈粧テ愈美イデ、丰神ハ一月ハ一月ト好看ナリ、愈久シクナルニ隨ヒ益々好クナリマシタ。
歌舞隊中ノ人等ハ皆ナ伊レニ輸ル事ヲ怨妬ミ、風月場中ノ名有ル者等モ亦永遠ニ色ヲ失フト云フ有樣デ陛下ニモ一次看覓ニナル樣申シマシタラ玄宗ハ之レヲ听レテ眞大歡喜レ隨時ニ高力士ヲ壽王ノ宮內ニ去リマシテ楊妃ヲ召サレマシタ。
楊妃ハ面ニ憂容ヲ帶ビ來テ壽王ニ申スニ妾殿下ニ服事テ、二人ハ頭毛ノ白クナル迄做夥ニ居ルコトヲ約シ、石橋ノ石ハ雨ニ沃了朽爛去、羊公ガ羊子ヲ生ムトモ心ハ變ラジ、信ハ失ハヌト呪詛マシ

亦是無變心、無失信、無想講聖上差人來召、要迎接我去相會、妾料講對今仔日起、此去能到參殿下永遠離別、壽王聽了情眞不堪、手搦楊妃的手、目屎更呑忍落去、不敢泣出聲、勉强應講花正得開、悽慘的狂風眞多、月正要圓、就夯起浮雲來遮咧、人一生厚怨恨的事、自古及今大概相同、事勢旣然到如此、沒使忤逆得、無去是閃沒過、幸哉皇上若看了不中意、到尾猶原有做

タガ無想ケモナク聖上カラ人ヲオ差シニナッテ私ヲ迎ヘテ相會スベクオ召シニナリマシタガ、妾ハ今仔日只今去リマシタラ殿下ト永遠ノ離別デハアリマスマイカト申シマシタ、壽王ハ之ヲ聽ヒテ情ニ堪ズ、手ニ楊妃ノ手ヲ握リ更ラニ涙ヲ呑忍デ敢ヘテ泣聲ヲモヨウ出サズ、勉强之レニ應ヘテ云フニ花ノ正ニ開イテ居ル時悽慘ナル狂風多ク、月正ニ圓カラントスル時浮雲起ッテ之レヲ遮リ、人ノ一生ニハ恨事多シ、之レ古今大概相同ジ、事勢旣ニ如此ナッタ以上忤逆事ハ出來ズ、又タ去カナケレバ之ヲ閃ル事ハ出來ナイ、幸ヒニシテ若シ皇上

【2】 偷 酒

的政治眞亂、朝臣攏總貪心愛食錢、若無提黃金抑是白銀去散々咧、到死亦免數想要及第、所以想講無愛去受着彼號青暝主考的氣、如此講大空話。

不拘司馬眞惜李太白的才情、盡力苦勸伊、所以李太白到尾心肝亦有意向即望長安直去。

一 有一日李太白在紫極宮就近在遊覽。

一 適々去適着翰林院的學士、叫做賀知章。

政事ハ亂レ、朝臣ハ皆賄賂ヲ貪ボル、黃白ヲ散ゼザレバ到底登第ノ見込ナシ、故ニ盲目試驗官ノ邪氣ニ觸レヌヤウニスル考デゴザルト豪語シマシタ。

併シ司馬ハ李太白ノ才能ヲ惜ミテ頻リニ勸メルノデ李太白モ終ニ心動キ長安ニ向ツテ出立シタ。

或ル日李太白ガ紫極宮ノ附近ヲ遊覽シテ居タ。

偶々出會ツタノハ翰林院ノ學士賀知章ト云フ人デアツタ。

史談

一　與李太白一見面、儼然親像舊交陪的、坐在講起古早及論起現今的事情講去極其親熱。

一　到尾二個續結拜做兄弟就如此續住在賀知章偲厝裡。

一　無若久在南省秀才的考試的日將近嘮。

一　賀知章爲着李太白的事情不止盡心營爲。

一　今年的主考就是楊貴妃的兄、大師楊國忠。

一四

李太白ト一見舊知ノ如ク坐談古ヘヲ語リ現今ヲ評論シ極ク親密デアッタ。

終ニ兩人ハ義兄弟ノ約ヲ結ンデ其ノママ賀知章ノ家ニ起臥スルコト、ナッタ。

ヤガテ南省デ秀才ノ試驗日ガ近ツイタ。

賀知章ハ李太白ノ爲メニ頻リニ心ヲ盡シテイタ。

今年ノ試驗官ハ楊貴妃ノ兄君ニテ大師楊國忠ト云フ人デアル。

一 監視官是大尉高力士喇。

一 賀知章對李太白講、今年此等主考、攏是貪官汚吏、所以汝更較怎樣有學問（飽學）若無借黃金的氣力、免想要及第。

一 雖然是如此講、不拘汝亦無準備、我亦無粒積、要送金銀財寶是眞爲難的事。

一 總是幸哉我與偲二個是知交的、替汝試拜託伊、若有幾分利益是眞福氣。

監視官ハ大尉高力士ト云フ人デアル。

賀知章ハ李太白ニ言フニハ本年ノ試驗官連ハ慾ニ目ノナイ官吏デアルカラ兄ガ如何ニ學才アルモ黃金ノ力ヲ借ラサレハ及第殆ド覺束ナシ。

サレバトテ兄ニモ其ノ準備ナク拙者モ又貯ヘナク金品ノ贈與ハ至難事ニ屬ス。

サレド幸ヒ拙者ハ彼等兩人ト知合ノ間柄ナレバ兄ノ爲メニ試ミニ依賴スルデアロウ幾分ノ足リニモナレバ幸デアル。

一 眞有心的賀知章、寫批去給太師及大尉、拜託李太白的事情。

一 如此主考官就將心比心、想講是賀知章有食着李太白的後手即能推薦伊來喇。

一 得確是賀知章自己一個歸碗捧即無來送咱、考試的時候若有李太白的名不管汝三七二十一與伊除擲揀、俾賀知章見誚咧如此眞早着參商決定了。

一 李太白實在眞刻虧。

親切ノ賀知章ハ手紙ヲ書イテ大師ト大尉トニ送リ李太白ノ事ヲ依賴シタ。

スルト試驗官ハ自己ノ心ヲ以テ人ノ心ヲ推シ量リ定メシ賀知章ハ李太白ヨリ賄賂ヲ貰ツタ爲メ彼ヲ推薦シテ來タモノト思ヒ

屹度賀知章一人甘イ汁ヲ吸ツテ自分達ヘハ贈リ物ヲセヌニ違ヒナイ、試驗ノ際李太白ノ名前ガアツタラ一モ二モナク撥ネ除ケ賀知章ニアカ恥ヂヲカヽシテヤロウト早クモ相談ガ一決シタ。

李太白コソハ實ニ災難デアル。

夥的期日、舊時恩愛的情、終歸是在得。楊妃流目屎出宮去、可憐目屎四粘垂、若親像海棠花、沃着雨花枝攏無力的款、失神失神、緩々移徙金連的脚步、行出宮去、眞正是世間上、最好光景、最有情的天、雲煙得激變、按怎忽然就變如此啊。

ノ不中意バ到尾猶原ク做夥ニナル日ガ有テ舊時ノ恩愛ノ情モ終歸在ルノデアロウト云ヒマシタ。楊妃ハ涙ヲ流シテ宮ヲ出デ行キマシタ、可憐ニモ涙ハ流レ恰カモ海棠ノ花ガ雨ニ沃ッテ花枝ニ力ガ無イ樣ニ、失神シテ緩々金連的脚歩ヲ移シテ宮ヲ出テ行キマシタ眞正ニ之ノ世上最モ好イ光景、最モ情有ル天ノ雲煙ガ按怎忽然チ如此ニ激變セシヌタデ有ウカ。

第四、一肥一瘦（一）

原文

宮殿ノ中、高ク銀燭ヲ燒キ、四面瑩煌、月華瑤階ニ轉ズルノ時、楊妃力士ニ隨ヒ、蝶衣ヲ飄ヘシ鸞佩ヲ鳴ラシ、羞ヲ含ミ、恥ヲ忍ンデ而シテ來ル、雨花情アリ、春山語ラズ艶冶魂ヲ消シ容光魄ヲ奪ヒ、依稀トシテ越國ノ西施ニ似、輕盈トシテ趙家ノ合德ノ如ク、一笑百媚マタ能ク六宮ノ粉黛ヲシテ顏色ナカラシム、玄宗燈月ノ下ニ在リ、坐ヲ賜フテ一見シ、神心恍惚、此夕楊妃ノ乞ニ依リ號ヲ太眞ト賜ヒ、女道士ト爲シ、以テ太眞宮ニ居ラシム、蓋シ楊妃ノ父ハ名ヲ琰ト云フ、弘農華陰ノ人、居ヲ蕃州ノ獨頭村ニ徙シ、開元ノ初メ、蜀州ノ司戸ト爲リ、妻ヲ娶リテ楊妃ヲ生ム、楊妃幼ニシテ怙ム所ヲ喪ヒ、叔父河南府ノ士曹楊玄徵ガ家ニ養ハレ、長ズルニ及ンデ壽王ノ妃ト爲リ、此ニ至リテ終ニ宮ニ入ル、古人ノ所謂ル、才貌モ亦タ身ヲ起スニ足ルモノ、ソレ之レノ謂ナル耶。

臺譯

第四、一個肥一個瘦（一）

當楊妃要入宮的時、宮殿的內中、銀花的燭、點到高々、四圍光爛々、月娘適行來到彼白玉的砛階頂、遠

和譯大意

當ニ楊妃ガ宮ニ入ルノ時キ宮殿ノ內中ハ銀燭ヲ高ク點ジ光リ晃々トシテ四圍ヲ照シ、月ハ適度彼ノ白玉ノ軒下迄照シ遠キ處迄見ヘテ居マシタ、楊妃

々就看見、楊妃隨高力士的後面、穿一領百蝶的新裙、隨風得颺、鸞帶的環佩、叮々噹々、聲音眞響亮、目滓流目滓滴、親像花叢沃着雨咧、目眉雖然親像春山彼美、目眉頭攏打結、恬々無講話、彼點妖嬌的好丰神、與彼個美貌的面容、看着三魂都攏鎖無去、七魄都被伊奪去、伊的體態、恍惚是一個越國的西施、伊的風流標緻、明々是一個趙家的飛燕、尙更開嘴一笑咧、尙更較美、

ハ高力士ノ後ニ隨ヒテ、百蝶ノ新裙ヲ穿チテ風ニ颺ラセ、鸞帶ノ環佩ノ叮々噹々ト聲音ハ響亮ツテ、目滓ハ流レテ恰モ花叢ガ雨ニ沃ツタ樣デ、春山ノ樣ニ、美シヒ目眉モ目眉頭ノアタリ打結リ、恬々ニモノヲモエイワズ彼點妖嬌タル丰神ト彼個ノ美貌ナル面容チハ看ル者ヲシテ三魂モ皆ナ鎖無七魄モ伊レニ奪ハレルト云フ風デ、伊レノ體態ハ恍惚越國ノ西施ノ如ク、伊レノ風流標緻ハ明々彼ノ趙家ノ飛燕ノ樣デ、更ラニ口ヲ開ヒテ一度ビ笑フ時キハ尙更ラ美シク、百歎ニ生出媚態マハ三十六宮ノ宮女ノ顔容ヲイクラ好ク粧ツテモ伊レニハ

生出有百款的媚態、雖是三十六宮宮女的顏容、任粧都無伊的辨頭。

○玄宗皇帝、在此個燈燭大光、月娘眞明亮的中間、看了已經被伊迷去、隨時賜伊的坐位、仔細更看較眞咧、心神續恍惚起來、楊妃看見玄宗如此、心內已經有主意了、就對玄宗乞求、要住宮內做道姑可當差、有人講是玄宗教伊講的、玄宗即時准伊、賜號名太眞、叫人送伊去住太眞宮、這不過是掩人的耳目而已、原

及ビマセンデシタ。

玄宗皇帝ハ此ノ燈燭ノ光リト、月光ノ明亮ノ中ニ在ツテ一度看ルルヤ伊ニ迷ハサレテ了ヒマシテ、卽時ニ伊レニ坐位ヲ賜リ、尙ホ仔細ニ見ルニ隨ヒ心神モ奪ハレ恍惚シテ了ハレマシタ、楊妃ハ玄宗ガ如此狀ヲ看テ心ニ已ニ主意處ガアリマシテ、就チ玄宗ニ宮內ニ住テ道姑トナリ當差タラン事ヲ乞求マシタ、有人ハ玄宗ガ彼レニ請ハシタノダトモ云ヒマス玄宗ハ卽時之ヲ准サレテ號ヲ太眞ト賜リマシテ、人ヲシテ太眞宮ニ送ラシメテ居

楊貴妃【6】

來唐朝的宮內、猶原親像民間、有起寺廟、奉祀神佛、寺廟內亦有尼姑道姑、太宗的時有一個才人武則天、已經受過太宗的寵幸、更再討着太子、續貶去剪髮做尼姑、太子登極的時、帝號高宗、武則天、更留頭毛、更召入宮收起來做偏妃。因爲生了太子、續立起來做皇后、到尾漸漸僭權、高宗過身了後、太子即位、帝號中宗、武后就垂簾聽政、中宗在位三月日、武后就將皇

ラセマシタ、然シ這レハ只ダ人ノ耳目ヲ掩フニ過ギナカツタノデス、原來唐朝ノ宮內ニハ民間ノ如ク寺廟ヲ建テ神佛ヲ奉祀ツテ寺廟內ニハ尼姑ヤ道姑ガ居リマシタ大宗ノ時一人ノ才人武則天ト云フ者ガ有リマシテ、大宗ノ寵幸ヲ受ケテ更再太子ニ私通シマシテ續ヒニ貶ケラレ髮ヲ剪テ尼姑トナリマシタ、太子ガ登極ル、ヤ帝號ヲ高宗ト云ヒ武則天ハ更髮ヲ留テ、宮內ニ召入レラレテ偏妃トナリマシタ、太子ヲ生ミシヨリ立テ、皇后トナツテ到尾ニ漸々權力ヲ專マニシ、高宗ノ過身了後太子ガ位ニ卽レ帝號ヲ中宗ト申サレ、武后ハ垂簾ノ

帝廢去、貶去住廬淩、號做廬淩王、武后就偺坐皇帝位、將唐朝改做周朝、一味淫亂取樂、忠臣狄仁傑、即扶廬淩王起兵克復京城、更復皇帝位、中宗即傳小弟睿宗、睿宗即傳過第三子、就是玄宗皇帝、今也又有此個楊妃、自己請做道姑、尾後續昇做貴妃、續惹出安祿山的反亂、亦是唐朝的氣運、即生有此個妖物、來擾亂伊的江山了、此個楊妃的老父、就是名做楊玄瞭、弘農

內ヨリ政ヲ聽テ居ラレマシタ、中宗ハ在位三ケ月デ武后ガ皇帝ヲ癈シテ、廬淩ニ貶ケテ住ラセマシタノデ之ヲ廬淩王ト申シマシタ、武后ハ皇帝ノ位ニ偺、ニ坐マシテ唐朝ヲ改メテ周朝トナシ、一直ニ淫亂事ヲシテ樂ンデ居ラレマシタガ忠臣狄仁傑ハ卽チ廬淩王ヲ扶ケテ兵ヲ起シ京城ヲ克復シテ帝位ヲ復シマシタ、中宗ハ弟ノ睿宗ニ傳ヘ、睿宗ハ又タ第三子ニ傳ヘラレマシタノガ就チ玄宗皇帝デアリマス、今也又タ此個楊妃ナル者ガ有ツテ自分ニ道姑タランコトヲ請ヒ尾後ニ貴妃トナリ安祿山ノ反亂ヲ惹起ス樣ニナツタノモ唐朝ノ氣運ガ

府華陰縣的人、徙去居在蒲州的獨頭村、開元初、做過蜀州的司戸官、娶妻了後、就生此個楊妃、楊妃自細死父、偲叔楊玄徽、得做河南尉的士曹官、算是在偲叔家內養大的、及至到長成、被壽王娶去做王妃、到這結局纔入內宮去、古早人所講、才貌双全亦可以出身、此句話若親像爲伊楊妃如此講咧。

殘ッテ居テ此個妖物ヲ生ミ彼ノ天地ヲ擾亂セシメ、タノデス、此個楊妃ノ父ハ名ヲ楊玄琰ト云ヒマシテ弘農府華陰縣ノ人デアッテ蒲州ノ獨頭村ニ徙ッテ居マシタガ開元ノ初メニ蜀州ノ司戸官ト做リ、妻ヲ娶ッテ此個楊妃ヲ生ンダノデス、楊妃幼キ時怙ヲ喪ヒマシタガ、偲レノ叔ノ楊玄徽ガ河南尉ノ士曹官ヲ做テ居マシテ其ノ叔家ニ養ハレテ大キクナッタノデス、成長スルニ及ンデ壽王ニ娶レテ王妃ト做ッテ結局ニ内宮ニ入ッタノデス、古早人ガ云フ如ク「才貌二ツナガラ全ヘバ以テ出身スベシ」ト此ノ言葉ハ恰モ楊妃ヲ云フタ樣ナ言葉デス。

「 」內ハ原文ニハ有ザルモ本史ヲ譯スル上順序トシテ譯シタルモノナリ

第四　一肥一瘦（二）

原文

天寶四載サラニ壽王ノ爲メニ左衛將軍韋昭訓ガ女ヲ娶リ、楊妃ヲ冊シテ貴妃ト爲シ、玄琰ニ兵部尚書ヲ贈リ、母李氏ニ涼國夫人ヲ贈リ、叔玄珪ヲ光祿卿トナシ、兄銛ヲ侍御史ト爲シ、而シテ從兄釗ヲ侍郎ニ拜ス、昔則天武后ノ朝ニ、張昌宗ト云フ者有リ、巧言令色、武后ノ寵ヲ受ケ、以テ宮闈ヲ濁亂ス、釗ハ則チ實ニ其子ニシテ、而シテ後チ楊氏ニ養ハル、モノ、玄宗ソノ釗字ニ金刀ノ象アルヲ以テ、名ヲ國忠ト賜ヒ信寵甚ダ厚シ、此ニ至リテ楊氏ノ權、全ク天下ヲ傾ケ、滿朝ノ衣冠、復タソノ顏色ヲ窺ハザルモノナキニ到ル、貴妃進見ノ夕、必ズ霓裳羽衣ノ曲ヲ奏シ、金釵ヲ拔キ玉簪ヲ落シ、滿地狼藉、翌朝ニ到リ、玄宗之レヲ收拾シ、歩シテ粧樓ニ到リ、手自カラ貴妃ガ鬢髮ニ插ンデ以テ相樂ム。

臺譯

第四　一個肥一個瘦（二）

◎楊太眞名講做女道士、不過是掩耳盜鈴。

和譯大意

楊太眞ハ名ハ女道士トハ云ヒマシタガ、耳ヲ掩フテ鈴ヲ盜ムニ過ギナカツタノデアリマス。

◎從中參玄宗皇帝、自然結了不解的緣麼。

◎天保四年、玄宗自己過沒得去。即爲壽王、娶左衞將軍、韋昭訓的査某子、就顯然冊封立楊妃。做伊自己的貴妃、楊貴妃的外家、一家攏庇蔭着了了。

◎楊貴妃的老父楊玄琰、就贈封兵部尚書、老母李氏、就贈封涼國夫人、胞叔楊玄珪、就做光祿卿的官、叔伯兄、兄楊銛、就做侍御史的官、

其ノ中ニ玄宗皇帝トハ自然解ケザル緣ガ結バレタノデアリマシタ。

天保四年玄宗自己心安ラカデナク、壽王ノ爲メ左衞將軍韋昭訓ノ娘ヲ娶リ、ソウシテ公然楊妃ヲ冊立シテ、玄宗自己ノ貴妃トナシ、楊貴妃ノ里方…家ハ皆ナ庇蔭ヲ蒙リマシタ。

楊貴妃ノ父、楊玄琰ニハ就チ兵部尚書ヲ贈リ、母ノ李氏ニハ涼國夫人ヲ贈リ、彼レノ叔タル楊玄珪ニハ光祿ノ官ヲ與ヘ、兄ノ楊銛ハ侍御史ノ官ト爲シ從兄ノ楊錡ハ侍郎ノ官ヲ拜命シマシタ、此ノ楊

楊釧、就拜命做侍郎的官、此個楊釧、不是楊家的親骨肉。

◎在早武則天皇后朝代、有一個張昌宗、人是巧言令色的人、不止賢講好聽的話、給人愛聽伊、賢扮好禮的面色、給人憐愛伊。

◎所以武后眞得寵伊、致到汚穢宮庭內面、做出淫乱的事情。

◎楊釧實在、就是張昌宗在宮內私生的子、後來給伊楊家收留養成的。

◎玄宗皇帝、嫌伊此字釧字的字形、

釧ハ楊家ノ親ノ骨肉デハナカツタノデス。

昔シ武則天皇后ノ朝ニ一人ノ張昌宗ト云フ者ガアリマシタ、其ノ人ハ巧言令色ノ人デ、大變人ニ傾聽セシムル樣ナ話ガ上手デ且ツ人ヲシテ憐愛セシムル表情ヲ扮ルノガ上手デアリマシタ。

故ニ武后ガ非常ニ寵愛セラレ遂ヒニ宮庭ヲ汚穢シテ淫亂ナ事ヲ爲出來ス樣ニナリマシタ。

楊釧ハ實在ハ、是ノ張昌宗ガ宮內ニ在ル時ノ私生兒デアリマシタノヲ、後ニ楊家ニ給ツテ養育シタノデアリマシタ。

玄宗皇帝ガ此ノ釧ノ字ノ字形ニ金刀ノ象アルヲ嫌

有金刀的欵式、即賜名楊國忠、皇帝眞大信任伊、大寵幸伊。

◎到此時楊家的威權、全然壓倒通天下、滿朝文武更較驚伊、無一人無看伊的面色、得趨蹌伊、巴結伊。

◎眞正是俗語所講、一人受皇恩、全家戴角巾、一個婦人能致蔭全家好勢頭到如此。

◎楊貴妃若入去見駕的時、的確着奏彼號在月宮、聽見霓裳羽衣的曲、就是崑腔彼欵的音樂了。

ハレマシテ、名ヲ楊國忠ト賜ヒ、皇帝ノ大信任ト大寵幸ヲ受ケタノデス。

此時至リマシテ楊家ノ權威ハ全ク天下ヲ壓倒スル勢ヒデ、滿朝ノ文武官ハ非常ニ彼レヲ恐レ、一人トシテ彼レノ顔色ヲ窺ヒ趨蹌巴結ザル者ハナイ樣ニナリマシタ。

俗語ニ一人皇恩ヲ受ケル者アレバ全家ニ及ブト云ヒマスガ、一個ノ婦人ニシテカクモ全家ニ蔭シ、カクモ勢力ヲ致スデアラウカ。

楊貴妃ガ進見ニスルノ時ハ、必ズ彼ノ月宮ニ在リテ霓裳羽衣ノ曲、就チ崑腔ノ如キ音樂ヲ奏スルノヲ聽キマシタ。

◎衆樂工絃管一下動咧、楊貴妃亦唱、亦舞、舞到頭壳的金釵脫出來、玉簪打下落去、滿土腳四散丟、到明仔早起玄宗看見、就本身俯落去拾起來、步行來到伊的梳粧樓、親手爲貴妃插彼頭鬃裡、如此大家在心適。

衆クノ樂工ガ一度ビ絃管ヲ彈ズルヤ楊貴妃モ亦タ唱ヒ、亦タ舞ヒ、舞フテ頭ノ金釵ハ脫ケ、玉簪ハ落ケテ滿地ニ四散シテ居マシタ、翌朝ニ到リマシテ玄宗ガ之レヲ見ラレ自ラ拾ヒ取リ步行シテ貴妃ノ粧樓ニ到リ、手自ラ貴妃ノ頭髮ニ插シ、如此シテ共ニ樂ミマシタ。

第四　一肥一瘦（三）

原　文

此ノ時梅妃深ク別院ノ中ニ在リ、之レヲ聞クニ及ンデ怨恨堪ヘズ侍婢嫣紅ニ謂テ曰ク、我レ初メ宮ニ入リ梅花ノ下、歡ヲ叙スルノ時ニ方リテ、業ニ已ニ此ノ事アルヲ疑フ、所謂落梅ノ期、遂ニ到レリ、秋扇ヲ咏ジ、白頭ヲ吟ズルモ〱、豈止ダ斑姬ト文君トノミナラヌヤト、因テ南宮ニ赴キ、玄宗ニ見ヘテ以テ言フ所アラント欲シ、獨リ、粧臺ニ臨ンデ、雲鬢ヲ整ヘ明鏡ヲ開ヒテ花容ヲ照シ、天ヲ仰デ嘆ジテ曰ク天カ、我江采蘋、斯クノ如キノ才貌アリテ、何ゾ自ラ憔悴シテ此ニ至ルト、雙涙交モ流レ、復タ新粧ヲ凝ラスニ懶シ、嫣紅傍ニ在リ、再參慰諭シ、勉メテ粉鉛ヲ施シ、花鈿ヲ整ヘ徐歩シテ南宮ニ向フ、花ヲ繞リ水ヲ越ヘ、玄宗ニ綠竹青苔ノ間ニ相逢フ、玄宗語ナシ、梅妃進ンデ曰ク、花開キ鳥啼キ、春風駿ヲ送ル、故ニ稍々此ニ至リテ以テ聊カ寂寥ノ心ヲ慰ム、何ノ緣カ陛下ニ此ニ禮スルヲ得ントハ、聞ナラク陛下楊妃ヲ寵納シ、落花流水ノ情日ニ深キヲ加フト、賤妾本トコレ蒲柳ノ質、新人ノ萬一ヲ企及スル能ハズト雖モ、幸ヒニ嫌棄セラレズンバ、何ンスレゾ相見ルヲ許シテ、姉妹ノ盟ヲ交訂セシメザルヤ。

臺譯　　和譯大意

第四　一個肥一個瘦（三）

◇此時梅妃自己一人、住在彼別院內中、攏無出來、

◇及至聽着貴妃的事情、心內怨恨眞

此ノ時キ梅妃ハ一人彼ノ別院内ニ住ツテスコシモ出マセンデシタ。

貴妃ノ事ヲ聽クニ至ツテ心窃ニ怨恨ニ堪ヘナカ

史談　二五

是沒堪得。

◇即對伊身邊跟隨的女俾嫣紅講、我初入宮來、在彼梅花樹下、正在歡喜相愛的時、我就已經僥疑、能有今仔日此號事了、所講梅花謝落去的期日、續此快到了。

◇古早有彼號、咏秋扇的班姬、吟白頭詩的文君、其實世上親像佢二人的尙多、不止此二人麼。

◇講了就要去南宮、見玄宗皇帝講幾句話、自己一個倚去梳粧的鏡臺、

ツタノデス。

ソコデ彼レノ身邊ニ跟隨ヒ居ル女婢タル嫣紅ニ云フニ、我初メ宮ニ入リ彼ノ梅樹ノ下ニ在テ互ヒニ歡喜相愛スルノ時、私ハ已ニ今日此ノ事ノ有ランコトヲ疑フテ居マシタガ、梅花ノ落チル日ガコンナニ速ク來リマシタト申シマシタ。

昔彼ノ秋扇ヲ咏ジタル班姬、白頭ノ詩ヲ吟ジタル卓文君ノ二人ノ如キ人ハ尙ホ多ク有テ二人ノミデハアリマスマイト云ヒマシタ。

ソウシテ南宮ニ行ッテ玄宗皇帝ニ見ヘ言上センモノト思ヒ、自カラ粧臺ニ臨ンデ雲鬢ヲ整ヘマシテ

載於《語苑》一九二四年三月、四月、六月、七月、八月、九月、十月十五日、一九二五年一月、二月、三月、四月、五月、六月、一九二六年二月、三月十五日，部分連載之間有闕文而未能連貫。

藍公案：無字的告呈*

作者　藍鼎元
譯者　三宅生

【作者】藍鼎元，見〈鹿洲裁判：死丐得妻子〉。

【譯者】三宅生，見〈韓文公廟的故事〉。

* 譯自《鹿洲公案》第六則〈沒字詞〉，然而並未刊畢，大約只刊出整篇故事的二分之一。

三體文語

（承前）

臺南　三宅生

◎藍公案

△無字的告呈　白紙ノ訴狀

◎我適在公堂頂、在辦案件、看見儀門外。

◎有一個少年婦人人、牽一個老查某人、跪停々在彼。

◎手展一張紙、載在頭殼頂、使差役去叫伊入來。

私ガ丁度公堂デ事件ヲ辦キツ、アル時儀門（清朝時代ノ官衙ノ正門ノ内ニアリシモノ即チ第二門ナリ。）ノ外ヲ見マスト。

一人ノ少年婦人ガ、一人ノ老査某人ヲ連レテ、其處ニ跪イテ居リマス。

手デ一枚ノ紙ヲ展グ、頭殼頂ニ戴セテ居リマス。

差役ヲシテ彼ヲ叫ビ入レシメマシタ。

◎我即對講、汝要來入呈告訴、應該着來此公堂前。

◎按怎那跪在彼遠的所在、講了使書辦、對接彼張紙起來。

◎書辦囘講白紙而已。

◎我講婦人人、不知影告狀的體式、白紙亦無要緊。

◎書辦應講不拘無寫字僅獨空紙而已。

◎我講亦對收起來、展開一看咧、果然空々無半字。

◎我即叫伊來面前問伊、汝有甚麼寃

ソシテ私ハ彼ニ對ツテ「汝ハ告訴ニ來タノナラ當然此ノ公堂ノ前ニ來ナクテハイカン。」

何故其ンナニ遠イ、處ニ跪イテ居ルノダ」ト言ツテ、書記ヲシテ其ノ紙ヲ受ケシメマシタ。

書記ハ白紙ダケデスト答エマシタ。

私ハ「婦人ハ告訴狀ノ書式ヲ知ラナイカラ白紙デモ構ハナイ」ト言イマシタ。

書記ハ然シ字ヲ書イテナイ、僅獨白紙ダケデスト應エマシタ。

私ハデモ受ケテヤレト言ヒ、展開一見シマスト、果然空白デ一字モ書イテアリマセン。

私ハ彼ヲ面前ニ叫ビ來リ「汝ハ何ンノ寃枉アリテ

枉、要來伸冤、應該照實直寫、按
怎提此張空紙來入咧。
◎婦人講不識字、更貧窮無錢、代書
人被李阿梅阻擋咧、不肯替阮寫呈。
◎我即叫書辦、就伊彼張紙爲寫。
◎書辦講不知要按怎寫。
◎我講寫伊講的口供麼、我即問伊。
◎聽伊所講、老婦人人是鄭氏、今年
八十六歲喇。
◎少年婦人人、姓劉氏、就是鄭氏的
守寡媳婦。

之ヲ伸ギニ來タノカ、應談ハ事實ノ通リ直ツト書
カナクテハナランノダガ、按怎此空紙ヲ持テ來テ
出スノカ」ト尋ネマシタ。
婦人ハ「字ヲ識リマセズ、且ツ貧乏デ錢ガアリマ
セン、代書人ハ李阿梅ニ阻擋ラレテ、私等ニ訴狀
ヲ認メテクレマセン」ト言イマシタ。
私ハ書辦ヲシテ彼ノ其紙ニ書イテヤラシメマシ
タ。
書記ハ按怎書クノカ判リマセント言ヒマシタ。
私ハ彼ノ申立ヲ書クノダト言イソシテ、彼ニ尋ネ
マシタ。
彼ノ話スヲ聽キマスニ、老婦人ハ鄭氏デ今年八十
六歲デアリマス。
少年婦人ハ姓劉デ、就チ鄭氏ノ寡婦デアリマス。

◎鄭氏講伊死去的子兒、名叫李阿梓。

◎因爲舊年十二月初五日、被李阿梅逼死。

◎彼時要來衙門出告。

鄭氏ハ曰ク、彼ノ死去子ノ名ハ李阿梓ト云イマス。

舊年十二月五日ニ李阿梅ニ逼死サレマシタ。

當時衙門ニ訴エ出デ様トシマシタ。

原文字音

沒字詞

余方理堂事、見儀門之外、有少婦扶老嫗、長跪其間、手展一楮、載頭上、遣隷役、呼而進之曰、若告狀、宜造堂前、何跪之遠也、命吏人接受之、吏復曰、素楮耳、余曰、婦人不知狀式、素楮亦不妨、吏曰、沒字也、惟空楮而已、余曰、亦收之、展視果然、召而問之曰、若有寃欲白、當據直書、何取空楮來也、婦人曰、不識字、又短于財、代書者、爲李阿梅所阻、莫我肯代、余即將其楮、命吏書之、吏曰、不知也、余曰、書供詞、則老嫗鄭氏、年八十六矣、少婦姓劉、鄭之寡媳也、鄭言亡兒李阿梓、去年十二月初五日、爲李阿梅逼殺、將鳴官。

三體文語 （承前）

臺南　三宅生

△藍公案

無字的告呈（其一）　白紙ノ訴狀

○阿梅懇求偲族內、監生李晨李向、——阿梅ハ彼等一門ノ監生李晨李向族長ノ李童叔ニ懇

三體文語　　六

族長李童叔。

○俉三人、來勸我息事。無出來告。

○即替我共阮子、收殮埋葬。

○又一間厝、給阮住。更養飼阮一家人。

○來到此滿、阿梅即反僥、無良無心。要趕阮搬厝。

○迫阮着遷徙別位、將厝瓦、桷仔、折々去。

○絕阮的伙食、不給阮、害阮食風凍露。

願シマシタ。

彼等三人ガ來テ私ニ事ヲ息ヌル樣ニ勸メテ告ヘ出デンコトニシマシタ。

ソレデ私ニ代リテ子供ノ納棺埋葬等シテ吳レマシタ。

又家ヲ一間我等ニ吳レ、其上吾々一家ノ者ヲ養ツテ吳レマシタ。

ソシテ此滿ニナツタ處、阿梅ハ變心シテ無理ニ私等ヲ追出サウトシマス。

私等ニ別位ニ遷徙ト迫リ、屋根瓦ヤ桷仔ヲ取リ外シマシタ。

阮的食物ヲ絕チテ、吳レズ、阮ヲ風ヤ露ニサラサレル苦痛ニ陷シマス。

○一家的性命、不知要死得何一日咧。

○阮所以着來告喇。

○我講人命的案至重、汝不應該參人私和。

○而且自舊年冬天。到今年秋天、已經有九月日喇、告要何事咧。

○劉氏講阿梅欺負阮孤寡。

○實是因爲阮夫、死了隔年喇、無更告人命的情理。

○所以、敢反僥背約喇。

○總是阮亦知影人死、已經此久。

一家ノモノハ何日死ルカ知レン有様ナノデアリマス。

ソレデ私等ハ訴エネバナランノデアリマス。

自分ハ「人命事件ハ至重ノデアル、汝ガ私談和解スベキモノデハナイ。

而且昨年ノ冬天ヨリ、今年ノ秋天ニナル迄、已ニ九月日ヲ經テ居ルガ、告エテ何事スルノダ」ト言イマシタ。

劉氏ハ曰ク、阿梅ガ阮孤寡ヲ凌メマス。

實際阮夫ガ死ンデ隔年ニナリマスノデ、今更人殺シノ告ヘヲスル情理ガアリマセン。

ソレデ變心シテ約束ニ背クノデアリマショウ。

總是私共モ子ガ死ンデカラ此ンナニ久シクナルコトハ知ッテ居マスガ。

三體文語

○不拘當日、原是彼伊用威哄迫、致使服毒死。

○彼時無告伊償命、此滿那敢更有別物向望。

○因爲伊毀阮住的厝、絕阮的糧草。

○實在是情理、所沒堪得。

○阮去投恁的族長、與彼個監生。

○大家推諉來、推諉去、看做無關無係的歟。

（未完）

不拘當時原彼ニ哄迫サレテ、毒ヲ呑ンデ死ヌルニ至ツタノデアリマス。

彼時死刑ニ處シテ貰フ樣ニ告訴モセズ、今何シテ別物ノ望ミガ有リマショウ。

彼ガ私等ノ住ンデ居ル厝ヲ毀シ、私等ノ糧食ヲ止メマシタノデ。

實際情理ニ於テ堪ヘラレナイノデアリマス。

私等ハ彼等ノ族長、及彼ノ監生ニ投タエマシタガ。

大家ハ、何トカ彼トカ推諉テ、何等關係ナキモノト思ツテ居ル樣デアリマス。

原文字音

阿梅懇族中、監生李晨、李向、族長李童叔等、勸我無訟、爲我歛埋、我住屋、養我老幼、今阿梅不存良心、逼我徙宅、收我瓦桷、絕我糧食、餐風宿露、不知命在何時、我是以來告也、余曰、人命至重、汝不應私和、且自去冬、以及今秋、已經九閱月矣、告何爲者、劉氏曰、阿梅欺凌孤寡、實以子亡、隔歲、無控人命之理、故敢於負約耳、我等亦知子死已久、當日原係威迫服毒、不控抵償、豈今者、敢有他望、彼毀屋絕糧、情實難堪、而愬之族長監生、互相推諉、視若秦越。

正誤

前號第十四頁第六行目「婦人人」ハ「婦人人」ノ誤リ。

同第十五頁第五行目「書辦」ハ「書辦」ノ誤リ。

同第十六頁字音中第一行「載頭上」ハ「載頭上」ノ誤リニ付訂正ス。

三體文語 （承前）

臺南　三宅生

○藍公案

△無字的告呈（其二）　白紙訴狀

○阮姑家年紀眞老。喇、若風中火燭。咧。

○子尚細僕、在食乳。

○汝靑天大老爺、若不憐憫救。阮、死亦是無葬身之地。

○問阿梅住家在何位。

私ノ姑家ハ眞ニ年取ツテ居テ、風中ノ燈火見タ樣ナモノデアリマス。

子供ハ未ダ細僕乳ヲ呑ンテ居マス。

公明ナル貴官ガ若シ憐憫救ヒ下サランナレバ死ンデモ葬ムル地モアリマセン。

阿梅ノ住家ハ何處カト問フト。

○劉氏講在崑安寨、離城無若遠。

○我講恁姑家媳婦、且少許聽候咧。

○隨時出雷籤、使差役去拘李阿梅來對訊。

○較停阿梅就到。

○訊問的時、阿梅眞狡獪、應講無彼號事情。

○我與阿梓、是五服內親々的親堂兄弟。

○舊年阿梓不幸病死。

○我可憐伊母老子幼、常常周濟恩恤

劉氏ハ「崑安寨ニ居リマシテ城下ヨリ何程モアリマセン」ト言イマシタ。

自分ハ「汝等姑家ト媳婦ハ暫ク待テ」ト言イ。

隨時ニ雷籤(急ヲ要スル逮捕狀)ヲ發シ、差役ヲシテ李阿梅ヲ逮捕シ來リ對訊セシメマシタ。

暫クスルト阿梅ガ參リマシタ。

訊問スルニ阿梅ハ狡獪ニモ「其ンナ事ハアリマセン」。

私ト阿梓ハ五服內(喪服ノ制ニ、斬衰、齊衰、大功、小功、緦麻ノ五種アリ此ノ五種ノ服該ルベキ範圍內ノ親族ノコト)デ親シキ又從兄弟ノ間柄デアリマス。

昨年阿梓ハ不幸ニモ病死シマシタ。

私ハ彼ノ母ハ老イ子ハ幼ナキヲ憫ミ、常々周濟恩

伊。

○此滿歹年冬米貴到若眞珠"咧。

○收成又沒相接。我自己救自己都無到。那能更照顧到別人"咧。

○鄭氏劉氏再三參伊辯駁。

○阿梅硬々不承認、且講婦人人無厭。

○做此號義擧的好事。本不是能永遠相接續的事情。

○我的妻子、現在在艱苦無可食。何況是汝。

○問伊迫死阿梓、及李晨李向私和。

恤デヤリマシタ。

今ヤ年ガ惡ルク米ノ貴イコト眞珠ノ如ク。

收獲シタ物ハ又後ノ收獲期迄無イ樣ナ有樣デ、私自身ノ救濟モ出來ナイノニ、那シテ他人ノ世話ガ出來マシヤウカ」ト言イマシタ。

鄭氏劉氏モ再三彼ヲ辯駁シマシタ。

阿梅ハ强情ニ之ヲ否認シ且ツ曰ク「婦人ハ厭ヲ知ラン。

此ンナ義ノ爲メニセル善事ハ、本永遠ニ續クモノデハアリマセン。

我ガ妻子ガ現在食フコトガ出來ズ艱苦テ居ルノニ何況汝ノコトガ出來ルモノカ」ト言イマシタ。

阿梓ヲ迫メ殺シタコト、及李晨李向ガ私談和解シ。

○厝給伊住養飼伊年老的事情。

○阿梅講此厝一點仔影響都無。

○不過伊要求我淡薄米去食。

○愌聽訟棍的話、造出此的事由、來要打動官人、可准伊的告呈。

○其實無此號事情。

家ヲ與ヘテ住マセ、年老ヲ養ツテ遣ルコト等ヲ尋ヌルニ。

阿梅ハ此ノ點ハ全ク無イコトデアリマス。

唯ダ彼ガ私カラ淡薄米ヲ貰ツテ食糧ニシヤウト思ヒ。

訟棍ノ話ヲ本當ニシテ此ンナ事ヲ造リ、官人ヲ動カシ訴狀ヲ受付テ貰オウトシタヾケデアリマシテ。

其實此號事情ハ無イデアリマスト言イマシタ。

原文字音

姑年風燭、兒在襁褓、天不憐救、死無地矣、問阿梅家在何處、劉氏曰、在崑安寨離城不遠、余曰、汝婦姑少待、即飛籤遣役、拘了阿梅對質、有頃阿梅至、訊之阿梅狡猾曰、無有、我與阿梓有服之親、去歲阿梓不幸病死、我憐其

三體文語

母老子幼。常周恤之。今災餘米珠青黃不接。我自救尚且不贍。豈能復顧他人。鄭氏劉氏再三爭辯。阿梅固不承。且言婦人無厭。義舉原非可以常繼之事。我妻兒現在苦饑。何況于汝。問以逼死李阿梓。及李晨李向私和。貽屋養老諸事。阿梅曰。此影響俱無者。不過欲求助升斗。悞聽訟師。造此聳誑。

正誤

前號第六頁第一行「李童叔」ハ「李童叔」ニ。同第二行「息事」ハ「息事」ニ。
同第七行「搬厝」ハ「搬厝」ニ。第七頁第三行目「我講」ハ「我講」ニ。
同第四行「私和」ハ「私和」ニ。第五行「舊年」ハ「舊年」ニ。
第六行「告」ハ「告」ニ。第九頁四行目「欺凌孤寡」ハ「欺凌孤寡」ニ。訂正。

載於《語苑》一九二四年八月、九月、十月

貪小失大（客人話：海陸）*

作者　韓非
譯者　羅溫生

【作者】

韓非（?～西元前二三四年），戰國時期的韓國公子，為人不擅言詞但擅長寫作，與李斯同受業於荀子，曾上書韓王卻不被重視，於是發憤著書五十餘篇，即現今所見之《韓非子》。後秦王攻韓，韓王派遣韓非出使秦國，甚受秦王欣賞，遭李斯進讒中傷，下獄而死。其《韓非子》不僅是法家集大成之作，也是優秀的散文作品，立論鮮明且言詞犀利，寓意深遠而氣勢磅礴，對後世的影響十分深遠。

【譯者】

羅溫生（推測可能是溫姓父親入贅予羅姓母親，故雖以「羅」為姓，然而刻意取名「溫生」，而「羅」與「溫」兩姓，在臺灣皆以客籍居多），臺中人，四縣客家人（臺中州內的客家人主要聚居於東勢、石岡、新社、國姓、魚池等地），兼通日語及客語，為臺灣語研究會成員，曾於《語苑》發表二篇作品：一九二四年十二月的〈年八暮レムトス〉以及翌年一月的〈貪小失大〉。

* 其原文如下：知伯將伐仇由，而道難不通。乃鑄大鐘遺仇由之君，仇由之君大說，除道將內之。赤章曼枝曰：「不可。此小之所以事大也，而今也大以來，卒必隨之，不可內也」，仇由之君不聽，遂內之。赤章曼枝因斷轂而驅，至於齊。七月，而仇由亡矣。

△客人話（海陸）

羅溫生

○貪小失大

戰國介時、倚近晋國介所在、有一國小國喊做球猶
晋國介宰相、智白常常想愛去滅彼。
不拘該介路頭、真狹真細條更專坑

戰國時代ニ晋ノ國ニ接近シタ處ニ球猶ト云フ小サイ一國ガアリマシタ。
晋ノ國ノ宰相智白ハ常々彼ノ國ヲ滅亡サセニユキタイト云フ考ヘデアッタ。
併シ其所ヘノ通路ハ大變狹隘デアッテコトニ全部

溝眞不好行、想了擺無機會。
後來就想一介法度、特故意鑄一介眞大介鐘、比車路有兩倍濶。
就派人去與球猶國介王講、此介鐘愛送彼。
球猶國王就愛派人去修理路將該較高介所在搬分彼低亦將該介坑溝埋起來備辨好運搬此介大鐘。
彼有一介人臣策志勸話彼講。
古早介詩有講只有着守法度正能分彼介國平靜。

谷間バカリデ歩行ガ非常ニ困難デアル、考ヘテ見タガ全ク機會ガナカツタ。
其後或方法ヲ考ヘワザト大ナル釣鐘ヲ一ツ鑄造シ其ノ直徑ハ車路ノ二倍ノモノデアル。
ソコデ人ヲ球猶國ニ遣ハシテコノ鐘ハ國王ニ送呈スルト云フ意ヲ傳ヘシメタ。
球猶ノ國王ハ人夫ヲ使役シテ其ノ通路ヲ修繕シ高イ所ハ低クシ谷間ハ埋立テ、大釣鐘ノ運搬上ニ便宜ノ設備ヲセントシタ。
彼ニハ策志ト云フ一人ノ大臣ガアツテ王ヲ諫メテ言フニハ。
古ノ詩ニ只ダ法度ヲ守レバ即チ其ノ國ハ泰平デアルト言フテアル。

咱抑可無緣無故承受該智白此介大鐘。
照看智白介人係貪心更無信實。
的確係因爲愛攻打咱想了無機會所以鑄此介比車路兩倍大介鐘來送分大王。
大王若去迎接此介鐘着高舉堀分彼平坑溝埋分彼滿。
彼就可乘此介機會進兵來攻打咱。
彼將此號介話來勸話彼介王眞久彼介王攏不聽彼。

我ニ何等ノ緣故モナクシテ智白ヨリ斯ノ如キ大釣鐘ヲ受ケル筈ノモノニ非ラズ。
智白ノ人トナリヲ考ヘテ見ルニ貪慾デアッテ特ニ正實デナク信用ノ出來ヌ人デアル。
必ズ我ヲ打タント思ヒ考ヘテモ機會ガナイカラソレデ車路ノ二倍大ノ鐘ヲ鑄造シ大王ニ送呈スルノデアル。
大王ガモシ此ノ鐘ヲ出迎ヘニ行カレ高低ヲ地均ラシ谷間ヲ埋立テスレバ。
彼ハ卽チ此ノ機會ニ乘ジ進軍シ來リ我ヲ攻擊スルモノデアル。
彼ハ之等ノ語ヲ以テ彼ノ王ヲ諫メルコトガ久シカリシモ王ハ彼ノ語ヲ聽入レラレナカッタ。

反轉講彼算係大國要與咱交陪咱若不承受的確能分彼受氣。
隨時差人去埋路續去迎接彼介大鐘。
策志低頭轉來就講做人介人臣若無一點盡忠介心肝算做係有罪若係咱有一點盡忠介心王無要聽咱按仰咱着閃避較遠唎。
隨時對小路逃走去衞國過有七日久就聽彼球猶國果然分智白滅去。

反ツテ王ガ言ハレルニハ、彼ハ大國デ我ニ交際ヲセントスルニ我之ヲ受ケザレバ必ズ彼ノ忿怒ヲ招クモノトナシ。
スグ人夫ヲ派シテ道路ノ埋立ヲナサシメ、遂ニ其ノ大釣鐘ヲ出迎サレルコトニナツタ。
策志ハ悄然トシテ家ニ返リ言フニハ人臣タルモノニシテ一片ノ盡忠心ナケレバ即チ罪アリ我一片ノ盡忠心アレドモ王ニ用キラレズ斯ノ如キハ我遠地ニ避クヘキデアル。
スグ間道ヨリ逃ガレテ衞國ニ到リ七日バカリ經テ果シテ球猶國ハ智白ノ為メニ滅亡シタルコトヲキゝタリ。

載於《語苑》一九二五年一月十五日

楊貴妃の生涯

作者　趙雲石口述
譯者　小野真盛
　　　水谷利章

【作者】

趙雲石口述，見〈唐朝楊貴妃傳〉，總共刊出二十九集，其中第七與第二十都重複標示兩次，然而缺刊第二十七與第二十八集，總集數不變。（顧敏耀撰）

【譯者】

小野真盛（おの　まさもり，一八八四～一九六五），號西洲，日本大分縣人，一九〇三年任臺中地方法院通譯，翌年轉任臺北地方法院通譯，一九〇七年再調臺南地方法院通譯。一九一九年任華南銀行囑託，不久便調任臺灣銀行囑託。一九二四年任警察官司獄官練講習所講師、一九三二年任高等法院通譯。翌年，任第二回長期地方改良講習會講師。一九三四年改任臺灣總督府法院通譯，翌年任臺灣總督府警察及刑務所職員語學試驗委員，同年調臺灣總督府評議會通譯。一九三七年升敘高等官五等、從六位。一九四〇年敘正六位，不久又敘勳五等，授瑞寶章。公餘之暇，勤於著述，在一九〇九至一九四一年間於《語苑》發表了多達五百餘篇的作品，諸如〈警察官對民眾注意一百首〉、〈警察官語學講習自習資料〉等，在一九〇六至一九一一年間於《漢文臺灣日日新報》、一九一八年於《臺灣時報》也都發表過多篇古典漢詩文。（顧敏耀撰）

水谷利章（みずたに　としあき），生卒年待考。號寥山，一八九五年來臺，時任憲兵，寓居臺北城內，因有感於臺語對於本身職務的重要，所以透過與本島知識分子筆談等方式開始自習臺語，翌年進入第一屆臺灣語速成學校就讀，受業於姬野憲兵隊通譯以及艋舺秀才黃克明，畢業之後分派至各地憲兵屯所任職並兼掌通譯，一八九八年轉任職於本島人商會、《臺中新聞》報社，後又歷任陸軍幕僚、軍法會議通譯，一九〇五年任臺灣總督府法院通譯，一九二二年兼任臺灣總督府警察及監獄職員語學試驗委員（迄一九二四年止），一九二三年敘勳六等授瑞寶章（原為從七位勳七等），一九二六年敘正七位，一九二九年兼補臺北地方法院通譯，翌年任普通試驗臨時委員，同年任臺灣總督府警察及刑務所職員語學甲種試驗委員，一九三二年升敘高等官五等，同年敘從六位，不久又敘勳五等授瑞寶章。目前所見的著作有發表於《臺灣教育會雜誌》的〈專門家より見たる臺灣語研究者〉（一九一六年）以及發表於《語苑》的〈支那官場成語集〉（一九二五年連載）、〈支那風俗裁判物語〉（一九二五至一九二六年連載）、〈甲科語學研究資料〉（一九二八年）、〈音調の解〉（一九二八年至一九二九年連載）、〈漢文證書の解釋〉（一九二九年至一九三一年連載）等。（顧敏耀撰）

臺語和譯 楊貴妃の生涯

はしがき

本書は宮崎來城君か吳越を跋涉し舊史を蒐集して歸り唐の明君玄宗皇帝の愛妃楊貴妃の歷史を詳述し以て傾城傾國多く弱情に基く所以を記載したるもの其の緒言に曰く。

楊貴妃が柳態花顏は世人皆な之れを知り一代の履歷も又皆な之れを知る然れども此れ唯だ歷史上に散見せる尋常の行事のみ、其の隱微の妖言媚行に至りては蓋し天下知悉するもの至て稀なり余前きに臺灣に官遊して轉じて吳越に出で多く奇書珍本を携へ歸る中に貴妃の歷史に關するもの十數部あり皆な斷簡零快に屬すと雖も、而かも貴妃の言行は復た言ふを待たず當時宰相の面目より天下の趨勢に及んで一讀瞭然眞に人をして奇を呼ばしむるものあり、因て試みに此の一篇を綴りて以て世人の未だ貴妃の全豹を窺はざるものに割愛す。

と以て本書が貴妃の妖言媚態世人未知の隱微を窺ふことを得べく又其の行文中巧妙なる形容を以て傾城傾國因果應報を明かにし唐朝の叛臣安祿山の始終より詩人李太白忠臣顏眞卿等の事蹟に至る迄詳且つ細を極め抒情論議宛ながら快哉を叫ばしむるものがある。

又之れが臺灣語譯に至ては一世の詩人赤崁の趙雲石君が組蓄深き漢籍と流暢婉轉なる臺語を巧みに操縱し直譯、意譯、補譯、字音、譬喩等に至る迄詳述細說誠に語學研究者の爲め好個の指南たるこことを失はず、本會の敢て推奬する所以である本書を二十三に區分す、第一、玄宗皇帝、第二、梅花一枝、第三楊花飛んで宮牆に入る、第四一肥一瘦、第五安祿山、第六李太白、第七迷花攀柳、第八洗兒の錢、第九樓東の賦、第十情海の波瀾、第十一蛟龍は池中の物に非ず、第十二上界の謫仙、第十三沈香亭北の宴、第十四閒散逍遙學士、第十五此迷ひ此惑ひ、第十六比翼の鳥連理の枝、第十七祿山の叛旗、第十八漁陽の鼙鼓地を動かして來る、第十九二顏の忠節、第二十蜀道の蒙塵、第二十一馬嵬の驛、第二十二死して厲鬼と爲りて此賊を殺さん、第二十三舊を語る以上の內初の分若干は曾て本誌に連載したことかあるが、原文は漢文直譯體であまり難澁なるを以て之を省略し今囘からは雲石先生の譯された、本島語を更に平易な口語體和文に譯し連載することにする讀者幸に諒とせられよ。

第一、玄宗皇帝

人生住此世間裡。對世上在做人。唯有人情與天理而已。忠臣孝子彼輩的人。過事攏照天理在做。更順人情。游手好閑彼一流的人。攏任私情。反背天理。亂做亂行。一傍是照天理。一傍是反背天理。皆由各人本性的善惡。所以能爭差異樣無同路在行。雖然是如此着了。只有一片鍾情。任是好人與奸惡的人。總是一般。更無一個人絕無情愛的。不過用情用了有合理無合理就是了。

第一、玄宗皇帝

人がこの世に生れきて、世の中に處してゆくには、唯人情と天理の二つがあるばかりだ。彼の忠臣孝子と呼ばれる人は、何事でも、すべて天理と人情に基いて事をなすのである。彼の樂をして遊ぶことのみを好む所の人共は、すべて、氣儘勝手で、天理に背いて亂らな行をする。そして天理に循ふと、天理に背くとは、すべてその人々の本來有する性の善惡によつて岐れ、同じ道を踏むことができないのである、それはさうであるが、一片の熱情に至りては、善き人も、惡しき人も、同じことである。一人として情愛のないものがあらうか。

試就蘇子卿蘇武來看。伊做漢朝的欽差。出使去匈奴。被匈奴攏留得。伊住海上艱々苦々住有十九年。堅心不肯投降匈奴。尅苦哺彼號冷凍的雪。吞彼號臭青的物。伊的身軀當彼號境遇。尚且娶胡番的婦女。與伊生子。又宋朝胡澹庵。亦是一位道學先生。伊被貶去在海外。那囚人一般。冷々靜々住彼十年。到赦回來的日。在湘潭憑胡家的花園。飲酒作樂。歡喜歌妓的美貌好情。就做詩贈＝伊。可見世間上。有此的花々葉々。不論紅的綠的。看着有情有意都攏能動＝人的心肝。移易人的性情。雖是賢人君子我知講亦是沒免得。

試みに彼の蘇子卿蘇武に就いて見るに、彼は漢の特命使として匈奴に使ひしたが、遂に匈奴のために虜となり、海上に窮居すること十九年に及んだが、非常な堅い決心をして、どうしても匈奴に降服せず、彼の冷たい雪を嚙み、腥い肉を呑む等、あらゆる辛苦を嘗め、そして、彼の身は斯る境遇にあつたのに、胡番の婦を妻となし、子まであげたのである。又宗の胡澹庵も一門の道學先生であつたが、彼は海外に貶せられ、そこにあつて囚人同様、冷たい、寂しい、生活を十年もつづけたのである。赦されて歸るの日、彼は湘潭の胡氏の花畑で、酒を酌み、その席に待つてゐた藝妓の美しさと濃かな情に、すつかり參いつてしもうて、特に詩を作つて彼に贈つたと云ふ。何んと世の中の人が、これ等の花のやうに、美しいそして蜜のやうに甘まい美人の美貌と愛情に接した時、よく我心を動かさずにゐられようか、そしてまたよく情を制することができようか、私はそれは賢人君子と言はるゝ人でも免れがたいことゝ思ふ。

因に誌すこの末句は原文では單に「此れ紅情綠意の人を移す賢人君子も亦免れざるを知るべし」とあるのを雲石先生はあれほどまでに臺灣語でその意を美しく抒べてゐる、そして筆者は拙いながら如上の和譯を試みた書き表はし方の、言ひ表はし方の、よく人を動かすことに意を留めて味はれたし。

臺語和譯 楊貴妃の生涯

第一、玄宗皇帝 (2)

干徒一個白面書生而已。亦來品評彼號失寵愛。穿綢簪金的美女。要買佳人姚嬌的目睭可噤一吓。而況更出世常太平盛世的時代。富貴極頭做到天子。想着彼號香那蘭花的羅帳。洞房花燭的光景想了那能堪得的最可憐都是翡翠的樓臺來貯彼號姚嬌的婦人。鴛鴦的亭榭來收藏彼號好肢骨好體態的女子。歡喜暢樂。暝準做日。暗樂到光。不時在絃管歌舞鬧動的中間。連漁陽戰鼓的聲。安祿山造反的消息。攏無聽見。攏不知影。致到忘身誤國。江山險倒壞去。講起來眞是令人不堪。吐一吓氣而已。這就是有情無理的結果了。

僅に一介の白面の書生ですから、彼の君の寵愛を失ひながらも、なほ綾錦や金の釵に憂日をかくす美人を評し、そしてなまめかしい美人の送る秋波を買はんとするのである。まして況や治まる御世に生れ、その身は貴き天子の身分である人が、蘭の香よりもかんばしき羅の帳の中で花の燭臺に明をつけて樂しむ狀を思ふては、實際堪るまい中でも憐れなものはかの美しい翡翠で飾られし樓臺に愛嬌に富める美しい女を蓄へ、あいらしい鴛鴦の飾をなせる亭榭に、品のある肉體美の美人をおいて夜となく晝となく歡樂の限りをつくし、舞ひ踊りや歌三味線で騷ぐとき、漁陽に響く陣大鼓の音も耳には入らず、安祿山の反謀も知らで、遂には我身を忘れ國を誤り、天下を傾くるに至る、誠に歎かはしいことであるがこれはあまりに情愛のみに溺れて正理に悖つた結果であります。

講起到此個玄宗皇帝。人稱伊唐明皇。算是唐朝的明君。伊自平定韋皇后的反亂了後。就登極做皇帝。一味崇重節儉。一切明珠寶玉。吳地出名的綵綉。蜀地出名的錦綢。攏總搬出來。提去未央殿前。化火燒々去。又更再開放成千的宮女。給伊出宮去配人。伊的行政的好成績。差不多與太宗皇帝。貞觀時的政治。能比並得。案怎樣自姚崇宋璟。此二個好宰相。前後相接死失去。朝內遂無明臣。

この玄宗皇帝と申すお方は一般から唐の明皇と申上げたほどの方で實際唐の明君でありました、皇帝は、韋后の亂を平定せられてから後天子の位に御卽きになり、非常に御儉約を重せられ、國內の明珠寶玉や、呉の名產の繡（ニシキ）や、蜀の名產の錦（キヌ）などは悉く之を未央殿の前に持ち來つてそこで燒き棄てゝしもうたのであります、そして又御殿勤めをしてゐる宮女一千人を開放して御殿よりお下げになり自由にお嫁入をさせてやりました、その政績の美なること殆ど太宗皇帝の御代貞觀の治に比すべきであります、いかなればこそ姚崇、宋璟の名宰相が二人まで前後して死なれ朝廷に名臣が無いやうになつたのでせうか。

コトバは高尙で少々六ヶ敷いが、文學的趣味津々として每句の上に溢れ、形容の美、造句の巧、快哉を叫ばずにはゐられない。瞭（リヲ）＝一下秋波を送るその時のさまを寫す說明語である暝＝準做日、暗＝樂到光、とは簡潔な文士ならでは言ひ得ぬ造句。江山とは單純な川と山といふ意味ではない一般に國家の代名詞として文でも語でも使用する、國の亡びることを文では失江山とも書く、反對に得江山と書けば天下を取ること、江山永久などは文語から來た俗語である。令人不堪……をして何々せしむと言ふ時はリエンと下平で發音する、命令などの場合はリエンの下去である。

臺語和譯 楊貴妃の生涯

第一、玄宗皇帝 (3)

玄宗皇帝亦坐位眞久了。地方又安靜。遂怠慢政事。續無謹愼。漸々學習奢華。更好色慾。寵愛婦女。一日一日加多。在先有一個武惠妃。面貌美到那花咧。身腰軟到那柳咧。一吓看見。親像古詩所講。通陽城的人都被伊迷去。更看一吓通下蔡的人都攏欣羨伊。玄宗皇帝自然眞愛伊。眞得寵伊。遂信伊讒言。廢皇后王氏。甚至刣太子瑛與刣鄂王與光王。通天腳下無一個無驚惶吐氣無想講惠妃。亦因爲生產後忽然急症死去。直々親像鏡內的彩鸞。竟然飛對范々渺々的中間去了。到此三十六宮無更有一個美色。所有惠妃舊時得裝的裝飾物。舊時得照的菱花鏡。干徒惹起玄宗的悲愁哀傷而已。奸臣高力士算是太監頭。不時跟在玄宗的身邊。就上奏勸玄宗講天下多美人。四界搩給多々來。豫備皇上身邊可用。較美亦是有。因爲如此玄宗皇帝。心肝一動。就降聖旨。敎人採取民間的美女。將來引出安祿山。堅旗謀反。鬧出漁陽的戰鼓。致到落難。着走西蜀。已經在此時迸芽了。何必着等待到開元天保以後。郎知影有禍事啊。

玄宗皇帝は久しき間御位に在らせられ、地方靜かに治りゆくので、遂に、御心が弛んで政事を疎にし、漸く華奢を習ひ、色慾を好ませられ、婦女を寵愛せらるゝこと日に〳〵多きを加へるに至つた。玆に一人の武惠妃といふ美人がゐた、その顏の美しいこと宛ら花の如く、その腰の邊の輕きこと宛ら柳の如く、一目見れば、古詩に歌はれしやうに陽城の人は悉く彼に惑はされ、二度見れば下蔡の人は一人として彼を羨まぬものはないといふほどであつた。玄宗皇帝は自然と彼を寵愛し。遂には、彼の讒言を信じて、皇后王氏を廢し、甚しきは太子瑛及び鄂王光王をも殺害するに至つた、それには天下のもの一人として驚き歎かぬものはなかつた。思ひもよらず惠妃は產後急病で死し、鏡中の彩鸞、飛んで蒼茫の中に去つてしまつたのである。此に至りて三十六宮復た一人の美人なく、惠妃の往時身につけてゐた飾りものや、彼の面を照せし菱花の境は、空しく玄宗をして哀傷の涙を催さしむるのみである。彼の倖人高力士は太監の頭であつて、常に玄宗の身邊につきまとひ、上奏して、廣く美人を天下に選み、侍御に備へんとお思召さるゝならば美人はいくらでもあるとお勸め申した。そこで玄宗皇帝は御心動き聖旨を下して、美人を民間より採用せよと仰せられた。他日安祿山が反旗を飜し、漁陽戰陣の太鼓天地に響きさては蜀道のに蒙塵するを餘儀なくせしむるに至りたる災難は、實に此時に崩芽してゐたのであつた。何ぞ必ずしも開元天寶の後を待つて、始めてこの禍事あるを知ることができる譯ではない。

本臺灣語を讀み去り讀み來れば、之を讀む人も、思はず、惠妃の美に惑はされ、玄宗の彼に溺れたるを見ては同じく欷歔を漏し、そして惠妃の花の姿が、茫々渺々の中に消へ去り空しく遺され、し鏡や飾を見て玄宗が心を痛めるあたり形容の巧みなる言ひ表はし方には、同情の涙を紙上に落さずにはゐられまい、末段の一節玄宗の失脚は實に安祿山の亂でなく彼が女色に魂を失つた時に始まるといふことがよく領かされるであらう。因に言ふこの臺灣語は現代的臺灣語ではない、言はゞ文學的白話である、故に今の若い人や、女子供には處々解りにくひ所もある、讀者諸君、文質倶に進んで始めて大成は期し得らるゝものと知らば、實務的白話を研究すると共に更に進んでこの程度の高尚な興味湧く文學的白話の研究をもせられよ。（小野西洲）

臺語和譯 楊貴妃の生涯 （四）

第二、一枝梅花 (1)

當玄宗皇帝。在撰女色的時。此時八閩中福建省興化府興化縣。有一個秀士姓江名仲遜字名抑之。家富萬貫。錢銀用沒了。米粟食沒盡。收到錢串朽去。做人眞爽快。年過三旬。尙無男兒。恁夫人廖氏眞煩腦。去江南的水祠廟許願祈禱。果然生出一個查某子。小名叫做阿珍。取義眞珍重的意思。九歲的時。能誦周南召南的詩。伊讀過二南的詩。能明白詩中的意思。不止感心。若周文王的賢后。女德眞好。宮內的人攏做詩稱讚伊。心內不時在思想。對恁老父講。我雖然是一個女子。向望若能親像詩經。周南召南所吟的詩如此。就差不多或者無錯。成一個婦人了。仲遜聽着伊的話志氣眞大。聽了眞奇異。遂爲伊換名做彩蘋。彩蘋生得眞美所有婦人第一美的美。遂項都齊全。攏被伊的身軀佔着。面貌白更美。恰那蓮花咧。頭毛柔軟恰那柳糸咧。身軀輕到親像漢朝的趙飛燕。能使用手掌托得。脚又眞細。穿細双的弓鞋行過去。親像古早潘妃步々有金蓮花的印痕。雖是月殿的嫦娥顏色亦着讓伊幾分。

丁度玄宗皇帝が美人を物色する時であつた、八閩の内の福建省興化府興化縣に江仲遜字を抑之といふ一人の秀才がゐた。家に巨萬の富を有し、金も使ひ盡せぬ、米も食ひ盡せぬ、金通しの糸の腐るまで金を貯藏しおくといふほどの金滿家であつた。誠に磊落な人であつたが、三十路の年を越えても男の子が生れない。彼の夫人廖氏は深く之を氣にして遂には江南の水祠にどうか一兒を授け下さるようにと祈願した。果せるかな一人の女の子が生れた、誠に珍らしく大事にしようといふ意味でその名を阿珍とつけた。彼が九歳になつた時にはもう周南召南の詩をも誦讀し、同時にこの二南の詩中の意義を十分に了解し、深く周文王の后の女德高くして宮中の人が何れも詩を作り彼を讃稱しつゝありしに感動せられ、彼の女は常に心の中で文王の后を追慕してゐたのであつた。ある時彼の女は父に「妾(ワタクシ)は女子でありますが若しも詩經周南召南に吟せられし如き詩中の人となるを得ば、女に生れた甲斐があります」と申しました。すると仲遜は我子の健氣(ケナゲ)なるこの言葉を聽き、不思議に思ひ遂に釆蘋と改名した、釆蘋は生れながらにして、世の美人の粹を一身に萃めてゐた、譬へば蓮(ハス)の花よりも麗(ウツク)しい顏、柳の絲のそれよりも軟(ヤハ)らかき頭髮、それに身體(カラダ)の輕いことゝいへば恰も漢朝の飛燕を掌上に招くことができ、足の小さいことゝ言へば弓形(ユミガタ)の小さな鞋(クツ)を穿いて歩けば、宛ら、その昔潘妃が一歩々々金蓮の花の跡を地上に印せし如くそれにもさも似たり。あゝ彼の女の美貌の前には月殿の嫦娥も顏色なく當さに幾分讓らなければならぬといふほどであつた。

▼八閩とは福建省は元代に福州、興化、建寧、延平、汀州、邵武、泉州、漳州の八路に分ち明(ミン)朝になつて八府と改名す故に八閩といふのである、現今では福建省は閩海道、厦門道、汀漳道、建安道の四道、都合六十三縣ある。▼錢串朽去=とは一厘錢を縄で通してある、その縄が永く藏の中に收ひ込んであるため朽(タ)ちるを云ふ、釆蘋の美を形容して言ひ表はすゐたり、文章ならば誠に麗句を用ひ面白く讀ませるのであるが、言葉では文章のやうに美感を表現することはできぬ、併し雲石先生ならではこの六ヶ敷文章の形容語をこれほどまでに、雅俗折衷の語で寫出することはできまいと感じた。(小野西州)

臺語和譯

楊貴妃の生涯（五）

第二、一枝梅花（2）

彼時高力士。正好奉玄宗皇帝的聖旨。對湖南湖北。到廣東廣西。盡力在採選美人。所到的所在。雖然不是無多少的美貌佳人。不拘比較着惠妃的美貌。常々攏是不及伊。並且自己看了。亦不稱意。所以撰無一人。可去回復聖旨。及至過福建來到興化。聽着江采蘋的艷名。就用禮去聘伊。送入宮內。進給皇帝。江仲遜參采蘋。做夥入朝去。采蘋年適是二八青春。花容月貌。眞正能堪得講是脂粉中的無價寶。玄宗皇帝一看見。龍顏大歡喜。卽時賞賜。黃金千兩。彩緞百匹。命伊歸家養老。　連鞭開酒席。　排住南殿。　參采蘋做夥飲酒。　采蘋生長在深閨裡。　每日裁鴛鴦的錦綢。　綉胡蝶的花樣。　其餘就是讀冊做詩文。　雖然有彼號天生成的聰明巧思。　年紀尙少。　尙未知影這春情歡愛的事情。　一時滿面合一點姚嬌羞澁的媚態。　照着彼號春燈。　看着令人神魂都要飛去。　玄宗皇帝此時興致正濃。　淫興大發。　使出彼號風流的手段。　來挑開伊此點花心。　總是酒席中。　既然交盃過。　算已經有同盟了。　自然生出男女的情愛。　閨房內。　那能無同衾共枕。　成其好事的歡樂啊。

その時は高力士は丁度玄宗皇帝の聖旨を奉じて湖南省湖北省より廣東省廣西省にかけて、極力美人の採選に努めてゐた時であつた。彼の到る處、多少の美しい娘達もゐないでもなかつたが併し惠妃の美貌に較ぶるほどのものは一人も見當らず、聖旨に御答へ申すほど氣に入つたものは一人として選ぶことができなかつた。所が福建を過ぎ興化に來り、江采蘋の艶名を聞いたので、禮を以て彼を聘し、宮中に迎へて皇帝に進めた。そこで江仲遜は釆頻と共に宮中に這入つた時に釆頻は芳齡正さに二八の青春、花のやうに、月のやうに美しいその姿容は、眞に美人中絶對の聲價を擅にするに至つた。玄宗皇帝一目見るなり、龍顏殊の外御歡びになり、立處に黃金一千兩と綵緞一百匹を江中遜に下賜せられ、鄕里に歸つて老者を奉養するようにとの御意であつた。そして直ちに南殿に於て釆頻を御相手に酒宴は開かれた。釆頻は生れると深閨の中に育つて來たので、毎日鴛鴦の模樣のある錦緞を裁つて、胡蝶の花模樣の刺繡をするとか、其他書見や作詩などで日を送つて來た。彼女は生れつき悧巧ではあつたが、何ぶん年がまだ若かつた故、未だ樂しい色事は知らなかつた、それで滿面に羞を含めるそのうつくしい姿は、春の紅燈に照らされて一ぎわ美しく、之を見るものは氣も魂も奪はれてしまうほどであつた、玄宗皇帝は此時春情いと濃に催し來り、風流の手段によつて、あたら蕾の花を散らしたのであつた、併し酒宴の席上で旣に同心の契を結ぶ杯は互に交はされたのであるから男女の愛情として閨房内に於て枕をかわさぬことがあらう筈はない。

當彼時更漏點滴的中間。一更催過一更。有無限留戀親密的情景。花燭當光。　照遍牙床內的錦被玉枕。　羅帳的中間。　安々隱々。　好夢正長。
親像比翼鳥。　双々宿在沈香柴的梁頂。　交頷在睏。　又親像巫山的雲雨。
神女楚襄王相會的情景。　儼然來在此牙床裡。　甜々蜜々。　二人的情。
乾徒可惜好春景的暝較短。　怨恨玻璃窓的日影。　較早就照着了。

時刻を報ずる寶漏が滴るうちに一更は一更と過ぎて夜は更けゆき、内には限りなき戀路を辿る濃厚な情景が演ぜらるゝのである。そして花の燭臺の光は、象牙で造られたる寢臺の錦の蒲團を照し、羅の帳の中に於ける、樂しい夢はいつまでも醒めることなく、宛ら、比翼の鳥が、二羽離るゝことなく沈香の木の梁の上に棲つて首と首とをもたせ合ふて眠てゐるやうでもあり、又巫山の雲や雨に、神女と楚の襄王とが相會合するやうな情景がこの床中に現出され、蜜よりあまき二人の情交は、徒らに春の夜の短きことを惜み、ガラスの窓に日の早くさすのを怨まずにはゐられなかつた。

臺語和譯

楊貴妃の生涯

水谷寥山

隔日玄宗皇帝。照常出來前殿。登殿見朝。聽各大臣來奏事。忙了一日入宮去。去到采蘋住的別院。聽見采蘋在讀伊舊時所做的梅亭賦。知講伊的文情與詩才。眞豐富。眞美艷。玄宗聽了遂能驚。想講一個少々年々的女子。才情學問。能好到如此。又知講伊眞愛梅花。見若梅花不止寶惜。遂命令天下。進貢江南頂好種的梅花。栽彼宮內。倖伊早暗可游玩賞花。就賜采蘋號名做梅妃。即對梅妃講。朕此幾日。被朝政所勞着。頭風在痛。不時摘々彈。此滿看見梅花在大開。彼點清香的氣。拂對面裡。天都清涼起來。忽然間心胸的鬱悶攏開去。

心肝頭加眞爽快。你又另外眞美。你的顏容姿色。勝人十倍。偏々俾
人看着不甘放。任是瑤臺的仙妃。群玉山頭的佳人。你若打扮起來。
伊案怎能贏你咧。

その翌日玄宗皇帝は、いつものやうに前殿に出御し、各大臣より奏上せらるゝ政務を聽こし召され、御多忙の中に一日を過されて、入御あられられた。それから采頻の別院に赴き、彼の女が嘗て作りし梅亭の賦を誦しつゝあるをお聽きになり、彼の文情と詩才が斯くも豐富且艶美なるかと深く驚かれた。そしてこの妙齡の乙女の才能と學問とがこれほど迄に上達してゐることをお知りになつた。又彼の女が深く梅花を愛するのを見て之を憐み給ひ、遂に天下に令を下して江南の絶種の梅花を献上せしめて之を宮內に栽ゑ、彼の女に朝な夕なに玩賞せしめ、而かもゆかしき梅妃と云ふ名を賜つた。そこで楊妃に申さるゝには、朕はこの數日來、朝政のため心を勞し聊か頭痛を催せしが。今梅花の滿開せるを見、淸き香徐に吹き來つて心の涼しさを感じ、打ち閉されてゐた氣分も爽になつたやうに覺える殊に汝が人にすぐれし美容と艶麗なる姿は、何人も見惚れるであらう、彼の瑤臺の仙妃も群玉の佳人も、汝が新粧せば、どうして汝の美に及ばうや。

臺語和譯

楊貴妃の生涯（七）

水谷寥山

第二 一枝梅花（4）

梅妃講青春無幾時。一去要更來是萬難了。風雨在妨害。好花要謝是眞容易。若遇着如此。恐驚月際梅落的期日快到了。所煩惱者就是如此而已。玄宗皇帝笑々講。朕有此點心愛着你。的確無變換心腸。花神在此亦應該能看着能知影了。話講未息。太監來報奏講嶺南的刺史韋應物蘇州的刺史劉禹錫各々撰五種奇種的梅花。連星夜趕送來了。玄宗皇帝不止歡喜。盼咐高力士將此的梅花去栽種梅妃的別院內面。給伊可食酒賞花。當此個時宮內東西的雨傍殿外南北的曠地。不論是石山下水泉邊的所在。無一位無栽樹。無一欉樹不是梅花。無一欉梅花不是奇怪古氣的。有個倚在石邊。有個近在紗窗前牆壁角砛堵下。白濛々相一色。花的光彩直連上天頂半空中去。此個所在號做水晶宮。抑是號做銀世界。都攏合式麼。

梅妃が申しますに、靑春はいつまでも續くものではありません。一たび去いて、又來る時を待たうとしても、それはむつかしいことでございます。況んや雨風に妨げらるれば、美しい花も散り易く、斯くなるときは、殘月落梅の期に至りはせぬかと、それが心配でなりませんと。玄宗皇帝が、笑つて言ひますには、朕、爾を愛するの心は長に變ることはない。彼の花の精も當さに朕がこの心を解してくれるであらうと。その話がまだ終らぬうちに、太監が入り來り伏奏致しまするに嶺南の刺史韋應物、蘇州の刺史劉禹錫が各異れる五種の梅花を選みて、星の夜を馳せて只今持參致しましたと。玄宗ことの外御喜びになり、高力士に言ひつけまして、その梅を梅妃の別院内に植ゑさせ、そして酒宴の御賞玩せらるゝことになりました。もう此時には宮殿内東西の兩側と言はず、南北の各地と言はず、築山の間も、泉水の邊も、一面に樹を植ゑそして、その樹は言ふまでもなく悉く梅でありまして、而かもそれが一本として、珍しい古木でないものはありません。或は石に倚り。或は窓に倚り。或は牆壁に倚り。階前殿後。白濛々花光天に連り、之を水晶宮なりと形容するも、銀世界なりと形容するも、それでは尙ほ足りないほど眞に美觀を呈したのでありました。

▼嶺南とは廣東の別名である。刺史は司法行政を兼ねたるその地の長官、現今の知事にして司法官を兼ねたるもの。▼太監とは皇帝の御側近く侍べる、今の侍從なり卽ち文官である。▼高力士とは太監頭＝卽ち侍從長を務めてゐる人の名で高は姓、力士は名なり。▼當此個時から以下の言ひ廻し、眞に駿馬空を馳するの感がある、これ文學者の文藝的口語の妙、眞に味ふ價値がある。

臺語和譯 楊貴妃の生涯（七）

水谷寥山

楊花飛入宮墻來

梅奴在住的所在。宮殿照着梅花。那白玉一般。殿外天氣眞清。半空中全無煙霧。月色眞光。罩在彼春溪裡。溪水在流。浮出梅花的香味。一陣一陣對鼻孔口來。土砂粉一點仔都無展動。花瓣隨風在飛。無聲無息。飛落土脚粘在彼青苔內面。遂被靑苔掩埋得。人踏過去。全無聲音。恍怫那仙境咧。不是人間紅塵的欵了。玄宗皇帝與梅妃二人。住梅花的中間。行耍來行耍去。一步一步游玩廻殁。雖然無親像宗朝林逋先生在西湖孤山。梅花樹外。放白鶴飛上天去。人回來了後。白鶴猶原飛回來在梅花邊。彼欵的心適。不拘參美人手牽手。往月下賞梅花。此欵的歡喜心適。此欵的情景與致自然是汲少。梅妃此時。手弄一枝玉的品仔。倚在風頭在噴。巧妙的聲音。一字一字。對品仔孔宣出來。工叉的譜。淸更亮音韻眞好聽。就是潜致山洞內的蛟龍亦能出來舞。坐在彼孤隻船的孤身寡婦。聽着亦能流目屎。任是鳳凰臺上。蕭史的簫。緱山頂頭王喬的笙。有彼號神仙的音韻。亦是沒參梅妃的品仔比得麼。玄宗皇帝心肝被梅妃感動了專心寵愛伊。天顏不止有得意的氣色。

梅妃がゐます宮殿には梅の花が映じて宛ら白い玉の宮のやうであります、宮殿の外は淸く、空は晴れて一點の雲なく、月は耀いて春溪を籠め、流水は梅花の暗香を浮べて、時々ぷうんとよい香ひがして參ります、そして少しの塵も立たず、花瓣は靜かに飛び來つて地に落ち、彼の靑苔に埋まり、之を踏んで、全く塵なく、髣髴として仙境に在るが如き心地が致します。玄宗皇帝と梅妃の二人はこの梅花の間をあちらこちらと徘徊し、一歩一歩と歩きながら梅花を賞翫せられるのであります、この狀を何に喩へませう、彼の宗朝の時林逋先生が西湖の孤山に至り、梅花の樹林の外で白き鶴を放ちて天に上らしめしに、彼れ歸つた後、彼の白鶴は又もや梅花の邊に舞戻つたといふやうな風雅な趣はないにしても、美人と手に手を握つて、而かも月下で梅の花を賞するといふこの歡喜、この情景その興味は決して少なくなかろうと思ひます。梅妃は此時手に一枝の玉笛を弄し、風に臨んで、吹くその妙音は一音一音笛の孔から離れて、聞ゆる宮商の譜は、涼しくもあり、清くもあり、餘韻悠々として面白く、幽壑に潛める龍蛟もその音を聞かば飛び出て舞はずにはゐられなく、孤舟に坐せる寡婦は思はずその音に目を泣き腫らすのであります、眞なるかな、鳳凰臺上の蕭史の蕭の音、緱山山上の王喬の笙の音、如何に神妙の餘韻あるも、いかで梅妃の笛に比すことができようか、玄宗皇帝は感じ入つてしまひ一層梅妃を寵愛するようになり、天顏御喜の色を見はされたのであります。

學問的事情。不管老人也是少年。
若能博學的人。的確做頭。（金言）

學事の世界は老若を問はず、博學の人が必ず牛耳を取る。

臺語和譯　楊貴妃の生涯　（八）

水谷寥山

楊花飛入宮墻來

玄宗就命人去請十二個親王來要飲酒。衆親王攏出奏、講臣前往隔若梅花、聽見噴品仔的聲音、眞淸眞好。眞正親像天頂的仙樂、玄宗應伊講還就是欣的梅妃在噴的、梅妃就是花神了、伊的歌舞、伊的音樂、二項攏到極好的所在、此滿請慿衆兄弟來、順此個機會、我叫伊舞俾慿看覓咧、郎知有影好抑無。郎命梅妃起來舞。梅妃領旨。起來在舞。一枝大紅的舞扇親像在雲內在旋轉咧。一領朱紅的舞衣。親像紅霞罩得彼身軀裡。伊的姿色伊的體態愈看愈美。隨彼個拍的音韻。忽高忽低。看着眞得人痛。分明是水燕留戀柳樹在戯柳絮。飛來又飛去。蛺蝶飛入花欉在翩。翩到遂迷去一歎。玄宗歎喜在笑。講在坐中。有此號美人的賢舞。沒使無飮俾痛快。此滿嘉州有献美酒來進貢。氣味眞純。飮了不止合嘴。更無激喉。大家尚未曾做聘飮過。試一吓覓得。此滿正好來飮一吓醉々咧。就教內宮的太監。去取酒來。用金杯來斟。又叫梅妃夯瓶斟酒。大飮一場。彼時寧王已經醉了。看見梅妃捧酒杯。要送酒來。寧王扒起來要倚去接。

【國語譯】玄宗皇帝は使をたてゝ十二人の親王をお召しになり酒飮を始めました。そこで諸王は皆『臣等は前きに梅花を隔てゝ、笛の音を聞きますに、その清(キヨラカ)にして、面白きこと眞に天上の仙樂のやうであります』と申上げました、すると玄宗皇帝「これは朕の梅妃が吹いた樂で、梅妃は花の神である」と仰せられました、そして尙「妃の歌舞、妃の音樂は二つとも妙境に入る、今諸兄をお招きしたこの機會に於て妃に一さし舞はせて見せよう、さすればほんさうかさうかといふ事が解る』と仰うせられて、梅妃に舞を舞へと命せられました。梅妃は畏(カシコ)んで立ちあがり舞ひ始めました。妃の手にもつ紅の扇子は、宛も雲上にて旋るが如く、身に纏ふ緋色の舞衣は、さながら紅き霞の彼が體を蔽ふが如く。その容姿、その態度は見れば、見るほど美しく、或は高く或は低く打ち鳴らす拍子に伴れて舞ひ踊るそのありさまは、見とれずにはゐられない。誠にこれ、かの水燕の依々として柳絮に戯れ、飛び去り又飛び來るやうでもあり、蛺の蝶の翩翩として花叢に迷ひくる／＼と廻はるやうでもあります。玄宗は非常にお歎びになり、笑つて「座上に斯る美人の妙舞あり、痛飲せずにはゐられない。丁度嘉州から獻じて來た美酒があり、その風味は誠に飲み工合かよいが、諸兄とは未だ一緒に飲んだことがない、丁度幸であるから、これを一緒に飲まう」と申されまして、宮内の侍從に命じて酒を運ばせ、金の杯につぎ、梅妃に酌をさせて、大いに飲みました、その時、寧王も既に醉がまはりましたが、梅妃が杯をとつて酒を進めて來ましたので寧王は立ちあがつて、それを受けやうとしました……。

文學的趣味溢るゝこの臺灣語、何んと美しい言葉で巧みな言廻しではありませんか、そしてこの一場如何なることが出來するか九月號をお樂みに……。

好歹冊亂讀、能阻碍學問的進步。

書籍の妄用は學問を殺す。（ルーソー）

臺語和譯 楊貴妃の生涯

（九）

水谷寥山

不料酒太醉了。行路踏蹋、脚蹋脚。誤踏着楊妃的綉鞋。梅妃眞怒氣。一時大發作悻々走回去別院。差一個人來奏皇帝。講臣妾有心腹的病身軀艱苦。扒沒起床。所以沒得更出來。玄宗皇帝。一時悶悶不樂。遂自知此徹酒席。衆親王亦相辭出宮去。此暝寧王。回去伊的王府裡。掛心此層踏鞋失禮的事情。恐驚能得罪。想來想去。想一吓東想一吓西。魂攏不附體。無精無采。綺彼暝床裡。住枕頭頂。翻來翻去。目睭即大聲。金々沒睏得。透暝無一點眠、到天光早。伊的府內、有一個馬楊廻。此個人足智多謀。深受玄宗皇帝的信任寵幸。知寧王在煩腦掛慮。就對寧王講。小臣的確有好法度、使你王爺對皇上、能逃得此號不測的罪過。請王爺免掛意。卽暗靜教伊的計策。隔第二日。寧王就入去朝見。衫脫一傍。一半脫肉體。跪住皇帝的面前。講臣該死。犯着萬死的罪。此滿來跪在請罪。玄宗皇帝笑々講。何必如此咧。朕較案怎那肯來重傾國的女色。遂將天倫的情誼放輕去。的確無此號事情了。

【和譯】 圖らずも、あまりに酩酊してゐたため、よろめき、踢いて、誤つて刺繡を施せる梅妃の鞋を踏んだ。梅妃は非常に立腹して、その場をけたてて奥に駆け込んだ。そして一人の人を遣はし「臣妾は胸腹の病あつて、誠に苦しく、身を起すことができませんから酒席に重ねて出ることができません」と奏上致しました。玄宗皇帝は之をお聞きになるや怏怏として樂ます、遂にそのまゝ酒宴を徹し、あまたの親王方も辭して宮殿をお下りになりました。この夜寧王も御屋敷にお歸りになりましたが。この鞋をお踏みになつた一大失態のことが氣になつて、その罪を蒙らんことを心配され、あれやこれや、つぎからつぎへと色色に考へ、魂は五體につかず、ただぼんやりとして寢臺に横たはり、枕上あちらに轉び、こちらに轉び、目は冴えきつて、とうと夜明まで一睡もせなかつた。時に王の宮内の人でかねて玄宗皇帝のお氣に入りで、智慧が多く謀に富める馬楊廻といふ人がゐた。この人が寧王の非常に御煩悶なされてゐることをお察し申し、「私は乞度　我君の皇上に對する不測の罪過を逃れるように取計ひますゆえ我君には御安堵あれ」と寧王に申上げそして、密かにその方策をお授けになりました。その翌日寧王は入朝し、片裸脱いで　皇帝の御前に跪き、「臣は萬死の罪を犯せし故、只今參上、跪いて死を請ふのみ」と申しました處。玄宗皇帝はお笑ひになつて何ぞそれに及ばんや、朕いかなれば傾國の女色を重んじて、天倫の情誼を輕んずることあらんや、その心配はご無用なりと仰せられました。

【註解】▼酒太醉了＝普通ならば大酒醉である、併し、ここでは＝酒を飲んで大變酩酊したといふのだ、飲酒太醉の飲が略されてゐるから面白い。▼踏蹋＝はつまづくこと、脚蹋脚は足と足とがはさまる、俗に言へば顛來顛去＝よろめくこと。▼倖々＝はあはただしきさま。▼想來想去想一吓東想一吓西＝重複していかにも、もどかしい言方のやうであるがこの句から下の透瞑無一點眠までの言ひ廻はしは王が心を千千(チヂ)に碎いて煩悶する狀を寫し得て妙、文士の造句の妙は俗人には領し難い。▼○足智多謀○信任寵幸○何必如此。等の文語を口語化したもの、一言一句、錬りあげた文藝的口語文幾度讀んでも話しても倦(ア)きがこぬ。

臺語和譯

楊貴妃の生涯

（十）

水谷寥山

事既然出於無心、朕亦是一時豪興、準做雲煙過眼、過了就滅無了、你即管放心就是、楊廻跟隨在身邊、就倚近前、暗靜奏講、陛下用人去在選女色、咱此的各宮的宮妃宮女、合算起來、大概有三萬外人、也仔美亦有、何必苦苦着去民間、採選佳人、不眞費事啊、玄宗皇帝講宮妃宮女、雖然固是眞多、至於能使推尊是天下的絕色、不拘日瞯都不會看見、我總願求玉池的仙人、托伊做媒來、得一個蓋倒全國的絕色、可享樂一世人、使到彼個極頭、即足我的心願、楊廻即講、有出仙女的藍橋、離此無若遠、楚襄王參仙女相會的巫山、就在此近近裡、陛下尙不知是否、壽王有一個宮妃、叫做楊玉環、壽王做讚文在稱讚伊、讚文是如斯講、三寸横波廻綠水、一双纖手語香弦、就是稱讚伊日間的美、眼神的活動、與伊的手指尖々、在彈琴的時、有一陣一陣的香味、眞正有此款體態溫柔、十分的妖嬌、常々陪伴在高貴的筵席、若無伊就食沒落去、性情又活潑、壽王眞愛伊、到此滿面相牽手、入去芙蓉的帳內、姿色一日一日美、愈粧愈時式、丰神一月一月好看、愈久愈有、歌舞隊中的人。都怨妬講較輸伊、風月場中出名的脚數亦永遠失色。陛下若一同看覓得卽知。玄宗聽了眞大歡喜。

【和譯】元來無意識のうちに出來たことであるから、朕もまた、一時の座興として雲煙過眼に付し去れば、それで消えてしまうから汝も安心せよと仰せになりました。このさきお傍に侍べつてゐた楊廻は進みより密かに奏して申しますに　陛下は人を派して美女をお求めになられてゐますが、この諸宮の宮女は合計凡そ三萬人もありますのに、何を苦んで佳人を民間に探る必要がありませうや。これは誠に聽えぬことではありませんかと、すると玄宗皇帝が仰せらるるには、宮女は固より多いが而かも天下の絶色として推すに足るほどのものは、未だ曾て見たことがない。朕願くば玉池仙人の媒介により、傾國の絶色を得て、一生の歡樂を極めたいものであると。すると楊廻が申しますには仙女の出づる籃橋はここからあまり遠く離つてはゐません、楚の襄王と仙女の會せし巫山も近くにあります。陛下はまだ壽王の妃（キサキ）楊玉環を御存じなきや。壽王一篇の讚文を作つて彼をお讚めになりました、其詞にかやうに言ふてゐます「三寸の横波、一双の纖手、香弘を語る」とこれは彼の妃の美にして、人を魅らすやうな目元と、やさしい指で琴を彈ずれば一陣の香風を起さすほどの眞美をお讚めになつたものであります。そしてその妃の溫柔なる容姿は十分の愛嬌を含んで常に、高貴の宴に陪してゐます、若しも彼の妃の容が見えねば王は食も進まぬといふやうなありさまです。そして彼の妃は至つて活潑な性質であります、故に王は事の外彼の妃を愛してゐます、そしてその手をお取りになつて芙蓉の帳（とばり）の中に入りました、それから姿色は一日一日と美さを增し、粧へば粧ふほどはでやかになり、容貌は月と共に見されるやうになつて來ました、そこで、歌舞隊中の妙女等は、深く彼の妃の美に及ばぬことを妬み、風月場裡の名優もまた長へに顏色を失ふに至るといふやうな佳人であります。陛下一度引見あそばされて然るべし、と申上げました處、玄宗は之をお聽きになつて非常にお歡びになりました。

臺語和譯 **楊貴妃の生涯**

（十一）

水谷寥山

隨時敎高力士、去壽王的宮內。召楊妃、楊妃面帶憂容・來見壽王、講姿服宰殿下、二人相約要做夥到頭毛白々。呪誓講雖是石橋的石、被雨沃了朽腐去、抑是羊牡能生羊子、亦是無變心、無失信。無想講聖上差人來召、要迎接我去相會。姿料講對今仔日起。此去能到參殿下永遠離別。壽王聽了情眞不堪、手搦楊妃的手、目屎更吞忍去、不敢哮出聲、勉強應講。花正在開、悽慘的狂風眞多、月正要圓、夯起浮雲來遮得。人一生厚恨怨的事、自古及今大概相共。事勢旣然到如此、沒使忤逆得、無去是閃沒過。幸哉皇上、若看了不中意、到尾猶原有做夥的期日、舊時恩愛的情終歸是在得。楊妃流目屎出宮去。可憐目屎四粽垂、那親像海棠花沃着雨、花枝攏無力的欵、失神々々纏々移陡金蓮的腳步、行出宮去。眞正是世間上、最好光景、最有情的天、雲烟在激變、按怎忽然就變到如此啊。

【和譯】そこで高力士を壽王の宮殿にお遣はしになつて、楊妃を召しました、妃は憂の色を面に浮べて壽王に申しますには「妾は殿下にお仕へ申したとき、二人は偕に白髪になるまで連れ添はむことを約束し、そして譬へ石橋の石が雨に打たれ朽ちても、羊の牡が羊の子を生んでも、互の心は變らず、決して信を破るまじとお誓ひ申したのでありますが、思ひもよらず、お上みに於かれては人を派して妾を召し迎ひに參りますとは、妾今日參りますればこれが殿下と永のお別れになることと思ひます」と壽王はそれをお聽きになるや、もう耐へきれなくなつて、楊妃の手を握ぎられ、涙を呑んで、泣き顔隱して申されるには「花のまさに開かんとするや哀れ狂へる風に吹き散らされ、月のまさに圓かならんさするや、情なき雲に遮らるゝは世の常である、げにや人生の多恨は昔も今も同じこと、事既に玆に至れば、上意に忤ふこともできず、どうしても往かないわけにはゆくまい。幸ひお上に於かれて、若しお氣に召されないときはやはり元々通り一緒になれる時が來る、その時こそは、昔の愛情に何も渝りはない」―。楊妃涙を流して宮殿を出ました。憐にも、彼の妃の兩眼からは、涙がハラ〳〵と流れ落ち、宛ら雨に沃つた海棠の花の力を失つたやうにも見えます、そして氣も魂もなくして彼はソロリ〳〵と蓮歩を運び宮殿を出てゆきました。

眞なるかな世の中のありさま極めて朗かな、極めて情多き彼の天も、遽に雲煙起るときは、忽にして斯くも變ずるものであらうか。

【蛇足】「石橋雨に朽ち、羝羊風に孕む」と言ひし一句を雖是石橋から以下よくも彼れほど平易に言ひ廻したものだ。血を吐く思ひの妃の別れのコトバには壽王も泣かずにはゐられなかつた、涙を呑んで、月にむら雲、花に風の、はかなき世のありさまを説く巧妙なるその言々句々、臺灣語でよくもかく言ひ表はせるものかと感ぜしむ、惱める美人を雨後の海棠に比せし古い句を活かして使ふてあるのも面白い。

臺語和譯　楊貴妃の生涯（十一）

水谷寥山

一個肥一個瘦

當楊妃要入宮的時。宮殿的內中。銀花的燭點到高々。四圍光爛々。月娘適行來到彼。白玉的吟墘頂。遠々就看見。

楊妃隨高力士的後面。穿一領百蝶的新裙。隨風在颺。縹帶的環珮叮叮噹噹。聲音眞響亮。目屎流。目屎滴。親像花欉沃着雨咧。目眉親像春山彼美。目眉頭攏打結。靜々無講話。彼點妖嬌的好丰神。與彼個美貌的面容。看着三魂都攏消無去。七魄都被伊奪去。伊的體態恍彿是一個越國的西施。伊的風流縹緲。明々是一個趙家的飛燕。若到開嘴一笑咧。倘更較美。生出有百款的艷態。雖是三十六宮宮女的顏容。任粧都無伊的辦頭。

玄宗皇帝在此個燈燭大光月娘眞明亮的中間。看了已經被伊迷去了。隨時賜伊的坐位子細更看較眞。心神遂恍惚起來。

【一肥一瘦】楊貴妃がまさに宮殿に入らんとするときであつた。宮殿内には銀花の燭臺が高くつけられ、四面輝き渡つて、月華かなたに轉ずれば、白玉の階段が遠方から鮮かに見える。楊貴妃は高力士に隨ひ。身に纒へる蝶の羽のやうな新しい裙をひら〳〵と風に飜へし。翡の羽の帶につけたる玉珮をちりん〳〵と響かせ、羞を含み、恥を忍んで出て來つた。その姿は花の雨に惱めるやうで眉の美しさは、春の山のやうである　されど眉にはしわをよせて、何事も語らず。その艶な美しい容態は看る人の氣も魂も奪はれてしもう、彼の妃の姿は、宛ら越國の西施のやうであり、その風流なるきりやうは趙家の飛燕のやうであるが一たで口を開いて笑へば、彼にも勝つて美しく、さま〴〵の媚態を呈するときは三十六宮中の宮女はいかに盛粧するも顔色なしである。玄宗皇帝が、輝く燈、冴える月影の下にて彼を一目見らるるや已に心は奪はれ、更に座を賜つて靜かに、御覽になつた時は、心神はつひに恍惚してしまつた。

【餘談】燈月の下に羞を含める美人のさまを寫し出す。而かもその美人は絶古の美人楊貴妃である、月の如く、美人の如く、淸らかな、美しい詞藻に富んだ文士でなくては寫し得ぬ業だ、言ふを休めよ、臺語は粗なりと、鄙なりと、一たび學者文士の口にのぼらば、悉く美化されて、楊貴妃の美容が、紙上に躍如としてゐるではないか。

臺語和譯 楊貴妃の生涯

（廿三）

水谷寥山

一個肥一個瘦 (2)

楊妃看見玄宗如此。心內已經有主意了。就對玄宗乞求。要住宮內做道姑可當差。有人講是玄宗放伊。請的。玄宗即時准伊。賜號名太眞。叫人送伊去住太眞宮。這不過是掩人的耳目而已。原來唐朝的宮內、猶原親像民間。有起寺廟、服事神佛。寺廟內亦有尼姑、道姑。

此個楊妃的老父就是名做楊玄琰、弘農府華陰縣的人、徙去居在蒲州的獨頭村、開元初做過獨州的司戶官、娶妻了後、就生此個楊妃。楊妃自細死父、偲叔楊玄徽在做河南尉的士曹官、算是在偲叔家內養大的。及至到長成被壽王娶去做王妃、到此結局遂入內宮去。古早人所講、才貌双全、亦可以出身。此句話那親像爲楊妃如此講咧。

【意譯】楊貴妃は玄宗皇帝のこのありさまを見て、心の中で已に覺悟を定め、女道士となつて宮殿内に居住し召し使はれんことを皇帝に乞ふた。尤もこれは皇帝でそうさせたといふ説もある。所で玄宗皇帝は直ちにお許しになつて太眞の號を賜はり、太眞宮に住まはせることになつたがそれは世間體を憚る手段に過ぎなかつた。元來唐朝の宮內にはやはり民間のやうにお寺もあつて佛を祭り、廟には尼も女道士もゐた。

この楊貴妃の父は名を楊玄琰と云ひ、弘農府華陰縣の人で蒲州の獨頭村に移り、そこに居住してゐた。開元の初、蜀州の司戸といふ官を務め、妻を娶つて後この楊妃が生れた。楊妃は幼い時に父に死に別れ、河南府の士曹といふ役人で彼の叔父に當る楊玄徼といふ人の家で育てられ、長ずるに及んで壽王の妃となつた。此に至つて遂に宮殿內に入つたのである。昔の人は「才貌兩つながら揃ふてゐれば出世する」といつたがこれは恰度楊妃のやうな人を指したものであらう。

【餘談】▽心內已經有主意了＝これは在來語で、「心の中でかく／＼しようさ、ちやんと覺悟を定めた」といふ意です、已經決心とか已經覺悟とかは日本語の直譯で、ほんとの臺灣語はこの主意です、卽ち主意とは意のまゝに處理するといふ意である、此條事情我不敢主意の如し。▼道姑と女道士は同一で髪をのばしてゐる女道士です、尼姑は尼で頭をぼうずにしてゐる、この點が異る。▼司戶＝漢魏以後に設けられた官名で、戶籍上のことを主る官、現今の內務の如きもの。▼死父といふも死んだ父とはならない、これは死老父ともいひ、父に死別れたといふこと。▼士曹＝北齊のとき始て設けた官名、軍隊の工部に類する役目の官。▼才貌双全＝才能と容貌とが二つながら秀でてゐるをいふ。▼この一節は玄宗が世間體を憚つて楊妃を女道士として宮內の寺に住はせたこと並に楊妃の生立を極めて簡單に敍したもの、この文中の語句で「不過是掩人的耳目而已。」「自細死父。」「及至到長成。」「才貌双全亦可以出身」等の句法は亦た以て學ぶに足ると思ふ。

【高砂語の雫】昔は人に騙されて金を費ふやうな馬鹿ものを大豚と言つてゐたが大豚といふはあまり露骨で誰でも分るので最近では大耳といふ大耳は耳が大きなので矢張豚のこと、所が最近では掏摸のことを偷剌豚仔＝的といふ、すられるやうな者は大豚よりも劣つた奴だから小豚だ。何と面黑い新語ではないか、序に前月號の「高砂語の雫」で紹介した前句の□□□は□□□の誤植故訂正す。（田中生）

臺語和譯 楊貴妃の生涯

（十四）

水谷寥山

楊太眞名講做女道士。不過是掩耳盜鈴、從中參玄宗皇帝、自然是結了不解的緣麼。天寶四年玄宗自己過沒得去、爲壽王娶左衞將軍韋昭訓的查某子就顯然冊封立楊妃做伊自己的貴妃。楊貴妃的外家、一家攏庇蔭着了了楊貴妃的老父楊玄琰、就贈封兵部尚書、老母李氏就贈封凉國夫人。伊叔楊玄珪就做光祿卿的官、胞兄楊銛、就做侍御史的官、叔伯兄楊釗、就拜命做侍郎的官。此個楊釗不是楊家的親骨肉。在早武則天皇后的朝代、有一個張昌宗、人是巧言令色的人。不止賢講好聽的話、被人愛聽伊、賢扮好禮的面色被人憐愛伊。所以武后眞得寵伊。致到汚穢宮廷內面、做出淫亂的事情。楊釗實在就是張昌宗、在宮內私生的子、後來給怹楊家收留養成的。玄宗皇帝嫌伊此字釧字的字形、有金刀的款式、卽賜名楊國忠、皇帝眞大信任伊、大寵幸伊。到此時楊家的威權、全然壓倒通天下、滿朝文武、更較恐伊、無一人無看伊的面色、在趨諂伊、巴結伊。眞正是俗語所講、一人受皇恩、全家戴角巾。一個婦人能致蔭全家、好勢頭到如斯。

【意譯】楊太眞と女道士の名をつけたのは、全く世間を誤魔化さんとした手段に過ぎないので、玄宗皇帝と彼の妃の間に切つても切れぬ縁の結ばれていたことは言ふまでもないことである。天寶四年、玄宗は內心どうも濟まぬと思はれたので、壽王のために左衛將軍韋昭訓の女を娶つてやつたので宛ら楊妃を皇帝の貴妃として冊立してしまうたことになつた。それで楊貴妃の實家の一門は總てその餘澤に浴することができた。卽ち楊貴妃の父楊玄琰には兵部尙書といふ官を贈り、その母の李氏は涼國に封し涼國夫人なる號を贈り。叔父楊玄珪をば光祿卿に封し、兄の楊銛を侍御史に任じ、從兄楊釧を侍郎に任命した。この楊釧は楊家の肉身を分けたものではない。むかし武則天皇后の朝に張昌宗といふ巧言令色の人があつた、この人は人の氣に入るやうなことをいふのが極めてうまかつたので人から愛せられ、また人をとり入れる表情に富んでゐたので、誰からも可愛がられてゐた。それで武后も殊の外彼を寵愛せられ、それがため遂には宮廷の風儀を紊だすといふやうな始末になつた。楊釗は卽ちこの張昌宗が宮內で私かに生ました子で、後に楊家に養はれたものである。玄宗皇帝はこの釗の字に金刀の象あるを嫌はれて、改めて楊國忠の名を賜ひ。信寵殊に厚かつた。この時、楊家の權威は非常なもので全く天下を壓倒するやうな勢力を有し、滿朝の文武百官は何れも彼を恐れ、一人として彼の顏色を窺ひ伺候し媚び諂はぬものはなかつた、諺に「一人が皇恩に浴すれば、全家のものが官帽を戴ることができる」といふことがあるが誠にその通りで、一人の女のお陰げで一家のものがこんなに威張ることができたのである。

【註解】▼兵部尙書＝官名、現今の陸軍大臣の如き役。▼凉國夫人＝凉國は地名、今の甘肅、その凉國を夫人に封し凉國夫人と呼ばせたのである。▼光祿卿＝宮內省の大膳寮頭の如き役。▼侍御史＝諸官の非行を摘發內奏處分する役。▼侍郞＝次官なり。▼武則天皇后＝姓武名則天といふ皇后。▼角巾＝官帽といふが如し。

臺語和譯　楊貴妃の生涯

(十五)

水谷寥山

楊貴妃若入去見駕的時的確着奏彼號在月宮聽見霓裳羽衣的曲就是鏗腔彼款的音樂了衆樂工絃管一吓動咧楊貴妃亦唱亦舞々到頭殼的金釵脫出來玉簪打下落去滿土腳四散擲到明仔早起玄宗看見就本身向落去拾起來步行來到伊的梳裝樓親手撿貴妃插彼頭鬃褪如此大家在心適此時梅妃自己一人住在彼別院內中攏無出來及至聽着貴妃的事情心內怨恨眞是沒堪得就對伊身邊跟隨的女婢嬌紅講我初入宮來在彼梅花樹下正在歡喜相愛的時我就已經訝疑能有今仔日此號事了所講梅花謝落去的期日遂此快到了古早有彼號詠秋扇的斑姬吟白頭詩的文君其實世上

親像恁二人的倘較多、不止此二人麼。講了就要去南宮、見玄宗皇帝講幾句話。自己一個倚去梳裝的鏡臺、梳一吓頭咧、照一吓鏡咧、擧頭向天吐一吓氣、講天啊我江釆蘋生做有如此的才貌、按怎自己能憔悴到如此。二蕊目賙目屎淋漓流、遂無愛更梳裝打扮。嫣紅在身邊再三譬喩安慰伊。卽勉強更抹粉點烟脂簪仔插倖好。一步一步行對南宮來。

【意譯】 楊貴妃が帝に見ゆるため御殿に進み入る時は、必ず月の宮にて聴く所の霓裳羽衣の曲を奏す、卽ち言語では形容することのできぬ微妙の音樂である。あまたの樂師が奏する絃管の音に合せて、楊貴妃は且つ歌ひ且つ舞ひつゝあるとき、金釵抜けて、玉の簪は下に落ち、滿地狼藉の狀を呈した。翌朝に到り、玄宗皇帝はその狀を御覽になり親ら腰をかゞめて之を拾ひあげ、歩いて貴妃の化粧室に至り、御手づから彼の妃の髮にお挿しになり。そうして互に樂まれた。此時梅妃は一人彼の別院内に在りて、この事を聞くに及んで、內心彼を恨み、やるせなく嫣紅といへる侍女に向つて謂ふには「妾、始めて宮に入り、彼の梅樹の下で、互に樂しみ愛し愛されたとき、妾は己に今日この事あるを疑ふたが。されど梅花の落ちる時期が、かくも早く到來しようとは思はなかつた。嗚呼良夫に棄てられて秋扇を咏し、白頭を吟せしものは、たゞ昔の班姬と文君の二人だけではなく、外にも多くあるのだ」と語り終つて南宮に赴き、玄宗帝に見へ、言ひたいことを言はんと思ひ、獨り鏡臺に向つて、鏡に照し、髪を梳るとき、端なく天を仰いて、嘆いていふには。天なるかな、命なるかな、我れ江采蘋、かほど生れながらにして才貌あるものを、どうして自分ながらこれほどまでに憔れたであらうか」と兩眼からは紅涙交も流れ落ち、再び化粧をする力もなく萎れてしまつた。時に側に居た嫣紅から再三慰められ、勉めて白粉をつけ脂をつけ簪を挿し、しづしづと南宮を指して入りゆくのである。

【註解】▼霓裳羽衣は月宮の音樂にまねて作りし樂曲の名である。唐の明皇が月宮に遊んでこの曲を聽き、樂音清麗であつたので歸つてからこの曲を製らせたとある。▼鏗 瑲＝樂音の清麗、鏗々、瑲瑲と形容せしもの。▼釵は髪をとめるもの、簪はかんざし。▼謝落去＝花の萎れて落ちること。▼詠秋扇的班姬吟白頭詩的文君。＝班姬は班婕妤のことである。彼の姬の有名な怨歌行は婦人の色衰へて棄てらるゝを扇の秋になつて棄てらるゝに喩へて詠じたもの。文君は卓文君のことである、司馬相如が茂陵の若い美人を妾に聘せんとしたとき文君は自ら白頭吟の一詩を作つて自絕した故事に基く。▼不止此二人＝普通の副詞の不止ではない、文語の止まらずである。

【漫評】昨日の梅今の牡丹、美を趁ひ香を慕ひ、情の移り易きは男心の常である、昨日梅樹の下で樂しい思ひをせしにひきかへ、今は一人淋しく別院内にて嘆く梅妃の心情如何あらん、この美しい女のせつない怨情を極めて婉曲に寫し出して言ひ廻せし處の妙味、讀むものをして魅らさずにはおかぬ。

臺語和譯 楊貴妃の生涯 (十六)

一肥一瘦

水谷寥山

灣過花欉跨過水溝行來到竹抱的中間玄宗適堅在竹下青苔的所在在彼相遇玄宗並無開嘴講話梅妃進前講花當在開鳥在在啼春風一吓吹咧塞氣攏散開去四界眞溫和所以行亦行行來到此悶解心悶無想講今仔日有此號天緣能得在此拜見着陛下聽見講陛下新納一個楊妃不止寵愛伊落花有意隨流水流水亦有心在留戀落花情意一日一日加較深至於賤妾本是此號蒲草楊柳的性質眞快落葉雖然是萬分不及伊一分幸哉伊若無棄嫌何那不准阮相見來結拜做姉妹仔豈沒使得嘀玄宗笑々講這是朕一時豪興偶然去惹着閑花野草而已何必講起彼咧彼時楊貴妃正在宮院的牆

外、聽見園內在講話、講到哩々囉々、心內即時怨妬起來、直遏沒住、連鞭徙步就入來、行來到梅妃面前、就假好禮叩頭拜、見大開筵席、結拜做姉妹、玄宗皇帝不知恁二人的心事、一味稱讚、講梅妃有謝道韞的材情、楊妃都亦能曉得多少風雅的事情、各人勿吝惜好詩句、各々做一首詩。話講了、就有一幅錦箋、舒在梅妃面前、梅妃就做一首七絕的詩、講撒下巫山楚雲。南宮一夜玉樓春。氷肌月貌誰相似。錦繡江天半爲君。詩的意思是如此講、放丢楚國巫山的好樂景。飛落來巫山頂一片的楚雲。在南宮的內面一暝的中間就得寵連玉樓頂都有若多的好春景。彼款白到那氷的肌骨美到那月的面貌有甚麼人親像伊、所以江邊的天頂有彼號五彩雲與紅霞那錦繡一般、就是爲着伊要偉伊裝美的。楊妃一吓看冽、心內暗々在想、此首詩的詩句、雖然講是好不拘從中眞多譏刺的話。伊講放丢巫山飛落來楚雲。這豈是在笑我參壽王睏了郎對壽王的王府入宮來得寵噃。又講錦繡江天半爲君、是講着用許大幅的錦綢俾我做衫郎能使得。豈是笑我身軀較肥胖噃。因爲如此楊妃亦做一首七絕的詩、講美艷何曾減却春。梅花雪裡亦天眞。總敎借得春風早。不與凡花鬪色新。詩是講此款的美色、都亦是沒歹看。親像梅花在彼雪裡、雪落較厚亦是沒肥亦是天然的本色。準做梅花較早開。在先借伊些春氣亦是參各項的花色緻當新鮮鬪沒贏了、梅妃看了亦喑々在想這第二句、是講梅花就有雪、亦是露出本相豈是笑我瘦細噃。又第三四句、豈是笑我雖然在先入宮、此滿已經過時了、無可更得寵、參伊鬪美鬪新鮮了。二人各在心內、在想空想縫。

【意譯】花の間を縫ふて、水を越へ、綠竹の處まで來た時。恰度玄宗皇帝の竹前靑苔の邊に佇んでゐられるのに、ぴつたり出逢つた。玄宗は何んとも仰せられないので、梅妃は、御前に進み寄つて申すやう、「花は開き、鳥は囀り、春風一たび到るや、寒さは消えて、野も山も、暖い氣分になりましたので、歩くともなく歩いてゐるうちに。つひこゝまで參り、聊か心の憂ひを慰めてゐましたところ、思ひがけなくも、此處で、陛下の龍顏を拜することができやうとは、誠に是れ天の引合はせでありませう。承るに陛下に於かれては、新たにお召しになつた楊妃を特別に御寵愛遊ばされ、落花流水の情、日々深きを加へさせらるゝと。賤妾本と是れ蒲柳の質、誠に窶れ易くして、新人の萬分の一にも及びませんが、幸御見棄なくば、相見ることを御許しあつて、姉妹の盟を結ばさせたまはずや」と玄宗笑つて曰はれるに「これは朕が一時の座興で、偶ま閑花野草を手折つたのに過ぎない、別に氣にするには及ばぬこと」とその時楊貴妃は恰度宮殿の牆の外にゐて、園中に喃々と囁く話を聞き、疾妬の心抑へがたなく、歩を移して入り來り、梅妃の面前に進み、心にもない會釋をなし、頭をさげて一禮し、そうして宴を開き、姉妹の盟は結ばれた。玄宗皇帝は彼等二人の心の内は知らず、たゞ／＼、讃めて言はるゝに、「梅妃は謝道韞の才あり、楊妃も又多少の詞事を解する、各自佳句を惜まず各一首を賦せられよ」と、話のまだ了らぬうちに、一幅の錦箋を開いて梅妃の前に披げた。梅妃は

撒下巫山下楚雲。南宮一夜玉樓春。氷肌月貌誰相似。錦繡江天半爲君。

と七絶を詠じた、この詩の意味はかうである、楚國巫山の歡樂の境を棄て、飛來りし巫山上一片の楚雲は、南宮の中で一夜のうちに寵愛され、玉樓の中に、樂しき春を夢みる美人のその肌は、氷より白く。その面は月より美しい、何人か彼に及ぶものやあらん。江天を彩る五色の雲や虹は、錦を織りなして彼のために飾るのである」と。楊妃この詩を讀んで、心の中で窃かに思ふには、此の詞は美しいが、併しこの中には幾多諷刺せる意が含まれてゐる。彼れが「巫山を棄てゝ飛び來つた楚雲」と言ひしは、これ彼が妾の壽王と契りをかはした後壽王の邸宅より來つて宮中に入り寵愛をう

けつゝあるを笑ふものではあるまいか。又錦繍の江天半ば君の爲にすとは、これ、天のやうな大きな錦で妾の衣を作るといふのであるから、妾の肥滿せるを笑ふものではあるまいか。そこで楊妃もまた七絶一首を賦し梅妃に示した。

美艷何曾減二却春一。梅花雪裡亦天眞。總教下借二得春風一早上不下與二凡花一鬪中色新上

これは、これ程の美色、おさおさ見にくゝもないが雪中に咲く梅花はたとへ厚く雪はつむとも、花の肥り得ぬのは梅花の持前へである。たとへ春風の力を借りて早く開き、各種の花とその美を爭はんとするも、それはどうしても勝ち得ぬのである。と梅妃この詩を見て竊に思ふやう。第二句の梅花に雪のかゝり梅の本質を表はすとは、是れ妾のあまりに瘦せてゐるのを笑ふたものではあるまいか。第三句は、是れ妾が彼より先きに宮中に入りしも、今は已に時を過し、恩寵を失ひ、彼と美を爭ふことのできないのを笑ふものではあるまいか。かように二人は互に心の中で疑ひ合つたのである。

【批判】梅もよし、牡丹もよし、と二花を手折つた玄宗は、花の艷美に目が眩んで、花の眞意を解することができぬ。梅妃が謂ゆる心事を玄宗に訴へる言々句々、帝の應答の詞、そしてこの三人の動作を個々別々に寫し出せし説明語、詩の意を解く表し方、絶妙美妙、讀むものをして自らその境に入り、絶世の美人楊妃と梅妃とに逢ひ、その一擧一動一言一句が眼前に展開し來るを思はせる、何たる巧みな言ひ表はし方であらう。

臺語和譯 楊貴妃の生涯（七）

水谷寥山

一肥一瘦

在玄宗皇帝沒曉得詩中的意思雖然屢々在稱讚怨二人的好才調怨二人的面上不止有不和的氣色大家挾々無意無意參玄宗相辭返去隔無幾日梅妃遂被楊妃對皇帝生言造語陷害荐到尾遷去上陽宮那貶落冷宮啊眞正講是人生做有絕世的才貌無人愛惜伊空々住閨房內孤單一人憂愁怨恨傷心啼哮在早己經有一個斑妃了此滿更再有一個梅妃看到怨此二人到底此字情字在那海一般一吓起了波浪海水亂滾々不知憂愁結到案怎此字色字亦另外有一個天一吓生出山嵐的瘴氣中人就能害不知怨恨重到案怎任是糖甜蜜甜的情要學彼號鶯仔對鶯仔燕仔對燕仔不時宿做夥正經都未幾日咧就親像鶯鳳的鳥分開飛去了好花到謝花蕊就脫落去永遠

沒更上來花枝的期日了。自古及今。才子佳人。攏爲此字情字。害到沒講咧。有幾人能看破咧。就是到百代後。彼點怨魂亦是沒消無去麼。有一日玄宗皇帝。在梅花園閑々在行徙。遂想着梅妃。一時不止豪興。愛要去尋梅妃做勝佳翠花閣相會。來做彼號鴛鴦的樂事。傳聖旨叫常得跟隨的常侍太監高力士。將梨園中出名的如馬。牽去上陽宮拜請梅妃求伊出來。梅妃無甚甞意對高力士講。高常侍我自離別聖駕。到此滿此條車路已經親像長信宮皆發草仔了。連音信亦絕眞久了。今仔日有甚麼好風案怎吹你來到我此。

玄宗皇帝に於かせられては、この詩中の意を解することができず、頻りに兩妃の才能をお讃になりましたが、彼の二人の顏には頗る不和の色を浮べ、怏々として帝に別れを告げて歸りました。それから間もなく、梅妃は楊妃の爲めに皇帝に讒言されて、遂に上陽宮といふ冷かな淋しい宮に遷されることになりました。誠に世間でいふ、絶世の才貌に生れながら、顧みられず、空しく閨房の中に在りて、一人愁怨に泣いて心を傷めるものに、昔は斑妃あり、今はこの梅妃を見るのであります。

今此の二人のその情を考へまするに。宛ら海のやうな情の一字は、一たび波瀾おこれば、海水はわきたつやうに狂ひ、その憂愁は如何に胸にせまるでありませうか。この色の一字にも一種の天なるものありて蠻癖の氣一たび生ずればその氣は人を毒す。その怨恨は、如何に深きものでありませうか。かの鶯と鶯、燕と燕とは、砂糖のやうに、蜂蜜のやうに、甜い甜い情に生き、片時も離れず、樂しく遊んでゐるのは時の間で、遂には鸞鳳のやうに別れ別れて飛び去らねばなりません。美しき花も凋(シボ)めば蕋(ハナビラ)は地上に落ちて、長(トコシナヘ)に枝に上る期は來ないのであります、昔から今日まで情の爲に惱まされて來た、才子佳人でよく\/諦め得た人が幾人ありませうか。彼の艶魂は百代の後と雖も消滅することはできぬのであります。」或日玄宗皇帝が梅花園をぶら\/と散歩してゐたとき、つひ梅妃のことを想ひ出し、興に乘じ、梅妃に會ひたくなり、一緒に翠花園に會し、鴛鴦の歡を試みんとし、その旨を常にお側に侍つてゐる侍從の高力士に傳へました。力士は梨園の名馬に跨り、上陽宮に驅け來り、梅妃に出門を乞ふた。梅妃は、うらめしげに高侍從に「高侍從よ、儂が聖德に別れてより、此處に通ずる車道は長信宮のやうに草は生じ、音信さへも久しく絕つてゐるありさまなるに、今日はどうした好き風の吹きまわしか、貴方を吹いて此處に來ようとは……と申しました。

【註解】▼〔挾々無意無意〕何か奧齒に物の挾まつてゐる如く隔意の意。▼〔隔無幾日〕幾日も經ずして間も無くとの意、幾日かの後といふ時も斯くいふ方がよい。▼〔生言造語〕色々とないことを有るやうに揑造して言ふこと。▼〔中人〕中を上去でいへば中(アタ)る。▼〔無何聳意〕あまり氣のりがせぬ。悵然の意。絕世美人の情と色との二字を寫し出せし靈筆はその譬を海に天に、山に嵐に、鶯に燕に、鸞鳳に名花に取つて、點綴するに古今の才子佳人を以てす寫して此に至るこれ文藝的言文中の上乘のもの。

臺語和譯 楊貴妃の生涯（六）

一肥一瘦

水谷寥山

高力士講聖上今仔日行來到梅花園不止切意思念着娘娘、只是恐怕楊妃聽見知影、特工暗靜敎小奴來宣召、迎請娘娘過去。梅妃郎講、我亦是無一斗久仔無念着聖上、不時天顏在此離成尺的中間、倘亦不是無向望舊日的恩愛、更照舊親熱起來、皇帝陛下堅在眞高的天位、要生要死、要賞要罰、總是慾伊一人的心肝所愛、何故懼怕一個肥賤婢能至如此。講了就入去換衣裳、讀眉、漆、鬢、裝到條條躂躂騎上彼隻鳥馬、馬鞭一撑、得、已經來到翠華閣前了。梅妃落馬入去拜見玄宗、就在哮、講賤妾有帶着殺身的罪、自己打算是永遠棄揀了、那敢料講此滿能更再見着聖上的龍顏、就親像玉池的仙女已經成仙、過着如此亦沒免無情。

高力士が申しますには。『聖上今日、玉步を梅花園に移され、切りに娘々を思念あそばさる。唯だ楊妃の聞知することあらんを怕れて、特に密かに小奴をして娘々を召迎せんとする次第であります』と楊妃は『儂は分秒の間と雖も。天顏に咫尺し、舊思の溫かならんことを祈願せぬ時とてはありません。陛下は九五の高きにゐまし、生殺與奪すべて上御一人の御心の欲せらるゝまゝであるのに、何故一個の肥婢を怕るゝことかやうであらうか』と言ひ終りて內に入り、衣裳を改め、眉を畫き、鬢をかきつけ、正しく身裝へをなし、黑毛の駒に跨り、鞭を鳴らして、翠華閣の前に來り、馬から下りて、玄宗に謁し、泣いて申しますには『賤妾は死なねばならぬ御咎を蒙り、自ら永遠に棄てられてゐたのに、何ぞ料らん、今復た龍顏に咫尺しようとは、已に仙化せし玉池の仙女もまた情なきを得ない。

【註解】▼切に念ふといふ意を、不止切意といふ、句的副詞を用ひ、不止切意思念着娘娘とせしは巧みな表はし方である。▼次の一句、只是恐怕楊妃聽見知影は最も簡明な臺灣語特有の句法である。▼無一斗仔久仔無念着……片時でも君のことを思ひ忘れる暇はないといふ意が十分表はれてる、原文は「儂分秒の間だも、天顏に咫し、舊思の溫ならんことを祈らずんばあらず」とある意を徹底せしめんがため「我亦是無一斗久仔無念着聖上、不時天顏在此離成尺的中間。尙亦不是無向望舊日的恩愛。更照舊親熱起來』と譯せしは洵に適切である、即ち國語で一句で言ひしを臺語では四句にいふてゐる、臺譯は常に斯くの如く十分國語の意を取つた上、完全なる臺灣語で言ふがよい、國語の句を譯してはいけない。

臺語和譯

楊貴妃の生涯

（十九）

水谷寥山

一肥一瘦

玄宗講。朕亦是如此。何一日無想着汝愛卿。此滿見着汝、好花的容貌。看了那有不止消瘦的款嘜。梅妃講。浮雲旣起來。圓圓的光月就被伊遮着。悽慘雨一落來。淸香秀氣的花。就被伊損着。案怎能免得不消瘦哪。玄宗講。人得淸秀。却是瘦。即愈好。梅妃笑講。彼號肥胖的人。參瘦的比並起來。看了案怎樣。玄宗亦笑講。兩傍各有好處。二人愈講愈眞熱。此點痴情。那系線直纔直長。郎時點火燭。排筵席。到尾就遂在彼做彫。醞。醞。到日頭出有三枝竹篙高。尙不知可起來。彼時楊妃在伊的宮內。聽候皇帝的鑾駕。聽候眞久亦無來。到底去何位。聽見講聖駕在梅妃舊時的翠華閣宿暝。一時擋沒住。本身躦去到翠華閣。玄宗聽見伊來。一時大驚。慌忙的中間。趕緊將梅妃藏住錦帳的中央。無意無意假

自在裝做全不知的款。大辨大辨坐咧。楊妃走入去到內殿。面就凸起來。目睭
此大誰。受氣受氣。講咋暝在此飲嘥。食到一內面押褻鬼。此晏尚未摒掃。龍床
的下腳更有婦人儂鞋。行來到床前。看見枕頭邊亦有金釵亦有翡翠簪仔。就
問講咋暝甚麼人伴陛下做夥睏。能歡喜醉到如此。日頭此裡晏。尚未出去見
朝。如此那有甚麼體統得、陛下應該着趕緊出去接見衆朝臣。看有甚麼要緊
的政事。妾自己一個人且留住此。聽候聖駕回返來。

玄宗が申しますには、「朕もまた、卿を思はぬ日とてはなかつた。今汝の花の如き容姿を見るに、あまりに瘦せ衰へてゐるではないか」と梅妃曰く「浮雲、起らば圓かな明月もそれに遮られ。悽雨一たび降り來らば、清かな香しき名花も之に惱まされる。斯る情境に在る妾がどうして瘦せ衰へずにゐられませうか。」玄宗曰く「人の秀美は瘦すれば益すその美を見すではなきや」梅妃笑つて曰く「彼の肥滿せし人と消瘦た妾とを比べて見れば、如何に思召されるや」玄宗も又笑つて曰く「兩つながら好い處がある」と絲の如く絕へざる痴話喃はますます熟して佳境に入つた。この時直に燭を點し筵を設け、續いて同じ帳りの裡に寢すまれた。翌朝、日は早や三竿の高に上りましたが、容易に起きやうともしない。その時楊妃は彼の宮殿内に在りて鳳輦の到るをお待ち申してゐたが、とうと來なかつた、何處に往かれたのであらうかと案じてゐるうち聖上には梅妃の以前の翠華閣に宿りしと聞き、

耐りかねて翠華閣に馳けゆきました。玄宗は彼の來たのを聞き大いに驚き、慌忙の間、急いで梅妃を錦帳の中に押込めておき、不本意ながら、知らざる眞似をして大きくかまへて坐してゐた。楊妃は內殿に走り入り、顏ふくらし、目をむいて曰く「昨夜此處で飮んだですね、この食ひ荒し方は何です、今に掃除もしないで」、寢臺の下には婦人の鞋もある、寢臺の前に來て見れば、枕邊には、金釵や翡翠の簪もある、そこで「昨夜は誰が陛下と添ひ寢したるや。ようもこれほどまでに樂み醉ひ玉はるとは。日は高く上りゐるに未だ朝政を御執りにならぬとは、何等の體統であらう。重要なる政務もあらば陛下には宜しく速に出でゝ羣臣に接見せらるべし、妾は一人此處に殘つて聖怨の回るを相俟ち申さんと。

▼好花的容貌とか、團圓的光月とか、淸香秀氣的花とか言ひしは、その貌、月、花をいふに巧みな形容詞を冠していふた譯である。▼肥胖は支語で通俗には肥有といふ。▼此黠痴情那糸線直續直長＝痴情をつなぐ糸が續いて長くなりいつまでも絕へないといふ意。▼大辦大辦坐咧。平然として大意張りて坐すること。伊人眞大胡坐得大辦大辦の如くもいふ。▼楊妃が怒鳴込んで、面をふくらし、目をむき出して角を生して、やきもちをやく痴情の狀、寫し得て宛らその現狀を見るやうな心地がする、寫して此に到れば口語文の力も敢て文章文に劣らない。楊妃が玄宗に强く出朝を促し、自分一人が殘つて何をせんとするであらうか、玄宗は此儘出てゆかれるであらうか、錦帳の中に藏れてゐる楊妃はどうなるか、あゝ嫉妬の果ては雨か風か續きをお樂みに。

臺語和譯 楊貴妃の生涯（十）

一肥一瘦

水谷寥山

玄宗一時嘴去塞得無話可應答伊。衫更拖起來。倒落床去。面越過遮風更再假愛睏。講今仔日胃腕痛々。不能見朝。楊妃彼點妬心。那火在燒咧。不甘願無法得伊奈何。將頭上按翡翠的金簪。拔起來擲彼土腳。雄々狂々轉身出去。悻々回去伊的宮內。楊妃去了後。玄宗即更起來。想要參梅妃更再樂一吓眞歡喜。那知此時小黃門就是小々的太監頭看見楊妃的勢面猛到如此。恐驚倘且能生出甚麼事出來。強々送梅妃回去。玄宗大怒氣。那親像失左右勝咧。拔起劍來將此個黃門太監斬死。親身偃落去將金釵翠鈿拾起來。更再參一斛的眞珠致太監永新提去賜梅妃。梅妃見着遂在哮。對永新講。長信宮無人來往。放得生草仔對春風自己怨恨。干徒守空房守到白頭毛亦無人可憐。這原是古早斑姬與此滿賤妾的本份所應該然。着受此款的艱苦的。明々近在此目䀹間前離都無成尺。此萬里有許遠。聖忽既然無來到此。粧美々要給甚人看。粧了被園內花木亦愛笑。此滿雖是用百斛的眞珠。究覓有何一日可用着咧。汝替我奏過陛下講賤妾不是敢忤逆着聖旨。恐驚楊妃一知咧。連累着陛下在爲難。惟有此層而已。講了更做一首詩將眞珠更送回返去。詩是做如斯柳葉蛾眉久不描。殘粧和淚濕紅綃。長門自是無梳洗。何必珍珠慰寂寥。詩是如斯、講親像柳葉。親像蚕仔眉的目眉眞久無畫了。頭亦無梳面亦無洗。目屎流到紅綢的衫都濕透過。既已經貶落來此就是冷宮了。那淡朝的長信宮咧。自然是無梳頭無洗面了。何必更用珍珠要來安慰我的無聊啊。我此滿亦是無路用了。

【譯】玄宗皇帝は一時口を緘して答ふることができず、衣をかぶつて床に横はり、屛風の方に向いて、再び假睡の眞似をなし、曰く今日は胃が痛んで朝を見ることができぬと。楊妃の嫉妬の心は燃ゆるが如く、心のせつなさ遣るせなく、頭に挿していた翠の金の簪を拔いて地になげつけ、荒ら荒らしくその場を立ち去つて、急いで彼の宮内に歸つて往きました。楊妃が歸つた後、玄宗皇帝は稍く起きあがり、再び梅妃と樂まんとせしが、この時小身もの丶太監頭の小黄門は楊妃の權幕のあまりに猛しいのを見て、或は餘事を生ぜんことを怕れ、無理に梅妃を送り歸しました。之を見た玄宗は非常に立腹し宛ら左右の手をもがれたやうな氣がして、劍を拔いて太監黄門を斬り、親ら身を前に俯し金の簪を拾ひあげ、之に一斛の眞珠を添へて、太監永新を使として梅妃の許に屆けさせました。梅妃は之を見るや泣きながら永新に曰ふには長信宮には、客の訪るゝこともなく、草茂りて春風を怨むに任せ、容しく空閨を守りて、白髮の年に到るも憐れんでくれる人もない。斯る憂目を見るは昔の班姫と今の妾との生涯、さも似たり。現に咫尺も離れて居らぬ目の前に居り乍ら、萬里も距る思ひあり、聖濶最早臨まれぬとすれば、美しく飾つて誰に見て貰ひませう。飾れば反つて園内の花にまで笑はれます、今は百斛の眞珠があつても竟に之を使用する時はありません、どうか妾に替つて、陛下に上奏して下さい「妾は敢て聖旨に忤ふに非ず、唯楊妃に知るれば累を陛下に及ぼすことあるを恐るゝのみと、詩一首を賦して眞珠を返した、その詩に曰く。

柳葉娥眉久不ㇾ描。殘粧和ㇾ涙濕二紅綃一。長門自ㇾ是無二梳洗一。何必珍珠慰二寂寥一

詩の意は斯うである。柳の葉如き、蚕の眉の如き眉も久しく畫がない。髪も梳らねば面も洗はない。涙の爲に紅き絹の衣の乾く閑とてもない。この冷たい冷たい宮に貶されしは、宛も漢の時代の長信宮と同樣であり。髪も梳はず、面も洗ふ要のない妾に何ぞ珍珠を贈つて妾を慰める必要があらうか、もう妾は役に立たゝぬものであります」云々と。

臺語和譯 楊貴妃の生涯 (二十)

一肥一瘦

水谷寥山

玄宗皇帝看着此首詩。心內無甚歡喜。却又愛着此首詩做得眞好。就叫人編入樂府。和工尺。做新曲在唱。曲名號做一斛珠。就如斯論起來。怹二人攏是爲着一點妬心。總而言之。天下間婦人女子。那有何一個沒怨妬啊。就是較沒妬的人。亦偶然有一點妬心。亦就是好名的人。要爭好名。自然有一點醋意。不是眞正全無怨妬了。不過有個怨妬了較隱密。有個怨妬了較顯然。此款的分別而已。親像梅妃求要拜見新來的人。能使講是妬心隱在腹內裡。親像楊妃能害到梅妃遷去東宮裡。能敢將金釵擲彼土腳裡。這就是能使講妬心妬到出面顯然有看見了。楊妃此款的妬法。自己亦是不好。後來到馬嵬山下。有彼號曲折。自己送了性命。無一人可憐伊。結局到有彼號敗亡的禍。殊不知禍根就是參梅妃食醋的時迸出來了。且自情理評論起來。婦女傷妬心的人攏較好淫。因爲淫淫心重。妬心亦就重。淫心重就能迷人。妬心重醋神就重。人就遂驚伊。楊妃淫更妬。更有惡毒的偏才。所以亦愈弄愈大。到尾討着安祿山。亦是爲着楊妃的色惹起淫心興妬心。遂造叛起兵。想要占奪楊妃。楊妃又聽伊兄楊國忠的話。挾制玄宗。愴惶要走去四川。文武百官、聽見皇帝偷走。亦愴惶起兵去保駕。行到馬嵬山下。兵隊飢了擋沒住。一時喧嘩起來。請皇帝着辦楊妃伊兄妹仔的罪。卽背起行。玄宗皇帝無奈何。卽賜紅綾給楊妃自己吊死。妬婦的結尾是如此。雖是皇妃亦沒免得。世間婦女。豈可不謹愼嘍。

玄宗皇帝はこの詩を御覽になり、あまり御喜びにはなりませんでしたが、又この詩の妙を愛せられ、命じて樂府に編入し、譜を附し、新曲として歌はしめ、その曲名を一斛珠とお附けになりました。これによつて見れば彼等二人は總て一つの嫉妬心より起つたことであります。要するに、天下何處にか嫉妬心のない婦女がありませうか。假りに妬む心のない女があるにしても、どうかすると妬けるものです。唯名を好む人は、譽の勝利者とならんがため、いくらかたしなむけれども、それとても自ら悋氣はするものであります。全然妬まないと言ふ譯ではありません。唯その悋氣をよく押し隱してゐる人と、隱しきれずそれを外面に顯はす人の差あるのみです。楊妃の如きは新人を擁して拜見す、これ自己の嫉妬をじつと胸に藏めて顯はさないと謂ふべきものでせう。又楊貴妃の如きは、梅妃に迫つて之を東宮に遷し、あらうことか金簪をとつて地上に擲げつく、これ嫉妬の心が燃えあがり外に顯れしものと謂ふべきでせう。楊貴妃の斯くの如き嫉妬は洵によくないことです。結局彼後來馬嵬山下に於て風雨を呼び起し、遂に自己の一命を絶ちましたが誰一人憐むものなく。が敗亡禍根は已に梅妃と妬み合ひをした時に萌してゐる。情理上より論じますれば、悋氣する婦女は概ね色情も濃厚であります。色情濃厚なるが故、嫉妬心も深い、色慾强ければ人を迷はし、妬心深ければ、人は彼を恐るゝのであります。楊貴妃は淫にして嫉妬、更に惡辣なる才に長し、事件をして益々重大ならしめ、遂には安祿山と私通したのでありますが。安祿山とても楊貴妃の色香に迷ひ、色慾と嫉妬とのあまり、遂に叛旗をあげて兵を起し、楊貴妃を奪はんとしました。楊貴妃は兄楊國忠の言を聽き、玄宗を制し愴惶として四川に逃げんとしました、文武百官は皇帝蒙塵せりと聞くや、之を保護し奉らんがため、周章兵を起し、馬嵬山の下まで來ました時、兵は飢ゑて騷ぎだし、皇帝に楊貴妃兄妹の罪を罰せよ、然らざれば一歩も進まぬと迫つたので、玄宗皇帝は仕方なく、赤の綾を楊妃に授けて首を吊らせました。嫉妬に强き女の末路は斯くの如く皇妃ですら免れ得ぬのであります。一般の婦女は、豈愼まざる可けんやであります。

臺語和譯

楊貴妃の生涯

（二十一）

安祿山的來歷

水谷寥山

此滿要講起安祿山的事情了安祿山算是唐朝一個大大的亂臣一個大大的叛賊受明皇的大恩更敢討楊貴妃到尾遂反叛亦眞是無情理的人啊楊貴妃能討着安祿山亦是情理所難容的人眞難講彼號眞住在偏僻狹巷仔一個婦女案怎能知影到聖賢的道理不拘要責備伊能立志能守節全世人正經硬氣彼人沒犯得親像天頂落霜寒更凍彼款的清節這是自古及今查考史冊看起來彼號節烈的人亦是沒少此號人雖是百代後亦永遠能傳鬼神替伊哮想沒曉得有一號住在地位極尊貴的人到底是爲着甚麼迷心却要搬出彼號無廉恥的齣頭彼點汚名遂傳到天下與後代永遠洗沒清氣在唐

朝親像武后、親像韋后、親像太平公主與安樂公主、亦攏相同如此、此一班直是淫亂的婦女、連街路的猪狗都能曉見羞、不肯給伊做夥咧。親像貴妃楊太眞亦是同如此、伊一身受着皇帝若多的寵愛、一家人全內面攏做官、這是何等的榮幸、又況皇帝是文雅的皇帝、能許裡溫純、能許裡寬宏大量、豈不是大亨福、竝無一絲仔不如意的事情、柰怎不自重隨便一個塞外的胡兒安祿山私通、來擾亂汚穢着宮內、以致鬧出後來的禍患、這亦眞是怪孽、講着能氣人啊。

【譯】〔安祿山の經歷〕此度は安祿山の事を申し上げませう。安祿山は唐朝に於きまして、比類なき不忠の臣であり且つ著名なる逆賊であると謂うてよいのであります。彼は明皇の大恩をうけながら、大膽にも楊貴妃と通じ、遂には叛逆を企つるなどとは、實際言をお樣ない人です楊貴妃がまたこの安祿山に順ふなぞといふことも、以つての外の事であります。併し一概には言へませんが彼の裏町長屋に居住するやうな卑しい女には聖賢の道理を知るはずはないのでありますが、併しこうした女でもよく堅い決心をもつて、貞節を守り、終世、凛烈として硬きこと靑天に見る霜のやうな淸節を持してゐる烈女を古來書物の上に於て見るごとも少くないのであります。こんな烈婦は百世の後長へに鬼神をして泣かしむるのであります。所が一方に於きましては貴尊の位に在る人でありながら一體どういふ心の迷ひでせうか終世拭ひ消すことのできぬ。破廉の汚劇を演じ、醜名を天下後世に傳へるとは、實際想像のつかぬことです唐朝に於きまして、彼の武后の如き、韋后の如き、太平公主の如き、安樂公主の如きは何れも道端の、犬猫でも共に伍するを慚る程の淫亂な婦女でありました。彼の貴妃楊太眞もまたその通りで、彼は天子の寵愛を一身に聚め、一門の骨肉、何れも官吏になりました、何んといふ榮華なことでせう。況んや文雅なる皇帝にあらせられてはあの通りに温純で、寛大でおはし、彼は厚い情と幸とをうけ、少しも、不自由なことはない筈であります。然るに一體どうして我儘勝手に塞外一個の胡兒安祿山と私通し宮內を騷がせた上に穢してしまひ、後來の禍亂を啓くやうになつたのでせうか、實際惜みてもあまりある天婦といはねばなりません。

【評】楊貴妃が假りに我朝黑田騷動のお秀の方とすれば安祿山は毛谷主水である、而してその艷妖、その惑亂比すべきも非ず、天下の妖婦、蓋世の逆臣が不倫亂行の限りを盡せる經緯を寫し出さんとするこの純臺灣語の白話文を鬼神に讀ませなば、さぞ怒るであらう、笑ふであらう、泣くであらう、讀者諸君續出する本篇用語句法の妙味を感謝せられよ。（西）

臺語和譯

楊貴妃の生涯（三二）

水谷寥山

安祿山本是營州胡人的種族。本姓姓庚起初名叫做庚落山、是流落的落字
伊老母更嫁姓安的、即冒伊後叔的姓、遂改名安祿山、換做福祿的祿字。做人
眞奸鬼狡怪、賢揣度人的心意、拿人的心事、能着、做歹情常常出人的意外。後
來過着姓安的部落分散去、逃走來幽州。彼個幽州的節度使張守珪。安祿山
就去投在守珪的部下。守珪咯愛伊、收留伊做養子、出入攏跟隨得。有一日守
珪在浴間在洗腳、祿山近在傍邊在伺候伊。看見守珪倒腳有五粒的烏痣、目
睭金金相在笑。張守珪講、我腳底此幾粒烏痣、能曉相的人得講、講是貴氣的
相、汝認眞在看、看了案怎得笑。祿山應講孩兒眞正是粗俗人、沒曉得、不拘我
二腳的中間攏總有七粒的烏痣、不知是案怎樣。守珪聽着這話無甚相信。祿

山將一雙鞋脫起來。守珪一看咧、果然二個脚迹底攏總有七粒痣。比之自己脚裡的更較大粒更較烏。照彼個形狀那親像北斗七星咧。因爲如此愈看重伊愈加親愛伊。遂出奏朝廷保舉伊做平盧的討擊使的官。

【譯】安祿山はもともと營州の胡族で、本姓は康、初め康落山と申してゐました。これは流れ落ちる落の字の義をとつた譯であります。彼の母が更に安といふ姓の人に嫁しました故、その繼父の姓を冒して安祿山と改名した。祿は福祿の祿の字の義である。人と爲り、至つて奸狡で、巧みに人の意中を揣り、それがよく適中し、常に人をして不思議がらせてゐました。其後安氏の部落が分離するに及びまして、幽州に遁げ延び、幽州の節度使張守珪の部下になりました。守珪は彼を寵愛し、遂に留めて彼の養子となし、出入するには必ず侍從せしめてゐました。或日のこと、守珪が浴室で、足を洗つてゐた時、祿山は傍らに侍つてゐた。守珪の左の足に五つの黑痣のあるのを見、尙ほも注視してゐたが笑ひ出した。余の足裏にこの黑痣のあるを、善く占ふものは見て、これ貴き相なりと申してゐる、而るに汝はよく見てゐたが何故笑ひしやと尋ねられました。そこで祿山が答へて申しまするに小生は誠に鄙しく何事も分らぬものであります。併し私の兩足の眞中には都合で七つの黑痣があるのは如何なる譯でせうと。守珪はそれを聞いてほんとうにしませんでした。それで祿山は靴を二つとも脫いて見せました處、果して兩方の足裏に總てで七つの黑痣があり、守珪自身のよりも、それが大きく且つ黑く、その形は、宛ら北斗七星によく似てゐるのを見、それからといふものは、益す彼を大切にし、益す寵愛し、遂には朝廷に上奏して、彼に平盧の討擊使といふ官職を授けました。

臺語和譯 楊貴妃の生涯 (三十三)

水谷寥山

彼時東胡有在亂、契丹亦進兵來到邊境。張守珪移檄文給安祿山、傳伊督兵去討伐。安祿山恃伊自己勇猛、不遵守珪的節制、兵隊帶咧、輕身直進、被契丹翻頭顚倒攻過來、大敗走回來。原來張守珪是北部的名將、號令最嚴明、執守軍律平素是此款著名的。此滿遇着祿山如此的敗兵、雖然是父子的恩情、未免得有一點憐憫伊、不拘亦是無法度可饒伊。不能不照軍法處置、綁出去轅門案律斬首。祿山臨刑大聲喝叫、大人若的確愛要滅賊寇、總勿隨便斬了大將、勝敗是兵家的常事、大將是無容易有的。守珪聽着伊此句話、講得氣眞壯、暫且緩伊的死期、送去京城、請朝廷辦罪。彼時張九齡在做宰相、在九齡的意見、講安祿山輕蔑節度使、不遵伊的號令、以致敗兵、這是軍律所應該着剖的、卽能警戒別人、而且看伊的狀貌、身長體肥、滿身帶殺氣、留得是後患大大沒使得。玄宗尙在遲疑不決。湊巧適好有一個內侍的太監、收着祿山的賄賂屢屢對玄宗皇帝在講好話、遇着有此層的事情、更再對皇帝討情、給伊將功補罪、皇帝遂赦伊的死罪叫伊去把守盧原立功贖罪。

【譯】その時に東胡の亂あり、契丹もまた兵を進めて邊境に迫つた。張守珪は檄文で安祿山に傳へ軍を督して之を討伐させた。安祿山は自ら自己の勇猛を賴み、守珪の節度に違ひ、兵を率ゐて單身前進したるに、契丹の反擊に逢ひ、大敗して歸り來つた。元來張守珪は北部の名將であつて號令最も嚴明にして、確く軍律を守るといふので著名な人である。今や祿山斯くの如く敗戰に遇ひ、親子の情として、憐憫に堪へざるものあれど、また之を如何ともすることができず、軍律に照して轅門に送り斬首の刑に處せない譯にはゆかなかつた。祿山は刑に臨んで大聲で叫んで言ふには「大人、若しどうしても賊を亡さんとするならば、輕率に大將を殺す勿れ、勝敗は是れ兵家の常である、大將は容易く得らるるものでない」と守珪この言を聽き、その意氣の壯なるを見て、暫く彼の死期をゆるめて、京師に送り、朝廷に請つて處罰した。その時、張九齡は宰相の職に在つた。九齡、曰く安祿山は節度使を輕蔑し、彼の號令を用ゐざるため敗るるに至つたことは、是れ軍律に照し當然彼を誅し他を戒むべきものである。且つその狀貌を見るに長身肥體、滿身殺氣を含む、彼を留めて後患をのこすは斷じて宜くないと。玄宗、遲疑して未だ之を決しない。偶ま內侍太監が祿山の賄賂をうけて、頻りに玄宗皇帝に對して甘言を呈し更に彼を起用して罪を贖はしむるやう哀願したので、皇帝は遂に彼の死を宥し、盧原に遣つて、その地を守らしめ、功を立て罪を贖はしむるやうにした。

臺語和譯

楊貴妃の生涯

（二十四）

水谷寥山

安祿山彼辦人、元本是奸巧賢諂媚的人、倘彩若有朝臣去到平盧就重重買賂伊。此的朝臣受着伊的弊賂囘朝來了後擺對皇帝奏安祿山的好話。所以玄宗的耳空邊常常聽見人在稱讚安祿山的話、拿做是眞賢臣咧、遂超陞起來做營洲的都督兼平盧的節度使。天保二年入京來見朝、遂命伊留京、不時召入去跟隨聖駕。祿山不止深藏一點奸鬼狡詐的心肝、外面裝做愚直的形狀、來得瞞騙玄宗、寵幸一日一日較深宮內嚴密的所在有時仔遂能得直透入去見駕、不論早暗聽伊出入。自古以來人較有存彼號僭權的心肝、想要圖謀不軌的、何一個無欺君咧。玄宗能全然無一點覺察。到如此何一層不是妬婦與奸臣、在欺騙瞞遮在迷亂伊。相信了慣習、遂無去僥疑伊了。

〔譯〕安祿山はもともと奸智に長けて人によく媚び諂ふ輩である。苟も朝臣の平盧に至るものあれば、厚く之に贈賄する。收賄せしこれ等の朝臣は歸朝の上皇帝に對し、安祿山を賞揚する。それで皇帝の耳には常に安祿山を讃める話のみが入る故、皇帝は彼はなかなかの賢者であると御考へになり、拔擢して營州の都督を命じ、平盧の節度使を兼任させた。天保二年入朝して以來、遂に京師に御留めになり、常に出御の際は聖駕に侍べらすやうになつた。祿山は深く奸詐の心を潛め、外面、愚直の狀を裝つて玄宗を欺いてゐた。君の寵愛は日に日に厚くなり、宮殿內嚴密の所へでも朝夕を問はず隨意出入直參拜謁し得るようになつた。昔より身に非望を抱き心に不軌を謀るものは、誰でも君を欺かんものはない。然るに玄宗は少もこれに感付かれなかつた。それ故妬婦奸臣は事事に君を欺騙惑亂するも、君には信任のあまり欺されるのが慣れて少しも彼等を疑はぬやうになつた。文中處處に文語を挿入してあるがそれがよく俗語と調節されてゐるから、少しも句に難澁の跡を見ず、一氣に流讀否一口でさらさらつと溜みなく、水を流すやうに言ひ得るより書いた處に筆力が躍動してそこに無限の妙味がある。

臺語和譯 楊貴妃の生涯

（二十五）

水谷寥山

有一日安祿山步行對御苑中去遇着玄宗皇帝與太子做夥在花欉的陰影看見安祿山行來離遠遠就用手攝伊安祿山大步進前來拜見聖駕故意不拜太子玄宗講卿汝按怎無拜太子安祿山假沒曉得問講太子是甚麼官職豈不是參臣同一等號人親像臣着拜陛下一人而已玄宗笑講不是如此喇太子是朕的子朕若千秋萬歲後就頂朕的位做皇帝的要那有論官爵啊祿山講臣眞下愚臣料做是參臣平等應該着盡忠報效陛下呢臣干乾知有陛下不知更有別人所以冒犯着太子的威嚴罪眞大喇玄宗越過去看太子對太子講此個人眞樸實忠直令人不能不愛伊彼一時春氣當溫暖楊妃亦趁此個好天時坐一頂香更軟的車緩緩直透來隨時落車拜見玄宗拜了手指祿山問講此個是甚麼人玄宗應講平盧的節度使姓安名祿山本是塞外的

人雄猛勇壯無人能比得、朕愛伊的人忠直留伊住京城、來跟隨我的身邊、講了又笑笑講祿山曾做過張守珪的養子此滿來跟隨我要更來俾朕做養子喇。

【譯】或る日安祿山が御苑の中を歩いてゐた時、玄宗皇帝が太子と倶に花叢の蔭にゐられたのに出逢つた。皇帝は安祿山が歩いて來るのを御覽になり、遠くから手まねきをなされた處、祿山はいそぎ進み來りて聖駕を拜したが、ことさらに太子に對しては敬禮をしなかつた。玄宗の申さるゝには「卿は何故太子を拜せないのか」と安祿山は知らぬふりをして問つて言ふには「太子には如何なる官職がありますか、臣と同一資格の人におはすのではありませんか臣の如きは陛下御一人を拜すればそれでよいと思ひます。」と、すると玄宗は御笑ひになつて申さるゝには、「さうではない、太子は朕の子である、朕が千秋萬歲の後、朕の位を繼いで天子となるものである、またなんぞ官爵を論ずるの必要があらうか」と祿山が言ふには「臣の下愚なる臣と平等で陛下に忠節を盡すべきものであらうと思つてゐました。臣は只陛下あるを知つて他に人あるを知りません、故に太子の威嚴を冒して誠に申譯がありません」と玄宗太子を顧みられて申しますに「この人は誠に樸訥忠實で愛すべき人である」と。時に春暖くして、楊貴妃もまたこの好時節を趁つて、香ばしき且つ軟らかき車に乘り、靜かに近より來り、車を下り、玄宗を拜し終つて祿山を指さし「この人は如何なる人にや」と尋ねられた。玄宗答へて「平盧の節度使安祿山といふものにて、本と塞外の人であつたが、雄猛勇壯、比類なきため、朕はその忠直を愛し京城に留めて、朕の身邊に隨從せしめてあるのだ」と申され、且つ又御笑になつて「祿山は曾ては張守珪の養子となつたことがある、今又朕に從ひ更に朕の養子になるのであると申された。

楊貴妃の生涯

臺語和譯

楊貴妃の生涯

（二十六）

水谷寥山

楊妃講聖諭所講眞正是如此都着、此個人能使號做佳兒得、玄宗笑講貴妃若講伊是佳兒就撫養伊做子兒就是喇、楊妃聽着此號話目睭眨相祿山笑笑無應答、看起來楊妃心已經動喇、玄宗講這話眞是溺愛不明自己惹戭頭上爬喇、安祿山是彼號狡怪的人聽着此等話適合着伊的心事、即時爬起去碎墘前拜楊貴妃、講臣兒此滿拜見母親貴妃願母親千歲、玄宗笑講祿山啊汝禮數行了錯誤喇汝要拜老母着在先拜老父即能使得、祿山跪地叩頭奏講臣本是北胡的人胡人的風俗先敬老母後敬老父、玄宗參貴妃二人私下在會講照此層愈看出伊的條直到如此、彼時左右的人已經來在排酒鐘箸咧、就遂叫祿山做爹上席、席中攏用金杯在進酒、楊妃食了已經有淡薄醉意喇、酒興當在發加添出一段的妖嬌體態、彼點美艷的姿色直直對酒杯的中間流露出來、至於祿山亦有聽見貴妃的美貌此滿更親身接着伊此款若花的顏容心內是歡喜到沒講得、況更認做母子將來正着親近伊、此點不良的心肝亦已經在此時食酒的中間對腹肚底直滾起來喇、楊妃亦是一個楊花水性的人無的確就才貌在取人、干乾愛少年大漢勇壯的人而已、此滿看見祿山身材肥壯鼻準又高大不止有一點雄偉的氣概、心內眞愛伊亦有一點淫心親像春天的水直聳起來、羣人講冶容誨淫眞是無錯、恁此二人對相此點心事那使着到別日即知穢亂宮內啊。

【譯】楊貴妃が言ふには「ほんたうにさうであれば、この人は佳兒といふべきであります」と、玄宗笑つて申さるるには「貴妃よ彼を佳兒といふならば彼を撫育して子とするがよい」と、楊貴妃はこの言を聽いで祿山を熟視したまま笑つて答へなかつた、これは楊貴の心が已に動かされてゐたことを看取することができる。そして玄宗皇帝が斯ることを申したのは、楊貴妃の愛に溺れし不明の致す所で、自分から禍を招いたやうなものである。さて安祿山はもともと狡猾な人であるから、これを聽き得たりとうなづき、直ちに階前に上り、楊貴を拜して「臣兒今ここに母上たる貴妃を拜して母上の千歳をお祝し申上ぐ」と言つた。すると玄宗笑つて「祿山、汝は禮を誤つてゐるであらう、母を拜せんとするならば、先づ父を拜してからすべきではないか」と申されると祿山は地に跪き叩頭して奏して曰ふには「臣本これ北胡のものにて候、胡人の風習として、母を先きに敬ひ、次に父を敬する義に候」と玄宗と貴妃とはこれを聽いて「彼は愈よ以て正直ものである」と竊かに語らひ合つた。その時左右にゐた人人は杯盤の用意をなし、祿山を呼び來りて、共に酒席に就かしめた。席間を飛ぶ杯は言はずと知れた金杯である。楊貴妃も已に僅かばかり醉がまはつたと見え一段の妖艶を添へ、その美しい姿が杯酒の間に流露するのである。祿山もまた豫て楊貴妃の美貌は聞き知り居るに、今茲に親しく彼の花の如き顏容に接したので、その心の嬉しさ、何とも喩へようがない。まして互に母子にならうと約束したので、將來ほんたうに親近しようとするこの不良の心は、旣にこの酒間に於て微醉と共に心の中より潮し來つた。楊貴妃もまた一つの楊花水性の女である、必しも才貌を以て人を取らない。唯少年を愛し、肥滿で勇壯な人を愛するのみである。今身材の充實せる、鼻筋の通つた、雄壯なる勇姿の持主である安祿山を見て心から惚れ込んだ。この不良の心は宛ら春水の如く動くのである。聖人は「艶冶、淫を誨ふ」と言ひしが、眞にその通りでこの二人はもうすでに同じ心になつてしまつた。宮內を亂すといふことは他日を待つまでもなく知れてゐた。

臺語和譯 楊貴妃の生涯 (二十九)

六　李太白 (一)

雲石先生口述

楊貴妃所最大關係的就是西蜀的所在。西蜀有出一個大人物。亦參楊貴妃的毒有有大大的關係。西蜀的地頭元本是山深樹密人跡不到的所在。用人力去開鑿道路的。自早成千萬年全無人煙。與秦國的邊界攏總不通。因爲秦人王要起兵去伐蜀。聽見講蜀的山嶺眞高。更險崎嶇。沒行得。叫人去散佈謠言。講秦國有一隻牛食粟。能放金。蜀主聽了起貪心。想要打秦去取此隻牛。卽攑五個大力的壯丁。號做五丁力士。趕緊開路。到尾蜀遂被秦來滅去。總是西蜀的山水。無論到何一位。山嶺攏是眞高。水勢攏是眞緊。更雄、棧道高到抵天。太白金星正掛在山頂的款。若蛾眉山橫在彼呢。山內風一下起。若雷公在哮呢。山洞內在睏的龍亦驚醒起來。此款的山山水是眞清秀。此點靈氣從中生出若多英雄豪傑的偉人。到唐朝的世代。出有一個大人物。無別人能比伊更較賢。彼一年朝廷批准禮部的奏請。開科取士。一面移檄文俾天下各府縣。出告示俾人齊知。各處的士子。攏上京來要應試。此時西蜀的山中。有一個大才情的人。平素讀有萬卷的曲。四界攏聞伊的名。

【譯】楊貴妃と最も大なる關係のある所は卽ち西蜀の地である。西蜀に一大人物の出でたことも、また楊貴妃のことと大なる關係がある。西蜀の地は元本山深く樹茂り、人跡到らぬ所をば人の力で切り開き、そこに道路を造つたのである。昔から一千年といふものは、人煙曾つて立つことなく、秦の邊境とも通行はできなかつた。秦王、兵を擧げて蜀を討たんとするに當り蜀の山は嶺高く、且つ險しくて通行できぬと聞くや、人を遣はし謠言せしめて言ふには、秦には一疋の籾を食ふて金の糞をする牛がゐると。蜀王は之を聞いて、慾心を起し、秦を攻めてその牛を取らうと考へた。そこで五丁力士と名づくる五人の力の强い壯丁を選び、急に道路を造らせたが、それがため遂には秦に乘り込まれ、彼の爲に滅された。併し西蜀の山水は、到る處嶺は聳え、水流は急激で、棧道高く天を衝き、太白金星は正に山項に懸り、峨眉の山、彼處に横はる觀がある。奥山に一たび凮が起らんか、宛ら雷の鳴る如く、洞内に居眠る龍も目を醒ます。斯る山ではあるが、その山水は眞に秀靈である、この靈氣の中より幾多の英雄豪傑を出してゐる。唐の代に至り他に比類を見ることのできぬ一人の賢い人物が現れた。その年朝廷では禮部の奏請を批准して、科を開き士を取ることとし、一面、檄を天下の各府縣に飛ばし、告示を出して一般に周知せしめ、各地の子弟をして悉く京に上り試に應せしむることにした。此時西蜀の山中に一人の偉人がゐた。夙に萬卷の書を讀み、その名は四方に聞えてゐた。

載於《語苑》一九二八年十一月十五日至一九三二年十一月十五日

包公政談

作者　（明）無名氏
趙雲石口述
譯者　廣中守

【作者】

本系列出自明代無名氏原作《包公案》，見〈支那裁判包公案：龍崛〉。本文口述者為趙雲石，見〈唐朝楊貴妃傳〉。全部二十輯之中，唯第一輯標示為〈包公裁き〉，其餘皆作〈包公政談〉。第一輯至第十一輯所講述的是〈審問石牌追出賊贓〉（第九輯至第十一輯作〈石牌事件〉），即原書第七十四則〈石碑〉；第十二輯至第十六輯講述的是〈辯白遺囑字〉（第十五輯與第十六輯作〈遺言狀の調べ〉），即原書第七十八則〈審遺囑〉；第十七輯至第二十輯講述的是〈倩廚子做酒席〉，即原書第二十二則〈廚子做酒〉。

【譯者】

廣中守（ひろなか　まもる），寓臺日人，一九四二年敘勳八等授瑞寶章，一九四四年敘從七位。曾在《語苑》於一九二七年一月編輯發表〈刑務用語〉，一九一九二九年九月至一九三二年十一月則發表譯作〈包公政談〉。（顧敏耀撰）

包公裁き

趙雲石先生口述

審問石牌追出贓賍（石牌を訊問して贓品を出さす）

○浙江省城杭州府仁和縣、有一個人姓柴名勝。

浙江省城杭州府仁和縣に一人の姓は柴名を勝と呼ぶ人がありました。

浙江省は支那十八省の一つで其の管下の杭州府又其の管下の仁和縣下と云ふのです支那の縣と云ふのは我が國では郡位いのものであります。

○少年立志勤讀想要進中取科名。

少年にして志を立て讀書に勤め進士の試驗に及第して資格を得ようと想ふて居ました。

進中とは進んで中る卽ち及第するの意。科名とは科擧に應じて其の名譽を獲得するの意であります。詳細は又別に掲げる事にしますが一と口に云へば我が國の高等文官試驗に應じて及第しやうと思うて居たとの意味であります。

○家內富足崁然好過一双父母攏在堂。

家の內は豊で誠に暮し好く一對の兩親も皆打ち揃うて居ます。

崁然は甚だとか、誠にとか頗るとか大にとか云う意味なのです。一双とは一對とか、一足とか、一膳とか二個を以て一組としあつかう物の助數詞であります。

○兄弟仔二人、小弟叫做柴祖年已長成早々就娶嘜。

兄弟二人で弟を柴祖と云ひ年も已に成年に達して妻を娶りました。

長成とは一人前に成長することで即ち大人になると云ふことであります。

○柴勝娶妻梁氏、人不止溫順有孝翁姑、一家團完、衣食充足。

柴勝は妻梁氏を娶りました、誠に溫順で舅や姑に孝養を盡し一家團欒で衣食も充分でありました。

人不止溫順の人は人と云ふ意味でなく爲レ人と云ふことであります、翁姑とは大官、大家、即ち舅姑と云ふことです、團完とは團欒とか圓滿とか云ふことであります。

包公裁き

包公裁き

○柴勝的父母算是較賢經營打算的人。

柴勝の父母は經營が上手で考の巧い人でありました。

○有一日叫柴勝近前敎訓伊講咱的家事雖然是尙豐富總是做人着能曉想。

有る日柴勝を呼び近づかしめて敎訓をして言ふには、我が家の身代も豐富ではあるが併し人間と云ふ者は考へねばならぬ。

家事とは身代とか、所帶とか、財産とか云ふことであります。

○創業成立的爲難、那上天一般敗壞的快那頭毛燃火呢。

創業成立の困難なことは恰も天に昇が如く破壞の速かなことは恰も頭髮に火の燃いた樣なものである。

○講起來令人能寒心、想起來睏都睏沒安眠了。

言ひ起せば人をして寒心せしめ想出せば睏ても安らかに眠れないほどである。

寒心は肝膽寒からしむとの意で俗にゾットスルの意。これ雲石先生の口述せるもの、造句の妙味、初歩の方にも味つてもらはんため譯と註とを附して每月出すことにします

包公政談（二）

趙雲石先生口述

○現時乜仔官家富戸的子孫、干乾知要穿綢緞、奢華的衣裳、食薛臊油膩、味素好食的物。

當今の官吏富豪の子孫は唯絹や緞子の樣な綺麗な着物を着飾り口には腥や油ぎつた美味い馳走を食べる事ばかり知つて居る。

乜仔とは如何なる又は何樣とか云ふ意、薛臊とは腥、油膩とは油濃と云ふこと。

○講話是驕傲無禮、出口就傷人、一味𨑨迌浪蕩、嫖飲作樂。

話をすれば傲慢無禮で口を出せば人を中傷し、唯放蕩三昧酒食にのみ入浸り。

一味とは一途にとか、専らとの意、浪蕩は放蕩、嫖は女狂い、飲は飲酒のこと。

○交陪着王=哥柳=哥、汝兄我弟、成群結黨、無日無夜、出入花街柳巷。

王君や柳君と交はり君は兄分だとか僕は弟分だとか云ひ群を成し黨を結び晝夜の區別なく花柳の巷に出入して居る。

無日無夜とは晝となく夜となくと云ふこと。

○錢銀看做那土砂咧、隨手亂開亂用、
不知錢銀出處的爲難。
○不知本身所在潤氣好丰神、全是靠
祖公平日、勤險克苦、所得來的幾文
錢、當時營爲粒積何等艱難。
出處とは出處、潤氣好丰神とは氣焔を揚げたり氣取る事。
○一到您的手頭、快活開用、任是金山
堀了亦崩去。
手頭は手裡と同じ意で手の中との意、任是はサモアラバアレ即ちヨシンバとか例へとか云ふ意味。
○銅鑛取了亦能孔。較多的家伙轉眼
就烏有了。
○您當要做人起頭、應該着出去閲歷
經營。

金錢を湯水の如く思ひ金の得難い事を知らない。
自分が氣取りて横行濶歩し得るのは全く祖先が平素勤儉克苦の結果得たる處の幾らかの金を少しづゝ蓄積したのは如何に艱難辛苦であつた事も弁へず。

金が一度彼等の手に入れば樂々と費ひ果すのである、例へ金山でも堀り盡せば崩れてしまひ。

銅鑛も亦堀れば空になる、多くの財産でも瞬く間に烏有に歸して仕舞う。
御前達も今や一人前の人間にならんとする矢先であるから是非出て行て閲歷經營せなくてはならぬ。

包公政談

做人起頭は人と爲りの初め卽ち一人前として一本立ちさなるの初歩、閱歷經營は事業をしらべ計り營む事。

〇不可閑仙々、無綱無紀、想要坐在食祖公產。

無職でぶら／＼と何の爲す所もなく只だ祖先の財產を居食する樣な考ではいけない。

〇將來坐食山崩、鐵家伙亦食無去了、到斷一屑、如此算是不肖的子孫。

行く／＼は坐して喰へば山でも崩れ鐵の樣な堅い財產でも食ひ盡して仕舞ひ丸の裸體になる、斯くの如きは正に不肖の子孫と云はねばならぬ。

了到斷一屑は使ひ果して一つの屑迄も斷へて無くなると云ふのでつまり丸のはだかになつて仕舞ふとの意。

〇別日死了、到九泉地下、豈能見得祖公的面乎。

後日死んで九泉の地下に於て何の面目あつて祖先に御目にかかられやうか。

九泉地下は九重の地の底と云ふので冥土、ヨミヂ、黃泉など云ふ。

〇我想您兄弟二人、汝算是序大、事々較有經見、人亦較老到。

自分の考では御前等二人の內御前は目上でもあり何事も經驗を積んで居るし亦た老練でもある。

包公政談

（三）

臺南　趙雲石先生口述

◎命汝出外去經商、可趁多小來相添家內的用度。

◎您小弟叫伊住在此厝裡幫助照顧厝內、汝心意打算按怎。

◎柴勝講、承受大人的教示、不敢違背、只是不知大人的尊意、要使孩兒去何一位經商較有利益。

承受は承け受けるの意。

汝は外に行き商業を經營し幾らなりとも儲けて來て家の用度の添しにし。

弟は家に在つて手助留守番をさせるが宜からうと思ふが御前は何と考へるか。

柴勝は父上の命は御承け致し敢て背きはしませんが、父上の御考では私が何處に行つて商賣をしたら儲かるでせうかと云ひました。

包公政談

◎柴勝的老父講、我有聽人講起、東京開封府、算是大都市、大生理場、鬧熱的所在。

大生理場とは大商業地のことで親像咱日本的大阪。

柴勝の父が云ふには、聞く所に依ると東京の開封府は大都會であり商業地で誠に賑な所だそうで。

◎買布生理不止好做、汝可以帶寡本錢、去咱本管的府城杭州。

反物商賣が大變好いさうだから御前は幾分の資本を持つて我が本管の府城杭州に行き。

本管は本地を管轄するの意。

◎辦布疋帶去彼販賣、大約半年的工夫、就可以回家喇。

反物を仕入れ來り彼に持つて行つて賣れば凡そ半年位いで歸つて來られるだらう。

辦は仕入れる、帶は携帶の意、工夫はヒマの意。又仕事、伊工夫眞好と云へば彼は仕事が上手と云ふ事になり、較工夫と云へば工夫をこらす事がうまいとなる、又好工夫と云ふ語もあるが之れは男子には云ふても憚らないが女に對しては餘り用ひない方が好い、又工一字にても仕事若くは手間と云ふ事になる、例へば你在做甚麼工、汝は如何なる仕事をして居るか、我明仔早無工可去僕は明日行くヒマがない等である。

◎總是少年人出門無拘無束、身邊兜又有錢。

併若年者が外に出ると不拘束で又身の廻りには金があり。

無拘無束とは不拘束とか自由とか或は引締のなき事、身邊兜とは身の廻り即ち身邊の意

◎刻薄的人、預先就爲汝讖咧。

世の薄情な者は先づ豫言をする。

讖とは豫言即ち未來の事を言ひあてる事であります。

◎講少年人見若異鄉的花柳、能沈迷去。

若年者が異鄉の花柳に接すると遂ひ迷ひ込んで仕舞ふと云ふのである。

沈迷とは迷ふ、溺る、即ち溺色的意思。

包公政談

包公政談

◎的確不可落人的讖、在路上亦要較勤謹小心咧。

小心とは氣をつける事、着小心照顧＝倂。

故に屹度人の豫言に落入らぬやうに道中も亦細心の注意を拂はねばならぬ。

氣をつけて彼の世話をしなさい。

◎柴勝講、遵命不敢被大人耽憂。

耽憂とは心配とか懸念とか云ふことで即ち―煩惱。憂悶。掛意。等の意。

柴勝は御教訓を御承け致し敢て父上に御心配を掛けませぬと言ひました。

◎帶了行李銀兩。直透到杭州買布三擔。

行李や金を携帶して一途に杭州に行き反物三荷を買ひ。

◎到來隔日、拜別父母、辭過兄弟妻子。

歸つた翌日父母兄弟妻子等に別れを告げて。

◎帶一個家僮、担行李上路而去。

一人の召使を連れて荷物を擔がせ出發しました。

家僮とは召使とか丁稚と云ふこと、上路とは旅程に上ると云ふ意。

包公政談（四）

臺南　趙雲石先生口述

◇一路逢山坐車、遇水搭船、日行夜息。

道中陸は車、海は船に乘り晝は步き夜は休み。

◇經過幾日、去到開封府城、就在東門外客店安息。

數日を經て開封府城に到着しそこで東門城外の宿屋に投宿しました。

◇此間客店是在地人吳子琛開的。

在地人とは其の土地に在る人卽ち外位人に對す。

此の宿屋は其の土地の者で吳子琛と云ふ人が經營して居ります。

◇柴勝息在店內一二日、人地兩疎、布尙未發賣咧。

柴勝は宿屋に一、二日逗留して居ましたが人や土地に不馴れなので反物も未だ發賣せず。

包公政談

人地兩疏とは人にも土地にも疎いと云ふことで即ち人にも土地にも馴れないと云ふこと。

◎一時心內鬱悶不樂、遂觸起思鄉的心思。

一時心が鬱いで不快を感じ不圖鄉里の事を思ひ出した。

觸起とは折に觸れて……を起すと云ふので不圖思ひ出す意、又觸景生情、景に觸れて情を生ずと云ふ熟語もある、又鬱悶とは煩悶とか心配をすることで、心思は考へと云ふ意。

◎打算飲幾杯酒、小解心悶咧、隔日好可出去街市、招呼買賣的主顧。

少し酒でも飲んで氣を霽らし明日は町に出て得意を捜さうと思ひました。

主顧とは得意、得意先とか或は贔屓と云ふこと。

◎教家僮去搭酒來做夥飲。

召使をして酒を買はせ共に飲み。

◎不料二人做伴在飲、遂有一點酒興、汝一杯我一鐘、飲來飲去、遂飲過量。

料らずも兩人對座で相酌み交し幾らか米突が升るに連れ一杯一杯又一杯で遂御互に飲み過し。

◎主僕二人攏醉到不知天地、倒落眠床就睏。

主僕兩人は共に酩酊して前後不覺となり寢臺に轉るが否や熟睡しました。

◎不料吳子琛的客店近隣有一個惡人夏日醋。

不圖も吳子琛の宿屋の近所に夏日醋と云ふ一人の惡人が居た。

◎平時慣練做賊、看見柴勝三担布入店。

之れは泥坊の常習者である柴勝が三担の反物を持たせて宿屋に這入のを見。

慣練とは熟練とか慣る、若くは常習等の意で慣熟、慣串と同意なり。

◎又是別位出外的客商來投息的就數想要偷的。

又是れは旅商人が來て投宿したのである事を見つけそこで一番偷んでやらうと念懸て居ました。

數想とは思ふ、念懸る、或は戀慕と云ふ意。伊在數想彼個查某 彼は彼の女を戀慕つて居る。

包公政談

⊠亦是柴勝註犯着賊厄。

之れは矢張り柴勝が盗難に逢ふべき運命に廻り合せて居たのである。

註は天註定の註で運命、廻り合せの定まりあること。定業、因業、等同意。犯着は犯しあてた、又は祟られたの意にもなる、賊厄は泥棒に逢ふ厄難即ちわざわいの意。

⊠適好此夜酒醉將近四更的時份、夏日酷抡門入去。

恰度此の夜は酒に醉ふて居たので將に四更の刻に近き頃夏日酷は戸扉をこじ開けて這入り。

四更とは夜の(午前二時)を云ふ、抡とはイラウ、物の先にていらい動かすこと、指頭仔抡門門、指先を以て門閂(關貫)をこじ開けること。

⊠將三担布做一下偷去。

三担の反物を全部偸み去りました。

做一下とは一くるめにする、即ち皆、全部の意。

⊠隔天光早柴勝酒退、醉醒、精神起來、即知布担失落、被人偸去。

翌早朝柴勝は酒の醉も醒め目を醒まして起き上がつて見れば反物が偸まれて無くなつて居るのである。

包公政談（五）

臺南　趙雲石先生口述

◎驚在面無血色、青筋全浮起來。

喫驚して顏色を失ひ眞青になつた。

無血色とは血色がなくなる。顏色が變ると云ふ意。

◎一時摸無寮仔門、不知着按怎卽好。

一時手掛りが無いので怎うしたら好いかと思つた。

摸はさする。寮仔は小屋。無寮仔門とは端緒とか、糸口、或は手掛り等の無きこと卽ち小屋の門に手を探りあてる事も出來ないとの意。

◎較停心神稍定、就叫吳子琛來、講起布擔被人偷去。

須臾くして心神稍落付たので吳子琛を呼び寄せて反物を偸まれたことを話した。

包公政談

包公政談

◎又講汝是在地人、我是出門人、古人言講、在家靠自家、出外靠店家。

又言ふにはお前さんは土地の人で私は旅の者、古の人が言ふには家に在ては我家に賴り旅では宿に靠れと云ふことがある。

◎因何昨暝看見阮酒醉串通盜賊、來偷我三擔布。

況や昨夜吾等が酒に醉ふて居るのを見て泥棒と通謀して私の反物三荷を偸んだ。

因何とは何故。串通とは通謀とか共謀とか云ふ意。

◎汝是開客店的、應該有責成麼、看汝要私休亦要官休。

お前は宿屋を經營して居るから當然責任がある。一體內濟にする積りか其れとも公にする考へか。

私休とは內濟卽ち私和と同意。官休とは表沙汰で解決するとのことで投告又は告訴の意。

◎汝若無跟究來還我抑是錢賠我、的確參汝打官司來去衙門講話。

お前さんが若し搜出して還へすか或は金で賠償して呉れるかせねば怎うしてもお前さんを相手取り訴訟を起し役所へ行き訴へるがどうか。

跟究とは搜出すこと。打官司とは訴訟をする事卽ち相告。與人相告と言へば人と訴訟をする。

◎吳子琛講、我做店主全靠人客來投宿、這是我衣食的根本。

◎那有串通盜賊、來偷人客貨物的情理。

吳子琛が言ふには私は店主で全く御客樣の御投宿を賴り是れが私の衣食の根本であります。

怎うして私が泥棒と通謀して御客樣の品物を偷むと云ふ樣な道理があるものですか。

情理とは條理。譯。道理。或は理屈と云ふ意。

◎汝話講到此裡鹽、實在布在汝房間裡、房間恁二人在住、人隨貨做一位、都能被賊偷去。

汝は實に酷いことを言はれますが實際反物は汝の部屋に有り、部屋には汝等二人が居られ品物は人と一處であるにも拘らず偷まれたのですもの。

鹽とはシオカライと云ふことですが此處では甚いと云ふ意。隨は附き隨ふとか女と關係するとか(汝會隨查某抑不會)或は做隨人的欸。と言へば人の振りにナラウと云ふこと、隨人時行。隨人講等の如し。

包公政談

包公政談

⊠我一人對衆人、那管顧能着咧。

私は一人で相手は衆人怎うして見守事が出來ますものですか。

管顧とは、管は管理。保管。顧は番をすること、故に見守と云ふ意。

⊠汝顛倒卸責成、掛帶我身裡、汝豈有點交我、汝尚在醉是否。

お前さんは却つて自分の責任を私しに塗り付け様としなさるがお前さんは點檢て私しに御渡しなさつたか、汝は未だ醉が醒ないのですか。

卸は卸す卸馬鞍馬の鞍を卸す。點交とは點が點檢即ち調る。交は渡すこと。故に點檢をして渡すことを云ふ。

⊠柴勝聽此的話激了大怒氣、不管伊三七二十一、直透對胸坎扭咧。

柴勝は此の言葉を聴き非常に怒り有無を言さず唐突胸倉を捕へ。

不管伊三七二十一とは三七二十一と云ふ如き理屈は怎うでも構まはずに云ふことである。

○扭到包公的衙門、去擊鼓。

包公の役所迄引張り行き太鼓を敲きました。

擊鼓とは支那の舊制では至急に告訴をする時は役所に下げてある太鼓を打くのを以て緊急告訴の事になり居るを以て斯く言ふ。

包公政談（六）

臺南　趙雲石先生口述

◇包公正在坐堂、傳起審問一遍。

包公は正に訟廷に坐し呼び出し一と通り御審べになり。

傳起とは呼び出すの意。堂とは白洲。訟廷。法廷と言ふ意。

◇講拿賊若有看賍即能使得。

賊を拿へたと云ふならば賍品をも提供させねばならぬ。

賍は賍物のことで賍物故買のことを其の儘字音にて賍物、故買とか或は買着賊貨と云ふ。

◇此滿既無賍無證、要按怎硬指人、要按怎判斷咧。

只今の所では賍物も證據も無く怎うして此者が行つたと云ふて裁くことが出來るものか。

硬指人とは、指適する。的確に此れと指すことを云ふ。判斷は裁、即ち裁判をする事。

◇你如斯告不准。

◇柴勝再三哀求、講我三擔布、明々在吳子琛店內被賊偷去、求大人對吳子琛跟究。

哀求とは哀願。歎願と云ふ意。

お前の其の訴へでは駄目だ。

柴勝は再三哀願して、私は三擔の反物を明らかに吳子琛の店内で偷まれたので御座いますから請ぞ吳子琛につき御取調下さる樣にと申し上げました。

◇包公審問吳子琛、吳子琛亦是照應柴勝的話在分辯。

分辯とは辯解又は言開。答應。又は抗辯の意。

包公は吳子琛を御取調になりました、吳子琛は矢張柴勝に答へた通りの辯解を致しました。

◇包公想了無法、暫將柴勝與吳子琛、收押班館。

想了無法とは考へたけれ共講ずべき方法のない事。收押とは收容。留置。勾留等の意。班

包公は講ずべき方法も無く一先づ二人を留置されました。

館とは留置場。牢屋の事。

◇退堂了後、總想沒出、過二三日、更再親身去暗訪、亦無影響。

退廷後に怎うしても考へが出ず二三日經過後更に御自身で密に探りに出掛られたけれ共何等の影響もなく。

暗訪とは探訪。密に探る事。暗訪伊的家風、と言へば、彼の家風を密かに探る事。暗訪地方的民情と言へば、地方の民情を探る事。

◇行去到在東門外、看見一個石牌、忽然想出一計。

東門外まで行かれ一個の石牌を御覧になりて突然一つの計畧を御考へになりました。

忽然とは俄にとか。急に。不意に。だしぬけに等の意。

◇隔日召二人上堂、對柴勝講。

翌日二人を法廷に呼出され柴勝に對して言はれるには。

召とは引致召喚。又はつるすと云ふ意で、召證人と言へば證人呼出。吊領と言へば首吊と云ふことで同音なる故注意を要す。

◇汝的布雖然着賊偸、不拘不知甚麽

お前の反物は盗難に遭ふたと言ふけれ共併し唯が

人倫去。　偸んだのか判らない。

雖然とは、それと言ひ定めたるを、更に裏反して言ふ語であるから下の不拘の語に係りて用ゐるなり。

◇倘採是過路賊、倘了過別位去喇。　若や渡り泥棒が偸んで他に持ち去つたものかも判らん。

倘採とは、ひつとしたら。若や。萬一。或は等の意。過路賊とは、其の土地に根據を構へざるものにして倘且つ其の物を竊取せんが爲めに豫め計畫を立てて敢行するに非ず、又泥棒を專業とせず只一時の出來心にて他人の物を竊取するものを指稱して言ふ意。

◇客店算是人衆紛雜的所在、汝自己無謹愼、又無絲毫的證據、那能使隨便誣賴人得。　宿屋と云ふものは多くの人が混雜する處であるからお前自身も亦不注意である、又小許の證據も無い、怎うして無暗矢鱈に罪を擦塗られるものか。

無謹愼とは不注意、詰り不謹愼の爲めに注意を拂はざりし事。絲毫とは一寸とも、少しも、毫末もと云ふ意。隨便とは都合に任すとか、態々構へて爲さぬとか、有合とか、又は出來合と云ふ樣な場合に用ふ。

包公政談

（七）

臺南　趙雲石先生口述

◎又對吳子琛講、汝是開客店的人、有人客來宿店、應該要小心門戶、保護人客卽合道理。

又吳子琛に對しお前さんは宿屋營業をして居るから御客が來て投宿する、故に門戶に注意を拂ひ客を保護するのが當然だと言はれました。

小心門戶とは小心が注意、門戶、門戶卽ち戶締のこと。

◎講了將二人各打手掌十板、放伊出去。

そして二人の手掌を各十回宛打つて釋放せられました。

打手掌、とは板にて手のひらを打つ刑の名。

☒吩咐柴勝講、汝是出外客商布擔被偷、情亦可憐、汝且住客店、候我拿賊追布還汝。

吩咐とは言附、命令。賴む、ことづける事。

☒明仔日出來坐早堂、就叫差役張龍、趙虎、上堂講。

☒地方有賊、出在東門外、彼位有一個石碑。

石碑とは石碑のこと。

☒有刻神的名。

刻とは刻、又は彫こと、刻印仔と言へば印を彫ること。

包公政談

尚柴勝にお前は旅商人で反物を偷まれ情も亦可愛相であるからお前は暫らく宿屋に居て私が賊を捕へ反物を取り戻し汝に返還する迄待つて呉れと申渡されました。

可憐とは憐、不憫。可愛相。氣毒等の意。

翌早朝法廷に御出になり、差役の張龍、趙虎を呼んで言はれるには。

この地方に泥棒が居る、東門外に出た、彼處に一個の石碑がある。

神名が刻んである。

◎石牌神的確知賊的下落、教恁二人執火籤、去召石牌來問。

石神は必らず賊の潜伏し居る處を知つて居るからお前等二人此の拘引狀を持つて石碑を拘引して來い取調べるからと言附られました。

下落は落ち付き所火籤とは急を要する召喚狀、逮捕狀、拘引狀のこと。

◎張龍、趙虎、奉了火籤、不管伊東西二七八、就去東門城外、將石牌扛來公堂下。

張龍、趙虎は拘引狀を奉持し何も構はず直ちに東門城外に行き其の石碑を擔ぎ來り白洲の下に置きました。

不管伊東西二七八。とは何はともあれさておいて、兎に角、即ち他事を構はずの意。

◎包公大聲喝問、講石牌你眞可惡、按怎無來報賊、應該對汝追贓。

包公は石碑を怒鳴付け汝は實に憎い奴だ、爲うして盜難屆をせざりしや應に汝より贓物の返還を求めると言はれました。

此處の追贓は贓物の所在を石碑に對し追求し贓物を出さす意。可惡とは惡い、又はけしからぬ。不屆者等の意。

包公政談

（八）

趙雲石先生口述
廣中守 註譯

◎叫左右將石牌重責二十大板。

二十大板とは笞刑二十の事。

部下をして石碑を二十大板の重責に處した。

◎彼時城內外的人、聽見講包公審石牌、一嘴傳一舌、無論粗幼的人、聽着眞奇罕。

其の時城內城外の人は包公が石碑を審問せらるゝと言ふことを聞きそれからそれへと階級の如何を問はず非常に奇しく云ひ傳へられた。

粗幼とは粗は粗俗的人で卑人、下品な人、即ち勞働者等の如き無智識階級の人を指す、幼は幼秀即ち粗俗の反對で上品、有識階級者のこと。

奇罕は奇珍、奇怪、奇體、不思議等の意。

◎大家走來要看、夏日酷聽見、亦走來藏在人縫在偷看。

皆馳つけて見物に來た、夏日酷も亦來り人の間に隱れて透見をして居た。

藏は匿、人縫は人の透間のことで雨縫と言へば雨の隙間の意。

◎元來夏日酷偸布了後、預先去藏在偏僻的樹林内。

元來夏日酷は反物を偸んで先づ人里離れたる林の中に藏し置きました。

偏僻とは邊鄙の處、卽ち山間僻地のこと。

◎天適光、就將布疋頭尾的記號攏毀々去。

夜明方になつて其の反物の印を全部取り除けて。

天適光は夜明方で天要光又は天打頗光と同意。

◎更再用自己的私印、蓋落去、要俾人認沒出。

更に自分の私印を押捺し人をして見分のつかぬ樣にしました。

◎就擔去城内發賣、攏賣在徽州的客商汪成店舖内。

城内へ擔ぎ出し悉く徽州の客商汪成の經營せる店舖に賣つて居た。

客商とは旅商人のこと徽州は支那安徽省徽州府。

⊠想講神不知鬼不覺了、所以放膽亦來探看覓咧。

よもや神や佛も知るまいと思ひ大膽にも覗見に來て居た。

放膽とは大膽のこと、探看とは覗見のこと或は探、訪ふ、見舞のこと、探病と言へば病氣見舞、探朋友と言へば友人を訪問すること、探伈的家風と言へば彼の家風を探ること。

⊠包公看見來看的人、愈圍愈多、喝聲叫人將大門關起來。

包公は見物人の非常に多くなつたのを御覽になり大聲を揚げて人をして大門を閉させました。

愈は愈々とか益々の意、叫人は人を呼ぶのではなくして人をして、即ち言ひつけること。

⊠隨便拿幾個生理人來堂頂。

手あたり次第幾人かの商人を捕へ白洲の上に連れて來ました。

隨便とは、都合に任すことで態々するのではない。

⊠包公假做怒氣、講我在此公堂判案、不論何等人、不得紛雜攪擾。

包公は怒りを假裝ひ私は此法廷で裁判をして居る故に何人を論ぜす混雜し邪魔することは出來ぬと言はれました。

假做は假裝の意。判案は事件を裁くこと。

紛雜は混雜。攪擾は邪魔。

包公政談　（九）

石牌事件

趙雲石先生口述
廣中守　註譯

◇限定時刻、自己提來繳納。

時刻を限定し自ら持參納入する樣に言渡されました。

繳納とは納入すること又は返納すること。

◇各人領命、隨時就提來繳納。

各々命を受け直ちに持參して納入しました。

領命とは命令を受けること。

◇包公看見有幾疋布、頭尾的印仔、是毀了更印的。

包公は數疋の反物が兩耳の記號を破毀して更に押捺しあるのを御覽になり。

頭尾とは初めから終り迄。本と先。或は全部又は一伍一什と云ふ意、反物の頭尾とは兩耳のこと。

◇贓已經出現喇、就叫各人來講。

贓物は已に發覺した。そこで各人を叫んで言はれるには。

◇本府始念您平時守己安份、不過警戒一下意思。

本官は爾等が平素己を守り分に安んじて居るに免じて只一寸戒る意味に過ず。

包公政談

姑念とは姑く免じてと云ふ意。姑念您是少年家。年が若いのに免じて。姑念你老父忠厚所以此帮放汝返去、自今以後着回心轉意的確不可更做此款的惡事即能用得。汝の父の温厚に免じて此度は赦して遣るから今後は改悛して決して再び此んな惡事を働いてはならぬぞ。

◎此滿未到時刻攏繳納入來、算有畏法的心。

◎所有各項物、元物發還、您各領返去、不許差役刻扣刁難。

未だ時刻に到らざるに皆持參納入したるは法を畏れる心があるからである。

ある所の元物を返還する故汝等は各々受け取りて歸れ、差役に於て掠め取り又は難題を持ちかける事を許さぬ。

差役は差役即ち下役の事なり。刻扣とは刻がけずる。扣が引く、引除ここで即ち削り取る、上前を撥る、又は掠を取ることゝ。刁難とは種々な難題を持ちかける、即ち故障を申出ることを云ふ。

◎此幾疋布夫人要看樣、明仔日即本身來領。

此の數反の反物は夫人の見本にしたいから明日本人が受取に來るやうにと申されました。

看樣とは樣を見せる、手本を示すなどいふの意であるから即ち見本と云ふことになる、看樣做、見本を見て倣へる。

◎各人歡喜謝恩、物領咧各々提回去。

◎包公退入內堂、卽時傳召柴勝、吳子琛來。

◎將布要被柴勝認、又恐驚柴勝冒認、預先將夫人家機所織的幼布來試柴勝。

各々喜んで恩を謝し品物を受領して各自持ち歸りました。

包公は內堂に入られ卽時柴勝、吳子琛を呼出れました。

反物を柴勝に檢めさせんとせられたが彼が冒認することを虞り先ず夫人手織の薄物を見せて柴勝を試られました。

冒認とは冒認、みだりにみとめる、たばかること冒認人的物とは人の物をたばかる。又は不實を認めた場合にも言ふ。彼是冒認的實在我都無做賊。其れは無實を認めたので實在私は泥棒をして居りませぬ。

◎故意問講、汝能認得沒、這布是汝的麽。

態と問て言はれるには汝は見覺へがあるか、此の反物が汝のだらう。

故意とは態とと云ふことで特故意、特意故、又は存意とも云ふ。

包公政談

石牌事件

（二）

趙雲石先生口述
廣中守註譯

☒柴勝看了布心加濶、布紗眞幼、叩頭應講。

☒這布不是小人的、不敢昧良亂認。

☒包公看見伊少年誠實、即將汪成繳來的布提給伊認。

☒柴勝看一見、講這實實是小人的布了、大人在何位查出來咧。

☒包公講這布頭尾印記並無汝的字

柴勝は見て反物の幅が廣くて着地が細かいので頭をすりつけ御答へ申すには。

此の反物は不肖のでは御座いません、敢て良心に背き冒認は致しませぬ。

包公は彼が少年にして誠實なのを御覽になり、そこで汪成の納入せし反物を出し檢めさせられました。

柴勝は一目見て此れは實際不肖の反物で御座います、御役人樣は何處から搜し出されましたかと申しました。

包公は此の反物の印記には汝の屋號は一つも無い

號、按怎認是汝的。

が怎うして汝の物と云ふことが判るのかと言はれました。

印記とはしるしのこと。字號とは屋號、

您店開甚麼字號。汝の店は何といふ屋號でありますか。

柴勝講頭尾的印記、雖然毀去、換蓋別個印。

柴勝が申し上げるには印は取り除いて他の印が押捺してあるけれども。

總是布邊尺寸與中間的暗號明々是人小的物、請大人細詳量覓咧。

併し反物の幅が一尺一寸と中間の暗號が明らかに不肖の物で御座います請ぞ詳細に量て見て下さいませ。

若有不對甘愿坐罪。

若し不合なければ甘んじて罪に服します。

包公斟酌一一查呢、果然尺寸暗記攏無錯。

包公は注意して檢べられました處果して尺寸も暗號も總て間違がありません。

果然とは果して。とか、ほんとにとの意。無錯とは間違なし、錯は違ふことなり。

查出這布、是徽洲人汪成繳來的、就

搜出せし此の反物は徽洲の人で汪成の納入したる

包公政談

包公の政談

去拘汪成來問。

◎汪成講是對夏日酷買的。

◎隨時去拿夏日酷來到案。

◎看見夏日酷猴頭鼠目神眞野樣。

ものである、そこで汪成を拘引して御訊問になりました。

汪成は夏日酷から買うたと申しました。

直ちに夏日酷を捕縛し來り。

夏日酷を御覧になり猴頭鼠目の如き目つきが惡いので。

猴頭鼠目とは猿や鼠の如く人を見ると目を光らしてきよろ〳〵すること。目神眞野樣とは目つきの野鄙なることである。

◎包公知講不是守己安份見面就喝打、夏日酷驚到屎尿要潛出來、知影事情到此破綻了。

包公は己を守り份に安んせざる者であることを御察知になり唐突怒號毆投せられました、夏日酷は恐くて大小便が漏出せんばかりになり此處に到り事件の發覺せし事を覺りました。

包公政談（二）

石牌事件

趙雲石先生口述
廣中守 註譯

◎勉強硬爭講我都無犯罪咧。

強いて私は罪を犯さないと言ひ張りました。

勉強とは、此の場合強いてとか或は勉めてと云ふ意なり。硬爭とは剛情を張ること即ち強いて言ひ爭ふことぞ。

◎包公將布俾伊看、講這布有汝的印、亦有毀印的痕跡這明々是鐵干證麼。

包公は反物を御示しになり、此の反物には汝の印があり又印を破毀せる痕跡もある此れが明らかなる確證であると言はれました。

痕跡とは痕跡の意にして痕跡とも言ふ。鐵干證とは動かざるかたい證據と言ふ意なり。

◎夏日酷聽見包公的問話、那親目看見咧、趕緊認供、講有偸客店的布。

夏日酷は包公の御訊問振りを聞き恰も自から目撃なされた樣であるので直ちに宿屋の反物を偸んだと白狀しました。

包公政談

認供とは認は認める、供は供述であるから卽ち認める、白狀する、自白と云ふ意。

◇包公更究勘訊問、夏日酷講賣去二擔、尙有一擔寄在某庄社裡。

包公は更に追求して訊問されました、夏日酷は二擔賣却し尙一擔は某村に預けて有ると申しました。

◇包公出票拏張强薛霸二個捕快去起出原贓、發還柴勝、柴勝千恩萬謝、叩頭領布出去、吳子琛亦叩頭感謝。

出票とは呼出狀を出すとの意。

包公は張强、薛霸の二人を呼出し贓物の押收方を命ぜられそして柴勝に返還せられました、柴勝は千恩萬謝して頭を下げて有難く受領して引き下り、吳子琛も亦頭を下げて感謝致しました。

◇包公又更掛牌出示、有人受着夏日酷害的、准來補呈出告。

准は許す事。

包公は又更に夏日酷の被害を受けたる者があれば訴狀を認め告訴することを許すと云ふ告示をされました。

◇數日的中間更發覺幾層的賊案。

數日間の中に更に數件の竊盜事件を發覺しました。

◇判斷充軍去口外受罪、百姓攏歡喜、盜賊除無去、地方隱安靜喇。

充軍に處し海外に逐り服役させられたので人民は皆泥棒が除去せられたので地方は屹度平隱無事になると言ひ喜びました。

臺語和譯 包公政談 （三）

趙雲石先生口述
廣中守註譯

辨白遺囑字（遺言狀の見分け）

◎話講起宋朝京城、有一個富戶、姓翁名健、家貲富足、平生輕財重義、極好施捨。

さて宋の時代京城に一人の富豪あり姓は翁名を健と呼び資產豐かにして平生財を輕んじ義を重んじ極めて施捨を好み。

富戶とは富家。金滿家。金持のこと。京城とは帝都のこと。

◎鄉里宗族的人、攏有受着伊周濟貲助。

鄉里宗族の者は總て彼の援助を受けて居た。

周濟とは救濟、貧困者に對し物質を施與すること。

◎每遇出門、看見街路有人寃家相打、
就行倚去解勸、撥俾伊開=去。

解勸とは宥ることで和息とも云ふ。

外出して街路で人が喧嘩をして居るのを見る毎
に近倚つて之れを慰めて引分。

◎倘若有人打官司、二比相告、伊就出
頭苦勸=人、替人和息、有時仔貼錢俾
人息事。

若し訴訟を起し双方爭ふて居る者があれば彼は顏
を出して意見をして和解をさせ時には金を出して
事を濟まして居ました。

打官司とは訴訟のこと。二比とは原告と被告のこと、苦勸とは意見をすること、我更較苦
勸伊々攏不聽私が幾ら意見をしても、伊は一向聽き入れません。

◎所以人攏敬重伊、名望眞好。

敬重とは尊敬とか敬と云ふこと。

故に人は皆彼を尊敬し、名望は眞に好かつたので
あります。

包公政談

包公政談

◻總是有一項欠缺、年七十八歲未有子嗣、干乾生一個女子、名叫瑞娘、嫁夫楊慶、入來家內做夥住。

併し一つ不足の事には年は七十八歲になり未息子(後嗣)がなく只一人瑞娘と呌ぶ娘が居て楊慶と云ふ夫に嫁き入家して同居して居ました。

欠缺とは不足、子嗣とは世繼のこと。

◻楊慶做人嶄然有智謀、心性不止貪財。看見丈人家伙眞大、心內有在數詐想。

楊慶は人となりが非常に智謀に長け心は眞に慾張で舅の財産が多いのを見て心の中で嗜に垂涎して居ました。

嶄然とはナカナカ、頗。智謀とは智計とか智謀と云ふこと。心性とは心、根性。貪財とは財を貪ることで卽ち慾張こと。

◻每在酒席間、對人講起、從來俗語所講、有男歸男、無男歸女、又講女婿是

酒席では何時も人に對して「從來俗語(諺)に男の子があれば男の子に歸し、男の子が無ければ女の

伴子、阮丈人歲頭此老喇、一定是無向望沒生子喇。

子に歸す、又娘婿と云ふものは伴實子である。私の舅は非常に老いて居るから決して子供が出來る望が無い」と言ふて居つた。

一定とは屹度、必と云ふ意、一定要去您兜汝着等候我、屹度汝の家へ行きますから待て居なさい。向望とは望、願ふと云ふこと。

◎不知伊按怎打算、不將家伙給我掌管、別日香煙斷去、要靠何人咧。

彼は怎うする積りか、財産を私に掌管させずして後日祖先の祭祀が絶へたら誰に賴りますか。

打算とは、考へ、思と云ふこと此條事情汝打算要怎樣辦、此の事を汝は怎う處置しようと思ひますか。

◎伊不量早設法、豈能帶入棺柴內去。

彼は早く方法を講じないと死んで持て往かれるものでもあるまい。

設法とは處置とか方法と云ふこと。棺柴とは棺のことで板仔又は壽板とも言ふ。

臺語和譯 **包公政談**（三）

趙雲石先生口述
廣中守 註譯

辨白遺囑字

後來翁健聽着此號話、心內眞刺鑿、想了不甘愿、更回返一想咧、自己實在無後嗣可靠、只有一個查某子、另外別無親人。

後に翁健は此の話を聴き心中刺さるゝが如く考ふれば不滿に堪へぬが、一度飜えつて考へて見ると實際自分には靠る可き後嗣が無く只一人の娘が有るのみで別に身續の者がない。

◎刺鑿とは刺すの意、心內眞刺鑿とは思ひ當る事ありて心の中を突き刺さるゝ如く感ずること。

不甘愿とは不服とか不滿足と云ふこと、我不甘愿要控訴‼私は不服ですから控訴致します。

回返とは飜とか或は引返すとか、又は戻すと云ふ事。

◎只得忍耐耳孔那塞破布咧、準無聽

只忍耐して耳に恰も破布を詰た如く聴ぬ風をして

見。

忍耐とは文字の通り忍耐とか又は堪ること。

◎鄉里中、的人、因爲伊做人樂善好施、竟然無子息、常々替伊可惜、講翁老若無嗣天公眞不慈。

竟然とは遂にと云ふこと。

◎更過二年翁健年八十喇、偶然想起無子的慘、受人欺邈、連子婿都要圖謀家伙。

偶然とは偶然、突然、不圖と云ふこと。欺邈は欺負邈視のことで輕蔑侮、苛れると云ふ意。

◎打算精力尚足、就更娶一個姓林的做繼室。

繼室とは後妻のことで後妻とか後娶的又は接後的とも云ふ。

居ました。

破布とは襤褸のことで碎布とも言ふ。

鄉里の人等に彼が人となりが善を樂しみ喜捨を好む夫れだのに遂に今迄子供(息)が出來ない、それで常に彼の爲に翁老に後繼が無いのは天道樣も御慈悲がないと言つて皆の者が惜んで居た。

更に二年經ち翁健は八十になつた、偶然子供(息)の無き慘さは人から輕蔑され娘婿までが財產を橫取せんとして居る事を覺つた。

多分精力も未だあるからそこで更に姓を林と云ふ者を後妻に迎へた。

◎果然人有善願、天必從之、亦是天地補忠厚、竟然入門喜、就有身孕、到分娩的時、更眞快便、生下一個男兒、取名叫做翁隆。

果せるかな人に善願あれば天は必ず之に從ひ又天地は正直な者を助く果して結婚當夜胤が宿り身持となり分娩の際も亦眞に安産で一人の男兒を生み翁隆と名付けた。

◎宗族鄉里的人、替伊歡喜攏來慶賀、食喜酒。

宗族鄉里の人達は皆彼の爲に喜び御祝をし祝宴に招待された。

慶賀とは祝ふことで賀喜。恭喜。慶祝とも言ふ。

◎獨々楊慶心內怨妬、大無聳意、雖然勉強應酬、笑頭笑面。

獨り楊慶は內心妬み甚だ氣にいらず勉めて應酬し愛嬌をふりまはし。

怨妬とは、妬むと云ふ事、笑頭笑面とはニコニコ笑つて愛嬌の好い樣を云ふ。

◎極力粧做、其實滿腹溢鬱那一塊石頭壓在心肝窟裡。

極力裝つて居たが其の實滿腹の鬱憤押へ難く恰も一塊の石で胸を壓へられた樣であつた。

粧做とは裝ふこと。心肝窟とは鳩尾のことである。

◎自如斯以後、言語舉動、常々露出不良的意意。

それ以後は言語舉動が時々良からぬ意味を現はして居た。

◎翁健看能出伊的狗腹內、自己暗想、雖然有此個親生子、不拘父老子幼、亦是為難、又想講是日頭要落的人喇。

翁健は彼れの黒き腹を見ぬいて窃かに考へて見るに此の實子が有るけれども父は老い子は幼くて頼り難く又想ふに先も亦長くはない。

▼狗腹內、腹の中の汚い事、狗は人糞など食する故斯く譬へたのである。

◎萬一早晚不測一死咧、此個幼子、總歸在伊手頭裡、猶原是被伊作弄蹧躂、家伙顛倒被伊吞食去。

若し萬一の事があつて死にでもしたなれば此の幼兒は結局彼れの手にかゝつて翻弄せられ踏みつけられたりして財産を横領されて仕舞ふにちがいない。

▼萬一早晚不測一死咧、萬一早晚測られず一たび死せんか、との意。▼作弄、は翻弄、又はたゝるの意。▼蹧躂、踏みつける、侮辱等の意。

◎人講(人急計生)就想出一個方法。

人の話に人危急に陷れば計自ら生ずとかで、即ち一つの方法を想ひ出した。

包公政談

臺語和譯 包公政談 （四）

趙雲石先生口述
廣中守・註・譯

辨白遺囑字

◎想講女婿算是外人、心肝又烏臭、按怎家伙給伊得。

想ふに女婿は他人である又心も腐つて居る怎うして財産を遣れるものか。

▼女婿とは娘婿のこと。

◎伊既然要貪圖我的家伙。

彼れは既に自分の財産を貪り取らんことを圖つて居る。

◎着將計就計暫且給伊、別日卽討倒返來。

計を以て計に就き暫く遣つて置き後日取り戻さう。

▼暫且とは、暫らくとか、先とか或はまあと云ふこと。

◎這是兩全的好計策麼。

這が兩全の好計畧である。

包公政談

▼計策とは計畧のことで計智又は計謀とも云ふ。

◎過了三月日翁健、遂着病、自己知影病傷重。

三箇月過ぎて翁健は遂ひに病氣に罹り、自分で重症であることを覺つた。

▼傷重とは重いことで多く病氣などの重き場合に用ふ言葉である、破病眞傷重。病氣が非常に重い。所費眞傷重と云へば費用が非常に重いと云ふことである。

◎性命有拖無欠了、就叫楊慶與查某子、來帳前。

年に不足はない、そこで楊慶と娘を寢臺の前へ呼び寄せて。

▼帳とは蚊帳。幕と云ふこと、此の場合の帳前は寢臺と譯して可、何時も寢臺に蚊帳が取附てあるからである、が然し此の場合蚊帳の側へ呼び寄せとか或ひは枕許と譯しても好いと思ふ。

◎泣出聲講、我要參恁分開、來去陰間了。

泣聲を出して言ふには、自分は御前等と別れ彼の世に行く。

▼陰間とは、彼の世とか冥土と云ふことで陽間に對する語である。

⊠我只有一男一女、男是我的子、女亦是我的子。

自分は只一男一女あるのみで男は自分の子で女も亦自分の子である。

⊠但是男尚細漢、無路用、人又疑心、講我老了沒生、敢不是我生的。

但し男は未だ幼少で役に立たぬし又人は疑つて自分は老人で子は生れぬ、多分自分の子では無いだらうと言つて居る。

⊠如此不如看女較是久長能靠得。

それで女を見たはうがまだ、確かに長く賴れる。

⊠我此滿將家財產業、盡給汝拿管。

私は今家財、財產を盡く御前に掌管をさせる。

▼盡とは、ことごとく。全部。總て一切と云ふこと。

⊠汝着存心、照顧幼子與繼母、不可辜負我卽好。

御前は克く幼い子と繼母の世話をして決して私に背かぬ樣にせねばならぬ。

▼照顧とは世話をする、顧りみる、大事にする、辜負とは、背くことで。背。違逆。違背、反背とも云ふ。

臺語和譯 包公政談 （五）

趙雲石先生口述
廣中守君註譯

遺言狀の調べ

◎阮岳父講此個子、不是伊親生的子、不知甚麼雜種生的。

▲雜種とは雜種と云ふこと、雜種子とは父無子、誰の種か判らぬことである。

◎所以家伙不歸男要歸女、伊按怎能使得參我爭啊。

◎事情較鬧眞久、沒得條直、就出來衙門、告講楊慶霸佔家伙。

私の舅は此の子は自分が生んだ子ではない誰の種か判らないと言はれました。

だから財産は男に歸せずして女に歸す、彼は怎うして私と爭ふことが出來ますか。

長い間紛爭を續けたれ共事が收局らず、そこで役所へ出頭して楊慶が財産を横領したと云ふ告訴をした。

▲覇佔とは横取、横領のこと、覇佔人的田園、人の田畑を横領する。

☒經過府縣衙門幾任官歷任的官府、擺無想起這案件、有甚麽機竅抑無、干乾照字讀字憑彼張遺囑斷歸楊慶。

府縣衙門數代の役人の手を經たけれ共歷代の官皆此の事案に巧妙なしかけのあるかないかに氣付かず遺言字を文字通り讀んで楊慶のものだと判斷を與へた。

▲機竅は巧妙なるしかけ、機智等に云ふ。

☒翁隆心内總是不服、後來聽見包公在京城專替人伸雪寃枉、較爲難的案件都判斷能明、就暗靜帶一張呈狀、直透上京、去包公衙門上控。

併し翁隆は内心不服であつた、後に包公が京城に在りて專ら人の爲めに寃罪を雪がれ、どんな難件でも立派に御裁になると云ふことを聞きました、そこで窃かに一通の訴狀を携へて直に上京し包公の役所へ控訴しました。

包公政談

▲上控とは控訴のことである。

◎適好包公昇堂、掛出放告牌、就將呈狀傳送上去。

◎包公看呈想講翁健雖老倘能生子。不是老耄老到不知人。按怎做此款不近人情的事情。其中敢有甚麼竅妙在得。

▲老耄とは耄碌。

◎卽時出牌去拘楊慶來審問。

恰度都合良く包公が白洲に昇られ事件を受理する旨の揭示板が出されたので其の訴狀を差出しました。

包公は訴狀を見られ想はるるには翁健は老いて居るけれども未だ小供を產む、して見れば耄碌して何にも判らぬ筈はない、然るに何故此樣な人情に遠ざかる事をしたたらう、多分內輪に何か巧妙なからくりがあるだらうと思はれました。

直ちに令狀を出して楊慶を拘引し來り訊問されました。

▲出牌とは拘引狀を出すことである。

⊠講、楊慶汝按怎覇佔翁隆的家伙、此久倘不還伊、這是甚麼因端。

⊠楊慶講、家業元是阮岳父、在生的時親手交給我的、還家業與翁隆無干。

⊠包公講、汝在講恁話、翁隆是親生的子、按怎能無關係。汝是子婿、不過外親而已、按怎强覇呣、恁岳父大槪是因爲親子倘幼、交汝替伊掌管、就是喇。

楊慶汝は怎うして翁隆の財產を不法に占有して今になつても還へさぬ是れは如何なる理由かと訊ねられました。

楊慶は答へて言ふには財產は素より私の舅が在世中自から私に給られたもので此の財產は翁隆とは何等關係は御座いません。

包公は馬鹿な事を申すな、翁隆は實子であるのに怎うして關係出來ぬことがあるか、汝は女婿で只外親に過ぎぬ、怎うして强いて獨占するのだオ前の岳父は多分實子が未だ幼ないから彼に代りて汝に掌管せしめたのであらうと申されました。

▲外親とは族親に對する觀念であつて卽ち一族以外の者にして而も姻族關係を有するものなり。

臺語和譯　包公政談

（六）

趙雲石先生口述
廣中守君註譯

遺言狀の調べ

⊠楊慶講、阮岳父有寫一張遺囑、明明講不是伊生的、沒使得爭䛛鬧、現有遺囑可做證、就將遺囑字送給包公看。

⊠包公看了、講汝讀了差喇。

⊠明明汝的心術不好被恁岳父看破、所以寫出此款的字、不過暫交汝管、

楊慶が言ふには岳父は一枚の遺言書を認めて居られ明らかに彼の生んだ子でないと書いてある故に彼が爭ふ事は出來ません、現に遺言書があつて證據になりますと申しそこで其の遺言書を包公に差上げて御覽に入れました。

包公は御覽になりお前は讀間違つて居る。

明らかに汝の心內の惡巧を見破られ故に此樣な文句を書いて暫らく汝に渡し置き、そして汝を瞞ま

瞞俾汝安心、可保全伊的幼子、免汝陷害就是了。

◇這遺囑明明講(八十老翁生一子、家產田園盡付與)是要給伊此個子嗎。

◇楊慶講、不拘有寫、人言非是我生子也、又寫付與女婿、外人不得爭取。

◇包公講、這是特工寫如斯俾汝安慰的、汝貪着錢財心肝烏暗、遂看沒出了、豈有自己生的兒子、憑人講的話、就看做外人的情理。

して安心させ、幼き子供を安全に保護して貰ひ汝の毒手に陥らない樣にする爲に過ぎないのである。

此の遺言には明らかに書いてある、八十の老翁一子を生む、家產田園盡く付與す、是れは旣ち此の子に給ると云ふことではないか。

楊慶は併し、人は是れ我が生みし子に非らずと言ふ又女婿に付與す、外人は爭ひ取るを得ずと書いてあると申し上げました。

包公が言はれるには這れは態と此の樣に書いて汝を安心させたのである、お前が財產に目がくれて心が暗くなり遂ひに見出せなかつたのである、自分の生んだ子供を人の言葉を信じて他人視する樣な道理が怎うしてあるものか。

◎此張遺囑是如斯讀、八十老翁生一子、人言非、是我生子也、家產田園盡付與、女婿外人不得爭取。

此の遺言書はこう讀むのである、八十の老翁一子を生む、人の言は非なり、是れ我が生子なり、家產田園盡く付與す、女婿は外人なれば爭ひ取るを得ず。

◎讀起來攏有押韻、是講八十歲的老大人生一個子、人講的話不着是我所生的子啊、家產田園一盡給伊、子婿是外人沒使相爭提去。

讀んでみれば總て韻を押してあることは八十歲の老人が一人の子を生みたり、人の言ふことは間違つて居る、卽ち自分の生んだ子である、家產田園を一切彼に給る、女婿は他人故爭うて取ることは出來ぬと云ふことである。

▲押韻とは韻をふむと云ふことである。

◎講汝是外人、雖然交汝管、沒使參伊子相爭麼。

汝は他人であるからお前に掌管させて居たからとて彼の子と爭ふことは出來ぬではないか。

包公政談

⊠恁岳父此款的用意、不免講亦知、汝是歹人、所以用此款來瞞騙汝麽、汝那尙有甚麽可分辯。

⊠楊慶聽見包公念出來解說了、有理氣、親像當時、有在場、親目看見咧、不敢抗辯。

▲有理氣とは道理がある。理窟があると云ふこと。

⊠將元前接受的家業、契卷賬簿、一一當堂交還翁隆。

⊠傍邊來看問案的人、攏講包公眞正神斷、大家不止感服。

お前の岳父が此の樣な用意をしたことは言ふ迄もない知れたことである、汝は惡人であるから此の樣な手段を用ひて瞞したのである、其の許は未だ何か辯解することがあるか。

楊慶は包公の言はるゝことを聞いて、道現のある解釋で恰も當時在場せられ自ら御覽になつた如くである故抗辯をしませぬでした。

そこで以前接受したところの財產及契約書並に帳簿を盡く翁隆に返還しました。

側へ事件の取調を見に來て居たものは皆包公は實に神の御裁だと申して頗る感服して居ました。

臺語和譯 包公政談 (七)

倩厨子做酒席(一)

趙雲石先生口述
廣中守君註譯

◎包公奉旨出京來賑濟順便巡視各省、査辦重罪的刑案。

▲奉旨とは天皇の命を奉ずること。出京とは都を立出ること。賑濟とは救濟又は賑すことなり。

包公が旨を奉じ都を出て救濟に赴かれ序に各省を巡視して重罪の刑事事件を御調になりました。

◎來在城州的時、開倉賑濟公事淸楚了後、正去在各衙門得巡視、査看案券、忽然把門的公差、入來稟報。

▲案券とは記錄のこと。把門的公差とは門番をする下役人卽ち守衞のことである。

城州に御出になりて倉庫を開き救濟事務を總了せられて後恰度各衙門を巡視して記錄を査閲して居られますと突然門番の差役が這入つて來て屆出ました。

◎講外面有一個婦人左手抱一個食乳囝仔、正手提一張呈狀、啼啼哭哭

外に一人の婦人が左手で一人の乳兒を抱き右手には一通の訴狀を携へて泣きながら無實を叫んで居

在得賊冤。

ると申し上げました。

▲呈狀は訴狀のこと。賊とは叫とか呼とか云ふこと。冤とは冤枉のことで無實又は冤枉のことであります。

◇包公聽了、講我此滿來此、不是僅獨要辦賑濟此節公事而已。

包公は聞かれて申さるゝには私が今般當地へ參つたのは只救濟事務のみ取扱のではない。

◇正得要體察民情風俗、與替百姓伸冤、外面若有人來告呈、不可阻擋伊、叫伊入來就是。

實は民情風俗の視察と人民の爲めに冤罪を雪ぐ心算であるから若し外部に告訴して來る者があらば阻止せずに通せと申されました。

▲公事とは公務のこと。體察は視察。伸冤とは冤罪を伸べ雪ぐこと。阻擋は阻止する止ること。

◇公差即時出來、帶婦人儂、入去跪在公堂下。

差役は直ちに出で行き婦人を連れ入廷して跪かしめました。

◇包公行出公案前、看此個婦人儂、雖然是面帶愁容、顏色悽慘帶一種含冤不愿的神氣、其實是一個美貌的佳人。

包公は法廷へ御這入になり此の婦人を御覽になると愁顏に物慘く一種冤枉不滿の氣配であつたが併し美貌を備へた頗る美人でありました。

▲神氣とは氣配又は心持のことであります。

◇包公問講、汝有甚麼事來告、婦人講、話真長咧、求大人容妾分訴。

包公は汝は怎麼事件で告訴に來たのかと問はれますと、婦人は大變長う御座いますが何卒私の申し上げる事を一通り御聽き下さいと言ひました。

▲容とは容 即ち聽容と云ふこと。妾とは妾、妾此處の場合は妾と云ふ意。

◇妾居家在城外、離城五里、地名蓮塘、查某子姓、姓吳、嫁俾張家做媳婦、丈夫名盧、是讀冊人。

私の住居は城外で城から五里離れ地名は蓮塘と云ひ、娘の時の姓は吳と申し張家に嫁き夫の名は盧と申して讀書人でありました。

▲媳婦とは嫁で媳婦仔と言へば媳婦仔併し養女のことにも云ひます。

臺語和譯 包公政談 （六）

倩厨子做酒席＝厨夫を雇つて會席を作る（二）

趙雲石先生口述
廣中守君註譯

◎近來因爲交陪着孫都監的公子、不時來往眞久了。

近頃は孫旅團長の令息と交り、絶えず往來をして居りました。

▲都監は旅團長。公子とは令息。御子息又は坊ちやん。と云ふこと。

◎對阮丈夫好情好意、阮丈夫太條直、看伊做知己的朋友、準做親人兄弟、在款待伊。

私の夫に對して好意を持つて居りました、私の夫は正直で彼を見て知己の友達となし、恰も親族か兄弟の樣に待遇しつゝありました。

▲條直とは正直。至當。收る。とか或は落著と云ふこと。彼個人眞條直、彼の人は眞に正直である。彼條事情尙未條直、彼の事はまだ收らぬ。

包公政談

⊠孫都監此個公子名做孫仰、那知伊是一個色中餓鬼、若無賴僕一般、見着女色就愛、又更有財有勢、非爲敢做。

孫旅團長の此の令息は名を孫仰と申し、何ぞ知んや彼は色魔で殆んど無頼僕同樣にして、女色を見れば好み、其の上に財産や勢力が有り、非行を敢てして居りました。

▲色中餓鬼とは色中の餓鬼即ち色魔のこと。

⊠不知幾時被伊偷看見、用謀造計、來參阮丈夫交陪、假做親熱盡情、時常來阮厝。

何時の間にか彼に姿を見られました、彼は計略を廻らして夫と交り、いかにも親しく情意を盡す樣に裝ひ常に私の家へ來て居ました。

▲用謀造計、計略を廻らす。親熱とは親しい、とか仲がよいと云ふこと。盡情心を盡すと云ふこと。時常は何時も又は常にと云ふことである。

⊠有一日阮丈夫、去遠路的所在探親、無在厝裡。

或日私の夫が遠い處へ親戚訪問に行き不在でありました。

▲探親とは親戚訪問のことであります。

◎孫仰又來阮兜、我念着丈夫、平時受伊提攜照顧。往來親密、若自己的人、我就無避嫌疑、出來接待伊。

孫仰が又私の家へ來ました、私は夫が平素彼の世話になり居りて、親密に往來をして居りましたので、恰も身内の者の如く別に疑つたり避たりもせずに出て接待致しました。

▲念とは讀む、唱ふ、噂をする、言ふ、又は念ふと云ふことで此の場合には平素夫が世話になつて居るから其れを念つてと云ふことであります。▲提攜照顧とは世話をする、或は引き立てると云ふこと。▲自己的人は身内の者、伊是阮自己的人、彼の人は私の身内の者です。

◎不料伊孫仰、起了不良的心肝、講出狎褻的話、來挑戲侮辱我、我一時怒氣、用大義的話罵伊幾句、伊即趕緊出門去。

計らずも孫仰は不良の心を起して、猥褻な事を言ひて私を挑み侮辱しましたので、一時腹が立ち大義を云ひ聞け怒りました所、彼は直ちに出て行きました。

▲狎褻はアプ サプとも云つて猥褻又は卑猥のこと。▲挑戲は婦人に對して挑むこと。▲大義とは人間の行ふべき正道である。

包公政談

⊠過了一二日丈夫到來我就對丈夫講起、講孫仰此號人、心存不測、不是正宗的朋友、勸丈夫參伊絕交。

一二日過ぎて夫が歸宅しましたので、私は夫に對して孫仰と云ふ人は心の知れぬ正しくない友達であるから、彼と絕交する樣に申しました。

▲心存不測は心が測り難い卽ち心の底が知れぬと云ふこと。▲正宗とは正しい又は正當、彼個人是眞正宗的人。彼の人は實に正しい人です。

⊠丈夫是讀詩書、守道德的人、聽着如此不止怒氣、隨時要去參伊計較。

夫は學者で道德を守つて居ますから、此の話を聞いて非常に憤慨して、直ちに行て彼と談判をすると申しました。

⊠我講伊是官家人的子、有大勢力、計較起來、終歸是無奈伊何。不過自今仔日起。勿參伊往來就是了。

そこで私は伊は御役人の令息で勢力があるから、掛合つて見たところで到底仕方はない、それよりも今後彼と交際しない方がよろしいでは御座いませぬかと申し。

▲官家人は官吏のこと。計較は談判、掛合ふ、論爭或は言ひ爭ふこと。終歸は結局、到底、詰る所、遂には終歸是無路用、結局つまらない。

臺語和譯 包公政談 （一九）

倩厨子做酒席＝厨夫を雇つて會席を作る（三）

趙雲石先生口述
廣中守君註譯

◎阮丈夫亦就聽我的話、自如此參伊無來去、已經將近一月日了。

◎及至九月重陽日、孫仰忽然叫伊的家人來請阮丈夫、去開元寺飲酒、騙講有甚麼要緊事在要參詳。

▲九月重陽日は九月九日の節句。

◎阮丈夫一時誤信＝伊、就去給伊請、到日要暗、即倒＝來、一入門＝來、就叫講腹

夫も亦私の言ふことを聽いて其の儘往來をせず、已に一ヶ月近くなりました。

ところが九月重陽節句の日に孫仰は突然彼の家人をお越して夫を招待し大事な相談があると騙して開元寺に行き酒を飲ましました。

夫は一時彼を誤信し行つて御馳走になり夕方になつて歸つて來ました、戸口を這入るや否や腹痛が

肚痛。すると申しました。

▲請は招く。招待する。迎へる。何うぞと云ふ意。請人客、客を招く。請公醫、公醫を迎へる。

◎我扶伊入房去、無一陡久、面色隨變青、七孔遂流血。

私は夫を助けて寝室へ這入ますと間もなく顔色が青ざめて遂に七孔から出血致しました。

▲扶は抱へる。助ける。▲七孔は耳、目、鼻、口を云ふ。

◎對我講、今仔日孫仰請我食酒、中伊的毒丁、竟然沒到三更就死去。

私に對して今日孫仰の馳走になり彼の毒に中られたと申し遂に十二時前に死にました。

▲中は中る。及第する。掛る陷る。中毒、毒に中る。中秀才、秀才に及第する。中伊的計、彼の計略に掛かる。▲竟然は畢竟、遂に。▲三更とは今の十二時夜間を五更に分つ、八時が初更昔の五つ、臺灣語では初更、安更、又は頭更とも云ふ。二更は十時昔の四つ、三更は十二時昔の九つ、四更は二時昔の八つ、五更は四時昔の七つである。又夜のことを更とも云つて深更、夜が更ける、巡更とは夜廻のことである。

包公政談

⊠丈夫雖然被伊毒死、我一個孤身婦人、又無憑據可告伊、伊的勢頭當烈隱當不是伊的對手、姑不終隱忍咧。

夫は彼れに毒殺されたけれども私は一人者ではあるし又彼れを訴へるべき證據はなく彼れの勢力は旺盛であるから確かに彼の相手にはなれぬ故餘儀なく我慢をして居りました。

▲孤身とは單身又は一人者。▲對手は敵。相手。對手的人是甚人。敵は誰か。隱忍は忍ぶ。我慢する。沒隱忍得。我慢が出來ぬ。

⊠那知孫仰惡心沒死丈夫死未滿月、連鞭叫媒人、佈路我的親戚、強要娶我。

豈料らんや孫仰の惡心はなくならず夫が死んで未だ月に滿ないのに直ぐ媒人をして私の親戚へ贈物を遣ひ私を無理に娶らんとしました。

▲佈路は賄賂のことである。

⊠我看伊做事眞顯然手頭眞強硬、無告伊都沒使得、我倩人做呈、要去府縣衙門出告。

私は彼の做事が實に公然で手段がづうづうしく見えたので彼を訴へなければいけぬと思ひ人に賴んで訴狀を認めて府縣の衙門に行つて告訴せんと致しました。

▲顯然とは公然。陽に。白地に。顯然做歹事情、公然と惡事を働く。

◎伊又用人四界攔截、更眩嚇我、講官府攏是伊的人、告了是無便宜。

彼は人を用ひて彼方此方で私に邪魔をし且つ威かして言ふには役所は總て彼の味方の者であるから訴へて見ても利益がない。

▲攔截とは橫はり遮る。伊在路裡攔截不肯我去。彼人は路を遮つて私を通さない。眩嚇とは威す。伊眩嚇我。彼が私を威かす。

◎抑若執意不肯嫁伊、伊的確有法度、要變弄給我、死無葬身之地。

若し頑張つて嫁しづかねば彼は屹度方法を講じて私を凌めて困らせてやると申しました。

▲執意は固持する。執拗。頑固。片意地。依固地。拘泥する。▲變弄は惡作をする。馬鹿にする。凌辱する。▲死無葬身之地、は死んでも其の身を葬むる土地なし。即ち身の置所がないと云ふ意。

◎此種人、若無王法來辦伊、不但我的冤枉無伸地方的百姓亦不知要受害到甚麼款咧。

此樣な人を若し王法を以て處分せられなければ但に私の冤枉が雪げぬのみならず地方の人民も亦害を受くることが如何なる程度迄到るかも判りません。

▼冤枉は無實。冤枉又は災難。此號事情實在是眞冤枉、この事は實に無實です。

臺語和譯

包公政談（三）

趙雲石先生口述
廣中守君註譯

倩廚子做酒席＝廚夫を雇つて會席を作る（四）

◎昨日聽見大人來此賑濟、背替百姓人伸冤、所以趕緊來告訴、求大人做主。

◎包公聽了問講您厝尙有甚麼人、吳氏講、尙有一個七十二歲的老姑家、身下有一個三歲的子兒而已。

▲姑家は姑。舅即ち翁官に對す。姑家官と申せば舅姑のことである。

昨日貴官が當地へ救濟に御出になり致て人民の爲めに無實を伸べ下さると云ふことを聞きましたので急いで參り告訴する次第であります何卒宜敷御取計らひを願ひます。

包公は聽終られてお前の家には未だ誰か居るかと問はれました、吳氏は未だ七十二歲になる老たる姑が一人と三歲になる子が一人居る丈で御座いますと答へました。

包公政談

◇包公問伊在城有甚麼親戚、吩咐伊就近、且寄脚親戚兜、等候更問。

包公はお前は城内に親戚があるか、若しあらば頼んで暫く身を寄せて次回の取調迄待つて居れと申されました。

▲寄脚は寄る、寄立る、滯在と云ふこと。

◇吳氏去後、包公暗靜、去召該庄的甲長來問、講孫都監做人甚麼款。

吳氏が立ち去つた後で包公は密かに管轄の甲長を召喚して孫都監の人となりは怎な風かと訊ねられました。

▲做人は人となり、質、交る、緣組む、做人好人となりが良い。不與汝做人、汝と交りません。做人定着緣組が定つた。

◇甲長講、大人既有問着、小人不敢不講、孫都監全然是做害人的事情、不論甚麼物、伊看了若是欲就强强奪去、任是本地的官府亦懼怕伊三分。

甲長は御役人樣が御問になつたからには私は申上ぬ譯には行きません、孫都監は專ら人を害ふ樣な事ばかりして居り何物に拘はらず欲しい物と見れば無理に奪ひ去るのであります、兎角當地の御役所でも彼を三分怖がつて居られます。

▲懼怕とは怖しい、こはい、と云ふ意。

◎包公又問、偲子做事按怎咧。

包公は又彼の子は事を爲すに怎な風かと訊ねられました。

◎甲長講、子更較強父、倚靠偲父的勢力、無惡不作、近日侵佔開元寺一塊好田、不時帶藝妲去寺內、食酒唱曲、暝日作樂。

甲長は子は一層父に勝り父の勢力に靠り惡事を敢行し近頃開元寺の一枚の好い田地を橫取して何時も藝者を連れて御寺に行き酒を飲み歌を唱ひて晝夜樂んで居ると申しました。

◎鄉村的所在、橫橫無忌、強佔草地的婦女、何一個敢逆着伊、攏是忍氣吞聲不敢計較。

村では我儘勝手な事を爲し田舍娘を誤魔化して居りますが誰一人として彼に逆ふ者なく皆我慢をして居ります。

▲橫橫無忌とは氣儘放題とか又は我儘打手をすると云ふこと。▲強占とは無理に手に入れる。▲忍氣吞聲 怒りを忍び聲を吞む卽ち非常な我慢をすると云ふこと。

◎就是開元寺的和尚、雖然恨伊到入

開元寺の和尚も彼を恨むこと骨髓に達して居るけ

骨髓、總是無奈伊何。
☒在此所在在地的人、隨便甚麼人、都攏知伊的劣跡。
☒包公聽了、搖頭吐氣、退入後堂、想講此款人、敢如此亂做、官府若不除伊、百姓就眞食苦了。
☒心內思量、想出一個計智、要出去暗訪、隔日就變裝、打扮做公差的模樣、卸換穿短衫、戴一頂當差的帽、對後門私下出去。

れども併し彼を如何ともすることが出來ませぬ。
當地の人は誰でも皆彼の不行跡を知つて居ります。
包公は聽いて嘆息し後堂に退かれ此の樣な人間が敢て如斯無茶な事を爲せば官廳が若し彼を除かねば人民は非常に苦痛を感ずると思ひ。
考へた擧句一計を案出し探訪に行かうと思はれ翌日は變裝して下役の樣な風を爲し短い着物に着換へ其の帽子を冠り裏門から私に出て行かれました。

▲思量とは思案、考へること、思量計智、計を思案する。 ▲打扮とは身拵する、扮裝す

る。▲公差も當差も等く下役人。▲私下とは私かに、又はこつそりと云ふこと。

◇暗靜入去開元寺、假意迌迌、正在要
行入方丈去、忽然報講、孫公子要求
食酒喇、開人着廻避啊。

內證で開元寺へ這入られ遊ぶ振をして正に方丈に行かれんとした際に突然孫公子が御出になり酒宴が開かれるから無用の者は避ろとの知せがありました。

▲暗靜とは竊に。コツソリ。ソツト。內證でと云ふこと。▲方丈は方丈即ち寺院の住持の坐る場所。▲公子は坊ちやん又は若旦那のこと。

◇包公聽了、心內暗暗在歡喜、我正在
要跟究此個人、却眞適好自己來此、
包公就閃身、對佛殿的後面入去、僻
住窓仔外、認眞在偸看。

包公は聽かれて心中竊かに喜ばれ自分は正に此の者を取調んとして居るのに恰度都合好く自分で此處へ來た、と思はれ避て佛殿の裏に這入られて窓の外側に隱て熱心に盜見して居られました。

包公政談

載於《語苑》一九二九年九月十五日至一九三二年十一月十五日

附錄：臺灣日治時期臺語漢字翻譯文學作品一覽表

篇名	作者	譯者	刊名	日期	備註
荀子	荀子	趙雲石	語苑	一九〇九年九月十五日	本書未收錄
祭十二郎文	韓愈	小野西洲	語苑	一九一一年十二月十五日	本書未收錄
狐狸與烏鴉	Aesop（伊索）	諸井勝治	語苑	一九一二年十月十五日	
雜說	韓愈	小野西洲	語苑	一九一二年十一月十五日	本書未收錄
十思疏	魏徵	小野西洲	語苑	一九一四年四月十五日	本書未收錄
兵勢第五	孫子	小野西洲	語苑	一九一四年五月十五日	本書未收錄
祭石曼卿文	歐陽修	小野西洲	語苑	一九一四年八月十五日	本書未收錄
螻蟻報恩	Aesop（伊索）	陳晴川	語苑	一九一四年十月十五日	
自陳訴表	郭子儀	小野西洲	語苑	一九一五年二月十五日	本書未收錄
皆不著	Aesop（伊索）	木易生	語苑	一九一五年六月十五日	
諷語	Aesop（伊索）	木易生	語苑	一九一五年七月十五日	
凸鼠	Aesop（伊索）	木易生	語苑	一九一五年八月十五日	
不自量龜	Aesop（伊索）	木易生	語苑	一九一五年十月十五日	
海幸と山幸	不詳	卓周紐	語苑	一九一五年十月十五日、十二月十五日	
欺人自欺	Aesop（伊索）	木易生	語苑	一九一五年十二月十五日	
兔の悟	Aesop（伊索）	田口孤舟	語苑	一九一五年十二月十五日	
弄巧成拙	Aesop（伊索）	木易生	語苑	一九一六年三月十五日	

（續）

篇名	作者	譯者	刊名	日期	備註
譬騙	Aesop（伊索）	木易生	語苑	一九一六年四月十五日	
鳥鼠報恩	Aesop（伊索）	中稻天來	語苑	一九一六年十月十五日	
桃花源記	陶淵明	小野西洲	語苑	一九一六年十二月十五日	本書未收錄
前赤壁賦	蘇東坡	小野西洲	語苑	一九一七年十二月十五日	本書未收錄
賽翁的馬	不詳	阪也嘉八	語苑	一九一八年一月十五日	
螻蟻報恩情	Aesop（伊索）	方出	語苑	一九一八年七月十五日	
酒味色論	魯共公	小野西洲	語苑	一九一八年七月十五日	本書未收錄
補蛇者說	柳宗元	小野西洲	語苑	一九一八年六月十五日	本書未收錄
支那裁判包公案：龍堀	明代無名氏	井原學童	語苑	一九一九年二月十五日、三月十五日、九月十五日、十月十五日、十一月十五日以及一九二〇年三月十五日	
無題錄（螳螂捕蟬，黃雀在後）	莊周	東方孝義	語苑	一九一九年五月十五日	
無題錄（漢武帝與東方朔）	浮白齋主人	東方孝義	語苑	一九一九年八月十五日	
漁夫ノ利	不詳	東方孝義	語苑	一九一九年十二月十五日	
轍鮒ノ急	莊周	東方孝義	語苑	一九一九年十二月十五日	
苗ヲ助ケテ枯ニ至ラシム	孟子	東方孝義	語苑	一九一九年十二月十五日	
韓文公廟的故事	不詳	三宅	語苑	一九二〇年三月十五日	
金卵	Aesop（伊索）	張永祥	語苑	一九二〇年四月十五日	

（續）

篇名	作者	譯者	刊名	日期	備註
鹿洲裁判：死丐得妻子	藍鼎元	上瀧諸羅生	語苑	一九二〇年四月十五日	
支那裁判包公案：一幅相	明代無名氏撰	井原學童	語苑	一九二〇年六月十五日、七月十五日、十一月十五日、一九二一年三月十五日	
藍公案：兄弟訟田	藍鼎元	三宅生	語苑	一九二一年二月十五日、三月十五日、四月十五日	
藍公案：死乞得妻子	藍鼎元	三宅生	語苑	一九二一年五月十五日、六月十五日、七月十五日	
支那裁判包公案：一張字	明代無名氏撰	井原學童	語苑	一九二一年八月十五日	
藍公案：陰魂對質	藍鼎元	三宅生	語苑	一九二一年八月十五日、九月十五日、十月十五日、十一月十五日（頁五十一後缺頁）、十二月	
故事二十四孝（一）有孝感動天	郭居敬	渡邊剛	語苑	一九二一年十二月十五日	
犬の話	不詳	園原生	語苑	一九二二年一月十五日	
藍公案：邪教迷人	藍鼎元	三宅生	語苑	一九二二年一月十五日、二月十五日、三月十五日、四月十五日	
藍公案：葫蘆地賊案	藍鼎元	三宅生	語苑	一九二二年五月十五日、六月十五日、七月十五日	
藍公案：更嫁的	藍鼎元	三宅生	語苑	一九二二年八月十五日、九月十五日、	

（續）

篇名	作者	譯者	刊名	日期	備註
人賊亦看輕伊				十月十五日、十一月十五日	
藍公案：龍湫埔的奇貨允趁大錢	藍鼎元	三宅生	語苑	一九二四年一月十五日、二月十五日、三月十五日、四月十五日、五月十五日、六月十五日、七月十五日	
故事二十四孝（二）本身飲藥湯	郭居敬	渡邊剛	語苑	一九二二年二月十五日	
故事二十四孝（三）咬指頭仔心肝痛	郭居敬	渡邊剛	語苑	一九二二年二月十五日	
故事二十四孝（四）穿單領衫順老母	郭居敬	渡邊剛	語苑	一九二二年四月十五日	
故事二十四孝（五）為著父母去負米	郭居敬	渡邊剛	語苑	一九二二年五月十五日	
羽衣	蒲松齡	鷺城生	語苑	一九二二年五月十五日、七月十五日、八月十五日、十一月十五日	
邯鄲一夢（海陸音）	沈既濟	五指山生	語苑	一九二二年十月十五日	
故事二十四孝（六）取鹿乳奉養父母	郭居敬	渡邊剛	語苑	一九二三年七月十五日	

（續）

篇名	作者	譯者	刊名	日期	備註
撿子婿	不詳	中稻忠次	語苑	一九二三年七月十五日	
田舍鼠と都會鼠	Aesop（伊索）	張國清	語苑	一九二四年二月十五日	
穿長靴的貓	不詳	立石	語苑	一九二四年三月十五日、五月十五日	
唐朝楊貴妃傳	趙雲石口述	野元喜三次	語苑	一九二四年三月十五日、四月十五日、六月十五日、七月十五日、八月十五日、九月十五日、十月十五日、一九二五年一月十五日、二月十五日、三月十五日、四月十五日、五月十五日、六月十五日、一九二六年二月十五日、三月十五日	
藍公案：無字的告呈	藍鼎元	三宅生	語苑	一九二四年八月十五日、九月十五日、十月十五日	
貪小失大（客人話：海陸）	韓非	羅溫生	語苑	一九二五年一月十五日	
楊貴妃の生涯	趙雲石口述	小野真盛、水谷利章等	語苑	一九二八年十一月十五日至一九三二年十一月十五日	
包公裁き審問石牌追出賊贓	明代無名氏、趙雲石口述	不詳	語苑	一九二九年八月十五日	
包公政談	明代無名氏、趙雲石口述	廣中守	語苑	一九二九年九月十五日至一九三二年十一月十五日	
討粵匪檄	曾國藩	小野西洲	語苑	一九三三年七月十五日	本書未收錄
春夜宴桃李園序	李白	小野西洲	語苑	一九三六年一月十五日	本書未收錄

編者簡介

主編

許俊雅

臺南佳里人，臺灣師範大學國文研究所碩士、博士，現任該校國文學系教授，曾任臺灣師大人文教育研究中心秘書、推廣組組長、國立編譯館國中國文科教科用書編審委員會委員、教育部課綱委員等職。學術專長為臺灣文學、國文教材教法以及兩岸文學等，著有《日據時期臺灣小說研究》、《臺灣文學散論》、《臺灣文學論——從現代到當代》、《島嶼容顏——臺灣文學評論集》、《見樹又見林——文學看臺灣》、《無悶草堂詩餘校釋》、《梁啟超遊臺作品校釋》、《瀛海探珠——走向臺灣古典文學》、《裨海紀遊校釋》《低眉集》、《足音集》等，編選《王昶雄全集》、《全臺賦》、《翁鬧作品選集》、《巫永福精選集》、《黎烈文全集》等，曾獲第二屆、第三屆全國學生文學獎、第十七屆巫永福評論獎、第三屆傑出臺灣文獻「文獻保存獎」等。

編撰成員

按姓氏筆畫排序

趙勳達

成功大學臺灣文學系碩士、博士，曾任臺灣師範大學國文系、中央大學人文中心博士後研究員。著有《《臺灣新文學》（一九三五—一九三七）的定位及其抵殖民精神研究》（成功大學臺文系碩士論文，二〇〇二年）以及《「文藝大眾化」的三線糾葛：一九三〇年代臺灣左、右翼知識份子與新傳統主義者的文化思維及其角力》（成功大學臺灣文學系博士論文，二〇〇八年）等。

顧敏耀

臺中霧峰人，中央大學中文系碩士、博士，曾任中央大學中文系兼任助理教授、臺灣師範大學國文系博士後研究員，現任國立臺灣文學館副研究員。著有《陳肇興及其《陶村詩稿》》（臺中市：晨星出版公司，二〇一〇年）、《臺灣古典文學系譜的多元考掘與脈絡重構》（中央大學中文系博士論文，二〇一〇年）等。先後榮獲中央大學研究傑出研究生獎學金（二〇〇六）、張李德和女士獎助學金（二〇〇九）、演培長老佛教論文獎學金（二〇〇九）等。

文學研究叢書·臺灣文學叢刊 0810004

臺灣日治時期翻譯文學作品集 卷二

總策畫 許俊雅
主編 許俊雅
執行編輯 張晏瑞 趙勳達 顧敏耀
游依玲 吳家嘉
校對 許俊雅

發行人 林慶彰
總經理 梁錦興
總編輯 張晏瑞
編輯所 萬卷樓圖書股份有限公司
排版 浩瀚電腦排版股份有限公司
印刷 百通科技股份有限公司
封面設計 斐類設計工作室

發行 萬卷樓圖書股份有限公司
臺北市羅斯福路二段 41 號 6 樓之 3
電話 (02)23216565
傳真 (02)23218698
電郵 SERVICE@WANJUAN.COM.TW
大陸經銷 廈門外圖臺灣書店有限公司
電郵 JKB188@188.COM

ISBN 978-957-739-880-2
2020 年 12 月初版三刷
2015 年 12 月初版二刷
2014 年 10 月初版
定價：新臺幣 18000 元
全五冊，不分售

如何購買本書：
1. 劃撥購書，請透過以下郵政劃撥帳號：
帳號：15624015
戶名：萬卷樓圖書股份有限公司
2. 轉帳購書，請透過以下帳戶
合作金庫銀行 古亭分行
戶名：萬卷樓圖書股份有限公司
帳號：0877717092596
3. 網路購書，請透過萬卷樓網站
網址 WWW.WANJUAN.COM.TW
大量購書，請直接聯繫我們，將有專人為您服務。客服：(02)23216565 分機 610

國家圖書館出版品預行編目資料

臺灣日治時期翻譯文學作品集 /
許俊雅 總策畫.
-- 初版. -- 臺北市 : 萬卷樓, 2014.10
冊 ; 公分. -- (文學研究叢書. 臺灣文學叢刊 ; 0810004)
ISBN 978-957-739-880-2(全套：精裝)
813 103015988